U0014928

1850

DAVID COPPERFIELD

塊肉餘生記（全譯本｜下冊）

Charles Dickens 查爾斯・狄更斯

林婉婷——譯

目錄

（全譯本｜下冊）

第30章　損失

我傍晚抵達雅茅斯後直接到下榻的旅店。我知道如果那位讓所有活人都紛紛讓位的貴客還沒有光臨佩格蒂家，那麼客房（我的房間）這陣子很可能會有人住，所以我找了間旅館，用餐後直接回房。我離開旅館時已經十點，很多商家都關門了，小鎮很冷清。當我走到歐瑪與裘倫的葬儀社，我發現百葉窗拉下，不過大門是敞開的。我走進門，看到歐瑪先生在客廳門口抽菸斗，便問他是否安好。

「哎呀，上帝保佑我！」歐瑪先生說：「你好嗎？請坐——希望你不介意我抽菸？」

「我不介意，」我說，「只要是別人抽，我還滿喜歡的。」

「什麼？那你不喜歡自己抽嗎？」歐瑪先生笑答道。「這樣比較好，先生。年輕人別養成這個壞習慣。請坐請坐。我自己抽呢，是為了治哮喘。」

歐瑪先生挪動了一下空位，並放了張椅子。他再次坐下的時候上氣不接下氣，彷彿在吸氧氣一樣地吸著菸斗，好像如果不這麼做，他就不行了。

「我很遺憾聽到巴基斯先生的壞消息。」我說。

歐瑪先生神色不改地看著我，並搖搖頭。

「你知道他今晚的狀況嗎？」我問道。

「這正是我想問你的問題啊，先生，」歐瑪先生回答，「因為這問題太敏感了，這就是幹我們這一行的壞處啊。如果有人生病，我們就**不能**問他們狀況如何。」

我從沒想過這種問題，不過剛才走進門時，我聽到以前的老音調就明白了。聽他這麼說，我深表理解地附和著。

「是啊，是啊，你懂的，」歐瑪先生點點頭。「我們不可以問。如果說『歐瑪與裘倫捎來問候，您今天早上身體覺得如何？』——或者說『今天下午，要看情況。』那上帝保佑啊，大多數人聽了可能就嚇到無法康復囉。」

歐瑪先生和我互看對方點點頭，然後他得仰仗菸斗的幫忙才能喘過氣來。

「就是這樣，我們做這一行的想表達關心都沒辦法，」歐瑪先生說。「就拿我自己來說，我認識巴基斯不是短短一年而已，這四十年來他每次經過店門口，我都會跟他打招呼，但**我**就是不能去問他：『狀況如何？』」

我覺得這對歐瑪先生來說一定很難熬，也這麼告訴他。

「我希望自己不比別人更自私自利，」歐瑪先生說。「看看我！我隨時都可能一命嗚呼，就我所知，這種情況下還只顧私利是不太可能的。我說啊，當一個人知道自己的氣說斷就斷，**真**要斷的時候就像一對風箱被劃破，這種時候要自私自利是不太可能，尤其還是個當外公的人。」歐瑪先生說。

我說：「一點也不會。」

「我也不是在抱怨我的工作，」歐瑪先生說，「不是這樣的。做哪一行都一樣有好有壞。我只希望，大家的意志都能堅強一點。」

歐瑪先生露出心滿意足、和善親切的神情，靜靜地抽了幾口菸斗之後，繼續他剛才說的第一點：

「所以我們如果想知道巴基斯的狀況，就只能問艾蜜莉了。她知道我們是真正關心，我們就好像羔羊一樣，所以她不會懷疑，我們問了也不會驚動她。其實米妮和裘倫剛剛才去那裡——艾蜜莉下班後會去幫忙阿姨——想問他狀況如何。如果你願意等他們回來，他們會向你報告詳細狀況的。你要喝點什麼嗎？來點檸檬汁甜酒兌水？我自己抽菸都要配這個，」歐瑪先生端起酒杯，「因為聽說可以潤喉，我呼吸困難都要靠這紓解啊。不過，上帝保佑，」歐瑪先生沙啞地說，「我有問題的不是呼吸道啊！我跟我女兒米妮說：『只要給我足夠的氣，那我自己就能找到呼吸的通道，親愛的。』」

他真的沒有多餘的氣可以喘了，看到他大笑，我好擔心。等到他可以繼續說話時，我才謝絕他的好意，說我在晚餐時已小酌過了，不過既然他好心邀請我留下來等他的女兒和女婿回來，那我就恭敬不如從命，並詢問了小艾蜜莉的近況。

「嗯，先生，」歐瑪先生移開菸斗揉揉下巴說，「我說真的，她結婚的時候，我會很高興的。」

「怎麼說呢？」我問道。

「哎呀，她現在心還不定，」歐瑪先生說，「不是說她不像以前那麼漂亮了，因為她是比之前更漂亮——這我跟你保證，她真的比以前更漂亮了；也不是說她沒有以前那麼認真工作，因為她還是一樣認真。她**以前**抵得過六個人，**現在**也抵得過六個人。但不知道怎麼了，她就是心不在焉。如果你懂我的意思，」歐瑪先生又揉了揉下巴，抽了口菸，「我大致上可以用這句話來表示：『用力拉、努力拉、一起拉，夥伴們，萬歲！』我跟你說啊，大致上來說——我覺得**這**就是艾蜜莉欠缺的。」

歐瑪先生的表情和舉止是那麼的認真，我認真地點點頭，表示明白他的意思。

我這麼快就聽懂他的意思，他好像很高興，便繼續說：「嗯，我認為這主要是因為她心還不定，你懂吧。我們下班後也聊了很多，就她舅舅跟我，還有她未婚夫跟我聊天。我認為她的心還沒定下來。你一定還記得小艾蜜莉特別重感情啊，」歐瑪先生輕輕搖頭，「俗話說：『朽木不可雕也。』嗯，這點我是不太清楚啦，我倒覺得早點開始雕是有可能的。她把那艘舊船當家了，先生，什麼東西都比不過那些石子跟大理石。」

「我相信她是這樣沒錯！」我說。

「看到那個美人兒這麼黏她舅舅，」歐瑪先生說，「看她跟在他身邊的樣子，一天比一天緊，一天比一天親，真是好一幅景象。不過啊，你也知道，如果是這樣的話，那內心可是會很煎熬啊。沒必要的話，幹嘛要拖那麼久呢？」

我專心地傾聽，這個老好人所說的，我全心全意地默默贊同。

「所以啊，我就跟他們說，」歐瑪先生用很輕鬆自在的語氣說，「我說啊：『哎呀，一點也不要考慮艾蜜莉的學徒期還沒結束。這讓你們自己決定。她的貢獻多得出乎預期，學習速度也快得出乎預期。歐瑪和裘倫可以把剩下時間一筆勾消，如果你們想，那她就自由了。要是她結婚之後想要一點其他的安排，例如說在家替我們接一點工作啦，那很好。如果她不想，也沒關係。不管怎樣，我們都不吃虧。』因為啊，你想想看，」歐瑪先生用菸斗碰了我，「像我這樣喘不過氣，又做人家外公的，會跟**她**那樣的藍眼美女斤斤計較嗎？」

「我相信絕對不會。」我說。

「絕對不會！你說得沒錯！」歐瑪先生說。「嗯，先生，她的表哥——你認識她要嫁的那個表哥吧？」

「噢，我認識，」我回答，「我跟他很熟。」

「當然當然，」歐瑪先生說。「嗯，先生！她的表哥工作應該做得還不錯，有點積蓄，他很有男子氣概地跟我道謝——我要說，他的舉止整個讓我對他讚譽有加——然後租了一間你我看了都覺得舒適的小房子，現在正在裝修，裡頭乾淨整齊，應有盡有，就像個娃娃屋。要不是可憐的巴基斯病情惡化，我敢說，他們現在早就結為連理，但因為情況有所改變就延期了。」

「那艾蜜莉呢，歐瑪先生？」我問道。「她心比較定了嗎？」

「這個嘛，你也知道，」他又揉了揉雙下巴說，「這自然是無法預期的。可以說，遇到變化和分離這種事，對她來說，同時近在咫尺也遠在天邊。要是巴基斯就這樣走了，那就不會拖太久，但他的狀況可能會持續下去。總之，這種事情很難說，你懂吧。」

「原來如此。」我說。

「所以，」歐瑪先生繼續說，「艾蜜莉還是有點沮喪，心還在飄。或許整體看來，她情況比之前更嚴重了。每一天，她似乎都越來越黏她舅舅，也越來越不想跟我們大家分開。我說句關心的話都會讓她淚流滿面。要是你看到她跟米妮的小女孩玩的樣子，那你肯定永遠都忘不了。我的天哪！」歐瑪先生想了一下說，「她多麼愛那個孩子！」

我覺得現在機會正好，趁他女兒和女婿還沒回來打斷我們談話之前，突然想起要問歐瑪先生是否知道瑪莎的情況。

「啊！」他搖搖頭，沮喪地回答道：「不好。不管你怎麼聽說的，這真是很傷心的故事啊，先生。我從沒想過那女孩會做這種錯事。我也不想在我女兒米妮面前提起——因為她會立刻要我別說——我也從沒提起過。我們倆對這件事一字也不提。」

歐瑪先生早我一步聽見他女兒的腳步聲，用他的菸斗碰了我，眨了一眼以示警告。米妮與夫婿立刻就走了進來。

他們回報說巴基斯先生「情況真是糟到不能再糟了」，他已經幾乎沒有意識，齊利普先生剛剛離開前難過地在廚房說，就算把內科醫師學院、外科醫師學院、藥劑師公會的所有人都叫來，也幫不了他。齊利普先生說，內、外科醫師來也是回天乏術，而藥劑師只會毒死他。

聽到這裡，並得知佩格蒂先生也在那裡，我決定立刻過去一趟。我向歐瑪先生、裘倫夫婦道晚安，心情沉重地向佩格蒂家前進，覺得巴基斯先生是個全然不同的人了。

我輕敲了門，應門的是佩格蒂先生。看到我，他並沒有我預期的驚訝。後來佩格蒂下樓時，我發現她也是一樣，之後一直如此。我想，在等待那個可怕的變化到來時，其他的改變、意外都顯得無關緊要。

我與佩格蒂先生握手，走到廚房，他輕輕關上門。小艾蜜莉坐在壁爐邊，手捂著臉，漢姆就站在她身旁。

我們全都輕聲說話，停頓時仔細聽著樓上有沒有任何聲響。我上次來的時候還沒有想到，但現在想起來，巴基斯先生不在廚房的感覺好奇怪！

「你特地過來真是太好了，戴維少爺。」佩格蒂先生說。

「特別好。」漢姆說。

「艾蜜莉，親愛的，」佩格蒂先生說道。「快看啊！戴維少爺來了！怎麼啦，開心點啊，美人兒！不跟戴維少爺說說話嗎？」

我看到她不停顫抖。碰到她的時候，也能感受得到她的手好冰冷，唯一有生氣的跡象只有從我手裡抽回去的那一刻。接著，她悄悄起身走到舅舅身旁，低頭倚著他的胸膛，沒出聲，依然顫抖著。

「她心太軟了，」佩格蒂先生用他的粗糙大手摸了她的秀髮，「難以承受這種傷心事。年輕人就是這樣，戴維少爺，因為還涉世未深，沒遇過這些考驗，就像我旁邊這隻小鳥一樣會怕，這是理所當然的。」

她抓得更緊，但沒有抬頭，也不發一語。

「時間不早了，親愛的，」佩格蒂先生說，「漢姆來這裡帶妳回家了。好了！跟另一個軟心腸的人回家吧！怎麼啦，艾蜜莉？啊，我的美人兒？」

我聽不見她的聲音，但佩格蒂先生好像聽見了，他低下頭說：「讓妳在這裡陪舅舅？哎呀，妳用不著問我！想陪舅舅啊，小乖？可是妳老公都特地來接妳回家了耶！看妳這樣的小姑娘窩在我這受過風吹雨打的傢伙身邊，」佩格蒂先生無比驕傲地看著我和漢姆說，「人家看到肯定會覺得海裡再多鹽，也沒有她對舅舅的愛來得多——傻寶貝艾蜜莉！」

「艾蜜莉這樣是對的，戴維少爺！」漢姆說。「不然這樣吧！既然艾蜜莉想留下來，也在你身邊怕成這樣，就讓她留到早上，我也留下來陪你們！」

「不行，不行，」佩格蒂先生說。「你不可以這樣。你是結了婚的人——差不多算結婚了——不能這樣整天不去工作賺錢。你也不可能邊留在這裡邊工作，這是不行的。你回家休息吧，不用擔心艾蜜莉沒人照顧，我知道。」

漢姆被說服之後，拿了帽子就要告辭。就連他吻她的時候——我從來沒有見過他接近她，但我覺得他天生就有紳士那般高尚的靈魂——她似乎倚她舅舅更緊，想躲避她所選擇的丈夫。他離開後，我關上門，以免打擾室內的寧靜。回來時，我看見佩格蒂先生還在跟艾蜜莉說話。

「好了，我要上去跟妳阿姨說戴維少爺來了，這會讓她開心一點，」他說。「妳坐在壁爐邊等，暖暖這雙冷死人的手。妳不用怕，不要想那麼多。什麼？妳要跟我上去？——好吧！妳跟我一起走，來吧！要是她舅舅被人趕出家門，逼得要躺在水溝裡，戴維少爺，」佩格蒂先生跟剛剛一樣自豪，「我相信她會立刻跟我一起去！不過很快就會有別人了——很快就有別人照顧妳了，艾蜜莉！」

後來我上樓經過我那個小房間，裡頭一片漆黑，我有個模糊的印象，覺得艾蜜莉就躺在裡頭的地板上。不過到底真的是她，或者我誤將房內的影子當成是她，我現在已經不曉得了。

待在廚房壁爐前，我想著漂亮的小艾蜜莉懼怕死亡的事情，加上歐瑪先生告訴我的話，覺得這就是她這麼不像平時樣子的原因了。在佩格蒂下樓之前，我坐著數時鐘的滴答聲，更加深身旁的肅穆寂寥，甚至讓我更寬容地看待她的這種脆弱。佩格蒂抱住我，不斷祝福我、感謝我讓她在悲痛中感到欣慰（這是她說的）。接著她請我上樓，嗚咽著說巴基斯先生一直都很喜歡我、欣賞我，在不省人事前也經常提起我。她相信，如果世上有東西能夠讓他打起精神，那他清醒後看到我一定會非常高興。

我見到巴基斯先生的時候，覺得他清醒的可能性微乎其微。他的肩膀和頭部在床外面，姿勢非常不舒服，半靠在那個帶給他許多痛苦和麻煩的箱子上。我聽說，自從他無法再爬下床取箱子，也無法用我從前看過他用的神聖手杖保證它的安全以後，他就要求將箱子放到床邊，日日夜夜地抱著它。現在他的一隻手臂就放在箱子上。時光與塵世從他身下悄悄溜走，唯獨箱子仍存在著；而他最後發出的幾個字，就是用解釋的口吻說：「舊衣服！」

「巴基斯，親愛的！」佩格蒂努力打起精神說，並彎腰靠向他。佩格蒂先生跟我站在床尾。「我最愛的孩子來看你了，就是戴維少爺替我們牽線的啊，巴基斯！他替你傳話的，記得嗎？你要不要跟戴維少爺說說話？」

他的狀況就跟箱子唯一能表現出的一樣，毫無聲息，毫無知覺。

「他要跟潮水去了。」佩格蒂先生捂著嘴對我說。

我的雙眼一片模糊，佩格蒂先生也是。但我低聲重複問道：「跟潮水去了？」

「海邊的人不會死，」佩格蒂先生說，「只有在潮水退去之後才會跟著去。除非漲潮，海邊的人也

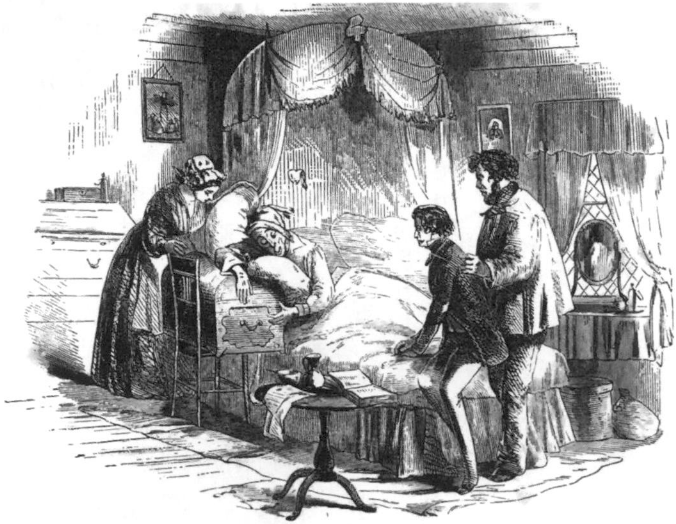

巴基斯先生跟潮水走了

不會出生——要真正漲潮才能確實出生。他要跟潮水去了。潮在三點半退，會有半小時的平潮。要是他撐過這波漲潮，就能撐到下次退潮，再跟著潮水去。」

我們都待在那看顧著他，好久好久——好幾個小時過去。在他不省人事的情況下，我的在場對他有何影響，我不敢說，但他終於開始有氣無力地說話時，確實呢喃著以前載我到學校的事情。

「他有點清醒了。」佩格蒂說。

佩格蒂先生碰了我，非常敬畏地低聲說：「他快要跟潮水去了。」

「巴基斯，親愛的！」佩格蒂說。

「C.P.巴基斯，」他虛弱地說，「世界上沒有比妳更好的女人了！」

「快看！戴維少爺來看你了！」他張開眼後，佩格蒂說。

他試著伸出手時，我問他認不認得我，他面帶微笑，清楚地對我說：「巴基斯願意！」

這時正好退潮，他就跟潮水走了。

第31章 更大的苦惱

佩格蒂懇求我留下來，我沒多加考慮就決定再留幾天，陪可憐的車夫走完回布朗德史東的最後一程。佩格蒂很久以前就存錢買下了老教堂墓園裡「她的寶貝女孩」（她總這樣稱呼母親）附近的一小塊地，做為她與丈夫的長眠之處。

能夠陪伴佩格蒂，盡我所能地幫忙她（頂多就那麼一點事），我現在想起來還是覺得很高興。我當時心懷感激，直至現在也一樣，很開心自己能夠幫上忙。不過讓我最感到心滿意足的，恐怕是因為與他們的私交以及職業性質，而接下負責執行巴基斯先生遺囑並解釋其內容的這項大任。

我建議他們應該在木箱裡找一找遺囑，所以這可以算是我的功勞。找了一下子，果然在箱子裡找到了，就放在一個馬糧袋底下。袋裡除了草料，還有一只帶錶鏈和墜子的金錶（就是巴基斯先生在婚禮戴的那只，那天之前或之後都沒有人看過）、一個形狀像腿的銀製菸草塞棒、一顆假檸檬裡裝滿迷你杯子跟碟子（我覺得這應該是巴基斯先生在我小時候買來要送我的，結果發現自己與它們難分難捨）、八十七個半基尼（全都是基尼與半基尼硬幣）、兩百一十鎊的嶄新紙鈔、英格蘭銀行的一些股票收據、一塊老舊的馬蹄鐵、一枚假先令、一塊樟腦和一個牡蠣殼。從牡蠣外殼拋光、裡頭閃爍五顏六色的情況看來，我推斷巴基斯先生對珍珠僅有一些模糊概念，從來沒有完全搞懂真正的意思。

好幾年來，巴基斯每一天、每一趟旅程都必定帶著這個箱子。他還編了一個故事，覺得這樣比較不會引起別人注意，他說這是「布萊克鮑伊先生請巴基斯代為保管，直到前來領走為止」的物品。他還刻意將這句話寫在蓋子上，不過現在已經難以辨識了。

我發現，這些年來他積蓄頗豐，財產加總達近三千英鎊。其中一千英鎊每年的利息他贈給佩格蒂先生；若佩格蒂先生身故，一千英鎊本金將由佩格蒂、小艾蜜莉和我平分；若我們之中有人過世，那就由尚存者平分。他過世後的其他財產都贈與繼承人佩格蒂，她也是最終遺囑的唯一執行人。

我慎重其事地大聲朗讀這份文件，將各項條款不厭其煩地解釋給相關人士聽，自認為很有代訴人的風範。我開始覺得律師公會的工作比我原本以為的還重要許多。我用最審慎的態度檢視遺囑，宣布它在各方面都完全合法，並且在旁邊空白處用鉛筆做記號，覺得自己懂這麼多還真是滿了不起的。

我處理著遺囑這件難事，替佩格蒂算清楚她名下繼承的所有財產，有條不紊地安排好所有事宜，以及在每一階段給她建議和想法，這讓我們兩人都很高興。葬禮之前的一星期就這麼過去；這段期間我並沒有見到小艾蜜莉，但他們跟我說再兩週她就要低調地舉行婚禮。

如果我能冒昧地說，我並沒有照名分參加葬禮。我的意思是，我沒有穿黑色大衣和飄帶嚇跑鳥兒，但我一大清早就步行到布朗德史東，棺材運到時就已經在墓園等，隊伍中只有佩格蒂和她哥哥。瘋癲的男子從我舊房間的小窗戶向外探；齊利普醫生的寶寶靠在保母肩上擺動他沉重的頭，對著神職人員轉動著眼珠；歐瑪先生在遠處氣喘吁吁。此外就沒有別人了，葬禮十分安靜。結束後，我們在墓園散步了一個小時，拔拔母親墳上新長的雜草。

寫到這裡，我突然一陣懼怕；有朵烏雲低降到遠處的鎮上，那個我曾獨自散步回憶兒時的地方。我不敢靠近，不敢去想那個難忘的夜晚接下來要發生的事。如果我繼續寫，那事情必定會再次上演。

那件事並不會因為我現在提筆寫下而變得更糟；也不會因為我不願意而停筆不寫就變得好轉。事已至此，覆水難收，沒有什麼事能夠改變得了。

我的老保母隔天要跟我一起去倫敦處理遺囑的事。小艾蜜莉那天早上在歐瑪先生的店裡工作。我們約好當天晚上要在老船屋碰面，漢姆下班後會帶小艾蜜莉一起過來。我打算悠閒地走回雅茅斯。佩格蒂兄妹倆怎麼來的就怎麼回去，晚上會在壁爐旁等著我們。

我們在墓園的小門道別，也就是以前我想像史翠普揹著羅德里克・藍登的背包小憩的地方。不過我並沒有直接返回，反而往洛斯托夫特的方向走了一小段路，之後再回頭，走回雅茅斯。我找到一間挺不錯的酒館用餐，離以前提到搭渡輪的地方約幾哩路。白天就這樣消磨過了；等我回到雅茅斯已是傍晚。當時下著大雨，是個很狂亂的夜晚；月亮就躲在雲的後面，天色並沒有很暗。

我很快就看見佩格蒂先生的房子，從窗戶透出明亮的燈光。我費力地走過沙灘，到了船屋門口，走了進去。

家裡看起來確實很舒適。佩格蒂先生抽著傍晚的菸斗，晚餐也準備好了。壁爐的火燒得很旺，灰燼飛得很高，替小艾蜜莉準備的矮櫃已在老地方就定位。佩格蒂則是再次坐在自己的老位置上，除了穿上了喪服，彷彿從未離開過；她已經重拾聖保羅大教堂針線盒、小屋裡的碼尺和一小塊線蠟的陪伴。這些東西都好好地放在那，似乎從來沒有受到驚擾。格米奇太太也在她的小角落，看起來有點心煩，因此也是很像她平常的樣子。

「你是第一個抵達，戴維少爺！」佩格蒂先生開心地說。「如果大衣濕了，最好趕快脫掉。」

「謝謝你，佩格蒂先生，」我把大衣交給他掛起來。「其實滿乾的。」

「真的耶！」佩格蒂先生摸摸我的肩膀說。「跟碎木屑一樣乾！請坐吧，少爺。都這麼熟了，其實用不著說歡迎，不過我們真心誠意地歡迎你。」

「謝謝你，佩格蒂先生，你們的心意我很清楚。哎呀，佩格蒂！」我過去給她一個吻。「妳好嗎，老婦人？」

「哈哈！」佩格蒂先生大笑，坐在旁邊搓揉雙手，表示最近擔心的事終於過去了，流露出他真誠的本性。「少爺，我跟她說，全世界沒有哪個女人需要比她更放寬心的了！她謹守婦道，往生者也很清楚；往生者也盡了他的本分，就像她盡了她的本分一樣……所以……所以……所以一切都很好！」

格米奇太太咕噥了一聲。

「高興點，漂亮的老妞！」佩格蒂先生說，但他對我們搖搖頭，顯然發現最近的事件讓她想起老伴了。「不要沮喪！開心點，為了妳自己，就算只有一下子也好，看看會不會自然而然再更開心一點！☆9」

「我是不可能的，阿丹，」格米奇太太回答。「我這輩子注定孤單、歹命。」

「不會，不會。」佩格蒂先生安慰她。

「就是會，阿丹！」格米奇太太說。「我不配跟有錢的人住在一起。每件事情都跟我過不去，我還是走了算了。」

「哎呦，沒有妳，我是要怎樣過日子嘞？」佩格蒂先生嚴正抗議。「妳說些什麼傻話啊？我現在不是比以前更需要妳了嗎？」

「我就知道你們以前都不要我！」格米奇太太哭喊道，可憐地直啜泣。「現在終於跟我直說了！我這麼孤單，這麼歹命，怎麼可能會有人想要我！」

佩格蒂先生似乎十分驚訝自己那番話，竟然被曲解成這麼冷酷的意思，但佩格蒂拉拉他的袖子並搖頭示意他別回答，他就沒有回話了。佩格蒂先生再看了格米奇太太一會兒，心裡還是很難過，然後再看了看鐘，起身，剪去燒黑的燭芯後，將蠟燭放在窗台上。

☆9
Don't be down! Cheer up, for your own self, on'y a little bit, and see if a good deal more don't come nat'ral!'

「好了！」佩格蒂先生開心地說。「沒事啦，格米奇太太！」格米奇太太輕嘆了一下。「照慣例點亮了！你在想是為什麼吧，少爺！哎呀，就是為了我們家的小艾蜜莉啊。因為啊，天黑之後路上不是很亮，讓人高興不起來，所以她下班之後，只要我在家，就會把蠟燭放在窗口。這樣一來啊，」佩格蒂先生興高采烈地俯身對我說，「就達到兩個目的啦。艾蜜莉她會說啊：『到家啦！』然後呢，她還會說啊：『而且舅舅也在呢！』因為只要我不在家，我就絕對不會點蠟燭。」

「你真像個小孩子！」佩格蒂說。雖然她嘴上這樣說，但還是很喜歡他這一點。

「哎呀，」佩格蒂先生兩腿站得開開的，舒適滿意地雙手上下搓揉雙腿，然後一下看我們，一下看著爐火。「我不知道我像不像啦，可是看起來不像吧。」

「是不太像。」佩格蒂觀察道。

「不像啊，」佩格蒂先生笑答。「看起來不像，不過——感覺起來很像，是吧。不管啦，這我不在乎！我跟你講，我去看我們家艾蜜莉那棟漂亮小屋的時候，要是我沒有把那裡的小東西都當成是她啊，那我真是——我就會遭天煞啦，」佩格蒂先生突然強調道，「好啦！別的我不多說。我就把東西拿起來看，再放回去，把它們當成我們家艾蜜莉一樣小心翼翼地摸，拿起她的小帽子的時候也一樣。別人都不能拿去隨便用——要給我全世界的錢我都不准。妳說我像個小孩子，我就是這樣啊，只不過長得像個巨大海膽！」佩格蒂先生說，表露真情地開懷大笑。

佩格蒂和我都笑了，只不過沒有笑得像他那麼大聲。

「你們知道，我覺得是因為啊，」佩格蒂先生又搓揉了雙腳，開心地說，「以前我常常跟她玩，假裝是土耳其人、法國人、鯊魚，或是形形色色的外國人——哎呀，真的哪，獅子啊、鯨魚啊，還有我不會講的東西——她那時候還不到我膝蓋這麼高。所以你們也知道，這就變成我的習慣啦。啊，你們看這邊這支蠟燭！」佩格蒂先生高興地將手伸向蠟燭說。「我很清楚她結婚離家之後，我還是會像現在這樣，把蠟燭放在那邊。我很清楚，只要我晚上在家裡（或是謝天謝地，我發了大財住到別的地方），她沒來這裡或是我沒有去她那裡的時候，一定會把蠟燭放在窗邊，坐在壁爐前面，假裝在等她來，就像我現在這樣。我就像個小孩子啊！」佩格蒂先生又大笑了起來，「像海膽的小孩子！啊，這時候，我只要看到蠟燭亮，就會對自己說：『她也看到了！艾蜜莉要來了！』我就是長得像海膽的小孩子啊！我都說對了，」佩格蒂先生止住笑聲，兩手一拍，「因為她真的來啦！」

不過進屋的只有漢姆。因為他用防水帽遮著臉，我想外頭的風雨在我進門後應該變得更大了。

「艾蜜莉呢？」佩格蒂先生說。

漢姆動了一下頭，示意她就在門外。佩格蒂先生將蠟燭從窗台拿下來，修整一下再放到桌上，然後忙著撥動爐火。這時一動也不動的漢姆說：「戴維少爺，你可以跟我到外面一下嗎？艾蜜莉和我有東西要給你看。」

我們走出門。我從他身旁走出去時，既訝異又驚恐地看到他毫無血色的面容。他匆忙地將我推到外頭，關上門。只有我們兩個站在門外。

「漢姆！到底怎麼回事？」

「戴維少爺……」噢，他心碎痛哭得好傷心。

看到他這麼難過，我無法動彈。我不知道當時想到了什麼，或是在擔心些什麼，我只能眼睜睜地看著他。「漢姆！可憐的好漢！拜託你快告訴我怎麼了！」

「戴維少爺，我的愛——我心頭的驕傲和希望——為了她，我願意上山下海，要我死都可以——可是她不見了！」

「不見了？」

「艾蜜莉逃跑了！噢，戴維少爺，光是想到她**怎麼**跑的，我向萬能仁慈的上帝禱告，希望她在毀掉名聲和受盡恥辱之前，先讓她沒命（她那比萬物都珍貴的命）！」

他臉龐朝向不平靜的天空、顫抖的雙手緊握著、全身的痛楚跟荒涼海灘連結在一起——直到這一刻，仍歷歷在目。在那裡是永夜，而他是畫面中唯一的身影。

「你是讀書人，」他很快地說，「知道怎樣做最好。告訴我，進去後該怎麼說？我到底要怎麼告訴他，戴維少爺？」

我看到門動了，立刻試圖從外面的門閂拉著，以爭取一點時間。但我太遲了。佩格蒂先生的臉已經探了出來。就算我能活個五百年，也永遠忘不了他看見我們倆時臉上的變化。

我記得一陣哭嚎，兩位女士待在他身邊，我們全都站在屋裡。我手上拿著漢姆給我的信。佩格蒂先生的背心都扯開了，一頭亂髮，臉色和嘴唇都蒼白無色，鮮血流到他胸膛（我想是從嘴邊流下來的），定睛看著我。

「唸吧，少爺，」他用低沉顫抖的聲音說道。「拜託，慢慢唸。我不知道能不能聽懂。」

一陣死寂中，我拿出斑斑汙漬的信，開始唸：

「我一點也不配得到你對我深情的愛，就算我的心還純潔，也不配。當你看到這封信時，我早就離去了。」

「我早就離去了，」他緩慢地重複道。「暫停！艾蜜莉早就離去了。嗯！」

「當我一早離開親愛的家——我親愛的家——噢，我親愛的家啊！」

信上的日期是昨晚。

「我永遠不會再回來，除非他娶我為妻，讓我當個上流淑女。幾小時之後，你們會發現這封信，而不是我本人。噢，但願你知道我的心有多撕痛。我這麼對不起的你，永遠都無法原諒我的你，但願你知道我有多痛苦！我這麼壞，不值得再多寫！噢，你就當我是可惡至極吧，把這當作安慰。噢，求求你，告訴舅舅我從來沒有像現在這麼愛他。噢，別記起你們全都對我多麼愛護、仁慈——別記起我們原本要結婚的——只要假裝我很小的時候就過世，被埋在某個地方了就好。我所遠離的上帝，拜託可憐舅舅吧！告訴他，我從來沒有這麼愛他。安慰他，愛上一個像我以前一樣愛舅舅的女孩，對你忠貞、配得上你、除了我之外，不知道其他羞恥事的女孩。請上帝保佑你們所有人！我會經常跪地為你們禱告。要是他不娶我，讓我成為淑女，那我不為自己禱告，我會為你們所有人禱告。向舅舅獻上別離的愛；將我最後的眼淚、我最後的感謝，獻給舅舅。」

信就到這。

我唸完之後過了好久，佩格蒂先生還是站在那看著我。最後，我冒昧地握著他的手，盡我所能地懇求他振作過來。

他回答：「謝謝你，少爺。我很感謝你！」但還是一動也不動。

漢姆上前跟他說話。佩格蒂先生深深體會他的痛苦，因此緊握住漢姆的手。除此之外，他就跟剛才一樣，沒有人膽敢打擾他。

終於，他慢慢地將目光從我的臉上移開，好像他剛從某個幻覺中醒來，並環視四周。之後他低聲說道：「那個男的是誰？我要知道他的名字。」

漢姆看了我一眼。突然間，我震驚地後退了一步。

「你一定有懷疑的人，」佩格蒂先生說，「是誰？」

「戴維少爺！」漢姆哀求道。「請出去一下，讓我把該說的告訴他。這些話你不該聽，少爺。」

我再次震驚，跌坐在椅子上，試圖回應些什麼，但舌頭動彈不得，視線模糊。

「我要知道他的名字！」我又聽到這句話。

「有陣子，」漢姆結巴著，「有個僕人偶爾出現在這附近，還有一位紳士，他們是一對主僕。」

佩格蒂先生跟之前一樣，一動也不動地站著，但現在視線移到漢姆身上。

「昨晚，」漢姆繼續說，「有人看到那位僕人……跟我們家的可憐女孩……在一起。他躲在附近至少有一個禮拜了。大家本來以為他走了，但他只是躲起來。別留在這裡聽，戴維少爺，不要！」

我感覺到佩格蒂的手環抱著我的脖子，但就算整間房子都要垮到我身上，我還是無法動彈。

「今天早上，天都還沒亮的時候，諾威治街上就來了輛奇怪的輕便馬車，」漢姆繼續說，「那個僕人走過去，又走了回來，然後又走了過去。最後一次走過去的時候，艾蜜莉跟著他。他的主人就在車裡。就是那個人。」

「我的天啊，」佩格蒂先生後退一步，伸出雙手，好像想擋住他懼怕的東西，「別告訴我那個人叫史帝福斯！」

「戴維少爺，」漢姆斷斷續續地喊道，「這不是你的錯……我一點也不怪你……但那個人就是史帝福斯，他就是個壞透了的惡棍！」

佩格蒂先生沒有哭泣，沒有落淚，沒有移動，然後他似乎突然清醒，從角落掛鉤上取下大衣。

「幫我一下！我動不了，拿不下來，」他不耐煩地說。「幫我弄一下。好了！」有人上去幫忙他。「現在把那頂帽子給我！」

漢姆問他要去哪裡。

「我要去找我外甥女。我要去找我的艾蜜莉。我就是要去，不過我要先去打壞那艘船。要是我早知道他是這種人，只要我還活著，我就會在那艘船沉的地方淹死**他**！他竟然還敢坐在我面前，」他抓狂地說，右手緊握成拳頭，「就算他來坐在我面前，跟我面對面要打死我，我也要先淹死他，這樣才有天理！——我要去找我外甥女。」

「要去哪找？」漢姆擋著門喊道。

「不管！我走遍全世界也要找到我外甥女。我要去找我那個蒙羞的可憐外甥女，然後把她帶回家。沒有人可以阻止我！我告訴你，我就是要去找我外甥女！」

「不行不行！」格米奇太太站在兩人中間哭喊，「不行，阿丹，你現在這種情況不行出去。過陣子再去找她，孤單的阿丹，你之後再去找吧！你現在這樣不行。來坐下，先原諒我一直讓你很擔心，阿丹——我的歹命跟這個相比哪有什麼——我們來聊聊她以前變成孤兒的時候，漢姆也是，我那時是個可憐的寡婦，然後你收留我。想想這些會讓你可憐的心腸再軟一點，阿丹，」她將頭靠在他肩上，「你也會好受一點，因為你知道那句承諾，阿丹。『你們既然做在我們這群人最小的身上，那就是做在我身上了。』[76]——這句話在這個屋簷下絕對不會沒有用，這裡是我們那麼多人好幾年來的庇護！」

佩格蒂先生這時安靜下來。我聽著他痛哭的聲音，有股衝動想跪下請求他們原諒我所造成的傷痛；有股衝動想詛咒史帝福斯，但我訴諸了更好的宣洩方式，我那顆負荷過重的心得到了同一紓解，我也哭了。

76. 改自《聖經》馬太福音第二十五章四十節，該句原文為：「這些事你們既做在我這弟兄中一個最小的身上，就是做在我身上了。」

第32章　漫長旅程的開始

對我來說是合情合理的事，我推測，對許多人來說也一樣，所以我並不害怕寫出來。當我跟史帝福斯的牽絆斷了的時候，我從來沒有這麼愛過他。發現他做出如此可恥的事，雖然讓我傷心透頂，但比起過去最敬愛他的時候，現在的我更常想到他的洋溢才華，想到他好的一面讓我更加心軟，更加讚賞原本能使他高尚、出名的人格特質。我很清楚自己無意間讓他玷汙了一個光明正大的家庭，但我相信，若是當時能跟他面對面，我也不會對他說出一句責備的話。

儘管我對他已經不再著迷，我還是會一樣愛他，我還是會溫柔地記得我對他的敬愛，還是會像個精神受打擊的小孩一樣軟弱，只差沒有想到我們會有重逢的一天而已。我從沒有過會與他再次相聚的念頭。我覺得，就像他之前早就察覺到的一樣，我們之間已經結束了。他記得我什麼，我不曉得——或許把我看得很輕，輕輕鬆鬆就能忘記——不過我所記得的他，是個我曾經很珍惜的朋友，只不過在我心中已經死去。

沒錯，史帝福斯，永遠從這部可憐傳記中的場景除去了！在審判寶座前，我的悲傷或許會不自覺地替你作證，但我的憤怒與責備絕對不會，這點我很清楚！

事情很快就在小鎮裡傳開了。

隔天早上當我走在街上，就無意間聽見居民在自家門口談論這件事。很多人嚴厲譴責她，有不少人認為錯在他，但對於她的再生父親以及未婚夫，眾人的看法一致。儘管一樣米養百樣人，但看到這家人的不幸遭遇，大家全都表現出善意體貼的尊重。他們兩個一早漫步在海灘時，漁夫都保持距離，給他們空間，三三兩兩聚在一起表達對他們的同情。

我在緊鄰大海的海灘邊找到了他們。就算佩格蒂沒有告訴我，昨晚我離開後他們仍然坐在那裡直到天亮，也不難看出他們整夜沒睡。他們看起來很疲憊，我覺得佩格蒂先生在一夜之間頹喪的程度，比我認識他多年來相加還要多。但他們兩個都像在陰暗天空下的大海一樣莊嚴沉穩。大海風平浪靜，在地平線與一條未露臉的太陽所照射出的銀色光芒相接，然而海面上沉重的搖動，彷彿在休息時的輕聲呼吸一樣。

「我們聊了很多，少爺，」我們三人不發一語地走了一小段路後，佩格蒂先生對我說，「談到應該做什麼、不該做什麼。但現在已經確定該做什麼事了。」

我正好看了漢姆一眼，之後看向大海遠處那道光芒，心裡突然升起一個可怕的念頭：他要是再見到史帝福斯，會殺了他。這不是因為他的臉上掛著怒容。他並沒有生氣的樣子，但我只記得他堅決的神情。

「少爺，我的責任，」佩格蒂先生說，「已經完成了。我要去找我的……」他停下來，用更加堅定的口吻說，「我要去找她。這就是我從今以後的責任。」

我問他要去哪裡找時，他搖搖頭，只問我明天是否要去倫敦。我說本來是打算今天去，但不想失去任何能幫上他忙的機會，所以等他準備好，我可以陪他一起去。

「如果你方便的話，少爺，」他回答，「我明天跟你一起去。」

我們再往前走了一段路，不發一語。

「漢姆，」他開口，「他會繼續原本的工作，然後搬去跟我妹妹住。那邊的舊船……」

「你要拋棄那艘舊船嗎，佩格蒂先生？」我輕聲插嘴道。

「戴維少爺，」他回答，「我的家已經不在這裡了。要是自從黑暗籠罩在深淵之上至今[77]有哪艘船沉沒，那就是這艘了。不過，不是的，少爺。我不是說要拋棄它，絕對不是這樣。」

我們跟之前一樣又走了一小段，他才解釋道：「少爺，我的願望是，不管白天還是晚上，不管冬天還是夏天，這艘船都要保留成她最初記憶的那個樣子。要是哪天她流浪回來了，我不會讓這老地方弄得很像要驅趕她一樣，你懂我的意思吧，我想要吸引她接近，然後她或許會像鬼魂一樣，在外頭風雨中從那舊窗戶偷看進來，看看她壁爐邊的老位子。然後，戴維少爺，如果她只看到格米奇太太在裡頭，說不定啊，會鼓起勇氣全身發抖地溜進來，或許會跑進來睡在她的舊床上，在曾經這麼快樂的地方讓她疲憊的腦袋休息。」

我試著說點什麼，但無法說出話來。

「每天晚上，」佩格蒂先生說，「等到天一黑，就一定要把蠟燭放到窗口的老地方。這樣如果她看到的話，就會覺得那像是在說：『回來吧，我的孩子，回來吧！』如果天黑之後，有人敲你姑姑家的門（特別是很輕的敲），漢姆，那你可別靠近。讓你姑姑去迎接我墮落的孩子——你別去！」

他走在我們兩個的前面，有一陣子都是。這段時間，我又看了漢姆一眼，觀察到他臉上是跟剛才相同的表情，眼睛仍看向遠方的光芒。我碰了他的手臂。

我叫了他兩次，語氣像是要把睡著的人叫醒一樣。這下他才注意到我。我問他這麼專心在想什麼事？他回答：「在想眼前的事，戴維少爺，還有那邊的事。」

77. 查《舊約聖經》創世記第一章第二節。

「你是說眼前人生的事情嗎？」他剛才不明確地指向大海。

「對，戴維少爺，我也不知道是怎樣，但那邊好像會有——結局之類的東西過來。」他用緩慢甦醒的眼神看我，但臉上的堅定神情不變。

「什麼結局？」剛才的恐懼又向我襲來。

「我不知道，」他若有所思地回答。「我剛剛只是在想，一切都是在這裡開始的——然後結局就來了。不過都過去了！戴維少爺，」他補充道，我想是因為看到我的表情。「你不用怕我會做出什麼傻事，我只是腦子有點亂，感覺不到東西。」——意思就是說，他不是自己，覺得很混亂。

佩格蒂先生停下腳步讓我們跟上他。我們跟上了，但全都不發一語。不過，即使無可避免的結局在注定的時間到來，這件事與我之前的擔憂還是不時縈繞在我心頭。

我們不知不覺地走到舊船屋，走進門後發現格米奇太太不像以往坐在自己的角落怨天尤人，而是忙著準備早餐。她接過佩格蒂先生的帽子，幫他把座位整理好後，用很輕柔舒服的聲音說話，我都認不出她來了。

「阿丹，我的好漢，」她說，「你一定要吃點東西、喝點什麼，這樣才能保持體力，不然什麼事都做不了。吃一點嘛，這樣才對！要是我這樣碎碎唸讓你心煩，」指的是她的嘮叨，「那就跟我說，阿丹，我就不再多說了。」

她幫我們弄好早餐、收好碗盤之後，回到窗邊，努力修補佩格蒂先生的一些襯衫和衣物，並仔細地摺好，收進水手用的一只舊防水布袋裡。同時，她繼續用同樣平靜的口吻說道：「一年四季，每時每刻，阿丹，你要知道，」格米奇太太說，「我都會守在這裡，每件事都會照你吩咐去做。我書讀得不多，可是你不在的時候，我有空就會寫信給你，我會把信寄給戴維少爺。或許你偶爾有空也可以寫給我，阿丹，說說你孤單寂寞旅程的心情。」

「恐怕到時候這裡只剩妳孤單一個人在這裡了！」佩格蒂先生說。

「不不，阿丹，」她回答，「我不會孤單的，你不要擔心我。我會忙著幫你打理這間厝，」（格米奇太太指的是家，）「在你回來之前，我都會讓自己不得閒，幫你照顧這間房子等你們誰回來，阿丹。天氣好的話，我就會像之前那樣坐在門外。要是**哪天**有人來，他們大老遠就會看到我這個忠心耿耿的老寡婦。」

這麼短的時間內，格米奇太太的改變真驚人！她根本就是變了個人。她好忠誠，很快就知道該說些什麼，哪些話又不該說。她忘記自己的辛酸，只關心旁人的悲慟，讓我對她都肅然起敬了起來。還有她那天所做的事！有很多東西都要從海灘上搬回來放到外頭的小屋裡——像是船槳、網子、風帆、繩纜、桅杆、蝦籠、壓艙袋等等。岸邊沒有一個人不願意伸出雙手幫助佩格蒂先生，就算要請人幫忙，他也會付出好工資，所以願意幫忙的人多得很，但格米奇太太仍然親力親為，一整天都在搬動那些比她重的東西，來來回回，努力做些她沒有必要做的雜事。至於自己的不幸遭遇，她那天似乎完全忘記了。她的同情中流露出溫和樂觀的態度，這種改變著實讓我感到驚訝。

她怨天尤人的老毛病完全不見了。我甚至沒聽見她聲音中有一絲顫抖，也沒看過她流下一滴淚，一整天都如此。一直到傍晚，她與我和佩格蒂先生獨自在屋裡，佩格蒂先生累壞了，所以很快就睡著，這時她才半壓抑地開始抱頭痛哭。她將我帶到門邊說：「上帝保佑你，戴維少爺，麻煩照顧他這個可憐人！」說完，她立刻跑到屋外洗臉，再回來靜靜地坐在他身旁做女紅，這樣佩格蒂先生醒來時才會看到她在身邊。總之，我當晚告辭時，將安撫痛苦的佩格蒂先生這個重責大任交給了她。格米奇太太讓我學到的一課，和她所展現出新的一面，深深影響了我。

我難過地在鎮上散步，大概九點、十點的時候，在歐瑪先生的店門前停了下來。歐瑪先生的女兒告訴我，他對這件事耿耿於懷，所以整天都非常沮喪難過，連菸都沒有抽就上床睡覺了。

「真是個欺騙人心的壞心女孩，」裘倫太太說。「她沒有一點好，從來都沒有！」

「別這樣說，」我應道，「妳不是真心這樣想的。」

「我就是！」裘倫太太氣哭了。

「不，不是的。」我說。

裘倫太太甩了甩頭，努力想要擺出嚴厲生氣的樣子，但無法克制自己心軟的那一面，開始哭了起來。我當時還很年輕沒錯，但看到她這種憐憫之心，讓我更加欽佩她，而且覺得她為人妻母的婦德確實非常好。

「她之後要怎麼辦？」米妮啜泣道。「她之後要往哪裡去？她之後會變成什麼樣？噢，她怎麼可以對自己這麼狠心，對他這麼狠心！」

我記得米妮以前青春漂亮的樣子，我很高興她也滿懷情感地記得。

「我們家的小米妮，」裘倫太太說，「剛剛才去睡。睡夢中她還哭著找艾蜜莉。一整天的時間，小米妮都哭著找她，一遍又一遍地問我艾蜜莉壞不壞。我該怎麼跟她說？艾蜜莉前一天晚上才將自己的領巾解下來，親手幫小米妮綁上，還躺在她身旁的枕頭上，等她熟睡了才離開！現在小米妮還綁著那條領巾，或許拿下來比較好，但我能怎麼辦？艾蜜莉是很壞沒錯，但她們兩個感情這麼好。而且小孩子什麼都不懂啊！」

裘倫太太十分難過，裘倫先生還得出來安慰她。我向他們告辭，回到佩格蒂家。如果還能，那我確實比剛才更加意氣消沉了。

這個好人——我是說佩格蒂——儘管歷經近期的焦慮和不眠的夜晚，還是不辭辛勞地去照顧她哥哥，要到隔天早上才回來。現在房子裡只剩下我和一位老太太，是佩格蒂過去幾週無法料理家務時請來的幫手。由於不需要她幫忙，我就請她先就寢，這也正合她意。我在廚房的壁爐旁待了好一陣子，思考這一切。

除了這件事，我還想起過世的巴基斯先生臨終時，浪潮將他帶到海洋遠方，就是今天早上漢姆怪異地注視的地方，就在我思緒飄遠時，一陣敲門聲把我喚醒。大門有個門環，但敲門聲並不是從那發出來的，而是用手敲的，敲擊位置在很低的位置，好像是小孩子在敲門。

敲門聲讓我大感驚訝，這就好像有個男僕在狂敲上流人家的門一樣。我開了門，先低頭一看，讓我驚訝的是，我只看到一把大傘自己在動，沒有別的。不過我馬上就發現了傘下的莫切小姐。

她使盡吃奶的力氣，還是無法把傘收好。這時候，要是她臉上露出我們上回初見時那種讓我印象深刻、反覆無常的表情，那我或許不會給這位小個子很溫暖的問候。但她望向我的神情好真摯誠懇，我接過她手中的傘（就算是給愛爾蘭巨人[78]用，也會覺得很不方便），看她受盡折磨地扭動雙手，反倒讓我對她起了好感。

「莫切小姐！」我先往空無一人的街道上張望著，不是很清楚自己還期待看到什麼，然後問道，「妳怎麼會來？有什麼事嗎？」她先用短小的右手臂示意我幫她將雨傘收好，之後匆忙地從我身邊穿過，走進廚房。

78. 狄更斯可能是指出生於愛爾蘭的派翠克・卡特（Patrick Cotter，一七六〇～一八〇六），他身高約兩百四十六公分，自詡為「愛爾蘭巨人」。

我關上門後，跟著她進去，手上還拿著傘。我看到她坐在壁爐的矮欄邊邊，那是個很低的鐵欄，上頭有兩塊平板用來放盤子。在鍋爐的陰影下，她前後搖晃，雙手摩擦著膝蓋，好像很痛。

因為只有我獨自一人接待這位不速之客，只有我看到她這樣奇怪的舉動，我覺得很慌張，再次問她：「莫切小姐，拜託妳快告訴我到底是怎麼回事！妳生病了嗎？」

「我親愛的年輕人啊，」莫切小姐在胸前扭緊雙手說。「我是病了，我病得很重。光是想到會變成現在這樣，而我早該發現，或許還能阻止事情發生！全都怪我這個笨蛋不動點腦！」

她的小身軀前後搖晃，頭上大帽子（跟身材比例非常不對稱）跟著晃動，牆上巨大無比的帽影也同步搖動。

「看到妳這麼痛苦、嚴肅，」我開口說道，「我好驚訝……」這時她打斷了我。

「對，一直都是這樣！」她說。「大家都是，這些不體貼的年輕人，長這麼大的好好一個人，看到我這樣的小東西稍微表露正常人的感情，就老是覺得很驚訝！他們會取笑我，拿我當娛樂，累的時候就把我丟一邊，想說我會不會比玩具馬還是木頭人更有感情！沒錯，沒錯，每次都是這樣，一直都是這樣！」

「或許別人是這樣，」我回應，「但我向妳保證，我沒有這麼想。或許看到妳現在的樣子，我不該覺得意外，因為我並不瞭解妳。我剛剛沒有多想，話就說出口了。」

「我能怎麼辦？」小女士站起來，伸開雙臂展現自己，「你看！我就是這樣，我父親是這樣，我妹妹是，我弟弟也是。我為了弟妹努力工作這麼多年，考柏菲爾德先生，日也做，夜也做，就是為了討生活，並沒做什麼傷天害理的事。要是有人想都不想，或者沒心沒肺地開我玩笑，我除了開自己玩笑、開他們玩笑、拿一切開玩笑以外，還有什麼能做的？要是我一時這麼做了，那錯在誰？我嗎？」

不，我認為這不是莫切小姐的錯。

「要是我這個矮人對你那虛偽的朋友展現出敏感的一面，」小女士繼續說，帶著責備的嚴肅神情對我搖搖頭，「那你覺得他會給我多少幫助或是好處？如果小莫切（年輕人，她會這樣並不是她一手造成）拿自己的不幸來應付他和他的同類，那你覺得她微小的聲音會被聽見嗎？如果小莫切是最忿忿不平、最枯燥無聊的矮人，那她照樣得活下去，但她不能這麼做。不行。這樣她可能得吹口哨吹到死，還吹不出個麵包和奶油。」

莫切小姐坐回矮欄上，拿出手帕擦眼睛。

「如果像我所認為的那樣，你有一顆善良的心，那就為我感謝上帝吧，」她說。「雖然我知道自己這個樣子，還是可以開心生活，忍受一切。不管怎樣，我都感謝上帝，讓我可以在這個世界裡找到小小的出路，不需要欠誰人情。在我這一路上，別人因為愚昧或虛榮而朝我丟來的東西，我都可以反過來朝他們丟泡泡回去。要是我不用為了生活所需而苦惱，那對我來說更好，對別人來說也沒差。如果你們這些巨人要拿我當玩物，那就對我溫柔一點。」

莫切小姐將手帕放回口袋，一直用熱切的眼神看著我，繼續說道：「我剛剛在街上看到你。或許你覺得我走路不比你快，因為我腿短、氣也短，我趕不上你，不過我猜到你從哪裡來的，所以追了上來。我今天稍早來過，但那個好心的婦人不在家。」

「妳認識她嗎？」我問道。

「我從歐瑪和裘倫那裡，」她回答，「聽過這個人，也聽說一些事。我今天早上七點的時候去了他那裡。你還記得我上次在旅店見到你們時，史帝福斯跟我說過這不幸的女孩什麼事嗎？」

莫切小姐問這問題時，她頭上的大帽和牆上的巨帽又開始前後搖晃。

她說的事我記得一清二楚，因為我經常想起那一天，也這樣回答她。

「願萬惡之父詛咒他！」小女士用食指在我和她閃爍的眼睛之間來回指，「然後十倍詛咒那邪惡的僕人。但我以為是**你**對她有純情之戀！」

「我？」我回答道。

「孩子啊，孩子！以盲目的厄運之名，」莫切小姐大喊，不耐煩地扭動雙手，同時在矮欄上前後搖晃，「你為什麼要那樣稱讚她，還臉紅、一副不知所措的樣子？」

當時確實是如此，這點我無法隱瞞，不過原因跟她所猜想的全然不同。

「我當時又知道些什麼啊？」莫切小姐又拿出手帕，每當隔一陣子用雙手拭淚時，她就會往地上跺一下腳。「我看出他在阻撓你、欺騙你。我也看到你就是他手上軟化的蠟燭。我當時離開了一下，他的僕人告訴我，那個『小天真』（他是這樣叫你的，你從今以後可以叫他『老奸』）一心愛上她，她也心花怒放地喜歡他，但他的主人認為這段感情不能有結果——主要是為了你好，不是為了她——而他們就是為了這件事才來的。我**除了**相信他還能怎麼辦？我看到史帝福斯藉由讚美她來安撫你、讓你高興！是你先提起她名字的。你自己也承認從小就愛上她了。我提到她的時候，你一下熱情、一下冷漠、一下臉紅、一下蒼白，不然就是全表現在臉上。我只覺得你是個欠缺經驗的年輕浪子，落入經驗豐富的人手中，說是為了你好而利用你（的幻想）。我怎麼會想到——我**怎麼**想得到別的？噢！噢！噢！他們怕我發現事實，」莫切小姐從矮欄下來，在廚房裡來回踱步，難過地舉著兩隻短小的手臂，「因為我是觀察力敏銳的小矮子——沒辦法，要在這世界生存就是得這樣！——他們就完全把我蒙在鼓裡，我還幫他們轉交一封信給那個不幸的女孩，我百分之百認為她之所以開始跟故意留下來不走的利特瑪說話，就是因為那封信！」

聽完莫切小姐揭穿整個背信棄義的過程，我呆站在那，看著她繼續在廚房走來走去，直到喘不過氣來。她又坐回矮欄上，用手帕擦乾臉，除了一直搖頭以外，就一動也不動，也沒有打破寂靜。

「因為我在全國各地工作，」過了許久後，她說，「所以前天到了諾威治，考柏菲爾德先生。我剛好在那裡發現他們沒跟你一起就偷偷來回——這點很奇怪——讓我開始懷疑事情不對勁。我昨晚從倫敦搭了會經過諾威治的馬車，今天早上抵達這裡。噢！噢！噢！噢！太遲了！」

可憐的小莫切哭完、煩完之後，覺得很冷，便在矮欄上轉身，將濕漉漉的小腳放到爐灰中取暖，她坐在那，像個大娃娃一樣看著火焰。我坐在壁爐另一端的椅子上，回想起這件不愉快的事情，也看著爐火不發一語，偶爾看看她。

「我得走了，」她終於站了起來，「很晚了。你不會不相信我吧？」

問這句話的時候，我看見她的眼神無比尖銳，老實說我不敢答「不」。

「別這樣！」我伸手幫她從矮欄上下來，她愁悶地看著我說：「你很清楚，如果我是個正常身高的女人，你就不會不相信我了！」

我覺得這句話很有道理，因此覺得很羞愧。

「你很年輕，」她點頭說，「就算我只是個九十公分高的矮子，也聽我一句話吧。別把生理缺陷和智力缺陷混為一談，除非有正當理由，我的朋友。」

她已經從矮欄上下來，我也不再懷疑了。我告訴她，我相信她一五一十地說了實話，我們兩個都是陰險狡詐的人手上的倒楣工具。她向我道謝，說我是個好人。

「好，你注意囉！」她往門口走時，轉過來用銳利的眼神看著我，舉起食指大聲說道。「從我打聽到的來看——我的耳朵一直都打開著，我有什麼能力就不能閒著不用——我有理由相信，他們出國了。但就算他們回來，就算他們其中一人回來，只要我還活著，我會比別人更快知道消息，因為我到處都有耳目。只要我一有消息，就一定會讓你知道。要是我能做點什麼幫到那個被背叛的可憐女孩，我必定會誠心誠意地幫忙，我向上帝發誓！還有那個利特瑪最好是背後跟了條警犬，也不要讓我這個小莫切逮到他！」

我看到她說最後這番話時臉上的神情，就毫不懷疑地相信她了。

「你怎麼相信一個普通身高的女人，就怎麼相信我，不用過多，也不用過少，」小矮人摸摸我的手腕，懇求著說。「要是你再見到我，我不會像現在這個樣子，而是會像你初次見到我那樣輕浮，你可以看看我都跟什麼人往來。你要記住，我是個手無寸鐵的無助小矮人。想想我每天工作完回到家裡，要照顧跟我一樣的弟弟和妹妹。那樣的話，或許你就不會對我太過嚴厲，看到我難過或嚴肅的樣子也不會覺得驚訝了。晚安！」

我向莫切小姐伸出手，對她的看法跟先前全然不同，開了門送她出去。要打開大傘並讓她好好握在手中並非易事，不過我最後還是成功辦到了。我看著傘在下雨的街上起起伏伏，一點也看不見底下有任何人，只有在屋簷排水管滿了之後，落下比平常更大的雨量，讓傘往一邊倒的時候，我才看到莫切小姐死命掙扎著把傘撐穩。我有一、兩次想要衝出去幫她，但還沒跑到，就看到傘像隻巨鳥繼續往下跳跳跳，所以沒幫上忙。我進屋後就上床睡覺，直到天亮。

一大清早，我就與佩格蒂先生和老保母一起到了驛站，格米奇太太和漢姆也等著幫我們送行。

「戴維少爺，」趁佩格蒂先生去放行李的時候，漢姆將我拉到一旁輕聲說，「他的人生四分五裂了。他不知道要去哪裡，也不知道前方是什麼。我跟你保證，他前面的路很長，有可能會斷斷續續花上他一輩子的時間，直到找到他要找的東西為止。相信你會好好照顧他吧，戴維少爺？」

「相信我，我一定會的。」我真摯地跟漢姆握手說。

「多謝，多謝，你人很好，少爺。還有一件事。我現在工作不錯，你知道的，戴維少爺，我現在也沒有機會花自己賺的錢。對我來說，除了平常生活要用的以外，錢對我來說已經沒用了。如果你能拿去幫他，那我做起事來會更心安。不過，少爺，」他用很平穩溫和的語氣說，「你可不要以為這樣的話，我就不會像男子漢一樣工作了。我會盡全力打拚的！」

我說這我完全相信，也暗示他，雖然他現在很自然會想一輩子單身過日子，但我希望他改變心意的那天會來到。

「不，少爺，」他搖搖頭，「那對我來說都是過去的事了，我不再想了，少爺。永遠沒有人能夠填補那個空位。不過，錢的事你一定要記住，我都替他準備好了，好嗎？」

我提醒他，佩格蒂先生已故的妹婿留了點遺產給他，雖然不多，但很穩定，不過他所吩咐的，我還是會照辦。說完，我們就告別了。即使到現在，只要一想到跟他離別時的情景，就會馬上想起他的謙虛剛毅和痛不欲生，總是一陣劇痛湧上心頭。

至於格米奇太太，她沿著大街一路跟在馬車旁邊跑，試圖壓抑的眼淚，除了坐在頂層的佩格蒂先生，她什麼也看不見，因此不斷撞上對向來的人——要我詳述這番情景，那可是太困難了。我只能說，她氣喘吁吁地坐在麵包店門口，帽子已經完全不像樣，一隻鞋還落在遠處的人行道上。

抵達旅途終點後，我們的首要任務就是替佩格蒂找個小地方住，也讓她哥哥有個落腳的地方。我們很幸運就找到一家非常乾淨和便宜的住所，就在一家雜貨店樓上，離我只有兩條街的距離。安頓好之後，我到餐館買了一些冷肉，就帶我的旅伴們回家喝茶了。我必須很遺憾地說，我這麼做並沒有經過克拉普太太同意；不，她可是大力反對。不過，我得解釋一下，她之所以會反對，是因為佩格蒂進屋不到十分鐘，就撩起喪服衣襬，幫我打掃臥室。克拉普太太認為佩格蒂這樣自作主張，根本就是目無王法，她絕對不會允許。

來倫敦的路上，佩格蒂先生跟我談了一件事，我也不是沒有想到。他說想先去找史帝福斯夫人。因為我覺得自己有義務協助他，並居中調解，盡可能不傷害到史帝福斯夫人為人母的心情，所以當天晚上就寫了封信，我很委婉地告訴她佩格蒂先生的委屈，以及我如何間接傷害了他。我說他雖然是個平民百姓，但為人誠懇、品格高尚，並冒昧地希望她不會拒絕在他深陷困難時跟他見上一面。我還說了我們下午兩點鐘會登門造訪，並在早上時親自將信交給第一批郵務車送去。

到了約定的時間，我們站在史帝福斯家門口——我曾經到訪過的門口，還在這裡過上幾天的快樂時光；就是在這裡，我恣意地展現了年輕人的自信與熱情。從那以後就對我大門深鎖；如今對我來說，這裡僅是片荒蕪，是個廢墟。

來應門的不是利特瑪，而是我上次到訪時取代了他的那張和悅容顏。我們接著被帶到客廳，史帝福斯太太坐在裡頭。我們進去時，羅莎·達朵從客廳另一個門悄悄地進來，站在她身後。

我立刻就從這位母親的臉上看出，她早已從兒子那裡得知他的所作所為。她的臉色十分蒼白，如果光從我的信得知這件事，那護犢情深的她應該會露出懷疑的神色，而不會是現在這種勞心焦思的愁容。我認為現在的她，比我先前所認為的更像她兒子。我察覺到（並非實際目睹）佩格蒂先生也看出了他們母子的相似之處。

她挺直地坐在扶手椅上，神情嚴肅，不動聲色，一副毫無感情的樣子，好像沒有任何事能驚動她。她緊盯著站在她面前的佩格蒂先生，他也一樣緊盯著她。羅莎·達朵的銳利眼光看著我們所有人。就這樣好一陣子沒人開口。

佩格蒂先生與史帝福斯太太

她示意佩格蒂先生坐下。

他低聲說：「夫人，我覺得在這個家裡坐下來不自在。我寧願站著就好。」

之後又是一陣沉默，她才開口說道：「我知道你是為什麼而來，我對此非常遺憾。但你要我怎樣？你要我做什麼？」

佩格蒂先生將帽子夾在腋下，摸摸胸前口袋找艾蜜莉的信，拿出來攤開，把信交給她。「請妳讀信吧，夫人。是我外甥女親手寫的！」

她讀信的時候，還是一樣神色嚴肅、不動聲色——在我看來，對於信裡的內容完全無動於衷——讀畢後將信還給他。

「『除非他娶我為妻，讓我當個上流淑女。』」佩格蒂先生用食指指著那句話，「夫人，我來這裡是想知道他會不會遵守承諾。」

「不會。」她回答。

「為什麼不會？」佩格蒂先生問。

「這是不可能的。這樣做的話他會名譽掃地。你應該很清楚，她的地位低他很多。」

「那就提升她的地位啊！」佩格蒂先生說。

「她沒有受過教育，也很無知。」

「或許是吧，又或許不是，」佩格蒂先生說。「我覺得她並不是這樣，夫人，但我沒資格評論這些事。你們可以好好教她啊！」

「我本來不願意說得這麼白，但既然你逼我，我就直說吧。就算別的條件有可能，只要她盡跟一些低下的人往來，這種事情就絕對不可能。」

「妳聽我說一句，夫人，」佩格蒂先生緩慢平靜地說，「妳知道疼愛孩子是怎麼一回事；我也一樣。就算她是我親生親生再親生的，我對她的愛也不能再更深了。妳不知道失去孩子是怎麼一回事，但我知道。要是全世界的金銀財寶都是我的，那我也絕對會付出所有，只為了將她帶回來。不過，麻煩妳救救她，讓她不用蒙受恥辱，我們是永遠不會覺得她丟臉的。就算要我們這些看著她一路長大的人，多年來跟她一起生活，把她當作心頭上一塊肉的人，以後永遠都見不到她那張漂亮的臉孔也可以。我們會很樂意讓她去，只要能遠遠地想起她，我們就會很高興，就算她生活在另一片天地也沒關係。只要能放心把她交給丈夫，或許以後還有小孩子，那我們就心滿意足了，一直到蒙主寵召，在上帝面前人人平等的那時候才能再見到她也沒關係！」

他說這番話時的粗獷誠懇並非沒有打動她。她依然一副高傲姿態，但聲音中流露出一絲心軟，她回答道：「我無法辯解，我也不反控什麼。但很遺憾，我得再次重申，這是不可能的。這種婚姻會重重創傷我兒子的事業，摧毀他的前途，屆時就不可挽回了。這種事情絕對不能發生，沒有比這更肯定的事了，永遠不會。不過要是我能提供其他補償的話……」

「我眼前的這張臉，我好像看過，」佩格蒂先生打斷她，目光堅定且炯炯有神，「就像之前在我家裡，在我家壁爐旁，在我船上——他還有哪裡沒有去過？——看著我的那張友善笑臉，其實卻如此陰險狡詐，我光想起來就快抓狂了。要是跟他相似的這張臉，認為可以用錢打發我，能夠補償我孩子的創傷與墮落，而且還臉不紅氣不喘的話，那真是跟他一樣糟糕。我不知道當上流淑女是怎樣，但這樣更可惡。」

她的態度立刻轉變，整張臉因憤怒而漲紅，雙手緊抓椅子的扶手，不容異議地說：「那麼你讓我跟兒子之間產生這麼大的分歧，又能給**我**什麼補償？你的愛跟我的相比算什麼？你們的分離又跟我們的有何不同？」

達朵小姐輕撫她，低下頭小聲說話，但她一點也聽不進去。

「不，羅莎，什麼都別說！讓這個人聽清楚我要講的話！我的兒子是我的一切，我的心思全都給了他。從小到大，他要什麼我都給他。從他出生，我就從沒跟他分離過。現在突然間就為了跟一個差勁的女孩鬼混，選擇跟我避不相見！居然用精心策劃的詭計來報答我對他的信任，為了她，竟敢離開我！竟敢拋下對母親應盡的責任、關愛、尊重、感激——這些他人生的每一分每一秒都應該加深的責任，完全沒有不盡的道理——就為了滿足那該死的幻想！難道這些不是傷害嗎？」

羅莎．達朵再次想安撫她，但依然徒勞無功。

「我說了，羅莎，什麼都別說！要是他可以為了那個無關緊要的東西不顧一切，鋌而走險，那我也可以為了更偉大的目標，孤注一擲。他要去哪就去哪吧，就因為我愛他，給了他資助！他以為長期躲著我，就能讓我屈服嗎？如果他這樣想，那就太不瞭解他母親了。如果他現在放棄那心血來潮的念頭，我會歡迎他回來；如果他不放棄她，只要我有一口氣在，還能舉手反對，他就永遠都別想回來見我，不管死活都一樣。除非他一輩子擺脫她，那就可以低聲下氣地求我原諒。這是我做母親的權利，我只接受他這樣認錯，這就是現在害得我們水火不容的原因！難道這個，」她用高高在上、不容置辯的態度，看著訪客繼續說道，「就不是傷害嗎？」

我看著、聽著這位母親說這番話時，彷彿看見、聽見她兒子也忤逆她的每一句話。我以前在他身上看到的所有不屈不撓、任性固執，現在都在她身上看到了。他以前錯用的精力，我現在也全都明瞭了，也因此讓我領略到她的個性。我也看出在最激動的時刻，他們母子如出一轍。

她恢復了之前克制的模樣，對我大聲說，多聽無益，多說也沒用，要求結束這場會談。她高傲地起身離開客廳；這時，佩格蒂先生表示不必如此。

「妳不用怕我妨礙妳，我沒有什麼好多說了，夫人，」他往門口走時說道。「我不帶希望地來，也不帶希望地離開。我該做的事做了，我來這裡也沒想過會有好結果。對我和我們家的人來說，這個家實在太惡劣了，我沒辦法講理，也不期待會有好結果。」

說完，我們就離開了，留下她站在扶手椅旁，看起來就像一幅氣質高貴、臉龐漂亮的畫像。

我們出去的時候，經過一個地面鋪石、兩邊和屋頂是玻璃的走廊，上頭爬著葡萄藤蔓，葉子和嫩枝都還很綠，那天很晴朗，通往花園的兩道玻璃門敞開著。快走到門邊時，羅莎·達朵無聲無息地走過來，對我說：

「你還真厲害，」她說，「竟然敢把這個傢伙帶來這裡！」

她的怒不可遏、蠻橫輕蔑讓整張臉都變得黯淡陰沉，黝黑的雙眼燃著火光，即使是她的那張臉，我也想不到能壓抑住這番怒火。鐵鎚所留下的疤痕，在她這麼激動的情況下，跟以往一樣明顯。我看著她時，從前所看到的抽搐又出現了，她奮力舉起手拍打它。

「這個傢伙，」她說，「值得捍衛，值得帶來，是吧？你真是個男子漢啊！」

「達朵小姐，」我回答，「妳肯定不會這麼不公平，還怪罪於我吧！」

「你為什麼要造成那兩個瘋子的分裂？」她回答。「你難道不知道他們都很固執、很驕傲嗎？」

「這是我造成的嗎？」

「這是你造成的嗎！」她反駁道。「你為什麼要帶那個人來這裡？」

「他受了很重的傷，達朵小姐，」我回答。「或許妳不明白。」

「我知道詹姆斯．史帝福斯，」她壓住胸口，彷彿想平息那裡的波濤駭浪，「為人虛偽、墮落，而且是個叛徒。但這傢伙跟他低級的外甥女又關我什麼事？」

「達朵小姐，」我回答，「妳讓他傷得更深了，他已經傷透了心。」離別時我只能再說一句，「妳真是太冤枉他了。」

「我一點也沒有冤枉他，」她應道，「他們就是墮落敗壞、一文不值的一群人。我應該賞她鞭子才對！」

佩格蒂先生不發一語地從旁邊經過，走出門外。

「噢，妳太可恥了，達朵小姐！可恥！」我忿忿不平地說。「他本來就不應該受這種折磨的，妳怎麼還忍心往他的痛處踩！」

「我會把他們全踩在腳下，」她說。「我會拆毀他的房子。我會烙印她的臉，讓她穿上破衣服，將她逐到大街上活活餓死。要是我有能力判她刑，那我肯定會這麼做。這些事算什麼？我統統都會做！我鄙視她。要是我能當面斥責她的無恥行為，要我去到天涯海角我都願意，要我把她追到入棺材也可以。要是在她臨死前，只有我能夠說出一句安慰的話，那我誓死也絕不會說出口。」

我覺得她言語中所能傳達出的氣憤，還只是她心頭怒火的冰山一角而已。她的聲音並沒有提高，反而還壓得比平常低，但是從全身上下都看得出她火冒三丈。我不管怎麼描述，都不足以表達出她當時惱怒的樣子。我看過各種憤怒，但從來沒有見過她這樣子的。

佩格蒂先生若有所思地慢慢走下山丘，我一跟上他之後，他告訴我，他來倫敦要做的事情已經完成，所以打算當天晚上就「上路」。我問他打算去哪裡，他只回答：「我要去找我外甥女，先生。」回到雜貨店樓上的小住所，我找到機會將他對我說的話轉告佩格蒂。她才跟我說，那天早上他也跟她說過同樣的話。她知道的並不比我多，所以也不知道他要去哪，但她覺得哥哥應該有些打算了。

我不想在這種情況下就跟他道別，所以我們三個人晚上一起吃了牛肉派，這是佩格蒂眾多拿手菜之一。我記得很清楚，這次還特別添了樓下飄上來的雜七雜八味道──有茶葉、咖啡、奶油、培根、起司、新鮮麵包、木柴、蠟燭和核桃醬等。晚餐過後，我們在窗邊坐了約一小時，沒說什麼話。這時佩格蒂先生站起來，拿起油布和粗手杖放到桌上。

他從妹妹那裡接過一些現金，是他獲贈的一部分遺產，但我認為應該頂多讓他撐上一個月而已。他答應如果有什麼事，會隨時跟我保持聯絡，然後就揹上布袋，拿起帽子和拐杖跟我們兩個道了聲：「再見！」

「希望妳一切順利，親愛的老妹，」他擁抱著佩格蒂說。「你也是，戴維少爺！」並跟我握手。「我要走遍天涯海角去找她。要是我不在時，她回來了──啊，雖然說不太可能！──或是說我找到她了，我打算帶她到沒有人可以譴責她的地方，兩個人一起生活到死。要是我有什麼萬一，一定要記住，我對她最後的話是：『我對寶貝孩子的愛永遠不變，我原諒她！』」

他嚴肅地說完這番話之後，戴上帽子，走下樓，離開了。我們跟著他到門口。那天傍晚天氣溫暖，塵土飛揚，在小路與大街的交接口，平常熙來攘往的街道上，這時候正好隻影全無，一片紅霞。

他走到陰暗的小路口，獨自一人，轉身到夕陽輝映處，在我們眼前消失。

每次傍晚的那個時分來臨，每次半夜醒來，每次看著月亮、星空，或是降雨，或是聽見風聲，我就會想起可憐的他形單影隻地邁上艱難旅程，並想起他說的：

「我要走遍天涯海角去找她。要是我有什麼萬一，一定要記住，我對她最後的話是：『我對寶貝孩子的愛永遠不變，我原諒她！』」

第33章 幸福

這段時間裡，我對朵拉的愛越來越深。她是我失望和痛苦時的慰藉，在失去朋友時的補償。我越可憐我自己、越可憐其他人，就越想念朵拉，從她身上尋求安慰。

廣大世界上越多的欺騙與困難，懸在天上的朵拉之星就閃爍得越明亮純淨。我不是很清楚朵拉到底從哪裡來，或是她與更高的神祇有什麼關聯，但我很確定的是，如果誰將她比做凡人，認為她跟其他年輕女子沒有兩樣的話，那我肯定會對這種看法憤慨不平，嗤之以鼻。

我整個人沉浸在朵拉的一顰一笑裡，如果能這樣形容的話。我不只是從頭到腳愛上她而已，而是徹頭徹尾地栽了進去。打個比方來說，從我身上擰出的愛，足以把任何人淹死，但我全身上下還是會剩下足夠的愛來支撐我整個人。

我回倫敦後，為自己做的第一件事就是晚上散步到諾伍德。就像小時候的老謎語「房外繞呀繞，永遠碰不到」一樣，我一心只想著朵拉。我想那個難以理解的謎語講的是月亮。姑且不管答案到底是什麼，我這個愛朵拉到發狂的奴隸，在大宅與花園外繞圈徘徊了兩個小時，一下從圍籬的縫隙偷看，一下將下巴靠到圍籬頂端生鏽的鐵釘上，往燈光明亮的窗戶送去飛吻，常常還無可救藥地求夜神保佑我的朵拉——我也不知道是要保佑什麼，大概是希望不要有火災吧；也有可能是希望不要有老鼠，因為她恨死牠們了。

我的愛都要湧出來了，所以自然而然地想跟佩格蒂傾訴。有天晚上，她像以前一樣拿著舊針線盒忙碌地幫我縫補衣櫃裡的衣服時，我用很委婉的方式將我最大的祕密告訴她。佩格蒂很感興趣，但我沒辦法將我的看法完整表達給她聽，因為她太愛護我了，無法理解我為什麼這麼擔心、無精打采。「那個年輕女孩能有你這樣的英俊才子愛，」佩格蒂說著她的想法，「是她的福氣。至於她爸啊，」她說，「阿娘喂呀，到底是想要怎樣啊！」

不過，我發現史賓洛先生的代訴人長袍和硬領，讓佩格蒂的態度稍微收斂了一點，對他越來越尊敬。他在我眼裡也日漸變得神聖，每當他直挺挺地坐在法庭，四周堆滿文件時，彷彿全身散發出光芒，就像平靜大海中的燈塔一樣。順便一提，我記得，我也一起坐在法庭中時，常有些特別奇怪的念頭。我會想，那些頭腦遲鈍的老法官和律師如果認識朵拉，是一點也不會在意她的，要是有人提議要他們娶朵拉，他們也不會欣喜若狂。想到朵拉會怎樣唱著歌、彈著美妙的吉他，直到**我**快要發瘋，而這些遲鈍的傢伙卻還能無動於衷，我就覺得特別奇怪！

我鄙視他們每一個人。他們全都是在熱情花壇裡凍僵的老園丁，我看了就氣。法官對我來說只不過是麻木不仁、粗心大意的人，法庭也不比酒吧更加親切或更有詩意。

能夠親手處理佩格蒂的案子，我覺得非常自豪。我驗證了遺囑內容，到遺產稅務局處理完畢之後，帶她到銀行，很快就把一切都安排妥當了。處理這些法務時，我們還找時間去看艦隊街上冒汗的蠟像[79]（我想經過二十年已經都融化了）；參觀林伍德小姐的展覽時，我記得那就像是個刺繡界的陵墓，是自我反省和懺悔的好地方。此外，我們還去看了倫敦塔，也爬上了聖保羅大教堂的塔頂。有鑒於最近發生的事，所有這些景點都讓佩格蒂打起精神，看得很開心；我想，聖保羅大教堂除外，因為

79. 指的是沙曼小姐（Mrs. Salmon）的蠟像作品，包含一系列皇室貴族的肖像。

長年下來她對她的針線盒已經有感情了，所以真實的教堂得跟盒上的圖案爭個高下，佩格蒂覺得某些細節看來，教堂本尊比不過她的那個藝術品。

佩格蒂的事務在律師公會裡稱為「普通公事」（這種普通公事輕鬆又好賺）。等一切都辦完了，一天早上我帶她到事務所付費，老提飛說史賓洛先生帶一位男士出去辦結婚登記了。我知道他很快就會直接回來，因為我們這裡離宗教法庭主教代表辦公室很近，離代理主教的辦公室也不遠，所以要佩格蒂等一會兒。

在律師公會裡，辦理遺囑事宜的我們其實也有點像殯儀業人員。當我們跟正在服喪的當事人接洽時，照常規來說，多少要擺出悲痛的樣子。同樣道理，在服務辦理結婚登記的客戶時，我們也總會擺出高高興興的樣子。因此，我暗示佩格蒂說，她等一下會看到史賓洛先生已經從巴基斯先生去世的震驚中恢復過來了。的確，他就像個新郎一樣走了進來。

不過我跟佩格蒂注意到的並不是他。我們看的是跟他一起走進來的人：謀石先生。他幾乎沒有變，頭髮還是一樣茂密，一如往常地烏黑。他的眼神也跟以往一樣讓人不可信任。

「啊，考柏菲爾德？」史賓洛先生說。「我想你認識這位先生吧？」

我冷淡地向他鞠躬打招呼，佩格蒂幾乎沒有理他。起初，他看到我們兩人有些侷促不安，但很快就決定該怎麼做，朝我走來。

「我希望，」他說，「你過得還好？」

「你應該不怎麼關心這個，」我說，「但我過得很好，如果你真想知道的話。」

我們看著彼此，他接著跟佩格蒂說話。

「還有妳，」他說，「我很遺憾妳的丈夫過世了。」

「這不是我人生中第一次失去重要的人，謀石先生，」佩格蒂從頭到腳顫抖著回答。「我很高興這次痛失親人並不怪誰——誰的錯都不是。」

「哈！」他說。「能這樣想很好。妳有盡心盡責吧？」

「我沒有將任何人的生命摧殘殆盡，」佩格蒂說，「想到這點就很感激！不，謀石先生，我沒有讓任何一個善良的寶貝擔心受怕到提前進棺材！」

有一瞬間，他憂傷地看著她——我覺得可以說是懊悔——然後轉過來我的方向，但眼睛看向我的腳，沒有跟我對上眼。他說：「我們下次見面應該是很久之後了——這對我們來說，無疑都是好事，因為這樣的見面從來不會很愉快。我為了你著想，努力讓你變好所行使的正當權威，我不指望你會感謝我，畢竟你以前總是忤逆我。我們憎恨彼此……」

「你是說以前，對吧？」我打岔地說。

他微笑，黑眼對我投以極盡惡毒的眼神。

「正是你小時候的這種憤怒，」他說，「耗盡了你可憐母親的性命。你說得沒錯。我是希望你過得好，我希望你矯正了個性。」

我們就站在辦公室外的角落，他一直低聲說話，但話只說到這裡，就走進史賓洛先生的辦公室，用最圓滑的態度大聲說：「史賓洛先生這一行的人都看慣了家庭紛爭，也知道這些事有多複雜、難以處理！」他一邊說，一邊付了結婚證書的費用。他從史賓洛先生手上接過折得整整齊齊的證書，兩人握手，史賓洛先生還客氣地祝福他與妻子婚姻美滿，之後他便走出了辦公室。

聽到他說的，我難以克制自己不回話，要不是我得安撫佩格蒂現在不是反控的場合（她在替我打抱不平，這個善良的人！），懇求她冷靜下來，恐怕我自己也很難不頂嘴。因為想起我們過去的傷痛，佩格蒂特別生氣，所以儘管史賓洛先生和其他書記都在場，我還是給了她一個熱情的擁抱，盡力平息她難得一見的怒火。

史賓洛先生顯然並不清楚我跟謀石先生的關係，對此我很高興，因為憶起可憐母親的那段過去，就連我自己也難以承認他的存在。如果史賓洛先生有多想的話，他似乎以為姨婆是我們家族的執政黨領袖，而家裡還有其他人帶領反對黨——我們在等提飛先生打佩格蒂的帳單時，從他所說的話，我只能推斷出這些。

「托特伍德小姐為人十分堅定，」他說，「這點無庸置疑，她不太可能會退讓。我很欽佩她的品格，我也要恭喜你，考柏菲爾德，因為你站在對的那一方。親戚間的歧見很讓人遺憾，但這種事實在太普遍了，最好的做法就是，要站在對的那一邊。」我想，他的意思是站在有金錢利益的那一方。

「我想，這樁婚事應該不錯吧？」史賓洛先生說。

我回答說我一點也不清楚。

「這樣啊！」他說。「從謀石先生無意間透露的一些話看來——男士在這種場面經常這樣——還有從謀石小姐所暗示的來看，我可以猜測這是一樁不錯的婚事。」

「您是說有錢嗎，先生？」我問。

「是的，」史賓洛先生說，「我得知女方有不少錢，聽說也長得標緻。」

「這樣啊！他的新婚妻子很年輕嗎？」

「才剛成年，」史賓洛先生說。「就是最近的事，我才會覺得他們是在等女方成年後結婚。」

「上帝救救她啊！」佩格蒂說。她說得太斷定、太突然，我們三個全都不知所措，直到提飛帶著帳單進來。

幸好老提飛很快就出現，並把帳單交給史賓洛先生審核。他將下巴收到領襯裡，輕輕地摩來摩去，看著明細，露出不滿意的表情——彷彿全都是喬金斯的意思——大嘆了一口氣後退給提飛。

「對，」他說。「沒錯，算得沒錯。考柏菲爾德，我當然十分樂意實報實銷就好，但我們這一行麻煩的地方就是我無法擅自作主，因為我得考慮到合夥人——喬金斯先生。」

由於史賓洛先生說話時帶著憂愁，這就幾乎等於不收錢了，我便代替佩格蒂向他致謝，並付了鈔票給提飛。佩格蒂就先回住處休息，因為有個離婚案要處理，史賓洛先生和我去了法庭。這起案件須依照一條巧妙的小法令處理（我想這條法令現在已經廢止了，但我當時看過許多婚姻都以此判決無效），其優點如下述：一位名叫湯瑪斯．班傑明的丈夫在結婚證書上只用了湯瑪斯，隱瞞了姓氏班傑明，以免婚姻不像他所想那般幸福時可全身而退。他婚後也的確不如他期望的那般幸福，不然就是對妻子有點心生厭煩，真是可憐的傢伙！總之，他在結婚一、兩年後，由一位朋友替他出面打官司，說此人的名字叫做湯瑪斯．班傑明，因此他根本未婚。經過法院判決，他獲得了滿意的結果。

我得說，對於這種判決公正與否，我非常懷疑，就算要拿能解決一切反常的蒲式耳小麥來嚇我，我也不怕。

但史賓洛先生跟我爭辯這件事。他說，看看這個世界，有好也有壞；看看教會法，也是有好也有壞。這全都是體制的一部分。非常好，事情就是這樣！

我沒膽子告訴朵拉的父親，只要我們一大早起床，脫下大衣，立刻著手工作，或許我們可以讓世界更美好一點。但我還是表示，或許我們能試著讓公會變得更好。史賓洛先生則回答說，他特別要囑咐我腦子裡不可以有這種想法，這可不是堂堂紳士應該有的念頭，但他倒是想聽聽看我認為公會需要改進什麼。

我就近拿剛走過的機構來舉例——我們的當事人剛才正式恢復單身，我們走出了法庭，散步經過專門審查遺囑的特權法院辦公室——我說，我覺得特權法院辦公室是個管理滿奇怪的機構。史賓洛先生問怎麼說？我無意冒犯他多年來的經驗（但恐怕因為他是朵拉的父親，我才不敢不敬），但我回答說這個法庭註冊處保留了坎特伯里這麼大一個教區整整三百年來的所有遺囑正本，但建築物本身並非以此目的專門設計，只是隨便找來的，是官員為己利租來的地方而已，不僅不安全，甚至連是否防火都沒確認過，就這樣堆滿重要文件，而且可以肯定的是，辦公室從屋頂到地下室都充滿登記官貪圖利益的交易，他們向市井小民收取大筆費用，卻把民眾交付的遺囑亂塞亂丟，全都只為便宜行事罷了，那樣或許有點荒謬吧。

這些登記官收取的利益高達每年八、九千鎊（副登記官和書記我就不說了），卻不願意從中拿出一點小錢，找個還算安全的地方，存放各種階級的民眾（也不管願不願意）都必須交給他們處理的重要文件，那樣或許有點不合理吧。這間辦公室裡所有大官都坐領高薪不做事，而那些不幸得在樓上又冷又暗的房間裡辛苦工作的書記，在倫敦做這麼重要的服務，卻領最低的薪水，根本吃力不討好，那樣或許有點不公平吧。主要登記官原本責任應該是替不斷來這裡求助的民眾提供最便利的服務，實際上卻是最爽的缺（他還可能是牧師，兼任數個宗教職，在大教堂裡占了某個職位等等），以至於在每天下午忙碌的尖峰時間處處替民眾帶來不便，我們都很清楚人多的時候有多可怕，那或許有點不恰當吧。總之，整體來說，坎特伯里主教區的特權法院辦公室或許可以說是社會毒瘤，荒謬有害，要不是因為擠在聖保羅大教堂墓園裡的一角，鮮少人知，不然很久以前就被鬧得天翻地覆了。

在我對這個議題表達得如此激昂時，史賓洛先生微笑著聽我說，接著他就用先前跟我爭辯時的態度說：所以問題到底是什麼呢？這是感覺的問題。要是大眾覺得遺囑被收得好好的，也理所當然覺得機構沒什麼必須改善之處，那有誰會覺得不好？沒有人啊。那有誰會覺得好呢？所有領薪水的人啊。非常好，那就是利大於弊啦。或許這不是個完美的系統，沒有事情是十全十美的，不過他反對的是硬要改革這件事。維持特權法院辦公室的做法，全國上下都光榮；硬要改變特權法院辦公室的做法，那國家就會光榮不再。他認為君子的原則就是要保持現狀；特權法院辦公室在我們這一代會持續下去，這點他一點也不懷疑。

我雖然尊重他的意見，自己卻十分懷疑。不過我發現他是對的，這個制度不但持續到現在，甚至無視十八年前議會（很不情願地）提出一份重要報告[80]，列出我方才說的所有反對細節，還說目前遺囑存放空間頂多只能再容納兩年半的量。他們後來怎麼處理那些遺囑，是丟了很多，還是不時賣給奶油店，我不知道。我很高興我的遺囑不在那裡就是了，也希望短時間還不會放到那裡去。

我將上述這些話全寫入目前這篇幸福的章節是很自然而然的事。史賓洛先生跟我就這樣邊漫步邊深聊這件事，直到岔開到一般的話題。

談到後來，史賓洛先生告訴我，下週的這一天是朵拉的生日，要是我願意那天去參加小小的野餐會，他會很高興。聽完我立刻失神了。第二天收到一張小小的花邊信箋寫著「爸爸特邀，謹此提醒」時，我變得語無倫次，如痴如醉到朵拉生日那天。

為了這個神聖的日子，我什麼荒謬的準備都做了。現在回想起我買的領飾就臉紅；我的靴子都可以拿去做行刑工具的展示了。我買了一個精緻的小籃子，前一晚就請諾伍德的馬車送去，我在籃子裡放滿彩包紙鞭炮，裡頭裝著所有用錢能買到最溫柔的籤語，我覺得它本身根本就是告白了。

80. 指一八三三年輝格黨首相墨爾本子爵試圖改革教堂的內部行政制度。

早上六點鐘，我就已經到了柯芬園市場挑花束送朵拉。十點鐘，我騎著馬（我特地租了英勇的灰馬），將花束放在帽子裡以保新鮮，策馬往諾伍德邁進。

我經過史賓洛家的花園看見朵拉時，還故意裝作沒看到，假裝忙著在找她家卻騎過頭。我想，這兩件小蠢事是每個戀愛中的年輕人都會做的，因為我也沒多想就這麼做了。但是，噢！我的確找到她家，的確在花園門口下馬，的確拖著那兩隻鐵石心腸的靴子走過草坪，在那晴朗的早晨，四周蝴蝶翩翩飛舞，朵拉就坐在花園裡一棵紫丁香樹下的椅子上，戴著白色草帽、身穿天藍色裙裝的她，看起來多麼動人！

她身旁還有一位年輕女子，年紀比朵拉大一點，我想差不多二十歲。她是米爾斯小姐，朵拉都叫她茱莉亞。她是朵拉的閨蜜，米爾斯小姐真幸福啊！

吉普也在，吉普當然又對我吠叫了。我將花束送給朵拉時，牠還嫉妒得咬牙切齒。也難怪牠會這樣，要是牠知道我有多麼愛慕牠的女主人，就更難怪牠會有這種反應！

「噢，謝謝你，考柏菲爾德先生！花好美啊！」朵拉說。

我本來想說（騎來的三哩路上我一直琢磨要怎麼表達最好）我原本是覺得花束很美，但她捧在手上後，花兒就相形失色了。但我說不出口，她實在美得讓我不知所措。看見她將花束貼在小酒窩下巴上，我陶醉得失神，也失去語言能力了。我還真納悶當時怎麼沒說：「要是妳有同情心，就殺了我吧，米爾斯小姐，讓我死在這裡！」

接著，朵拉將花拿給吉普聞。吉普嗥叫著，就是不肯聞。朵拉笑了，硬是湊得更近逼吉普聞。然後吉普咬了一口天竺葵，當成裡頭有隻貓一樣亂咬。朵拉打了牠，嘟著嘴說：「我的漂亮花兒好可憐啊！」她語帶同情，彷彿吉普咬的是我一樣。我還真希望牠是咬我！

「你聽到這件事一定會很高興，考柏菲爾德先生，」朵拉說，「討人厭的謀石小姐不在這裡，她去參加弟弟的婚禮了，至少要三週之後才會回來。太開心了，不是嗎？」

我說，我相信她一定覺得很開心，只要她開心，我就開心。米爾斯小姐特別睿智、仁慈地含笑看著我們。

「我真是沒見過像她那麼討人厭的人，」朵拉說。「妳一定想不到她的脾氣有多差，多惹人討厭，茱莉亞。」

「可以，我想得到，親愛的！」茱莉亞說。

「**妳**或許想得到，親愛的，」朵拉將手放在茱莉亞的手上，「原諒我剛才沒把妳排除在外。」

從這段對話，我想米爾斯小姐一定經過滄桑的歷練，或許因為這樣，我剛剛才會觀察到她睿智又仁慈的神情。一整天下來，我發現這是真的：米爾斯小姐因為愛錯人，一直都不快樂，聽說那次糟糕的經驗後，她就與世隔絕，但還是會默默關心年輕人尚未被點燃的希望與愛火。

這時候史賓洛先生從房子裡走了出來，朵拉走向他說：「爸爸，你看這花多美啊！」米爾斯小姐則若有所思地微笑著，彷彿在說：「你們這些蜉蝣啊，在生命的燦爛陽光下，享受你們短暫的存在吧！」接著我們全都離開草坪，走向快備好的馬車。

我再也不會有這樣的騎行了，我也從來沒有過這樣的旅程。四輪馬車中只有他們三人、他們的籃子、我的籃子和吉他盒；當然，馬車篷是敞開的。我騎在後頭，朵拉背對前方拉車的馬兒，臉朝著我。她將花束放在身邊的坐墊上，也不准吉普坐在她那邊，以免把花兒壓壞。她經常把花束拿起來嗅聞，提振精神；這時候我們經常會目光相遇。讓我吃驚的是，我竟然沒有越過英勇灰馬的頭衝進前方的馬車裡。

我想，路上有灰塵。我想，一路上塵土飛揚。我只依稀記得史賓洛先生勸我別騎進馬車後方的飛塵中，但我一點塵埃都沒注意到。我只知道朵拉四周起了愛與美的迷霧，其餘我一概不知。史賓洛先生偶爾站起來問我覺得風景如何。我回答美極了，我敢說真的美極了，但我看到的全是朵拉。陽光照耀的是朵拉，鳥兒高唱的是朵拉，南風吹來的是朵拉，籬笆的野花就連花苞都是朵拉。米爾斯小姐懂我的心情，讓我很欣慰；只有米爾斯小姐完全懂我的心情。

我不知道我們走了多久，至今還是不太清楚我們到底去了哪裡。或許是在基爾福[81]附近吧；或許是《一千零一夜》裡某個魔法師變出的地方，當日限定，我們走後就消失了。那塊綠地在山丘上，草皮柔軟，有遮蔭的大樹和石南，舉目所及盡是富饒的風景。

我發現那裡有人等著我們，好煩人啊。我不只對在場的女士嫉妒到不行，更將所有男性視為不共戴天的敵人——特別是其中一個大我三、四歲的傢伙，自以為蓄紅鬍就了不起，真是讓人受不了。

大家都把籃子裡的東西拿出來，忙著準備野餐。紅鬍男宣稱他會做沙拉（我不相信），硬要引起眾人注意。有些年輕淑女幫他洗生菜，照他的指示將菜切碎。朵拉是其中一個。我覺得一切都是命運安排，非要我跟這個人決一死活不可。

紅鬍男做好沙拉（真不曉得其他人怎麼肯吃，我可是一點也不想碰這種東西！），還自行宣布當選酒窖負責人，之後就像個精明的野獸，用空樹幹弄出空間放酒。不久後，我看到他盤上裝了一大塊龍蝦，坐在朵拉腳邊吃了起來！

這個死敵進入我視線之後，有段時間我都只有模糊的印象。我是很高興沒錯，我知道，但那是虛假的開心。我和一位身穿粉紅裙裝的小眼女孩搭訕，拚命跟她調情。她也喜歡我獻殷勤，不過到底是因為喜歡我，還是故意演給紅鬍男看，我就不敢肯定了。大家都向朵拉乾杯。我假裝中斷原本熱絡的對話向朵拉敬酒，敬完立刻繼續有說有笑。我向朵拉點頭示意，跟她的目光交會，感覺她的眼神帶著請求的意味，不過由於她是越過紅鬍男的頭頂看向我，所以我完全無動於衷。

穿粉紅裙裝的年輕女孩有個穿綠衣的母親，我覺得她用盡手段想拆開我們兩人，不過在收拾剩菜時，大家都各自散開了。我漫步到樹林中，既生氣又懊悔。我內心掙扎著是否要假裝身體不適，騎著我的灰色駿馬逃離現場——去哪我不知道——這時朵拉和米爾斯小姐正好迎面向我走來。

「考柏菲爾德先生，」米爾斯小姐說，「你不開心。」

我說，不好意思，但我一點也沒有不開心。

「還有朵拉，」米爾斯小姐說，「妳也不開心。」

噢，怎麼會！一點也沒有。

「考柏菲爾德先生和朵拉，」米爾斯小姐用幾乎快讓人肅然起敬的口吻說，「夠了。別因為一點小誤會讓春天的花朵凋謝，花兒一旦開了再謝，就無法再次盛開。我這麼說，」米爾斯小姐說，「是憑我過去的經驗——日子久遠、不可挽回的過去。陽光下閃耀的噴泉絕不能因任性而抑止；撒哈拉沙漠的綠洲絕不能隨便剷除。」

我不是很清楚自己到底做了什麼，只知道全身發燙到極致。我拉起朵拉的纖手親吻——她竟然讓我親了！我也親了米爾斯小姐的手，在我的想像裡，我們似乎直接上了天堂。

我們沒有立刻下到人間，而是整個傍晚都待在那。起初就在樹林間來回走動，朵拉害羞地勾著我的手，聽起來很傻，但天知道要是我能懷著這些蠢念頭長生不老，永永遠遠留在林中會有多幸福！

81. 基爾福（Guildford）：位於薩里郡，距倫敦西南方約四十三公里。

不過時間過得太快了，我們聽見其他人的談笑聲，有人喊著：「朵拉去哪啦？」之後便回到野餐的地方，他們要朵拉唱歌來聽聽。

紅鬍男本來想起身去拿馬車裡的吉他盒，但朵拉說除了我，沒有人曉得放在哪裡，所以紅鬍男立刻完敗。**我**去拿了吉他盒，**我**打開它，**我**將吉他拿出來，**我**坐在朵拉旁邊，**我**手中拿著她的手帕和手套，她美妙歌聲唱出的每一音符，**我**都一飲而下，她對著**我**——愛她的我——唱歌，大家可以盡情鼓掌，但這件事跟他們一點關係都沒有！

我沉醉在喜悅裡。我好開心，害怕這只是一場夢，我會不會立刻在白金漢街醒來，聽見克拉普太太準備早餐的杯子碰撞聲。但朵拉唱著，其他人聽著，接著米爾斯小姐也唱了，唱著關於回憶洞穴中沉睡的回音，好像她活了上百年似的。這時夜幕低垂，我們像吉普賽人那般煮茶，大家喝茶聊天，我依然心花怒放。

大家都準備離去的時候，我比之前更快樂。有些人——敗北的紅鬍男等人——各自返家，我們也在寂靜的遲暮中，在四周溢出的甜美香氣中坐車、騎馬返家。史賓洛先生喝完香檳有點睡意——我要向種出那種葡萄的土壤、做出那種酒的葡萄、使之熟成的太陽，以及攙雜混酒的商人致敬！——他在馬車角落熟睡時，我騎到朵拉身旁跟她說話。她很喜歡我的馬兒，還拍了牠——噢，放在馬兒身上的那隻小手好可愛啊！她的披肩經常掉下來，所以我不時俯身幫她拉好。我甚至覺得吉普也開始意識到這是怎麼回事，知道自己必須打定主意跟我做朋友了。

睿智的米爾斯小姐也看出來了。這位儘管歷盡滄桑卻依然和藹可親的隱居者，這位不到二十歲就已經受夠世事，不論如何都不願被回憶洞穴中的沉睡回音喚醒的小元老，**她**做的事情多麼善良！

「考柏菲爾德先生，」米爾斯小姐說，「能不能麻煩你到這邊來一下。我有話跟你說。」

看看我，騎著英勇灰馬，在米爾斯小姐那側彎下腰，手扶在馬車門上的樣子！「朵拉要來跟我住，後天就會跟我回家。要是你想拜訪，我相信家父會很樂意認識你。」除了默默祈求上帝保佑米爾斯小姐，並將她的地址收在我記憶中最妥當的角落以外，我還能做什麼！除了面帶感激、語帶激動地告訴米爾斯小姐，我有多麼感謝她的好意幫忙，多麼珍惜她的友誼，我還能做什麼！

接著米爾斯小姐親切地跟我說：「回去朵拉身邊吧！」我照做了。朵拉側身探出車廂外跟我說話，我們就這樣一路聊回家。因為騎得太靠近馬車，我不小心讓灰色駿馬的前腳擦傷了，牠的主人告訴我馬兒「掉了一塊皮，要賠三鎊七先令」，我付了，還覺得這點小錢能換得如此快樂真是太划算了。米爾斯小姐望著月亮，呢喃著詩詞——我想是在回憶久遠的當年，她還遊走在俗世的時候——那是怎樣的時光啊。

諾伍德實在不夠遠，我們太快抵達了。不過快到時，史賓洛先生就醒來了，對我說：「你一定要進來坐坐，考柏菲爾德，稍微休息一下再回家！」我爽快答應。

我們吃了點三明治，喝了兌水的酒。在明亮的燈光下，臉紅的朵拉看起來好可愛，我一點也捨不得離開，只想坐在那，像在夢境般盯著她看。但史賓洛先生的鼾聲提醒我該告辭，我們就分別了。我一路騎回倫敦時，朵拉跟我道別時輕放在我手上的感覺還在，我將每件事、每個字回想了上千遍。最後終於躺在自己的床上時，我依舊像個因戀愛而五官失去知覺，在九霄雲上的小傻瓜。

隔天早上醒來後，我決定要向朵拉告白，接受自己的命運。眼前的問題是，我到底會是喜還是悲，除此之外我就不知道世界上有別的問題了，而這個答案只有朵拉能給。整整三天，我都悲慘不已，不斷拿我和朵拉之間所發生的事情，猜想各種令人氣餒的狀況來折磨自己。最後，我大費周章地打扮好，帶著要表白出口的決心前往米爾斯小姐家。

我在那條街上來回走了好多次，在廣場繞了好幾圈之後——痛苦地意識到自己比之前的老謎底月亮更厲害，都沒有接近目標——我才說服自己走幾步上前敲門，但現在看來不重要了。即使我終於敲了門，在等人應門時，還是覺得有點慌張，想假裝問這裡是不是布萊克鮑伊先生府上（效仿可憐的巴基斯），道歉後撤退。但我堅守了崗位。

米爾斯先生不在家，我也沒期望他會在，因為根本沒人要找他啊。米爾斯小姐在家；有米爾斯小姐就夠了。

我被帶到樓上的房間，米爾斯小姐和朵拉在裡面，吉普也在。米爾斯小姐正在抄寫樂譜（我記得是一首新歌，叫做〈愛情的輓歌〉），朵拉正在畫花兒。我看出她在畫我送的花，跟我在柯芬園市場買的一模一樣，我好高興！我說不出她是否畫得很像，或是否特別像我見過的任何花朵，但她將花束的包裝紙畫得很像，我從這點看出她畫的是什麼。

米爾斯小姐很高興看到我，並表示很可惜她父親外出了，不過我想我們全都很堅毅地承受了這件事。米爾斯小姐跟我們聊了幾分鐘之後，放下正在抄寫〈愛情的輓歌〉的筆，起身，離開房間。

我開始考慮要拖到明天再講。

「我希望你那匹可憐的馬兒昨晚回家後沒有覺得太累，」朵拉抬起美麗的雙眸說。「昨天的路途對牠來說太遠了。」

我開始考慮還是今天講吧。

「對牠來說的確是太遠了，」我說，「因為旅途中沒有東西支撐牠。」

「可憐的傢伙，你沒餵牠嗎？」朵拉問道。

我開始考慮要拖到明天再講。

「呃……有，」我說，「我把牠照顧得很好。我是指，牠不像我跟妳這麼親近，不像我有那麼不可言喻的快樂支撐牠。」

朵拉將頭俯靠在畫上，過一會兒說——這段時間我全身發熱地坐著，雙腿僵硬——「你那天有一度看起來不怎麼感受到那份幸福啊。」

我看出時機成熟，我一定要乘勝追擊。

「你坐在基特小姐身邊時，」朵拉輕揚起眉毛，搖搖頭說，「似乎一點也不在乎那份快樂啊。」

我該說一下，基特就是那位身穿粉紅裙裝的小眼女孩。

「不過當然，我不知道你怎麼會在乎，」朵拉說，「也不知道你究竟為什麼說你很快樂。我想，你當然都不是認真的。我相信只要你想做什麼，就可以做什麼，沒有人管得了。吉普，你這壞孩子，過來！」

那一瞬間，我出手了！我不知道我是怎麼辦到的。我攔截了吉普，將朵拉擁入我的懷中。我能言善道，連珠帶砲，一個字都沒有停。我說我有多愛她；我說我沒有她會死；我說我崇拜她、為她傾倒。吉普一直對我猛叫。

朵拉低頭哭了出來，全身顫抖，讓我越說越激動。要是她要我死，只要說出口，我就準備好了斷自己。不論如何，沒有朵拉的愛，就不值得活下去。我無法忍受，也不願忍受。自從第一眼見到她，我就每分每秒、日日夜夜愛著她。那一刻，我愛她愛得發狂。從那之後的每一刻，我會永遠愛她愛得發狂。以前有人戀愛，以後也會有人熱戀，但沒有人可能、可以、將會、應該愛得比我愛朵拉深。我說得越激昂，吉普就叫得越厲害；我們兩個都以各自的方式越來越激動。

好啦，好啦！不久之後，朵拉跟我坐在沙發上，安靜了下來，吉普趴在她的膝上，靜靜地對我眨眼。我心頭的大石放下了，我欣喜若狂，因為朵拉和我訂婚了！

我想，我們大致有個概念，將來會結婚。我們肯定是有的，朵拉堅持一定要經過她父親同意才能成親。不過，我們是熱戀中的年輕情侶，我不認為我們真的前思後慮過，只看著一無所知的當下，對未來沒有特別明確的目標。我們打算暫時對史賓洛先生保密，但我確定當時有這想法並非我們的婚約有任何不名譽的地方。

朵拉去找米爾斯小姐，將她帶回房間。她比平常更加悲傷了——我想是剛才發生的事喚起她回憶洞穴中沉睡的回音了。但她祝福我們，也保證會永遠做我們的朋友。她說話感覺起來就像是修道院傳來的聲音。

那是多麼閒散的時光啊！那是多麼虛渺、快樂、荒唐的日子啊！

當時，我還量了朵拉的指圍，打算訂製鑲有勿忘我花樣的戒指。我將尺寸告訴珠寶商，他聽到這件事的時候，邊笑邊記下訂單，為了這個鑲有藍寶石的戒指，他隨便出價我也接受——昨天我正好看到女兒手指戴著另一只一樣的戒指時，讓我想起朵拉的手，心頭突然一陣絞痛！

當時，我將訂婚的祕密藏在心裡，十分快樂地四處散步。我能這麼愛朵拉，她也愛我，讓我覺得好有面子；就算我真走在雲霄上，而其他人在地上爬，我也不會比那一刻覺得更高於他們之上了。

當時，我們經常在廣場的花園裡約會，一起坐在昏暗的涼亭裡，好開心，我至今都還愛著倫敦的麻雀，不為別的，只因為在牠們的煙灰色羽毛中看到了熱帶的五顏六色。我們第一次大吵時（就在訂婚後不到一週），朵拉將戒指送還給我，還附了封折成三角形的信箋，用嚴重的措辭寫道：我們的愛情以愚蠢開始，以瘋狂結束！看到這麼可怕的字眼，嚇得我扯亂頭髮，哭喊這一切都完了！

當時，在月色下，我衝去找米爾斯小姐。我偷偷摸摸在後面的廚房（裡頭還有架乾布機）跟她會面，求她幫助我們和好，挽回兩人的瘋狂行為。米爾斯小姐出手相救，把朵拉找來，拿她年輕時的痛苦經歷告誡我們要互相讓步，才避免我們的愛情成了撒哈拉沙漠。

當時，我們都哭了，也和好如初，覺得非常幸福，甚至覺得那間屋後廚房，包含乾布機等一切，儼然成為愛情的聖殿。我們在那裡約定要透過米爾斯小姐通信的計畫，每人每天都要寫一封信！

那是多麼閒散的時光啊！那是多麼虛渺、快樂、荒唐的日子啊！我由時間之神掌握的所有時光中，憶起這段往事總會讓我喜上眉梢，覺得甜蜜不已，其他片刻都不及這的一半呢。

第34章　姨婆讓我吃驚

我跟朵拉一訂婚，就立刻寫信告訴艾格妮絲了。我寫了封長信，試圖讓她明白我有多幸福，朵拉有多可愛。我求艾格妮絲別將這段感情視為一時沖昏頭，我不會再愛上別人，這也不像我們以前常開玩笑的小情小愛。我向她保證，和朵拉的愛情深不可測，還說我相信這種感情前所未有。

傍晚天氣很好，我坐在敞開的窗戶旁寫信給艾格妮絲，不知怎地就想起她清澈冷靜的雙眸和溫柔的臉龐。我最近的生活匆忙、煩亂（某部分正是我的幸福帶來的），但一想起她，就有股平靜的感覺向我襲來，撫慰著我，使我流下眼淚。我記得信寫到一半，我手撐著頭休息，幻想艾格妮絲是家中的一分子。彷彿家中有了她就變得幾近神聖，朵拉和我在家裡絕對會比在其他地方幸福。不管處於熱戀、喜悅、憂傷、希望或失望所有這些情緒裡，我的心自動會轉向那裡，找到庇護和摯友。

至於史帝福斯的事，我隻字未提，只說因為艾蜜莉的私奔，雅茅斯的人都傷心欲絕，那件事由於某些原因，對我來說是雙重傷害。艾格妮絲總是很快就能推測出真相，這點我很清楚，但她絕對不會是第一個說出他名字的人。

信寄出後，下一班郵車就送來回信。我讀信時，似乎聽見艾格妮絲對我說話，她真摯的聲音就在我耳裡。我還能再多說什麼！

我最近不在家的這段期間，崔斗斯來找過我兩、三次，卻發現只有佩格蒂在家。佩格蒂總是逢人就說她是我的老保母，崔斗斯也熱絡地跟她小聊起我的事。佩格蒂是這樣告訴我的，但我恐怕對話都只有她單向地說，而且還滔滔不絕，因為只要跟人談到我（她最愛的話題），她就停不下來，上帝保佑她！

這不只提醒了我崔斗斯跟我約了某個下午見面的事（也就是等一下），還有克拉普太太罷工不願做事但薪水照領，除非佩格蒂不再出現。克拉普太太之前曾在樓梯上多次高聲談論佩格蒂的事——顯然是對著某個隱形的熟人，因為那些時候實體上只有她一個人——之後寫了封信給我，表達她的立場。信的開頭是普遍應用的幾句話，適用於她人生的每件事，亦即：她也是為人母的。接著告訴我，她以前見過跟現在全然不同的日子，但打從她出生以來，就痛恨間諜、侵入者和告密者。她說她不想指名道姓，要對號入座的就坐吧，可是她一看到間諜、侵入者和告密者，特別是穿喪服的寡婦（這句話底下還畫線強調）就瞧不起。要是哪位先生被間諜、侵入者和告密者害了（此處仍不指名道姓），那就隨他高興。他有權想做什麼就做什麼，所以就讓他去做吧。克拉普太太唯一的要求就是，千萬別讓她跟這些人「有所接觸」就好，因此求我讓她從今以後不用上頂樓套房服務，直到事情回歸正常，讓人滿意為止。她更進一步說，她每週六早上都會將小帳本放在早餐桌上，希望我能將帳款立刻付清，這樣替各方都節省麻煩，以免諸多「不便」。

從此，克拉普太太就特地在樓梯上設置很多陷阱，主要都是水壺，故意要讓佩格蒂摔斷腿。住在這種圍城狀態下，我覺得不堪其擾，但還是太怕克拉普太太了，所以想不出脫困的辦法。

「親愛的考柏菲爾德，」排除萬難的崔斗斯準時出現在門口，大聲說道，「你好嗎？」

「親愛的崔斗斯，」我說，「我真高興終於見到你。很抱歉我之前不在家，實在是太忙了……」

「是啊，是啊，我知道，」崔斗斯說。「當然，你的那個人住在倫敦吧，我想。」

「你說什麼？」

「她……抱歉，就是朵小姐，你知道，」崔斗斯不好意思地紅著臉說，「她住在倫敦沒錯吧？」

「噢，是的，倫敦附近。」

「或許你還記得，我的那個人，」崔斗斯認真地說，「住在德文郡——十姊妹其中一個。因此從這點來看的話，我不像你那麼忙。」

「我真訝異你怎麼能忍受久久才見她一次。」我回答。

「哈！」崔斗斯若有所思地說：「的確很讓人訝異。考柏菲爾德，我想這是因為沒辦法，多想也無益？」

「我想是吧，」我笑答道，不禁臉紅。「還加上你很堅定、很有耐心，崔斗斯。」

「我的天哪！」崔斗斯想了一下說：「你覺得我是這樣的人嗎，考柏菲爾德？我還真不知道自己有那些特質呢。不過她真的是非常貼心的女孩，或許因此傳了一些美德給我。你這麼一說，我反倒不覺得訝異了。我跟你說，她總是不顧自己的需求，以其他九姊妹為優先。」

「她是老大嗎？」我問道。

「噢，不是的，」崔斗斯說。「老大是個美人胚子。」

聽到這麼直率的回答，我不禁微笑了起來，我想他看到了，天真地笑著補充：「當然，我並不是說我的蘇菲——我一直都覺得這名字很好聽，對吧，考柏菲爾德？」

「非常好聽！」我說。

「當然，我並不是說我的蘇菲在我眼中不美，我覺得她在任何人眼中都是難得一見的貼心女孩。但我說老大是個美人胚子，意思是她真的是——」他雙手比劃著，彷彿在描述四周的雲朵，「絕世美女，你知道的。」崔斗斯精力充沛地說。

「這樣啊！」我說。

「噢，我跟你保證，」崔斗斯說，「她的美貌真的是世間少有！你知道，她那麼漂亮，應該能參與許多社交場合，受到很多人愛慕追求，但因為家境無法享受這些，所以她自然偶爾會發點小脾氣、說話嚴苛。蘇菲總是能讓她開心起來！」

「蘇菲是最小的嗎？」我冒昧問道。

「噢，不是！」崔斗斯摸著下巴說：「最小的兩個分別是九歲跟十歲。蘇菲負責教導她們。」

「那她是老二囉？」我又冒昧問道。

「不，」崔斗斯說。「老二是莎拉。她的脊椎有點問題，可憐的女孩。醫生說她的病會漸漸好起來，但是她現在必須臥床十二個月。蘇菲負責照顧她。蘇菲是老四。」

「她們的母親還在世嗎？」我問道。

「噢，是的，」崔斗斯說，「她還活著。她真是個非常優秀的女人，不過因為鄉下太潮濕，體質不適應——事實上，她的手腳不能動了。」

「我的天哪！」我說。

「很不幸，不是嗎？」崔斗斯說。「但若單單從家庭的角度來看，事情其實沒有那麼糟啦，因為蘇菲兼代母職。她除了像是九姊妹的母親，也能算是她母親的母親了。」

我十分欽佩這位年輕女子的美德。為了盡全力避免善良的崔斗斯被人占便宜，傷害這對情侶共同的前途，我問他麥考伯先生近況如何。

「他很好，考柏菲爾德，謝謝你的關心，」崔斗斯說。「但我現在沒跟他一起住了。」

「是嗎？」

「對，老實說，」崔斗斯低聲說，「因為暫時的窘境，他把名字改成莫提瑪，而且只在天黑後才出門活動，還會戴眼鏡偽裝。由於欠租，我們的房子被強制扣押，看麥考伯太太那麼可憐的樣子，我於心不忍，就讓他們用我的名字去簽上次我們在這談及的第二張期票了。考柏菲爾德，看到這件事情解決，麥考伯太太打起精神，你可以想像我有多高興。」

「嗯！」我說。

「但她也沒有開心很久，」崔斗斯繼續說，「很不幸地，一週後又有另一份強制扣押，那個家終究還是散了。我後來搬到一間附家具的公寓，而莫提瑪一家則是躲起來了。要是我說那個當鋪老闆將我的大理石小圓桌，連同蘇菲的花盆、花架一起搬走，我希望你不會覺得麥考伯家的人自私吧？」

「太過分了！」我忿忿不平地說。

「的確是——的確是我費盡千辛萬苦，」崔斗斯像以前一樣，說到這個詞就會抽搐一下。「但我提這件事不是要抱怨，而是別有目的。是這樣的，考柏菲爾德，我無法在扣押時立刻將東西買回來，一來那個當鋪老闆知道我要那兩件物品，刻意漫天開價；二來我身無分文。不過呢，我已經看準了那家當鋪，」崔斗斯很高興地說著他的祕密，「就位在托特納姆宮路最前面，而且我今天終於發現那兩樣東西擺出來賣了。我只有從遠處看，否則要是老闆看到我，我敢說他又要亂喊價了！現在我手頭上有錢了，我想到一個辦法，或許你不介意問問你的好保母願不願意跟我一起去當鋪——我可以在下一條街的轉角指給她看是哪間店——請她說是自己要的，進去盡量殺個好價錢！」

崔斗斯跟我說這項計畫時一臉開心，為能想出如此妙計而沾沾自喜的樣子，讓我記憶猶新。我告訴他，我的老保母會很樂意幫忙，我們三個人可以一起上陣，但我有一個條件，就是：他得下定決心，不能再把名字或任何東西借給麥考伯先生。

「我親愛的考柏菲爾德，」崔斗斯說，「其實我早就下定決心了，因為我開始覺得這樣做非但不體貼，而且還對蘇菲很不公平。這話我對自己說了，也不再掛心，但我現在也慎重向你保證。第一次的倒楣債，我替麥考伯先生還了。我很確定如果他有錢，肯定會自己還清的，但他就是沒錢。有件事我該提就是了，也是我很喜歡麥考伯先生的一點，考柏菲爾德。這跟第二筆還沒到期的債務有關。他沒跟我說這筆錢**有**著落了，而是說這筆錢**會有**著落。所以啊，我想他這樣做很誠實、很坦白！」

我不願打擊好友的信心，因此就同意了他的看法。我們又多聊了一會兒，才繞路到雜貨店徵召佩格蒂。我本來請崔斗斯留到晚上再走，但他婉拒了，因為他怕東西會被別人搶先買走，加上他都用晚上的時間寫信給全世界最貼心的女孩。

他在托特納姆宮路轉角偷偷摸摸，等待佩格蒂替那兩樣珍寶討價還價的樣子，我永遠忘不了。佩格蒂出價被拒，慢慢走向我們，突然被開恩的老闆叫住，又走了回去，而崔斗斯那激動不安的模樣，我也會永遠記得。討價還價的結果是，她用划算的價錢買回了物品，讓崔斗斯欣喜若狂。

「我實在太感謝你們了，」崔斗斯聽到東西當天晚上就會送到他家時說。「不知道我能不能再請你幫個忙，希望你不會覺得太荒謬，考柏菲爾德？」

他都還沒說出口，我就說當然不會。

「要是妳願意再幫忙的話，」崔斗斯對佩格蒂說，「我想麻煩妳現在就將花盆領回，因為那是蘇菲的呀，考柏菲爾德，所以我想自己拿回家！」

佩格蒂很樂意去幫他拿。他再三道謝後，就深情款款地抱著花瓶，沿托特納姆宮路繼續往前走，我難得見到他這般開心的神情。

接著我就和佩格蒂一起返回我的住所。街上的商店對佩格蒂有股魔力，我從沒見過有人能如此深受吸引，我沿途從容漫步，覺得佩格蒂盯著櫥窗看的樣子實在太有趣了，只要她想逛，我就會停下來等她，因此花了一段時間才回到艾德菲。

上樓時，我要佩格蒂留意克拉普太太設下的陷阱突然不見了，還有一些新腳印。繼續往上走，發現我原本關上的房間外門開著，還聽見房內傳來聲音，我們兩個都很驚訝，面面相覷，不知道到底怎麼回事，於是走進客廳。讓我大感驚訝的是，坐在裡頭的不是別人，正是我的姨婆和迪克先生！姨婆坐在一堆行李上，前面擺著兩隻小鳥，貓咪坐在她膝上，她正喝著茶，有如女版魯賓遜。迪克先生則是心事重重地往前靠在大風箏上（就是我們以前常出去放的那種），他身邊的行李更多！

「親愛的姨婆！」我喊道。「哎呀，妳突然來，我太高興了！」

我們緊抱了彼此，迪克先生跟我熱絡地握手。忙著泡茶的克拉普太太再殷勤不過了，熱情地說她就知道考柏佛先生看到最愛的親戚，一定會激動得說不出話來。

「喂！」姨婆對佩格蒂說。面對令人敬畏的姨婆，佩格蒂有點膽怯。「妳好嗎？」

「妳記得我姨婆吧，佩格蒂？」我說。

「看在上帝分上，孩子，」姨婆喊道，「別用那南海島嶼的名字稱呼她！既然她結婚冠了夫姓，你怎麼不用她改過的姓呢？妳現在叫什麼名字？佩？」姨婆這是給那可惡姓氏做的讓步。

「是巴基斯，夫人。」佩格蒂行屈膝禮說道。

「很好！那才像人該有的名字，」姨婆說。「這名字聽起來不那麼需要傳教士了。妳好嗎，巴基斯？我希望妳很好。」

聽到這番親切的探問，加上姨婆向她伸出手來，巴基斯受到鼓舞，走向前握住她的手，屈膝向姨婆道謝。

「我看得出來，我們都變老了，」姨婆說，「我們以前見過一次面，妳知道吧。當時的情況可真好啊！托特，親愛的，再幫我倒一杯。」

我恭敬地將茶杯遞給姨婆，她仍如往常坐得挺直，我便大膽地要她別坐在行李箱上。

「姨婆，我去把沙發或安樂椅搬過來吧，」我說。「您何必坐得這麼不舒服呢？」

「謝謝你，托特，」姨婆回答。「我比較想坐在自己的財物上。」這時候，姨婆冷冷地看向克拉普太太說：「我們就不麻煩妳伺候了，太太。」

「我走之前，要不要我再多加點茶，夫人？」克拉普太太說。

「不用，謝謝妳，太太。」姨婆回答。

「要不要我再去拿塊奶油，夫人？」克拉普太太說。「還是想不想試點剛下的雞蛋？還是烤點燻肉片？我沒有能替你親愛的姨婆服務的地方了嗎，考柏佛先生？」

「都不用，太太，」姨婆說。「這樣就夠了，謝謝。」

克拉普太太臉上一直掛著微笑，想給人脾氣很好的印象；也一直側著頭，想給人身體微恙的印象。她不斷搓揉雙手，想讓人覺得她迫不急待想替所有人服務。就這樣，她帶著笑容、側著頭、揉著雙手，走出房間。

「迪克！」姨婆說。「你記得我跟你說過，有些人就愛趨炎附勢，視錢如命？」

迪克先生——一臉驚恐，好像忘了——急忙回答他記得。

「克拉普太太就是那種人，」姨婆說。「巴基斯，能不能麻煩妳泡茶，我想再喝一杯，但又不喜歡那女人倒的！」

我很瞭解姨婆，知道她有很重要的心事，而且會這樣跑來，事情肯定非同小可，不懂她的人可

姨婆突然來訪

能看不出事態有多嚴重。我注意到，當她以為我在忙別的事時，目光就會落在我身上；儘管她姿勢僵硬、表情沉著，但內心似乎猶豫不決，很不尋常。我開始回想自己是否做了冒犯她的事情，這時良知小聲告訴我，我還沒把朵拉的事跟姨婆說。會是這件事嗎，我好疑惑！

我很清楚她準備好了就會自己說，所以我坐在她身旁，跟鳥兒說話，跟貓咪玩耍，盡量擺出輕鬆自在的樣子。但我一點也不輕鬆自在，就算姨婆身後靠在大風箏上的迪克先生沒有一逮到機會就偷偷對我搖頭，指著姨婆，我也無法裝出自在的樣子。

「托特，」姨婆喝完茶，仔細地撫平裙子，擦完嘴後終於開口道，「——妳沒必要離開，巴基斯！——托特，你有沒有變得可靠，能不能自力更生？」

「我希望有，姨婆。」

「那你覺得有沒有？」貝希小姐問道。

「我想有的，姨婆。」

「那麼，我親愛的，」姨婆認真地看著我，「你覺得我今晚為什麼要坐在我這個身家財物上？」

我搖搖頭，猜不出來。

「因為，」姨婆說，「這是我所有的家產了。因為我破產了，親愛的！」

要是這棟房子跟我們所有人全都掉進河裡，我也不會比現在更吃驚了。

「這件事迪克也知道，」姨婆冷靜地將手放在我肩上說，「我破產了，我親愛的托特！我在這世上的所有財產都在這房間裡，除了小屋以外，我把它交給珍妮特去出租了。巴基斯，我想請妳今晚替這位先生找個地方過夜。為了省錢，可能要麻煩妳在這幫我弄個地方睡。隨便弄就好，只是今晚暫住而已。我們明天再詳談這件事。」

姨婆突然緊抱住我，哭著說她只是替我感到難過，我這時才從錯愕中回過神，替她擔心起來——我真的很替她擔心。下一刻，她又壓抑住情緒，用得意勝過沮喪的態度說：

「我們一定要勇敢面對逆境，不能被嚇倒，親愛的。我們得學會把這齣戲演完。我們一定要努力生活，淡忘不幸的事，托特！」

第35章　意氣消沉

一聽完姨婆告訴我的消息，我震驚得魂都飛了，等我一回過神，立刻建議迪克先生到雜貨店，接下佩格蒂先生剛搬離的地方。

雜貨店位在亨格福德市場，而當時的亨格福德市場跟現在不一樣，門前有個低矮的木柱廊（很像舊式氣壓計裡，小男人跟小女人住的房前柱廊），迪克先生看了十分滿意。我敢說，能夠住在這樣光榮的地方，彌補了許多缺點，而比較難受的地方也不多，大概只有之前提過的混雜味道，以及空間稍嫌太小，所以他對於自己的住處十分著迷。克拉普太太憤憤地跟他說那裡連甩貓的空間[82]都沒有，但迪克先生坐在床尾，抱著大腿，一本正經地跟我說：「你知道嗎，托特伍德，我不想要甩貓啊，我這一輩子都不會甩貓。所以，她說的跟**我**有什麼關係啊！」

我試著想弄清楚迪克先生是否多少知道姨婆資產突然出事的原因。但跟我猜想的一樣，他一點頭緒也沒有。他只跟我說，姨婆前天告訴他：「現在，迪克，你是否真如我所相信的，是一位在逆境中能泰然自若的人？」他回答是，他希望是。然後姨婆接著說：「迪克，我完了。」他回答：「噢，真的啊！」姨婆大大稱讚了他，他覺得很高興。之後他們就來我這裡了，路上還喝了一瓶波特酒，吃了一點三明治。

迪克先生得意洋洋地坐在床尾抱著大腿，眼睛睜得好大，臉上掛著驚喜的微笑跟我描述這件事，讓我得遺憾地向他解釋「完了」是指貧困、匱乏跟飢餓。但我一說出這番嚴厲的話，立刻感到很自責，因為他臉色變得慘白，拉長了臉，潸然淚下，悲痛萬分地定睛看著我，眼神足以融化比我更鐵石心腸的人。

讓他難過，我費了一番力氣，現在得花更大工夫才能讓他打起精神。我很快就瞭解到（我應該一開始就明白的），他之所以這麼有信心，都是因為他對最睿智、最了不起的女人有信心，而且無比信任我的聰明才智。我想，他認為只要不是致命的災難，那憑我的智慧絕對有辦法兵來將擋。

「我們能做些什麼，托特？」迪克先生說。「我還有請願書……」

「當然，」我說。「但我們現在所能做的，迪克先生，只有保持笑容，別讓姨婆知道我們正在煩惱這個問題。」

他很真誠地同意，並懇求我，只要看到他稍有恍神，不管用什麼辦法都要把他拉回來。話雖如此，恐怕我剛剛帶給他的驚嚇還是太難掩飾，儘管他真的盡力了，但整個晚上，他都萬分懼怕地偷瞄姨婆，彷彿她當場就瘦得皮包骨似的。他意識到自己在胡思亂想時，也會壓抑自己的腦袋，這時他就會定住頭不動，眼睛像機械一樣咕嚕咕嚕地轉，但這並無助於事。晚餐時，我看到他看著一條麵包（剛好是小條的而已），好像我們離餓死僅有咫尺之遙。當姨婆堅持要他按平常的飲食用餐，我發現他還把麵包、起司的碎塊藏到口袋裡，無疑是打算哪天我們淪落到飢寒交迫的地步時，可以把這些存糧拿出來充飢。

另一方面，姨婆鎮定自若，這是我們都要學習的一課——是我肯定要學習的。她對佩格蒂特別親切，除了我不小心叫出佩格蒂這名字的時候。我知道姨婆之前對倫敦的看法，但奇怪的是，她現在看

82. 原文wasn't room to swing a cat，指沒有活動的餘地，此處為對應下方迪克先生回覆，故採直譯。

起來挺自在的。她睡我的床，我去睡客廳守著她。她說離河這麼近，火災發生時非常有利。我想她真的在這種情況下，感到有點滿足。

「托特，親愛的，」姨婆看到我替她準備平時晚上會喝的飲料時說，「不行！」

「都不要嗎，姨婆？」

「別用葡萄酒，親愛的，用麥酒。」

「但現在有葡萄酒啊，姨婆，您一直都是用葡萄酒兌水的。」

「把葡萄酒留著，生病時再用，」姨婆說。「我們得省著點，托特。我喝麥酒就好，半品脫。」

我還以為迪克先生聽到這話會昏過去。但由於姨婆很堅持，我便出門買麥酒。時間不早了，佩格蒂和迪克先生也順便告辭，一起返回雜貨店。我在街角跟這個可憐的傢伙告辭，他身上還揹著大風箏，活像人類悲劇的紀念碑。

我返回公寓時，看到姨婆在房間裡來回踱步，手捲著睡帽的邊緣。我用以往的方式熱好麥酒，烤了麵包。一切都準備好時，她也準備好要用餐了，睡帽戴著，睡衣的下襬拉到膝蓋。

「親愛的，」姨婆吃了一口後說，「這比葡萄酒好喝多了，沒它一半傷肝。」

我大概露出了狐疑的樣子，因為她補充道：「嘖嘖，孩子啊，如果喝麥酒就是最糟糕的事情，那我們可是算過得很富裕了。」

「我相信我本來也會這麼想的，姨婆。」我說。

「那麼，你為什麼**不**這麼想呢？」姨婆說。

「因為您跟我截然不同啊。」我回答。

「胡說八道，托特！」姨婆回答。

姨婆繼續安靜地享用，如果有任何矯揉造作，那也是微乎其微，繼續用小茶匙喝著溫麥酒，將麵包條沾到酒裡吃。

「托特，」她說，「我通常不喜歡外人，不過你知道嗎？我倒是滿喜歡你們家那個巴基斯的！」

「聽到您這麼說，比我拿到一百英鎊還高興呢！」我說。

「這世界實在太奇妙了，」姨婆揉揉鼻子說。「怎麼會有女人叫那種名字，我實在是想不通。我覺得如果是叫傑克森之類的，那事情就會好多了。」

「或許她也是這麼想吧，但這不是她的錯。」我說。

「或許吧，」姨婆有點勉強地承認，「但那名字真是想到就讓人生氣。不過幸好她**現在**叫巴基斯了。巴基斯特別疼你呢，托特。」

「為了證明她有多疼我，她可是做什麼都願意。」我說。

「我相信是的，」姨婆回應道。「剛剛那個可憐的傻瓜一直求我、拜託我收下她一點錢，因為她錢太多了。真是太傻了！」

姨婆喜極而泣，淚水都滴進熱麥酒中了。

「她真是世界上最荒謬的人了，」姨婆說。「打從我第一次拜訪你那可憐的小寶貝母親，看到她的時候，我就知道她是全世界最荒謬的人了。但巴基斯身上還是有優點的！」

姨婆假裝大笑，藉機用手拭眼睛，之後繼續吃著麵包往下說。

「啊！願上帝大發慈悲！」姨婆嘆息道。「我統統都知道，托特！你剛剛跟迪克出去的時候，巴基斯跟我好好八卦了一番。我統統都知道。我真是想不透這些悲慘的女孩都打算去哪，她們怎麼不把自己的腦袋往——往壁爐撞上去算了。」姨婆大概是看到我的壁爐才想到的。

「可憐的艾蜜莉！」我說。

「噢，別在我面前說可憐這兩個字，」姨婆回應。「她造成這麼多傷害之前，早該想到後果的！來親我一下，托特。我很遺憾你年紀輕輕就得經歷這種事。」

我俯身向前時，她將杯子放在我的膝蓋上，留住我說：「噢，托特啊托特！而且你還覺得自己戀愛了！是不是？」

「哪只是覺得，姨婆！」我臉紅到不行，驚呼道：「我是全心全意地愛著她！」

「朵拉，是吧？」姨婆說，「你想說那個小東西非常迷人，是嗎？」

「親愛的姨婆，」我回答，「沒有人可以想像她是什麼樣的人！」

「啊！而且她不傻？」姨婆說。

「傻？姨婆！」

我真心相信她傻不傻這種想法從不曾進過我腦袋，一瞬間都沒有。當然，我憎惡這種想法，但因為是全新的想法，所以我還是有點訝異。

「也不輕浮？」姨婆說。

「輕浮？姨婆！」我只能懷著跟方才一樣的心情重複這句大膽臆測。

「好了，好了！」姨婆說。「我只是問一下，並沒有貶低她的意思。可憐的小情侶！所以你覺得你們兩個天造地設，會像桌上擺的兩塊漂漂亮亮甜點一樣，過著常宴客吃飯的生活，是吧，托特？」

她問我的方式既和善又溫柔，半開玩笑半感傷的，讓我非常感動。

「我們年紀很輕，涉世未深，姨婆，這點我知道，」我回答。「我也敢說，我們說過、想過很多愚蠢的事，但我們是真心相愛，這點我很肯定。光是想到朵拉可能會不再愛我，而愛上別人；或是我不再愛她，愛上別人，那我真不知道我會怎麼樣——大概會發瘋吧，我想！」

「啊，托特！」姨婆搖搖頭，神色凝重地微笑著說：「盲目、盲目、盲目啊！」

「我認識一個人，托特，」姨婆停頓了一下後繼續說，「雖然天性順從，但他身上有著真摯的感情，總讓我想起可憐的小寶貝。那個人一定得找到的，就是對方也認真的感情，那才能支撐他、讓他進步，托特。深刻、坦率、忠貞的認真。」

「我多希望您能知道朵拉有多認真，姨婆！」我喊道。

「噢，托特！」她又說了一次：「盲目、盲目啊！」不清楚為什麼，我覺得蒙受了某種模糊又不快樂的損失或是缺陷，像烏雲般籠罩著我。

「不過呢，」姨婆說，「我不想要讓你們兩個年輕人失去信心，或是不高興。所以雖然這只是小情小愛，而小情小愛經常是——注意喔！我並沒有說總是——無疾而終，但我們還是要認真看待，希望最終能夠開花結果。現在還有時間能讓它開花結果！」

總的來說，這番話對一個為愛痴狂的人而言，並不是什麼值得欣慰的事，但我很高興姨婆與我促膝談心，我也注意到她疲憊不堪，因此由衷感謝她對我的關心以及其他所有的慈愛。她溫柔地向我道晚安後，戴著睡帽回我臥室就寢。

我躺下時，心情有多淒慘啊！我不斷想著史賓洛先生會如何看待現在一貧如洗的我；想著現在的自己已經跟我向朵拉求婚時的狀況不一樣了；想著如果我是正人君子，就應該全盤告訴朵拉我的狀況，若是她認為解除婚約比較好，那就得放她自由；想著我的實習期間還有那麼久，這段沒有收入的日子該如何設法度過；想著應該做點什麼幫助姨婆，但又想不出什麼辦法；想著淪落到身無分文、衣衫襤褸，最渺小的禮物也無法買給朵拉、無法騎乘灰色駿馬，更不用說無法體面地見人！

滿腦子只顧著自己的煩惱，我知道這樣實在很卑鄙、自私，明知如此，我的內心充滿煎熬，但我就是深愛著朵拉，無法不想她。我知道不多想姨婆、少想一點自己的事很惡劣，然而到目前為止，我的自私都是與朵拉相關，無法分開，不管為了誰，我都無法將朵拉拋在一旁。那天晚上，我的內心實在很煎熬啊！

睡著之後，我的夢境充滿各式各樣貧困的情景，其實我好像也沒有真的入睡就開始作起夢來了。我一下衣衫襤褸，想賣掉朵拉的火柴，六捆半便士；我一下穿著睡袍和靴子坐在辦公室，史賓洛先生告誡我不可以在客戶面前穿得這麼清涼；我一下飢餓地撿拾老提飛每天固定在聖保羅大教堂一點整敲鐘時吃餅乾所掉的碎屑；我一下不抱任何希望地努力想拿到與朵拉的結婚證書，卻只能以烏利亞．希普的手套做交換，因此全公會都拒絕接受。雖然我多多少少知道自己身處自家客廳中，卻總是盪來晃去，就像被褥之海中的一條遇難孤船。

姨婆也睡得不安穩，因為我經常會聽到她在房裡來回走動。裹著法蘭絨睡袍的她，看起來有七呎高，就像心煩意亂的鬼魂一樣出現在客廳，來到我躺著的沙發旁邊，整個晚上大概兩、三次。她第一次來的時候，我驚醒後才發現姨婆注意到天空出現一團火光，她推斷應該是西敏寺起火了，因此來問我如果風向改變的話，有沒有可能燒到白金漢街來。之後，我繼續躺在床上，聽到她在我身旁坐下，自言自語道：「可憐的孩子！」聽到她多麼無私地掛念著我，而我卻多麼自私地只想著自己，心裡更難受二十倍。

這個夜晚對我來說好漫長，如果有人認為短，那我覺得難以置信。這個想法讓我一直、一直想像派對上賓客不斷跳著好幾小時的舞，直到那場景也變成了夢，而我聽到同一首曲子不停播放，看到朵拉不停地跳著同一支舞，卻一點也沒注意到我。整晚彈奏豎琴的男子，試圖用一頂一般尺寸的睡帽蓋住琴卻徒勞無功。這時我醒了，或者該說，我放棄進入夢鄉，終於看到陽光閃爍，透進窗戶。

當時河岸街再過去的一條街尾上有間羅馬浴場——現在或許還在——我經常去那裡泡冷水浴。我盡量小聲整裝，留下佩格蒂照顧姨婆，就一頭栽進浴池中，之後再散步到漢普斯特德。我本來希望這個寒冷清新的活動可以讓我頭腦清醒一點，我想這個目的是達到了，因為我很快就下了結論：我該做的第一步是看看能否取消我的實習，並把剩餘的學費拿回來。我在公園裡吃了早餐，沿著灑過水的小路，穿過一陣夏日花朵的芬芳（賣花販將花園裡種植的鮮花扛在頭上進城賣），面對這個境遇變化，我決定了第一步該怎麼做，就走回律師公會。

結果我很快就抵達辦公室，因此還在附近閒晃了半小時，才遇到總是第一個進辦公室的老提飛帶著鑰匙過來。我坐在我陰暗的角落，抬頭看看對面煙囪上的陽光，想著朵拉，直到打扮得乾淨俐落、一頭鬈髮的史賓洛先生進來。

「你好嗎，考柏菲爾德？」他說。「很棒的早晨是吧！」

「很美的早晨，先生，」我說。「您上法院之前，我能否跟您說個話？」

「當然，」他說。「到我辦公室。」

我跟著他進辦公室，他開始穿上律師袍，對著掛在衣櫥門上的鏡子梳理自己。

「我很遺憾地向您報告，」我說，「我的姨婆有件令人難過的消息。」

「不會吧！」他說。「我的天啊！應該不是中風吧？」

「跟她的健康無關，先生，」我回答。「她投資失利。老實說，她幾乎身無分文了。」

「我實在太驚訝了，考柏菲爾德！」史賓洛先生驚呼。

我搖搖頭。「的確是，先生，」我說，「她的情況改變，我想問您是否能夠——當然，我們賠償一點學費是應該的，」注意到他臉上空白的表情，我突然想到補充這句話，「請問能夠取消實習嗎？」

我做了多大犧牲才提出這項請求，沒有人知道。這就好像要他幫我個大忙，下令讓我遠離朵拉。

「解除合約嗎，考柏菲爾德？解除？」

我用還算堅定的態度解釋，我真的不知道生活費該怎麼辦，除非我能夠自己賺錢。我說我不害怕未來的際遇——還特別強調，好像暗示自己以後還是能夠勝任他女婿的人選——但以現況來說，我得自力更生才行。

「聽你這麼說，我很遺憾，」史賓洛先生說，「非常遺憾。在這種原因下解除合約很不尋常，這不是我們這裡的做法，有這種先例也不好，一點也不好。不過呢……」

「您真是太好了，先生。」我喃喃道，以為他要讓步。

「不不不，快別這麼說，」史賓洛先生說。「不過呢，我剛剛是要說，要是我沒有綁手綁腳，要是沒有合夥人喬金斯先生……」

我的希望瞬間瓦解，但我還是進一步努力。

「先生，您覺得，」我說，「要是我親自請求喬金斯先生……」

史賓洛先生沮喪地搖搖頭。「考柏菲爾德，」他回答，「上帝不會允許我冤枉別人，更不用說是喬金斯先生了，但我很瞭解我的合夥人，考柏菲爾德。喬金斯先生對於這種請求是絕對不會動搖的，他下了決定就不會動搖，你知道他是怎麼樣的人！」

沒錯，我對他所知甚少，只知道他剛入行時單打獨鬥，現在自己一個人住在蒙塔古廣場附近一棟急需粉刷的房子裡。他都很晚進辦公室，很早離開，似乎從來沒有人會跟他商討公事。他在樓上有個自己的陰暗小窩，但沒有人曾去那找他辦事。他桌上墊了張黃色舊紙板，據說已經有二十年歷史了，上頭卻沒有任何墨水漬。

「您不反對我親自向他詢問這件事吧，先生？」我問道。

「當然不會，」史賓洛先生說。「但我跟喬金斯先生共事過，考柏菲爾德。我倒希望他不是這樣的人，因為不管在什麼問題上，我都很樂意與你持相同觀點。如果你覺得這件事值得再跟喬金斯先生談一談，考柏菲爾德，那我就不會反對。」

既然史賓洛先生答應了，而且還熱絡地跟我握手，我坐在那想著朵拉，看著陽光從煙囪移到對面房子的牆上，直到喬金斯先生進來。我跟著上樓到喬金斯先生的辦公室，我的出現顯然讓他嚇了好一大跳。

「請進，考柏菲爾德先生，」喬金斯先生說。「請進。」

我進門後坐下，並跟喬金斯先生詳述了我剛剛與史賓洛先生說的情況。喬金斯先生怎麼樣看都不是大家所料想的可怕人物，他的個子高大、脾氣溫和、臉上無鬚、年約六十，因為吸很多鼻煙，公會裡傳言他只靠這種興奮劑維生，身體裡沒有什麼空間容納其他食品。

「我想，你應該跟史賓洛先生討論過了吧？」喬金斯先生焦躁不安地聽完我的話之後說道。

我回答說，是的，並說是史賓洛先生提到他的名字。

「他說我會反對？」喬金斯先生說。

我不得不承認史賓洛先生的確認為他不太可能同意。

「對不起，考柏菲爾德先生，我無法答應你的要求，」喬金斯先生緊張地說。「事實上……啊，我跟銀行約好了，不好意思我必須先告辭，請你見諒。」

說完，他匆忙起身，急著衝出房間。這時我斗膽地問，那麼這件事恐怕沒有商量餘地了嗎？

「沒有！」喬金斯先生在門口停下腳步，搖頭說。「噢，不行！我不同意，」他匆忙說完就走出去了。「你要知道，考柏菲爾德先生，」他不安地回頭看，補充道，「要是史賓洛先生反對……」

「他本人並沒有反對啊，先生。」我說。

「噢！他本人！」喬金斯先生不耐煩地說。「我跟你保證他絕對是反對的，考柏菲爾德先生。沒望了！你想要的事情，辦不到。我……真的跟銀行有約了。」說完，他幾乎是落荒而逃。就我所知，他再回來辦公室已經是三天後的事了。

我十分焦急，想方設法要解決這件事，因此等到史賓洛先生進來，轉述了剛剛與喬金斯先生的對話，讓他明白，我覺得請他軟化鐵石心腸的喬金斯是有可能的，如果他願意的話。

「考柏菲爾德，」史賓洛先生和藹地笑答，「你不像我這麼瞭解我的合夥人喬金斯先生。我覺得喬金斯先生不可能會使手段，但他表達反對的方式時常會讓人誤會。不，考柏菲爾德！」他搖搖頭。「喬金斯先生是絕不會動搖的，相信我！」

到底真正反對的合夥人是史賓洛先生？還是喬金斯先生？真把我弄糊塗了，但我看得很清楚，事務所的立場還是很堅決頑固，因此想要拿回姨婆的一千鎊完全不可能。我大感失望地離開事務所，返家了。現在回想起來覺得實在過意不去，因為我知道我是為自己失望的原因居多（雖然總是跟朵拉有關）。

我試圖做最壞的打算，想著如果未來遇到最嚴峻的狀況該怎麼處理，這時一輛出租馬車追上我，在我跟前停下來，我抬起頭看。一隻纖手從窗戶朝我伸來，那張我每次看到總會覺得平靜喜悅的面容，打從第一次在扶手寬大的老橡樹木梯上回眸時，總會聯想到教堂彩繪玻璃窗的皓齒明眸，正對我微笑著。

「艾格妮絲！」我高興地大喊。「噢，我親愛的艾格妮絲，全世界那麼多人，見到妳最讓我高興了！」

「真是這樣嗎？」她用真誠的聲音說。

「我好想和妳聊聊啊！」我說。「光是看到妳，心裡就輕鬆了很多！要是我有魔術師的帽子，那我只希望見到妳，沒有別人！」

「什麼？」艾格妮絲答道。

「哎呀！或許是朵拉先吧。」我臉紅地承認。

「我也希望當然是朵拉先啦。」艾格妮絲笑著說。

「但妳是第二！」我說。「妳要去哪？」

她要到我的公寓見姨婆。由於天氣太好，她很樂意下車用走的，也因為車內聞起來（剛剛我伸頭進去跟她說話）有股小黃瓜棚下的馬廄味。我打發了車夫，她勾著我的手，我們並肩散步回家。對我來說，她就像希望的化身。艾格妮絲在我身邊才不過一分鐘，我的感受變化多大啊！

姨婆之前寫了一封奇怪突兀的短信給她——比紙鈔稍微長一點而已，她的信通常都很簡短。信中說到她陷入困境，要永遠離開多佛，她已經下定決心了，她沒事，大家不必擔心，因此艾格妮絲來倫敦找姨婆。她們兩個過去幾年來變得非常要好，事實上就是從我在威克菲爾德先生家住下來開始有感情的。她說，她不是自己一個人來的，她父親也一起來了——還有烏利亞．希普。

「現在他們是合夥人了，」我說。「他真該死！」

「是啊，」艾格妮絲說。「他們在倫敦有公事要辦，所以我順道一起來。你別以為我完全是出於友誼和無私，托特伍德，因為——恐怕我存有很大的偏見——我不想讓爸爸跟他單獨遠行。」

「他對威克菲爾德先生還有一樣的影響力嗎，艾格妮絲？」

艾格妮絲搖搖頭。「家裡變化很大，」她說，「你一定快認不出親愛的老家了。他們現在跟我們一起住。」

「他們？」我說。

「希普先生和他的母親。他睡在你的舊房間。」艾格妮絲看著我說。

「要是我能控制他的夢境多好，」我說。「那他就無法在那裡睡太久。」

「我還是睡在自己的小房間，」艾格妮絲說，「就是以前上家教課的地方。時間過得好快啊！你記得嗎？客廳旁邊隔間的小房間？」

「我怎麼會不記得，艾格妮絲？我們第一次見面時，妳就是從那扇門出來，腰上還掛著裝鑰匙的精巧小籃子啊！」

「現在都沒變，」艾格妮絲笑著說，「我很高興你想起來還這麼快樂。我們以前真的很快樂。」

「我們的確是。」我說。

「我現在還是自己住那間房，但我不能老是丟下希普太太，你也懂。」艾格妮絲平靜地說。「所以我覺得有義務陪伴她，儘管那些時候我寧願獨處。但我沒有什麼理由好抱怨她，要是她偶爾因稱讚愛子而讓我心煩，那也是她為人母天經地義的事。他是個很孝順的兒子。」

艾格妮絲說這番話時，我看著她，她對烏利亞的詭計毫無所知。她溫柔真摯的雙眼帶著美麗與率直，跟我對視，面容依舊溫和，沒有改變。

「他們搬進來最大的壞處是，」艾格妮絲說，「我無法隨意接近爸爸了，因為烏利亞・希普經常介入我們兩個之間。我無法就近守護爸爸，如果這樣說不會太厚顏無恥的話。但如果有誰欺騙他或是背叛他，那我希望單純的愛與真誠能堅強到最後。我希望真正的愛與真誠最終能勝過世上任何邪惡或不幸。」

她燦爛的笑容是我不曾在他人身上看過的，正當我想起它有多美好，以前有多麼熟悉的時候，消失了。快到我的住處時，她的表情很快改變了，問我知不知道姨婆的財務狀況是怎麼惡化。我回答說並不清楚，姨婆還沒有告訴我，艾格妮絲變得若有所思，我似乎感覺到她勾著我的手在顫抖。

回到公寓，我們發現只剩下姨婆一個人，而且還有點激動的樣子。她與克拉普太太就一個抽象問題起了爭執（亦即：女性住在律師公寓是否恰當）。而姨婆一點也不在意克拉普太太的痙攣症，告訴房東太太說她聞到我白蘭地的味道，麻煩她出去，藉此結束了這場爭執。克拉普太太認為這兩種表達方式都是可被起訴的，說她打算將案件呈給「不列顛陪襯團」——據推斷，她指的是我們國家自由的堡壘。

由於佩格蒂帶迪克先生出去看皇家騎兵衛隊閱兵，姨婆有時間稍微冷靜下來，加上看到艾格妮絲特別高興，對這起爭執還沾沾自喜，心情一點都沒有受到影響，很高興地迎接我們。艾格妮絲將帽子放到桌上，坐到姨婆身旁時，我不禁看著她溫柔的雙眸和容光煥發的額頭心想，這裡有她在，看起來多自然。雖然她少不更事，但姨婆仍能對她推心置腹。真的，純真的愛與真誠讓她多麼有力量。

我們開始談論姨婆的損失，我說了今早試圖要做的事情。

「太不明智了，托特，」姨婆說，「但本意是好的。你是個很慷慨的男孩——我想現在該說你是年輕人了——我以你為傲，親愛的。目前一切都安好。現在，托特和艾格妮絲，我們就來正視貝希·托特伍德的問題，看看情況如何。」

我注意到艾格妮絲定睛看著姨婆的臉色變得蒼白。姨婆拍著貓，聚精會神地看著艾格妮絲。

「貝希・托特伍德，」一向不談財務狀況的姨婆說，「我指的不是你姊姊，托特，親愛的，我是說我自己——有一份財產。不管多少，總之夠生活的。因為她存了些錢，加上利息，所以還算富裕。有段時間貝希把錢拿去買公債，之後在業務代理人的建議下，投資在土地抵押上，獲利非常好，利息非常高，直到貝希投資賺了錢。我好像把貝希當成軍艦一樣地在講她。好吧！之後貝希就得四處找新的投資。這時候呢，她覺得自己比代理人聰明多了，因為她的代理人當時已經不如以往——我是間接暗示令尊，艾格妮絲——所以她就心血來潮要自己投資。」姨婆說，「她把小豬統統投資到國外市場，結果發現那是非常糟糕的市場。首先她投資礦業失利，之後潛水業失利——就是打撈寶藏，或是些湯姆・提得樂[83]之類的小孩子把戲，」姨婆揉揉鼻子解釋道。「然後她又在礦業賠了錢，最後，她想要力挽狂瀾，投資銀行業也賠了錢。有一陣子，我不懂銀行股票到底值多少，」姨婆說，「我相信那百分之百都是最低了，但銀行在世界的另一頭，就我所知就這樣跌進太空裡。不管怎樣，它就這樣倒了，永遠付不出六便士。而貝希的六便士全都在那，錢就這樣全賠光了。就這樣，多說也誤事，趕緊補救吧！」

姨婆用這句哲學的話總結，用一種很得意的眼神定睛看著艾格妮絲，她的氣色漸漸恢復了。

「親愛的托特伍德小姐，事情全部就是這樣嗎？」艾格妮絲說。

「這樣就很夠了吧，孩子，」姨婆說。「要是還有更多錢可以賠，那我敢說現在賠的絕對不只有這樣。貝希肯定會設法投資剩下的部分，然後開啟另一章，這我很肯定。但沒有別的錢，也就沒有其他故事了。」

艾格妮絲起初屏氣凝神地聽，她的氣色還是一下白、一下紅，但呼吸得比較自在了。我想我知道為什麼。我想她原本是在擔心她那悶悶不樂的父親或許得替這件事情負點責任。姨婆握住艾格妮絲的手笑了。

「就這樣？」姨婆重複道。「哎呀，沒錯，就這樣，只差了一句『她從此過著幸福快樂的日子』。或許我總有一天可以替貝希加上這段話。現在呢，艾格妮絲，妳很聰明。你也是，托特，某些方面來說你很聰明，但我不能老是稱讚你。」說到這裡，姨婆用她特有的氣勢搖搖頭。「接下來該怎麼做呢？我還有小屋，平均年收入也有七十鎊。我想這樣算應該差不多。嗯！我們就只有這樣了。」姨婆說。她有個特點，有些馬也是這樣，那就是會在跑得正起勁、似乎會跑很遠時突然停下來。

「然後，」姨婆休息了一會兒後繼續說，「還有迪克。他自己每年有一百鎊，但那當然都要花在他自己身上。雖然我知道世界上只有我懂他的好，但如果要他把錢拿出來，那我寧可送他走，也不願意讓他留下來。我跟托特僅剩這麼一點錢，該怎麼做最好？妳覺得呢，艾格妮絲？」

「姨婆，我覺得，」我插嘴道，「我必須做點什麼事才對！」

「你是說去從軍？」姨婆驚訝地說。「還是去當水手？我不聽，你就是要當代訴人。不好意思，先生，這個家不能再受到打擊了。」

我正打算解釋我並沒有想要替這個家賺取那樣的收入時，艾格妮絲問我的公寓是否租長期。

「妳說到重點了，親愛的，」姨婆說道，「這裡至少還得租上六個月，沒辦法解約，除非可以轉租，但我不認為可以。上一個房客就是死在這裡的。有那個淡黃色衣服配法蘭絨襯裙的女人在，我看六個人之中有五個會死在這——這是當然的。我手邊還有一點錢。我同意妳的看法，我們能做最好的

83. 兒童的遊戲。「湯姆．提得樂」站在用石頭等物圍成的圓圈內守地，其他人闖進他的地盤時會大喊：「我們闖進湯姆．提得樂的地盤了，快來撿金銀財寶！」

打算，就是住到租約到期，並在附近替迪克租個房間。」

我覺得有義務暗示姨婆，如果繼續在這裡住下去，與克拉普太太打游擊戰的過程應該會讓她不太愉快，但她很快地打消了我的反對，只說要是克拉普太太一展現敵意，她可準備好要嚇死她，讓她一輩子也忘不了。

「我一直在想，托特伍德，」艾格妮絲客氣地說，「要是你有時間……」

「我有很多時間，艾格妮絲，我通常下午四、五點過後就沒事了，每天一早也有空檔。不管怎麼說，」我想到之前每天花好幾個小時在街上遊蕩，在諾伍德街來來回回，就覺得有點臉紅。「我時間多得很。」

「我知道你不會介意，」艾格妮絲走向我低聲說，她的聲音既溫柔又樂觀體貼，現在還縈繞在我耳邊，「當個祕書吧？」

「怎麼會介意呢，我親愛的艾格妮絲？」

「我這樣問是因為，」艾格妮絲繼續說，「史壯博士照他原本的計畫退休了，現在搬到倫敦來住。我知道他問過爸爸能否推薦一個祕書給他。這個人如果正是他的得意門生而非外人的話，你不覺得他會更高興嗎？」

「親愛的艾格妮絲！」我說。「沒有妳，我該怎麼辦啊！妳一直都是我的好天使。我以前就跟妳說過，也一直都這樣認為。」

艾格妮絲笑盈盈地回答說我有一個好天使（指的是朵拉）就夠了。接著她繼續提醒我，博士通常會在一大清早跟傍晚待在書房，所以我的空檔正好符合他的需求。能夠自力更生我已經非常高興了，但我更高興的是，能夠在以前的老師底下做事。簡而言之，我採取艾格妮絲的建議，立刻坐下來寫信給博士說明目的，並約定隔天上午十點拜訪他。我在收件地址寫了高門——他就住在我永生難忘的地方——便親自出去寄信，一分鐘也沒有耽擱。

不管艾格妮絲在哪裡，她那嫻靜宜人的存在感就會與那個地方密不可分。我返家時，發現姨婆的鳥籠就像以前掛在小屋客廳窗戶上那樣，還有我的安樂椅也像姨婆家裡擺放的位置一樣，放在打開的窗戶前，甚至姨婆帶來的那把綠色圓扇也釘到窗台上了。這一切彷彿是默默地自動完成，所以我知道是誰的功勞。我一看到原本亂七八糟的書籍照以前念書時的順序整理好，就知道是誰做的，就算我認為艾格妮絲人在千里之外，沒親眼看到她含笑替我整理，我也知道是她。

姨婆對泰晤士河的印象還不錯（太陽照映時真的非常漂亮，不過還是比不上鄉間小屋前方那片海），但她對倫敦煙霧的看法就沒有那麼寬容了，她的形容是：「一切都像撒了胡椒粉。」因為這個胡椒粉，我房間的每個角落都掀起了一場大革命，由佩格蒂領軍，打掃得一塵不染。我在旁邊看著，心想佩格蒂看似忙碌，做的事情其實不多；而艾格妮絲一點也不忙的樣子，卻做了很多。這時門口傳來了敲門聲。

「我想，」艾格妮絲臉色變得蒼白，「門外的是爸爸。他答應我會來。」

我打開門，看見除了威克菲爾德先生，烏利亞．希普也來了。我有陣子沒見到威克菲爾德先生了，根據從艾格妮絲那裡聽到的，我早就做好心理準備他會有很大的改變，但看到他的模樣還是讓我大吃一驚。

讓我吃驚的並非他看起來衰老了好多，雖然他的穿著還是跟以前一樣一絲不苟；也不是因為他臉上不健康的紅潤氣色，不是因為他雙眼充血凸出、雙手緊張地顫抖（原因我知道，好幾年來也看見其影響），當然也不是因為他失去以前的英俊或是紳士氣派——因為這些他都還有——儘管看得出他天生的優越感還在，但對陰險做作的烏利亞．希普那種卑躬屈膝的樣子，才是最讓我驚訝的。兩人地位的對調，烏利亞握有權力，而威克菲爾德先生俯首貼耳，看到這一幕，我的痛心難以言喻。就算是我看到一隻狒狒指揮一個人類，也不比現在這個景象更加羞辱。

威克菲爾德先生似乎也清楚這個狀況。他進門時，仍一動也不動，低著頭，似乎自覺慚愧。但這只有一瞬間，因為艾格妮絲立刻輕聲對他說：「爸爸！來見見托特伍德小姐——還有托特伍德，你很久沒看到他了！」他走了過來，勉強地將手伸向姨婆，跟我握手時倒是稍微熱絡一些。在我剛剛說的停頓那一瞬間，我看到烏利亞臉上擠出醜陋的笑容。我想，艾格妮絲也看到了，因為她避開了他。

姨婆看到了什麼，或是沒看到什麼，只要她不想讓人看出，那就連用觀相術也看不出個所以然。我相信只要她想，沒有人能擺出比她更沉著冷靜的樣子。在這時候，她的臉簡直像銅牆鐵壁，任何光線都照射不進她的腦袋裡。最後，她突然用平常的方式打破沉默。

「嗯，威克菲爾德！」姨婆說，他第一次抬起頭看她。「我才正在跟令千金說我自己怎麼把財產理得這麼糟糕，只因我無法放心託付給你處理，因為你處理公事越來越生疏了。我們剛才在討論該怎麼辦，考慮到目前處境，算是想到了很好的方法。我覺得，艾格妮絲一個人抵得過你整間事務所。」

「如果能容我卑微地說句話，」烏利亞．希普扭了一下說，「我完全同意貝希．托特伍德小姐說的，要是艾格妮絲小姐也是合夥人的話，那我該有多高興。」

「你自己就是合夥人了，你知道吧，」姨婆回應道，「我想，你應該滿意了。你好嗎，先生？」

聽到姨婆特別唐突無禮地問他，希普先生不自在地抓緊手上的藍色提袋，回答說他很好，謝謝關心，希望她也是。

「還有您，考柏菲爾德少爺——我應該說是先生，」烏利亞繼續說道。「希望您一切安好！雖然是

威克菲爾德先生與合夥人探望姨婆

在這種狀況下跟您見面，但見到您真是開心，考柏菲爾德先生。」這點我相信，因為他看起來似乎真的很幸災樂禍。「您的朋友們不會希望目前這種狀況發生在您身上的，考柏菲爾德先生，但一個人要功成名就，並不是靠錢，而是要靠……我真是太卑微了，沒有能力表達到底是要靠什麼，」烏利亞奉承地扭了一下說，「但不是錢就對了！」

說到這裡，他與我握手——跟平常不一樣，他站得離我有點距離，像打水器握柄似的將我的手拉上放下，似乎有一點怕我。

「您覺得我們看起來怎麼樣呢？考柏菲爾德少爺——我應該說先生才對，」烏利亞諂媚地說。「您不覺得威克菲爾德先生容光煥發嗎，先生？這幾年來，事務所沒有什麼太大變化，考柏菲爾德少爺，除了拉拔卑微的人——也就是家母和我——以及培養了氣質佳人，」他後來補充道，「也就是，艾格妮絲小姐。」

說完這句恭維的話之後，他又開始扭了起來，看了真是難以忍受，所以原本一直坐在那盯著他看的姨婆終於失去所有的耐性。

「真是見鬼了！」姨婆厲聲地說。「這個人到底有什麼毛病？別在那扭來扭去，先生！」

「不好意思，托特伍德小姐，」烏利亞回答，「我明白您是因為心情差才這麼說。」

「去你的，先生！」姨婆的情緒一點都沒有平息。「你少自以為是！我一點也沒有心情差。你要是條鰻魚，先生，你就盡量扭啊。但如果你是個人，那就控制好自己的手腳，先生！真是夠了！」姨婆十分氣憤地說，「我才不要因為看你在那邊抖來抖去、扭來扭去，搞得自己都要瘋了！」

姨婆的爆發讓希普先生十分尷尬，大多數人也會這樣的。姨婆盛怒未消，坐在椅子上移動身體，搖著頭，好像要向他猛撲、襲擊他似的，他卻在旁邊用很溫順的語氣對我說：

「我很清楚，考柏菲爾德少爺，托特伍德小姐雖然是位傑出的女士，但就是脾氣急了點。的確，當我還是個小書記的時候，就有幸比你早認識她了，考柏菲爾德少爺，我相信，目前這個情況讓她的脾氣變得更急，這很合情合理。奇怪的是，她竟然沒有比現在更生氣哪！我來只是想問這種情況下，有沒有我們可以幫得上忙的，家母跟我，或是威克菲爾德與希普事務所——我們很樂意幫忙的。我可以大膽這麼說嗎？」烏利亞用令人作嘔的笑容看著他的合夥人。

「烏利亞．希普，」威克菲爾德先生用一種被強迫、毫無抑揚頓挫的方式說，「在公事上非常積極，托特伍德。他所說的，我頗為贊同。你知道我一直很關心你們。除此之外，烏利亞所說的，我都很同意！」

「噢，您這麼信任我，」烏利亞冒著被姨婆再臭罵一頓的風險，舉高了一條腿說，「真是多大的獎賞啊！但我希望能夠做點什麼，別讓他因為公事太勞累，考柏菲爾德少爺！」

「烏利亞．希普替我分擔很多事，」威克菲爾德先生繼續用單調的語氣說。「托特伍德，有這麼一位合夥人，真是減輕了我心頭很多負擔。」

這些話全都是那隻紅狐狸逼他說的，我清楚得很，故意要讓威克菲爾德先生親自向我證實那天晚上他茶毒我、害我不得安穩的話都是千真萬確。我再次在他臉上看到同樣的醜陋笑容，也看到他注意我的表情。

「您要走了嗎，爸爸？」艾格妮絲焦急地說。「您要不要和托特伍德跟我一起走回去？」

我相信，要不是烏利亞搶在他回答前開口，那威克菲爾德先生肯定也會先看這位傑出人士的眼色再答。

「我自己，」烏利亞說，「還有公事要處理，不然我很樂意陪伴朋友們的。不過，我就讓我的合夥人代表事務所好了。艾格妮絲小姐，我隨時為您效勞！也祝您有愉快的一天，考柏菲爾德少爺！我也向貝希·托特伍德小姐致上最卑微的敬意。」

說完，他便吻了自己的大手，像張面具一樣睨視我們之後離去。

我們坐著聊以前坎特伯里開心的日子，度過了一、兩個小時。在艾格妮絲陪伴下，威克菲爾德先生很快就恢復以前的樣子，雖然還是有一種揮之不去的憂鬱，這是他從未甩掉的。儘管如此，他還是滿開心的。聽我們回憶兒時生活那些小事，顯然讓他很高興，他也幾乎都清楚記得。他說好像又回到以前跟我和艾格妮絲相處的時光，而他向上帝請求過，希望這點沒有變。我相信這都是艾格妮絲溫柔的臉龐看著他，玉手碰觸著他所帶來的驚人影響。

姨婆（在這段時間都跟佩格蒂在裡頭的房間忙上忙下）並沒有陪伴我們到他們的下榻地，但堅持我得陪他們回去，所以我照做了。我們一起吃飯，吃完晚餐，艾格妮絲像以前一樣坐在威克菲爾德先生旁邊，替他倒酒。她斟多少，他就喝多少，沒有多喝，像小孩一樣。雖然夜幕低垂，我們三個都坐在窗邊。天色差不多全暗的時候，他躺到沙發上，艾格妮絲將枕頭放到他頭下，彎著身在一旁待了一會兒。等她回到窗邊時，雖然光線很暗，我還是可以看到她眼中的淚光閃閃。

我求上帝保佑我這一生絕不會忘記這位親愛女孩的愛與真誠，因為要是我忘了，那我肯定是在生命盡頭了，那時我會希望記住她最好的一面！在她的潛移默化之下，我內心也變得堅定不移，弱點變得堅強，我原本不定的熱情與未明的目標也有了指引——我不知道她是怎麼辦到的，畢竟她太謙虛、溫柔，從不對我長篇大論——因此我這輩子所做的所有渺小好事，以及我沒做的所有壞事，我真心相信都是她的功勞。

艾格妮絲坐在窗邊聊著朵拉的事，聽著我稱讚朵拉，她再稱讚了一次。她在朵拉這位小仙女身上灑下了純潔光芒，對我來說更加珍貴、更加純真！噢，艾格妮絲，我兒時的妹妹啊，要是我當時就明白我後來才懂的事，那該有多好！

我下樓走出門時，街上有個乞丐。我轉頭看向窗戶，想到她像天使般純潔平靜的雙眸，這時候乞丐的喃喃聲讓我嚇了一大跳，那彷彿是在回應早上發生事情的聲音：「盲目！盲目！盲目！」

☆10
With the new life, came new purpose, new intention. Great was the labour; priceless the reward.

第36章　滿腔熱忱

第二天一早，我又去了羅馬浴場泡澡，之後出發前往高門。

現在的我已經不氣餒了。我不怕穿著破爛外套，也不想騎灰色駿馬。對於最近的不幸，我的整個思維已經全然改變。我要做的就是，讓姨婆知道她以前對我的好並沒有浪費在一個冷淡無情、忘恩負義的人身上。我要做的就是，將兒時的痛苦歷練化為力量，以決心和毅力努力工作。我要做的就是，拿起樵夫之斧，披荊斬棘，穿過困難之林，直到來到朵拉身邊。我用強而有力的步伐前進，彷彿這件事光用步行就能辦到。

我走在往高門的熟悉道路上，想到這次要做的事情有別於以前的玩樂，似乎我的人生有了一百八十度的改變。但這點並沒有使我灰心。有了新人生，隨之而來的就是新目標、新打算。竭盡全力，報酬無價。☆10朵拉就是我的報酬，我一定要贏得美人歸。

我慷慨激昂，甚至因我的外套還不夠破爛而覺得難過。我恨不得真的披荊斬棘，穿過困難之林，通過考驗，以證明我的能力。路上有位戴著鐵網護眼罩在打碎石的老人，我本來還想跟他借一下鎚子，讓我在花崗岩上打開一條通往朵拉的道路。我激動得全身發熱，上氣不接下氣，感覺已經賺不曉得多少錢了。

在這種情況下，我來到一棟要出租的小屋，還進去勘查了一下——我覺得實際點是有必要的。這裡對我和朵拉來說非常適合：前面有個小花園可以讓吉普跑來跑去，對著柵欄外的小販吠叫；樓上最好的房間給姨婆住。我走出來後，比剛剛更熱，腳步也更快，直衝到高門。因為衝太快，比約定時間早到了一小時。不過就算我沒有提早到，也應該先放慢腳步，讓自己冷靜下來，等一下才能見人。

做好必要的準備之後，第一件事就是要找到博士的家。他並沒有住在史帝福斯太太家那一帶，而是在另一邊的小鎮上。發現這件事後，因著一股我無法拒絕的吸引力，我走回史帝福斯家那條小巷，從花園的轉角往內探。他的房間緊閉。溫室的門敞開，而沒戴帽子的羅莎·達朵在草坪一端的碎石路上急躁快速地走來走去，讓我覺得她好像某種被拴住的凶狠之獸，在鏈子可及的範圍內來回走動，耗盡心力。

我輕輕地從觀察的位置離開，避開那一帶街坊，真希望自己沒有來過。就這樣，我晃到十點鐘。現在那丘頂上佇立一座有著尖塔的教堂，但當時並不存在，所以沒有向我報時。那個位置當時是一棟老舊紅磚大宅，用來做為校舍，我記得當時還覺得能去那麼好的古宅上學一定很棒。

我走到博士的房子，那是很漂亮的舊屋，從近期才完成的裝飾和修繕來看，他似乎花了一點錢。我看到他在花園一側散步，綁腿套和其他衣著都一如既往，彷彿從我在學時，他就未停止走動過。他的老伙伴也一樣在他身旁，因為附近有許多大樹，草地上有兩、三隻烏鴉看著他，好像是坎特伯里的烏鴉已經先來信請牠們盯緊他一樣。

我知道從這個距離要引起他注意是完全不可能的，所以我大膽地打開大門，跟在他身後，這樣他一轉頭就能看到我。當他轉身朝我走來時，若有所思地看了我好一陣子，但似乎完全沒有在想我的事情，接著他的和善容顏露出喜出望外的樣子，雙手握住了我。

「啊，我親愛的考柏菲爾德，」博士說，「你長這麼大了！你好嗎？看到你真是太高興了。親愛的考柏菲爾德，你變得好成熟！你真的是……沒錯……我的天哪！」

我也向他跟史壯夫人問好。

「噢，我很好！」博士說。「安妮也很好，她看到你一定會很高興。你一直都是她的最愛，昨晚我拿你的信給她看的時候，她自己這麼說。還有……是啊，當然……你還記得傑克．莫頓先生嗎，考柏菲爾德？」

「記得很清楚，校長。」

「當然，」博士說，「你一定還記得。**他**也很好。」

「他回家了嗎，校長？」我問道。

「從印度回家嗎？」博士說。「是的，傑克．莫頓先生受不了那裡的氣候，親愛的。馬克漢太太……你沒忘記馬克漢太太吧？」

忘記老兵！那麼短的時間怎麼可能！

「馬克漢太太啊，」博士說，「為了他很心煩，真是可憐，所以我們就把他弄回家了。我們花錢替他在專利局找了份工作，對他來說好多了。」

我太瞭解傑克．莫頓先生的為人，所以從博士這番話，我懷疑這是個高薪的涼缺。博士將手放在我肩上，繼續來回走，他鼓舞人心的和善容顏轉向我，說道：

「那麼，我親愛的考柏菲爾德，我們來談你的提議。這安排對我來說很滿意，我肯定會欣然同意，但你不覺得你可以找更好的工作嗎？你念書的時候成績非常優秀，能勝任更多更好的工作。你已經打好基礎，可以蓋出高樓大廈，所以把你的青春耗在我提供的小事上，不是很可惜嗎？」

我又激動了起來，滔滔不絕地強烈表達我的請求，並提醒博士我已經有份職業了。

「好吧，」博士說，「那倒是真的。當然，既然你有份職業而且認真精進，那事情就不一樣了。可是，我親愛的年輕朋友，一年七十鎊又能做什麼呢？」

「那能讓我們的收入增加一倍，史壯博士。」我說。

「我的天哪！」博士回答。「怎麼會！我也不是說一年就只有七十鎊，因為我老是想著要送份禮物給我聘請來的年輕朋友。沒錯，」博士的手仍放在我肩上，來回走動著，「我一直在考慮每年要送份禮物這件事。」

「我親愛的老師，」我說（我這時真的沒有亂說），「我欠您的恩情已經報答不完……」

「不，不，」博士打斷我說，「快別這麼說！」

「要是您願意讓我早上和傍晚有事做，而且還覺得這些時間一年值七十鎊的話，那會是幫我一個無法形容的大忙。」

「我的天哪！」博士天真地說。「這筆小錢竟然能夠幫上大忙！哎呀，哎呀！你保證如果有更好的工作，你會把握？現在能向我保證嗎？」博士說。他以前總會嚴肅地這樣說，激發同學的榮譽感。

「校長，我保證！」我用以前在學校的樣子回答道。

「那就這樣決定了。」博士拍拍我的肩膀，手還是放著，我們繼續走。

「校長，要是我能夠參與辭典的工作，」我有點奉承地說——希望是無害的——「那我會高興二十倍。」

博士停下腳步，再次笑著拍拍我的肩膀，彷彿我看透凡人最深的智慧，用勝利不已的高興神情喊道，「我親愛的年輕朋友，你說中了。就是辭典沒錯！」

怎麼可能會是別的呢！他的口袋跟腦子一樣都裝滿辭典的內容，從他的四面八方伸了出來。他告訴我，他從教書生涯退休後，辭典的工作就進行得非常順利，早上和傍晚的安排對他再適合不過了，因為他習慣在白天邊散步邊思考。傑克．莫頓先生最近提議偶爾來當他的祕書，但他並不適合做這種工作，草稿寫得很難懂，不過博士和我很快就化反為正，整理得很順利。後來我們開始工作，我才發現莫頓先生幫的倒忙，比我原以為的更麻煩。他不只犯了許多錯誤，還在博士的手稿上畫了很多士兵跟熟女的頭像，使我經常陷入晦澀難解的迷宮裡。

博士一想到我們師徒要攜手完成這份精彩的工作就非常高興，因此我們約好隔天早上七點鐘就開始進行。我們每天早上要工作兩小時，傍晚做兩、三個小時，週六讓我休息。當然，禮拜日我也不用工作，所以我覺得這些條件非常寬鬆。

兩人都滿意這些安排後，博士帶我進屋找史壯太太。她在博士的新書房裡，撢著書上灰塵——這項權利只有她有，博士從不允許其他人碰他那些神聖的愛書。

他們為了我把早餐延後，所以我們就坐下來一起吃。才剛坐下沒多久，我就從史壯夫人臉上看出有人來了，之後才聽到聲音。有位男子騎馬來到門口，下馬後把韁繩掛在手臂，將馬帶進小院子裡，好像當自己家一樣，把馬拴在空蕩馬車房牆上的鐵環，手上拿著鞭子，走進早餐室。這個人是傑克．莫頓先生；我覺得傑克．莫頓先生去了趟印度後仍毫無長進。不過，當時的我特別痛恨沒在困難之林中披荊斬棘的年輕人，所以我的印象得打點折扣才行。

「傑克先生！」博士說道。「考柏菲爾德來了！」

傑克．莫頓先生跟我握手，但我覺得並不是很熱情。他那種無精打采、賞我恩賜的模樣，讓我心裡覺得非常不高興。不過，他對事情毫無興趣的模樣，整體來說看起來很有意思；他只有對表妹安妮說話時才會打起精神。

「你吃過早飯了嗎，傑克先生？」博士說。

「我很少吃早餐，先生，」他答道，頭往後靠在安樂椅上。「我覺得早餐太無聊了。」

「今天有什麼新聞嗎？」博士問道。

「一點也沒有，先生，」莫頓先生回答。「有一則關於北部有人餓死、不爽的，但不管在哪，都有人餓死、不爽啊。」

博士一臉嚴肅，好像想轉移話題地說：「那就是沒有新聞了。有人說，沒新聞就是好新聞。」

「報紙上是有篇關於一樁謀殺案的詳細描述，」莫頓先生說，「但不管在哪，都有人被害死啊，所以我就沒看了。」

我想，這種對人類所有的行動和情感都無動於衷的態度，在當時並不像我後來觀察到的那樣讓人激賞。的確，我知道這種特質變得非常流行。我看過有人成功地展現這種姿態，也見過一些上流的紳士、淑女好像出生就是毛毛蟲似的，對一切都滿不在乎。或許因為當時沒遇過這種人，所以令我印象深刻，但我絕對沒有因此提高對傑克．莫頓先生的評價，也沒有對他更信任。

「我來是想問安妮今晚要不要跟我去看歌劇，」莫頓先生轉向她，「這是本季最後一場好戲了，而且妳一定要聽聽裡頭一個歌手表演，她實在唱得太厲害了。除此之外，還醜得可以。」說完，他又變回慵懶的樣子。

只要能讓少妻高興的事，博士都喜歡，因此轉向她說：「妳一定要去，安妮。妳一定要去。」

「我不想去，」她告訴博士。「我比較想留在家裡，我非常想留在家裡。」

她沒有看表哥，反而直接問我艾格妮絲好不好，不知道該不該去找她，不知道她那天會不會來。她心神不寧的模樣太明顯了，我真好奇正在往吐司上抹奶油的博士怎麼會一點也沒有察覺。

但博士什麼也沒注意到。他和藹地告訴她，她很年輕，應該多出去玩，享受娛樂，她的生活不能被一個無聊老人弄得索然無味。他還說想聽她唱最新的曲子，如果她不去，那要怎麼唱給他聽呢？所以博士堅持替她答應下來，要傑克・莫頓先生在晚餐時間過來，吃完再去看戲。事情安排好後，我猜莫頓先生應該是去專利局了，總之他就騎上馬走了，看起來非常懶散。

隔天早上我非常想知道她到底有沒有去。結果她沒有去，但派人去倫敦婉拒表哥的邀約，自己則是在下午去找艾格妮絲，也成功說服博士跟她一起去。博士告訴我，因為傍晚天氣很好，他們從田野間散步回家。我當時心想，要是艾格妮絲剛好不在倫敦，那她會不會就去聽歌劇了；還有艾格妮絲是不是也帶給她正面影響了！

我覺得她看起來不是很快樂，不過她面露善容，若非真心，那就是偽裝的了。我們在工作時，她總會坐在窗邊，所以我經常會瞥向她。她也會替我們準備早餐，我們會邊工作邊抓幾口來吃。我九點鐘離去時，她跪在博士腳邊替他穿鞋跟綁腳套。矮房敞開的窗上掛著一些綠葉，柔和的影子映在她臉上。去律師公會的一路上，我都想著之前看到的情景：那天晚上，博士念書時，看向他的那張面容。

現在的我非常忙碌，每天早上五點起床，直到晚上九點、十點才回家。繁忙的生活給我無限的滿足，我的腳步從不曾慢下，覺得自己越疲累就越配得上朵拉，做起事來特別起勁。我還沒有告訴朵拉我家境改變的事，因為她過幾天就要來找米爾斯小姐，所以我打算等到那時候再說。我只在信裡說我有好多事情要跟她說（我們所有通信都是偷偷靠米爾斯小姐轉交）。這段期間，我節儉地使用髮油，完全捨棄香皂和薰衣草水，還特別虧本賣掉三件背心，因為那對我現在的嚴峻生活來說太奢侈了。

做了所有的這些事，我還是不滿意，只覺得心急如焚，想再做更多，因此我去找了崔斗斯。他現在住在霍本區城堡街一棟房子的低矮擋牆後方。迪克先生已經跟我去過高門兩次，也與博士重續往日的友誼，這次我帶他一起去找崔斗斯。

我之所以帶上迪克先生，是因為他嚴重受到姨婆破產的影響，且真心認為划船的奴隸或是囚犯都沒有我這麼辛苦，但他卻幫不上忙，所以開始覺得很苦惱，擔心到沒精神也沒胃口。這種狀況之下，他覺得完成請願書的難度更勝以往，他越努力寫，國王查理一世的倒楣腦袋就越常出現。我真的很擔心他的情況會更加嚴重，除非我們能找到善意的方法欺騙他，讓他相信自己幫得上忙，或是找到他確實能夠幫上忙的事情（這樣更好），我下定決心來問崔斗斯有沒有辦法。我們到訪之前，我已經先寫信告訴崔斗斯完整的狀況，他也給了非常好的答覆，表達深刻的同情與友誼。

進門時，我們看到他正努力工作，紙墨擺在一旁，小公寓角落放著花盆架和小圓桌提振精神。他熱情地招呼我們，還跟迪克先生一見如故。迪克先生宣稱以前絕對在哪見過他，我們倆都回答：「很有可能。」

我要跟崔斗斯商談的第一件事就是：我聽說各行各業很多頂尖人士都是從報導議會辯論起步。崔斗斯跟我說過他其中一個目標是新聞業，所以我將兩件事合在一起，在信中告訴他，我想知道要怎樣才有資格做這一行。見面時崔斗斯告訴我，他探聽的結果是，這行要做得有聲有色，除了少數例外，要習得必要的機械式技巧，也就是完全精準掌握速記和閱讀速記的奧祕，而這件事就跟要精通六國語言一樣難；不過只要堅持不懈，或許幾年時間就能學會。崔斗斯合理認為這麼說就能勸退我，但我只覺得不過是前方有幾棵大樹需要砍下，立刻決定手持大斧，越過雜林，努力往朵拉邁進。

「太謝謝你了，親愛的崔斗斯！」我說。「我明天就著手進行。」

崔斗斯一臉驚訝。這也難怪，他對我為愛癡狂的狀態一無所知。

「我會去買本介紹速記好方法的書，」我說，「我會在公會裡學習，反正我在那也沒什麼事做，可以記下法庭上的演說當練習——崔斗斯，我親愛的朋友，我一定會精通這項技藝！」

「我的天哪，」崔斗斯睜大眼說，「我都不曉得你是這麼有意志力的人，考柏菲爾德！」

我不知道他怎麼想得到，畢竟這對我來說也是頭一遭。這件事解決後，我就提出迪克先生的事。

「是這樣的，」迪克先生渴望地說，「要是我能夠做點事，崔斗斯先生——要是我能打打鼓或是吹個什麼東西就好！」

可憐的傢伙！我毫不懷疑，比起其他事情，他打從心底更想從事這樣的活動。崔斗斯是無論如何也不會譏笑別人的人，他沉著地說：「可是你很會抄寫啊，先生。你跟我說過吧，考柏菲爾德？」

「他很厲害！」我說。他的確是，寫字非常整齊。

「要是我請你做抄寫的工作，」崔斗斯說，「那你覺得可行嗎，先生？」

迪克先生遲疑地看著我。「你覺得呢，托特伍德？」

我搖搖頭。迪克先生也搖搖頭，嘆了口氣。「跟他說請願書的事。」迪克先生說。

我向崔斗斯解釋迪克先生寫文稿時，很難不將查理一世寫進去。這時候，迪克先生恭敬嚴肅地看著崔斗斯，吸吮著大拇指。

「可是我說的這些文件，你知道，都是已經寫好、完成的，」崔斗斯想了一下說。「迪克先生抄寫的時候不必思考，這就不一樣了吧，考柏菲爾德？不管怎麼說，試試看也沒壞處。」

這給了我們新希望。崔斗斯跟我交頭接耳地討論，迪克先生坐在椅子上焦急地看著我們，之後我們得意地策劃出他明天就可以開始進行的方案。

在白金漢街窗前的一張桌子上，我們擺好崔斗斯交付給他的工作，也就是要抄寫一些土地通行權的法律文件（我忘記要幾份了）；另一張桌子上，攤著最近一份未寫完的請願書原稿。我們給迪克先生的指示是，他要一字不漏地抄寫眼前的文件，不能與原稿有任何差異。只要他一想到國王查理一世，就要飛奔到請願書那張桌子。我們敦促他要堅決地這樣做，並交由姨婆負責監督。姨婆後來回報說，起初他就像個打定音鼓的人，注意力一直在兩邊游移不定，但後來發現這樣搞得自己都糊塗了，也很累人，既然面前直截了當地擺了文件要他寫，他很快就有條有理、井然有序地專心抄寫起來，將請願書延到以後方便的時間再寫。總之，儘管我們特別注意不給他太多東西，以免他寫得太累，而且他也沒有在星期日就開工，但他還是在下一個週六晚上就賺到十先令九便士。我這輩子絕對不會忘記他怎麼跑去附近店家將這份寶藏全換成六便士硬幣，也不會忘記他怎麼把零錢排成心型放在托盤上拿給姨婆時，喜極而泣，眼中散發出自豪的樣子。從他開始工作那一刻起，他就像受到魔法保佑的人。要是那個週六夜晚，要找出全世界最快樂的人，那就是這個充滿感激的傢伙——這個認為我姨婆是全世界最了不起的女人，覺得我是最了不起的年輕人的迪克先生。

「不用餓肚子了，托特伍德，」迪克先生在角落跟我握手時說。「我會照顧她，先生！」接著他將十根手指放在空中擺動，彷彿它們是十間銀行。

我都不知道是崔斗斯比較高興還是我比較高興了。

「哎呀，」崔斗斯突然說道，從口袋拿出一封信給我，「我差點忘記麥考伯先生了！」這封信（麥考伯先生從不會錯過任何寫信的機會）是給我的。「有請內殿律師學院好心的崔斗斯先生轉交」，內容如下：

親愛的考柏菲爾德：

你接獲這項消息或許不會太意外：好機會出現了。之前見面時，我就跟你提過我在等這種結果到來。

我即將在我們地利之島上的一個城鎮安家立業（該地的環境可說是農業與宗教的快樂結合），進行與某個專門職業有關的工作。麥考伯太太與我們的子女會與我同行。未來，我們的骨灰或許會埋在神聖建築旁的墓園裡，我所指的聖地聲名遠播，我認為說從中國到祕魯[84]人人皆知應不為過？

我們在現代巴比倫歷經許多世事變化（我相信絕非不光彩之事），而現在要向此處告別，麥考伯太太和我心裡清楚，我們這一走，也將跟與我們家庭生活祭壇有緊密關聯的朋友告別，可能好幾年，甚至永遠無法再見。要是在離別前夕，你能夠陪伴我們共同的朋友湯瑪斯・崔斗斯先生至我們目前居所，互道珍重，那便是對我的恩惠了。

你、永、遠、的、朋友

威爾金・麥考伯筆

我很高興得知麥考伯先生擺脫了他的塵埃，終於出現好機會了。崔斗斯告訴我，信中的邀請就在當晚，我立刻表達受邀的榮幸，我們便一起去了化名為莫提瑪的麥考伯先生租屋處，就位在格雷律師學院路上。

這間租處的家具非常簡陋，我們發現年約八、九歲的雙胞胎在客廳的折疊床上睡覺。麥考伯先生也在客廳以洗漱用的水罐準備了他最拿手的飲料，他稱之為「釀製品」。這次，我有幸能再跟麥考伯少爺延續往日友誼，我發現他是個頗有前途的男孩子，年約十二、三歲，手腳似乎老是停不下來，是

84. 出自山謬・約翰遜（Samuel Johnson，一七〇九～一七八四，常被稱為「約翰遜博士」）的詩作〈人類願望之虛幻〉（*The Vanity of Human Wishes*）。

他那個年紀的孩子容易有的現象。我也再次與他的妹妹麥考伯小姐認識，麥考伯先生告訴我們：「她跟她媽媽長得一模一樣，有如浴火重生的鳳凰。」

「我親愛的考柏菲爾德，」麥考伯先生說，「你和崔斗斯先生正逢我們搬遷之際到來，所以家裡有些不便之處，請見諒。」

我看了看四周，做出適宜的回答，發現這家人的東西都已經打包好，行李看起來實在不多。我恭喜麥考伯太太他們即將到來的改變。

「我親愛的考柏菲爾德，」麥考伯太太說，「我很相信你對我們家的所有事情都是善意的關心。我娘家的人可能會覺得我們是被流放，他們要這樣想就隨他們吧，但身為人妻、人母的我，是絕對不會拋棄麥考伯先生的。」

麥考伯太太看向崔斗斯要他表示意見，崔斗斯默默表達了同意。

「這，」麥考伯太太說，「我親愛的考柏菲爾德先生和崔斗斯先生，這至少是我對於婚姻義務的看法。在我說出不可撤回的這句話：『我，艾瑪，願意嫁給你，威爾金』之後，就擔負這項責任了。昨天晚上，我還在快燒完的燭光下唸出這句誓詞，而我得出的結論是，我絕對不會拋棄麥考伯先生。還有，」麥考伯太太說道，「或許我對於婚姻的看法不夠正確，但我絕對不會拋棄他！」

「親愛的，」麥考伯先生有點不耐煩地說，「我一點也不認為妳會做出那樣的事情。」

「親愛的考柏菲爾德，」麥考伯太太繼續說道，「我知道我要到人生地不熟的地方碰運氣了，麥考伯先生已經用最禮貌的方式寫信告知我娘家的人，但我很清楚他們一點也不想理會麥考伯先生的信。或許是我迷信，」麥考伯太太說，「在我看來，麥考伯先生發出去的信裡，有絕大多數永遠收不到回音。從我家人的沉默中，我可以預測他們反對我下定的決心，但我絕不會容許自己不盡婦道，考柏菲爾德先生，就算我爸爸、媽媽還在世且反對，我也不會背離責任之道！」

我表達意見說，這是對的方向。

「要蟄居在大教堂的鎮上，」麥考伯太太說，「或許會是個犧牲，但考柏菲爾德先生，如果對我來說都是犧牲，對於麥考伯先生那麼有能力的人來說就是更大的犧牲了。」

「噢！你們要去有大教堂的地方？」我說。

剛剛一直從水罐替我們斟酒的麥考伯先生回答道：「就是坎特伯里。事實上，我親愛的考柏菲爾德，我跟我們的朋友希普談好了，我也已經簽約要協助他，擔任他的——機要祕書。」

我驚訝地盯著麥考伯先生，他對此感到很得意。

「我得告訴你，」他慎重其事地說，「主要都是麥考伯太太的辦事習慣和審慎建議促成了這項結果。麥考伯太太之前所提及的，以廣告形式丟出的戰帖，由我的朋友希普接下了，我們也達成共識。我的朋友希普，」麥考伯先生說，「是個傑出、精明的人，我對他有很深的敬意。我的朋友希普並沒有把我的確切薪水定得太高，但他會根據我服務的價值，在解除我們財務壓力上幫我大忙；我把信心都壓在我所能提供的服務價值上。這種本領與才智，我正好具備了，」麥考伯先生露出往常的氣派，自誇又自謙地說，「所以我會致力於幫助我朋友希普的工作。我已經有了一些法律知識——當過民事訴訟案的被告，我也會立刻將英國最出類拔萃、不同凡響的法學家所著的《英國法律評論》再研讀一遍。我相信不需要多說，各位就知道我指的是布萊克史東法官大人。[85]

85. 威廉・布萊克史東爵士（Sir William Blackstone，一七二三～一七八〇）著有四冊的《英國法律評論》（*Commentaries on the Laws of England*）。

這番話，或者應該說當天晚上大部分交談都一直被打斷。麥考伯太太發現麥考伯少爺一下坐在鞋子上，一下像腦袋瓜鬆掉一樣用雙手扶著頭，一下不小心在桌底踢崔斗斯，一下雙腳交叉擺來擺去，一下不成體統地伸得很遠，一下側身讓頭髮沾進酒杯裡，一下將停不下來的四肢擺出奇形怪狀擾亂我們。這些行為被母親制止後，麥考伯少爺總特別生氣。這段時間我都坐在那，因麥考伯先生的話而感到詫異，想著這到底代表什麼意思。當麥考伯太太延續這個話題，我才回過神來。

「我特別要麥考伯先生注意，」麥考伯太太說，「我親愛的考柏菲爾德先生，他不能因為從事法律的旁支，就忽略他最終能爬到樹頂的能力。我深信，麥考伯先生這麼足智多謀、能言善道，一定能在這行做得有聲有色。崔斗斯先生，我舉例來說，」麥考伯太太繼續用淵博的口吻說，「當個法官，或甚至大法官。一個人一旦做了麥考伯先生接受的職位，就沒有晉升的可能了嗎？」

「親愛的，」麥考伯先生也好奇地看向崔斗斯說，「我們還有時間可以考慮這些問題。」

「麥考伯，」她回答，「不！你這輩子的錯誤就是，你看得不夠遠。要是不為你自己，也為了我們全家著想，你一定要看遠一點，看向天邊你能力可及最遙遠的那一點。」

麥考伯先生咳了一下，用非常滿意的神情喝了他調的潘趣酒，不過依舊看著崔斗斯，似乎想聽他的意見。

「嗯，麥考伯太太，這件事老實說，」崔斗斯委婉地說，「我是說實際的情況，妳知道……」

「直說吧，」麥考伯太太說，「親愛的崔斗斯先生，在如此重要的議題上，我希望聽到最實際、確切的情況。」

「……那就是，」崔斗斯說，「這個法律旁支，就算麥考伯先生是個正式的事務律師……」

「沒錯。」麥考伯太太說。（威爾金，你再斜眼的話眼睛就轉不回來了。）

「……那也無關緊要，」崔斗斯繼續說。「只有辯護律師才有資格晉升那樣的職位；而麥考伯先生如果沒有進律師學院當五年的學生，就不可能當辯護律師。」

「我有聽錯嗎？」麥考伯太太用最親切的口吻認真說道。「親愛的崔斗斯先生，你的意思是，只要度過那段時間，麥考伯先生就有資格當法官甚至大法官了，我理解得正確嗎？」

「他會有資格。」崔斗斯答道，特別強調那兩個字。

「謝謝，」麥考伯太太說。「聽你這樣說就夠了。要是這樣的話，麥考伯先生就沒有放棄獲得那些職務的特權，我就不擔心了，」麥考伯太太說。「我當然是以女性的身分發言的，但我以前住家裡時，我爸爸就說麥考伯先生有司法頭腦，我也一直都同意。我希望麥考伯先生進入的領域，可以讓他的頭腦好好發揮，獲得至高的成就。」

我相信麥考伯先生以自己的司法頭腦，看見自己坐在大法官座位上的樣子了。他滿意地用手摸摸光頭，浮誇地順著太座的話說道：「親愛的，我們不能預測天命。要是我命中注定要戴假髮，那我的外表，」指的是他的光頭，「至少已經準備好要迎接殊榮，」麥考伯先生說，「我不遺憾自己光頭，或許掉光頭髮是為了將來某個目的；這很難說。親愛的考柏菲爾德，我的目標是，要培養我兒子進坎特伯里大教堂；我不會否認，能靠他而獲得成就，我就很高興了。」

「進坎特伯里大教堂？」我說，這段期間還不時在想烏利亞・希普的事。

「是的，」麥考伯先生說。「他的頭聲[86]很出色，能夠從加入唱詩班起步。我們住在坎特伯里，加上當地的人脈，只要大教堂的唱詩班有空缺，那我們絕對能讓他補進去。」

86. head-voice，一種透過鼻腔產生共鳴而發出，聽起來特別純淨自然的聲音。

麥考伯先生發表告別演說

我又看了麥考伯少爺一眼，發現他臉上有種表情，彷彿他的聲音位在眉後。他唱〈啄木鳥〉[87]給我們聽的時候（不唱就得上床睡覺），聲音似乎真的就從那裡發出。他唱完，我們大力讚美之後，又開始聊起平常的話題。儘管我亟欲隱瞞境況改變的事，還是忍不住告訴了麥考伯夫婦。他們兩人聽到姨婆遭遇困難有多開心，聽完有多自在，覺得多親切，我難以言傳。

差不多喝到最後一輪時，我提醒崔斗斯，我們與朋友分別前，一定要祝他們身體健康、快快樂樂、事業成功。我請麥考伯先生將酒倒滿，慎重地敬酒；紀念這個重要的時刻，我隔著桌子向他握手，並親吻麥考伯太太。崔斗斯也跟我一樣做了第一件事，但覺得與麥考伯夫婦交情還不夠深，不敢貿然做第二件。

「我親愛的考柏菲爾德，」麥考伯先生將兩隻拇指插進兩個背心口袋說，「我少時的夥伴——請容我這麼形容——以及我尊敬的朋友崔斗斯——請容我這麼稱呼，請讓我代表麥考伯太太，我自己以及我們的子女，以堅決的態度由衷感謝兩位的祝福。我們明日即將遷移，並邁向煥然一新的生活，」麥考伯先生說得好像要搬到五千哩遠似的，「我應該要向眼前兩位如此親近的朋友表達告別感言，但我想說的也說盡了。我即將成為一門博大精深行業中的無名小卒，無論將來我靠這一行能達到社會上的哪個地位，我都會努力不做出有失體面的事，而麥考伯太太也能放心增光添彩。在眼前財務困難的壓力下（借款時原打算立即償還，但因為一連串事件，以致仍未能還清），我被迫得穿戴我天生厭惡的裝束——我指的是眼鏡——還得使用不合法的假名。對此，我想說的只有，慘景之上的烏雲已散去，白晝之神再次高掛在山頂。下週一，下午四點鐘的馬車一到坎特伯里，我的雙腳就會踏上故鄉之土——以我本人的名字：麥考伯！」

說完這番話，麥考伯回到座位，慎重地連喝了兩杯潘趣酒，接著非常嚴肅地說：「正式告別前，我還有一件事要做，必須實行公道。我的朋友湯瑪斯．崔斗斯先生已經兩度在期票『掛他的名字』（請容我使用通俗的字詞），以解決我的租金問題。第一筆期票到期時，湯瑪斯．崔斗斯先生——總之，就是被棄於困境之中；第二筆款項現在也籌措不出來。第一筆的金額，」麥考伯拿出文件仔細核對，「我相信是二十三鎊四先令九便士半，第二筆款項根據我的交易紀錄，金額為十八鎊六先令兩便士。要是我的計算無誤，那麼款項總額為四十一鎊十先令十一便士半。我的朋友考柏菲爾德或許能夠幫我確認總金額是否正確？」

我驗算後確認金額正確無誤。

「離開這個大都會，」麥考伯先生說，「以及離開我的朋友湯瑪斯．崔斗斯之前，要是不清償這筆

87. 愛爾蘭詩人湯瑪斯．摩爾（Thomas Moore，一七七九～一八五二）的民謠詩節（Ballad Stanzas）。

金錢義務，那會重壓在我心頭，我無法忍受。因此，我替我的朋友湯瑪斯．崔斗斯先生準備了我現在拿在手上這份文件，能達成我的目標。我懇求我的朋友湯瑪斯．崔斗斯先生收下這張金額為四十一鎊十先令十一便士半的欠條，要是你願意接受，我就能重拾道德尊嚴，知道自己能再度昂首挺胸地走在同胞面前，我會很快樂！」

說完這段開場後（他自己非常激動），麥考伯先生將這張欠條交到崔斗斯手上，並祝他人生事事順利。我很確定，對麥考伯來說這與還清款項並無二致，就連崔斗斯當時也沒時間想清楚，沒發現蹊蹺。這項高尚之舉讓麥考伯先生在同胞面前昂首挺胸，他拿蠟燭照亮我們下樓的路時，他的胸膛看起來變回剛剛的一半闊了。

我們互道珍重再見，我送崔斗斯到他家門口後，便獨自走回家。途中想到很多莫名其妙的矛盾事情，其中一件就是，雖然麥考伯先生不可靠，但或許得多虧他一直把我當成小房客，對我有點同情，因而從未向我借過錢。要是他開口，我當然沒有道德勇氣拒絕，我相信這點他跟我一樣清楚（這可說是他的優點）。

第37章 一點冷水

我的新生活過了一個多星期，我覺得非常時期就得用非常手段，所以意志力更勝以往。我還是一樣走得飛快，大致有個勇往直前的概念。我跟自己約定，我有多少精力，就要做多少事。我完全犧牲了自己；甚至還打算開始吃素，總覺得把自己變成草食動物，就能獻祭給朵拉。

可是除了我信中隱約透露的事情以外，小朵拉對於我孤注一擲的堅定意志幾乎毫無所知。不過，星期六又到了，那天晚上朵拉會去拜訪米爾斯小姐。等米爾斯先生出門去紙牌俱樂部之後（客廳中間的窗戶會掛上鳥籠做為信號），我就去他們家喝茶。

到了這時候，我們已經在白金漢街安頓得差不多了，迪克先生也繼續興高采烈地抄寫文件。姨婆與克拉普太太對決取得重大勝利，她不只花錢打發掉克拉普太太，還將原本放在樓梯的第一個水罐丟出窗外，甚至連外面雇來的臨時雜工要上下樓，她都親自出馬保護。這些激烈作法讓克拉普太太嚇得心驚膽跳，躲進自己的廚房裡不敢出來，認為姨婆根本就瘋了。

但姨婆本來就不在意別人怎麼看她，所以不只無視克拉普太太的意見，還覺得這樣更方便行事。以前無所畏懼的克拉普太太在幾天內就變得膽小怕事，寧願努力將肥胖的身軀躲到門後——不過還是露出法蘭絨襯裙的寬裙襬——或是縮到陰暗的角落，也不想在樓梯上碰到姨婆。對此，姨婆有著說不出的滿意，我想只要克拉普太太可能會出現的時間，她就喜歡刻意將帽子瘋癲地戴在頭上，悄悄地上下樓徘徊。

姨婆特別愛乾淨，心靈手巧，替家裡做了很多小改進，我看起來不但沒有變窮，甚至感覺更富有了。她做的其中一件事就是將儲物間改成更衣室；還買了折疊床供我使用，稍微加以裝飾，白天將床折回牆後，就像個書櫃一樣。她對我一直都很關心；我可憐的母親自己可能都沒比姨婆更愛我，或是沒比她更用心地想讓我開心了。

佩格蒂獲准參與這些工作，她覺得這是莫大的榮幸。雖然她還是跟以前一樣，多少對姨婆心生敬畏，但因為姨婆給她很多鼓勵和信任，她們已經成為再好不過的朋友了。不過她必須回家的時間到了（我是指要去米爾斯小姐家喝茶的那個週六），她得回去照顧漢姆。「那就再見啦，巴基斯，」姨婆說，「妳自己保重！我真萬萬沒想到會有捨不得妳走的這天！」

我陪佩格蒂到驛站，向她告別。她離別前一邊哭，一邊跟漢姆一樣要我照顧她哥哥。自從佩格蒂先生在那個和煦的午後啟程之後，我們就沒有聽到任何消息。

「聽好，我親愛的孩子戴維，」佩格蒂說，「要是你實習時需要零用錢，或是實習完需要資金起步（不管是零用或資金，或兩樣都是，你一定會需要用錢的，我的寶貝），除了我們家寶貝女孩的自己人，我這個老笨蛋，還有誰有資格借你錢！」

我想獨立的心情還不到那麼狠心能當下拒絕她的地步，所以我跟她說，要是需要錢，我一定會向她借。我相信對佩格蒂來說，這僅次於當下直接收下一大筆錢的回答，給了她偌大安慰。

「還有，親愛的！」佩格蒂低聲說，「告訴那個漂亮的小天使，我很想見見她，就算只有短短一分鐘也好！我會跟她說，在她嫁給我的寶貝孩子之前，要是你同意的話，我會先去把家裡打理得漂漂亮亮！」

我聲明說我的家只有她能動，佩格蒂聽了心情大好，興高采烈地離去。

一整天在公會裡，我因為有各種事情要忙，把自己弄得疲憊不堪，等到傍晚約定時間，便出發前往米爾斯家。討厭的米爾斯先生竟然在晚餐後睡著了，還沒有出門，所以中間的窗戶還沒掛上鳥籠。

他實在讓我等太久，害我迫切期盼俱樂部會因為他遲到而處罰他。他終於出門了；我看到我的朵拉親手掛上鳥籠，從露台探出來找尋我的身影，看到我之後又跑進房裡，吉普留在後面憤怒地朝對面屠夫家的大狗狂吠，而那隻狗大到都能把吉普當藥丸吞進去了。

朵拉來到客廳見我，吉普以為我是強盜，又吠又叫地匆忙跑進來。我們兩人帶著狗相親相愛地走進屋裡。不久，我就在我們歡樂的心上抹下了憂傷——不是我故意這麼做，只是我滿腦子都是這件事——我毫無準備就問朵拉，她有沒有辦法愛一個乞丐。

我漂亮的小朵拉嚇壞了！她對這個詞的唯一聯想就是面黃肌瘦、頭戴睡帽的人，或拄著一對拐杖、或拐著一條木腿的人，或是牽著一隻嘴裡咬著酒瓶架的狗[88]，或是類似的東西。她用非常可愛的表情，納悶地盯著我看。

「你怎麼會問我這麼傻的問題呢？」朵拉嘟嘴道。「愛個乞丐！」

「朵拉，我最愛的寶貝！」我說。「**我**現在就是乞丐！」

「你怎麼會是乞丐那種傻東西呢，」朵拉拍了我的手回答，「你怎麼能坐在這裡講這種傻話？我要叫吉普咬你囉！」

她孩子氣的模樣對我來說是全世界最美滋滋的樣子了，但這件事非得解釋清楚才行，我便嚴肅地重複說道：「朵拉，我的心肝，妳的大衛破產了！」

88. 應該是聖伯納犬瓷器。以雪地救護聞名的聖伯納犬脖子上會綁著白蘭地酒瓶上山，讓受困者喝酒祛寒，等待救援。

「如果你再繼續說這種荒謬的話，」朵拉搖著鬈髮說道，「那我真的要叫吉普咬你囉！」

不過因為我看起來很認真，朵拉不再搖動鬈髮，將顫抖的手放在我肩上，起初害怕、焦急地看著我，接著就哭了。狀況實在太糟了。我在沙發前跪了下來，撫抱著她，求她別這樣撕裂我的心。可是有好一段時間，可憐的小朵拉只一味地喊道：「噢，天哪！噢，天哪！」還有，噢，她好怕啊！茱莉亞．米爾斯在哪！還有，噢，帶她去找茱莉亞．米爾斯，拜託我走開！都快把我搞瘋了。

最後，在我苦苦哀求加嚴正聲明下，朵拉才用一副驚恐的表情看著我，我慢慢安慰她，直到她不再害怕，一臉深情地將她柔軟美麗的臉蛋靠著我的臉。接著我雙手環抱著她，說我有多麼愛她，我愛她很深、很深；我覺得現在變那麼窮，多麼應該給她取消婚約的機會才對；要是我失去她，那我有多麼難受，多麼難以振作；要是她不怕，那我就有多麼不怕貧窮，因為有她在身邊給我力量和鼓勵；我已經多麼努力開始工作，戀愛中的人不會知道我憑藉多大的勇氣；我多麼務實地在打算未來；靠勞力得來的麵包皮，跟繼承來的餐宴相比會是多麼甜美。我熱情激昂、滔滔不絕地說了很多類似的話，連自己都很驚訝，但話說回來，在姨婆給來這麼讓人驚訝的消息後，我的確是日日夜夜想著這件事。

「妳的心還屬於我嗎，親愛的朵拉？」我狂喜地說，看她仍緊依著我，我知道答案是肯定的。

「噢，是你的！」朵拉喊道。「噢，沒錯，都是你的。噢，你別再嚇我了！」

我嚇人！我嚇到朵拉！

「別再說變窮、努力工作的事了！」朵拉向我依偎得更緊。「噢，別說了，別再說了！」

「我的愛，」我說，「靠勞力得來的麵包皮……」

「噢，是沒錯，但我不想要再聽到麵包皮的事了！」朵拉說。「而且吉普每天中午十二點鐘一定得吃塊羊排才行，不然牠會死掉的。」

☆11
Perseverance and strength of character will enable us to bear much worse things.

看到她孩子氣的迷人模樣，我好陶醉。我憐愛地告訴朵拉，吉普會照牠平常習慣的飲食，每天都會有羊排吃。我畫出要靠我的勞動才有辦法實現的簡陋小窩——我畫出之前在高門看到的小屋，還有樓上給姨婆住的房間。

「我現在不嚇人了吧，朵拉？」我溫柔地說。

「噢，不會，不會！」朵拉大聲說道。「但我希望你姨婆可以好好待在她自己的房間，我希望她不會是個愛罵人的老人家！」

要是我還有可能更愛朵拉，那肯定就是現在這一刻了。不過我倒是覺得她有點不切實際。發現我難以將新燃的熱忱傳達給她，有如被澆了盆冷水。我再試了一次。等她心情平復得差不多了，手捲著趴在她膝上的吉普耳朵，我擺起嚴肅的態度說：「我的一切！我可以說一件事嗎？」

「噢，拜託別再講這些現實的東西了！」朵拉撒嬌地說。「你再說會嚇壞我的！」

「甜心！」我回答。「我說這些不是要嚇妳。我只是希望妳能換個角度想，希望能給妳力量和鼓勵，朵拉！」

「噢，可是這些事讓人太吃驚了！」

「我的愛，不會啊。只要有堅持不懈和堅毅的力量，就算是更糟的事情，也能讓我們撐過去。☆11」

「但人家一點力量也沒有啊，」朵拉搖搖鬈髮說，「我有嗎，吉普？噢，請你親親吉普，讓人家開心一點！」

我根本沒辦法不親吉普，因為朵拉把牠遞到我面前，將她自己的櫻桃小嘴噘成親吻的樣子，示意我動作，還堅持得對稱地往牠鼻子正中央親下去。我照她吩咐的做——因為我聽話，她也給了我獎勵——我被她迷住了，不曉得過多久，我都忘記要講正經事了。

「可是，我最愛的朵拉！」我終於回神。「我本來有件事要跟妳提的。」看到她小手掌心互貼，舉起來求我、拜託我別再嚇她的樣子，就連特權法院的法官看到也很可能會愛上她。

「我確實沒有要嚇妳，我的寶貝！」我向她保證。「但是，朵拉，我的愛，要是妳偶爾可以想想看——我不是要妳一想到就垂頭喪氣，一點也不是！——但要是妳偶爾可以想想看——就當作是自我鼓勵——想到妳的未婚夫很窮……」

「不要，不要！拜託不要再說了！」朵拉喊道。「真是太可怕了！」

「我的心肝，怎麼會呢！」我高興地說。「要是妳偶爾可以想一下這件事，不時看看妳父親怎麼處理家務，努力學會一點東西——例如記帳啦……」

可憐的小朵拉聽到這項建議時，發出半啜泣半驚呼的聲音。

「那會對我們以後很有幫助，」我繼續說。「要是妳答應我會讀一點……讀一點我給妳的小烹飪書，那會對我們倆以後的日子有很大幫助，因為我們未來的道路，」我慢慢帶入重點，「阻礙重重、崎嶇不平，要走得順遂，就只能靠我們倆同心協力。我們一定要奮力向前。我們一定要勇敢。面對前方的艱難險阻，我們肯定能直接迎擊並戰勝它們！」

我握緊拳頭，滿腔熱血，滔滔不絕，但現在沒必要再說下去了。我說得夠多了。我又嚇到她了。噢，她好害怕！噢，茱莉亞．米爾斯在哪！噢，帶她去找茱莉亞．米爾斯，要我快走開！所以，總而言之，我又被弄得心煩意亂，在客廳裡鬼吼鬼叫的。

我還以為這次都讓她快沒命了。我在她臉上灑水；我跪了下來；我抓著頭髮；我罵自己是殘忍的畜生、無情的野獸；我懇求她原諒；我哀求她抬起頭來；我跑去翻米爾斯小姐的針線盒，想找嗅聞瓶，但情急之下錯拿了象牙針盒，把裡頭的針全倒到朵拉身上。吉普跟我一樣抓狂，我對牠作勢揮拳頭。所有荒唐誇張的方法我都試了，卻還是計窮力盡，無法安撫朵拉，這時米爾斯小姐走了進來。

「這是誰幹的好事？」米爾斯小姐安慰著朵拉說道。

我回答：「是**我**，米爾斯小姐！都是**我**！快看，凶手就在這！」——或是具有差不多效果的話——接著把臉埋進抱枕裡，沒入黑暗。

起初米爾斯小姐以為我們吵架了，認為我們倆走到了撒哈拉沙漠的邊緣，但她立刻弄清事情原委，因為我親愛的朵拉滿懷柔情地抱著她，說我是「可憐的工人」，接著喊我的名字，也抱了我，問我願不願意收下她所有的錢，然後又緊抱住米爾斯小姐，抽抽噎噎地問她柔軟的心是不是碎滿地了。

米爾斯小姐一定天生就是我們倆的福氣。她從我說的幾個字就弄清事情，安慰朵拉，慢慢說服她說我並不是什麼工人——照我之前所形容的方式，我相信朵拉把我當成挖土工人，得整天推著獨輪車，在碼頭木板上上下下，保持平衡——最後讓我們兩人都平靜下來。等我們都冷靜了，朵拉上樓去敷玫瑰水讓哭紅的雙眼消腫，米爾斯小姐搖鈴請人準備茶。等待時，我告訴米爾斯小姐她永遠都會是我的朋友，我會一輩子記住她對我們的同情，直到我心跳停止那一刻為止。

接著我向米爾斯小姐解釋我試圖告訴朵拉卻失敗的事。米爾斯小姐回答，照一般原則來說，心滿意足地住在小屋，勝過住在冰冷的華麗宮殿，只要有愛的地方，一切足矣。

我告訴米爾斯小姐這點確實沒錯，我對朵拉的愛是沒有任何人所經歷過的，還有誰會比我更清楚？但她沮喪地說，如果事情是這樣的話，那對有些人來說的確是好事。我便急忙解釋說，我這番話只限於男性。

我接著問米爾斯小姐，關於我剛才急於建議的，也就是記帳、管理家務和烹飪書之類的事情，難道不切實際、沒有用處嗎？

米爾斯小姐想了一下後說道：「考柏菲爾德先生，我就跟你直說吧。對有些人來說，曾經歷過的精神痛苦及考驗，就能補足其年齡不足的地方，我就像女修道院長那樣對你直言吧。不行。你的建議對我們的朵拉並不合適。我們最親愛的朵拉是大地的寵兒。她集開朗、活潑與喜悅於一身。我承認這些事要是做得到，那會很有益，可是……」說到這裡，她搖搖頭。

聽到米爾斯小姐的最後幾句話，我受到鼓舞，問她如果有機會的話，願不願意看在朵拉的分上，讓她耳濡目染，開始認真替我們的生活做準備？見到米爾斯小姐立刻答應，我進一步問她願不願意負責烹飪書的部分，要是她能不嚇到朵拉，迂迴地說服她答應，那可是幫了我一個大忙。米爾斯小姐也擔下這份任務，不過並不是很樂觀。

朵拉回到客廳，看著眼前這位可愛的小人兒，我真的懷疑該不該拿這麼平凡的瑣事來煩她。還有，她那麼愛我，那麼迷人（特別是她要吉普用後腿站起來才給牠吐司吃的時候，還有要是吉普不願意照做，她假裝要拿熱茶壺燙牠鼻子的時候），每當我想起自己是怎麼把她嚇哭的，就會覺得自己好像是闖進仙女閨房的某種怪物。

喝完茶，有人把吉他拿進來；朵拉又唱了之前那幾首親愛的法文老歌，不管發生什麼事，我們都要永遠地跳舞，嗒嚕啦，嗒嚕啦！這下我覺得自己是更壞的怪物了。

我們很開心，後來只發生了一件掃興的事，就在我離開前不久，米爾斯小姐正好提到明天早上的事，我不巧說出自己現在得在五點鐘就起床。朵拉是不是把我當成私家警衛了，我不確定，但這件事讓她大為震驚，後來就不再彈吉他、不再唱歌了。

我向她道別時，她還在想這件事，就用她一貫的撒嬌方式（我以前總覺得她好像把我當成娃娃了）說：「人家不要你五點鐘就起床，小壞壞。這太荒謬了！」

「我的愛，」我說，「我有工作要做呀。」

「那就別做嘛！」朵拉回答道。「幹嘛工作呢？」

看著這張甜美驚訝的小臉蛋，除了輕鬆地開玩笑說「人要工作才能活呀」，我想不出別的方式回答了。

「噢！這話真是太莫名其妙啦！」朵拉喊道。

「不工作的話，我們該怎麼生活呢，朵拉？」我說。

「怎麼生活？怎樣都行呀！」朵拉說。

天真無邪的她，似乎認為這個回答就把問題解決了，發自心底得意洋洋地輕吻了我，而就算是給我一大筆錢，我也不願意戳破她的回答。

好！我愛她，我也繼續全心全意、徹徹底底地愛著她。我照樣努力工作，忙著趁熱打我所有的鐵，但在某些夜裡，坐在姨婆對面時，我會思忖當時嚇到朵拉的情景，會想像我帶著吉他盒穿過困難之林，想到我都覺得自己想得頭髮發白了。

第38章　關係破裂

我並沒有讓記錄國會辯論的決心冷卻下來。這是一塊我立刻開始打的鐵，我也一直把它打得很熱，我堅忍不拔的精神連自己都真心佩服。

我買了一本書，裡頭詳述了速記這門神祕又高貴的技藝（花了我十先令六便士），我一頭栽進茫茫大海裡，不過幾週的時間，就把我搞得要抓狂了。小點位置的變化萬千，點在這裡是這個意思，點在那裡又是另一個全然不同的意思；圓圈美妙的變幻無常；像是蒼蠅腳的符號標錯竟然會代表莫名其妙的意思；曲線畫錯又會造成驚人的後果。我不只醒著的時候深受其擾，連睡覺都還出現在我夢裡。當我盲目地摸索，解決這些困難，學會字母的部分（就像埃及神廟一樣）之後，接著還有恐怖的新東西，也就是隨意記號，是我所見過最專橫的東西，比如說，它堅持一個像是蜘蛛網開頭的東西代表「期望」，鋼筆畫出來的煙火代表「不利」。當我記住這些壞蛋符號的時候，就發現腦袋中的其他東西被它們趕走了；接著，我又重頭來過，結果又把它們忘了；等我再記住的時候，速記系統的其他部分又被我落掉了。總之，我學到心力交瘁。

要不是因為朵拉，我可能真的會崩潰；她是我這條在暴風雨中的帆船所仰賴的支索和錨。速記的每一筆畫，都是困難之林裡一棵盤根錯節的橡樹，我繼續將它們一一砍下，幹勁十足，所以三、四個月後，我就準備好拿公會裡最出色的演說家做實驗了。我永遠忘不了自己根本還沒下筆時，那個一流演說家就揮揮衣袖走人，留下我的智障鉛筆在紙上踉踉蹌蹌的，活像中風一樣！

很明顯，這樣行不通。我太有自信了，這樣下去是沒有辦法的。於是我向崔斗斯尋求建議，他說他可以放慢速度唸演講給我聽，根據我的弱點偶爾停下來。我非常感激他這麼好心的幫忙，便接受他的建議。於是很長一段時間，夜以繼夜，我幾乎每天晚上從博士家返回白金漢街後，就會召開某種私人國會。

我倒真想看看別的地方也辦出這種國會！姨婆和迪克先生代表執政黨或反對黨（視情況而定），而崔斗斯借助恩菲爾德書中的演說家[89]，或是拿國會演講為題材，對他們兩方大肆惡言謾罵。站在桌旁，手指著書頁中講到的地方，右手在頭上揮舞，崔斗斯儼然成為皮特先生、法克斯先生、謝雷登先生、伯克先生、卡斯爾雷勳爵、錫德茅斯子爵、坎寧先生[90]，總是情緒十分激昂，用最輕蔑難堪的話語譴責姨婆與迪克先生的浪費與腐敗。我則是坐在不遠處，將筆記本放在膝上，使盡全力苦記他的演講。崔斗斯前後矛盾與輕率魯莽的樣子，就連真正的政治家也贏不過他。一星期的時間，他就把各式政策都講完了，對每一派別的各種論調也都公開發表過。姨婆看起來就像堅定不移的財政部長，偶爾會適時丟出一兩句：「同意！」或「不行！」或「噢！」，每聽到這種信號，完完全全就是個鄉紳的迪克先生會精力充沛地跟著喊出一樣的話。但迪克先生的國會生涯受到一番譴責，要他對如此糟糕的後果負責，他有時候心裡會覺得很不安。我相信，他真的開始擔心自己真的做了什麼事，破壞了英國憲法，毀掉了整個國家。

89. 威廉・恩菲爾德（William Enfield，一七四一～一七九三）於一七七四年出版《演說家》（*The Speaker*），在當時造成轟動。

90. 皆是當時知名國會議員及首相。

崔斗斯發表議會演講讓我練習速記

我們往往會這樣辯論到時鐘的指針指向十二，蠟燭燒盡的時候。這麼多練習的結果是，我逐漸開始跟得上崔斗斯的速度，如果我能解讀自己寫的鬼畫符，那就會更加得意了。不過，每當速記下來再回頭讀時，總覺得自己的筆記就像很多中國茶葉箱上的文字，或是藥房裡面那些紅綠大瓶子標籤上的金字！

除了回頭複習並重新來過以外，別無他法。雖然很難，但我還是帶著沉重的心情，以蝸牛的速度有條不紊地努力爬完單調乏味的紙面。我會停下來仔細檢視四面八方所遇到的各種微小斑點，不論在哪裡遇到，我都會拚命練到能一眼就將這些難以理解的一點一劃搞清楚。我每天總是準時到公會，準時去博士那裡；我真的很努力工作，就如俗話所說的，像匹拉貨車的馬。

有一天，我跟平常一樣到了公會，看到史賓洛先生站在門口，極為嚴肅，正在自言自語。由於他有抱怨頭痛的習慣——除了因為他天生就脖子短，我也真心相信他把襯衫領子漿得太硬了——起初我以為他是身體不舒服，所以擔心了一下，但他很快就解除了我的不安。

我向他道「早安」時，他不像平常和藹可親地回應我，而是用很生疏客套的語氣，冷淡地要我陪他到一家咖啡館。當時，那家咖啡館有個門通往公會，就在聖保羅大教堂墓園裡的一個小拱道。我很不自在地跟著他走，全身上下熱氣四射，好像我的憂慮都開苞發芽了。因為路窄，我讓他走在我前面時，發現他昂頭高傲的樣子，情況看起來特別不樂觀，我擔心一定是他發現我寶貝朵拉的事情了。

就算去咖啡館途中，我沒有猜到，等我跟他到樓上包廂後，看見謀石小姐也在，那一點也不難弄清是什麼事了。謀石小姐後方有個餐具櫃，上面有些倒掛的玻璃杯，上頭裝著檸檬，還有兩個驚人的盒箱，是邊緣有稜角、裡頭有各種放刀叉的開槽，這東西現在已經淘汰不用了，真是全人類的大幸。

謀石小姐坐得僵直，冰冷的指甲向我伸來。史賓洛先生將門關上，示意我坐下，自己站在壁爐前的地毯上。

「謀石小姐，麻煩妳好心將手提包裡的東西，」史賓洛先生說，「拿給考柏菲爾德先生看。」

我相信她的手提包跟我童年見到的是同一個，闔起時鐵扣總像一口咬住一樣。謀石小姐抿著嘴，就像闔緊的鐵扣，打開提包時，嘴巴也張開了一點，接著她拿出我給朵拉的最後一封情意綿綿的信。

「我想這是你的筆跡吧，考柏菲爾德先生？」史賓洛先生問道。

我滿臉發燙，「是的，先生！」回答時聲音聽起來很不像自己的。

「要是我沒有弄錯，」史賓洛先生說，這時謀石小姐從手提包中拿出用最可愛的藍色緞帶綁起來的一疊信件，「這些也是你寫的吧，考柏菲爾德先生？」

我淒淒楚楚地從她手上接過那疊信，看了一下最上頭「永遠屬於我的親愛朵拉」、「我最心愛的天使」、「永遠快樂幸福的寶貝」之類的字句，滿臉通紅，低下了頭。

「不用，謝謝！」我機械式地將信還給他時，史賓洛先生冷淡地說。「我不會從你手中奪走這些信。謀石小姐，麻煩妳繼續！」

那個裝得一副溫順模樣的傢伙若有所思地看了一下地毯後，毫無表情地說出下面這番虛假的話。

「我得承認，我懷疑史賓洛小姐跟大衛・考柏菲爾德好一陣子了。史賓洛小姐跟大衛・考柏菲爾德第一次見面時，我就注意到端倪，我當時對他們倆相處的印象就不是很好。人心的邪惡真是……」

「小姐，」史賓洛先生打斷她，「麻煩妳只講事實就好。」

謀石小姐垂下眼睛，搖搖頭，似乎在抗議自己被打斷，擺出架子皺著眉繼續說道：「既然要我只說事實，那我就盡量直截了當。或許這樣子陳述這件事會比較好。如我剛才所說，先生，我懷疑史賓洛小姐跟大衛・考柏菲爾德好一陣子了。我一直想要找到確切的證據，但沒有成功，所以才忍住沒把這件事告訴史賓洛小姐的父親。」說到這裡，她很嚴肅地看著他，「我知道對這種事情盡心盡責，往往也沒人看得到。」

眼見謀石小姐這種紳士般嚴厲的態度，史賓洛先生似乎有點畏縮了，手輕輕地揮了一下，想緩和她的嚴苛姿態。

「因為我弟弟結婚，我離開了諾伍德一陣子，在我回來之後，」謀石小姐繼續用輕蔑口氣說，「還有史賓洛小姐從她的朋友米爾斯小姐家回來後，我覺得史賓洛小姐的舉止更讓我起疑。因此，我密切觀察著史賓洛小姐。」

可愛溫順的小朵拉啊，對惡龍的監視絲毫未覺！

「可是，」謀石小姐繼續說，「我一直到昨晚才找到證據。我之前就覺得史賓洛小姐的朋友米爾斯小姐太常寫信給她了，但她這個朋友又是她父親完全同意結交的，」又是給史賓洛先生沉重的一擊，

「所以我無權干涉。要是我不能拿人心天生邪惡來比喻的話，那至少讓我說——一定——要讓我說，這是把信任寄託錯人了。」

史賓洛先生帶歉意地呢喃表示同意。

「昨晚喝完茶之後，」謀石小姐繼續說道，「我發現那隻小狗嚇到了，在客廳亂跑亂叫，好像在擔心什麼事。我問史賓洛小姐說：『朵拉，狗兒嘴裡咬的是什麼？是紙張。』史賓洛小姐立刻摸了裙子，突然驚叫出聲，跑去追狗。我出手干預說：『朵拉，我的愛，讓我來吧。』」

噢，吉普你這隻討厭的西班牙獵犬，原來這起悲慘事件都是你的所作所為！

「史賓洛小姐還試圖賄賂我，」謀石小姐說，「想親吻我，拿出針線盒和一些小珠寶阻止我——我當然都不為所動。我接近那隻小狗時，牠躲到沙發底下，我費盡千辛萬苦才用火鉗把牠趕出來。就算牠出來了，還是緊咬著信不放。我冒著被咬的危險，努力想從牠嘴裡拿出來，但牠就是不鬆口，所以我把信扯過來時，牠還全身騰空了，最後才終於拿到信。在我追問之下，史賓洛小姐才坦承手上有很多這樣子的信，然後我才總算從她那裡拿到現在大衛・考柏菲爾德手上這一疊信件。」

說到這裡，她停了下來；接著把提包蓋上，嘴巴闔起，看起來一副寧折不屈的樣子。

「你聽到謀石小姐說的了，」史賓洛先生轉過來對我說，「我請問你，考柏菲爾德先生，你有什麼想回應的嗎？」

我眼前浮現著我內心美麗珍貴的可人兒，整夜抽噎哭泣的樣子；我想像她肯定覺得很孤單、很害怕、很痛苦；我想像她可憐地求那個鐵石心腸的女人原諒她；想像她拿親吻、針線盒、小飾品賄賂她卻不成功；想像她傷心欲絕的樣子，全都是因為我——想到這裡，就連我僅有的一點尊嚴都難以維持。儘管盡全力掩飾，但我恐怕有一、兩分鐘的時間都處於顫抖的狀態。

「我沒有什麼話可以辯解，先生，」我回答，「我只能說，錯都在我。朵拉……」

「請你以史賓洛小姐稱呼她。」她的父親莊重地說。

「……都是受我勸誘，」我嚥下那個冷淡的稱呼繼續說道，「才會同意隱瞞這件事，我深感後悔。」

「的確都是你的錯，先生，」史賓洛先生在地毯上來回踱步，因為襯領和背脊太硬，無法只移動頭部來強調，所以用了全身肢體動作。「你的行為偷偷摸摸且毫不得體，考柏菲爾德先生。我邀請一位紳士到我家裡做客，不管他是十九歲、二十九歲或九十歲，我都是因為信任他，才會邀請他。要是他濫用我的信任，那他就是做了可恥之舉，考柏菲爾德先生。」

「我向您保證，先生，我明白，」我回答。「但我之前從未想過要這樣做。真的、的確、確實是如此，史賓洛先生，我之前從沒有想過。我就是太愛史賓洛小姐了……」

「呸！胡說八道！」史賓洛先生漲紅臉說。「拜託你別在我面前說你愛我女兒，考柏菲爾德先生！」

「要是我不愛，那我能怎麼解釋自己的行為，先生？」我滿心謙卑地回答。

「就算你愛，就能解釋你的行為嗎，先生？」史賓洛先生在地毯上停下腳步。「你有考慮過你的年紀和我女兒的年紀嗎，考柏菲爾德先生？你有考慮過這樣會造成我們父女多大的隔閡嗎？你有考慮過我女兒的未來、我為了提高她的地位所做的安排，還有我遺囑裡要留給她什麼嗎？你有想過任何事嗎，考柏菲爾德先生？」

「我恐怕考慮得很少，先生，」我帶著敬意與哀傷回答他，「但拜託你相信我，我考慮過我的社會地位。在我向您解釋之前，我們就已經訂婚了……」

「**拜託**你，」史賓洛先生奮力拍手，動作比以往更像木偶，就連我在絕望時也無法不注意到，「**不**

要跟我說訂婚這兩個字，考柏菲爾德先生！」

在一旁不動聲色的謀石小姐輕蔑地笑了一聲。

「我向您解釋我家境的變化之前，先生，」我繼續說道，因為他很討厭先前的字眼，所以我換了說法，「我就很不幸地連累了史賓洛小姐，要她隱瞞這件事。在我們家的財務狀況改變之後，我就使盡每一條神經、用盡每一分力氣想要改善家境，我相信假以時日一定能翻身的。您願意給我時間嗎——不管多久都可以嗎？我們兩個還這麼年輕，先生……」

「你說得沒錯，」史賓洛先生打斷我，一直點頭，也不停皺眉，「你們都太年輕了。這一切都是胡鬧而已，別再繼續胡鬧下去了。這些信你拿走，丟到火裡燒掉。把史賓洛小姐寫給你的信拿來給我燒掉。你要知道，我們以後的往來就僅限於公事，至於舊事，我們就同意不再提起。來吧，考柏菲爾德先生，你不是個難以講理的人，這樣做才理智。」

不。我不同意。我很抱歉，但我有比理智更重要的事情要考慮。愛情凌駕於世俗的一切之上，而我愛朵拉愛到無法自拔，而朵拉也愛我。我當然沒有真的這樣說，我盡量說得很委婉，但確實這麼暗示，表明堅決的立場。我不覺得自己的行為很荒唐，但我知道我的態度堅定不移。

「好吧，考柏菲爾德先生，」史賓洛先生說，「既然這樣，那我只能去說服我女兒了。」

謀石小姐發出意味深長的聲音，吐了很長的一口氣，既不是嘆氣，也不是呻吟，但涵蓋兩者的意味，表示了她早就認為史賓洛先生應該一開始就這麼做。

「我一定要，」史賓洛先生獲得她的支持後說，「去說服我女兒。你拒絕拿走這些信嗎，考柏菲爾德先生？」因為我剛剛就把那疊信放在桌上了。

對。我告訴他，希望他別見怪，但我不可能會從謀石小姐手中拿回這些信。

「從我手裡拿走也不願意？」史賓洛先生說。

不，我用最恭敬的態度說，就算是他拿給我，我也不會收。

「好吧！」史賓洛先生說。

接著一陣沉默，我正猶豫到底要留下還是要離開。最後我終於悄悄地向門口移動，打算告訴他，考量到他的心情，或許我先離開比較好。這時候他將雙手放到外套口袋最深處，整體來說我應該說他用一種斷然明確的誠摯口吻說：「考柏菲爾德先生，你應該知道我名下不是沒有財產，而我的女兒是我最親、最愛的親人吧？」

我急忙回覆他，我為愛孤注一擲的背叛雖然錯了，但希望他不會認為我是為了貪財圖利吧？

「我提這件事並沒有那個意思，」史賓洛先生說。「要是你**真的**貪財圖利，那對你、對我們來說還更好一點——我的意思是，要是你行事能更謹慎，少受這些年少輕狂的胡鬧影響，那會更好一點。不，我只是從另一個角度問你，你大概知道我名下有些財產會留給我的孩子吧？」

我的確是這樣想的。

「我們每天在公會裡也看到了，很多人處理遺囑時，有各式各樣不負責任、疏忽大意的安排——世間所有的事情裡，人類的反覆無常或許在這件事上的表現最奇怪了——既然有些經驗，你應該也想得到我已經立好遺囑了吧？」

我低頭表示同意。

「我不會允許，」史賓洛先生輪流用腳尖和腳跟支撐自己，一邊緩慢搖頭，用比剛才更明顯的真摯態度說，「我替愛女的合適安排受眼前這種年少輕狂的舉動影響。這都只是傻念頭，都只是胡鬧而已。不用多久，這件事就會如鴻毛一樣輕了。但要是你們沒有完全放棄這些愚蠢的念頭，那我或許——我或許會一時心急，為了避免她踏錯婚姻這一步而守護她，保護她。好了，考柏菲爾德先生，我希望你不會逼我得再次開啟生命之書中已經闔上的那一頁，就連一刻鐘也別；也不要打亂我早已計畫好的大事，就連一刻鐘也別。」

他說話時祥和、安寧，有種夕陽西下的靜謐感，讓我非常感動。他那平靜、聽天由命的態度——顯然已經把身後事都安排得完美妥當、有條不紊——他是個想到這種事就會傷感的人。我真覺得他因此勾起千頭萬緒，眼中還泛淚了。

但我又能怎麼做呢？我不能捨棄朵拉，也無法否認自己的心。他要我最好花一星期的時間好好考慮他所說的，這時候我又怎麼能拒絕他，即使心裡清楚不管給我幾星期，都不會影響我的深情呢？

「這段期間，你就跟托特伍德小姐，或是跟任何明白一點世事的人談談，」史賓洛先生用雙手調整襯領時說道。「用一星期的時間想想吧，考柏菲爾德先生。」

我答應他之後，盡量表現出沮喪絕望卻又堅定不移的樣子，走出了包廂。謀石小姐的粗眉跟著我走到門口——我說眉毛，而非眼睛，是因為她的眉毛比其他五官都重要多了——她那樣子跟我小時候早上在布朗德史東客廳裡一模一樣，我彷彿又回到以前背不出課文的時光，可怕的舊拼字本重壓在我心頭，在我兒時想像裡，書中的橢圓形木刻畫就好像從眼鏡取下的鏡片一樣。

我回到事務所，將老提飛和其他同事拒之於外，坐在自己那個角落的桌前，想著剛剛突然發生的大變動，心裡忿忿地詛咒吉普時，想到朵拉就陷入一陣折磨，我竟然沒有抓起帽子，立刻發瘋似的衝到諾伍德，現在想起都覺得意外。

一想到他們嚇到她、讓她哭，而我卻沒在一旁安慰她就痛徹心扉，逼得我著手寫了一封無法無天的信給史賓洛先生，懇求他別因為我的厄運讓她心煩。我央求他別傷害她溫柔的天性——別摧毀一朵

☆12
Love must suffer in this stern world; it ever had been so, it ever would be so.

脆弱的花兒——如果沒記錯，我信中描述的方式，彷彿不當他是朵拉的父親，而是食人巨妖或是溫特利的惡龍[91]。我將信封好，在他回辦公室前，放到他桌上。等他進來後，我從半掩的門看到他拆開閱讀了。整個上午，他對此一句未提，不過他下午要離開前，把我叫進辦公室，要我別擔心他女兒的幸福。他已經跟她保證過，這都只是胡鬧而已，此外就沒有多說什麼了。他相信自己是個溺愛孩子的父親（他的確是），但我沒有必要掛心她的事情。

「要是你再繼續這種愚蠢的舉動或是執迷不悟，考柏菲爾德先生，」他說，「我只好把女兒再送出國一段時間。不過，我對你有更高的評價，我希望你再過幾天能更睿智一點。至於謀石小姐，」信中我也提到了她。「她對此有所警覺，我很敬重，也很感謝，但我已經鄭重指示她別再提這件事了。考柏菲爾德先生，我唯一的希望，就是你們能忘記這件事。你唯一要做的，考柏菲爾德先生，就只有忘掉這件事。」

只有忘掉這件事！我寫給米爾斯小姐的信箋裡，憤恨地引用了這句話。我用陰鬱的諷刺語氣說，我唯一要做的，就是忘掉朵拉。我該做的只有這件事，那這又算什麼！我懇求米爾斯小姐那天晚上跟我見面。要是米爾斯先生不同意，那我求她在放有乾布機的後廚房跟我會面。我告訴她，我已經失去理智，只有她，米爾斯小姐，才能阻止我完全發狂。信末我署名是她心煩意亂的朋友，將信交給門房前，我又讀了一次，不禁覺得內文風格有點像麥考伯先生。

不過我還是把信發出去了。晚上，我在米爾斯小姐家那條街上來回走動，直到米爾斯小姐的女僕出來，偷偷帶我走地下室外的通道到後廚房。我後來有理由相信，我完全沒有不走大門，直接進客廳的道理，之所以得偷偷摸摸，只是米爾斯小姐喜歡浪漫和故作神祕而已。

一進到後廚房，我開始胡言亂語。我想我就是去出醜的，也很確定自己做到了。米爾斯小姐稍早

☆13
Hearts confined by cobwebs would burst at last, and then Love was avenged.

就收到朵拉匆忙寄來的紙條，說一切都被發現了，還說：噢，拜託妳來找我，茱莉亞，快來，快來！但她認為去史賓洛家，那裡的長輩不會歡迎她，所以還沒動身，我們全都陷入黑暗的撒哈拉沙漠。

米爾斯小姐很會說話，也很愛侃侃而談。雖然她跟我一起流淚，但我還是發現我們的痛苦讓她引以為樂。可以說她撫弄著我們的痛苦，並充分利用。她說，我和朵拉之間有條鴻溝，只有愛能築起一道彩虹跨越兩邊。在這個嚴峻的世界裡，愛情一定得受苦；過去如此，未來亦然。☆12米爾斯小姐說，沒關係，被蜘蛛網纏住的真心最終必定會破網而出，屆時愛情就報仇了。☆13

這並沒有給我太大的安慰，但米爾斯小姐並不鼓勵我抱有虛幻的希望。雖然我變得比剛才更加痛苦，但還是覺得她的確是個真朋友，也深懷感激地這麼告訴她。我們決定她明早第一件事就是去找朵拉，不管用表情還是言語，都要想辦法讓她明白我的專情和痛苦。我們以最沉痛的心情道別，我覺得米爾斯小姐完全樂在其中。

我回到家後，將事情全告訴了姨婆。雖然她盡力安慰我，我還是滿心絕望地上床睡覺。隔天我絕望地起床，再絕望地出門。那天是星期六，我直接去了公會。

快到事務所時，我看見一些雜工聚在門口聊天，還有六、七個閒雜人等往關起來的窗戶看。我加快腳步，穿過人群時看到他們臉上的表情，好奇到底發生什麼事，便趕緊走了進去。

書記們都在，但沒有人在做事。老提飛坐在別人的凳子上，帽子還戴著，我想這是他生平第一次這樣做。

91. 湯瑪斯・波西主教（Thomas Percy，一七九二～一八一一）的《古英詩拾遺》（*Reliques of Ancient Poetry*）中所收錄的諷刺詩歌。源自中世紀的民間故事，惡龍會吞食牛隻與小孩。

「這件事真是太可怕、太不幸了，考柏菲爾德先生。」我進門時，他說。

「怎麼了？」我驚呼道。「發生什麼事了？」

「你還沒聽說嗎？」提飛喊道，其他人統統向我圍過來。

「沒啊！」我一一看著他們說。

「是史賓洛先生。」提飛說。

「他怎麼了？」

「死了！」我還以為辦公室在旋轉，不是我，直到有書記將我扶住。他們弄了張椅子讓我坐下，解開我的襯領，拿了點水給我。我不知道這中間經過多少時間。

「他死了？」我說。

「他昨天在市區用餐完，就自己駕車回家了，」提飛說，「你也知道，他有時候會讓車夫先搭公共馬車回家……」

「然後呢？」

「馬車回到家，但他不在車上。馬匹停在馬廄門前，僕人拿著燈籠出來看，但車裡不見人影。」

「馬兒是脫韁跑走的嗎？」

「馬匹並沒有發熱，」提飛戴起眼鏡說，「就我所知，是以平常速度跑的，並沒有比平常更熱。韁繩已經斷了，看起來在地上拖了一陣子。家裡的人立刻驚覺不對勁，三個人出門沿路探，走了一哩才找到他。」

「一哩多，提飛先生。」一位資淺的書記插嘴道。

「是嗎？我想你說得沒錯，」提飛說，「走了**超過**一哩，他們才在教堂附近發現他趴在地上，身體一半在大馬路上，一半在步道上。至於他是昏迷之後落馬，還是身體不適先下馬，才昏了過去——不過無疑的是他已失去知覺，甚至他是不是當時就過世——似乎沒有人知道。就算他那時還有口氣，顯然也無法說話。雖然他們盡快找人來急救，還是回天乏術。」

突然得知這項消息，我難以描述自己到底是什麼樣的心情。這場意外不只突如其來，還發生在跟我意見不合的人身上，讓我非常震驚——他最近才待過的房間空蕩得駭人，他的桌椅似乎還等著他；他昨日的筆跡有如鬼魂——門打開時，好像他會隨時走進來，難以說明他為什麼不可能與這個地方分開；事務所裡有種慵懶的靜寂與安寧，大家談起這件事就津津有味，而外人整天進進出出，想拿這件事大快朵頤，好像永不滿足——這些事人人都能輕易理解。我所謂難以形容的是，我內心最深處怎麼會潛伏著一股對死亡的嫉妒。我怎麼會覺得死亡的威力會將我從朵拉思緒裡推出去。我怎麼會有種說不出的不滿，嫉妒著她的憂傷。我怎麼會一想到她在別人面前流淚、讓別人安慰她，就煩躁不安。我怎麼會在那種不合時宜的時候，貪得無厭地希望將所有人都趕走，只留下我一個人，當她的唯一。

意擾心煩之下——我希望不只有我一個人這樣，其他人也懂——我那天晚上到了諾伍德。我在門口打聽時，從一個僕人那裡得知米爾斯小姐也在，就寫了一封信，請姨婆用她的名義替我轉交。我用最真摯的心情哀悼史賓洛先生猝逝，寫信的時候還流下淚來。我求米爾斯小姐，等朵拉心情平復一點的時候告訴她，史賓洛先生之前找我談話時，態度十分和善、充滿關心，提到她時也只有愛憐，沒有一句責備的話語。我知道這樣做很自私，硬要米爾斯小姐在朵拉面前提起我的名字，但我試圖相信我是為了保存她父親在她心中的美好回憶。或許我是真的如此相信。

姨婆隔天就收到短短幾行的回信，外頭的收件人是她，但裡頭的信是給我的。朵拉哀痛欲絕，當米爾斯小姐問她願不願意在信中問候我時，她就只是不停地哭道：「噢，親愛的爸爸！噢，可憐的爸爸！」但她並沒有拒絕問候我，我就滿足了。

意外發生之後，喬金斯先生就一直待在諾伍德，幾天後才進辦公室。他和提飛私底下談了一會兒，接著提飛往門口探，請我進去。

「噢！」喬金斯先生說。「考柏菲爾德先生，提飛先生和我正要檢查死者的桌子、抽屜和其他收納櫃，幫他把私人文件封起來，並找找看有沒有遺囑。其他地方我們找過了，一點蛛絲馬跡都沒有。要是你願意，不如也一起來幫忙吧。」

我早已焦急難忍，極想知道我的朵拉接下來會去哪——就是監護人之類的——所以幫忙找遺囑是一途。我們立刻翻箱倒櫃。喬金斯先生打開抽屜與辦公桌的鎖，我們把所有文件拿出來，公務的文件放一邊，私人文件（並不多）放另一邊。我們的態度很慎重，只要看到零散的蠟封章，或是鉛筆盒，或是戒指，或是死者私人的小物品，就會壓低聲音說話。

我們已經封好了幾包東西，繼續安靜地在灰塵中找尋遺囑的蹤影，這時喬金斯先生用他過世的合夥人以前形容他的話，跟我們說：「史賓洛先生做了決定就難以動搖。你們都知道他是什麼樣的人！我傾向於認為，他並沒有立遺囑！」

「噢，我知道他有遺囑！」我說。

他們倆都停下來看我。「就在我最後看到他的那一天，」我說，「他告訴我，他的後事早就已經都安排好了。」

喬金斯先生和老提飛一致地搖搖頭。

「看起來很不樂觀。」提飛說。

「極為不樂觀。」喬金斯先生說。

「你們該不會是懷疑……」我開始說道。

「我的好小子考柏菲爾德先生啊！」提飛將手放在我手臂上，閉著眼搖搖頭說：「要是你在公會跟我待得一樣久，你就會知道人在這件事情上最反覆無常且難以信任了。」

「哎呀，我的天哪，他也說過這句話！」我堅持己見地回答。

「我認為幾乎可以確定了，」提飛說。「我認為——他沒有立遺囑。」

我覺得很不可思議，但結果真的是沒有找到遺囑。從他的文件裡看來，他壓根沒有想過要立，因為連一點暗示、草稿、備忘錄或立遺囑的意圖都沒有。還有件讓我同樣覺得訝異的事是，他的事務只有雜亂無章可言。我聽說，要計算出他欠多少錢，別人還多少錢，或是他有多少遺產極為困難。他們認為似乎好幾年來，連他自己也不清楚這些事。他們漸漸發現，由於當時公會愛比排場和門面，所以他花的錢超過了原本就不高的收入，就算原來私有財產很多（這點也讓人非常懷疑），現在也花得差不多了。諾伍德那邊辦了家具拍賣，房子也租了出去。提飛沒想到我對此有多麼感興趣，他還告訴我，死者的債務還清，再扣除事務所裡別人倒帳或呆帳中屬於他的部分之後，剩下的所有資產可以說連一千鎊都不到了。

他跟我說的時候，已經是六星期之後的事了。這些日子，我一直很煎熬。米爾斯小姐現在還會回報消息給我，她說提到我的時候，我心碎的小朵拉沒有多說什麼，只會一直哭喊：「噢，可憐的爸爸！噢，親愛的爸爸！」我看著都差點難過得想自殘了。她還說，朵拉除了兩個姑姑之外，就沒有別的親戚了。她們是史賓洛先生未出嫁的兩個姊姊，住在普特尼[92]，多年來除了偶爾跟弟弟通信，就

92.普特尼（Putney）：，倫敦西南部的地區，距查令十字西南方約八公里。

沒有其他往來。這並不是因為他們曾大吵過架（米爾斯小姐說的），而是在朵拉受洗時，她們認為史賓洛先生應該請她們吃正餐，結果卻只邀她們去喝茶而已。她們曾寫信表達不滿，說「為了雙方的幸福著想」，她們不去比較好。自那之後，她們與弟弟就各走各的路了。

這兩位隱居的女士現在出面，提議帶朵拉回普特尼住。朵拉緊抱著她們倆，哭著喊道：「噢，好的，姑姑！請帶茱莉亞．米爾斯跟我和吉普回普特尼！」所以辦完葬禮之後，她們很快就搬去了。

我哪來的時間到普特尼遊蕩，我真的不曉得。但我想方設法找出時間經常在那附近徘徊。米爾斯小姐為了能更善盡朋友的責任，寫了日記。她有時候會到公會跟我會面，唸給我聽，要是她沒有時間，就會整本借給我。我是怎麼把那些內容銘記在心的啊！我就來舉例吧——

星期一。可愛的D[93]還是很難過。頭痛。要她看J多麼漂亮、健康。D撫摸J，因此喚醒聯想，悲傷的水閘洩洪，傷心地大哭。（眼淚是心的露珠嗎？J.M.）

星期二。D虛弱、不安。蒼白得很美。（我們看月亮時，不也是這樣覺得嗎？J.M.）D、J.M.跟J搭車出遊。J看向窗外，對清潔工狂叫，使D看得露出微笑。（生命之鏈就是這樣的微小關聯所組成的啊！J.M.）

星期三。D較為開心了。唱曲調愉快的〈黃昏鐘聲〉給她聽。適得其反，無安撫效果。D傷痛萬分。後來見她在自己的房裡啜泣。引用關於自己和小羚羊的詩歌[94]。無效。還提到刻在墓碑上的耐心[95]。（提問：為什麼要坐在墓碑上？J.M.）

星期四。D明顯好轉。晚上更佳。臉頰有一點紅暈再現。同樣決定在散步時小心提及D.C.之名。D立刻不能自己。「噢，親愛的茱莉亞！噢，我一直都是個不聽話、不孝順的孩子！」給予安慰、撫愛。描述D.C.坐在墓碑瀕臨不耐的理想畫面。D再次崩潰。「噢，我該怎麼辦？我該怎麼辦？噢，帶我離開去別的地方！」深感驚慌。D昏厥，去酒吧要了杯水。（富有詩意的相似處。酒吧門前的棋盤招牌；人生如棋局。哎！J.M.）

星期五。發生意外。有人帶藍色包包至廚房說來「修補女鞋後跟」。廚師答：「沒人預約。」男子爭辯有。廚師出去詢問，留男子獨自與J在一室。廚師回來，男子依然爭辯，最後離去。J失蹤。D發狂。報警。男子鼻子寬大，雙腿如橋梁欄杆。四處搜尋。不見J影。D悲慟哭泣，無從安慰。再次提及小羚羊。雖然適切，但依然無效。傍晚，有個奇怪的男孩來訪。被帶到客廳。他的鼻子雖寬，但腿不像欄杆。說要一英鎊，知道狗的去向。儘管施壓，仍拒絕進一步解釋。D拿出一英鎊，他帶廚師到一間小屋，J被單獨綁在桌角。J吃飯時，D開心地在J身旁跳舞。見她開心，上樓便提及D.C.。D又淚流，可憐地喊道：「噢，不要，不要，不要！除了可憐的爸爸以外，如果再想別的，那就太壞了！」擁抱J，哭到睡著。（難道D.C.不該把自己局限在時間的廣大之翼上嗎？J.M.）

這段時間裡，米爾斯小姐和她的日記是我唯一的慰藉。她才剛見過朵拉，所以能跟她見上一面——在她滿是同情的書頁中查找朵拉的名字縮寫——讓她把我弄得越來越痛苦——是我僅有的安慰。我感覺好像之前住在用紙牌蓋成的宮殿，現在垮了，廢墟裡只剩米爾斯小姐和我。我覺得好像某

93. 日記中的人物代號：D是朵拉、J是吉普、J. M. 是茱莉亞・米爾斯、D. C. 是考柏菲爾德。
94. 出自愛爾蘭詩人湯瑪斯・摩爾的〈拜火教徒〉（*The Fire Worshippers*）。
95. 出自莎士比亞《第十二夜》第二幕第四場。耐心是天主教的七美德之一，古書裡常以一位坐在墓碑上的女人呈現。

個殘忍的巫師在我心裡那位天真的女神周圍畫了魔法圈，唯獨那雙能乘載那麼多人到那麼遠的強壯羽翼，才能帶我進入圓圈裡！

第39章 威克菲爾德與希普

我還是一直垂頭喪氣，我想姨婆開始覺得很不自在，所以假裝擔心小屋出租的狀況，要我去多佛一趟，跟租戶簽更長期的續約。珍妮特現在替史壯夫人工作，我每天都會見到她。她之前對要不要離開多佛猶豫不決，不曉得該不該告別她所受「放棄社交生活」的教育，嫁給一個舵手，但後來決定不要冒險。這主要不是原則問題，單純只是她正好不喜歡那個人。

要離開米爾斯小姐雖然有難度，但我很樂意接受姨婆的藉口，如此一來，我可以跟艾格妮絲度過一些寧靜的片刻。我向好心的博士請了三天假，博士鼓勵我去散散心——他還希望我多請幾天，但我精力太過充沛，無法忍受自己休息那麼久——便決定去一趟了。

至於公會，我其實根本沒什麼事情做。老實說，在一流的代訴人裡，我們的名聲越來越不好，所以很快就落到很差的地位。與史賓洛先生合夥之前，喬金斯先生的業務原本就冷清，加入史賓洛先生這個新血，以及在他裝點門面之後，生意雖然有好轉，但地位還不夠穩健，難以承受主要管理人驟逝的打擊。事務所的景況一落千丈。喬金斯先生儘管在辦公室裡有聲望，但他是個態度隨和、沒有能力的人，就算在外頭有名聲，也無法支撐事務所的營運。我現在轉到他底下做事，看他經常吸著鼻煙，放任業務，我就會替姨婆的一千鎊感到惋惜不已。

但這還不是最糟的部分。最糟的是，公會外頭總有些閒雜人等和外人，他們不是真的代訴人，卻跑來摻一腳，招攬業務後交給真正的代訴人做。那些代訴人會將招牌借出去，然後再分一杯羹。這種人很多。由於我們急缺生意，聊勝於無，因此也加入了這幫高尚的集團，丟出條件吸引那些閒雜人等和外人替我們拉業務。我們的目標是結婚證書及小的遺囑認證案，這兩樣最有賺頭，競爭也很激烈。公會的每個入口都埋伏了負責綁架和誘騙客戶的人，根據指示盡其所能地慫恿穿喪服的人和面容羞澀的男子到他們雇主的事務所去。他們做起事來鞠躬盡瘁，因為不認識我，所以我自己兩度被推進主要對手的辦公室。因為有利益衝突，這些負責招攬的人彼此間自然互有惡感，甚至還有人大打出手。主要替我們誘騙的人（以前做酒類生意，後來成為有執照的證券經紀人）有幾天眼睛還掛著瘀青，真是丟臉丟到家了。

那些偵查員會畢恭畢敬地幫助穿喪服的老太太下車，她說了想找的代訴人名字後，他們就會不假思索地說他死了，接著說自己的雇主是已逝代訴人的合法繼承者以及業務代表，領著老太太到雇主的辦公室，有時候她們還會深受感動。很多人就是這樣被綁架到我面前。至於結婚證書，由於競爭實在太過激烈，害羞的年輕人只能屈服於第一個上前誘騙的人，或是等其他人大打出手後，成為勝者的獵物。我們有位書記原本是個外人，以前業務搶手的時候，他還會戴著帽子坐著等，只要有受害人進門，就隨時準備好衝出去在主教代理人前面宣示。我相信，這種誘騙系統至今仍繼續著。我最後一次去公會時，有個態度客氣、身材健壯的人，穿著白色圍裙，從門口把我一把抓走，在我耳邊說「結婚證書」，我費盡千辛萬苦才沒讓他把我扛起來，抬到其他事務所去。

我離題了，讓我繼續說多佛的事吧。

到了小屋，我發現一切都令人滿意；而且還跟姨婆報告說，租戶也繼承了她的夙怨，對驢子不斷發起戰爭，讓姨婆高興不已。處理完該做的這件小事，在那裡住了一晚後，我一早就到坎特伯里。現在又是冬天了，空氣清新，寒冷多風，丘陵一望無際，讓我又燃起一點點希望。

一到坎特伯里，我先在古老的街上閒逛，心裡揚起簡單的快樂，讓我冷靜下來，心情得到慰藉。路上的招牌依舊，店名依舊，在店裡工作的人也依舊。以前念書的日子好像過了很久，這個地方幾乎都沒變，讓我很納悶，直到我想起自己也沒有什麼改變。說來奇怪，在我心中與艾格妮絲密不可分的那種寧靜，似乎也瀰漫於她所居住的城市。神聖的大教堂塔頂，加上老烏鴉或寒鴉的縹緲叫聲，讓這裡比完全沉默還顯得更加幽靜。那些以前滿是雕像的城樓通道早已倒塌、碎裂，有如曾經來瞻仰它們的虔誠信徒一樣消逝了。爬滿上百年常春藤的山牆與殘壁那些靜僻角落，還有古屋、田野、果園與花園的風光，放眼所見——在所有景物上——都讓我感受那股同樣的寧靜氣息，同樣的沉著、深思、柔和之情。

一到威克菲爾德先生家，我發現以前烏利亞．希普會在裡頭辦公的一樓小房間，現在是麥考伯先生非常勤勉地在振筆疾書。他穿著很有法律人士風範的黑色衣服，在小辦公室裡顯得魁梧巨大。

麥考伯先生看到我非常高興，但也有點慌亂。他本來要立刻帶我去找烏利亞，但我拒絕了。「這棟房子我很熟，你記得吧？」我說道。「我會自己上樓。法律事務你還喜歡嗎，麥考伯先生？」

「我親愛的考柏菲爾德，」他回答，「對於一個極富想像力的人來說，學習法律的缺點是，有太多細節要留意了。即使在業務往來的信件中，」麥考伯先生看了剛剛在寫的信說，「心思無法自由翱翔，難以運用任何華麗的辭藻。不過，這還是很偉大的行業。很偉大的行業！」

接著他告訴我，他承租了烏利亞．希普的舊房子，麥考伯太太會很樂意再次在自己的屋簷下接待我。「那個地方很卑微，」麥考伯先生說，「——請容我引用我的朋友希普最愛的說法，不過它或許會是塊墊腳石，以後能通往更豪華的住所。」

我問他到目前為止，對於他的朋友希普給他的待遇是否滿意。

他起身確定門關緊後，才低聲回答：「我親愛的考柏菲爾德，一個承受財務窘境壓力的員工，一般來說是處於劣勢的。當財務壓力大到必須預支薪水時，那種劣勢並不會有所改善。我只能說，對於我那些不需要詳述的請求，我朋友希普的態度算是很好了，可以說對他的頭腦和心腸都一樣增光。」

「我猜在金錢這方面，他應該也不是很大方的人。」我說道。

「不好意思！」麥考伯先生帶著克制的表情說，「我是憑藉經驗來說我朋友希普的。」

「我很高興你的經驗不錯。」我回應。

「你這麼說真是太好了，我親愛的考柏菲爾德。」麥考伯先生說，接著哼起曲子來。

「你常見到威克菲爾德先生嗎？」我換了話題問。

「不常看到他，」麥考伯先生用輕視的語氣說。「我敢說，威克菲爾德是個意圖極好的人，但他——總之，他過時了。」

「恐怕是他的合夥人企圖使他變成這樣。」我說。

「我親愛的考柏菲爾德！」麥考伯先生不安地在凳子上動了幾下後說道。「請容我表達一點意見！我來這裡，做的是保密的工作；我來這裡，做的是受人信任的職位。就連是對麥考伯太太本人（她跟我同甘共苦這麼久，更是個才智出眾的女子），我也認為目前工作上有些話題不適合討論。因此請容我冒昧建議，我們朋友之間交談時——我相信這種談話不應受到妨礙！——但我們還是畫個界限吧。這一邊，」他用辦公桌上的尺表示，「人類智力的所有範圍都能討論，除了少數例外；另一邊，就是那些例外。也就是說，在威克菲爾德先生與希普事務所的事情，全都屬於這一邊的範疇。我相信提出這樣的建議，讓我少時的夥伴冷靜評斷時，並不會覺得被冒犯吧？」

雖然我看得出麥考伯先生變得很不安，說起話來綁手綁腳，好像他的新職務並不適合他，但我說自己並沒有權利覺得被冒犯。我這麼告訴他，他似乎鬆了一口氣，跟我握手。

「我很高興，考柏菲爾德，」麥考伯先生說。「我跟你說啊，威克菲爾德小姐真是個外貌、氣質、美德都過人的年輕女子，我真心誠意，」麥考伯先生不停親自己的手，氣派地鞠躬，「我向威克菲爾德小姐致敬！嗯哼！」

「至少這點讓我聽了很高興。」我說。

「我親愛的考柏菲爾德，要是我們共度的那個愉快午後，你沒有跟我們保證『朵』是你最喜歡的字，」麥考伯先生說，「那我會毫不猶豫地認為『艾』才是。」

我們全都經歷過一種突如其來的感受，好像我們說的話或是做的事在很久之前就說過、做過了——好像不知道多久以前，四周有著同樣的臉孔、事物、情況——完全清楚接下來要說什麼話，好像我們突然間記起了一樣！就在他把這些話說出口之前，這種神祕的感覺出現了，而且從來沒有這麼強烈過。

我暫時向麥考伯先生告別，請他代我好好問候家裡所有人。我離開他的時候，他回到凳子上，拿起筆，頭在硬領裡轉動，調整好舒適的寫字姿勢，我清楚地看出自從他開始這份新工作之後，我們兩個之間就有某種隔閡，讓我們無法像以前那樣坦誠以待，談話也跟著變質了。

古色古香的客廳裡空無一人，不過看得出希普太太在這裡待過的痕跡。我探進仍屬於艾格妮絲的房間，看到她坐在壁爐前的雅致舊桌前寫字。

因為我擋到光線，她抬起頭來。那一瞬間，看到她體貼的臉龐因為我而現出光采，聽到她甜蜜的問候跟歡迎，真是太愉快了！

「啊，艾格妮絲！」我在她旁邊坐下後說。「我最近好想妳啊！」

「是嗎？」她回答。「又想我了！而且還這麼快？」

我搖搖頭。「我不知道為什麼，艾格妮絲，但我的頭腦似乎缺少了本來該有的某種能力。以前在這裡度過的快樂日子裡，我都習慣讓妳替我想事情，自然而然地來詢問妳的意見，尋求妳的支持，所以我真的很想念那樣的時光。」

「現在到底有什麼事呢？」艾格妮絲開心地說。

「我也不知道該怎麼說，」我回答。「我想我很認真、堅持不懈，對吧？」

「我相信是的。」艾格妮絲說。

「那我有沒有耐心呢，艾格妮絲？」我有點遲疑地問道。

「有啊，」艾格妮絲笑答道。「很有耐心。」

「可是，」我說，「我心裡覺得很難受、很擔心，對自己處理事情的能力也沒什麼把握，優柔寡斷的，我知道我一定是欠缺——我能說是——依賴之類的東西嗎？」

「你想這麼稱呼，我們就這麼稱呼吧。」艾格妮絲說。

「好！」我回答道。「妳看喔！妳來倫敦的時候，我依賴妳，立刻就有了目標和方向。現在我迷失方向，來到這裡才沒多久，就覺得自己變了個人。從我進屋到現在，讓我苦惱的事情並沒有變啊，但就是有股力量在這麼短的時間改變了我，噢，讓我心情好轉了！那到底是什麼？妳的祕訣是什麼，艾格妮絲？」

她垂下頭，看著爐火。

「還是老樣子，」我說。「我說事情不管大小都一樣的時候，妳可別笑我。我以前的煩惱太愚蠢，但現在變得很認真了。不過每當我離開了我的義妹……」

艾格妮絲抬起頭來（真是有如天使般的面容！），將手伸向我，我吻了它一下。

「艾格妮絲，只要妳一開始不在我身邊給我意見、贊成我的看法，我似乎就會失去控制，處處遇到困難。只有等我終於來到妳身邊（我總是這樣），才找得到平靜和快樂。現在，我像個疲累的旅人一樣回家，才找到如此安心、幸福的感覺！」

我說得掏心掏肺，感動到說不下去，捂著臉哭了出來。我寫下的是事實。不管我跟多少人一樣，內心有所矛盾跟前後不一；不管事情會有多麼不同，會變得多好；不管我做了什麼讓我任性地背離我內心的聲音——我一概不知。我只知道只要有艾格妮絲在身旁，我就會積極認真，感到安心、祥和。

她如姊妹般的溫和舉止，熠熠生輝的眼神，溫柔的聲音，還有甜美的神情，很久以前就讓她所在的這個家變成我心中的聖地。她很快就讓我振作起來，讓我繼續把上次見面後發生的事全盤告訴她。

「我全都說完了，艾格妮絲，」我把心裡話全都吐露出來後說。「現在，我只能依賴妳了。」

「但你不能依賴我啊，托特伍德，」艾格妮絲愉快地笑著回答。「你得依賴別人才行。」

「依賴朵拉嗎？」我說。

「當然。」

「哎呀，有件事情我沒有告訴妳，艾格妮絲，」我有點尷尬地說。「朵拉有點難以——我當然不會說她難以依賴，因為她為人純潔、真誠——但她很難……我還真不知道該怎麼表達，艾格妮絲。她是個膽怯的小人兒，容易心慌、害怕。前一陣子，她父親過世之前，我覺得應該告訴她……要是妳願意聽，我就把事情經過告訴妳。」

因此，我把我向朵拉宣布破產、烹飪書和管家記帳等等的事，全都告訴了艾格妮絲。

「噢，托特伍德！」她語帶責備，笑著說道。「你還是老樣子，這麼魯莽！或許你認真努力想出頭天，但也不用一頭熱，嚇到那個膽怯、可愛、不諳世事的女孩。可憐的朵拉！」

她這麼回答我的時候，我從沒聽過如此溫柔、語帶寬容和仁慈的聲音。我彷彿看見她充滿愛憐，溫柔地擁抱朵拉，體貼地保護她，默默怪我太過衝動，嚇到那個小人兒。我似乎看見朵拉用迷人單純的樣子撫摸艾格妮絲，感謝她，還撒嬌地跟我抗議，用她孩子氣的天真愛我。

我好感謝艾格妮絲，也很佩服她！在一片明亮的景象中，我看見她們兩個在一起，是交情深厚的朋友，兩人相互輝映！

「那我該怎麼做，艾格妮絲？」我盯著壁爐看，過一會兒問道。「怎樣做才是對的？」

「我想，」艾格妮絲說，「高尚的做法是，先寫信給那兩位女士。你不覺得偷偷摸摸的行為很不應該嗎？」

「對，要是**妳**這麼想就沒錯。」我說。

「我沒什麼資格評論這種事，」艾格妮絲稍微遲疑了一下答道，「但我的確覺得……總之，我覺得你這樣子神神祕祕、偷偷摸摸，並不像你會做的事。」

「不像我會做的事，那恐怕是妳對我的評價太高了，艾格妮絲。」我說。

「不像你，因為你天性坦率，」她回答，「因此如果是我的話，會寫信給那兩位女士。我會盡量清楚老實地交代事情發生經過，並且請她們同意讓你偶爾過去拜訪。考慮到你還這麼年輕，努力在社會上闖蕩，我想可以說不管她們開出什麼條件，你都會欣然接受。我會請求她們別不問朵拉，就拒絕你的請求。她們可以在她們認為適當的時間與她討論。態度別太過激烈，」艾格妮絲溫柔地說，「也別要求太多。你要靠著自己的忠誠和恆心——還有靠朵拉。」

「但如果她們跟朵拉說的時候又嚇到她，」我說，「然後朵拉開始哭，對我隻字未提怎麼辦！」

「你覺得有可能嗎？」艾格妮絲問道，臉上同樣掛著甜美的體貼神情。

「上帝保佑她，她跟小鳥一樣容易受驚嚇，」我說。「有可能啊！或許不該由那兩位史賓洛小姐（因為那個年紀的女士有時候脾氣很古怪）跟她提這件事！」

「托特伍德，」艾格妮絲溫柔的雙眸對上我的眼，「我不認為需要考慮這個。或許你只要考慮這樣做，對還是不對就好，要是對，那就做。」

對這件事，我再也沒有疑慮了。雖然我還有重責大任要完成，但心情輕鬆了一點，就花了整個下午時間撰寫這封信的初稿。為了這個重要的目標，艾格妮絲將桌子讓給我。不過在那之前，我先下樓去找威克菲爾德先生與烏利亞．希普。

我發現烏利亞搬入擴建到花園裡的全新辦公室，裡頭還有灰泥的味道。他坐在一堆書籍與文件中，樣子看起來特別低劣。他用平常那副諂媚的樣子接待我，假裝沒有從麥考伯先生那邊聽到我來了，反正我不信就是了。他陪我到威克菲爾德先生的辦公室，現在的樣子大不如前──為了新合夥人的便利，許多設備都撤掉了。我跟威克菲爾德先生問候時，烏利亞站在壁爐前，讓爐火溫暖他的背，用瘦削的手摸著下巴。

「托特伍德，你在坎特伯里的期間會住我們這裡嗎？」威克菲爾德先生先看了烏利亞一眼，尋求他同意後說。

「這裡有空房嗎？」我說。

「考柏菲爾德少爺──我該說『先生』，但『少爺』實在叫得太習慣了──如果您高興的話，我會很樂意讓出您的舊房間。」

「不，不，」威克菲爾德先生說。「何必勞煩**你**呢？家裡還有別的空房，還有別的空房。」

「噢，可是您知道，」烏利亞齜嘴笑答道，「我很樂意換房啊！」為了讓事情好辦一點，我說我只願意待另一間房，否則就不住了。既然決定好我要睡另一間房，我就不打擾他們辦公，再次上樓，直到晚餐時間。

除了艾格妮絲之外，我不希望有其他人陪伴，但希普太太問我們同不同意讓她到那個房間，坐在壁爐邊織東西。她假裝說那裡的風沒有客廳或餐廳那麼大，對她的風濕病比較好。雖然我會毫不後悔地把她丟到大教堂最高的尖塔上去隨風擺布，但我還是維持了該有的禮貌，並友善地向她行禮。

「我這個卑微的人感謝您，先生，」我向希普太太問候完，她說道。「我的身體還好而已，沒有什麼可以誇耀的。要是我能夠看我的烏利亞有出息，那我想我就不能要求太多。您覺得我們家烏利看起來如何，先生？」

我覺得他看起來跟以往一樣邪惡，所以回答我看他的樣子沒有變。

「噢，您不覺得他變了嗎？」希普太太說。「這點我一定要謙卑地提出異議。您不覺得他變瘦了嗎？」

「不比平常瘦。」我回答道。

「這樣啊！」希普太太說。「但您看他，不像母親的雙眼看得那麼仔細。」

她的目光跟我的交會時，我心想：不管她有多愛他，他母親的那雙眼睛對其他人來說就是邪惡之眼；我相信他們母子的確相親相愛。她看了看我，又轉向艾格妮絲。

「**您**也不覺得他看起來更消瘦了嗎，威克菲爾德小姐？」希普太太問道。

「不覺得，」艾格妮絲靜靜地繼續手上的針線活。「您太擔心他了，他身體很好。」

希普太太用力地擤了氣，繼續織東西。

她沒有停手，也沒有一刻離開我們。我當天很早到，所以離晚餐還有三、四個小時，但她就坐在那裡，不斷地編織，有如沙漏一直流著沙子般毫無變化。她坐在壁爐一側；我坐在壁爐前方的桌前；艾格妮絲坐在我身後的另一頭。我慢慢思考著要怎麼寫信，只要一抬頭看見艾格妮絲臉龐帶著深切的關心，那天使般的表情給了我鼓勵；我也很清楚這時有雙邪惡的眼睛盯著我，再轉向她，又回到我身上，再悄悄地繼續編織。她在織什麼，我不清楚，因為我對那門技藝毫無研究，但看起來是個網子。她拿著那些有如筷子的棒針編呀編，在爐火的光照下看起來就像醜陋的巫婆，雖然受到對面光芒四射的良善所挫，不過她已經準備好不久後要撒網了。

晚餐時間，她還是繼續目不轉睛地監視我們。晚餐後，換她兒子了。房間裡剩下威克菲爾德先生、烏利亞和我三個人時，他帶敵意地斜眼看我，身體不停扭動，我都快受不了了。回到客廳，又是他母親一邊編織，一邊監視。艾格妮絲唱歌彈琴的這段時間，他母親都一直坐在鋼琴旁。有一次還點了一首民謠，說她的烏利（正坐在大椅上打哈欠）最愛這首了。艾格妮絲唱的時候，希普太太還回頭看兒子，然後回報說他聽得欣喜若狂。但她幾乎每次開口，就會多多少少提到他——我不認為有哪一次沒提。顯然這是她被賦予的任務。

這一直持續到就寢時間。看著這對母子，就像兩隻巨大蝙蝠掛在整棟房子上，用他們醜陋的軀體把屋裡都遮暗了，讓我感到很不自在，我寧可待在樓下，管他編織什麼都好，也不要上床睡覺。我幾乎沒睡，隔天編織和監視又開始了，還持續了一整天。

我連跟艾格妮絲說上十分鐘的話都沒機會。我幾乎沒辦法讓她看我的信。我提議要她跟我出去散步，但希普太太不斷抱怨她的身體更不舒服，好心的艾格妮絲只能留在家陪伴她。快黃昏時，我自己出門，思索著應該怎麼辦，還有到底要不要繼續對艾格妮絲隱瞞烏利亞．希普在倫敦跟我說的事，因為這又讓我開始十分心煩了。

我沿著拉姆斯蓋特路一條不錯的人行道走，都還沒走出城，就從塵土飛揚中聽到後面有人叫我。那個蹣跚的樣子和過緊的大外套，我不會認錯。我停下腳步，烏利亞．希普跟了上來。

「怎樣？」我說。

「您腳程還真快！」他說。「我的腳算很長了，但還是被您操累了。」

「你要去哪？」我說。

「我要跟您一起走啊，考柏菲爾德少爺，要是您願意讓我享受一下陪伴老朋友散步的樂趣。」說完，他身體扭了一下，或許是想討好我，或是想嘲笑我，反正他走到我身旁。

「烏利亞！」一陣沉默後，我盡量客氣地叫了他。

「考柏菲爾德少爺！」烏利亞說。

「老實告訴你吧，希望你別見怪，但我出來是想獨自散散步，因為最近有人給我太多陪伴了。」

他斜著眼睛看我，齜牙咧嘴地說：「您指的是母親。」

「嗯，對，我指的是她。」我說。

「啊！但您知道我們很卑微啊，」他回答。「我們的卑微自己很清楚，所以得小心，別讓那些地位較高的人推到牆邊。講到愛情，所有策略都是公平的，先生。」

他舉起兩隻大手，直到碰到下巴，輕輕搓揉，竊笑了一下。我覺得他看起來就像惡毒的狒狒，沒有人比他更像了。

「您要知道，」他還是用同樣不討喜的樣子，對我搖頭說，「您是個厲害的對手，考柏菲爾德先生。您一直都是，知道吧。」

「所以你因為我，派人監視威克菲爾德小姐，讓她家變得不像家嗎？」我說。

「噢！考柏菲爾德少爺！這些話可傷人了。」他回應道。

「隨便你怎麼說，」我說。「你跟我一樣清楚得很，烏利亞。」

「噢，不！這話得由您說出口才對，」他說。「噢，真的！我自己沒辦法。」

「難道你覺得，」我為了艾格妮絲，克制自己的脾氣，非常和善、平靜地跟他說，「我除了把威克菲爾德小姐當親愛的妹妹看，還把她當別的嗎？」

「哎呀，考柏菲爾德少爺，」他回答，「您知道，我沒必要回答您這個問題。您不能要我回答，知道吧。但話說回來，您可以！」

要是有什麼比得上他那副狡猾的嘴臉、沒有眼睫毛遮掩的雙眼，那我可從來沒見過。

「好吧！」我說。「為了威克菲爾德小姐……」

「我的艾格妮絲！」他驚呼道，一邊扭著他瘦骨嶙峋的身體，模樣令人作嘔。「可以請您幫個忙，稱呼她艾格妮絲嗎，考柏菲爾德少爺！」

「為了艾格妮絲．威克菲爾德小姐——上帝保佑她！」

「謝謝您求上帝保佑她，考柏菲爾德先生！」他插嘴道。

「要不是現在這種情況，我會把應該告訴你的告訴你……但現在我只想要告訴傑克．凱奇。」

「他是誰，先生？」烏利亞伸長脖子，手放在耳後遮著問道。

「劊子手，」我說，「是我最不可能想到的人。」——雖然正是他的臉讓我自然想到這個引喻。「我已經跟另一名年輕女子訂婚了。我希望你聽了會滿意。」

「您發誓？」烏利亞說。

我正要氣憤地言明自己說的是實話，這時他抓住我的手，擠了一下。

「噢，考柏菲爾德少爺！」他說。「之前有天晚上，我睡在您客廳壁爐前，給您帶來很大的不便，要是我當時對您掏心掏肺的時候，您的態度不那麼高傲，也跟我訴說心事就好了，那樣我就不會懷疑您了。既然這樣，我會很樂意立刻請母親離開。我知道您會原諒我為愛所做的預防措施，是吧？太可惜啦，考柏菲爾德少爺，您竟然不願俯就，不跟我吐露心事！我很確定我給了您很多機會說的。雖然我很想，但您從來不願意對我屈尊就卑。我知道您從來就沒有像我喜歡您那樣喜歡過我！」

他說這番話的時候，一直用跟魚一樣濕潤的手指緊捏住我的手，我盡力在不冒犯他的情況下掙脫。但我的努力相當失敗。他將我的手拉到他紫紅色大外套的袖子底下，我繼續走，幾乎是被迫跟他挽臂前進。

「我們要不要回去了？」烏利亞很快地將我往後轉回市鎮方向，初升的月亮閃耀著，在遠處的窗戶上映出銀光。

「我們結束這個話題以前，你要知道，」我打破相當長的沉默說，「我相信艾格妮絲．威克菲爾德就跟那顆月亮一樣，**你**高攀不起，就算**你**有多大抱負都比不上！」

「她很嫻靜，對吧！」烏利亞說。「非常嫻靜！承認吧，考柏菲爾德少爺，您從來就沒有像我喜歡您那樣喜歡過我。您一直都覺得我太卑賤了，不是嗎？」

「我不喜歡別人一直自認卑微，」我回答，「或是一直自認如何又如何。」

「對吧！」烏利亞在月光下顯得弱不禁風，面如死灰。「我就說吧！可是我這種地位的人這麼卑微是有道理的，這點您就沒怎麼想過了吧，考柏菲爾德少爺！父親和我都就讀慈善男校，而母親也同樣在類似的慈善公立機關讀書。學校不停灌輸我們要自知卑微——從早到晚，我沒學到什麼其他的。我們得對這個人卑微，對那個人卑微；在這裡要脫帽，在那裡要鞠躬；永遠要清楚自己的身分，在地位比我們高的人面前要卑躬屈節。地位比我們高的人可多著呢！父親因為態度卑微，還拿到級長獎牌，我也是。父親因為態度卑微，獲選為教堂司事。他跟上流人士來往時，他們覺得他舉止得當，所以決定拉拔他。『要卑微啊，烏利亞，』父親對我說，『這樣就會成功。這是學校一直灌輸我們的，也是待人處事最好的辦法，要謙卑，』父親說。『這樣你就會成功！』說實在，這方法還真不賴！」

這是我第一次想到，這種假謙卑的偽善言辭可能是希普家庭以外的社會造成的。我見到了果實，但從沒想過它的種子。

「我小時候，」烏利亞說，「瞭解待人卑微有什麼好處，也養成了習慣。我低聲下氣地把卑微這個餡餅吃得津津有味。我的學問也在卑微的程度就停止了，我告訴自己：『打住！』您之前說要教我拉丁文時，我有自知之明。『大家喜歡凌駕於你之上，』我父親說，『那你就要俯首貼耳。』我此時此刻覺得非常謙卑，考柏菲爾德少爺，但我握有一點權力了！」

他之所以說這些，就是要讓我知道他下定決心要運用權力來補償自己——在月光下，我從他臉上看得一清二楚。他為人卑劣、奸詐、惡毒，這我不曾質疑過；但我現在第一次完全理解，一定是他從小的長期壓抑，養成他這種卑鄙、無情和復仇心態。

他自己的事說到這裡，收到了很好的效果，所以他將手收回，好繼續在下巴底下搓揉雙手。一旦脫離了他，我就決定繼續跟他保持距離；我們並肩走回去時，一路上很少說話。不管是因為我告訴他的事讓他精神為之一振，還是他回想起來就沾沾自喜，我不知道，反正他心情變好了。晚餐時，話也說得比平常多，還問他母親（我們一進門，她就下工了）說他也老大不小，是不是該成家了。他還看了艾格妮絲一眼，當時只要能給我理由打倒他，我寧可放棄一切。

晚餐後，只剩我們三位男士時，他變得更加大膽。他酒喝得很少，或者根本沒喝。我猜他之所以這麼肆無忌憚，是因為獲勝而沾沾自喜，也或許是因為我在場，他更覺得該好好表現一番。

我昨天就發現他試圖慫恿威克菲爾德先生喝酒；而且從艾格妮絲離開前給我的眼神中，我看出自己只能喝一杯，接著提議該出去陪伴女士。我今天本來會照做，但烏利亞搶先了一步。

「先生，我們今天的客人難得來，」他對著坐在桌子另一端，與他有天壤之別的威克菲爾德先生說，「要是您不反對的話，我提議再敬他一、兩杯，好好歡迎他。考柏菲爾德先生，祝您身體健康，永遠快樂！」

他的手伸向我，我只能逢場作戲地握住；然後懷著全然不同的心情，握了他那位衰弱的合夥人。

「來吧，夥伴，」烏利亞說，「要是我能夠自作主張——請您也跟考柏菲爾德好好乾杯吧！」

威克菲爾德敬我姨婆、迪克先生、律師公會、烏利亞，而且每人都乾了兩次。他清楚自己的弱點，竭力想克制又無法；烏利亞的舉止讓他自覺羞恥，又想討好他，所以內心掙扎；烏利亞扭扭捏捏，在我面前讓威克菲爾德先生丟臉時顯露出的洋洋得意——這些細節我就略過不說了。

「來吧，夥伴，」烏利亞最後說道，「**我**想再敬一杯，我卑微地請各位把酒斟滿，因為我想敬一位最神聖的女性。」

她的父親手上拿著空酒杯。我看到他把杯子放下，看著長相與她神似的畫像，手摸著額頭，縮回到扶手椅上。

「我這個卑微的人不配為她乾杯，」烏利亞繼續說，「但我仰慕她——愛慕她。」

我想，她父親的灰白腦袋所受得了的生理痛楚，都比不上看見他現在雙手緊壓的精神折磨更讓我難受。

「艾格妮絲，」烏利亞逕自說著，不是沒有理他，就是不曉得他動作的含義，「我敢說，艾格妮絲．威克菲爾德是女性中最神聖的人。既然在座都是朋友，我就直接說了，行嗎？能當她的父親，是個驕傲的殊榮，但能當她的丈夫……」

饒了我，別讓我再聽到她父親從桌前站起來時的那聲哀嚎了！

「怎麼啦？」烏利亞面無血色。「我希望你這下不是發瘋了吧，威克菲爾德先生？要是我有這個野心，想讓你的艾格妮絲變成我的艾格妮絲，那我跟其他人一樣都有資格。我比其他人更有資格！」

我抱住威克菲爾德先生，把能想到的話全說出來，只求他冷靜下來。說最多的就是他對艾格妮絲的愛。那一刻他發瘋了：拉扯頭髮、打頭、試圖推開我，不讓我接近。他一句話也不回，不看人，也看不見其他人。他盲目地掙扎，自己也不知道在掙扎什麼，瞪大眼睛，臉部扭曲——景象很嚇人。

我慷慨激昂地斷斷續續央求他別臣服於瘋狂，聽我說。我請他想想艾格妮絲，將我跟她做聯想，回想艾格妮絲跟我小時候一起長大的時光，我有多麼尊敬她、愛她，她讓他多麼驕傲與喜悅。我試圖用各種方式要他想起愛女，甚至還責備他不夠堅定，如果她進來看到這一幕怎麼辦。我或許說了什麼影響他，或許是他躁動得累了，他開始停止掙扎，看著我——起初眼神很陌生，接著才認出我來。最後他說：「我知道，托特伍德！我的寶貝孩子和你——我知道！可是你看看他！」

他指著在角落一臉蒼白地怒視我們的烏利亞。顯然這出乎他意料之外，所以嚇到了。

「看看折磨我的人，」他說道，「在他面前，我一步步地拋棄自己的名節和聲譽、安寧與平靜、房子跟家園。」

「是我替你保住了名節和聲譽，還有你的安寧與平靜，還有你的房子跟家園。」烏利亞繃著臉，匆忙地用妥協挫敗的口吻說道。「你別搞錯了，威克菲爾德先生。要是我有點太超過，你還沒有心理準備，那我可以收回，好嗎？我又沒有害到誰。」

「我在每個人身上找尋個別的動機，」威克菲爾德先生說，「之前出於利益上的動機，我讓他跟我合夥，原本很滿意，可是你看看他——看看他是個什麼樣的人！」

「你有辦法的話，最好快點阻止他，考柏菲爾德，」烏利亞喊道，瘦長的食指指著我。「他接下來要說的話——你給我聽好！——他說了會後悔，你聽到也會後悔！」

「我想說什麼就說！」威克菲爾德先生絕望地吼著。「既然我都被你掌控了，那憑什麼不能讓全世界控制我？」

「你注意喔！我說真的！」烏利亞繼續警告我。「要是你不讓他閉嘴，你就不算他朋友！憑什麼不能讓全世界控制你，威克菲爾德先生？就憑你有個女兒。我們知道的事，就你跟我知道就好，是吧？你別找麻煩了，誰會想要惹事啊？我可不想。您難道看不出來我很好聲好氣了嗎？我說過了，要是我太超過，那對不起。您說如何，先生？」

「噢，托特伍德、托特伍德！」威克菲爾德先生擰著雙手。「從我第一次在這個家見到你之後，我都變成什麼樣子了！我當時的狀況就走下坡，但自那之後我踏上的道路有多淒慘、多悲哀！我的軟弱和放縱毀了自己。我放縱自己的思念、放縱自己的健忘。我哀悼孩子的母親合乎常情，這份情卻變成了一種病；我對孩子的愛合乎常情，卻變成了一種病。我碰過的每樣東西都被傳染了。我給心愛的人帶來災難，我知道——**你**也清楚！我以為我能真心地愛護世上的一個人，不愛其他人；我以為我能真心地哀悼離世的一個人，不管其他人的悲傷。因此，我的人生教訓被扭曲了！我摧殘了自己這顆生病、膽小的心，而它也摧殘了我。悲傷把我弄得汙穢不堪，疼愛把我弄得汙穢不堪，我悲哀地想逃離悲傷與疼愛的黑暗那一面，也被弄得汙穢不堪，噢，看看我有多墮落，恨我，離我遠一點！」

他跌坐到椅子上，軟弱地哭了起來。他剛剛被挑釁所升起的激動慢慢離開他。烏利亞從角落走了出來。

「我不知道在我糊裡糊塗的時候都做了什麼，」威克菲爾德先生將雙手攤開，像是不要我譴責他，「**他**最清楚，」指的是烏利亞．希普，「因為他總是在我身旁，對我耳語。你也看到了，他就是套在我頸上的石磨。你在我家看得到他，你在我辦公室也看得到他。你剛才也聽到他說的了。我還需要多說什麼！」

「你根本不需要說那麼多，一半也不用，什麼都不用說，」烏利亞半反抗半乞憐地說道。「要不是喝了酒，你也不會那麼激動。你明天就會想開了，先生。要是我說太多，超過我原本的意思，那又怎樣？我已經收回了啊！」

門打開了，艾格妮絲悄悄走進來，面無血色。她摟著他的脖子，平穩地說：「爸爸，您身體不舒服。我帶您回房休息吧！」

他好像被沉重的羞愧感壓住似的，將頭靠在她肩上，跟著她走了出去。她跟我對望了不過一瞬間，我就從中看出她對剛才發生的事瞭解了多少。

「我沒想到會讓他打擊這麼大，考柏菲爾德少爺，」烏利亞說。「不過這沒什麼，我們明天就會和好了。這是為了他好，卑微的我只想為他好。」

我沒有回他話，逕自上樓，走到艾格妮絲經常坐在我身旁陪我看書的安靜房間。直到深夜，都沒有人來找我。我拿起一本書，試著閱讀。我聽見午夜鐘響，還是繼續讀著書，但不曉得我讀進了什麼，這時艾格妮絲碰了我一下。

「你明天一大早就要走了，托特伍德！我們現在互道再見吧！」

她剛剛一直在哭，但臉龐還是好平靜，好美麗！

「求老天保佑你！」她將手伸向我說。

「我最親愛的艾格妮絲！」我答道。「我知道妳是要我別再提今晚的事——但真的沒有別的辦法嗎？」

「只能相信上帝了！」她回應道。

「**我**沒辦法做些什麼嗎？畢竟**我**每次有小煩惱就跑來找妳。」

「然後讓我的煩惱減輕很多，」她回答。「親愛的托特伍德，不用！」

「親愛的艾格妮絲，」我說，「妳有這麼多善良、堅定等等所有高貴的特質，這些我都沒有，所以要我質疑妳或指示妳就太放肆了。但妳知道我有多麼愛妳，還有我欠妳多少。妳絕對不能因為錯誤的孝心就犧牲自己，艾格妮絲？」

有一會兒，她看起來很激動，是我從來沒見過的。她將手從我手中縮回去，退後一步。

「說妳沒有考慮過，親愛的艾格妮絲！妳不只是我的姊妹！想想妳這樣的心、這樣的愛是無價之寶啊！」

噢！過了好久、好久，我還是看得到那張臉出現在我面前，那一刻的表情沒有訝異、沒有指責、沒有後悔。噢！過了好久、好久，我還是看得到那張臉龐像此刻消退成一抹美麗的微笑，她告訴我，她並不擔心自己——所以我不用替她擔心——然後以兄弟稱呼我，向我道別後就離開了！

清晨天還沒亮，我就在旅店門口踏上馬車。快啟程時，天才剛破曉。正當我坐在那想著艾格妮絲時，有個人從一旁爬上來，在晝夜交參下，我看見烏利亞的腦袋。

「考柏菲爾德！」他抓著車頂的鐵杆，用沙啞的低聲說。「您出發前，應該會很高興聽到我跟威克菲爾德先生之間沒有嫌隙了。我已經去過他房間，我們已經和好了。哎呀，雖然我很卑微，但您要知道，我對他是很有用處的。他沒醉的時候，就明白什麼對他有益！畢竟他真的是個很隨和的人，考柏菲爾德少爺！」

我只回答，我很高興他道歉了。

「噢，當然！」烏利亞說。「一個人很卑微的時候啊，您知道，道歉又算什麼？太簡單啦！真的！我想，」他扭了一下，「您有時候在梨子還沒熟之前就會不小心摘下來吧，考柏菲爾德少爺？」

「我想我摘過。」我回答。

「**我**昨晚就摘了，」烏利亞說，「但它終究會成熟的！只要好好照料就行，我可以等！」

他一直跟我道再見，直到車夫上車時才爬下馬車。就我所知，他嘴裡吃著什麼東西，以抵禦清晨的寒氣，但他嘴巴的動作好像梨子已經成熟，而他看著果實咂嘴。

第40章　浪跡天涯的人

那天晚上在白金漢街，我們很嚴肅地討論了前一章節我詳述的家務事經過。姨婆對此非常關切，雙手抱胸在房間裡來回踱步，聽完之後，又走了兩個多鐘頭。每當她特別不安的時候，就會這樣來回不停地走；她的不安程度總可以用踱步時間來判斷。這一次，她實在太心煩意亂，覺得有必要打開臥室的門，從客廳一頭走到臥室另一頭。我跟迪克先生靜靜地坐在壁爐邊，她就這樣以鐘擺般規律平穩的速度進進出出，沿著這條路線走。

就寢時間到了，迪克先生離開，公寓裡只剩下我跟姨婆時，我坐下來寫信給史賓洛家兩位年長的女士。這時候，姨婆已經走累了，睡裙像往常一樣拉起，坐在爐火旁，可是不像平常將酒杯放在膝上，竟然把它冷落在壁爐上頭，將左手肘靠在右手臂上，左手撐著下巴，若有所思地看著我。每次我停筆抬起頭來，就會跟她目光交會。

「我已經完全冷靜下來了，我親愛的，」她點頭向我保證，「但我太心煩、太難過了！」

因為我忙著寫信，直到她上床後，我才注意到她放在壁爐上的睡前酒（她總是這麼稱呼）一點都沒動。我發現之後，敲門告訴她。她比平常更慈愛地走到寢室門口，只說了：「我今晚沒有心情喝，托特。」接著搖搖頭，又走進去了。

隔天早上，她讀了我寫給兩位姑姑的信，認為內容可以。我寄出後就無事可做，只能耐心等候回覆。將近一週以來，我還是滿心期待地等著。某個大雪紛飛的晚上，我從博士家離開，走路回家。

這一整天都很冷，刺骨的東北風已經吹了好一陣子。日落之後，風也稍微停息，這時開始下雪。我記得大雪下個不停，雪花片片紛飛，在地上堆得很厚。車輪與腳步聲都沉靜下來，彷彿街頭鋪上了厚厚的一層羽毛。

回家最近的路就是走聖馬丁巷，這種夜晚我當然是走最近的路。原來，根據教堂名稱取名的這條巷子當時路並不寬敞，前方沒有空地，小巷通往河岸街。我經過教堂柱廊的台階後，在轉角處撞見了一個女人的面孔。她看了我一眼，走進窄巷消失了。我認得這張臉，之前在哪裡看過，但我不記得是在什麼地方。一看到她，我立刻覺得有印象，可是當時正在想別的事情，就被搞糊塗了。

教堂的台階上，有個男子彎著腰，將身上揹的東西放在光滑的雪地上做調整。我同一時間看到那個女人和這個男人。我不認為那時有因驚訝而停下腳步，但不管怎樣，我繼續往前走時，他站直轉身，往我的方向走來。站在我面前的正是佩格蒂先生！

接著我就想起那女人是誰了。她是瑪莎，那晚在廚房裡，艾蜜莉給過她錢的瑪莎·恩戴爾——漢姆之前跟我說過，佩格蒂先生絕對不准這女人和他的寶貝外甥女來往，就算給他海底所有的寶藏都不願意。

我們熱情地握手。一開始我們倆都說不出話來。

「戴維少爺！」他緊握著我，「我實在太高興遇到你了，先生。這巧遇真是太好了，太好了！」

「真是太好了，我親愛的老朋友！」我說。

「我今晚本來想去找你，先生，」他說，「但我知道你的姨婆現在搬去跟你住——我先去過雅茅斯，在那聽說的——所以我怕這時候去拜訪會太晚。我是打算明天一大早再過去，先生，想說在出發前見你一面。」

「你又要走了？」我說。

「是的，先生，」他很有耐心地搖搖頭。「我明天要出發。」

「那你剛剛要去哪？」我問道。

「嗯！」他將長髮上的雪甩掉。「我要去找個地方過夜。」

當時側邊有個出入口就通往金十字的馬廄院子——那間與他的不幸有關的旅店讓我記憶猶新——就差不多在我們所站位置的對面。我指著通道，挽著他的手，往那裡走去。馬廄院子旁有兩、三個休息室的門開著，我找了其中一間，發現裡面沒人，火也燒得很旺，就帶他進去了。

在光線下，我才看清楚他的樣子：他不只頭髮又長又亂，臉也曬黑了。他的頭髮、鬍鬚變白，臉和額頭上的皺紋變深，從外表處處看得見他四處奔波、歷經風霜的痕跡。但他看起來非常硬朗，像個目標堅定、屹立不倒的男子漢。他把帽子和衣服上的雪抖掉，揩掉臉上的雪時，我在心裡做出上面這些觀察。他在我桌子對面坐了下來，背對門，又伸出他粗糙的手，熱情地握住我。

「戴維少爺，」他說，「我跟你說我前陣子跑去哪裡，聽說了什麼事。我跑了很遠，但只打聽到一點，可是我會全告訴你！」

我搖鈴請人送點熱飲過來。他只要麥酒，不喝更烈的東西。服務生把酒送來，在火爐上熱酒時，他坐著想事情。他臉上的表情極其嚴肅，我不敢打擾他。

「她還小的時候，」等服務生走了之後，佩格蒂先生抬起頭說，「常常跟我說大海的事情，說對岸的海水是深藍色，在陽光下會閃閃發亮。有時候，我會想說是因為她爸爸淹死的關係，她才一直想這些事情。我也不知道，也許她相信——或是希望——她爸爸漂到海的另一邊，去了四季花開的燦爛國度。」

「那可能只是小孩子的幻想而已。」我回答。

「當她——不見的時候，」佩格蒂說，「我心裡就知道他會帶她去那些國家。我心裡就知道他會跟她講那裡有多好，她在那裡可以當個上流淑女，就是那些他一開始吸引她聽的話。我們去見他母親的時候，我就很清楚我猜對了。我飄洋過海去了法國，在那裡上岸，就像從天上掉下來一樣。」

我看見門打開，雪飄進來；我又看到門移動了一下，有一隻手輕輕地擋著，沒有關上。

「我找到一個英國官員，」佩格蒂先生說，「跟他說我要找我外甥女。他給了我一些文件，讓我可以通行——我不知道那些東西叫什麼——他還想給我一點錢，我說用不到，就婉拒了。我真心感謝他幫的所有忙！他跟我說：『我寫了信，你一路上會經過的地方我都交代了，你要自己一個人去很遠的地方，但到時候很多人會認得你的。』我能說的道謝都說了，就往法國其他地方去了。」

「自己一個人，徒步嗎？」我說。

「通常都用走的，」他回答，「有時候遇到要去市集的人，會搭他們的馬車；有時候會搭空的公共馬車。每天走上好幾哩，經常會跟一些要去找朋友的可憐士兵一起。我沒辦法跟他們聊天，」佩格蒂先生說，「他們也沒辦法跟我說話，但是一路上風塵僕僕，我們就彼此作伴。」

從他親切的語氣聽起來，我早該猜到會有這種事。

「到了每個小鎮，」他繼續說道，「我都會先去找旅店，在院子等會講英文的人出現（通常都有這種人）。然後我就會說我在找外甥女，他們就會跟我說這裡有哪些紳士淑女，我就會等著看來來去去的人有沒有像她的。如果不是艾蜜莉，我就會往下個地方去。慢慢地，只要我到了新村莊之類的地方，我發現那些窮人家都認識我。他們會帶我到自己的門口坐下，給我一點東西吃喝，讓我在他們家過夜。戴維少爺，有很多女人也有跟艾蜜莉年紀差不多大的女兒，我發現她們會在村莊外的救世主十

浪跡天涯的人

字架那邊等我，為了好心招待我。有些人的女兒過世了。只有上帝知道那些媽媽對我有多好！」

門外的是瑪莎，我清楚看到她憔悴的臉龐，豎耳聆聽。我只怕佩格蒂先生轉過頭會看見她。

「那些女人常把小孩放在我膝上——特別是小女孩，」佩格蒂先生說，「經常可以看到我坐在她們家門口陪小孩玩，坐到快天黑，那些小朋友就像我寶貝的孩子一樣。噢，我的寶貝啊！」

他突然止不住哀傷，嗚咽出聲來。他捂著臉，我將顫抖的手放在他手上。「謝謝你，先生，」他說，「不用管我。」

只過了一下，他縮回了手，放到胸前繼續說故事。

「早上的時候，他們經常會陪我走一段路，」他說，「大概走個一、兩哩。要分別時，我會說：『我很謝謝你！上帝保佑你！』他們好像全都聽得懂，很開心地回答我。最後，我來到海邊。你或許想得到，像我這樣以海為生的人，要在船上找工作到義大利並不難。到了之後，我就跟之前一樣漂泊。那些人對我也一樣好，我原本也是會一個地方一個地方找，到全國都找完為止，但我聽說有人在瑞士山區那邊看到他們。有個人認識他的僕人，他說在那裡看到了他們三個人，說他們旅行經過和去了哪些地方。我立刻就出發，戴維少爺，我日夜兼程趕過去。我不管走多遠，那些山好像都離我越來越遠，但最後我終於走到，山也爬過了。我快到他們告訴我的地方時，就開始想：『見到她的時候，我要怎麼辦？』」

彎著腰在外面偷聽的那張面孔，不管今晚的嚴寒，仍垂頭喪氣地靠在門邊，雙手求我——拜託我別關門。

「我從來沒有懷疑過她，」佩格蒂先生說。「不！一點也沒有！只要讓她看我的臉——讓她聽我的聲音——只要我直挺挺站在她面前，讓她想到她逃走的家，還有她小時候的樣子——就算她已經變成高貴的淑女，也會立刻跪倒在我的腳前！我太清楚了！我睡覺時，常常聽見她喊：『舅舅！』然後看到她很像死了一樣倒在我面前。我睡覺時，常常會拉她起來，小聲跟她說：『艾蜜莉，我的寶貝，我來，是為了原諒妳，然後帶妳回家！』」

他停了一會兒，搖搖頭，嘆氣後繼續說下去。

「那個男的對我來說什麼都不是。艾蜜莉才是我的一切。我買了一件鄉下人穿的裙裝，到時候讓她穿上；而且我知道，只要找到她，她就會跟在我身旁，陪我走過那些石頭路，我要去哪她就跟到哪，永遠、永遠都不會再離開我。能夠讓她穿上那件裙裝，然後把她原本穿的都丟掉，讓她再勾著我的手，慢慢走回家；偶爾在路上停下來，讓她瘀青的腳和傷得更重的心休息康復，我心裡想的就全是這些了。我相信我連看都不會看那男的一眼。但是，戴維少爺，時間還沒到——還沒！我晚了一步，他們已經走了。去哪，我打聽不到。有些人說這邊，有些人說那邊。我跑去這邊，也跑去那邊，但就是沒找到艾蜜莉，所以我就回家了。」

「你回來多久了？」我問道。

「大概四天前，」佩格蒂先生說，「天黑之後，我看到以前的那條船，還有窗戶透著光。我走近，隔著窗戶看進去，看到忠心的格米奇太太如我們講好的那樣，自己一個人坐在壁爐邊。我往裡面喊：『免驚！我是阿丹！』然後就進去了。我從來沒想過那條舊船會這麼陌生！」

他小心翼翼地從胸前口袋拿出一個小紙捆放在桌上，裡頭有兩、三封信，或者說是小包裹。

「這封是第一個來的，」他從紙捆中挑出了那封信，「在我走沒一個星期就送來了。裡頭是一張五十英鎊紙鈔，用一張紙包著，是要給我的，趁晚上放在門底下。她還想隱藏自己的筆跡，但她騙不了我！」

他很有耐心，小心地照原本的模樣折好紙鈔，放在一旁。

「這是給格米奇太太的，」他打開另一封說，「就在兩、三個月前。」他看了一下子之後，把信交給我，低聲跟我說：「麻煩你讀信吧，先生。」

信件內容如下：

噢，妳看到這封信，知道是出於罪惡的手時，會怎麼想啊！可是請妳，請妳——不是為了我，而是為了舅舅好，請妳對我心軟一點，只要一下下、一下下就好！拜託妳對一個悲慘的女孩發發慈悲，寫一張紙條告訴她，他好不好，還有你們不再提起我之前，他是怎麼說我的——還有晚上我平常回家的時間，妳有沒有看過他好像在思念以前疼愛的人的樣子。噢，我一想到，心都碎了！我跪下來，求求妳，拜託妳別對我那麼殘忍，我知道是我活該——我太、太清楚都是我活該——但請妳行行好，寫點他的事，寄信給我。妳不必用「小」來稱呼我，妳不必用我已蒙羞的名字稱呼我，可是，噢，聽聽我有多痛苦，只要給我一點憐憫，告訴我這輩子永遠、永遠都見不到的舅舅狀況如何吧！

親愛的，要是妳還是對我心狠——妳的狠心是應該的，我知道——但請妳聽我說，要是妳對我心狠，親愛的，問問那個我最對不起的人——我應該嫁的那個人——再決定要不要拒絕我可憐、可憐的請求！要是他同情我，說妳可以寫點東西給我——我想他會的，噢，我想只要妳開口，他就會答應，因為他一直都是那麼勇敢、那麼寬容待人的——那就告訴他（但別說其他的），當我聽見晚上颳風的聲音，就會覺得風兒好像剛探望了他和舅舅，很生氣地從我旁邊經過，要直接飛去上帝那邊告我的狀！告訴他，要是我明天就死了，（噢，要是有資格一死，那我很樂意死掉算了！）我臨終時會替他和舅舅禱告，嚥下最後一口氣，祈禱他有個快樂的家庭。

這封信裡也附了一點錢，五英鎊。這張紙鈔跟前一張一樣，他沒有動就照原本的方式折起來。信中還詳細地寫了回信的指示。這些指示雖然透露了幾個轉交人，要推斷出她躲藏的地方還是很困難，但猜測她是從之前被看到的地方寄出這封信，至少不是沒有可能。

「那回信寫了什麼？」我問佩格蒂先生。

「格米奇太太書讀得不好，先生，」他回答，「所以漢姆好心地寫了草稿，她再抄上去。他們告訴她，我離家去找她了，還有我最後的幾句話。」

「你手上的是另一封信嗎？」我說。

「是錢，先生，」佩格蒂先生稍微攤開。「你看，十鎊。裡頭也跟第一封一樣寫了：真朋友贈。可是第一封是放在門下，這封是前天寄來的。我要照著郵戳去找她。」

他拿給我看。郵戳上面的地名是上萊茵河的一個小鎮。他在雅茅斯遇到一些認識那國家的外國商人，他們替他畫了張很好懂的簡略地圖。他將地圖放在我們倆中間的桌上，一手撐著下巴，另一隻手指著他要走的路線。

我問他漢姆情況如何，他搖搖頭。

「他工作起來，」他說，「比得上任何一個大膽勇敢的人。他的名聲在那一帶很好，不管在全世界哪裡，他去比也不會輸。你知道，大家都願意幫他的忙，他也隨時願意幫助別人。他從來沒有抱怨過。可是我妹妹認為（我們倆說說就好）這件事傷他太深了。」

「可憐的傢伙，我也認為是這樣！」

「他什麼都不在乎了，戴維少爺，」佩格蒂先生嚴肅地低聲說，「他連命都不在乎。只要遇到惡劣的天氣，可能會送命的工作需要人手，他就會去。遇到很危險困難的工作，他也是跑第一。可是，他也跟小孩子一樣溫和。雅茅斯沒有一個小孩不認識他。」

他細心地將信收好，用手撫平，綁成一小捆，溫柔地放回胸前口袋。門外的那張臉孔不見了。我還是看到有雪飄進來，但外頭沒有東西。

「好啦！」他看著行李袋說。「今晚見到你很高興，戴維少爺！我明天一大早就會啟程。你已經看過我帶來的東西，」他將手放在紙捆的位置上，「我唯一怕的事情，就是這些錢還回去之前，我就遇到什麼意外。要是我死了，錢不見或被偷還是怎樣，讓他以為我收下了，那我相信另一個世界絕對不會要我的！我相信，我一定要回來！」

他起身，我也站了起來。離開前，我們又緊握了手。

「就算要我走上一萬哩，」他說，「就算走到死，也要把錢放到他面前。要是我能這樣做，找到艾蜜莉，我就心滿意足了。要是我沒有找到她，也許有一天，她會聽說疼愛她的舅舅只有在生命結束那一刻才停止尋找她；要是我沒有看錯人，至少知道這一點，最後也會讓她決定回家的！」

我們走出門，在嚴寒的夜色中，我看到那個孤獨的身影在我們面前掠過。我急忙假裝有什麼事情問他，讓他轉身，直到身影消失。

他說多佛路上有間旅店，他知道那裡有乾淨、簡單的地方可過夜。我跟他一起走過西敏橋，在薩里那邊的河岸跟他道別。在我的想像裡，他在大雪中繼續一個人踏上旅程，萬物似乎都寂靜了下來，向他致敬。

我回到旅店的院子裡，記起的面孔還印象深刻，急忙四處找。那張臉已經消失了。大雪覆蓋了我們剛剛的腳印，我只看見剛返回時的新足跡；回頭再看的時候，就連那些腳印也快要不見了（雪下得很急啊）。

第41章　朵拉的姑姑

我終於等到兩位姑姑的回信。她們首先問候考柏菲爾德先生，並告知他，她們已經就信件內容，「為了雙方的幸福著想」通盤考慮過，看到這種說法我還有點擔心，不只因為在我先前提及的家庭紛爭裡，她們就用過這句話，更是因為就我（這輩子）的觀察，這種常見的客套話就像煙火，很容易釋放，也容易綻放成各種形式和色彩，變得與原形原意毫無關聯。兩位史賓洛小姐還說，考柏菲爾德先生信中所談及之事，她們不便「以書信形式」表達意見，敬請見諒；但要是考柏菲爾德願意，可以選定一天拜訪（若他認為妥當，可請一位摯友隨同），她們會很樂意商討此事。

收到這封善意的回信，考柏菲爾德先生立刻恭敬地向她們問候，並說若能於約定時間拜訪兩位史賓洛小姐是他的榮幸；承蒙她們惠允，他就讀內殿律師學院的友人湯瑪斯·崔斗斯先生將陪同前往。考柏菲爾德先生將信函送出之後，就陷入強烈緊張激動的狀態，一直持續到那天的到來。

在這個緊要關頭，沒有米爾斯小姐無價的幫忙，大大增加了我的不安。米爾斯先生老是做出一些會惹惱我的事——應該說我這樣覺得，但反正都一樣——這下他的討厭行徑到了最高點：他心血來潮想搬去印度。他為什麼要去印度？不是為了找我麻煩，還會是為了什麼？沒錯，相較於世界上其他跟他沒關係的地方，他跟印度的淵源的確比較深。不管是買賣什麼，他做的全是印度那邊的生意（我自己也曾作過金色披巾與象牙的浮夢）。由於他年輕時曾在加爾各答生活過，現在決定要再以駐外合夥人的身分回去久居。

這些對我來說不重要；可是對他而言，帶茱莉亞一起搬去印度十分重要。因此，茱莉亞去了鄉下跟親戚道別，他們的房子貼滿了租售廣告，上頭寫說家具（乾布機等全部）都要出售。所以，我還沒從前一個衝擊恢復過來，這下又來了場地震捉弄我！這麼重要的日子該穿什麼樣的衣服，讓我費盡心思，因為我既想讓史賓洛姑姑刮目相看，又擔心打扮過頭會破壞我在她們眼中的樸實印象。經過一番努力，我終於在這兩個極端中間找到折衷辦法，姨婆也同意我的決定。我們下樓時，迪克先生還在崔斗斯和我身後丟出自己的一隻鞋，祝我好運。

雖然我知道崔斗斯人非常好，也跟他很熟，但在那個需要謹慎以待的場合裡，我不禁希望他從來沒有養成把頭髮梳得挺直的習慣。這種髮型總讓他顯得一臉驚訝，更不用說看起來很像壁爐刷了。我默默擔心這說不定會誤了我們的事。

我們走去普特尼時，我決定冒昧地跟他提這件事，問他能不能稍微把頭髮壓平一點。

「我親愛的考柏菲爾德，」崔斗斯將帽子拿起來，用盡辦法搓揉頭髮之後說，「沒有什麼事會讓我更高興了，但它就是抵死不從。」

「就是壓不下來嗎？」我說。

「對，」崔斗斯說，「不管怎麼做都沒有用。就算要我頂著五十磅的東西在頭上，一路走到普特尼，東西一拿下來，它又會立刻翹回來。你不知道我的頭髮有多頑固，考柏菲爾德。我是隻焦躁的豪豬啊。」

我得承認聽完這番話是有點失望，但我太喜歡他這種好脾氣了。我告訴他我有多佩服他的個性，還說他的頭髮一定把他性格裡的固執頑強全都拿走了，因為他本人完全沒有這種脾氣。

「噢！」崔斗斯笑著回應：「我跟你保證，我這頭倒楣的亂髮故事說來可長了。我伯母就很受不了，說她看了就火大。我剛愛上蘇菲時，它也很礙事，非常礙事！」

「她挑剔你的頭髮嗎？」

「**她**倒沒有，」崔斗斯回答，「但我聽說她的大姊——那個絕世美人——倒是拿來嘲弄了一番。老實說，她們所有姊妹都笑我的頭髮。」

「她們還真是善良啊！」我說。

「是啊，」崔斗斯非常天真地回答，「我們很愛拿來開玩笑。她們還騙我說，蘇菲留了我的一綹頭髮放在抽屜裡，得拿一本書壓平才有辦法收好，逗得大家哈哈大笑。」

「對了，親愛的崔斗斯，」我說，「你的經驗或許可以供我參考。你跟剛剛提到的小姐訂婚時，有沒有向她家人正式提親？比如說，像不像……我們今天要做的事呢？」我緊張地說。

「哎呀，」崔斗斯認真的臉上露出若有所思的表情，「考柏菲爾德，我的情形算是滿痛苦的。是這樣的，因為蘇菲給家裡幫了很多忙，一想到她要嫁出去，沒人受得了。是啊，她們大家早就默默認定她永遠都不會結婚，還叫她老處女。所以當我小心翼翼地提起婚事時，克魯勒太太……」

「她們的媽媽嗎？」我說。

「她們的媽媽，」崔斗斯說，「何瑞斯．克魯勒牧師的太太。我小心翼翼地向克魯勒太太提起婚事時，她嚇得大聲驚叫，昏了過去，使我有好幾個月都無法再提這件事。」

「但後來還是提了？」我問道。

「哎呀，是何瑞斯．克魯勒牧師提的，」崔斗斯說。「他真是個了不起的人，各方面都是表率。他告訴他太太，身為基督徒，她應該甘願犧牲（尤其這件婚事還不確定），而且不可以對我苛刻無情。至於我自己，考柏菲爾德，我跟你說，我覺得自己簡直像是要掠食他們家的猛禽。」

「但我希望她們姊妹都站在你這邊吧，崔斗斯？」

「嗯，我還真不能說她們是，」他回答。「等我們算是說服了克魯勒太太之後，還得告訴莎拉。就是脊椎有問題的那個，你記得我提過她嗎？」

「記得很清楚！」

「她聽完後雙手握緊，」崔斗斯很沮喪地看著我說，「閉上眼睛，面如死灰，完全不動，整整兩天什麼都不吃，她們只能用茶匙餵她吃沾水的烤麵包。」

「這女孩也太討厭了吧，崔斗斯！」我批評道。

「喔，不是這樣的，考柏菲爾德！」崔斗斯說。「她人很好的，只是跟蘇菲的感情太好了。老實說，她們全都跟她很要好。蘇菲後來跟我說，她照顧莎拉時心裡的歉疚是言語無法形容的。就我來說已經很難受了，我覺得自己像個罪人，考柏菲爾德，更何況是她。等莎拉恢復正常之後，我們還得跟其他八個姊妹說；她們個個反應激烈。蘇菲負責教導的兩個小妹最近才終於不再討厭我了。」

「不管怎麼說，我希望她們現在全都跟你和好了？」我說。

「嗯……是啦，應該說，整體來說她們看開了。」崔斗斯遲疑地說。「老實說，我們後來就對這個話題避之不談，加上我的前途還不確定，現況也不是很好，對她們來說可是一大安慰。不管我們哪時候結婚，到時候場面肯定很悲慘，大概會比較像葬禮，而不是婚禮。她們姊妹肯定全都恨我搶走了蘇菲！」

他半正經半開玩笑地搔著頭，臉上的表情好真誠，在我心中留下很深刻的印象。現在想起來甚至比當時那一刻還要深，因為我那時候正處於極度恐慌、心神不寧的狀態，對什麼事情都無法集中注意力。我們快到史賓洛姊妹的家時，因為我對自己的打扮沒信心，思緒也亂了分寸，崔斗斯於是提議我們先喝杯麥酒，稍微提提神。我們在附近的酒館喝完之後，他領著我踩著蹣跚的腳步邁向史賓洛姊妹的家門。

女僕開門時，我隱隱約約覺得自己好像展覽品；我不知怎麼搖搖晃晃地走過掛著晴雨計的門廊，到了一樓一間安靜的小客廳，外頭有個整潔的花園。還有，坐在沙發上時，我隱隱約約看到崔斗斯脫帽後頭髮豎直，就像假鼻煙盒裡裝了彈簧的顯眼小玩意兒，打開蓋子時會彈出來嚇人的那種。我還隱隱約約聽到壁爐上老式時鐘的滴答聲，試著讓我的心跳跟那聲音一致，但沒做到。我也模模糊糊地四處看，找尋朵拉的蹤跡，但什麼都沒看到。還有一次，我依稀聽到了吉普在遠方吠叫的聲音，但牠立刻被人摀住。最後，我發現我把身後的崔斗斯擠到壁爐那端，心不在焉地跟兩位嚴肅的小個子女士鞠躬。她們倆穿著黑色喪服，長相跟過世的史賓洛先生簡直是一個模子刻出來的。

「請坐。」其中一位小個子女士說。

我先撲跌到崔斗斯身上，再坐到一隻貓，接著坐到某樣不是貓的東西上，這時才終於恢復視力。我發現原來史賓洛先生是家中老么，兩位姊妹年齡相差約六到八歲；我的信拿在妹妹手中——那封信看起來好熟悉但又感覺好陌生！——她顯然是這場會議的主持人，正用單片眼鏡看信。她們姊妹倆穿著相似，但妹妹的裙裝比姊姊的感覺年輕一些，或許是因為褶邊稍微多一點，或是衣領、胸針或手環之類的小東西讓她看起來更活潑。她們倆的坐姿直挺、一臉嚴肅、中規中矩、態度從容、沉穩安靜。手上沒拿信的那位姊姊雙臂交疊，好像一尊神像。

「我想您就是考柏菲爾德先生吧。」拿著信的那位對崔斗斯說。

這種開場真是太可怕了。崔斗斯只得說我才是考柏菲爾德先生，我也只得自我介紹，而她們也只得改掉崔斗斯是考柏菲爾德先生的先入為主觀念，最後，我們所有人才終於都把狀況搞清楚。更妙的是，這時大家都很清楚聽到吉普短叫了兩聲，然後又被人摀住了。

「考柏菲爾德先生！」拿著信的妹妹說。

我做了一個動作——大概是鞠躬吧，我想——並且全神貫注等待她接下來要說的話。這時候姊姊插話了。

「舍妹拉維妮雅，」她說，「對這種事非常在行，所以她會說明我們認為促進雙方幸福最合適的辦法。」

我後來發現，只要是跟感情有關的事情，都是由拉維妮雅小姐負責，原因跟很久以前某位愛玩短惠斯特紙牌的皮傑先生有關，據說他曾經愛上她。我的想法是，這完全是子虛烏有的事，皮傑先生根本一點也沒有那樣的感情。據我所知，他從沒做過那樣的表示。不過，拉維妮雅和克拉瑞莎小姐兩人一致認為，要是他沒有因為早年飲酒過度，後來矯枉過正喝了太多巴斯溫泉水，導致英年早逝（享年約六十歲），絕對會表白他的感情。她們甚至默默懷疑他是因暗戀而抑鬱致死。可是我必須說，家裡有張皮傑先生的照片，從他的粉紅色鼻子看來，死因顯然不是因為隱瞞感情。

「以前的事，」拉維妮雅小姐說，「我們不再多談了。我們可憐的弟弟法蘭西斯過世，就已經把那段過去一筆勾銷。」

「我們之前，」克拉瑞莎小姐說，「跟我們的弟弟法蘭西斯沒有經常往來，但彼此並沒有明確的決裂或不和。法蘭西斯走自己的路，我們走我們的。我們認為這是促進雙方幸福最合適的做法。而事實也是如此。」

兩姊妹說話時分別往前傾，說完搖搖頭；不說話時又直挺挺地坐回去。克拉瑞莎小姐的手臂一直沒移動，只是不時用手指在上頭敲節奏——我想敲的是小步舞曲或進行曲——但從來沒有移動手臂。

「我們姪女的地位，或是假定的地位，在我們的弟弟法蘭西斯去世後就大大改變了，」拉維妮雅小姐說。「因此我們認為法蘭西斯對於她地位的看法也隨之改變。考柏菲爾德先生，我們沒有理由懷疑你不是個品行良好且人格高尚的年輕人，也沒有理由懷疑你的愛慕，或者該說，我們完全相信你真心愛我們的姪女。」

就跟每次我一有機會就會做的事情一樣，我立刻回答沒有人的感情像我愛朵拉那麼深。崔斗斯也喃喃地表示贊同，聲援我。

拉維妮雅小姐原本要回答我的話，這時一心想抱怨弟弟法蘭西斯的克拉瑞莎小姐插嘴了。

「要是朵拉的母親，」她說，「嫁給我們的弟弟法蘭西斯時，就明說他們的主餐桌沒有給我們家人的位子，那對大家來說，會是比較好的做法。」

「克拉瑞莎姊姊，」拉維妮雅小姐說。「我們或許沒必要再提那件事了。」

「拉維妮雅妹妹，」克拉瑞莎小姐說。「那件事跟我們今天的話題有關。單就妳負責的部分，妳完全有資格發表意見，我絕對不會干預。但在這件事情上，我有自己的發言權和看法。要是朵拉的母親嫁給我們的弟弟法蘭西斯時，就明說自己的意圖，那對大家來說，會是比較好的做法。那樣的話，我們就能做好心理準備。我們大可以說：『拜託，不管什麼場合，都別邀請我們。』這樣或許就能避免誤會了。」

克拉瑞莎小姐搖搖頭，這時拉維妮雅又繼續透過單片眼鏡讀我的信。順道一提，她們兩人都有明亮閃爍的小圓眼，就像鳥眼。整體說來，她們也跟鳥兒有許多相似之處：動作敏捷、輕快、突然，移動方式很短促、俐落，跟金絲雀一樣。

如我所說，拉維妮雅小姐繼續說道：「考柏菲爾德先生，你請求家姊克拉瑞莎和我同意你以我們

我跟崔斗斯拜訪兩位史賓洛小姐

姪女的追求者身分登門拜訪。」

「要是我們的弟弟法蘭西斯，」克拉瑞莎突然叫道，要是這麼平靜的語氣可以稱作突然叫道的話，「希望他周圍充滿律師公會的氣氛，並且只想待在律師公會，我們有什麼資格或理由反對呢？我相信，沒有。我們絕對沒想要強迫別人接受我們。但為何不直說就好？就讓法蘭西斯和他的妻子有自己的交友圈；拉維妮雅和我有自己的交友圈。我想，我們能靠自己找到好朋友的。」

這段話似乎是對崔斗斯和我說的，所以我們兩個都做了某種回應。我沒有聽見崔斗斯的回答。就我自己觀察，我想我們的回應面面俱到、很值得讚許，儘管我一點也不知道自己是什麼意思。

「拉維妮雅妹妹，」克拉瑞莎小姐發洩完心情後說，「妳可以繼續了，親愛的。」

拉維妮雅小姐繼續說：「考柏菲爾德先生，家姊克拉瑞莎跟我的確仔細考慮過這封信的內容，最後也拿給我們的姪女看，跟她討論過了。毫無疑問，你認為你自己非常喜歡她。」

「何止是認為而已，小姐。」我欣喜若狂地開始說：「噢！……」

但克拉瑞莎小姐對我使了一個眼神（就像靈敏的金絲雀），要我別打斷聖賢說話，我向她們道了歉。

「愛情，」拉維妮雅小姐看了她姊姊一眼，想尋求認可，這位姊姊在妹妹每說完一句話時都會輕輕點頭示意，「成熟的愛情、尊敬、付出，是不會輕易表現出來的。它們的聲音很小，適度、隱密地潛伏著，等待再等待。這才是成熟的果實。有時候生命已悄然而逝，卻發現愛情還在暗處滋長、等待成熟。」

當然，我當時並不曉得她是在暗示自己與已逝的皮傑原本可能會發展的關係。但我從克拉瑞莎小姐嚴肅點頭的樣子，看出這番話非常重要。

「我以淡薄來形容年輕人的感情——這種淡薄，」拉維妮雅小姐繼續說道，「比起成熟的愛情，有如塵土比上磐石。這種感情能否經得起時間的考驗，或是有沒有實際的基礎，很難判斷，因此我姊姊克拉瑞莎和我自己一直無法決定該怎麼處理比較好，考柏菲爾德先生和……」

「崔斗斯。」我的朋友發現她正在看他，趕忙回答。

「不好意思，來自內殿律師學院對吧？」克拉瑞莎小姐又瞥了一眼我的信問道。

崔斗斯回答「沒錯」，接著滿臉通紅。

好了，雖然我還沒有收到任何形式的鼓勵，但我覺得這兩位小個子姊妹，特別是拉維妮雅小姐，對這個新鮮有梗的家庭事件極為興奮，決定要充分利用，好好寵玩，我從中看到了光明的美好希望。我看出拉維妮雅小姐對於能監督朵拉和我這對年輕情侶，感到異常滿足；而克拉瑞莎小姐的滿足之情也不會亞於妹妹，因為她只要一時忍不住，便會就自己負責的領域發言。這給了我勇氣，讓我得以用熱烈的態度表示我對朵拉的愛無以言表，而且也不會有人相信。我說，我的親朋好友都知道我愛她——我的姨婆、艾格妮絲、崔斗斯——所有認識我的人都知道我愛她，還有這份愛讓我變得有多認真上進。為了證明這點，我請崔斗斯替我說話。而崔斗斯也好像在議會辯論一樣滔滔不絕，誇我高尚勇敢，證明我所說的都是事實，他那態度坦率、通達明理、實事求是的樣子，顯然給了她們姊妹倆很好的印象。

「如果我可以冒昧說，我在這種事情上也算是有點經驗，」崔斗斯說，「因為我已經跟一位年輕小姐訂婚了，她住在德文郡，是十姊妹的其中一個；目前結婚的日子還遙遙無期。」

「崔斗斯先生，」拉維妮雅顯然在他身上找到新的興趣，「你或許能證明我剛才所說的，適度、隱密的感情，等待再等待？」

「完全可以，小姐。」崔斗斯說。

克拉瑞莎小姐看了拉維妮雅小姐一眼，嚴肅地搖搖頭。拉維妮雅小姐心領神會地看著克拉瑞莎小姐，輕嘆了一口氣。「拉維妮雅妹妹，」克拉瑞莎小姐說，「拿我的嗅聞瓶去用吧。」

拉維妮雅小姐聞了一下香醋提神，崔斗斯跟我非常關心地在一旁看著，只見她有氣無力地說：「崔斗斯先生，對於你朋友考柏菲爾德先生和我們的姪女這對年輕情侶所擁有的感情，或是想像出的感情，家姊和我一直猶豫不決，不知該如何處理才好。」

「提到我們的弟弟法蘭西斯的女兒，」克拉瑞莎小姐說。「要是法蘭西斯的妻子在生前認為邀請家人到他們家用餐是很方便的事情（當然，她絕對有權利做出她認為最好的做法），那我們現在或許能夠更加瞭解法蘭西斯的女兒了。拉維妮雅妹妹，請繼續。」

拉維妮雅小姐將我的信翻面，用單片眼鏡讀著姓名住址那面，上頭有她寫得很工整的一些筆記。

「崔斗斯先生，」她說，「我們認為要考驗這種感情，得經過我們自己仔細觀察，這樣才是謹慎的做法。目前我們對他們的感情一無所知，沒有立場判斷到底有多真實，因此現下我們傾向於答應考柏菲爾德的提議，接受他來訪。」

「親愛的小姐們，」我放下心中大石，驚呼道，「我永遠不會忘記妳們的恩惠！」

「可是，」拉維妮雅小姐繼續說，「可是，崔斗斯先生，我們希望先以我們兩人為對象來訪就好。現階段還不算正式承認考柏菲爾德先生和我們的姪女已訂婚，直到我們有機會……」

「直到**妳**有機會，拉維妮雅妹妹。」克拉瑞莎小姐說。

「好吧，」拉維妮雅小姐嘆了口氣同意道，「直到我有機會觀察他們的互動。」

「考柏菲爾德，」崔斗斯轉向我，「我相信，你應該認為沒有比這更合理或體貼的安排了吧。」

「沒有！」我大喊。「而且我衷心感謝。」

「既然如此，」拉維妮雅小姐再看了一下筆記說，「我們會在這個前提下同意考柏菲爾德先生的拜訪，也必須請他再三保證，以自己的名譽發誓，他絕對不能在我們不知情的情況下，跟我們的姪女有任何形式的往來。任何關於我們姪女的計畫，都務必要先徵詢我們……」

「徵詢妳，拉維妮雅妹妹。」克拉瑞莎小姐插嘴道。

「好吧，克拉瑞莎！」拉維妮雅小姐無可奈何地同意。「徵詢我，並獲得我們的同意才可以進行。我們一定要強調，這是最明確、最重要的規定，沒有任何理由可以破壞。我們之前請考柏菲爾德先生邀請一位摯友陪同，」她側著頭朝崔斗斯看，他向她點頭，「就是希望在這件事情上不會有任何疑問或誤解。如果考柏菲爾德先生，或是崔斗斯先生，對做出這樣的承諾有所顧忌，我要請你們花點時間好好考慮。」

我聽了喜不自勝，立刻激動地大聲說，片刻的考慮都不需要。我馬上慷慨激昂地答應了她們的條件，並請崔斗斯作證。我還說，要是我有一點違背，那我就是個罪該萬死的人。

「別！」拉維妮雅小姐舉起手說。「在我們有幸接待兩位先生以前，就已經決定要讓你們兩人私底下討論一刻鐘。現在請允許我們先告退。」

我再次強調沒必要再考慮，但沒有用，她們仍堅持要離開客廳一刻鐘。因此，這兩隻小鳥就莊嚴優雅地躍了出去。只剩我們兩人時，崔斗斯向我祝賀，我也覺得自己彷彿到了天堂。準一刻鐘之後，她們用同樣莊嚴優雅的姿態走回來。剛剛離去時，小裙裝有如秋葉般發出窸窣聲，回來時也一樣。

這時候，我再次保證會遵守她們開出的條件。

「克拉瑞莎姊姊，」拉維妮雅小姐說，「剩下的就交給妳了。」

克拉瑞莎小姐這下終於解開雙臂，接過信紙看了一下。

「如果考柏菲爾德先生方便的話，」克拉瑞莎小姐說，「我們很樂意每週日邀請他來共進午餐，我們的用餐時間是三點鐘。」

我鞠了一躬。

「週間呢，」克拉瑞莎小姐說，「我們很樂意邀請考柏菲爾德先生來喝茶，我們的晚茶時間是六點半。」

我又鞠了個躬。

「一週兩次，」克拉瑞莎小姐說，「這是規定，不能更多。」

我再次鞠躬。

「考柏菲爾德先生信裡提及的托特伍德小姐，」克拉瑞莎小姐說，「或許可以來拜訪我們。如果相互拜訪能促進雙方幸福，我們會很樂意接受，而且也願意登門拜訪。要是為了雙方幸福，不拜訪才是最好（就如我們的弟弟法蘭西斯的做法），那就另當別論。」

我說姨婆會很榮幸也會很樂意認識她們；不過我必須說，我不是很確定她們會處得很好。說完條件，我用最誠摯的態度表達感謝，先舉起克拉瑞莎小姐的手親吻，再舉起拉維妮雅小姐的手親吻。

接著，拉維妮雅小姐起身，請崔斗斯先生原諒我們得先離席一下，然後要我跟她走。我全身顫抖地照做了，被帶到另一個房間。在那裡，我看到我親愛的寶貝將耳朵貼在門上，可愛的小臉蛋靠在牆上，還有頭上綁了手巾的吉普待在壁爐前的暖窩裡。

噢！身穿黑色孝服的她有多麼美麗，她起初還哭了出來，不願意從門後現身！等她終於出來的時候，我們有多麼深情款款。當我們把吉普從暖窩裡抱起來，帶牠到燈光下，牠還直打噴嚏，我們三個再次重逢了，我感到非常快樂！

「我最愛的朵拉！現在妳真的永遠都是我的了！」

「噢，不要！」朵拉哀求道。「拜託！」

「妳永遠都不會是我的嗎，朵拉？」

「噢，是，我當然是！」朵拉喊道。「可是人家好怕！」

「怕什麼呢，我的一切？」

「嗯，對！我不喜歡他，」朵拉說。「他為什麼不離開？」

「誰啊，我的心肝？」

「你朋友啊，」朵拉說。「這件事跟他無關啊。他肯定是個大笨蛋！」

「我的寶貝！」（再也沒有比她這種孩子氣的撒嬌更可愛的了。）「全世界沒有比他更好的人了！」

「噢，可是我們才不要什麼好人呀！」朵拉嘟嘴說道。

「親愛的，」我反駁道，「妳很快就會認識他，也一定會喜歡他的。而且我姨婆很快就會來拜訪你們了，妳一旦認識她，一定會喜歡她的。」

「不，拜託別讓她來！」朵拉驚惶地輕吻了我，十指交扣。「不要。我知道她一定是個脾氣很壞、只會挑撥離間的老太婆！別讓她來，大迪！」這是大衛的暱稱。

眼看再哄勸也沒有用，我笑了出來，看著她那副模樣，我覺得自己深陷愛河，幸福不已。

她帶我到角落看吉普的新把戲，就是站在後腿上，只持續了閃電一下的那瞬間，之後四足著地；我把崔斗斯完全拋在腦後，要不是拉維妮雅小姐進來將我帶走，真不知道我會在那裡待多久。拉維妮雅小姐非常喜歡朵拉（她說她年輕時跟朵拉一模一樣，她肯定後來變了很多），她好像把朵拉當成娃娃一樣對待。我試圖說服朵拉來見崔斗斯，但我話一說完，她就跑回自己的房間，把門鎖起來了。我只好自己回去找崔斗斯，開心地跟他一起離開。

「世界上沒有比這更令人心滿意足的了，」崔斗斯說。「而且我說啊，她們兩位年長的女士人太好了。要是你早我幾年結婚，我也不會驚訝，考柏菲爾德。」

「你的蘇菲會彈奏樂器嗎，崔斗斯？」我問道，心裡覺得很驕傲。

「她會一點鋼琴，只夠教她的兩個小妹妹。」崔斗斯說。

「那她會唱歌嗎？」我問道。

「嗯，她偶爾會唱民謠，替心情低落的姊妹打氣，」崔斗斯說。「但沒有受過專業訓練。」

「她不會用吉他伴奏嗎？」我說。

「噢，天哪，不會！」崔斗斯說。

「她會畫畫嗎？」

「一點也不會。」崔斗斯說。

我告訴崔斗斯，他一定得聽朵拉唱歌，看看她畫的花朵。他說他很樂意，我們倆就開開心心地勾著手臂回家了。一路上，我鼓勵他多談談蘇菲，他對她有著充滿愛意的依賴，讓我非常羨慕。我在心裡把蘇菲跟朵拉做了比較，自己覺得很滿意，但我也得坦承，聽起來蘇菲跟崔斗斯是天生絕配。

當然，這次會談的成功結果以及過程，我立刻一五一十地告訴姨婆。她看到我這麼開心，也覺得很高興，並答應我會馬上拜訪朵拉的姑姑們。但那天晚上，我正在寫信給艾格妮絲時，她在公寓裡不停走來走去，我都以為她打算走到天亮了。

我寫給艾格妮絲的信充滿熱情與感激，詳述了我聽從她建議之後達成的好結果。她立刻回了信給我，讓同一班郵車帶回來。她的回信充滿希望、真摯與高興之情。從那之後，她一直都很高興。

現在我比過去更加忙碌了。因為我每天要去高門，要再去普特尼，路程實在太遠了；不過我自然想要盡量多去拜訪。史賓洛姊妹提的晚茶時間對我不方便，因此我與拉維妮雅小姐商討，請她允許我每週六下午過去，原先週日午餐的特權不動。所以，週末對我來說真是太美妙了，我都是靠著期待週末的到來撐過一整個星期的。

總的看來，姨婆跟朵拉的姑姑們相處得還不錯，比我預期的更加順利，讓我大大鬆了一口氣。姨婆在我們先前會面之後沒幾天，就依約前去拜訪；再過幾天，朵拉的姑姑們也禮尚往來。之後每隔三、四週，她們也會像這樣見面，比以前更加熟稔。我知道姨婆讓朵拉的姑姑們非常頭痛，因為她完全無視禮節，不搭單人出租馬車過去，而是一路走到普特尼，而且時間總是很反常，不是在早餐過後沒多久到，就是晚茶之前的時段。還有，她完全不顧服裝禮儀，帽子就照她覺得舒適的方式隨意戴。但朵拉的姑姑們很快就決定將姨婆視為古怪且有點男性化的女士，所以十分諒解。雖然有時候姨婆會對各種社交禮儀發表離經叛道的意見，惹得朵拉的姑姑們生氣，但她因為太疼愛我了，願意為了維持彼此的和睦，而犧牲自己的一點小怪僻。

我們這個小團體當中，唯一一個明確拒絕改變自己的，就是吉普。牠一看到姨婆，就會齜牙咧嘴，躲到椅子下，不停吠叫；偶爾會來個悲傷的嗥叫，好像真的很受不了姨婆。大家試了各種方法：哄騙、責罵、拍打、帶牠到白金漢街（牠立刻衝向兩隻貓，嚇壞了旁人），可是牠就是不願意跟姨婆在一起。有時候，牠會突然心情好不反對，幾分鐘時間就乖乖地待著，接著又翹起牠的小獅子鼻，瘋狂嗥叫到大家束手無策，只得把牠的眼睛蒙住，將牠放回壁爐前的小窩。到最後，只要姨婆到了門口，朵拉索性蒙住牠的眼睛，把牠放在小窩裡。

這項安排平穩地步上軌道之後，有件事情一直困擾著我。那就是，大家似乎一致把朵拉當成漂亮的娃娃或玩物對待了。姨婆跟朵拉慢慢變熟之後，就開始稱呼她「小花」。拉維妮雅小姐人生一大樂事就是伺候她，幫她整理鬈髮、替她做飾品，把她當成寵物。拉維妮雅小姐的行為跟她的姊姊沒有兩樣。我覺得這點非常奇怪，但她們所有人照著朵拉的本性對待朵拉，就跟朵拉照著吉普的本性對待吉普一樣。

我決定跟朵拉好好談談這件事。有一天，我們倆到外面散步時（一陣子之後，經由拉維妮雅小姐許可，我們可以散步獨處了），我告訴她，我希望她能要其他人別再這樣待她。

「我的寶貝，」我規勸道，「因為妳已經不是小孩子了。」

「你看！」朵拉說。「你現在要生氣了！」

「生氣什麼，寶貝？」

「我確定她們都對我非常好，」朵拉說，「我也很高興……」

「是啊！可是我最愛的心肝寶貝啊，」我說，「妳可以既高興，也受到合理的對待啊。」

朵拉給了我一個責備的眼神，全世界最漂亮的眼神！然後開始哭泣，說要是我不喜歡她，那幹嘛這麼想要娶她？還有，要是我受不了她，現在何不趕快走開？

聽完這番話，我除了吻去她的淚水，告訴她我有多麼愛她，還能做什麼呢！

「我相信自己是很重感情的，」朵拉說，「你不應該對我這麼壞，大迪！」

「我怎麼會對妳壞呢，我的寶貝！說得好像我真的對妳壞，真有辦法對妳壞。」

「那就別挑我缺點了嘛，」朵拉將嘴噘成玫瑰花苞的樣子，「我會乖乖的。」

這時，她主動要求我把以前提過的那本烹飪書給她，並照之前答應的，教她怎麼記帳，我聽了好開心。下次拜訪時，我就把書帶上（還先加了漂漂亮亮的封套，讓書看起來沒那麼無聊，更吸引她讀）。我們到公會附近散步時，我拿了姨婆的一本舊帳本給她看，還給了她一本小筆記本、一個漂亮的小鉛筆盒以及一盒鉛筆，讓她練習記帳。

可是烹飪書讓朵拉看了就頭痛，數字還把她弄哭了。她說，數字就是加不起來；最後她索性把筆記本裡的字全擦掉，然後在上頭畫滿小花束以及我跟吉普。

接著，在週六下午散步時，我開玩笑地試著口頭教她如何處理家務事。舉例來說，我們經過肉舖時，我有時候會問說：「我的小乖，假設我們兩個現在已經結婚了，妳想買塊羊肩肉當晚餐，妳知道怎麼買嗎？」

這時我的朵拉那張漂亮的小臉蛋會垮下來，又把嘴噘成花苞，好像想索吻讓我閉嘴一樣。

「妳知道怎麼買嗎，我親愛的？」要是我不為所動，或許會再問一次。

朵拉會想一下，然後或許會洋洋得意地回答：「哎呀，肉販會知道怎麼賣呀，那我幹嘛要知道呢？噢，你這個小呆瓜！」

同樣地，我有次希望朵拉能學烹飪，就問她要是我們結婚了，我想要來點好吃的愛爾蘭燉肉，她會怎麼做呢？她回答說，她會請傭人做呀。接著兩手往我的手臂一勾，很迷人地綻開笑容，樣子比之前更加可愛。

因此，烹飪書被拿去放在角落，主要用途變成訓練吉普耍把戲的道具。可是當朵拉把吉普訓練到能夠站在上頭不下來，嘴裡還咬著鉛筆盒，逗得她很開心時，我也很高興買了它。

然後，我們又回到彈吉他、畫花兒、唱著永遠別停止跳舞的歌，嗒嚕啦！快樂的時光好像一星期那麼久。我有時候倒真希望自己能鼓起勇氣，開口暗示拉維妮雅小姐別太把我的心上人當成娃娃一樣對待。但有時候，我也會驚覺自己是否也犯了跟大家一樣的毛病，把朵拉當成娃娃了——但我偶爾才會這樣。

第42章　惹是生非

即使這份手稿我打算只給自己看，我也覺得不應該再多描述自己為了對朵拉和她的姑姑們有所交代，我付出了多大的努力練習速記，以及取得多大進步。

對於我先前已經描述過的這段奮鬥時期，我只想再補充一點，那就是我當時培養出耐心以及不懈的精神，現在回顧起來，就是我成功的源頭，也是我性格中最堅毅的部分了，如果我這個人有任何堅毅可言的話。人間世事，我已非常幸運。很多人比我努力，卻不及我一半成功。我當時養成了嚴守時間、循序漸進以及勤勞努力的習慣，還有不管後面的事情多快接踵而至，我一次只專注在一件事情上的決心，要不是這些特質，我永遠也做不到我所做到的那些事情。

天知道我現在寫下這些，並沒有自誇的意思。像我這樣一頁一頁在這裡回顧一生的人，總得是個老老實實的人，否則就免不了會覺得自己的許多才能沒有發揮，許多機會浪費了，許多乖僻、墮落的感覺不斷在心頭交戰，並打敗他。我敢說，我沒有一項天賦沒有被我濫用。我的意思簡單說就是，不管這輩子嘗試什麼，我都用全心去試；一旦著手做什麼，我都盡全力去做。不管目標大小，我都用最認真的態度面對。我一直都相信，人單靠天生或後天的才能不可能成功，必須搭配堅定、踏實與勤勉的特質才行。☆14

天底下沒有稱心完美的事情。一些可喜的天賦以及幸運的機會，或許能成為某些人爬梯兩端的立柱，但是梯子中間的橫級必須要以耐磨、耐損的材質做成；貫徹始終、熱忱和踏實的認真是無可取代

☆14
I have never believed it possible that any natural or improved ability can claim immunity from the companionship of the steady, plain, hardworking qualities, and hope to gain its end.

的。能夠運用全身力量去做的事情，就絕對不要只用一隻手去做；不管做什麼工作，都絕對不能小看——我現在發現，這些一直都是我的黃金定律。

我把自己的實務經驗歸納成上述訓誡，有多少是艾格妮絲的功勞，在此我就不多說了。接下來我會繼續以感恩愛戴之情再提到艾格妮絲。

她來博士家待了兩週。威克菲爾德先生是博士的老朋友，博士也希望能跟他聊聊，希望對他有益處。上次艾格妮絲來倫敦，他們就談過這件事，因此這次她和父親就一起來做客了。我從她那裡聽說她之前在附近替希普太太找住所時，並沒有覺得太驚訝。希普太太的風濕病需要換個地方療養，如果有朋友作伴，她會很高興。隔天，孝子烏利亞帶著他尊敬的母親搬進去住時，我也沒有太驚訝。

「是這樣的，考柏菲爾德少爺，」他硬是要陪我到博士的花園走一圈，「一個人戀愛的時候，就會有點嫉妒——至少，會急著想要留意心上人的一舉一動。」

「你現在又在嫉妒誰了？」我說。

「都要感謝您，考柏菲爾德少爺，」他回答，「目前沒有特定的人——至少沒有特定的男士。」

「你是說，你現在嫉妒起某位女士了嗎？」

他用那雙邪惡的紅眼斜看了我，笑了起來。

「真的，考柏菲爾德少爺，」他說，「——我應該用『先生』來稱呼您，但我知道您一定會原諒我過去叫得太習慣了——您太會旁敲側擊啦，都像拔瓶塞一樣把我的話套出來了！哎呀，我倒不介意跟您分享，」他將魚一樣的手放在我手上，「一般來說，在史壯夫人面前，我並不是個討她喜歡的人，一直以來都不是。」

這時，他的雙眼變成代表嫉妒的綠色，露出卑鄙奸詐的神情。

「你這話是什麼意思？」我說。

「啊，考柏菲爾德少爺，雖然我是個律師，」他冷笑著，「我剛說了什麼，我就是那個意思。」

「那你的表情又是什麼意思？」我冷靜地反問。

「我的表情？我的天哪，考柏菲爾德，你的觀察真是太銳利了！你問我的表情是什麼意思啊？」

「對，」我說，「你的表情。」

他似乎覺得很有意思，擺出一副天生就愛笑的樣子開懷大笑。他用手搔了搔下巴之後，眼睛往下看，又搓揉起下巴，緩慢地繼續說：「我還是個卑微的書記時，她就一直看不起我。她老是一直要我的艾格妮絲來來回回地去她家，也跟您總是很要好，考柏菲爾德少爺。可是我對她來說太渺小了，她連看都不看我一眼。」

「所以呢？」我說。「那又怎樣？」

「而且他也看不起我。」烏利亞繼續搓揉下巴，用一種沉思的語氣清楚說道。

「難道你還不知道博士是怎樣的人？」我說。「難道你覺得不站到他面前，他也該注意到你？」

他又用斜眼看我，把臉拉得很長，方便他繼續搓揉下巴，回答道：「噢，哎呀，我指的並不是博士！噢，不，那個可憐人！我指的是莫頓先生！」

我的心都快死了。我過去對這件事的所有疑慮、擔憂，博士所有的快樂和安寧，我以前無法解釋的清白無辜和損害名聲混在一起的可能性，在這一刻，我全看見了，這一切全都只能任由這傢伙扭曲操縱。

「他每次來辦公室，對我總是一副頤指氣使的樣子，」烏利亞說。「他就是你們那種高人一等的紳士啊！我當時逆來順受、低聲下氣的，我現在也還是如此。但我當時不喜歡被這樣使喚，現在也還是不喜歡！」

他不再搓揉下巴，換成用力吸氣，看起來兩邊腮幫子的內側幾乎都要碰到了；這段時間他都用斜眼看著我。

「她也是你們那種上流的女人，她是，」他慢慢將臉恢復成原樣後繼續說，「也決定不跟我這種人做朋友，**我**很清楚。她正是那種會要艾格妮絲看低我的人。雖然說，我不是那種會討女士喜歡的人，考柏菲爾德少爺，但我也是頭上長了眼的人，很久以前就長了。大致上來說，我們這種卑微的人還是有長眼的，而且還看得清清楚楚。」

我努力表現出不以為意、泰然自若的樣子，但我從他的臉上看出，我並沒有成功。

「這下子，我可不能繼續讓自己任人踐踏了，考柏菲爾德，」他得意地揚起一邊的臉，也就是他如果有紅眉會動的部位，「我必須盡我所能終止這段友誼。我不贊成她們來往。我不介意向你承認，我很小家子氣，想把所有愛管閒事的人都趕走。只要讓我知道了，那我就不會繼續再冒著被人謀算的風險。」

「老是算計別人的只有你，才會深信所有人都在做同樣的事，我想。」我說。

「或許是吧，考柏菲爾德少爺，」他回答。「但就如我的合夥人經常說的，我有個動機，所以我會竭盡全力達到目標。我這種卑微的人，實在不能太讓人看不起。我絕對不允許有人擋我的路。真的，他們都得滾開才行，考柏菲爾德少爺！」

「我不懂你的意思。」我說。

「您不懂嗎？」他如往常扭動著身體說道。「我可真驚訝啊，考柏菲爾德少爺，您平常很機靈的啊！那我改天再說清楚一點吧。那位騎在馬上，在大門搖鈴的是莫頓先生嗎，先生？」

「看起來是他沒錯。」我盡可能冷淡地回答。

烏利亞突然止步，將雙手放在膝蓋的大骨頭之間，彎腰大笑，完全無聲的大笑，一點聲音都沒有發出來。他那令人作噁的行徑，特別是最後這個舉動，讓我看得好反感，因此一句話也沒說就立刻轉頭，留他一個人站在花園中央，像沒有支撐的稻草人一樣彎折在那裡。

我帶艾格妮絲去找朵拉了，不過不是那天晚上，我記得很清楚，是隔一天的晚上，那天是星期日。我事先就和拉維妮雅小姐安排好了，她們請艾格妮絲去喝晚茶。

我既驕傲又擔心。我以親愛的小未婚妻為傲，又擔心艾格妮絲會不會喜歡她。去普特尼的路上，艾格妮絲坐在公共馬車車廂裡，我坐在車廂外頭，我一直想像朵拉的每一個漂亮模樣，都是我再熟悉不過的；一下想我應該喜歡她打扮得像過去某個時候那樣子，一下又想我會不會比較喜歡她另一個時候的模樣，結果想到都快發燒了。

不管怎麼說，她都很漂亮，沒想到，我從來沒有看過她這麼美麗的樣子。我將艾格妮絲介紹給朵拉的兩位小姑姑時，她並不在客廳，而是害羞地躲在外面。我現在知道要去哪找她了，當然，我也很快地發現她又把耳朵貼在同一扇昏暗的舊門後。

起初她不願意出來，接著又求我再陪她五分鐘。最後，她終於勾著我的手臂，跟我走到客廳，迷人的小臉蛋還羞紅了，我沒有見過她那麼漂亮。不過我們一到客廳，她的臉色立刻變得蒼白，儘管如此，她還是比剛才漂亮上萬倍。

朵拉很怕艾格妮絲。她之前就跟我說過，她知道艾格妮絲「太聰明了」。但她一見到艾格妮絲這麼開心，這麼誠懇、體貼、善良的模樣，立刻喜出望外，輕輕驚呼了一聲，熱情地摟住艾格妮絲的脖子，將她天真的臉頰貼在艾格妮絲臉上。

我從來沒有那麼開心過。當我看到她們兩個並肩坐在一起，當我看著我的小寶貝自然地抬頭望向那雙真摯的眼睛，當我看到艾格妮絲溫柔美麗的眼神注視著朵拉，我從來沒有那麼快樂過。

拉維妮雅小姐和克拉瑞莎小姐也用各自的方式分享我的喜悅。這是全世界最愉快的茶會了。克拉瑞莎小姐負責泡茶，我負責切甜籽蛋糕，端給大家；這對小姊妹像鳥兒一樣開心地啄著蛋糕裡的籽和糖。拉維妮雅小姐用施恩的慈祥模樣看著我們，好像我們的幸福愛情都是她的功勞。我們對自己、對彼此都覺得心滿意足。

艾格妮絲的溫柔愉悅打動了所有人的心。朵拉感興趣的所有事情，她都會靜靜地表示關心；她跟吉普的互動（牠立刻就跟她合得來）；朵拉不好意思地像平常一樣坐到我身邊時，她顯現親切自然的態度；她端莊優雅、落落大方，贏得朵拉的信任，還讓朵拉臉上羞紅得一塊一塊。這一切都讓我們的圈子變得完美了。

「我好高興，」朵拉喝完茶後說，「妳喜歡我。我本來以為妳不會喜歡我呢，我最想要大家喜歡我了，尤其現在茱莉亞．米爾斯走了。」

對了，我忘記交代，米爾斯小姐已經搭船離開，我跟朵拉還去了格雷夫森德，上了東印度公司很大的一艘船替她送行。我們中午還吃了醃薑片、番石榴之類的美味點心。最後，我們留下米爾斯小姐一個人坐在後甲板的折凳上哭泣，她腋下還夾著一本全新的日記本，好讓她將面對汪洋大海沉思時所喚起的感觸記在裡面，鎖起來。

艾格妮絲說恐怕都是我說了她的壞話，才會讓朵拉誤會，不過朵拉立刻就澄清了。

「噢，不是的！」她對我搖搖鬈髮。「他說的都是好話。只是他太重視妳的意見了，所以讓我感到害怕。」

「我的好話如果無法加深他對熟人的感情，」艾格妮絲笑著說，「那就不值得聽。」

「但麻煩妳說給我聽嘛，」朵拉撒嬌著說，「拜託！」

我們都開玩笑說朵拉太想要人喜歡了，朵拉就說我是個呆頭鵝，她再也不喜歡我了，那天晚上快樂的時光就像薄紗翅膀一樣很快地輕飄而過。馬車來接我們的時間快到了。我獨自站在壁爐前，朵拉輕輕地溜進來，跟往常一樣在我離開前給我一個珍貴的輕吻。

「大迪，你不覺得，要是我很久以前就跟她做朋友，」朵拉明亮的眼睛閃閃發光，纖細的右手隨意地在我大衣的鈕扣上畫圈，「那我會不會變得更聰明呀？」

「我的寶貝！」我說。「這是什麼傻話！」

「你覺得這話很傻嗎？」朵拉回答，沒有看我。「你確定嗎？」

「我當然確定！」

「我都忘了，」朵拉仍然在鈕扣上畫圈，「你跟艾格妮絲是什麼關係啊，你這親愛的壞小子。」

「我們沒有血緣關係，」我回答，「但我們是一起長大的，就像兄妹。」

「我真不懂你怎麼會愛上我呢？」朵拉開始轉另一顆釦子。

「或許是因為我看了妳一眼，就沒辦法不愛妳啊，朵拉！」

「假如你沒有見過我呢？」朵拉的手移到另一顆鈕扣上。

「假如我們沒出生呢！」我開心地說。

我愛慕地靜靜看著她的玉手沿著我大衣的鈕扣往上繞，看著她一撮撮的頭髮靠在我的胸口上，俯視時睫毛隨著手指慢慢往上掀，我真好奇她心裡在想什麼。最後，她終於抬起頭看我，踮起腳尖，給我一個比平常還意味深長的珍貴輕吻——一次、兩次、三次——然後離開房間。

五分鐘後，女士們都一起回到客廳，朵拉剛剛若有所思的反常模樣已經消失了。她笑著決定要讓吉普在馬車到達以前完成整套表演。這花了一點時間（並不是吉普會的把戲多，而是牠不情願），馬車到門口時，牠還沒表演完。艾格妮絲和朵拉依依難捨地匆匆道別。朵拉說會寫信給艾格妮絲，還請她別介意信的內容會很傻氣，而艾格妮絲也說會寫信給朵拉。她們在馬車門口又道別了一次，接著朵拉不管拉維妮雅小姐的責備，又跑到馬車窗口提醒艾格妮絲要寫信，然後對著坐在車夫旁邊的我搖搖鬈髮，做了第三次道別。

公共馬車會在柯芬園附近停車，我們再搭另一班馬車到高門。換車的一小段路上，我急著想要聽艾格妮絲稱讚朵拉。啊！多麼好的讚美啊！她充分展現出她真誠的優雅，多麼親切、熱情地要我好好照顧我贏得的那個美人兒！多麼體貼地提醒我對那個小孤兒的責任，態度一點也不矯揉造作。

我從來、從來沒有像那天晚上那樣深刻、真誠地愛朵拉。馬車再次停車時，我們在星光下，沿著安靜的道路走到博士家，我告訴艾格妮絲我有這種感受都是她的緣故。

「妳坐在她旁邊的時候，」我說，「妳似乎不只是我的守護天使，也是她的。妳現在好像也是如此，艾格妮絲。」

「做得不太好的天使，」她回答，「但至少很忠心。」

她清楚的語調直達我的心裡，我很自然地說：「我今天發現，妳天生、獨一無二的那種愉快模樣又回來了，我希望妳家裡的事讓妳開心一點了？」

「我自己是開心一點了，」她說。「我過得很愉快、無憂無慮。」

我望著仰視我的那張寧靜臉孔，覺得她在星光下看起來特別高雅。

「不過家裡的狀況沒有改變。」艾格妮絲過了一會兒說。

「沒有人再提起——」我說，「我不想讓妳心煩，艾格妮絲，但我忍不住想問——我們上次分別時提的事？」

「不，沒有。」她回答。

「我經常在想那件事。」

「那就別再多想了。記住，我最終還是對單純的愛與真誠有信心。請別替我擔心，托特伍德，」她過了一會兒補充道，「你擔心我走的那一步，我絕對不會走。」

只要冷靜想想，我其實沒有真正擔心過那件事會發生，但聽到她坦率地親口保證，我說不出的放心了。我也誠懇地這樣告訴她。

「你們這次回去之後，」我說，「我親愛的艾格妮絲，下次什麼時候才會再來倫敦呢？因為我們以後可能沒什麼獨處的時間了。」

「或許要很久之後才會回來吧，」她回答，「為了爸爸著想，我覺得我們最好還是留在家裡。之後我們可能有一陣子無法經常見面，但我會寫信給朵拉，我們也能用這種方式保持聯繫。」

我們現在走到了博士家的小庭院。時間很晚了。史壯太太房間窗戶的燈光還亮著，艾格妮絲指向那裡，跟我道晚安。

「別為了我們的不幸和憂慮而煩惱，」她將手伸向我說。「只要你幸福，那我就再高興不過了。如果我需要你幫忙，我一定會開口。願上帝永遠保佑你！」

看著她的燦爛笑容，聽著她說最後幾句話時的愉悅語調，我似乎又看到、聽到我的小朵拉在她身旁的模樣。我在門廊上站了一會兒，仰望星空，滿懷著愛戴與感激，接著慢慢往外走。我已經在附近一家不錯的酒館訂了床位，正要走出大門時，剛好轉頭了一下，看到博士書房裡的燈還亮著。太讓人失望了，博士竟然不等我幫忙，就自己編起字典來。為了看他是不是真的在忙字典，不是的話，就看他是不是在看書，順便跟他道晚安，我走了回去，輕輕穿過走廊，悄悄打開門，往裡頭看。

讓我大感驚訝的是，在微弱的光線下，我第一個看到的人竟然是烏利亞。他就站在檯燈旁，瘦骨如柴的一隻手捂著嘴，另一隻手放在博士桌上。博士坐在書房的椅子上，雙手捂著臉。威克菲爾德先生一臉苦惱、焦慮，身體往前傾，猶豫不決地摸著博士的手臂。

有一瞬間，我還以為是博士生病了，因此匆忙地往前走了一步，這時我對上烏利亞的眼神，就清楚這是怎麼一回事了。我原本要離開，但博士示意我別走，我就留了下來。

「不管怎麼說，」烏利亞扭了一下他難看的身軀，「我們還是把門關上比較好。我們可不想讓**全城**的人都知道。」

說完，他躡手躡腳地走到我剛剛推開的門，小心翼翼地關上它。接著他回到原本的位置。他的聲音和態度中，有種愛管閒事的憐憫熱心，看起來更加令人難以忍受（至少對我來說是這樣），他別的模樣都還沒有這麼讓人受不了。

「考柏菲爾德少爺，我覺得我必須義不容辭地，」烏利亞說，「把您和我先前討論的內容告訴史壯博士。不過您當時沒有完全懂我的意思，是吧？」

我看了他一眼，沒有答話；接著走向我年邁的恩師，說了一些我認為是安慰與鼓勵的話。他將手放在我肩上，就像我以前個子還小的時候，他經常會做的那樣，但是並沒有抬起他白髮蒼蒼的頭。

「既然您當時不懂我的意思，考柏菲爾德少爺，」烏利亞繼續用多管閒事的語氣說，「而且在場的大家都認識，那我就用卑微的態度，冒昧地提醒史壯博士留意史壯夫人的行為舉止。我跟你保證，考柏菲爾德，要涉及這種令人不快的事情，實在有違我的本性。但真的，既然我們都被捲入悖禮犯義的事情，我就不得不說了。之前您沒有聽懂，先生，我說的就是這個意思。」

現在回想起他的睨視，我真不曉得當時我怎麼沒有抓住他領口，用力掐死他。

「我敢說，我當時的確沒有表達得很清楚，」他繼續說，「不過您也沒有說明白。我們兩個都想跟這個話題保持距離，這是很自然的事。不過呢，我後來還是下定決心要說清楚講明白。我才跟史壯博士說……您說什麼，先生？」

這句話是對博士說的，他剛才呻吟了一下。這個聲音或許任何人聽了都會為之所動，但對烏利亞毫無影響。

「我跟史壯博士說，」他繼續說道，「大家都看得出來莫頓先生和可愛親切的史壯夫人太過要好了。真的，既然我們現在全都被捲入悖禮犯義的事情，就不能再隱瞞下去了。博士一定要知道，在莫頓先生去印度之前，這件事就已經攤在太陽底下，人盡皆知了；還有莫頓先生找藉口回來也不為別的；不只如此，他總是待在這個家裡，原因也只有一個。您剛才進來時，先生，我才正要請我的合夥人，」烏利亞轉向威克菲爾德先生，「用尊嚴與榮譽發誓，告訴博士他是否從很久以前就有這種看法了。說吧，威克菲爾德先生，請！能不能請您好心告訴我們？有還是沒有，先生？說啊，夥伴！」

「看在老天的分上，我親愛的博士，」威克菲爾德先生將遲疑的手放在博士的手臂上，「我如果有什麼懷疑，都請你別看得太重。」

「看吧！」烏利亞搖頭說。「這樣的證實還真是令人沮喪，不是嗎？他！這麼老的朋友竟然這樣！我的天哪，我在事務所還是個默默無名的小書記時，考柏菲爾德，早就三番兩次看到，他一想到艾格妮絲小姐跟越禮的人有所瓜葛，就一副很不高興的樣子，甚至有點惱怒，您知道吧。身為父親的他會生氣也是理所當然；我很確定，**我**可絕對不會怪他。」

「我親愛的史壯，」威克菲爾德先生用顫抖的聲音說道，「我的好朋友，我不需要告訴你，在每個人身上找尋最大動機，並用一種狹隘標準來測試所有人的行為，一直是我的缺點。或許因為這種錯誤，我曾經懷疑過。」

「你懷疑過，威克菲爾德，」博士還是低著頭，「你懷疑過。」

「直說吧，我的夥伴。」烏利亞催促道。

「我曾經一度懷疑過，」威克菲爾德先生說。「我……求上帝原諒我……我以為**你**也懷疑過。」

「沒有、沒有、沒有！」博士用最哀傷欲絕的語氣說。

「我一度以為，」威克菲爾德先生說，「你希望把莫頓送出國，就是想讓他們分開。」

「不是、不是、不是！」博士說。「我只是想替安妮的兒時玩伴安排工作，讓她高興而已，沒有別的理由！」

「我後來也發現是這樣沒錯，」威克菲爾德先生說。「你當時告訴我的時候，我就沒有理由懷疑。但我以為……我懇求你想起我積重難返、心胸狹窄的惡習……畢竟你們年紀差距這麼大……」

「這樣講就對了，你看看，考柏菲爾德少爺！」烏利亞語帶阿諛奉承和令人作嘔的同情。

「這麼年輕的女孩，長得這麼漂亮，不管她對你的尊敬有多真誠，或許會受了名利的影響而決定嫁給你。但我完全沒有顧慮到數不清的立意良善的情感與狀況。看在老天的分上，請記住這點！」

「他說得真體貼啊！」烏利亞搖頭說。

「我一直都用同一個觀點來觀察她，」威克菲爾德先生說。「不過，看在你所珍視的一切上，我的老朋友，我懇請你考慮到這點。我現在被迫坦承，沒有辦法逃避……」

「沒有！您沒辦法逃避的，威克菲爾德先生，」烏利亞說，「畢竟事情都演變到這個局面了。」

「我的確，」威克菲爾德先生無助、分心地看著他的合夥人說，「我的確懷疑過她，認為她沒有謹守對你的責任。基於我所看到的，或者說由於我病態的理論以為我所看到的，我的確有時候，或者真要我坦承，我或許是每次看到艾格妮絲跟她這麼要好，就心覺厭惡。這點我從來沒對別人說過。我本來也不打算讓外人知道。雖然說出來讓你很難受，」威克菲爾德先生很低緩地說，「但要是你知道我說出來有多痛苦，你會同情我的！」

天性善良的博士將他的手伸出來，威克菲爾德先生握住了一下子，還是垂著頭。

「我相信，」其他人不發一語時，烏利亞把自己扭成巨大海鰻說，「這個話題對所有人來說都很不愉快。但既然我們都聊到那麼深入了，那我就冒昧一提，考柏菲爾德也注意到這件事了。」

我轉向他，問他怎麼敢提到我。

「噢！您這麼問真是太好了，考柏菲爾德，」烏利亞回答，全身像波浪般扭動，「我們都知道你為人多厚道；但你知道，我前幾天晚上跟你說的時候，你就很清楚我的意思了。你知道你當時就明白我的意思，考柏菲爾德。別否認！你或許會因為不想傷害人而不願承認，但別否認，考柏菲爾德。」

我看見善良老博士溫和地看了我一眼。我覺得以前的擔憂和記憶太坦白地寫在臉上，要人忽視實在太難了。這時候生氣也沒有用了，木已成舟，我就算再說什麼，都無法收回我的表情。

我們又陷入沉默，一直沒有人開口，直到博士起身，在書房中來回走了兩、三趟。此時，他回到剛剛的座位旁站著，靠在椅背上，時而拿手帕拭淚。他單純真誠的樣子，我認為比他可以裝出的任何掩飾都還要令人尊敬。他說道：「這都是我的錯。我認為，這一切都怪我。我讓我的心上人必須承受這種試煉與毀謗，就算所有人都深信不疑，我也還是以毀謗來稱呼。要不是因為我，她也不會成為眾口鑠金的對象。」

烏利亞・希普抽了一下鼻子。我想是表達同情的意思。

「我的安妮，」博士說，「要不是因為我，絕不會變成人家指指點點的對象。各位，我現在已經老了，你們也很清楚；今天晚上，我不覺得還有什麼值得我活著了。但我用生命——我的**生命**——發誓今晚我們對話中的那位親愛女士是個冰清玉潔的人！」

我認為騎士風度的最佳體現，畫家所能繪出最英俊、浪漫的人物，都比不過樸實老博士這番高尚態度更令人欽佩與感動。

「但我並不準備，」他繼續說，「否認——雖然我不知情，但我在某種程度上準備承認——我可能在不自覺的情況下陷害那位女士步入不快樂的婚姻。我是觀察力很差的人；在場幾位不同年齡與地位的人看法顯然一致，而且你們持有這種觀點是有道理的，我只能相信，你們的觀察力勝過我。」

如同我在別處描述過的，博士待他的少妻十分慈祥，我經常抱以仰慕之情，但在這個場合每次提到她時，他都表現出尊重、憐惜，以及絲毫不懷疑她的忠貞那種幾近崇敬的態度，在我眼裡他人格之高尚難以用言語形容。

「我娶了那位女士的時候，」博士說，「她的年紀還很輕。在她性格都還沒有養成之前，我就把她占為己有了。我很榮幸能夠幫她發展出目前的個性。我跟她的父親很熟。我也很瞭解她。我因為愛她美麗與高尚的節操，就盡我所能地教導她。我擔心，自己或許利用了她對我的感激與景仰，雖然我從沒有這個意圖，但還是委屈她了。如果是這樣，那我衷心地請求她原諒！」

他走到房間另一頭，又走回來；扶著椅子的手跟低緩的聲音一樣顫抖，充滿真誠。

「我將自己視為能讓她免於人生危險與沉浮變遷的庇護。我說服自己，儘管我們年齡差很多，她跟我在一起，能過著平靜與滿足的生活。我並不是沒有想到我放她自由的那一天，到時候她依然年輕貌美，只不過見解更成熟了——不，各位——我發誓我說的是真的！」

他的忠誠與仁厚似乎讓他樸實的身軀發出光芒。他所說的每一個字都充滿其他言行舉止無法賦予的力量。

「我跟這位女士的生活一直很快樂。在今晚之前，我讓她受了天大委屈的那些日子，一直都是我覺得最幸福的日子。」

說出這番話時，他的聲音越來越顫抖，停了一會兒，才繼續說道：「一旦從大夢初醒——不管怎麼說，我這輩子都是個很不會作夢的人——我看出她對於兒時玩伴和門當戶對的人會有依戀也是很自然的事情。她或許會無心地覺得對他有所遺憾，想過要是沒有我，事情或許會變得如何，這是無可非議的想法，我恐怕這些都太真確了。很多以前在我眼前發生，我卻從未留意的事情，在過去難受的一小時內，都以全新的意義回到我腦海中。但，除此之外，各位，這位親愛女士的名字絕對不能和任何關於懷疑的隻字片語有所關聯。」

有一小段時間，他的眼神發光、聲音堅定，但過一會兒之後，他又陷入沉默。之後，他像剛才那樣繼續說道：「由我引起的痛苦，只能讓我一個人盡量順從地承擔。該責備人的是她，不是我。讓她不受人誤解，就連我的朋友都無法避免的痛苦誤解，現在成了我的責任。我們過得越平淡，我就越能履行這份責任。等到那一刻到來——要是上帝慈悲，但願這天能盡快來到！——我離開人世就能讓她解脫了，到時我就能懷著無限的信任和關愛，看著她高貴的臉龐，然後永遠闔眼，讓她沒有遺憾，邁向更快樂、明亮的未來。」

他的真摯與善良和他十分純樸的個性相互輝映，讓我熱淚盈眶，都看不見他的人影了。這時他已經走到門邊，補充說：「各位，我已經把真心都掏出來了，我相信你們會尊重的。我們今晚說的事，絕不可再提。威克菲爾德，借一隻手給老朋友，陪我上樓吧！」

威克菲爾德先生趕緊走向他。兩人都沒有說話，慢慢地一起走出書房，烏利亞看著他們離開。

「哎呀呀，考柏菲爾德少爺！」烏利亞溫順地轉向我說。「這件事的發展還真是不如預期，因為那個老學究——真是傑出的人啊！——他跟磚塊一樣瞎。不過我想，這家人已經不擋我的路了！」

他一開口，就讓我感到前所未有的震怒，之後也從來沒有這麼氣憤過。

「你這惡棍，」我說，「你把我拖進你的計謀裡是什麼意思？你剛才竟然敢提到我的名字，好像我們私底下兩個討論過一樣？」

我們面對面站著，他臉上露出幸災樂禍的表情，也是我早就清楚的。我是指，他故意將心事告訴我，刻意折磨我，在這件事情上還蓄意設了陷阱給我，我實在受不了了。他整個瘦長的臉頰就在我眼前，一副欠揍的樣子，我奮力攤開手揮了過去，力道讓我的手指如燙傷般刺痛。

他一把抓住我的手，我們倆就這樣杵在那裡，互瞪著對方。就這樣僵持了很久，久到我都看得到我手指打出的白色印記在他臉頰轉成暗紅色，後來還變得更深。

「考柏菲爾德，」終於他用喘不過氣的聲音說道，「你是瘋了嗎？」

「我受夠你了，」我把手收回，「你這狗東西，我以後再也不會跟你有牽扯了。」

「是嗎？」他把手按在疼痛的臉頰上。「或許你無法吧。你這樣是不是太不知感恩了，啊？」

「我已經多次表現出我鄙視你，」我說。「剛才我更加清楚地表達出來，我看不起你。我何必要怕你傷害你周遭的人啊？你除了害人以外還做過什麼事？」

他完全明白我的暗示，是指在此之前跟他往來時，讓我一直有所顧慮的事。要不是前幾天晚上艾格妮絲給我的保證，我不覺得我會對他出手或是說出暗示的話。現在這都沒關係了。

好一陣子都沒人開口。

他雙眼直盯著我，似乎露出了讓眼睛變得醜陋的所有顏色。

「考柏菲爾德，」他將手從臉頰上移開說，「你一直跟我過不去。我知道你打從在威克菲爾德先生家的時候，就老是跟我過不去了。」

「你要怎麼想隨便你，」我還是繼續用火冒三丈的語氣說。「如果那不是真的，那你才值得別人尊重。」

「但我可是一直都很喜歡你的啊，考柏菲爾德！」他回道。

我沒理他，拿起帽子，準備回旅店休息，這時他擋在我和門中間。

「考柏菲爾德，」他說，「架要兩個人才吵得起來，我是不會跟你吵的。」

「你可以去死！」我說。

「別這樣說嘛！」他說。「我知道你以後一定會後悔的。你怎麼會說出這麼惡毒的話，把自己變得比我更低下呢？可是我原諒你。」

「你、原諒、我！」我很不屑地重複道。

「我原諒你，而且我要不要原諒你，並不關你的事，」烏利亞答道。「想想看，我一直都把你當朋友，你卻動手攻擊**我**！可是呢，架要兩個人才吵得起來，而我不會跟你吵。儘管你做出這樣的事情，我今後還是會把你當朋友，所以你現在知道以後會有什麼事了。」

為了不在這麼晚的時間打擾到整間屋子的人，我們兩個不得不壓低聲音說話（他說得很慢，而我說得很快），我還是怒氣沖沖，不過已經沒有剛才那麼激動了。我只跟他說，他的行為從來都沒出乎我的預料，而且還從沒讓我失望過，所以之後他做什麼事，我也不會意外。說完，就把門往他那邊一開，好像他是顆巨大的待壓核桃一樣，甩上門走出博士家。他晚上要去他母親的住處過夜，所以也走出了門。我才走沒多遠，他就跟上來了。

「你知道嗎，考柏菲爾德，」他湊上我耳邊說（我並沒有轉頭），「這件事是你理虧，」我自知他說得沒錯，因此讓我更生氣。「你可沒辦法把這個行為變成英勇的事，而且也沒辦法阻止我原諒你。我不打算將這件事告訴我母親，也不打算跟任何人說。我決定原諒你。但我倒是很納悶，你是怎麼會出手打一個你明知道這麼卑微的人！」

我只覺得自己的低劣程度比他好一點而已。他比我自己還要瞭解我。要是他反擊或是公開激怒我，那我反而會覺得舒坦些，證明自己行為正當。但他把我放到慢火上煮，折磨了我大半個晚上。

我隔天早上出門時，教堂的晨鐘響起，我看見他跟他的母親來回散步。他當成什麼事都沒有發生地跟我打招呼，我不得不回應他。我想，我那一巴掌打得太用力了，讓他牙齒痛。不管怎樣，他用黑色絲巾包住臉，頭上還戴了帽子，但一點也沒有讓他變得比較像樣。我聽說他週一早上去倫敦看了牙醫，拔了一顆牙齒。我真希望是大顆的。

博士發出消息說他身體不適，因此在威克菲爾德父女來訪期間，每天有很長一段時間都獨自一人待著。他們父女離開一週後，我們才恢復平常的工作。復工的前一天，博士親自拿給我一張折起來、沒有封的紙條。短箋是寫給我的；他用幾句慈愛的措辭要求我絕對不可以再提起那天晚上的事。在這之前，我就已經告訴姨婆了，但沒有告訴別人。這不是個我能跟艾格妮絲討論的話題，她自然也完全沒有懷疑發生了那樣的事。

我認為史壯夫人那時候還沒察覺事情不對勁。直到幾週過後，我才注意到她有了些微改變。她的變化就像沒有風的雲一樣緩慢。起初，她似乎不明白博士跟她講話為什麼帶著溫柔憐憫的語氣，也不清楚他為什麼要她母親來陪伴她，讓她生活不那麼單調無聊。我們在工作時，她經常會坐在一旁，我看到她停下手邊的事，抬起那張令人難以忘卻的臉望著博士。之後，我不時看到她起身，眼眶泛淚地離開書房。漸漸地，不快樂的陰影籠罩著她的美貌，並且日益加深。馬克漢太太經常會來博士家，她總是喋喋不休，卻對屋簷下的事視若無睹。

安妮以前就像博士家的陽光，但她的細微改變也讓博士外表看起來更加老邁，也更加嚴肅。可是他對安妮的溫和脾氣、慈祥態度與關心，更加深切，要是有辦法再深的話。安妮生日當天一大清早，我們在工作時，她進來坐在窗邊（她原本就都會進來坐在那，只是現在開始露出膽怯及猶豫不決的神色，讓人動容），我看到博士雙手扶著她的額頭兩旁，吻了一下，就匆忙走掉，好像太難過，無法留在那裡。博士離開後，我看到她像雕像一樣留在原地，垂下頭，雙手交扣哭了起來，我說不出她哭得有多麼悲傷。

在那之後，有時候在工作空檔，只有我和安妮在書房時，我覺得她好像想跟我說話。但她什麼也沒說出口。博士總會替她安排一些餘興節目，讓她跟她母親出門。馬克漢太太本來就很喜歡娛樂，做其他事都讓她不滿意，因此總是興高采烈、很大聲地稱讚博士。可是安妮卻顯得無精打采、悶悶不樂，反正母親帶她去哪，她就跟著去，似乎毫不在意要做什麼。

我不知道該怎麼辦；姨婆也是。一籌莫展的她肯定已經在公寓裡來回走了上百哩路。最奇怪的是，能進入這對夫妻失和的神祕領域，給他們真正慰藉的只有一個人，這個人就是迪克先生。

他對這件事的想法或觀察是什麼，我無法解釋，我敢說他也無法幫我理清。可是，就如我在學時期描述過的，他對博士無限景仰；在真正的愛慕中，有種很細微的洞察力，就算是比較低等的動物對人類也有，是智力最高的人類也比不過的。迪克先生就是靠著這種心領神會（如果我能這麼稱呼），讓真相有如明亮光芒一樣直射出來。

在此之前，迪克先生就已經很驕傲地恢復了以往在坎特伯里時走博士步道的特權，他會用大部分的空閒時間跟博士在花園來回散步。但事情才剛發展到這個地步，他就把所有空閒時間（甚至還為了抽出更多空檔而早起）都花在散步上。以前博士將令人驚嘆的辭條唸給他聽時，他從來沒有這麼高興過，現在只要博士沒從口袋中掏出辭條唸，他就會很難受。博士跟我工作時，他開始養成陪史壯夫人散步的習慣，幫她修剪她最愛的花朵或拔雜草。我敢說，迪克先生一個小時內絕對說不上十幾句話；但他的默默關心和渴望的臉龐，在他們夫婦兩人的心中找到立即的回應。他們都知道對方喜歡迪克先生，他也關愛著他們夫婦，他做到其他人都做不到的事情——成為他們兩人的連結。

每當我想到他難以理解的睿智面孔，跟博士來回散步，樂意被字典的艱難詞彙轟炸；每當我想起他拿著巨大澆花器跟在安妮身後，蹲下來，笨拙的雙手戴上手套，很有耐心地在小樹叢中做細部的修整；他做的任何事，都表達了把她當朋友的細微渴望，是沒有任何哲人能表達出來的；他從澆花器的每一個孔洞中灑下同情、信賴與關愛；每當我想起他從來沒有把心思飄向招致他痛苦的恍惚腦袋，從來沒有把不幸的查理一世國王帶進花園裡，從來沒有動搖他想回報他們的心意，他知道事情不對勁後，就從來沒有轉移注意力，一心只想讓事情回到正軌——他智力不全卻能做這麼多事，而智力健全的我卻無能為力，一想到這些就讓我覺得好羞愧。

「除了我以外，沒有人知道他是什麼樣的人，托特！」我們談到這件事時，姨婆總會驕傲地說。「迪克的本領還沒有發揮出來呢！」

結束這個章節前，我必須再提另一件事。威克菲爾德父女到博士家作客期間，我注意到郵差每天早上都會送兩、三封信給烏利亞．希普。因為他休假，所以在其他人離開之後，他在高門多留了幾天。那些信全都是麥考伯先生寫給他的公務信，他現在開始幫忙處理一些法律事務了。從這些小細節看來，我很高興地推斷麥考伯先生應該做得不錯，因此在這時候，收到他待人親切的妻子的來信，我覺得很意外。

信件內容如下：

我親愛的考柏菲爾德先生，收到這封信你必定覺得很意外。讀了內容之後，你會更加意外。知道我懇請你保密這件事之後，一定會再更加意外。但我為人妻、母的心情需要紓解。由於我不想和我娘家的人商量（麥考伯先生對他們夠反感了），除了我的朋友以及前任房客以外，我不知道還能找誰。

我親愛的考柏菲爾德先生，你或許知道我自己和（我絕不會拋棄的）麥考伯先生之間向來無話不談。麥考伯先生或許偶爾會不先跟我討論就簽了期票，或是債務到期時隱瞞我；這些事的確都發生過。但總的來說，麥考伯先生跟心愛的人——我指的是他的太太——之間並無祕密，而且也總是在睡前會將當天發生的事情告訴我。

我親愛的考柏菲爾德先生，我要告訴你的是，現在麥考伯先生完全變了，你可以想像我有多麼難過。他現在十分冷漠，神祕兮兮。對於他同甘共苦的伴侶來說——我再次指他的太太——他的生活完全是個謎。我可以跟你保證，除了知道他每天從早到晚都待在辦公室以外，我對他的生活還不如對南下男子的瞭解多（就是還不懂事的小孩會朗朗上口，關於冷李子粥的無聊故事[96]）。我就以這個流行的荒謬故事來表達真實的狀況。

96. 指童謠〈月亮上的人〉（*The Man in the Moon*）從月亮上掉下來，往南方的諾里奇走，喝了冷粥卻燙傷嘴。

這還不是全部。麥考伯先生現在脾氣變差，態度嚴苛，他跟我們的長子、長女都疏離了，也不再以雙胞胎為傲，甚至用冷淡的眼神看待我們家最新的無辜陌生成員。我們日常開支的費用原本就連四分之一便士都很省，但現在要從他身上要錢更是艱難無比，他甚至還不惜威脅要「自我了斷」（這是他的話）。要他解釋為什麼會說出這種令人心煩意亂的話，他完全不理會，就是拒絕給出任何解釋。

這太難受了。這太讓人心碎了。你已經幫了我很多忙，你知道我多麼無能為力，要是你能告訴我該如何發揮我僅有的一點能力解決這件罕見的難題，那會是再幫朋友一個大忙。致上孩子們愛的問候，以及還不懂世事的快樂新成員送上的微笑。親愛的考柏菲爾德先生，我依然是你痛苦的朋友。

艾瑪．麥考伯

週一晚上於坎特伯里

除了建議她應該有耐心、溫柔地讓麥考伯先生回到以前的模樣（我知道不論如何，她本來就會這麼做），我覺得自己沒有資格給麥考伯太太這麼有人生經驗的人其他建議。不過，這封信倒是讓我想了很多麥考伯先生的事情。

第43章 再次回顧

讓我再次停下來，回顧我這輩子最難忘的一段回憶。讓我站到一旁，看著過往的日子如幻影般，伴隨著我自己的影子，黯淡地從我身邊接二連三經過。

一週又一週、一月又一月、一季又一季地過去。它們彷彿只是比某個夏日或冬夜再長一點的時光而已。現在，我和朵拉在開滿花的公會散步，眼前一片璀璨金黃；石南花成山成丘地被雪覆蓋，看不見了。瞬息間，我們週日散步行經的涓涓河流，原本在夏日陽光下閃閃發光，此刻被冬天的風吹起波浪，或是堆起浮冰。河水比往常更快速地流向大海，激起浪花、顏色加深、滾滾流去。

家裡，兩位有如鳥兒般的小女士一點也沒有變。壁爐上的時鐘滴答作響，門廊上還是掛著晴雨計。不管是時鐘還是晴雨計，從來都沒有準過，但我們虔誠地相信它們。

依法我已經成年了，到了可以抬頭挺胸的二十一歲。但這種尊嚴或許只是強加在我身上。讓我來看看我達成了哪些成就：我已經馴服艱難、神祕的速記學，靠它賺了不少錢。我在這項技藝上的成就讓我小有名氣，因此與其他十一個人一起替一家《晨報》報導議會辯論。夜復一夜，我記錄著永遠不會成真的預測、永遠不會實現的聲明，以及只會讓人更搞不懂的解釋。我在文字中打滾。那位不幸的女士，不列顛尼亞[97]，永遠像隻被辦公用筆刺穿、用繁文縟節綁住的雞，擺在我面前。因為我在幕後做了很多事，很瞭解政治生涯的價值。對這種生涯，我是離經叛道的，而且永遠不會改變初衷。

我親愛的老朋友崔斗斯也嘗試學習速記，但這個專業並不適合他。提到自己的失敗，他顯得十分樂觀，還提醒我，他一直都覺得自己學習速度很慢。他偶爾也會受僱於同一家報社，撰寫一些無趣話題的基本事實，再由比較富有想像力的人加以潤飾。他終於當上律師了，憑藉著值得讚揚的努力和克己忘我的精神，他總算又籌到一筆一百英鎊費用，進入一家律師事務所實習。為了慶祝他的加入，他們喝了很多熱波特酒，由於所費不貲，我想內殿律師學院應該賺了不少錢。

我在另一行也有所斬獲。我戰戰兢兢地寫起文章來。我過去偷偷寫了一點文字寄到雜誌社，後來被刊登出來。從那之後，我鼓起勇氣開始寫一些零散的作品。現在，我定期發表文章賺稿費。這些加起來，我算是收入頗豐，我用左手手指算收入時，還得動用到三根手指，數到第四根的中間指節[98]。

我們已經搬離白金漢街的公寓，住在我第一次滿懷熱忱時看中的小屋附近。姨婆也以不錯的價格賣掉多佛的房子，不過她並沒有要跟我們一起住，而是打算搬到附近一間比較小的房子。這意味著什麼呢？我要結婚了嗎？沒錯！

沒錯！我要跟朵拉結婚了！拉維妮雅小姐和克拉瑞莎小姐已經答應我們的婚事。要是金絲雀會激動得亂跳的話，那她們就是了。

拉維妮雅小姐自願打點我那寶貝的服裝，用棕色牛皮紙裁出胸衣的版型，意見與另一位腋下夾著布捲與布尺的年輕人完全相反。有位胸前總插著針線的女裁縫師直接在她們家住了下來；我覺得她不管吃、喝、睡，手指上總是戴著頂針。她們把我的寶貝當成人體模型，老是要她試穿來、試穿去。傍晚時，我們連五分鐘獨處的快樂時光都沒有，經常被某個女士敲門打擾：「噢，不好意思，朵拉小姐，麻煩您到樓上去！」

克拉瑞莎小姐和姨婆跑遍全倫敦，想找適合的家具給我和朵拉挑。其實她們如果能夠省去挑選的步驟，直接把東西一次買完還更好，因為她們跑去看廚房護欄和烤肉架的時候，朵拉看中一個中國式狗屋要給吉普，上頭還有小鈴鐺，她就比較想買這個。我們買下之後，吉普花了很久的時間才適應牠的新家；不管牠出門還是回家，總是搖得小鈴亂響，讓牠怕得要死。

佩格蒂也來倫敦幫忙，而且立刻就上工。她負責的顯然是把所有東西擦拭過一遍又一遍。所有能擦的東西，她都一擦再擦，直到那些物品像她誠實善良的額頭一樣閃閃發光才肯停手。此刻，我開始看見她哥哥在夜裡獨自穿梭於暗巷，處處留意路人的臉孔。我從來沒有在那種時候跟他交談過。他嚴肅的身影繼續往前走，我太清楚他在尋找什麼，他在懼怕什麼。

我有空時，還是會偶爾去公會看看，但崔斗斯今天下午來找我時，為什麼看起來那麼體面慎重？原來我兒時的夢想就要成真：我要去申請結婚證書了。

只不過是張小小的文件，竟然有這麼大的作用。證書放在我桌上的時候，崔斗斯半羨慕、半敬畏地看著它沉思。那上頭並列的名字，大衛・考柏菲爾德和朵拉・史賓洛，讓人想起我們以前甜蜜的時光。文件角落有個印花，是印花局這個有如雙親般的機構（總是親切關心人類的各式交易），俯視我們結為連理。不只如此，證書上還有坎特伯里大主教用最省錢的方式以文字祝福我們的話。

不過，我還是宛如身處夢中，這是一場讓人緊張不安、快樂又匆忙的夢。我真不敢相信我要結婚了；但我又不能不相信，街上每個路人一定能看出我後天就要結婚了。我去宣誓時，因為代理主教認識我，很快就幫我辦好，好像我們都是共濟會成員，心照不宣。雖然崔斗斯不需到場，他還是來了。

97. Britannia，是羅馬帝國對不列顛島的拉丁語稱呼，之後據此設立不列顛尼亞行省，然後衍生出守護不列顛島的女神名稱，並且成為現代英國的化身和象徵。
98. 一根手指代表一百英鎊，三指半約等於年收入三百五十英鎊。

「我親愛的好朋友，我希望下次你來這裡，」我告訴崔斗斯，「是要為你自己處理一樣的事情。而且我希望這一天趕快來到。」

「謝謝你的祝福，我親愛的考柏菲爾德，」他回答，「我也這樣希望。知道不管多久，她都願意等我，令我感到十分欣慰，而且她真的是全世界最貼心的人……」

「你什麼時候要去車站接她？」我問道。

「七點鐘，」崔斗斯看著他的樸素舊銀錶說，這錶正是他以前在學校把齒輪拿出來做水車那只。「跟威克菲爾德小姐的時間差不多，是嗎？」

「她比較晚一點，八點半。」

「我跟你保證，我親愛的朋友，」崔斗斯說，「想到這件事終於要有圓滿結局，我高興得像是自己要結婚一樣。而且你真是太夠朋友、太體貼了，不只邀請蘇菲參加這麼快樂的婚禮，還請她跟威克菲爾德小姐一起當伴娘，我真的非常感激，我會銘記在心。」

我聽到他的聲音，與他握了手；我們一起聊天、散步、吃飯之類的，但我不相信這是真的。沒有一件事是真的。

蘇菲依照約定時間到了朵拉的姑姑家。她的臉實在太親切了，不能說非常出色，但非常可愛，她是我所見過數一數二友善、坦率、可愛的人。崔斗斯向我們介紹她時顯得十分自豪，我在角落恭喜他選對人，他還在時鐘旁搓了十分鐘的手，頭上的每根頭髮都豎了起來。

坎特伯里來的馬車到了，我去接艾格妮絲，她愉悅美麗的面容再次加入我們。艾格妮絲非常喜歡崔斗斯，崔斗斯自豪地將全世界最貼心的女孩介紹給她認識，這一幕實在令人開心。

可是我還是不相信這一切真的發生。跟大家共度的這個夜晚好愉快，感覺好像在九霄雲上，但我仍覺得難以置信。我無法理清思緒。我無法在快樂當下確實感受到真實的幸福感。我感覺自己處在朦朧不清的混亂狀態；好像我一、兩週前一大早起床後，就沒有再上床睡覺似的。我根本搞不清楚時間順序。我似乎把結婚證書放在口袋裡，過了好幾個月。

隔天也是，我們一行人浩浩蕩蕩地去看新家——我跟朵拉的房子，我還是無法把自己當成男主人，我彷彿是經過別人允許才待在那裡的。我似乎還等著真正的一家之主回家，說他很高興接待我。這間小房子好美啊，裡頭的一切都嶄新明亮；地毯上的花兒像剛採下的，壁紙上的綠葉像是剛長的；棉布窗簾潔白無瑕，玫瑰色的家具透出紅色，還有朵拉那頂綁著藍色緞帶的草帽已經掛在吊鉤上——我仍記得剛認識她時，她也戴這種帽子，看得我好愛啊！吉他盒好像很自然舒適地立在角落。大家都被吉普的「寶塔」絆到了，那東西對這間屋子來說實在大了一點。

我們又度過一個快樂的夜晚，跟其他晚上一樣很不真實。離開前，我溜進平常去的房間，但朵拉不在那裡。我猜她們還在試穿婚紗。拉維妮雅小姐悄悄進來，神祕兮兮地告訴我，朵拉快好了。可是她還是讓我等了很久。最後，我聽見門外有窸窣聲，有人敲門。

我說：「請進。」但那個人又敲了一次門。

我走向門，納悶是誰。打開門後，看到一雙明亮的眼眸和一張羞紅的臉龐。它們是朵拉的眼睛與臉蛋，拉維妮雅小姐已經替她換上明天的婚紗，戴上紗帽、配上飾品讓我欣賞。我將我的小妻子擁入懷中，這時候拉維妮雅小姐叫了一聲，原來我把帽子弄皺了。因為我實在太高興了，朵拉也喜極而泣；這時候我更加不敢相信這是真實的。

「你覺得漂亮嗎，大迪？」朵拉說。

漂亮！我當然覺得啊。

「那你確定你很喜歡我嗎？」朵拉說。

這個話題有弄皺婚紗帽的危險，因此拉維妮雅小姐又輕聲叫了一下，要我知道朵拉只能遠觀，千萬不可碰觸，所以朵拉既困惑又開心地在那裡站了一、兩分鐘讓我好好欣賞她。接著，她把紗帽拿在手上——沒有戴帽子的她看起來好自然！——就跑走了。後來她穿著平常的裙裝蹦蹦跳跳地下樓，問吉普說我是不是娶了個漂亮的小妻子，還問牠會不會原諒她結婚了，然後跪在牠面前，要牠站到烹飪書上，這是她告別單身前最後一次叫牠表演。

我回到在附近的租屋，比之前更覺得難以置信。第二天，我一大清早就起床，騎馬去高門路接姨婆。我從來沒有見過姨婆打扮成這樣。她身穿薰衣草紫色的絲質裙裝，戴著白帽，看起來漂亮極了。幫她著裝的是珍妮特，她也來看我了。佩格蒂已經準備好要上教堂，打算在上層樓座觀禮。迪克先生負責帶我的寶貝走紅毯，所以把頭髮弄捲了。跟我約在收稅關卡處的崔斗斯，則身穿米白色配淺藍色的亮眼禮服。他和迪克先生兩人的打扮都非常體面。

我無疑確實看到這一切，因為我知道事情發生的經過；但我卻覺得迷迷糊糊，好像什麼也沒看見，我也什麼都不相信。但是，我們坐在敞篷馬車上往前駛時，這樁夢幻的婚事又讓我感覺好真實。我看著在店門口掃地的人，繼續著平常的工作，很遺憾無法參與這樁美事，竟不禁可憐起他們了。

姨婆一路上都握著我的手。我們在教堂不遠處停下來，讓坐在車夫旁的佩格蒂下車，她緊握了我的手，給了我一個吻。

「願上帝保佑你，托特！就算是我自己親生的孩子，也不會比你更親了。我今天早上想起可憐的寶貝了。」

「我也是。這一切都要感謝您，親愛的姨婆。」

「別說了，孩子！」姨婆說。她熱情地將手伸向崔斗斯，崔斗斯把手伸向迪克先生，迪克先生又把手伸向我，我再伸向崔斗斯，接著我們一行人就到了教堂門口。

我相信教堂裡夠寧靜的了，但它對我的鎮定作用就像一台全速運作的蒸氣織布機一樣。我完全冷靜不下來。

接下來的事或多或少就像個斷斷續續的夢。

我夢到，大家跟著朵拉一起進來。教堂領座的人員像軍官一樣，把我們帶到祭壇柵欄前面。當時我還想，為什麼這些領座人員淨是一些討人厭的女性？是不是以宗教角度來看，好事恐怕會引起大災難，所以通往天堂的路上一定得派這些酸溜溜的人站崗？

我夢到，牧師與執事出現，還有幾位船夫和路人閒晃進來。我後方有個老船夫，他身上濃烈的蘭姆酒味熏得整間教堂都是。牧師用低沉的嗓音開始主持，大家都非常專心。

我夢到，擔任後援伴娘的拉維妮雅小姐第一個哭了出來，抽泣著向已故的皮傑先生致意（我猜是這樣）。克拉瑞莎小姐聞著嗅聞瓶。艾格妮絲照顧著朵拉。姨婆臉上淚不停流，卻盡力表現出自己是嚴肅的表率。小朵拉全身發抖，回應牧師的話時聲音小得幾乎聽不見。

我夢到，我們兩人並肩跪下。朵拉漸漸不發抖了，但還是一直握著艾格妮絲的手。儀式很平靜、莊嚴地完成後，大家的表情有如四月天一樣多變，一下哭、一下笑。我的小妻子在教堂的小禮拜室裡哭得歇斯底里，呼喚著她可憐的爸爸、她親愛的爸爸。

我夢到，她很快打起精神，我們兩人分別在登記簿上簽了名。我去上層樓座帶佩格蒂下來簽名。佩格蒂在角落擁抱我，告訴我，她也是這樣看著我親愛的媽媽結婚。婚禮結束，我們要離開教堂了。

我夢到，我深情款款地挽著甜美的妻子走過教堂的走道，覺得很自豪，矇矓中，我隱約看見來賓、講道壇、紀念石刻、長座椅、聖水器、風琴、教堂窗戶，這一切觸動了我很久以前在老家那裡上教堂的模糊印象。

我夢到，我們經過來賓身邊時，他們交頭接耳，說我們是對年輕的新人，說朵拉是多麼漂亮的小新娘子。搭車回家的路上，大家都興高采烈地說個不停。蘇菲告訴我們，崔斗斯跟她要結婚證書時（我之前交給他保管），她差點昏過去，覺得他一定是弄丟，或是放在口袋裡被扒走了。艾格妮絲笑得很開心，朵拉太喜歡艾格妮絲了，捨不得與她分開，還一直牽著她的手。

我夢到，我們吃了一頓豐盛、好吃、實在的早餐，就跟在其他夢境裡一樣，我雖然又吃又喝，卻一點也沒有嘗到味道。如果我能這麼說的話，我吃進、喝進的就只有愛情與婚姻。這些食物也跟其他東西一樣，我不相信它們是真實的。

我夢到，我恍恍惚惚地發表了演講，卻一點都不知道自己說了什麼，只有一點我很確定，那就是我什麼也沒說。大家談天說笑，非常快樂（還是在夢裡）。吉普吃了結婚蛋糕，結果卻身體不適。

我夢到，我們租的一對馬兒已經在門外等候，朵拉去換衣服。姨婆和克拉瑞莎小姐留著陪我們，我們一起在花園裡散步。姨婆在早餐時說的一番話讓朵拉的姑姑們非常感動，她自己覺得十分高興，也有點自豪。

我夢到，朵拉已經準備好了。拉維妮雅小姐一直待在她身邊，捨不得這個帶給她那麼多快樂的漂亮娃娃離開。朵拉發現自己一下忘了那個小東西，一下漏了這個小玩意，每次都讓大家四處奔走，替她拿來。

我夢到，朵拉開始向大家道別，眾人簇擁而上，大家身上的明亮色彩與緞帶看起來就像花叢。我的寶貝困在花裡，幾乎快要窒息，最後終於笑著走出來，奔向我嫉妒的胸膛，我們倆喜極而泣。

▍我結婚了

我夢到，我想要抱吉普（牠本來就要跟我們一起離開），但朵拉說不行，一定要讓她抱，不然吉普會以為她結婚後就不再愛牠了，一定會心碎的。我們挽著手，朵拉停下來轉頭看，說道：「要是我曾對誰生氣或不領情，一定要忘記喔！」說完就哭了出來。

我夢到，她揮揮小手，我們繼續往前走。她又停了下來，轉身奔向艾格妮絲，只給艾格妮絲一人最後幾個吻別。

我們一起搭車離開，我從夢中醒來了。我終於相信了。我身旁坐的就是我最、最、最親愛的小妻子，我深愛的人！

「這下子你高興了嗎，小呆瓜？」朵拉說。「你確定不後悔嗎？」

我剛才站在一旁，看著往日的幻影從我身邊過去。它們現在都消失了，就讓我繼續講述我的人生旅程。

第44章 新婚生活

蜜月過完，伴娘也都回家後，我和朵拉坐在自己家的小屋裡，不必再像以前一樣忙著談情說愛，突然間覺得沒事做了，這種感覺好奇怪。

有朵拉時時刻刻在身邊的感覺好不尋常。我不用再出門找她、不必為了她內心折磨、不用再寫信給她、不用再想方設法找機會跟她獨處，實在不可思議。傍晚寫作時，我有時抬頭看到她就坐在我對面，我會往後靠在椅子上，心想我們兩個現在理所當然地獨處——不需要再經過別人同意，我們訂婚階段的濃情蜜意都收在架上長灰塵，除了彼此，誰都不需要取悅；只要取悅彼此，一生一世——這種感覺好奇特。

議會有辯論時，我經常得工作到很晚，下班後走路回家，一想到朵拉在家等我，那感覺好奇特！我吃晚餐時，她悄悄地下樓跟我聊天，一開始我覺得那感覺好美妙。能明確知道原來她是用紙捲頭髮的，那感覺好奇妙；看她弄的時候，我覺得好驚訝！

我真好奇有沒有哪一對雛鳥比我和漂亮的朵拉更不懂如何管家。當然，我們有傭人瑪麗·安，她會替我們料理家務。我至今還是默默相信她肯定是克拉普太太的女兒偽裝的，跟她相處的那段時光實在太難熬了。她姓派拉岡[99]。我們雇用她時，聽說她人如其名，後來卻發現根本沒有這回事。她帶了

99. Paragon 有「典範、表率」之意。

推薦函來，大得跟公告書一樣；根據這份文件，只要我聽過的任何家務事她都會做，很多我沒聽過的事她也樣樣精通。她正值壯年，面容嚴厲，身上（特別是雙臂）老是起麻疹或是紅疹。她有個表哥是近衛騎兵團的一員，腿很長，看起來活像別人下午的影子。他的緊身制服對他來說太小，就好像他對我們家來說太大一樣。由於他跟小屋的比例實在差太多，他的存在讓家裡顯得更小。除此之外，因為牆壁不厚，晚上我們總能從廚房傳來持續不斷的哀嚎聲知道他來了。

有人擔保我們家這個不可多得的人才不會喝酒，待人誠實，因此當我們在鍋爐下發現她時，我寧願相信她是昏厥症發作；還有家裡的茶匙不見，都是清潔工的錯。

可是她總讓我們惴惴不安。我們知道自己經驗不足，也無法自己解決問題。要是她有慈悲心的話，她可能會對我們手下留情；但她是個心狠手辣的女人，一點善心也沒有。我們夫妻倆第一次爭吵的禍首就是她。

「我最親愛的心肝，」我有天對朵拉說，「妳覺得瑪麗．安有沒有時間觀念啊？」

「怎麼啦，大迪？」原本在畫畫的朵拉天真地抬起頭問。

「寶貝，現在已經五點了，但我們預計四點用餐的啊。」

朵拉難過地看著時鐘，暗示她覺得是時鐘太快了。

「正好相反，寶貝，」我看著錶說，「時鐘還慢了五分鐘。」

我的小妻子走過來坐在我腿上，撒嬌地要我別說了，然後拿鉛筆從我鼻梁畫了一道；雖然這個舉動很可愛，但不能當飯吃。

「親愛的，妳不覺得，」我說，「妳該責備一下瑪麗．安嗎？」

「噢不，拜託！不行，大迪！」朵拉說。

「為什麼不行呢，寶貝？」我溫柔地問道。

「噢，因為人家是隻小呆頭鵝呀，」朵拉說，「她也知道我是！」

我認為這句話跟要監督瑪麗．安的做法相牴觸，所以皺了下眉頭。

「噢，我的壞寶貝額頭上跑出醜醜的皺紋了！」朵拉依然坐在我腿上，用鉛筆沿著紋路畫，還將筆放到她的櫻桃小嘴潤濕，好讓筆心變得更黑，搞怪地假裝一臉認真，讓我看了心情變好。

「這樣才乖嘛，」朵拉說，「笑起來才好看。」

「可是，寶貝……」我說。

「不要，不要！拜託你！」朵拉喊道，親了我一下，「不要跟藍鬍子[100]一樣壞！別那麼嚴肅！」

「我的好太太，」我說，「我們偶爾得嚴肅一點。來！坐在這張椅子上，坐到我旁邊來！把鉛筆給我！好了！我們好好地來講道理。親愛的，妳也知道，」我握著的手好纖細，上頭的婚戒看起來小巧玲瓏。「寶貝，妳知道沒有吃晚餐就出門，會覺得很不舒服，是不是？」

「嗯……對。」朵拉虛弱地說。

「寶貝，妳怎麼抖成這個樣子！」

「因為人家知道你要罵我了。」朵拉用可憐兮兮的聲音說道。

「我的甜心，我只是要跟妳講道理。」

「噢，可是講道理比罵我還要糟啊！」朵拉失望地說。「我嫁給你，不是要聽你講道理的。要是你本來就打算跟我這個可憐的小東西講道理，那你之前就該先說呀，你這個狠心的壞小子！」

100. 童話故事裡的人物，故事中他謀殺了數任妻子。

我試圖安慰朵拉，但她別過臉，把鬈髮甩到一邊說：「你這個狠心、狠心的壞小子！」她說了好多次，弄得我都不知道該怎麼辦才好，不安地在房間裡來回踱步，後來又再走回到她面前。

「朵拉，親愛的！」

「不，人家才不是你親愛的。因為你**一定是**後悔娶我了，才想跟我講道理！」朵拉回道。

這項無理的指責實在太傷人，我鼓起勇氣板起臉孔來。

「好了，我的寶貝朵拉，」我說。「妳這樣太孩子氣了，而且不講理。我相信妳一定記得，我昨天晚餐吃不到一半就趕著出門；還有前天因為要匆忙吃掉沒煮熟的小牛肉，身體一直不太舒服。而今天，我連吃都沒得吃——我都不想再提今天早餐等了多久——最後連水都**還沒**煮開。我不是要責備妳，親愛的，但這樣子的生活實在太不舒適了。」

「噢，你這個狠心、狠心的壞小子，竟然說我是個討人厭的妻子！」朵拉哭喊道。

「我親愛的朵拉，妳一定要知道，我並沒有這樣說啊！」

「你說我太不舒適了！」朵拉哭喊。

「我是說家裡的狀況不舒適啊！」

「那不是一樣的嗎！」朵拉哭得傷心欲絕，顯然是真的這樣想。

我又在房間裡踱步。我滿心疼愛這個漂亮的妻子，很自責地想把頭往門上撞。我再次坐下後說：「我不是在怪妳，朵拉。我們倆都還有很多要學的。我只是想讓妳知道，親愛的，妳一定要——妳真的一定要，」（我堅決不放棄這件事。）「習慣監督瑪麗．安。同樣地，為了妳自己，也為了我做出一點行動。」

「我真的不知道你為什麼會說出這麼不知感恩的話，」朵拉啜泣道。「你明知道前幾天，你說想要吃魚的時候，我親自走了好遠好遠去買魚，給你驚喜。」

「那真的很貼心，我最愛的寶貝，」我說。「我覺得妳實在太貼心了，所以無論如何，我都沒有提到妳買的鮭魚太大，兩個人根本吃不完。還有，竟然要價一鎊六先令，是我們負擔不起的。」

「你明明覺得很好吃，」朵拉抽噎著。「你還說我是隻可愛的小老鼠。」

「我以後也會這樣稱讚妳的，寶貝，」我答道，「上千遍我都說！」

但我已經傷了朵拉脆弱的心，不管怎樣都安慰不了她。看她泣不成聲，我覺得自己好像真的說了什麼讓她傷透了心。後來我得出門，也工作到很晚才回來；整個晚上，我都懊悔不已，心裡很難過。我覺得自己好像刺客，做了罪大惡極的事，心裡隱約有股罪惡感。

我回到家時，已經半夜兩、三點了。我發現姨婆在家等我。

「發生什麼事了嗎，姨婆？」我警覺地說。

「沒事，托特，」她回答。「坐下，坐下。小花心情很差，我來陪她，就這樣。」

我用手撐著頭，坐著看爐火，想著自己才剛完成我最大的夢想，竟然這麼快就發生這種事，覺得懊惱沮喪。我沉思的時候，眼睛碰巧對上姨婆的視線，她一直盯著我的臉看。我看到她眼神中帶有焦慮，但一下子就不見了。

「我跟您保證，姨婆，」我說，「我整個晚上一想到朵拉難過，我也覺得很難過。但我只想溫柔關愛地跟她討論家務事而已，沒有別的意思。」

姨婆鼓勵地點頭。

「你一定要有耐心，托特。」她說。

「當然。天知道我並不是故意不講理的，姨婆！」

「我知道不是，」姨婆說。「可是小花是朵很嬌嫩的小花，風只能溫柔地吹向她。」

我在心裡謝謝姨婆對我妻子的溫柔體貼，我相信她也知道我在想什麼。

「姨婆，您能不能，」我望著爐火沉思片刻後說道，「為了我們兩個好，偶爾給朵拉一點建議或意見？」

「托特，」姨婆有點激動地回答，「不行！別要我做這種事。」

她的語氣好認真，我驚訝地睜大眼。

「我回顧往事的時候，孩子，」姨婆說，「想到有些已經進棺材的人，我覺得當時應該對他們溫柔些。要是我很嚴厲地評判別人的婚姻，或許是因為我有苦澀的理由，指責我自己的婚姻。這件事就讓它過去吧。多年來，我都是個脾氣暴躁、頑固任性的女人。我現在還是，以後也會是。但你跟我相處，我們彼此都獲得好處，托特，不管怎麼說，你都讓我變得更好了，親愛的。在這種時候，我們倆之間就不能有不和。」

「**我們**怎麼會不和！」我喊道。

「孩子，孩子！」姨婆撫順裙子說。「要是我插手，那我們倆會多快產生分歧，我會讓我們的小花多難過，這連預言家都說不出來。我希望我們的小乖喜歡我，也希望她像蝴蝶一樣快快樂樂。想想你母親的第二段婚姻；絕對不要讓你的暗示傷害到我跟她的關係！」

我立刻就明白姨婆說得沒錯；我也瞭解她有多麼疼惜我摯愛的妻子。

「你們才剛結婚，托特，」她繼續說道，「羅馬不是一天，也不是一年造成的。這完全是你自己的選擇，」我覺得她的臉上閃過一片陰影，「你選了非常漂亮、感情豐富的可人兒。這樁婚姻是你的責任，也會帶給你幸福——這點我當然知道，我不是要教訓你——但你要以你選她時，她所擁有的特質來看待她，而不是以她沒有的來評價她。如果可以，你可以培養她所沒有的特質；但如果不行，孩子，」姨婆揉揉鼻子，「你一定要讓自己習慣。可是要記住，親愛的，你們的未來由你們兩個人掌握，沒有人能幫得上忙，你們一定要自己解決。婚姻就是這樣，托特，願上帝保佑你們兩個在林子裡迷路的可憐寶寶！」

姨婆說這番話的時候一派輕鬆，還親了我一下，祝福我們。

「好了，」她說，「幫我點小燈籠，送我回花園小徑旁的小屋吧。」（我們兩棟屋子之間有條路相通。）「你回來後，替貝希．托特伍德送愛的問候給小花。不管你要做什麼，托特，休想把貝希當成稻草人，因為**我**光是從鏡子裡看她，就覺得她夠恐怖、夠憔悴的了！」

說完，姨婆將絲巾綁在頭上，這種時候她都習慣這樣做；然後我陪她走回家。她站在自家花園，舉起小燈籠替我照亮回家的路時，我覺得她又用剛才那焦慮的眼神看我，但我忙著思考她剛剛說的話，沒有多想。我第一次真正意識到我跟朵拉的未來，只有我們倆可以共創，沒有人可以幫忙。

我回到家，朵拉穿著小拖鞋溜下樓找我，靠在我的肩膀上哭，說我是個鐵石心腸的人，而她也很不乖；我想我也大致說了一樣的話。我們和好了，也同意我們第一次的小爭執會是最後一次，我們就算活到一百歲，也不要再吵架了。

我們經歷的第二場新婚試煉叫做「僕人的考驗」。瑪麗．安的表哥當了逃兵，躲進我們的煤窖，結果他的一群騎兵同袍闖進來，將他上銬帶走，這件事讓我們大感吃驚，也讓我們的花園蒙上汙名。這讓我決定非得辭掉瑪麗．安不可。她收下最後一筆工資時，態度竟然好得很，讓我很意外，結果我後來才發現她偷了茶匙，還用我的名字擅自跟店家借錢。

我們後來雇了基傑貝瑞太太，我想她是肯特鎮最老的居民，原本在做比較粗重的雜務，現在太虛弱，無法做那種活兒了。之後又找到另一個幫手，待人和氣，但她上下廚房樓梯拿著托盤時經常絆倒，或是拿著茶具像跳入浴池一樣地跌進客廳；這個可憐人所造成的破壞使我們不得不辭退她。在她之後又是一連串不能勝任的人（這段期間，基傑貝瑞太太來幫過幾次忙）。最後一個是個看起來有禮貌的年輕女子，但她卻會偷戴朵拉的帽子去格林威治市集。她走後我不記得又換了誰，只記得都同樣挫敗。

跟我們往來的店家似乎都會欺騙我們。我們只要一出現在店裡，就像給了對方信號，人家立刻就把不良品拿出來給我們。要是我們買了龍蝦，裡面肯定一堆水。我們買的所有肉品肉質都很硬，買的麵包也沒有酥脆外皮。為了找到烤肉的祕訣，研究如何烤得恰如其分，我讀了烹飪書，發現每一磅肉至少要烤一刻鐘，再稍微烤久一點也沒關係。可是這個原則總讓我們大為挫敗，我們永遠無法在不熟跟烤焦之間找到平衡。

我有理由相信，要是這些事我們都能做得成功，那肯定能省下一大筆錢。看過店鋪的帳目之後，我覺得，我們家所用掉的奶油不計其數，似乎都可以把地下室鋪滿了。我不知道國稅局那段時期的報告書，有沒有顯示胡椒粉需求增加的情形，但要是我們的購買量沒有影響市場，那我敢說至少有一些家庭有好一陣子沒用胡椒粉。這一切最神奇的地方是，我們家裡總是缺這個、缺那個的。

至於洗衣婦把我們的衣服拿去當掉，然後又醉醺醺地跑來道歉這種事，我想應該是任何人都經歷過幾次的吧。而煙囪失火、教區的消防車和教區執事作偽證的事，在其他人身上應該也發生過吧。但我想我們家倒是特別幸運，請到一位愛喝烈性甜酒的人，所以我們平常在酒吧賒的波特酒帳上，還多了一些莫名其妙的款項，像是：果汁蘭姆酒四分之一品脫（C太太）、丁香琴酒八分之一品脫（C太太）、薄荷蘭姆酒一杯（C太太）。他們解釋說括號指的都是朵拉，顯然這些調酒全是她喝掉的。

我們新婚生活的一件大事，就是邀請崔斗斯來家裡吃晚餐。我下午在市區遇到他，問他要不要跟我一起走回去，他立刻答應；於是我寫信告訴朵拉，我會帶他回家用餐。那天天氣很好，我把我新婚的快樂生活當成路上散步的話題，崔斗斯聽得很有心得，還說一想像自己也有這樣一個家，有蘇菲等著他、替他準備晚餐，他的生活就圓滿，什麼都不缺了。

我不會希望桌子對面坐著更漂亮的小妻子，但我們就座後，我倒是希望我們能有多一點空間。我不知道為什麼，儘管家裡就只有我們兩人，我們還是會覺得空間不夠，又覺得空間大到東西放進去都找不到。我懷疑這是因為東西沒放在固定的位置，吉普的「寶塔」例外，硬是要擋在主幹道前。現在，崔斗斯正被吉普的寶塔、吉他盒和朵拉的花卉畫、我的寫字桌團團圍住，我真懷疑他怎麼有辦法動刀叉，可是他用一如往常的好脾氣說一點都不會擁擠，「空間跟海一樣寬闊啊，考柏菲爾德！我跟你保證，空間充足！」

還有，我倒希望朵拉不曾鼓勵吉普在晚餐時跑到餐桌上。就算牠沒有養成把腳放到鹽巴或是融化奶油裡的習慣，我也開始覺得牠有點目無法紀了。這一次，牠似乎認為牠的責任是不要讓崔斗斯靠近，所以牠對著我的老朋友吠叫，還在他的盤子上跑來跑去；吉普一副理所當然的固執模樣，也就容不得別人說話了。

不過，我知道我親愛的朵拉有多心軟，也知道只要有任何人責備她的寶貝寵物，她會很敏感，所以我就沒有表示異議了。基於同樣的原因，看著地上亂成一團的盤子或亂七八糟的骯髒鹽罐、胡椒罐（看起來活像喝醉了一樣），還有亂擺擋到崔斗斯的蔬菜盤和杯子，我也沒有抱怨。眼前的水煮羊腿還沒切下去時，我心裡忍不住想，怎麼我們每次買到的肉都長得奇形怪狀，我們的肉販是不是把全世界的畸形羊都包下來了，但這句話我沒說出口。

居家日常

「寶貝，」我跟朵拉說，「妳盤子上的是什麼？」我想不出為什麼朵拉一直對我做出誘人的可愛表情，好像想親我。

「是牡蠣，親愛的。」朵拉膽怯地說。

「是**妳自己**想到的嗎？」我開心地問。

「對……對，大迪。」朵拉說。

「沒有比這個更讓人開心的了！」我驚呼道，放下刀叉。「崔斗斯最喜歡牡蠣了！」

「對……對，大迪，」朵拉說。「所以我就買了漂漂亮亮的一小桶，那賣家說品質很好。可是我……牠們恐怕有點問題，看起來就是不對勁。」說到這裡，朵拉搖搖頭，眼睛閃著淚光。

「要打開殼才能吃啊，」我說。「把上面的殼打開，寶貝。」

「可是就是打不開呀！」朵拉很用力地扳，一臉苦惱。

「你知道嗎，考柏菲爾德，」崔斗斯開心地檢閱了之後說，「這些牡蠣的品質肯定非常好，可是我**覺得**打不開，是因為打從一開始就沒有撬開過。」

牠們從來沒有被撬開過，而且我們沒有生蠔刀（就算有，我們也不會用），只好看著生蠔，吃了羊肉，至少把煮熟部分配酸豆吃掉了。崔斗斯本來還想把自己當成徹徹底底的野蠻人，把整盤生肉給吃光，以表達晚餐讓人吃得津津有味；要不是我不准，他肯定會這麼做。因為我絕對不允許在友誼的聖壇上有任何人犧牲，所以我們就改吃醃肉了；也剛好很幸運的，家裡的食品室正好有冷醃肉。

我那個可憐的小妻子本來還以為我會生氣，覺得很沮喪難過，當她發現我一點都沒有生氣時，高興不已；我之前一直壓抑的挫敗感也一掃而空。我們便過了一個快快樂樂的夜晚。我跟崔斗斯喝葡萄酒時，朵拉坐在我身邊，將手放在我的椅子上，一有機會就在我耳邊小聲告訴我說，我這樣不凶，不當個愛生氣的大孩子，真是太好了。後來她替我們泡茶，像在玩辦家家酒似的忙來忙去，這一幕實在太賞心悅目，所以我也不挑剔茶到底好不好喝了。之後我跟崔斗斯玩了一、兩局紙牌，朵拉在一旁唱歌、彈吉他，讓我覺得我追求她的過程跟我們的婚姻都像一場美夢，我第一次聽到她唱歌的那一晚還沒結束呢。

我送崔斗斯出去後，回到客廳，朵拉將椅子拉到我身旁，坐在我旁邊。「對不起，」她說。「你願意教我嗎，大迪？」

「我得自己先學會才行，朵拉，」我說。「我跟妳一樣都不懂啊，寶貝。」

「啊！可是你學得會啊，」她回答，「而且你很聰明，很聰明！」

「才沒有呢，小老鼠！」我說。

「我好希望，」沉默一段時間後，我的妻子開口說，「可以去鄉下跟艾格妮絲住一整年！」

她雙手交疊放在我肩上，下巴枕在手上，藍眼睛靜靜地看著我。

「怎麼說呢？」我問道。

「我覺得她或許能讓我變得更好，我覺得我應該能從**她**身上學到很多。」朵拉說。

「慢慢來吧，寶貝。妳要記住，艾格妮絲從很久以前就得照顧她爸爸了，她小時候就已經是我們現在認識的這副模樣了。」我說。

「我想要你用另一個名字叫我可以嗎？」朵拉動也不動地問道。

「什麼名字？」我笑問。

「這名字有點傻啦，」她甩了一下髮說。「叫我『娃娃妻』。」

我笑著問我的娃娃妻怎麼會想要我這麼叫她。我勾著她的手，讓她那雙藍眼睛更接近我，她一動也不動地回答：「你這個傻瓜，我當然不是要你不再用朵拉稱呼我，我的意思是，希望你能夠用那種方式看待我。你生我氣的時候，就跟自己說：『不過就是我那個娃娃妻而已！』或是對我失望的時候，說：『很久以前我就知道她不過就是個娃娃妻而已！』當你覺得要我變成怎樣，但我覺得自己永遠沒辦法如你願的時候，說：『至少我那個傻傻的娃娃妻愛我！』因為我真的很愛你。」

我剛剛都沒有很認真聽進她的話，現在才意識到原來她很認真。我把心底的想法講給她聽，重感情的她立刻破涕為笑，馬上變回我的娃娃妻了。她坐在中國式狗屋旁的地板上，一個個搖著上頭的小鈴鐺，還因為吉普最近不乖的行為處罰牠，但吉普就只是把頭露在狗屋門邊眨眼，連被逗弄都懶。

朵拉的這個請求讓我留下了深刻的印象。我回想當時那段時光，我乞求我摯愛的天真人兒從過去的迷霧與陰影中出來，再次將她溫柔的臉龐轉向我。我至今還能說，這段短短的話不斷出現在我腦海裡。我或許並沒有確實貫徹那個想法，因為我當時太年輕了，沒有經驗，但我不曾對她天真的請求充耳不聞。

不久之後，朵拉告訴我，她要當個很棒的家管。她將筆記本整理乾淨、把鉛筆削好、買了一本大本的帳簿，仔細地用針線把之前吉普扯破的烹飪書縫好，她說她想要「變乖」，也真的努力了。可是那些數字還是跟以前一樣倔強，不管怎樣就是**加不起來**。她吃力地在帳簿上記了兩、三個帳目之後，吉普大搖大擺地跳到帳簿上，搖著尾巴，把字跡弄得一團髒。朵拉的右手中指還沾到墨水，大概都滲到骨頭裡去了，我想那是她這番努力的唯一成果。

有時候晚上在家工作（我開始小有名氣，經常寫作），我會把筆放下來，看著我的娃娃妻努力變乖。首先，她會搬出大帳本攤在桌上，長嘆一聲；接著，她會翻到昨晚吉普弄到不成樣子的那一頁，叫吉普過來看看牠幹的好事，或許會沾墨水到牠鼻子上做為懲罰。這種分心其實對吉普比較有好處。她還會叫吉普躺到桌子上「演獅子」（這是牠的絕技之一，但我實在說不出有任何相似之處），要是牠心情好，就會照做。然後朵拉會拿起筆寫字；發現筆中有根毛，她會拿起另一枝筆，再開始寫字；而在發現筆會噴墨水後，她又會拿起另一枝筆寫，並壓低聲音說：「噢，這枝筆會講話，這樣會吵到大迪的！」她覺得做不下去就會宣告放棄，作勢把帳簿壓到那頭獅子身上再放到一旁。

或者，要是她心情沉靜、態度認真，她會坐下來，拿著筆記本和一籃帳單或其他文件（看起來比較像是拿來捲頭髮，不太像是別的），然後努力要理出個所以然來。她仔細核對之後，會在筆記本上記下東西再擦掉，把左手的手指頭全拿來數數，一而再、再而三，數過來、數過去，然後惱怒又氣餒，一副不快樂的樣子。看到她為了我，讓自己燦爛的臉孔蒙上陰影，我很難過，所以我會靜靜走向她說：「怎麼啦，朵拉？」

這時朵拉會很無助地抬頭看我，回答說：「數字就是加不起來，讓我頭好痛喔。它們都不照我的意思！」

接著我會說：「那我們一起試試看吧。朵拉，我教妳。」

接下來我會示範給她看，朵拉全神貫注地聽著，大概聽了五分鐘就累了，開始捲我的頭髮或者把衣領翻下來看看我的臉，想讓氣氛輕鬆一點。要是我暗示她要正經一點，並堅持繼續，她就會不知如何是好，一臉害怕、悶悶不樂的模樣，這時我會想起第一次認識她時，她天性快樂的樣子，並想起她是我的娃娃妻，心裡充滿自責，然後我會放下筆，要她去拿吉他來。

我有很多工作要做，也有很多事要擔心，但基於同樣的理由，我把這些事藏在心裡。我不敢說當時這樣做到底對不對，但我是為了我那個娃娃妻才這麼做的。我往心底搜尋，要是找到哪些祕密，我會毫不保留地寫在這些書頁裡。我知道，以前那種不幸失去或缺乏什麼東西的感受，還是存在我內心的一個角落，但我並沒有因此感到苦澀難熬。天氣好的時候，我獨自走在街上，想到以往的夏日，空氣中瀰漫著我少時的癡迷，我的確覺得已經實現的夢想中還是少了點什麼，但我認為那只是過去的榮光變弱了而已，現在做什麼也無法改變了。有時候，我會希望我的妻子可以給我一些意見，能有更強的性格和意志力支持我，讓我進步，有能力填補我的空虛，但當時我仍覺得我的幸福是最完美的，是世間不曾有過，也不會再有的。

以年紀來說，我的確是個孩子氣的丈夫。除了這些書頁裡所記錄的悲傷和經歷，我就不知道還有哪些微小的事情對我們造成影響。要是我做錯了什麼事（或許還不少），那都是因為錯認的愛或自己不夠睿智。我寫下的全是事實。現在要替自己找藉口的話，也根本對我沒什麼好處。

因此我們生活上的困難和煩憂，我都自己承擔，沒跟人分擔。我們還是跟以前一樣，家務事亂成一團，但我至少也習慣了，我也很高興看到朵拉很少有煩惱。她跟以前一樣孩子氣，天真活潑，很愛我，每天忙之前那些瑣碎小事就夠她樂了。

議會的辯論很沉重時——我指的是量，不是質，因為那些辯論根本沒什麼質可言——我回到家都很晚了，但朵拉不聽到我進門的腳步聲，絕不睡覺，總是會下樓來迎接我。有些晚上，我不必出門運用我費盡千辛萬苦才學得的技能，我會待在家裡寫作，不管工作到多晚，朵拉都會安靜地坐在旁邊陪我，有時候我都以為她睡著了。但平常當我抬起頭時，就會看到她那雙藍眼睛，像我過去所說的那樣靜靜地看著我。

有天晚上，我收起寫字桌時，跟朵拉目光交會，她說道：「噢，你這小子累壞了！」

「妳這女孩才真的累壞了！」我說。「這才是重點，下次妳先去睡吧，寶貝。這個時間對妳來說太晚了。」

「不要，別叫我上床睡覺！」朵拉走到我身旁求我。「拜託，別這樣！」

「朵拉！」她靠著我的脖子哭了起來，我驚訝地說。「妳不舒服嗎，親愛的？妳不開心嗎？」

「沒有！我很好，也很開心！」朵拉說。「但你要答應我，讓我留下來看你寫作。」

「哎呀，半夜還能看到妳這雙明亮的眼睛多棒啊！」我回答道。

「我的眼睛很亮嗎？」朵拉笑著問。「我很高興它們很亮。」

「虛榮的小公主！」我說。

但這其實不是虛榮，只是因為聽到我的讚美而油然生起的喜悅，一點也不虛榮。她還沒有告訴我以前，我就很清楚這點了。

「要是你覺得我的眼睛漂亮，那就讓我永遠都能留下來看你寫作！」朵拉說。「你覺得我的眼睛漂亮嗎？」

「很漂亮。」

「那就讓我永遠都能留下來看你寫作。」

「就怕這樣不會讓它們變得更明亮啊，朵拉。」

「會的！你這聰明的小子，這樣一來，你腦中充滿想像的時候才不會忘記我。你會介意我說一件很傻、很傻的事嗎？比平常還要傻喔。」朵拉從我的肩膀往前探向我的臉。

「是什麼美妙的事情啊？」我問。

「拜託讓我幫你拿鵝毛筆，」朵拉說。「你這麼認真，工作這麼久，我也想要有點事做，可以讓我拿筆嗎？」

我說好的時候，她那漂亮的容顏，讓我一想起來就忍不住眼泛淚光。下次我坐下來寫作時，她就坐到老位子上，旁邊放著一堆備用的筆，她後來就固定這麼做。朵拉很得意自己能夠在我工作時幫上忙，我（經常假裝）要換筆的時候，她也會很高興，這是我想到能取悅我這個娃娃妻的一個方式。我偶爾也會假裝有一、兩頁手稿需要她幫忙抄寫，這時候朵拉會覺得榮耀無比。她為這項偉大任務做足準備，還從廚房拿了圍裙和圍兜穿上，以免墨水沾到身上，花了很久的時間慢慢寫，還不時停下來跟著吉普笑，好像牠全看得懂一樣，並堅持最後要簽名才算完工，就像交作業似的拿來給我，我稱讚她，她就環抱著我的脖子。這些回憶令我深深感動，就算其他人覺得這只是很簡單的小事而已。

不久之後，她就開始保管鑰匙，把一整串放到小籃子裡，綁在纖瘦的腰際，在房子裡走動時弄得叮鈴噹啷。我發現那些鑰匙開得了的門，幾乎都沒有鎖上，鑰匙除了拿來當吉普的玩具，其實沒有其他用途，可是只要朵拉開心，我就開心。這種假裝的管家方式讓她心滿意足，像在玩扮家家酒那樣地興奮。

我們就這樣繼續過日子。朵拉喜歡姨婆的程度快跟我一樣了，經常提起她以前怕姨婆是「脾氣很壞的老太婆」的事。

我從沒見過姨婆對任何一個人這般沒原則過。

她甚至還討好吉普，儘管牠連應都不應；雖然她並沒有特別喜歡音樂，還是天天聽朵拉彈吉他唱歌；儘管她很想罵那些沒用的傭人，卻一句話也沒說出口；她要是知道朵拉想要什麼，不管東西有多小，都會大老遠地走路去買，要給她驚喜；每次她從花園進來，在客廳沒看到朵拉，就會在樓梯口用整間屋子都聽得到的聲音，興高采烈地喊：

「小花在哪啊？」

第45章 姨婆對迪克先生的預言應驗

我不去博士那裡工作已經好一陣子了，但因為住得很近，我經常見到他，我們也去他家吃飯或喝過兩、三次茶。老兵現在定居在博士的屋簷下。她還是跟以前一樣，同樣的，那兩隻長生不老的蝴蝶依然在她的帽子上飛舞。

馬克漢太太跟我這輩子認識過的一些母親一樣，比女兒更喜歡娛樂。她的生活需要非常多的消遣，就像城府深的老兵一樣，其實自己想玩樂，卻假裝全是為了女兒好。博士希望安妮能夠多出門玩玩，正好合這位慈母的意，她自然無限贊同博士的體貼。

當然，我認為她這樣做，無非是往博士的傷口撒鹽而不自知。這種做法除了是成年人的輕浮和自私以外，毫無其他意義（不全是因為年紀大了就會這樣）；博士想讓他年輕的妻子生活不會那麼沉悶，但我想，他岳母這番熱烈贊同，更加讓博士擔心自己委屈了安妮，讓他真覺得他們夫妻倆並不情投意合。

「我的天啊，」她有天對博士說道，當時我也在場，「你知道讓安妮老是關在這，這裡真是感覺有點像監獄了。」

博士點了點他那顆善良的腦袋。

「等她到她媽的年紀，」馬克漢太太揮舞扇子說，「那又另當別論了。你大可把**我**關進監獄裡，只要有上流人士陪，有牌可以打，放不放我出去都無所謂。但我不是安妮，你明白吧，而安妮也不是她媽媽。」

「是啊，是啊。」博士說。

「你真是世界上最好的人——不，請讓我說完！」因為博士剛才做了一個阻止她繼續說的動作。「就像我會在你背後說的那樣，我得當面告訴你，你是世界上最好的人；不過，你的興趣和嗜好當然跟安妮的很不一樣，是吧？」

「對。」博士用難過的語氣說。

「對，當然不一樣，」老兵回答。「拿你的字典來說好了。那本字典是多有用的東西啊！是世上不可或缺的啊！是文字的意義啊！少了約翰遜博士之類的人，我們現在可能會把圓筒形燙斗叫成床架呢。可是我們不能指望一本字典，尤其是正在編撰的字典，能引起安妮的興趣，是吧？」

博士搖搖頭。

「這就是為什麼我**很**贊同，」馬克漢太太用收起的扇子拍了拍博士的肩膀說，「你想得這麼周到體貼。看得出來，你不像其他上了年紀的人，總期望把老人的腦袋放在年輕人的肩膀上。你研究過安妮的個性，也懂她。**這就是**我覺得很棒的地方！」

聽到老兵這些恭維，史壯博士受到了打擊。我想，就算他的表情平靜、有耐心，還是流露出一絲痛苦。

「因此，我親愛的博士，」老兵熱情地拍了他幾下，「你一年四季、隨時隨地都可以找我。你要知道，我會完全聽任你差遣。我隨時都準備好跟安妮一起去看歌劇、聽音樂會、看展覽等，而且你絕對不會看到我喊累。我親愛的博士，全世界最重要的事，莫過於善盡職責啊！」

她說到做到。她是那種再怎麼玩樂都不會累的人，在這方面，她努力不懈，一點也不退縮。她每天都會花上兩小時，窩在柔軟的椅子上用單片眼鏡讀報紙，然後總會在報紙上找到安妮肯定會喜歡看的戲。

不管安妮怎麼抗議說她不想再看那些東西了，還是沒有用。她母親總會語帶責備地說道：「哎呀，我親愛的安妮，妳不會這麼不懂事吧。我的寶貝，妳非要我跟妳說，妳不去的話就辜負史壯博士的一番好意了。」

這種話總是當著博士的面說，所以就算安妮有絲毫反對，我覺得她都乾脆不表態了。不過一般來說，她都會聽從她母親的意思，老兵想去哪，她就跟著去。

莫頓先生現在很少陪她們去看演出。有時候姨婆跟朵拉會受邀一起去，她們都欣然答應。有時候只有朵拉受邀。如果是以前，我可能會覺得不安，但後來想想那天晚上在博士書房發生的事，我不再對史壯太太覺得不信任了。我相信博士的話，沒有多加懷疑。

有時候，姨婆獨自跟我在一起時，會揉揉鼻子說她不知道該怎麼辦。她希望他們夫婦能開心一點，她覺得我們的軍人朋友（她總是這樣稱呼老兵）根本是幫倒忙。姨婆更進一步表達她的看法：「要是我們那位軍人朋友可以把那兩隻蝴蝶割下來，五月一日的時候送給掃煙囪的，我才會覺得她開始長點腦袋了。」

姨婆一直把希望寄託在迪克先生身上。她說，迪克先生顯然想到辦法了；要是他可以把那個想法圈到腦袋的一個角落（這是他很難做到的），那他肯定會出類拔萃。

迪克先生繼續用相同的方式跟史壯夫婦相處，一點也不曉得姨婆的這項預言。他似乎沒有前進也沒有後退，顯然就在他原本的根基往下扎根，就像一棟建築。我一定要坦承，我把他當成建築物，相信他不可能會移動了。

在我婚後幾個月的某一天晚上，朵拉跟姨婆一起去找那兩隻小鳥兒喝茶，我獨自在寫作，迪克先生把頭探進客廳，慎重其事地咳了一聲說：「托特伍德，你現在方不方便，我可以跟你聊一聊嗎？」

「當然，迪克先生，」我說。「請進！」

「托特伍德，」迪克先生跟我握完手後，將一根手指放在鼻子一側。「在我坐下來說話之前，我想先告訴你一件事。你瞭解你姨婆吧？」

「有點瞭解。」我回答。

「她是全世界最了不起的女人啊，先生！」

他如釋重負般地噴出這句話，比平常還要嚴肅地坐下來，看著我。

「好了，孩子，」迪克先生說。「我要問你一個問題。」

「你想問多少問題都可以。」我說。

「你覺得我是什麼樣的人？」迪克先生交叉雙臂說。

「一個親愛的老朋友。」我說。

「謝謝你，托特伍德，」迪克先生笑著回答，開心地跟我握手。「孩子，但我的意思是，」他又擺出嚴肅的表情，「你覺得我這方面怎麼樣？」他摸摸額頭。

我不曉得該怎麼回答，但他用兩個字幫了我。

「弱嗎？」迪克先生說。

「嗯，」我遲疑地說。「應該是吧。」

「沒錯！」迪克先生喊道，聽到我的回答他似乎特別高興。「就是說啊，托特伍德，他們把『那個人』腦袋裡的一些麻煩拿出來，然後放到『那個地方』，之後就……」迪克先生雙手快速地轉來轉去，接著雙手互撞，再轉來轉去，表達他的困惑。「不知道怎麼樣，『那種事』就被弄進我的腦袋了，是吧？」

我對他點頭，他也對我點頭。

「簡單一句話，孩子，」迪克先生小聲說，「我頭腦簡單。」

我本來要修飾他的結論，但他阻止了我。

「對，我是！她假裝我不是。她就是聽不進這種話，但我真的是。我知道我是。要是我沒認識她這個朋友，先生，那我肯定會被關起來，這些年來都過著悲慘的生活。但我會照顧她的！抄寫文件賺的錢我都沒花掉。我把錢都收到盒子裡了。我也立了遺囑，我會把錢都留給她。那她就有錢了——變成貴婦！」

迪克先生拿出手帕拭淚。接著他小心翼翼地收起手帕，用雙手把它壓平後，放進口袋，像是把姨婆收好一樣。

「托特伍德，你是讀書人，」迪克先生說。「你書讀得很好。你知道博士的學識多麼豐富，人有多好。你知道他一直都很尊重我。他博學多聞，卻一點也不會高高在上。他好謙虛、好謙虛，甚至一點也不輕視頭腦簡單、什麼也不懂的可憐迪克。我在一張紙上寫下他的名字，用風箏跟著線一起送上去，在天空跟雲雀一起飛翔。先生，風箏很高興能夠收下那張紙，天空也因此變得更明亮了。」

我真摯地說博士值得我們無上的尊重和最高的敬重，迪克先生聽了很高興。

「還有，他那漂亮的妻子就像星星，」迪克先生說。「她就像一顆閃耀的星星。我見過她閃耀，先生，可是……」他將椅子拉近，一手放在我膝上說，「有雲啊，先生，有雲。」

他露出非常擔心的神情，我也跟著露出一樣的表情做為答覆，並搖搖頭。

「什麼雲呢？」迪克先生說。

他滿心期望地看著我，急著想知道答案，我也煞費苦心地一字一句說清楚，把他當孩子一樣解釋給他聽。

「他們之間很不幸地有了嫌隙，」我回答。「有一些不愉快的原因，導致他們疏離。那是一個祕密。或許是因為他們年紀差很多吧，也或許是無中生有。」

迪克先生每聽完一句話都若有所思地點頭；我說完後，他停下來思考，眼睛仍盯著我看，手還是放在我的膝上。

「博士沒生她的氣吧，托特伍德？」他過了一會兒說。

「沒有，他全心愛她。」

「那我知道了，孩子！」迪克先生說。

他茅塞頓開，樂得往我膝蓋拍，接著往後靠在椅背上，眉毛盡全力往上揚，讓我以為他比之前更瘋癲了。

但突然間，他又變得嚴肅起來，像剛才一樣往前傾，恭敬地將手帕拿出來，好像那真的代表姨婆一樣，說道：「她是全世界最了不起的女人了，托特伍德。**她**為什麼沒幫忙他們和好呢？」

「因為這件事太難處理了，要出手需要非常謹慎。」我回答。

「聰明，」迪克先生用手指碰我說，「那為什麼**他**什麼也沒做？」

「一樣的原因啊。」我答道。

「我知道了，孩子！」迪克先生說。他站在我面前，比剛才更加高興地點頭，一直拍胸脯，讓人以為他要把全身的氣都點出來、拍出來了。

「可憐的瘋子，先生，」迪克先生說，「頭腦簡單、意志薄弱的人——就是我，你知道吧！」他又拍了自己。「我可以做了不起的人做不到的事情。我會讓他們和好的，孩子。我會努力。他們不會怪**我**。他們不會反對**我**要做什麼。要是我做錯，他們也不會怪我。我只不過是迪克先生而已。誰會在乎迪克？迪克是無名小卒呀！呼！」他好像要把自己吹走一樣，不以為然地輕吹了一口氣。

我們聽到公共馬車在花園小門停下的聲音，姨婆和朵拉到家了，幸好他的祕密已經說得差不多了。「不能說出去喔，孩子！」他繼續低聲說。「把錯都怪在迪克身上——頭腦簡單的迪克——瘋子迪克。這件事我已經想一陣子了，先生，本來快想出來了，但現在是真正想到了。聽完你說的話，我確定我想到了。好啦！」

迪克先生之後就沒有再提起過這件事，但接下來的半小時，他把自己當成電報機一樣，暗示我絕對不可以洩露祕密，姨婆在一旁看了覺得很煩。

我對迪克先生努力的結果極感興趣，但我大概有兩、三個星期沒聽到任何消息，讓我覺得很意外。我從他下的結論發現他理智變好的一線曙光，心地善良就不用說了，因為他一直都如此。最後，我開始相信，他的心智狀態經常好發奇想，紊亂不定，要不是早忘了這件事，就是放棄了。

有天晚上天氣很好，朵拉不想出門，因此我就跟姨婆散步去博士的小屋。那是個秋天，沒有議會辯論來擾亂我的夜晚。我記得，我們把秋葉踩在腳下時，葉子聞起來就像我們以前布朗德史東小花園的味道；我想起，以前那種不快樂的感覺是怎麼隨風吹過。

我們到達博士家時，天色已經暗了。史壯太太剛從花園走出來，迪克先生還留在那裡，忙著拿刀幫園丁將一些木樁削尖。博士跟某個訪客在書房裡，但史壯夫人說那個人快離開了，請我們留下來等他。我們跟她一起走進客廳，坐在光線黯淡的窗戶前。我們是很熟的朋友跟鄰居，互相拜訪時就是如此隨性，不拘泥於禮節，沒有經過事先通知。

我們才坐沒多久，老是喜歡大驚小怪的馬克漢太太就急忙跑進來，手上抓著報紙，上氣不接下氣地說：「我的老天爺啊，安妮，妳怎麼沒告訴我書房裡有人啊！」

「親愛的媽媽，」她靜靜答道，「我怎麼會曉得您想知道書房有沒有人呢？」

「怎麼會不想知道！」馬克漢太太跌坐在沙發上說。「我這輩子從來沒有嚇這麼一大跳啊！」

「您這麼說，是去過書房了吧，媽媽？」安妮問道。

「**去過**書房了，親愛的寶貝啊！」她特別強調地說。「我何止去過了！我還撞見那個善心的好人在立遺囑呢！托特伍德小姐和大衛啊，你們可以想像我有多麼驚訝嗎？」

她那個原本看著窗外的女兒，立刻轉過頭。

「我親愛的安妮，」馬克漢太太重複說道，把報紙像桌巾一樣攤在大腿上，手放在上頭說，「他正在立遺囑。那個親愛的好人多有遠見多重感情啊！我一定要跟你們說情況是怎樣。我真的必須把剛剛的事情說出來，不然對不起那個大好人，因為他做人只有一個好字可形容！托特伍德小姐，或許妳知道，這個家的人除非是看報看到眼睛都要凸出來了，不然是不會點蠟燭的，而且除了書房那張椅子，家裡就沒有別張椅子能讓我好好坐著看報。因此，我去了書房，看到燭光。我打開了門。有兩個顯然是律師的專業人士陪著親愛的博士，他們三個人就站在桌子前，親愛的博士手上握著筆。他說：『那麼這份遺囑就簡單表明，』——安妮，我的寶貝啊，每個字妳都給我仔細聽好——『各位，那麼這份遺囑就簡單表明，我對史壯夫人的信任，也將一切毫無條件地交給她？』其中一個專業人士回答：『將一切毫無條件地交給她，沒錯。』聽到這句話，做人母親的當然感動不已，我就說：『老天爺呀，不好意思！』還在門階上跌了一下，從後面食品室的一條小道走出來。」

史壯夫人打開窗戶，走到陽台，倚靠柱子站著。

「不過啊，托特伍德小姐、大衛，」馬克漢太太的視線機械式地跟著女兒，「看到史壯博士這把年紀還有心力去做這樣子的事，可不是很振奮人心嗎？這件事再再證明了我過去的看法有多正確。我以前就告訴過安妮，史壯博士很抬舉地來找我，正式跟安妮提親時，我就說過：『我親愛的啊，我毫不懷疑，博士一定會讓妳過得衣食無缺，他一定會在能力所及的範圍外再做更多的事。』」

說到這裡，鈴響了，我們聽到訪客離去的腳步聲。

「完成了，肯定是，」老兵聽到腳步聲後說道。「那個親愛的好人已經簽字、封印、呈交，他可以安心了。他也該安心的！他的心地有多好啊！安妮，我的寶貝，我要去書房看報了，我只要一天沒有讀到新聞就覺得不對勁。托特伍德小姐、大衛，請和我一起去跟博士打招呼。」

我們跟她到書房時，我注意到迪克先生就站在角落的陰暗處收刀子，姨婆一直用力搓揉鼻子，發洩一下她受不了我們那位軍人朋友的情緒。不過是誰先走進書房，馬克漢太太是怎麼飛快地穩坐到安樂椅上，或是姨婆跟我怎麼留在門邊（除非是姨婆的眼睛比我尖，她先拉住了我），就算我當時曾看清楚，現在也忘得一乾二淨了。我只知道，我們先看到博士坐在自己的桌前，祥和地用手枕著頭，周圍全是他喜愛的對開本；他才看到我們。

同一時間，我們看到史壯太太一臉慘白，全身顫抖地悄悄進門；迪克先生一隻手攙扶著她，另一隻手放在博士的手臂上，讓博士心不在焉地抬起頭來。我們看到博士抬頭時，他的妻子單腳跪在他跟前，舉起雙手懇求，用我之前從未忘掉那難忘的表情定睛看著博士。馬克漢太太見到這一幕，立刻放下報紙，驚訝呆滯的模樣活像某艘要取名為「瞠目結舌號」的船首像，除此之外我想不出別的說法來形容了。

姨婆對迪克先生的預言應驗

博士溫和的態度和詫異的表情，他的妻子夾帶著尊嚴的懇求模樣，迪克先生的關切，還有姨婆自言自語說：「誰說**那個人**瘋了！」（得意洋洋地表示，是她把他救出悲慘處境的）——我現在寫下的，都是我親眼所見、親耳所聞的，並非只是憑回憶記下的事情。

「博士！」迪克先生說。「到底是怎麼了？您看啊！」

「安妮！」博士喊道。「別跪著，親愛的！」

「不！」她說。「我要請在場所有人都留下來！噢，我的丈夫和父親啊，請你打破長久以來的沉默吧。請讓我們倆都弄清楚，我們之間的隔閡到底是什麼！」

馬克漢太太這時候已經恢復說話能力，似乎充滿了家族的驕傲與母親的尊嚴，她喊道：「安妮，快起來，不要把自己弄得那麼卑賤，讓跟妳有關係的人丟臉，除非妳要我當場發瘋！」

「媽媽！」安妮回道。「您別浪費唇舌了，我求的是我的丈夫，所以就連您在這裡也無足輕重。」

「無足輕重！」馬克漢太太驚呼道。「我，無足輕重！這孩子完全失去理智了啊！誰去幫我拿杯水來啊！」

我忙著留意博士和他的太太，一點也沒理會這項要求，其他人也無動於衷，馬克漢太太只好自顧自地喘氣，一臉詫異地揮動扇子。

「安妮！」博士溫柔地握著她的手說。「我親愛的！要是因為時間推移，讓我們婚姻生活面臨無可避免的改變，那都不是妳的錯。錯在我，全都在我。我對妳的關愛、景仰和尊敬永誌不渝。我想讓妳幸福。我真的很愛妳、尊重妳。起來吧，安妮，拜託妳！」

但她還是沒有起身。她看了博士一會兒，更挨近他一點，將手臂放在他膝上，頭枕上去說：「要是在場有誰是我的朋友，在這件事情上，可以替我或我的丈夫說句話；要是在場有誰是我的朋友，尊重我的丈夫、關心過我，如果他知道任何能夠幫助我們和好的事情，不管是什麼事，我都懇請那位朋友發聲！」

大家都默然無聲。經過一番痛苦的掙扎後，我打破沉默。

「史壯太太，」我說，「我的確知道一些事情，只是史壯博士要我絕口不提，我也保密至今晚這一刻。但是，我相信要是現在再隱瞞，那這份承諾和體貼就是錯誤的。聽到妳剛才的懇求，我決定不顧博士的要求。」

她將頭轉過來看了我一下，我知道自己沒做錯。我無法拒絕她的懇求，即使那張臉給我的保證沒那麼有說服力，我也無法拒絕。

「我們未來的幸福，」她說，「或許就掌握在你的手裡。我相信你不會隱瞞任何事情。我一直都很清楚，不管你或是任何人說什麼，都只會顯示出我的丈夫為人有多麼高尚，沒有別的。要是你覺得會冒犯到我，都請別有所顧忌。我之後會在我丈夫面前，在上帝眼前替自己解釋。」

聽到如此認真的懇求，我並沒有尋求博士的同意，就把那天晚上事情發生經過一五一十地說了出來，除了把烏利亞．希普粗俗的言詞稍做修飾以外。馬克漢太太瞪大眼睛聽，偶爾發出尖叫聲打斷我，她那副模樣實在難以描述。

我說完後，安妮有好一陣子沒說話，就像我剛才描述的那樣垂著頭。接著，她握住博士的手（從我們進門後，他的姿勢就沒有改變），放到她胸前，再舉起來親吻了一下。迪克先生輕輕地拉她起身。她站起來後，靠著迪克先生，低頭看著她的丈夫開始說話——她的目光從來沒有離開過他。

「我結婚之後想的所有事情，」她柔順地低聲說道，「我現在就全部說出來。既然知道了這件事，我就不能再有任何保留。」

「沒必要，安妮，」博士溫和地說。「我從來沒有懷疑過妳，我的孩子。沒有必要，真的沒有必要，親愛的。」

「有很大的必要，」她用相同的方式回答，「在你這樣大方真誠的人面前，我確實有剖白的必要！天知道，日復一日，年復一年，我對你越來越愛戴，越來越崇拜。」

「真的嗎？」馬克漢太太插嘴，「要是我行事再謹慎一點……」

（「但妳就是沒有，妳這個只會壞事的傢伙。」姨婆氣憤地小聲說道。）

「請讓我說一句，我覺得這些細節沒有必要多說。」

「有沒有必要說，只有我丈夫能夠評斷，媽媽，」安妮的目光仍然停留在他身上。「他會聽我說的。要是我說了什麼帶給您痛苦，媽媽，請您原諒我。第一個受苦的是我，長久以來，我經常覺得痛苦。」

「什麼話！」馬克漢太太驚呼道。

「我還小的時候，」安妮說，「還是個小孩子的時候，我學到的任何知識，都是由一位很有耐心的朋友和良師教導我的——他是先父的朋友，也是我一直都很敬愛的人。我想起自己知道的任何一件事，就一定會想起他。他在我的腦子裡儲放了最初的知識之寶，並在上面印下了自己的特質印記。我想，要是那些寶藏是別人放的，我肯定不會覺得那麼寶貴。」

「所以做媽媽的毫無用處就對了！」馬克漢太太驚呼。

「不是的，媽媽，」安妮說。「我只是講述他對我的意義。我必須這麼做。我長大之後，他還是在我心中占據著同樣的地位。他對我特別關心，我覺得很自豪，我也深情地依賴他，感激他。我不知道怎麼形容，但我把他當成父親、嚮導一樣地敬愛他，他給我的讚美跟其他人給我的讚美都不同，要是我質疑全世界，也能信任地把心事全告訴他。媽媽，您突然問我要不要跟他結婚時，您知道我有多年輕多無知啊。」

「那件事我跟在座各位講了至少有五十遍了！」馬克漢太太說。

（「那就給我閉嘴，我的天哪，別再講了！」姨婆咕噥道。）

「一開始，我覺得這改變好大，好可惜，」安妮用一樣的神情和語調說，「所以我很焦慮，很苦惱。我當時年紀還小，想到我一直以來景仰的人跟我的關係即將轉變，我覺得很遺憾。但沒有什麼事情能讓他變回以前的樣子，他這麼看得起我，我也很自豪，因此我們就結婚了。」

「就在坎特伯里的聖亞斐奇教堂，」馬克漢太太說道。

（「該死的女人！」姨婆說。「她**怎麼**就是不閉嘴！」）

「我從沒想過，」安妮繼續說道，雙頰緋紅。「我的丈夫會給我什麼名利。我太年輕，心裡只有滿腔敬意，一點也容不下那種低俗的想法。媽媽，請原諒我，但我得說，第一個將這種殘酷的懷疑放進我腦海裡，讓我想到原來我會被誤會、我的丈夫會被誤會的，就是您。」

「我！」馬克漢太太喊道。

（「對！不是妳還有誰！」姨婆說道。「而且妳再搧也搧不走這點，我的軍人朋友！」）

「這是我新婚生活遇到第一件不愉快的事，」安妮說。「之後也發生過其他不愉快的事，但這是第一次。最近，讓我難過的事變得更頻繁了，多到我數不完。可是，我大方的丈夫，我難過的原因跟你所認為的理由不一樣。在我心裡，不管是什麼力量，都不能把我的想法、回憶或希望跟你分開！」

她抬起雙眼，十指交扣，我覺得她看起來像天使一樣美麗、真誠。從這時候開始，博士就像剛才安妮看他時那樣，定睛看著她。

「媽媽親自敦促你做過一些事，」她繼續說，「這不能怪她，我相信她這麼做都是有原因的。可是，當我看到她以我的名義，糾纏不休地做出那麼多要求，看到你為了我做那麼多事，看到你有多麼慷慨，還有一直都真心替你著想的威克菲爾德先生是怎麼厭惡這種事，我才意識到別人對我有惡意的懷疑，認為我的感情是可賣品——全世界這麼多人，還正巧賣給了你——我無緣無故受到這種恥辱，還逼得你得參與其中。這種恐懼和煩惱時時縈繞在我心頭，我無法形容那是什麼感受，媽媽也無法想像那是什麼樣子，但我心底很清楚，我這輩子的愛與榮譽，在我結婚的那天就到達巔峰了！」

「真是好心沒好報啊，」馬克漢太太哭訴道，「我想照顧家人難道不對嗎！我還真希望自己是個野蠻的土耳其人算了！」

（「我也真心誠意地希望妳是，而且還希望妳就待在自己的家鄉！」姨婆說道。）

「尤其是媽媽特別掛念莫頓表哥的時候。我以前喜歡過他，」她很輕柔地說，很坦誠，沒有片刻

☆15
There can be no disparity in marriage like unsuitability of mind and purpose.

猶豫，「非常喜歡。我們以前是青梅竹馬。要是沒有發生後來的事，那我大概會說服自己是真心愛他的，甚至還會嫁給他，然後過著悲慘的生活。婚姻中最大的歧異是夫妻雙方在想法與志趣上不合。☆15」

我全神貫注地聽著接下來的話，但我也思考著這幾個字，好像它們特別有意思，或是有著我無法悟出的特別用意。「婚姻中最大的歧異是夫妻雙方在想法與志趣上不合。」——「婚姻中最大的歧異是夫妻雙方在想法與志趣上不合。」

「我們兩個什麼共通點都沒有，」安妮說。「我很久以前就發現我們沒有。我有很多事情要感謝我的丈夫，但如果要我只感激他一件事，那我會感謝他拯救了我，沒有讓我年輕不羈的心衝動犯下第一個錯誤。」

她靜靜地站在博士面前，語氣真摯懇切，看得我好激動；但她的聲音還是跟先前一樣輕柔。

「為了我，你二話不說地慷慨幫忙我表哥。他等待接受你的安排時，我對於自己必須披上貪財圖利的外衣感到很不快樂，但我覺得讓他自己去闖也好。我心想，如果我是他，不管有多難，我都一定會努力工作。但我對他沒有別的負面評價，直到他出發去印度的那一晚。那天晚上，我看清楚他是個虛情假意又忘恩負義的人。那時候，我終於意識到威克菲爾德先生之所以嚴密觀察我，還有另一個原因。我第一次看清了籠罩我人生的那道晦暗懷疑。」

「懷疑，安妮！」博士說。「沒有、沒有、沒有！」

「我知道你不曾懷疑過我，我的丈夫！」她回答。「那天晚上，我到你身旁想卸下我所有的羞愧和痛苦時，我就知道我必須告訴你，我自己的親人，你出於對我的愛，大力幫忙的那個人，在你的屋簷下，對我說了什麼不該說的話，就算他以為我只是個意志薄弱、貪圖利益的可憐人，也不該說那些話，我一想到那件事，就覺得噁心。但我無法啟齒，從那之後到現在，我都沒說出口。」

馬克漢太太哀嚎了一聲，跌坐到安樂椅上，用扇子遮住臉，好像永遠都不出來了。

「從那之後，除非是在你面前，不然我不會跟他說話；就算是在你面前跟他有互動，也只是為了不想解釋那件事。我清楚地把我的立場告訴他之後，已經過了好幾年。而你為了給我驚喜、讓我開心，好心地偷偷替他安排工作，然後再告訴我時，那只更加劇了我的不快樂與隱藏祕密的負擔，你相信嗎？」

雖然博士努力阻止她，她還是輕輕地坐到博士腳邊，淚流滿面地抬頭看著他的臉說：「先別說話！再讓我說一點！不管我處理得對不對，但要是那一刻能重來，我想我還是會做一樣的事。我們相處這麼久，你永遠無法想像我對你的感情有多麼深刻；但我卻發現竟然有人懷疑我對你的真心是換來的，而且周遭的事情還好像證實了這一點。我當時很年輕，沒有人可以給我意見。關於你的一切，媽媽跟我的意見也有很大的分歧。所以我自己縮了起來，把我遭遇的無禮對待藏在心底，這都是因為我太尊敬你了，也太希望你能對我有同樣的尊重！」

「安妮，妳那顆純潔的心！」博士說。「我的寶貝女孩。」

「再說一點就好！我只要再說一點！我以前常覺得，你明明有那麼多人可以選，有那麼多不會替你帶來這種控訴或麻煩的人，能夠把你的家變得更好的人。我以前總擔心自己是不是只當你的學生，甚至是孩子就好。我以前總害怕自己配不上你的學問和智慧。要是這些讓我變得畏畏縮縮（也的確如此），我沒有說出口，也都是因為我十分以你為榮，也盼望有天你能夠以我為榮。」

「我以妳為榮的日子一直閃耀著，安妮，」博士說，「只有到我永眠的那一夜才會停止，親愛的。」

「我再說一點就好！你對那個人那麼好，他卻這麼忘恩負義，我原本打算，堅決地打算，下定決心要自己承擔這整件事。現在，請再讓我說最後幾句話，各位親愛的好朋友們！你最近的變化，讓我看得好痛苦、好難過，有時候我會想，這是不是跟我以前的擔憂有關，有時候我又會往比較貼近事實的方面猜，但今天晚上，我終於明白原因了。再加上我剛才意外得知的一件事，讓我明白，就算有這種誤會，你還是對我十足地信任。我再怎麼愛戴你，善盡妻子的責任做為回報，還是配不上你無價的信任。既然今天知道了這件事，我能夠抬起頭來正視這張親愛的面孔，這張我當成父親般敬畏、以妻子的身分深愛、在我小時候如摯友般神聖的臉龐，我現在鄭重聲明，我心裡從來沒有一點對不起你的念頭，我該給你的愛與忠貞也從沒動搖過！」

她摟住博士的脖子，他低頭靠向她，白髮跟她的深棕色長髮交纏著。

「噢，讓我依偎著你的心吧，我的丈夫！別再將我拒之於外了！我們之間的隔閡，請你別再想，也別再提起，因為除了我的許多不完美以外，我們根本沒有分歧可言。跟你在一起的每一年，我都更加清楚這點，我也越來越愛戴你。噢，讓我進入你的心裡吧，我的丈夫，因為我的愛情建立在磐石之上，地久天長！」

沒有人開口，姨婆這時候莊重地走向迪克先生，腳步一點也不急，給他一個擁抱和響亮的吻。幸好姨婆適時這樣犒賞他，我很確定看到他一隻腳都已經準備好要勾起來，表達他的欣喜了。

「你真是了不起的人，迪克！」姨婆讚賞地說。「絕對不要假裝你不是，因為我最清楚！」

說完，姨婆拉了他的衣袖，對我點頭示意，我們三個就默默走出書房，離開了。

「不管怎樣，這下子，我們那個軍人朋友可以住口了吧，」姨婆在回家的路上說。「要是沒有其他讓我高興的事，光這點就能讓我睡得安穩一點了！」

「但是她好像很難過耶。」迪克先生非常同情地說。

「什麼！你有看過鱷魚難過的嗎？」姨婆問道。

「我覺得我好像沒看過鱷魚。」迪克先生溫和地說。

「還不都是那隻老鱷魚，」姨婆強調地說，「不然哪會惹出這麼多事啊。女兒結婚後，要是有些母親能夠不插手，不要愛孩子到造成傷害就好了。她們似乎覺得把這個可憐的年輕女孩帶到這世界上的唯一回饋，就是要恣意再把她煩到離開這世界——老天保佑，弄得好像是她要求人家帶她到這世界上，或是自己想來的一樣！你在想什麼啊，托特？」

我在想安妮今晚說的每一句話。我不斷想著她用的一些措辭。「婚姻中最大的歧異是夫妻雙方在想法與志趣上不合。」「年輕不羈的心衝動犯下的第一個錯誤。」「我的愛情建立在磐石之上。」我們到家了；我們踩過的秋葉還在我腳下，秋風繼續吹著。

第46章　消息

我持續不懈地寫作，日漸取得成功，因此開始著手寫第一本長篇小說。有天散步回家的路上，我一邊想著我正在寫的書，一邊從史帝福斯夫人家經過。

我不太會記日子，但要是我能相信自己不完美的記憶，那大概是在我婚後一年左右發生的事情。我還住在高門時，除非沒有別的路可走，否則我不會從那裡經過；可是有時候走別條路得繞一大圈，整體來說，我還是滿常經過那裡的。

走過那棟房子時，我總會加快腳步，頂多只看一眼。它一直都很哀傷、陰暗的樣子。最好的房間都不面對馬路，狹窄厚框的老式百葉窗幾乎都拉到底，毫無生氣，顯得非常淒涼。鋪石的小庭院有條有頂棚的小道，通往一個從來沒有人走的入口。樓梯旁有扇圓窗，跟周遭不同的是，這是唯一沒有拉下窗簾的窗，但還是給人荒蕪淒涼的感覺。我不記得曾看過裡面透出光線。如果我只是個偶然經過的路人，那我大概會覺得有個獨居老人死在裡面。如果我沒有不幸地知道這裡的事，只是經常走過，看到它完全不變的狀態，我敢說，我腦中大概會跑出各式各樣豐富的想像。

不過既然事實如此，我就盡量不去想這些事。但我的思緒沒辦法像我的身體一樣，走過去就算了，經常會喚起一連串的沉思。我筆下的這天晚上，我眼前夾雜著兒時的記憶與後來的想像、半成形希望的鬼魂、朦朧且不太清楚的失望殘影，我想起過往的經驗，混雜著腦海裡的想像，我當時正好忙著寫作，所以比平常想得更多。我一邊走，一邊想得出神，這時候旁邊有人喊出聲，嚇到了我。

那是一個女孩子的聲音。沒多久，我就想起那是史帝福斯夫人的客廳女僕，以前她的帽子上都綁著藍色緞帶。現在她已經把緞帶拆下，只綁著一、兩條單調樸素的棕色蝴蝶結，以免跟家裡的變化不協調。

「不好意思，先生，能夠麻煩您進來，跟達朵小姐說句話嗎？」

「是達朵小姐請妳來找我的嗎？」我問道。

「是的，只是不是今晚，先生。達朵小姐前兩個晚上看到您經過，所以要我到樓梯這裡做女紅，要是看到您再經過，就請您進來跟她說句話。」

我回頭跟著她走，一邊詢問史帝福斯夫人的近況。她回答說夫人狀況不太好，大多時間都待在自己的房裡。

我們進到屋裡後，女僕把我帶到花園就離開了，讓我自己跟達朵小姐打招呼。達朵手姐坐在小露台一側的椅子上，看著這座大城市。那天傍晚很灰暗，天空透出暗淡的光；我看到遠處昏暗的景色，幾棟較大的建築物佇立在陰沉的光線下，我心裡想，這種景象跟我記憶中的殘酷女人搭配，並不會不相襯。

我往前靠近時，達朵小姐看到我，連忙起身招呼我。我覺得她看起來比我上次見到的更蒼白、更消瘦，閃爍的眼睛更亮，疤痕更加清晰。

我們見面的氣氛一點都不熱絡。我們上一次道別時幾乎撕破臉，而她現在還是一副輕蔑不屑的態度，連掩飾都不想。

「我聽說妳找我，達朵小姐，」我站得離她很近，手放在椅背上，她示意我坐下，但我拒絕了。

「我想問你，」她說，「你們找到那個女孩子了沒？」

「沒有。」

「可是她跑走了！」

她看著我，我看到她的薄唇蠢蠢欲動，好像急著想發動責難。

「跑走了？」我重複道。

「對！從他那裡跑走了，」她笑著說。「要是你們還沒找到她，那或許永遠都找不到了。她大概死了吧！」

我跟她目光交會，她那副傲慢的殘酷表情，是我從沒在別人臉上見過的。

「希望她死掉算了，」我說，「這大概是跟她同為女性的人能給她最仁慈的祝願了。沒想到歲月讓妳變得這麼溫和，我很高興，達朵小姐。」

她仍一臉高傲，不打算做任何回答，再次輕蔑地笑了一下，對我說：「那個了不起、心靈重創的女孩認識的所有朋友都是你的朋友。你替他們發聲，捍衛他們的權利。你想知道她的近況嗎？」

「想。」我說。

她不懷好意地笑了一下，起身走向附近將廚房花園與草地隔開的一排冬青牆，很大聲地說：「過來！」好像在叫某隻骯髒的畜牲一樣。

「你在這裡，應該是能克制住捍衛他們權利或是報復的心態吧，考柏菲爾德先生？」她用同樣的表情轉頭過來看我。我側著頭，不懂她的意思；這時她再喊了一次：「過來！」她走回來時，體面的利特瑪先生跟在她身後，他的氣派未減當年，跟我鞠躬之後，站到達朵小姐身後。她洋洋得意的姿態中帶著惡意，說來也奇怪，她散發出一種吸引人的女性魅力。她往我們兩人中間的一張椅子上一坐，看起來就跟某個傳說中的殘忍公主沒有兩樣。

「現在，」她連看也沒看他一眼，傲慢地說道，一邊摸著凸起的舊傷口，不過這次，她或許是帶著快感觸摸，而非因為感到痛苦。「告訴考柏菲爾德先生她逃跑的事。」

「詹姆斯先生和我，小姐……」

「別對我說！」她皺著眉插嘴。

「詹姆斯先生和我，先生……」

「麻煩你也別對我說。」我說。

利特瑪先生一點也沒有慌張的神情，只稍微敬了禮，似乎是表示只要我們高興，他就高興，接著繼續說：

「自從那個女孩子在詹姆斯先生的保護下離開雅茅斯，詹姆斯先生、我和她就一直待在國外。我們去各地旅遊，欣賞異國風光。我們去過法國、瑞士、義大利，事實上，歐洲各地幾乎都去過了。」

他眼睛看著椅背，似乎當成是在跟它說話，好像把它當成無聲的鋼琴一樣，靜靜地用手指在上頭輕彈著。

「詹姆斯先生非常喜歡那個女孩子，從我替他工作以來，都沒有見過他心情這麼安定，這持續了很久一段時間。那個女孩子進步很快，也學會說外語，大家肯定想不到她以前是個鄉下人。我注意到，她去到哪，都很討人喜歡。」

達朵小姐將一隻手放到腰上。我看到利特瑪瞥了她一眼，偷笑了一下。

「的確，那個女孩子走到哪，人見人愛。穿得漂亮，加上當地氣候讓她氣色很好等等，獲得很多讚美；一下這個好，一下那個好，其他的也好，她的優點吸引眾人的目光。」

利特瑪停了一下。達朵小姐的眼睛煩亂不安地飄向遠處，咬住下嘴唇以免嘴巴顫抖。

他將手從椅背上放下，一隻手握著另一隻手，重心擺在一隻腳上地站著，體面的臉稍微上抬，側向一邊，眼睛往下看，繼續說道：

「那個女孩子就這樣持續了一段時間，只是偶爾心情低落，後來因為經常難過、發脾氣，我想惹得詹姆斯先生開始厭煩她，日子過得並不快樂。詹姆斯先生逐漸變回以前浮躁的樣子。他越浮躁，她的情況就越糟。我得說，就連我自己夾在他們兩個中間，都非常難受。但他們還是一而再、再而三地這邊妥協，那邊和好。我相信，沒有人能料到他們能撐這麼久。」

達朵小姐收回望向遠方的目光，再次回到我身上，態度沒有改變。

利特瑪先生捂著嘴清了一下喉嚨，很體面地輕咳了一聲，把重心換到另一隻腳，繼續說：「最後，整體來說，他們兩個越來越常爭吵，越來越常指責對方，一天早上，詹姆斯先生離開那不勒斯附近我們住的一間別墅（那個女孩子特別喜歡住海邊），他假裝明後天就要回來，交付給我一項任務，要我告訴那個女孩子，為了大家的幸福著想，他……」他又輕咳了一聲，「不回來了。但我必須說，詹姆斯先生的行為還是非常正直高尚，因為他提議讓那個女孩子嫁給一個非常體面的人，一個完全準備好不計較她的過去，而且跟她地位差不多的人，畢竟她出身低下。」

他又換了腳，抿濕嘴唇。我很確定這個惡棍指的是他自己，我從達朵小姐的表情證實了這一點。

「這點也是詹姆斯先生要我說的。我願意做任何事替詹姆斯先生解決困難，並讓他與愛他的母親和好，畢竟夫人因此受盡折磨。所以，我接下這個任務，把詹姆斯先生離開的事告訴那個女孩子，她激動的樣子真是沒有人可以想像。她完全失去理智，還得硬拉著她；要是她沒辦法拿刀或跳海，那肯定會把頭往大理石地板猛撞。」

達朵小姐往後靠在椅子上，露出一絲得意，似乎要把那傢伙所說的每一個字都拿來撫弄一番。

「接著我開始說我被交代要說的第二件事，」利特瑪先生不安地搓揉雙手，「不管怎麼說，這都應該被視為一種善意的舉動，可是那個女孩子一聽完就露出本相了。我從來沒見過比她更粗暴的人。她的行為真是太惡劣了。她就跟一塊木頭或石頭一樣，不知感恩、冷血，沒有耐性、理智可言。要不是我有所防備，我相信她會要了我的命。」

「她這麼做，我反而更看得起她。」我憤憤不平地說。

利特瑪先生低下頭，彷彿是在說：「是嗎，先生？可見你還太年輕了！」接著繼續說下去。

「總之，有段時間，我都必須把她會拿來自殘或傷人的東西拿走，並且將她關起來。儘管如此，她某天晚上還是跑了。我早把窗戶釘死了，但她還是奮力破窗，沿著一條藤蔓爬下去。從此之後，我就沒有見過她，或是聽說她的下落。」

「她大概死了吧。」達朵小姐笑著說，好像自己可以踐踏那個墮落女孩的身軀似的。

「她可能跳海自盡了，小姐，」利特瑪先生逮到機會對著她說話。「這很有可能。也或許那裡的船夫、船夫的太太和小孩會對她伸出援手。因為出身低，她很習慣到海邊，坐在船邊跟那些人聊天，達朵小姐。詹姆斯先生不在的時候，我就看過她整天都待在那。她還會跟那些孩子說她是討海人的女兒，很久以前在她自己的國家時，她經常在海邊漫步，就跟他們一樣，詹姆斯先生聽說這件事之後，非常不高興。」

噢，艾蜜莉！苦命的小美人！我眼前浮現出她坐在遙遠的岸邊的畫面，她身旁的小孩就像她以前天真的樣子，要是她成了窮人的妻子，或許那些孩子會用嬌細的聲音對她喊著「媽媽」；接著她聽到了海洋那永無止盡的呼喚：「永遠不再！」

「等事情已經沒有其他辦法的時候，達朵小姐……」

「我不是叫你別對我說話嗎？」她嚴厲、輕蔑地說。

「因為您剛才跟我說話了，小姐，」他回答。「很抱歉，但我的工作就是要服從。」

「把你的工作做好，」她答道。「事情說完就給我走人！」

「等到我很清楚，」他聽話地鞠躬，用一種極為恭敬的聲音說，「她不會回來的時候，我去找詹姆斯先生。他之前留了一個地址給我，要我寫信告訴他事情的結果。我親自過去，我們兩人做了交談；而為了維護我的尊嚴，我覺得自己必須離開他。我可以忍受很多事，也從詹姆斯先生那裡承受很多，但他實在太侮辱我了。他傷了我的心。我知道他跟他的母親很不幸有著隔閡，夫人必定也焦急地想知道他的下落，因此我自作主張回到家鄉英國，將這件事……」

「還不是為了錢。」達朵小姐跟我說。

「是的，小姐。我將我知道的全說了出來。我不覺得……」利特瑪先生想了一下說，「我還有什麼事可以講了。我目前失業，很樂意接受體面的安排。」

達朵小姐看了我一眼，好像在問我還有什麼事想問。我的確想到了一件事。「我想問這個……畜牲，」我無法說出更溫和的字眼，「他們有沒有攔截過她家人寫給她的信，或者他覺得她是不是有收到信。」

他還是很平靜，不發一語，眼睛盯著地面，右手的每一根手指輕輕抵著左手的每一根手指。

達朵小姐鄙視地轉向他。

「不好意思，小姐，」他回過神，「雖然我是個僕人，地位在您之下，但我還是有我的立場。考柏菲爾德先生跟您，小姐，不一樣。要是考柏菲爾德先生想從我這裡知道任何消息，那我要冒昧提醒考柏菲爾德先生，可以直接問我。我有自己的尊嚴要維護。」

經過內心一番掙扎，我把視線轉向他說：「你聽到我的問題了。你想的話，就當是直接問你的吧。你的答案是什麼？」

「先生，」他答道，偶爾將輕碰的指尖分開又貼上。「我的回答必須有所保留，因為背叛詹姆斯先生的信任，把事情告訴他母親，跟把事情透露給你，是全然不同的兩回事。我認為，詹姆斯先生不會希望看到那些信交到那個女孩子手中，因為那只會讓她心情更低落，更讓人不開心。除此之外，先生，我不想再多說。」

「就這樣嗎？」達朵小姐問我。

我說我沒有其他想問的了。「還有一件事，」我看到他要離開時補充道。「我現在知道這傢伙在這個邪惡故事中扮演的角色了，我也會將這件事告訴從小待她如親生女兒的老實人，因此我要建議他，還是別出現在公共場合比較好。」

我開口說話時，他停下腳步，用一如往常的姿態聆聽著。

「謝謝您，先生。但我要冒昧說一句，先生，在這個國家裡，沒有奴隸，也沒有奴隸主，所以沒有人可以藐視法律、擅自報復。要是他們這麼做，那我相信，慘的會是他們，而不是別人。因此，我想去哪就會去哪，我一點也不怕，先生。」

說完，他很有禮貌地對我鞠躬，再對達朵小姐鞠躬，便從他剛才穿過那排冬青樹牆的拱道出去了。達朵小姐跟我兩個人好一會兒都沒說話。她的態度還是跟剛才她把那個人叫出來時一樣。

「除此之外他還說，」她慢慢噘起嘴唇說，「他聽說他的主人正沿著西班牙海岸航行，之後還要去其他地方滿足他航海的癮，直到厭煩為止。但你應該對這項消息不感興趣。在這兩個驕傲的母子之間，有著比之前更大的裂痕，修補的希望渺茫了，因為他們的個性是一樣的，時光也讓他們都變得更固執、傲慢。你應該也對這項消息不感興趣，可是我接下來要說的跟這有關。你當成天使的那個惡魔，我是說，他從泥灘上撿來的下流女子，」她的黑眼盯著我看，激動地伸出手指，「她或許還活著——畢竟我相信禍害遺千年。要是她還活著，你們必定希望能夠找到這麼珍貴的珍珠，並且好好照顧她。我們也希望，這樣他就不會有機會再變成她的獵物了。因此，我們可說是有共同的利害關係。要是那個下等的賤人感受得到痛苦，那我什麼事都願意做，我之所以派人請你過來聽這些話，無非就是為了剛剛說的原因。」

她的表情改變了，我看出有人從我身後走來。那個人是史帝福斯夫人。她把手伸向我，態度比以前更冰冷、儀態比過往更嚴肅，但我感覺到，她並沒有忘記我以前對她兒子的愛，這點讓我很感動。她變了好多。她的姿態沒有以前那麼挺直，端莊的面容多了深刻的皺紋，頭髮也幾乎都斑白了。但她坐到椅子上時，還是看得出風韻猶存；那雙明亮眼睛中的高傲神情，我有多麼熟悉，那是我以前在學校作夢都會夢到的光芒。

「事情全都告訴考柏菲爾德先生了嗎，羅莎？」

「對。」

「他親耳聽利特瑪自己說？」

「對，我也跟他說為什麼妳想讓他知道。」

「妳做得很好。先生，我跟你之前的朋友通過一些信，」她對我說。「但他還是不願意擔起自己的責任和義務。因此除了羅莎提到的以外，我對這件事沒有別的看法。要是這樣能讓你上次帶來的那個老實人放寬心（我替他感到難過，此外就沒什麼好說的），免得小犬落入敵人設計好的圈套，那就好了！」

她起身，眼神直盯著遠處看。

「夫人，」我恭敬地說，「我明白。我向您保證，我不會誤解您的用意。但就算是對您，我也要說，我從小就認識受到傷害的這家人。要是您認為那女孩沒有受到殘酷的欺騙，還願意從令公子手上接過一杯水，而不是選擇死一百次，那您就大錯特錯了！」

「好了，羅莎，好了！」羅莎打算反駁，史帝福斯夫人開口說。「無所謂了，就這樣吧。先生，我聽說你結婚了，是吧？」

我回答我前陣子就結婚了。

「而且事業還不錯？我現在過著平淡的生活，很少聽說外面的事，但我知道你小有名氣。」

「我一直都很幸運，」我說，「不過是有人提到我的名字時，給了一些稱讚而已。」

「你媽媽不在了，是嗎？」她用很柔和的語氣說。

「是的。」

「太可惜了，」她說。「不然她一定會以你為榮。晚安！」

她帶著威嚴，冷漠地向我伸出手，我握著她的手，感覺它好像隨著她的內心平靜下來了。她的驕傲彷彿可以停止她自身的脈動，給她戴上平和的面紗；而她就透過面紗，筆直地看著遠處。

我沿著露台離開她們，忍不住回頭，注意到她們兩個還是堅定地盯著遠處看，漸濃的夜色逐漸往她們靠近。一些提早點燃的零星燈火在遠處的城市閃爍，東邊天空的暗淡光線仍徘徊不去。但是，隔著她們與城市的廣大山谷上，有片迷霧如海洋般升起，與黑暗交融在一起，看起來彷彿集聚起來的水就要將她們包圍。我之所以記得這件事，而且想起來就覺得畏怯，是因為當我再轉頭看她們一眼時，狂暴的浪潮已經漲到她們的腳邊了。

想起剛才聽到的事，我覺得應該一五一十地轉告佩格蒂先生才對。第二天晚上，我就到倫敦去找他了。他還是會到處跑來跑去，但最近主要還是留在倫敦，唯一的目標就是找回他的外甥女。這段時間，我經常看到他在死寂的夜裡遊蕩，從那些三更半夜還在街頭遊蕩的人之中，找尋他害怕找到的那個人。

我之前提過不只一次，他在亨格福德市場一間雜貨店樓上租了個房間。他最初就是從這裡出發的，因此我就往那裡前進。我問了那棟房子裡的人，他們說他還沒出門，我可以上樓找他。

他坐在窗邊讀東西，窗台上擺了幾株盆栽，房間非常乾淨整齊。我立刻就看出，他把房間整理好，是為了隨時要接她回來；而且每次出門，都認為那天就能夠把她帶回家。他沒有聽到我敲門的聲音，直到我將手放上他的肩膀，他才抬起頭來。

「戴維少爺！多謝你！真的多謝你來找我！請坐，歡迎你，先生！」

「佩格蒂先生，」他拉了一張椅子給我，我坐下說，「你別期望太高！但我帶來了一點消息。」

「艾蜜莉的！」

他定睛看著我，緊張地用手捂著嘴，一臉蒼白。

「我還是不知道她在哪，但她已經沒有跟他在一起了。」

他坐下來，專注地看著我，安靜地聽著我把話說完。

接著他將視線慢慢從我身上移開，低著頭，手扶著額頭，我清楚記得他那堅忍嚴肅的表情深深打動了我，他的面容帶有一種尊嚴，甚至可以說是種美感。他沒有打斷我，從頭到尾都平靜地坐著。他似乎是在我的描述中找尋她的身影，毫不在乎其他形影，任它們從他身旁過去。

我說完後，他摀住臉，還是不發一語。我往窗外看了一會兒，然後又把注意力放到那些盆栽上。

「那你覺得怎樣，戴維少爺？」他終於開口問道。

「我覺得她還活著。」我答道。

「我不知道。說不定這一次的打擊太大，她一下子就想不開了！她以前經常講到那些藍色的海洋。難道她這麼多年以前就知道她會死在那裡！」

他若有所思地說，低沉嗓音中充滿害怕，在小房間裡走來走去。

「可是，」他補充道，「戴維少爺，我一直覺得她還活著——不管是醒著還是睡著，我都知道她活著，而且我一定要找到她——我就是靠這個想法走下去、撐下去的——所以我不覺得我被騙了。不！艾蜜莉還活著！」

他將手堅定地放在桌上，曬傷的臉露出不屈不撓的神情。

「我的外甥女艾蜜莉還活著，先生！」他堅決地說。「我不知道我為什麼會知道，或是這個想法怎麼來的，但**我就是知道**她還活著！」

他說這句話的時候，看起來就像得到啟示。我等了一下，等他能夠集中注意力之後，才把我昨天想到的謹慎做法告訴他。

「我親愛的朋友，是這樣的……」我開始說道。

「謝謝，謝謝，你人太好了，先生。」他握著我的手說。

「她很可能會來倫敦，如果她想要藏身，這個大城市最適合不過了。要是她不回家，她除了隱姓埋名，還能做什麼？」

「她不會回家的，」他打斷我，哀傷地搖搖頭。「如果她是自己離開的，那可能會回來，但事情不是那樣，先生。」

「要是她回到倫敦，」我說，「我相信要是她來這裡，有個人比世界上任何人都更能找到她。你還記得——請你振作，聽完我說的話，想像你的遠大目標！——你還記得瑪莎嗎？」

「我們家那裡的？」

我從他的表情看出我不必回答。

「你知道她在倫敦嗎？」

「我在路上看過她幾次。」他顫抖著回答。

「但你不知道的是，」我說，「在漢姆的幫忙下，艾蜜莉幫過她，很久以前，在她離家的時候。不只如此，我們有次晚上在附近的旅館討論時，她也在門邊偷聽。」

「戴維少爺！」他驚訝地回答。「雪下很大的那天嗎？」

「就是那天。我後來就沒有再見過她。我跟你分開之後，返回去旅店想跟她說話，但她已經走掉了。我當時不願意跟你說她的事，但我現在認為時候到了。她就是我說的人，我認為我們要跟她聯絡，你明白嗎？」

「我懂，先生。」他答道。我們降低音量，小聲繼續密談。

「你說你見過她。你覺得你找得到她嗎？我只希望能夠碰巧遇到她。」

「戴維少爺，我想我知道要去哪裡找。」

「天黑了，我們剛好又在一起，不如一起出門找她好嗎？」

他同意，並準備好跟我一起走。我看到他仔細地把小房間整理好，將蠟燭和火柴擺好，把床鋪好，最後從抽屜取出她的一件裙裝（我記得以前看她穿過），跟其他衣料一起摺好，再拿起放在椅子上的女帽；不過他似乎沒有特別意識到自己在做這些事。他沒有解釋那些衣服是要做什麼的，我也沒問，但它們肯定早就在抽屜裡，等著她回來了。

「戴維少爺，」我們下樓時，他說，「我之前還覺得這個女孩，瑪莎，就像是我們家艾蜜莉腳下的土而已。上帝原諒我，現在的狀況不一樣了！」

我們繼續走，我問他漢姆的近況，一方面是想要跟他找話聊，一方面是我自己也想知道。他回答我的話，跟之前差不多，他說漢姆沒有變：「努力工作到連命都不管了，但他從來沒有抱怨過，大家都喜歡他。」

我問他，他覺得漢姆對於這件憾事的罪魁禍首，看法如何？他覺得會有危險的事情發生嗎？假設漢姆遇到史帝福斯，那他覺得漢姆會怎麼做？

「我不知道，先生，」他回答。「我也經常想這件事，但我也講不出來事情會怎樣。」

我問他還記不記得艾蜜莉離開後的隔天早上，我們三個人在沙灘上那時候的事情。「你記不記得，」我說，「漢姆看向海的時候，露出某種狂亂的表情，他還說了類似『結局』的話？」

「我當然記得！」他說。

「你覺得他是什麼意思？」

「戴維少爺，」他答道，「我也經常問自己一樣的問題，從來沒有找到答案。不過有一件事情很奇怪，那就是，雖然他人很像好好的，但我還是不敢在他面前提起這件事，讓他想起來。他從以前跟我說話就一直都很尊敬，現在也一樣，沒有改變。但他在想的事情不是淺淺地放在他心裡而已，他放得很深，連我都看不到底。」

「你說得沒錯，」我說，「我有時候會很擔心。」

「戴維少爺，我也是，」他回答。「這比他現在工作不管死活還要讓我擔心，不管怎麼說他變了。

我不覺得他會動粗，但還是希望他們兩個離遠一點比較好。」

我們從聖殿關來到市中心。佩格蒂先生安靜地走在我身旁，一心專注在他這輩子唯一的目標上，繼續走，沉默專心的模樣讓他看起來更顯孤單。我們到了黑衣修士橋附近時，他轉過頭，指向對街一個匆忙走過的女性身影。我立刻知道那就是我們要找的人。

我們過了馬路，快步走向她時，我突然想到，要是我們可以在沒有人潮、安靜一點的地方，沒有人會留意的時候再與她攀談，或許她比較會對那個迷失的女孩生起女性的同情。因此，我告訴我的同伴說，我們最好先跟著她，晚一點再跟她交談；我會這麼做，也是因為隱約有種欲望，想知道她要去哪裡。

他同意了，我們保持距離地跟著她，沒有讓她離開視線。但因為她四處張望，我們不敢靠太近。她一度停下來聽樂團表演，我們也跟著停下來。

她走了很長一段路，我們還是繼續跟著。

從她的步伐看來，應該是要去某個特定的地方。這點，加上她一直避開繁忙的街道，讓我覺得這樣跟蹤一個人好神祕，有種莫名的吸引力，才會堅持跟到底。最後，她終於轉進一條陰沉的暗巷，沒有喧囂的人聲了，這時我說：「我們可以跟她說話了。」於是我們加快腳步跟上去。

第47章 瑪莎

我們來到了西敏寺。剛剛我們看到她迎面而來，趕緊掉頭，現在又回來跟著她。過了西敏寺之後，她就遠離主街的燈光和喧囂了。她走得好快。她原本就離我們有一段距離，加上她剛穿過橋上來來往往的兩波人潮，我們一直到米爾班克街旁的一條水邊窄巷，才追上她。這時，她過了馬路，好像聽到後方的腳步聲，想要快點走遠，頭也不回地再加快腳步。

有些運貨馬車停在昏暗的門廊旁過夜，經過時，我瞥見了那條河，突然間腳步頓了一下。我碰了一下同伴，沒有說話，我們倆沒有跟她走到對街，而是留在人行道上，悄悄沿著房子的陰影走，還是跟得很近。

當時那條地勢較低的街尾有棟破舊的木屋，大概是廢棄的渡輪站，我寫作的此刻它也還在。木屋在街道的最尾端，接下來的小路一邊是房子，另一邊就是河。她一來到這裡，看見河流，就停下腳步，似乎已經到達目的地了；她慢慢走到河邊，全神貫注地看著河水。

跟著她來的整段路上，我都以為她要去某棟房子，而且我默默希望那棟房子會跟那迷失的女孩有關。但從門廊那裡一瞥見這條深色的河，我的直覺就讓我做好心理準備，她不會再往前走了。

當時那一區非常淒涼，夜晚跟倫敦外圍的地方一樣壓抑、難受、偏僻。單調樸素的大監獄附近，一條陰沉荒涼的小路兩邊並沒有碼頭或房屋。由於水流緩慢，壕溝的汙泥堆積在監獄的牆邊。那一區有塊沼地雜草蔓生。有一部分地上放著因開工不順而未完工的房屋支架，漸漸腐朽；另一部分的地上

河啊

堆滿生鏽的大蒸氣鍋爐、輪子、曲軸、水管、火爐、船槳、船錨、潛水鐘、風車輪葉，和一堆我叫不出名字的奇怪物品，是某個投機商人收集來的。這些東西匍匐在泥地上，因為下雨地濕，本身的重量讓它們更往下沉，看起來很像想躲起來卻又藏不住。

河邊各式各樣的工廠發出碰撞聲和強烈的光線，在夜裡擾亂了一切事物，煙囪持續冒出的濃煙除外。一旁的木堆上纏滿了很像綠毛的東西，令人作嘔；去年懸賞找尋溺斃者屍體的破爛傳單飄蕩在高水位的標線上方，汙穢的隘口和堤道就這樣蜿蜒在老舊木堆中，經過淤泥和汙水來到了漲潮線處。聽說在大瘟疫時期[101]，這附近有一個埋死人的坑，讓這一整區似乎還瀰漫著那種頹靡的氣息。再不然，就是因為受汙染的河水滿溢，讓這裡漸漸腐爛成現在這副噩夢般的模樣。

我們跟蹤的這個女孩就像是被河流拒收、丟在外頭腐爛敗壞的東西，她慢慢走到河邊，站在這幅夜景正中央，孤伶伶地，動也不動地看著河水。

因為有些船隻和駁船擱淺在泥中，讓我們可以在她不會看到的情況下，再靠近她一點。我用手示意佩格蒂先生先待在原位，我走出陰影處，想跟她說話。形單影隻的她堅定地走向一個恐怖的終點，幾乎走到了鐵橋下橋洞的陰影中；看到漲潮反映的曲折光線，看到她站在那裡的樣子，我心中倏然升起一股恐懼。我接近她時，全身顫抖。

我想她在自言自語。我敢說，她雖然全神貫注地看著河水，但還是一邊把披肩拿下來，裹著雙手，一副心神不定、不知所措的模樣；她看起來不像清醒的人，反倒像在夢遊。我很清楚也絕不會忘記，從她那瘋狂的舉止看出她絕對會在我面前往下跳，因此我立刻抓住了她。

同一時間，我叫道：「瑪莎！」

她驚叫一聲，奮力想從我手中掙脫。如果只有我自己的話，肯定抓不住她，但有一隻比我更強壯的手扶住了她，她嚇壞了。抬頭看到是誰之後，做了最後一次掙扎，跌坐在我們兩人中間。我們把她帶離河邊，旁邊有些乾石塊，我們讓她坐在上面，她一直哭嚎著。一會兒之後，她坐在石頭上，雙手抱著頭。

「噢，河啊！」她激動哭喊。「噢，河啊！」

「噓，噓！」我說。「冷靜下來。」

但她還是一直重複著同樣的話，不停地哭喊：「噢，河啊！」

「我知道這條河就跟我一樣！」她驚呼道。「我知道我屬於它。我知道那就是我這種人該去的地方！它從純淨的鄉下來，流過陰暗的街道，被玷汙後悲慘不已，然後它又要流到大海，就像我痛苦的人生一樣。我想我一定要跟著它去！」聽到她說這番話的語氣以前，我不曉得絕望是什麼樣子。

101. 一六六五年至一六六六年間發生的大規模淋巴腺鼠疫。

「我不能離開它，我忘不了它。它日日夜夜糾纏我。世界這麼大，我只配得起它，只有那裡容得下我。噢，可怕的河啊！」

我的同伴不發一語、一動也不動地看著她，就算我對他外甥女的過去一無所知，我也可以從他的表情看得一清二楚。不管是在畫中或是現實生活中，我從沒看過恐懼與同情交織得令人如此印象深刻。他全身發抖，好像要跌倒般，我警覺地抓住他，他的手像死人一樣冰冷。

「她現在神智不清，」我小聲對他說。「等她冷靜下來就不會這樣說了。」

我不知道他原本要說什麼。他嘴巴動了一下，似乎以為自己說了話，其實他只是伸出手指著她，什麼話也沒說。

瑪莎又嚎啕大哭起來，再次將臉埋在石頭後，俯臥在我們面前，一副很羞愧、墮落的模樣。我知道她在這種情況下無法聽我們說話，因此我的同伴要伸手扶她起來時，我大膽制止了他。我們安靜地站在一旁，等她冷靜下來。

「瑪莎，」我彎腰扶她起來，她似乎想要起身離開，但因為太過虛弱，只好靠著一艘船站著。「你知道我旁邊這一位是誰嗎？」

她虛弱地說：「知道。」

「妳知道我們今晚跟了妳很長一段路嗎？」

她搖搖頭，沒有看他，也沒有看我，用卑微的姿態站著，一手拿著帽子和披肩，似乎沒意識到自己拿著東西，另一隻手握拳壓在額頭上。

「妳如果冷靜下來了，」我說，「我們想跟妳談談下雪的那天晚上，妳很關心的事情。我希望老天也記得那一夜！」

她又開始啜泣了，斷斷續續地謝謝我那天沒有趕她走。

「我不想替自己辯解，」她過了一會兒說。「我很壞，沒救了。我一點希望也沒有。但是，先生，要是你對我不會太嚴苛，能不能請你告訴他，」她縮了一下，遠離他，「不管怎麼樣，他這麼不幸並不是我造成的。」

「從來沒有人把錯怪在妳身上。」她說得很認真，我也很認真地回答她。

「如果我沒認錯的話，」她用沙啞的聲音說道，「艾蜜莉看我可憐，幫我的那天晚上，也在廚房的人就是你。你對我很溫柔，不像其他人一樣閃避我，還幫了我那麼大的忙！是你嗎，先生？」

「是我沒錯。」我說。

「如果我知道自己害了她的話，」她用一種可怕的表情看著河水說，「那我很早就跳河了。要是那件事跟我有一點關係，我連一個冬夜也不會過的！」

「她離開的原因，我們都很清楚，」我說。「我們相信，妳跟這件事一點關係也沒有，我們真的知道。」

「噢，要是我有一顆更善良的心，或許就能幫她了！」那女孩懊悔地喊道，幾近絕望。「因為她一直都對我很好！她從來沒有對我說過一句難聽的話。我很清楚自己是怎樣的人，難道你們覺得我會想要讓她也變成我這樣嗎？當我失去生活中珍惜的一切，我最難過的就是我得一輩子跟她分開！」

佩格蒂先生一隻手放在船的舷緣，眼睛往下看，另一隻手捂著臉。

「下雪的那天晚上以前，我就從老家的人那裡聽說這件事，」瑪莎喊道，「我心裡最難過的是，大家一定會記得她跟我往來過，一定會說是我帶壞她的！但是天知道，如果我能讓她恢復名聲，要我死我都願意！」

她長期以來就不習慣克制自己，她那股悔恨和悲傷可怕得刺骨。

「死沒什麼了不起——我能說什麼？——我願意活下去！」她哭喊著。「我願意在悲慘的街頭活到老，在黑暗中流浪街頭，讓別人看到都紛紛閃避——看著太陽在一排可怕的房子後方升起，想起同一顆太陽曾經怎麼照進我的房間，把我喚醒的——只要能救她，要我做什麼，我都願意！」

她跌坐在石頭上，雙手各抓了幾塊石頭放在手心握緊，好像要把它們壓扁一樣。她不斷地扭動身體，僵硬的手臂糾結地放在面前，好像連那麼一點光線都想遮擋，垂著頭，彷彿太過沉重，無法承受過往的回憶。

「我到底該怎麼辦！」她絕望地掙扎。「我自己就是個禍害，讓跟我接觸的每個人都蒙羞！」她突然轉向我的同伴。「踐踏我，殺了我吧！你以前以她為榮，要是我走在街上，從她身邊經過，你一定覺得我會傷害她。你絕對不會相信我說的任何一個字——你又憑什麼要相信呢？就算現在，要是她跟我說話，你也會覺得很丟臉。我不是在抱怨。我不是在說她跟我一樣——我知道我們兩個差多了，差多了。我只想說，我心裡雖然覺得羞愧、痛苦，但我還是打從心底感謝她、愛她。噢，別以為我現在沒有愛人的能力了！你可以向全世界的人那樣拋棄我。因為我現在墮落，因為我認識她，你想殺了我也可以，但絕對別把我當成那種人！」

她說這些話的時候，他心緒恍惚地看著她。她說完後，他溫柔地扶她起身。

「瑪莎，」佩格蒂先生說。「要是我批評妳的話，老天不會准的。天底下那麼多人，就我最不應該這麼做，好女孩！妳一定想不到這段時間我怎麼可能會有這麼大的改變。哎！」他停了一下，繼續說道：「妳不知道這位先生跟我來這裡是想跟妳談談。妳不知道發生什麼情況。現在聽清楚了！」

他完全影響了她。她好像不敢看他，顫抖地站在他面前，雖然還是很激動、難過，但慢慢平靜下來，不說話了。

「要是下大雪的那天晚上，」佩格蒂先生說，「妳聽到我跟戴維少爺的對話，那妳就知道我到處在找我親愛的外甥女。我親愛的外甥女，」他鎮靜地重複道，「現在對我來說，比以前更寶貝了，瑪莎。」

她雙手捂著臉，還是沒有說話。

「我聽她說過，」佩格蒂先生說，「妳很久以前就沒有爸媽，也沒有討海人收留妳。或許妳可以想像，要是妳身邊有像我這樣的一個人，妳可能就會慢慢跟他產生感情，我的外甥女對我來說，就像親生女兒。」

瑪莎一直默默發抖，佩格蒂先生從地上撿起披肩，小心地蓋在她身上。

「所以，」他說，「我知道她如果再見到我，一定也會跟我到天涯海角；如果不是這樣，那她就算逃到天涯海角，也不願意再見到我。她雖然不會質疑我對她的愛，絕對不會——絕對不會，」他重複道，肯定自己說的話真真切切，「但我們之間，現在有羞恥心在作梗了。」

他說這番話時態度樸實而感人，我很清楚看出他好好思考過這件事了。

「所以我們想到，」他繼續說道，「這一位戴維少爺跟我想到，她有一天，會很可憐地自己跑來倫敦。戴維少爺跟我，我們都相信，發生在她身上的事，跟妳一點關係也沒有，妳就跟未出世的小孩子一樣無辜。妳說，她對妳很好、很善良、很溫柔。上帝保佑她，我知道她就是那樣的人！我知道她對人一直都是那個樣子。如果妳感謝她、愛她，那就盡全力幫我們找到她，我也希望老天可以獎勵妳！」

她焦急地看著他，第一次露出懷疑的神色。

「你願意相信我？」她驚訝地低聲說道。

「完全、徹底相信！」佩格蒂先生說。

「所以，如果我找到她，就跟她聯絡；要是我有住的地方，就收留她，瞞著她來跟你說，然後帶你去找她？」她匆忙地問。

我們倆一起回答：「對！」

她抬起眼，鄭重發誓她會盡心盡力完成這項任務。她說只要有一絲希望，她就絕對不會猶豫、絕對不會分心、絕對不會放棄。這是她現在生命中，唯一能讓她遠離邪惡的事，雖然不可能，但要是她沒有認真做，讓這件事從她手上溜走，那就讓她比要跳河那天，過得還要孤單、絕望，永遠得不到別人或神的幫助！

她並沒有提高音量，或是對著我們說，而是對著月夜發誓，然後非常安靜地看著陰暗的河水。

我們認為現在時機成熟，可以把我們知道的全告訴她，因此我詳細地重述一次事情的經過。她非常認真地聽，表情經常改變，不管她露出什麼神色，都顯露出同樣的決心。她的眼眶泛淚，但她忍住不讓眼淚奪眶而出了。她的情緒似乎起了很大的變化，無法冷靜下來。

聽完之後，她問說如果有事要如何跟我們聯繫。我靠在路邊一盞昏暗的路燈下，在小筆記本空白頁寫下我們兩人的住址，撕下來交給她。她將紙條收到她瘦弱的胸口。我問她住哪裡，她想了一下說，她沒有固定的居所，所以我們還是別知道比較好。

佩格蒂先生小聲跟我說了一件事，其實我剛才也想到了，我拿出錢包。我一直說服她，但她還是堅持不收錢，而且以後也不會收。我告訴她，現在佩格蒂先生不窮，但她說要靠自己的資源去找人，讓我們聽了都很驚訝。她堅持自己的立場，佩格蒂先生跟我一樣勸不了她。她對他滿心感謝，但還是沒被勸動，說不收就是不收。

「我可能找得到其他工作，」她說。「我會試試看。」

「至少在妳找到工作以前，」我回答，「讓我們幫妳一點。」

「我答應要做這件事，不是為錢而做，」她回答。「就算我快餓死了，我也不會拿錢。收下你們的錢，等於是捨棄你們的信任，奪走你們給我的目標，拿走今天阻止我跳河的唯一一件正事。」

「奉最高審判者之名，」我說，「妳跟我們所有人，在那個令人畏懼的時刻都會站到祂面前的，所以請妳拋棄那個可怕的想法吧！只要願意，人人都可以做好事。」

她全身發抖，嘴唇顫動，臉色變得更蒼白，回答道：「或許你們下定決心想要拯救一個命運悲慘的人，讓她改過自新，但我不敢這樣想，這樣想似乎太膽大妄為了。要是我能做出什麼好事，我或許會開始心存希望，但現在我做的全是不好的事。我一直過得很慘，沒有人信任我，你們託付給我的這件事，是這麼久以來第一次有人願意相信我。我不知道其他的，也說不出別的了。」

她再次壓抑住即將湧出的淚水。她伸出顫抖的手碰了佩格蒂先生，彷彿他有某種療癒的能力，然後沿著荒涼的路走去。

她生病了，或許已經病了好一段時間。我近距離觀察後發現，她精疲力盡、面容枯槁，從她凹陷的雙眼看得出她吃盡苦頭。

我們回家的路和她是同一方向，所以跟了她一小段距離，直到來到燈光明亮的擁擠街道。我完全相信她的話，我問佩格蒂先生，如果繼續跟著她，會不會像是不信任她。佩格蒂先生跟我想得一樣，也同樣信任她，所以我們就讓她自己走，我們走我們的，往高門前進。佩格蒂先生陪我走了一大段路，道別時，我們都希望這個新辦法能夠成功，而我看得出佩格蒂先生臉上露出一種新的、對他人的憐憫之心。

我回到家時已經半夜了。我本來都走到花園門口了，站在外頭聽聖保羅大教堂的低沉鐘聲，聽來像是好幾道鐘響一起向我襲來。這時，我看到姨婆的小屋大門開著，門口有微亮的燈光透射到路上，讓我覺得很驚訝。

我心想，姨婆的老毛病一定又犯了，或許睡不著，在看她想像的大火燒得如何，所以我準備去陪她說說話。結果，我看到一個男人站在她的小花園裡，大吃一驚。

他手上抓著杯子和酒瓶，正在灌酒。我立刻停下腳步，站在外頭的茂密枝葉旁。月色雖然昏暗，但我認出那個男人就是以前我以為迪克先生幻想出來的人，也是一度在市區街頭碰到姨婆的那個人。

他又吃又喝，看起來飢腸轆轆。他似乎是第一次來這裡，對小屋感到很好奇。他把酒瓶放到地上，抬頭看了看窗戶後，四處張望，一副偷偷摸摸的焦急模樣，看來很想趕快離開這裡。

走道的燈光突然暗了一下，姨婆走了出來。她顯得激動不安，給了那個男人一點錢，我聽到吭啷聲。

「這一點錢有什麼屁用？」他要求道。

「我沒有辦法再給你更多了。」姨婆回道。

「那我就不走，」他說。「拿去！妳乾脆拿回去算了！」

「你真是太惡劣了，」姨婆激動地說。「你怎麼可以這樣子利用我？話說回來，我又何必問這問題？不就是因為你很清楚我有多麼軟弱！除了讓你自生自滅，我還能怎麼做，你才會永遠放過我？」

「那妳幹嘛不讓我自生自滅算了？」他說。

「**你**竟然還問我為什麼！」姨婆回答。「你的心腸有多硬啊！」

他一臉不悅地站在那，搖著手中的錢，搖搖頭，最後說道：「所以妳只給我這麼一點？」

「我只能給你這麼一點，」姨婆說。「你知道我投資失利，現在沒錢了。我早就告訴過你了。你錢都拿到了，為什麼還逼我站在這裡，看你現在變成這副模樣，硬要折磨我？」

「如果妳指的是我的窮酸樣，我的確是，」他說。「我現在過著跟貓頭鷹一樣的生活。」

「你幾乎奪走了我的一切，」姨婆說。「你讓我這麼多年來，對全世界封閉我的心。你欺騙我、毫不感恩、殘忍無情。去，你去懺悔吧。你對我的傷害已經多到數不完了，就別再害我了！」

「好啊！」他回答。「很好很好——好吧！那我看我目前只好將就一點了。」

雖然他擺出這種姿態，但看到姨婆氣憤地流下眼淚，他似乎還是有點慚愧，垂頭彎腰地走出花園。我假裝剛出現，很快地向前走兩、三步，在門口跟他擦身而過，我們冷淡地互看了對方一眼。

「姨婆，」我匆忙地說。「這個人又來煩您了！讓我跟他談談吧。他是誰？」

「孩子，」姨婆拉著我的手臂說，「進屋吧，十分鐘後再跟我說話。」

我們坐在她的小客廳裡。姨婆那把綠色圓扇就掛在椅背上，她用它擋住臉，不時擦淚。大概一刻鐘過去，她才露出臉來，在我身旁坐下。

「托特，」姨婆冷靜地說。「他是我的丈夫。」

「您的丈夫？姨婆，我以為他已經死了！」

「對我來說是死了，」姨婆回答，「但他還活著沒錯。」

我目瞪口呆地坐著。

「貝希．托特伍德現在看起來一點也不像個會談情說愛的人，」姨婆冷靜地說，「但很久以前，她可是全心全意相信過那個男人，托特。當時，她很愛他，托特。當時，她把所有的愛慕跟依戀都給了他。結果他竟然害她破產，還傷透她的心，用這種方式回報她。因此，她將那份感情，永永遠遠地埋進墳墓，填起來，壓平了。」

「親愛的好姨婆！」

「我離開他的時候，」姨婆繼續說道，手還是放在我的手臂上，「給了他很多錢。托特，過了這麼久，我還是可以說，我當時的確給他很多。他對我那麼殘忍，我本來可以不用給他這麼多錢，就跟他離婚的，但我沒有這麼做。很快地，他就把我給他的錢都揮霍掉了，越來越墮落，我想他後來還娶了別人，變成投機分子、賭徒跟騙子。你也看到他現在這個樣子，不過我嫁給他的時候，他可是很英俊的，」姨婆的語氣迴盪著昔日的驕傲和仰慕之情。「我以前竟然相信他，我真是笨得可以！我竟然還相信他是個正人君子！」

她緊握了一下我的手，搖搖頭。

「托特，他現在對我來說，什麼都不是了——比那還不如。他繼續在這個國家鬼鬼祟祟地遊蕩下去，遲早會被抓的，可是在那之前，只要他偶爾出現，我能給他多少錢，我都會給，只為了打發他。我嫁他的時候還真是個笨蛋，在這件事情上，我到現在還是個無可救藥的傻瓜，就念在我曾經相信過他的分上，我連以前愛人的影子都不忍心嚴厲對待。有哪個女人愛得這麼深過，那就是我了，托特。」說完，姨婆重重地嘆了一口氣，撫平她的裙子。

「好了，親愛的！」她說。「現在你知道整件事的來龍去脈了。這個話題，我們以後就別再提了，當然，你也別跟其他人說。這就是我脾氣暴躁、頑固任性的原因了，這件事我們兩個知道就好，托特！」

第48章 居家日常

我努力寫書，同時仍如期完成報社的工作；書出版後，很受歡迎。我很敏銳地注意到了在我耳邊揚起的稱讚，但我並沒有感到太驚訝，我相信，我比其他人更加肯定自己的表現。就我對人性的觀察，我一直覺得，一個有理由相信自己的人，絕對不會為了讓大家也相信他，就在別人面前大肆宣揚。因此，我很自重地保持謙虛；我得到越多讚美，就越試著讓自己能當之無愧。

本書寫的雖然就其本質來說是我自己的回憶，但回顧個人經歷並非我的本意，只是在我寫作時，它們不言自明，我也就由它去了。我不經意地寫出來，只因為它們是我往前邁進的一部分。

這時候，我有證據可以相信我的天賦與機緣讓我成了作家，我也很有信心地追求我的天職。如果沒有這種信心，我肯定會放棄這行，把精力拿去嘗試別的職業，找出天賦和機緣會讓我成為什麼樣的人，然後專心只做那件事，不做別的。

我不斷寫作，報紙文章也寫，小說也寫，最近獲得成功後，覺得自己有權不再做枯燥乏味的辯論速記工作了。因此，在某個愉快的夜晚，我最後一次記下議會風笛式的辯論，就再沒聽過那種聲音了。整個漫長的議會開議期間，我還是會從報上看到那些老調重彈，但沒有看到什麼實質的變化，或許只差在現在數量變多了而已。

我現在寫下的這段時間，大概是我婚後一年半左右。經過多方嘗試，我們已經放棄管理家務這件事，認為這行不通了。所以我們就順其自然，只請了一個小僕人。這個小僕人的主要工作，就是跟廚娘吵架，吵得活像個迪克・惠丁頓[102]，只差沒有貓，也完全沒有機會當上倫敦市長。

我覺得他就像處於冰雹下在鍋蓋的那種衝擊底下過生活，他的整個存在就是一場混戰。他常在最不恰當的場合尖聲求救，例如我們請朋友來家裡吃飯喝茶時，他會連翻帶滾地衝出來，後面一些鐵製品也跟著飛出來。我們想過要趕他走，但他實在太黏我們了，死都不願意離開。他很愛哭，只要我們稍微暗示要辭退他，他就會哭得很淒慘，逼得我們只好留住他。他沒有媽媽——就我所知，他沒有其他親戚，只有一個姊姊，擺脫他逃去美國了，所以他就像是個被掉包的可怕孩子，就此住在我們家。

他老是想起自己的不幸際遇，總會用外套袖口擦淚，彎腰用小手帕的一角擤鼻涕，而且從來沒把手帕從口袋裡整個拿出來過，非常省著用，也藏得很好。

我們每年付六英鎊十先令請來的這個悲慘小僕人，正是不斷造成我困擾的來源。我看著他長大——他長得像大紅豆一樣快——然後一想到他哪天要開始刮鬍子，甚至哪天頭髮變白或變禿，我就覺得很痛苦。我覺得似乎一輩子擺脫不了他，接著就開始想像他老了以後，會給我帶來什麼樣的麻煩。

後來發生了一件不幸的事，替我解決掉這個問題，這是我從來沒有想到的。他偷了朵拉的錶（跟家裡其他東西一樣，都沒有放固定位置），還拿去變賣。因為他一直是個意志薄弱的孩子，所以立刻把錢花掉，來來回回搭倫敦到阿克斯橋[103]的公共馬車，坐在車夫旁邊。如果我沒記錯，他在完成第十五趟旅程時被抓去警局，身上搜出四先令六便士跟一支他不會吹的二手橫笛。

要是他沒有悔過自懺的話，後來的事情還不會變得那麼難堪。他深深懺悔了，而且方式很特別，不是一次傾吐，而是分批。舉例來說，他被逮捕的隔天，我出庭作證時，他透露，地下室裡有個食物籃，我們以為裡面裝滿酒，其實都只是空瓶和軟木塞做做樣子。我們想說他把廚娘最壞的行為抖出來，這下子應該可以放心了，結果一、兩天之後，他又再次良心發現，揭發了廚娘的另一個祕密，也就是她有個女兒，每天早上都會來偷家裡的麵包，然後他自己也會用煤炭收買賣牛奶的人。再過兩、三天，有關當局通知我，根據他的供詞，他們在廚房發現了一塊牛腰肉、在破袋裡發現床單。沒過多久，他又爆出新的線索，坦承他知道酒吧一個送酒的人打算入室行竊，那個人立刻被逮捕。受害人這個角色我已經當到羞愧了，我寧願給他錢，讓他閉嘴；或是收買警察，讓他逃走。他一點也不曉得我願意這麼做，還以為自己每供出一件，不是在補償我就是在報答我，真是讓人太生氣了。

最後，我決定只要看到警察帶著什麼新消息出現，我就先跑走，在他被判刑並移送服刑之前，我都過著鬼鬼祟祟的生活。但就算他已經被關，還是不願意保持沉默，一直寫信給我們，說在被遣送之前，他多麼希望再見朵拉一眼，所以朵拉去看他了。結果，她一進到監獄就昏倒了。總之，在他被逐出國土之前，我都不得安寧。我後來聽說他被送到「邊疆地帶」放羊去了，但我不知道那裡的實際地理位置。

這一切讓我認真思考，用全新角度看待我們犯的錯誤。雖然我很愛護朵拉，但某天晚上還是忍不住跟她提起這件事。

「寶貝，」我說，「我一想到我們家裡沒有條理跟缺乏管理就很頭痛，因為這件事不只關係到我們，不是我們習慣就好，這件事還攸關別人。」

「你這麼久都沒提，現在卻又要開始生氣！」朵拉說。

102.《迪克・惠丁頓和他的貓》（*Dick Whittington and His Cat*）是英國民間故事，描述孤兒迪克遭受廚師虐待，逃離後賣掉貓致富，後來回到倫敦當了市長。

103. 阿克斯橋（Uxbridge）：位於倫敦西部的大鎮。

「不，親愛的，不是這樣！妳聽我解釋。」

「我覺得我不想知道。」朵拉說。

「但我希望妳能知道，寶貝。把吉普放下來。」

朵拉把吉普的鼻子嘟向我的鼻子，然後說：「嗶！」想要讓我別這麼嚴肅，但這個辦法沒成功，她叫吉普回牠的狗屋，雙手交疊坐著看我，臉上掛著無奈的表情。

「親愛的，老實說，」我開始說道，「我們身上有傳染源，我們會影響四周的人。」

我本來要用這種比喻方式繼續說，只是朵拉一臉認真地等我提出新的疫苗或是治療方式，處理我們這個有害健康的狀態。因此我重新整頓了一下思緒，把我的意思說清楚一點。

「寶貝，如果我們再不學著小心一點，」我說，「那我們以後就不只是花錢了事或是過得不舒適，或者有時候發發脾氣而已，而是會帶壞每個替我們工作或是跟我們往來的人，我們得負很大的責任。我開始擔心錯不全在某一方了。因為我們自己沒有做好，所以讓周遭的人也都變壞了。」

「噢，你這是多麼嚴重的指控呀，」朵拉睜大眼驚呼道。「你竟然說你親眼看到我偷金錶了！噢！」

「我最親愛的寶貝，」我責備道，「別說這種荒謬的傻話！誰說妳偷金錶了？」

「你啊，」朵拉說。「你明知道就是你啊。你說我不乖，還拿我跟他比較。」

「跟誰比較？」我說。

「跟小僕人啊，」朵拉啜泣道。「噢，你這個殘忍的傢伙，竟然拿這麼愛你的妻子跟一個小僕人比！你幹嘛不在我們結婚前就先跟我說呢？你這個狠心的傢伙，幹嘛不直接跟我說，我比一個小僕人還壞呢？噢，你怎麼可以把我想得這麼壞！噢，我的天哪！」

「哎呀，朵拉，寶貝，」我溫柔地想拿下她摀住眼睛的手帕，「妳這樣說不只傻，還錯得離譜。而且，這根本不是事實。」

「你老是說他愛亂說，」朵拉抽泣道。「結果你竟然說我跟他一樣！噢，我該怎麼辦！我到底該怎麼辦呀！」

「我親愛的女孩，」我反駁，「我真的得要求妳要理性一點，仔細聽我說的話，聽我真正說出來的話就好。我親愛的朵拉，除非我們學會對傭人盡責，不然他們永遠學不會要對我們盡什麼樣的責任。我擔心，我們是給人家做錯事的機會，這種機會是不應該存在的。就算我們選擇放任家務事不管——雖然我們也沒有這樣選擇——但就算我們喜歡這樣，覺得這種做法沒什麼不好——雖然我們也沒有這樣覺得——我覺得，我們也不可以再這樣下去了。我們真的帶壞了周遭的人。我們得這樣想才行。朵拉，我忍不住會這樣想。我無法拋棄這個想法，而且這想法有時候也讓我感到焦慮擔心。好了，親愛的，我要說的就是這樣。好了，別傻了！」

好一段時間，朵拉都不讓我拿下她的手帕。她一直哭，遮著臉咕噥：要是我會焦慮擔心，那我何必結婚？甚至是上教堂的前一天，幹嘛不先說我結婚後會焦慮擔心，我寧可不要這樣？如果我受不了她，我幹嘛不送她回普特尼的姑姑家，或是送去印度的茱莉亞．米爾斯那裡？茱莉亞會很樂意接待她，不會說她是被流放的小僕人，茱莉亞絕對不會說她是那種人。總之，朵拉傷透了心，看她這樣我也苦惱不已，知道自己不管以後再怎麼溫和地提這事，都沒有用了，一定要試別的方法才行。

還有什麼方法可以試呢？砥礪心智？這句話常聽到，聽起來大有希望，所以我決定要砥礪朵拉的心智。

我立刻開始進行。朵拉很孩子氣的時候，雖然我很想討好她，但還是擺出嚴肅的樣子，結果讓她不知所措，也害得我不知所措。我試著跟她討論我在想的事情，或是讀莎士比亞給她聽，結果把她累個半死。我開始偶爾丟給她一些實用的資訊或是對事情的見解，結果她把這些話當成爆竹一樣，任由它們亂放。不管有多不經意、有多自然地決定要砥礪我這個小妻子的心智，我還是忍不住發現，她每次都會本能地意識到我的意圖，立刻擔心了起來。尤其是，我很清楚看出她覺得莎士比亞是個特別差勁的傢伙。因此，改造過程進行得非常緩慢。

我在崔斗斯不知情的情況下，迫使他幫忙我做這事。不管他什麼時候來看我們，我都會對他引爆我的腦海地雷，想藉機薰陶在一旁的朵拉。我用這種方法給崔斗斯的知識，量既龐大又有最佳品質，但這除了讓朵拉意志消沉、緊張兮兮，怕下一個就輪到她，就沒有別的影響了。我發現我自己是個校長、羅網兼陷阱，總是扮演蜘蛛撒下網等朵拉這隻蒼蠅，總是要從洞裡跑出來讓她不得安寧。

不過，我還是希望撐過這個過渡時期，期待和朵拉有完美的共鳴，到達那個「砥礪完她的心智」的完美狀態，所以我堅持了好幾個月。但是，最後發現這段時間我根本像隻豪豬或刺蝟，意志堅決地亂衝亂撞，卻什麼進展也沒達到，我才開始想，或許朵拉的心智早就已經砥礪完了。

進一步思考過後，我覺得這非常有可能，因此就放棄了那個說起來簡單、做起來困難的計畫，決定要取悅我的娃娃妻，不再嘗試讓她變得不像她了。此外，我對於自己高談闊論和深謀遠慮的行為也感到厭煩，不想再看到我的寶貝受到拘束了。於是有一天，我買了一對漂亮的耳環要送她，也替吉普買了個項圈，想討她開心。

朵拉收到這份小禮物高興不已，開心地親我，可是我們之間仍舊有一道陰影，雖然很小，還是存在，我決定要消除我們之間的隔閡。要是陰影得放在哪個地方，那就放在我心上吧。

朵拉坐在沙發上，我坐到她身旁，替她戴上耳環，接著告訴她說，我擔心我們倆最近處得沒以前好，錯出在我身上。我這麼覺得，而事情確實也是如此。

「老實說，朵拉，我的心肝寶貝，」我說，「我一直試著要聰明一點。」

「然後也想讓我變得聰明一點，」朵拉膽怯地說，「是不是呀，大迪？」

她揚起眉毛問，樣子好漂亮。我回答「是」後，親吻了她張開的嘴。

「那一點用都沒有，」朵拉搖頭說，耳環都敲響了。「你知道我是什麼樣的一個小東西，而且我打從一開始就希望你叫我什麼。要是你做不到，那我怕你永遠不會喜歡我了。你確定你有時候不會想，當初不如……」

因為她沒繼續說，我追問道：「當初不如怎樣，親愛的？」

「沒什麼！」朵拉說。

「沒什麼？」我重複道。

她摟著我的脖子，笑了笑，用自己最愛的暱稱說她是呆頭鵝，然後把臉躲在我的肩膀上，我費了一番工夫才將她茂密的鬈髮撥開，看著她的臉。

「我當初不如什麼都沒做，也好過試著砥礪我小妻子的心智嗎？」我笑自己說，「妳是問這個？沒錯，我的確覺得那樣就好了。」

「你就是試著要砥礪你小妻子的心智嗎？」朵拉喊道。「噢，你這小子真是太讓人驚訝了！」

「但我不會再嘗試了，」我說。「因為我愛本來的她。」

「你沒騙人——是真的嗎？」朵拉挨得更近一點問道。

「我何必試著改變，」我說，「長久以來我這麼珍愛的寶貝呢！最真實的妳已經是妳最棒的樣子了，我可愛的朵拉。我以後不會再自負地嘗試了，回到以前那樣，開開心心就好！」

「開開心心就好！」朵拉回答。「沒錯！一整天都要！如果以後偶爾有事情稍微一丁點不對，你確定你不會介意嗎？」

「不、不，」我說。「我們只能盡力而為。」

「你也不會再跟我說我們帶壞別人了，」朵拉撒嬌說，「會嗎？你很清楚這樣做太過分囉！」

「不，不會了。」我說。

「我笨笨的，比我讓人不舒服還好一點，對吧？」朵拉說。

「當最原本的朵拉，比起讓妳變成全世界其他東西都好多了。」

「全世界！啊，大迪，世界很大耶！」

她搖搖頭，可愛明亮的雙眼看向我，吻了我一下，開心地笑了，跳起來去替吉普戴新項圈了。

就這樣，我結束了最後一次想要改變朵拉的企圖。其實在嘗試的過程中，我自己也很不快樂，受不了自己的自以為是，不甘於她之前要我把她當成娃娃妻的請求。我決定自己默默改變，但我早就預見，就算竭盡全力，能做到的改變也很少，不然我就得再次退化成蜘蛛，永遠伺機等待了。

至於我之前提到的，我們倆之間不能容許，只能完全留在我心裡的那道陰影呢？那又是怎麼留在我心中的？

以前那種不快樂的感覺瀰漫著我的一生。要說有什麼改變，就是那種感覺加深了，只是至今我仍然不確定那是什麼，就像夜裡隱約會聽到的哀傷音樂。我深愛我的妻子，我的婚姻生活也很快樂，但是我過去一度模模糊糊期待的幸福，跟我後來所沉浸的幸福不同，我總覺得缺少了點什麼。

為了達成我跟自己的約定，將我的想法在這書頁中反映出來，我再次近距離檢視，讓心中的祕密攤在陽光下。我還是認為——我一直都認為——我感覺缺少的東西，就是我年少時的幻想，那是不可能實現的。現在我發現事情真是如此，也跟所有人一樣，自然會感到一些痛楚。不過，如果我的妻子可以多幫助我一點，分享我無法跟他人分擔的一些想法，或許日子對我來說會好過一點，這是有可能的，我知道。

我有兩個結論：一、我所感覺到的是種普遍且無可避免的感受；二、這是我獨有的感受。在這兩個不相容的結論之間，很奇妙的是，我協調得很好，並沒有特別感覺到兩邊對立。每當我想起年輕時無法實現的幻想，我會想到成年以前比較美好的那段時光；接著以前在最愛的老房子裡，跟艾格妮絲過著心滿意足的時光，就會浮現在我眼前。那段日子像死去的幽靈一樣，或許在另一個世界可以重新開始，但在這個世界是不可能復活了。

有時候我不禁想像，要是我和朵拉從沒見過面，會發生什麼事，情況又會怎樣？但朵拉跟我的生命已經結合在一起，所以這想法是所有幻想中最無益的，很快地就像飄在空中的薄紗，飄到我勾不到也看不見的地方了。

我一直很愛她。我剛才所描述的，在我內心最深處蟄伏，接著半醒又沉睡下去。我沒有表現出它存在的跡象，我覺得，它對我的言行舉止也沒有任何影響。我獨自承擔我們的家務事，以及我自己的所有計畫，而朵拉負責幫我拿筆，我們都覺得各自跟著實際狀況各司其職。她真心愛我，也以我為榮。艾格妮絲寫給朵拉的信裡，有時候會誠摯地寫些讚美的話，說家鄉的老朋友們聽到我名聲越來越響亮有多麼驕傲和關心，他們都說讀我的書就好像是親耳聽到我說話，朵拉會大聲將信件內容唸出來，雙眼發亮，說我是她親愛的聰明、知名小子。

「年輕不羈的心衝動犯下的第一個錯誤。」這段期間，史壯夫人說的這幾個字幾乎時時縈繞在我腦海中。我半夜經常帶著這個想法醒來；我記得在夢裡，甚至在家中牆上讀著這些字句。我現在知道，當我愛上朵拉時，我的心是未受過磨練的；要是受過磨練，那我和朵拉結婚後，我就不會隱約有這種感受了。

「婚姻中最大的歧異是夫妻雙方在想法與志趣上不合。」這句話我也記得。我曾努力把朵拉改造成我想要的樣子，結果卻發現行不通。我能做的，就是把自己改成適合朵拉的樣子，把我所能跟她分享的，與她共享，然後快快樂樂過日子，把該承擔的都攬在自己的肩上，然後還是快快樂樂過日子。我開始想，我應該用這種方式砥礪自己的心智，因此婚後第二年，我的確過得比第一年開心，更好的是，這讓朵拉的生活充滿陽光。

但一年過去，朵拉的身體並不健康。我之前希望一雙比我更輕柔的小手可以幫忙塑造她的性格，她懷裡小寶寶的微笑可以讓我的娃娃妻變成女人。但這件事未能實現。那個靈魂在小牢房的門口拍動了一下翅膀，沒有意識到自己被困住，就飛走了。

「姨婆，等我能夠跟以前一樣亂跑的時候，」朵拉說，「我要跟吉普賽跑。牠現在走路好慢，變得很懶惰。」

「親愛的，我想啊，」姨婆一邊在她身旁靜靜做手工活，「牠的狀況比懶惰還更嚴重。牠年紀大了，朵拉。」

「您覺得牠老了嗎？」朵拉驚訝地說。「噢，吉普老了這件事感覺好奇怪啊！」

「這是大家上了年紀之後，都免不了的病痛啊，小可愛，」姨婆爽朗地說。「我跟妳保證，我比以前更常體會到這件事了。」

「可是吉普，」朵拉眼帶同情地看著牠說，「就連小吉普也是！噢，可憐的小傢伙！」

「我敢說牠還有很長的時間可活呢，小花，」姨婆拍拍朵拉的臉頰說。

朵拉坐在沙發上，往前靠看著吉普，牠用後腳站立想回應，好幾次氣喘吁吁地撐起腦袋和前腳想往前爬，卻都失敗了。

「今年冬天一定要給牠弄塊法蘭絨布才行，這樣牠到春天時，會跟花兒一樣甦醒過來，可以活蹦亂跳，我也不會驚訝。老天保佑這隻小狗啊！」姨婆驚呼道。「我相信，要是牠跟貓一樣有九條命，即使快丟掉最後一條命了，還是會用最後一口氣對我叫的！」

朵拉抱著牠到沙發上。牠對姨婆狂吠不已，身體都無法挺直了，還側著身猛叫。姨婆越是看牠，牠就叫得越凶；姨婆最近開始戴起眼鏡，不知為什麼，吉普就是覺得眼鏡惹到牠。

朵拉安撫了吉普好一會兒，吉普才在一旁靜靜躺下。朵拉用手輕揉著牠的長耳朵，若有所思地重複說：「就連小吉普也是！噢，可憐的小傢伙！」

「牠的肺還很有力，」姨婆開心地說，「對牠不喜歡的東西，還是叫得很起勁。牠還有很多年可以活，我很確定。不過如果妳想要一隻狗跟妳賽跑，牠年紀太大囉，小花，我可以買一隻給妳。」

「謝謝妳，姨婆，」朵拉虛弱地說。「不用，謝謝！」

「不要嗎？」姨婆拿下眼鏡說。

「我不要別的狗，我只要吉普，」朵拉說。「不然吉普會傷心的！而且我也沒有辦法跟別的狗變成好朋友，因為牠不可能在我結婚前就認識我，也不可能在大迪第一次來我家時就對他叫。除了吉普，我恐怕不會喜歡其他狗狗了，姨婆。」

「這倒也是！」姨婆再次拍拍她臉頰。「妳說得對。」

「我沒有冒犯到您吧，」朵拉說，「有嗎？」

「哎呀，真是體貼的小乖乖！」姨婆喊道，關愛地彎身靠向她。「竟然還會怕冒犯到我！」

「不，沒有，我沒有真的這樣想，」朵拉說。「我只是有點累了，所以一下子糊塗了。您知道，我一直都是傻乎乎的小東西，講到吉普，我就更傻了。牠從以前認識我到現在，我發生什麼事牠都知道，是吧，吉普？我不能因為牠有一點點改變，就不理牠——是吧，吉普？」

吉普更挨近女主人，懶散地舔著她的手。

「你還沒有老到要離開你的女主人吧，吉普？」朵拉說。「我們可以再多陪彼此一些時間吧！」

我漂亮的朵拉！接下來的週日，她下樓吃晚餐時，看到老朋友崔斗斯有多麼高興（崔斗斯每週日都會來跟我們一起用餐），我們還以為她再過幾天就可以「跟以前一樣亂跑」了。可是他們說，要再等幾天；接著，又再等幾天；最後她不只不能跑，連下床走動都很難了。她看起來依然很美，心情也很好，但以前在吉普身邊的敏捷小腳丫變得遲鈍了、不動了。

我開始每天早上抱她下樓，每天晚上再抱她上樓，她總會摟著我的脖子笑，好像我是打賭輸了才這麼做。吉普會在我們身邊亂叫亂跳，跑在我們前面，再氣喘吁吁地回頭看我們跟上沒有。姨婆是最棒、最熱情的護士了，她活像是一團會走動的披肩和枕頭，吃力地跟在我們後面。迪克先生則是不願意把他負責拿蠟燭的任務交給別人。崔斗斯經常在樓梯最下階抬頭看我們，也會負責替朵拉傳一些鬧著玩的訊息給那位全世界最貼心的女孩。我們的隊伍開開心心，而我的娃娃妻是我們之中最快樂的。

可是，我有時候帶她上樓時，會覺得她在我臂彎裡越來越輕，心裡出現一種死寂沉靜的感覺，彷彿我即將踏進目前還看不見的冰封之處，我的生活將因此變得麻木。我不想用任何名目來辨識這種感覺，也不願多想，直到有一天，姨婆跟朵拉告別時說了「晚安，小花」，這種感覺強烈地壓在我心頭，我獨自坐在桌前，哭著想這名字有多麼不吉利，這朵花兒明明還在樹上盛開，怎麼一下子就這樣枯萎了！

第49章 捲入謎團

有天早上，我收到下面這封從坎特伯里寄到律師公會給我的信，我讀完後大感驚訝：

親愛的先生：

由於本人無法控制的因素，有很長一段時日未曾與閣下聯絡。因公務繁忙，本人僅能在有限機會下，思念過往五光十色的記憶與景色，而這始終帶給我難以言喻的感激之情，今後必然也是如此。親愛的先生，這一點，加上您才高顯赫的名聲，本人何敢再以考柏菲爾德來稱呼我年少時的朋友！不過本人有幸以此稱呼您，您的大名將會永遠和寒舍所存之各種債據（我指的是與舊房客有關之各種文件，現由麥考伯太太保管之）一起受到珍視及敬愛。

本人因運氣不佳，犯下過失，猶如沉沒之舟（請容本人以海事名稱比喻之），不該執筆寫信給您——本人得再次重申，我這般處境的人不能在此多陳恭賀之詞，那些話留待更有能力、冰清玉潔的人來說吧。

若您百忙之中還能撥冗讀到這裡——或許如此，或許不然，視情況而定——那您自然會問，本人寫信的用意為何？請容我表示，您完全有理由這麼問，但本人得先聲明，我的目的與財務無關。

本人或許有指揮雷霆、縱放怒火的能力，至於本人是否真有如此能力姑且不論，但在此想向您報告，本人最明亮的前景已經永遠驅散——我的安寧已經粉碎，我的享樂能力已經毀滅——我的心已不再居於正位——本人永遠無法抬頭挺胸地面對世人。花中有蟲，苦酒滿杯。害蟲正在幹活，很快就會除掉犧牲者。越快越好，但本人不便多說。

本人正處於特別痛苦的心理狀態，麥考伯太太雖然身兼女性、妻子、母親三職，亦無力給予我寬慰。本人打算暫時逃避，給自己四十八小時重溫首都往日遊樂之地。談到家務安寧、心靈平靜之避風港，本人的腳步自然會走向王座法庭監獄。若天從人願，本人將在後天晚間七點鐘到民事訴訟監禁處的南牆外，寫到這裡，本人已經達到此信的目的。

本人不敢冒昧請故友考柏菲爾德先生，或是故友內殿學院的湯瑪斯·崔斗斯先生屈尊見我，重續舊情。本人得承認，到了上文提及之時間和地點時，兩位可以看到已倒坍的塔樓殘跡。

威爾金·麥考伯筆

備註：麥考伯太太並**不**知本人的意圖，特此奉告。

我把這封信反覆讀了好幾遍。雖然知道麥考伯先生寫信風格浮誇，只要一逮到機會就會坐下來振筆疾書，我還是相信這封文字迂迴的信隱藏了某件重要的訊息。我將信放下，思考了一下，再拿起來讀了一遍，還是摸不著頭緒；正當我陷入困惑時，崔斗斯走了進來。

「我親愛的老朋友，」我說，「我從來沒有這麼高興見到你。你來得正是時候，我需要你冷靜的判斷能力。我收到一封奇怪的信，崔斗斯，是麥考伯先生寫來的。」

「不會吧？」崔斗斯驚呼道。「真的有這麼巧的事？我這邊收到一封麥考伯太太寫來的信！」

崔斗斯剛剛走路過來，臉還有點紅，頭髮更是因為運動跟興奮，像活見鬼似的豎直了，他拿出信跟我交換。我看著他專心讀麥考伯先生的信，他看到「指揮雷霆、縱放怒火」時，還揚起眉毛說「我的天哪，考柏菲爾德！」接著我開始讀起麥考伯太太的信。

信件內容如下：

我誠摯地問候湯瑪斯．崔斗斯先生；要是他仍記得過去有幸認識他的人，那麼我能否借用他一點時間？我向崔斗斯先生保證，要不是因為我快瘋了，我絕對不會冒昧叨擾。

麥考伯先生以前非常顧家，但說來痛苦的是，現在他與妻小疏離了，這也是我在此難過地向崔斗斯先生尋求幫助的原因。麥考伯先生現在變得很反常，狂野又暴力，崔先生絕對無法想像。而且情況日益嚴重，似乎已有精神錯亂的跡象。我向崔先生保證，這種情況沒有哪一天不爆發的。麥考伯先生說自己已把靈魂賣給惡魔，這些話我已習以為常了，聽我這麼一說，崔先生應該不會要我再多加描述自己的心情吧。長期下來，麥考伯先生變得多疑神祕，不像以前那般信任別人。只要稍微過問，甚至只是問他晚餐想吃什麼，他竟然回說想要離婚。昨晚，雙胞胎天真無邪地跟他要兩便士去買本地的甜點「檸檬糖」，他竟然拿起生蠔刀指著他們！

我請求崔先生忍耐著看完我所描述的瑣事，因為如果我不說，崔先生就難以理解我傷心欲絕的感受了。

我現在可以冒昧將我寫信的目的告訴崔先生嗎？我可以請他給我友情的關照嗎？噢，可以的，因為我知道他的心地有多善良！

女性對於愛人的觀察敏銳，不易被矇騙。麥考伯先生要去倫敦了。他今早吃早餐前，寫了地址條附在昔日快樂時光所用的小提包上，雖然他努力掩飾字跡，但身為人妻的我感到憂心，銳利的眼睛辨識出「敦」這個字。馬車在西區的終點是金十字。我能否懇求崔先生去見見我那步入歧途的丈夫，跟他說說道理？我能否斗膽勞煩崔先生出面在麥考伯先生和他痛苦的家人之間協調？噢不，我這種要求實在太過分了！

要是考柏菲爾德先生還記得一個無名小卒，那能否請崔先生代我向他致上不變的問候，並轉達同樣的請求？不論如何，都請您發揮善心，務必對此信內容保密，不論如何都不能在麥考伯先生面前提起。我不敢奢望崔先生回信，但若崔先生您願意的話，請寄到坎特伯里郵局M.E.[104]收，這會減少寫明收信人姓名所引起的痛苦。

向湯瑪斯．崔斗斯先生致意與懇求的

艾瑪．麥考伯筆

「你覺得那封信怎樣？」我把信讀了兩遍後，崔斗斯看著我說。

「你覺得那封信又怎樣？」他還在眉頭深鎖地讀信，我問道。

「考柏菲爾德，我覺得這兩封一起讀，」崔斗斯回答，「看來比麥考伯先生和太太平常信裡寫的意思還要深——但我不知道是怎麼一回事。我相信，他們都是真心誠意地寫，沒有先串通好。真是可憐！」他指的是麥考伯太太的信，我們並肩站著比較信的內容。「不管怎樣都回信給她比較好，跟她說我們一定會和麥考伯先生見面。」

我感到很自責，我怠忽了她的前一封信，所以立刻著手寫回信。

之前接到那封信的時候，我想了很多，這我在前面已經提過了，但因為事情多，加上跟那家人相處的經驗，後來又沒有再聽到進一步消息，我就漸漸忘記這件事了。我經常想起麥考伯一家，主要是好奇他們在坎特伯里又捲入什麼「財務困難」，以及麥考伯先生開始替烏利亞．希普工作之後有多麼防備我。

不過，我現在以兩人的名義，寫了封安慰的信給麥考伯太太，我們兩個都在信末簽了名。崔斗斯跟我走到市區寄信時，一路猜想著很多狀況，我在這裡就不一一重述。下午我們還去找姨婆一起討論此事，我們的結論是，只要準時出席與麥考伯先生的會面就好。

雖然我們在約定時間的前一刻鐘就抵達，卻發現麥考伯先生早就到了。他雙手交叉靠著牆站，感傷地看著牆頭釘，好像它們是他年輕時替他遮陽的交錯樹枝。

我們跟他打招呼時，他顯得有點慌亂，少了以往那種氣派的神采。為了這次旅行，他脫下法律界的黑衣，換上舊外套跟緊身褲，但沒有以前那種樣子了。我們跟他說話的時候，他才慢慢恢復以前那種模樣，可是，掛在臉上的同一個單片眼鏡現在沒那麼自然了，跟以前一樣大的襯領也垂下來了。

「兩位！」我們相互問候之後，麥考伯先生說。「你們的確是患難見真情的好朋友。請容我向考柏菲爾德太太跟未來的崔斗斯太太問好——我是假設我的朋友崔斗斯先生還沒有跟心上人結為連理，同甘共苦。」

我們謝謝他的問候，接著他要我們注意那道牆，開口說「我向兩位保證」時，我冒昧打斷他，要他別這麼客氣，請他像以前一樣跟我們說話就好。

「我親愛的考柏菲爾德，」他緊握著我的手說，「你的熱忱讓我很感動。在一度被稱為人類殿堂的斷瓦殘垣中——請容我用這種方式形容——能受到這種接待，說明了你那顆心是我們共有天性的一種

104. 麥考伯太太英文姓名縮寫（E.M.）的顛倒。

光榮。我剛剛要說的是，我再次看到我人生最開心的時期，那個寧靜安詳之處了。」

「我相信，那都是因為有麥考伯太太吧，」我說。「她還好嗎？」

「謝謝你的關心，」麥考伯先生的臉突然蒙上陰影，「她還過得去。」他憂傷地點著頭，「而這就是王座法庭！就是在這裡，讓我多年來第一次不用每天聽見讓人難受的討債聲，沒有債主來敲門，因為拘留人不用親自應付傳票！」麥考伯先生說。「兩位，當牆頂那些尖鐵的陰影投射到廣場的砂礫上，我曾看著我的孩子們在錯綜複雜的迷宮中穿梭，遇到暗處就避開。我熟悉那裡的每一塊石頭。要是我顯得軟弱，那得請兩位原諒我。」

「從那之後，我們的生活都有了轉變，麥考伯先生。」我說。

「考柏菲爾德先生，」麥考伯先生痛苦地說，「我住在那裡時，還可以抬頭挺胸地見人，如果有人冒犯我，我也能向他一拳揮去。但現在我已經沒辦法像以前那樣光榮地待人了！」

麥考伯先生垂頭喪氣地從監獄的方向轉過頭來，一隻手挽著我伸向他的手，另一隻手挽著崔斗斯，夾在我們兩個中間繼續往前走。

「往墳墓的路上，」麥考伯先生不捨地回頭看，「有一些地標，要不是違背自己的抱負，一個人是絕對不會想越過去的。在我坎坷的人生中，王座法庭監獄就是這種。」

「噢，你現在心情很差，麥考伯先生。」崔斗斯說。

「是的，先生。」麥考伯先生插嘴道。

「我希望，」崔斗斯說道，「你會這樣說，不是因為厭惡法律了吧——你知道，我也是一個律師啊。」

麥考伯先生一個字都沒有回答。

「我們的朋友希普如何，麥考伯先生？」大家沉默了一下之後，我開口問。

「親愛的考柏菲爾德，」麥考伯先生突然激動、面色蒼白地說，「你如果是以朋友的身分關心我的雇主，那我很遺憾。你如果把他當成我的朋友問候，那我嗤之以鼻。不管你是以什麼身分問候我的雇主，很抱歉，我不是要冒犯你，但我只能說——不管他的健康狀況如何，他的外表就是狡猾，我姑且不用邪惡來形容。請容我以私人名義謝絕談及這個要把我逼到絕境的雇主。」

我為無意間觸及這個話題讓他如此激動而道歉。「那麼我可否冒著犯同樣錯誤的危險，」我說，「請問我的老朋友威克菲爾德先生與小姐還好嗎？」

「威克菲爾德小姐，」麥考伯先生臉紅地說，「仍一如往常，是個美好的榜樣。我親愛的考柏菲爾德，她是悲慘人生中的唯一亮點。我尊敬那個女孩，敬仰她的高尚品德，因為她的仁愛、真誠與善良，我對她忠心耿耿！」麥考伯先生說。「帶我到轉角處晃一下吧，真的，我現在的心理狀態不容許我講那些話！」

我們將他帶到一條窄巷，他拿出手帕，背靠著牆站。如果我也跟崔斗斯一樣嚴肅地看著他，那他肯定會覺得我們兩人陪在身邊一點用都沒有，無法讓他振作起來。

「這就是我的命運，」麥考伯先生毫不掩飾地哭了起來，但就算是這樣，還是看得出一點他昔日氣派的樣子。「兩位，人性中美好的情感，在我身上卻變成丟臉的事情了，這就是我的命運。我對威克菲爾德小姐的敬意，是往我胸口直射的萬箭。你們最好還是丟下我一個人，讓我在這個世界流浪吧。害蟲會用雙倍速度解決我的。」

我們沒有理會他的要求，還是站在他身邊，直到他把手帕收好，襯領拉高，帽子側戴一邊，哼著曲子假裝沒事，以免附近有人注意他。我怕我們現在與他分開，可能就無法得知事情真相，所以我提議，要是他願意跟我去一趟高門，我會很榮幸將姨婆介紹給他認識，而且那裡也有地方讓他過夜。

「你可以調你的招牌潘趣酒給我們喝，麥考伯先生，」我說，「然後把你煩心的事情都忘掉，想一些開心的回憶。」

「或者，要是跟朋友聊聊可以讓你放寬心，你就告訴我們啊，麥考伯先生。」崔斗斯謹慎地說。

「兩位，」麥考伯先生回答道，「在下悉聽尊便！我是海上漂浮的一根稻草，任由四面八方的大象沖打──抱歉，我要說的是大浪才對。」

我們繼續勾著手臂往下走，正好看到即將出發的馬車，就搭上去，一路無阻地抵達高門。路上我心裡很不安，不知道該說什麼或該做什麼；崔斗斯顯然也是。麥考伯先生大部分的時間陷入深愁，偶爾試圖讓心情輕鬆一點，會哼起曲子，但是他刻意將帽子斜著戴，襯領都快拉到眼睛的位置，讓他的抑鬱看起來更為明顯。

因為朵拉身體不舒服，我們直接去姨婆家，沒有回我家。經人通報之後，姨婆親切地歡迎麥考伯先生光臨。麥考伯先生親吻了她的手後，退到窗邊，拿出手帕，心裡做了一番掙扎。

迪克先生也在家。他天生就是這樣，很快就能發現有人心情差，並對那個人升起無比的同情，所以他在五分鐘內跟麥考伯先生握了六、七次手。遇到困難的麥考伯先生見到陌生人這麼熱情，大受感動，每握一次手就說：「親愛的先生，你真是讓我太感動了！」迪克先生聽了很高興，更激動地跟麥考伯先生再握手。

「這位先生的友善態度，」麥考伯先生對姨婆說，「將我擊倒在地了──托特伍德小姐，請容我用我們粗俗的國家運動詞彙來形容。對於一個擔負複雜重擔、焦急不安的人來說，我跟您保證，這種盛情真是讓人難以承受。」

「我的朋友迪克，」姨婆驕傲地說，「可不是普通人。」

「這點我深信不疑，」麥考伯先生說。「親愛的先生！」這時候迪克先生又跟他握了一次手。「我真的很感激你的熱情相待！」

「你還好嗎？」迪克先生焦急地問道。

「很糟，親愛的先生。」麥考伯先生嘆氣答道。

「你一定要打起精神，」迪克先生說，「趕快讓自己舒坦一點。」

聽到迪克先生友善的話語，還有立刻伸過來的手，麥考伯先生非常激動。「在人生千變萬化的景象中，我有幸遇過幾次綠洲，但從來沒有見過現在這般翠綠熱情的！」

別的時候，我可能會覺得這一幕很有意思，但這時候我覺得大家似乎都很拘謹，麥考伯先生很焦慮，不知道什麼該說、什麼不該說，內心天人交戰，讓我看得心急如焚。崔斗斯坐在椅子邊緣，眼睛睜得很大，頭髮豎得比原來還高，眼神在地面和麥考伯先生之間游移，他似乎沒有要開口的意思。我看到姨婆把最敏銳的觀察力都鎖定在她的訪客身上，而且比我跟崔斗斯都還要會運用自己的能力，不管麥考伯先生想不想說，她都持續跟他交談。

「你是我外甥孫的老朋友，麥考伯先生，」姨婆說。「我真希望之前就有榮幸認識你。」

「托特伍德小姐，」麥考伯先生回答，「我才希望之前就有榮幸認識妳。我並不總是妳現在看到的這副淒慘模樣啊。」

「希望麥考伯太太與其他家人都還好，先生。」姨婆說。

麥考伯先生側著頭。「托特伍德小姐，」他停了一下才勉強說道。「他們就跟居無定所、無家可歸的人所希望的一樣好。」

「我的天哪，先生！」姨婆像她平常那樣突然叫了出來。「你說什麼話？」

「托特伍德小姐，我們一家的生計，」麥考伯先生回應道，「岌岌可危。我的雇主……」

麥考伯先生說到這裡就沒再往下說了，開始削起我吩咐僕人放在他面前的檸檬，著手調製他的潘趣酒。

「你剛才說到你的雇主。」迪克先生輕碰了他的手臂，提醒他。

「親愛的先生，」麥考伯先生回應，「謝謝你提醒我。」他們又握了手。「托特伍德小姐，我的雇主希普先生曾經好心提醒我，如果我沒有接受他給我的工作和薪水，那我大概會流浪全國，表演吞劍或吞火之類的雜技。就算我做不到那樣子，我的孩子還是有可能得把身體扭得亂七八糟，靠賣藝過活，麥考伯太太則在一旁拉手風琴，替他們那些違反常態的表演伴奏。」

麥考伯先生隨手揮了揮刀子，臉上的表情很豐富，表示如果他死了，孩子們確實有可能會上街賣藝，接著繼續絕望地削著檸檬皮。

姨婆把手肘靠在一旁的小圓桌上，仔細地看著麥考伯先生。雖然我很討厭引誘人說出他原本不想講的話，但這時候還是會想接話。此時，我注意到他的動作很奇怪，包括：將檸檬皮放到水壺裡，將糖放到鼻煙盤裡，將烈酒放進空瓶中，還很堅定地想從蠟燭台倒沸水出來。我看得出來大事不妙，事情果然就發生了。他將所有的杯盤器具堆在一起，從椅子上站起，拉出小手帕，大聲哭了起來。

「我親愛的考柏菲爾德，」麥考伯先生用手帕遮著臉說，「與其他工作相比，這份職業更需要冷靜的思緒和強烈的自尊。我做不到，我真的沒有辦法了。」

「麥考伯先生，」我說，「到底是怎麼一回事？拜託你直說吧，這裡都是自己人。」

「自己人啊，先生！」麥考伯先生這下完全潰堤了。「天哪，**正是**因為身邊都是自己人，我才會這麼難熬。各位，你們問到底是怎麼一回事？有哪件事**不是**一回事？邪惡是一回事，卑鄙是一回事，欺騙、詐騙、陰謀是一回事；而這一切惡劣亂事的名字就是——希普！」

姨婆拍手，接著我們都像被附身一樣站起來。

「我不用再掙扎了！」麥考伯先生用力地拿手帕做手勢，不時揮舞著雙手，彷彿在超乎常人可接受的壓力下游泳。「我再也不要過這種生活了。我是個可憐人，所有讓生活像樣點的東西全被奪走了。替那個壞透的惡棍工作的時候，我被限制住了。把我的妻子還給我，把我的家人還給我，把戴著腳鐐的可憐人換成麥考伯吧，要我明天去吞劍我也願意。我樂意至極！」

我這輩子從沒見過這麼激動的人。我試著讓他冷靜下來，讓大家好好替他想辦法，但他卻越來越激動，一句話也聽不進去。

「除非我把——那條——呃——可惡的——毒蛇——**希普**——炸成碎片，」麥考伯先生彷彿在跟冷水搏鬥，喘著氣哭訴道，「否則我絕對不會跟任何人握手！除非我把——呃——維蘇威火山——搬到——呃——那個無恥惡棍——**希普**——的頭上噴發——否則我絕對不會接受任何人的款待！除非我把——那個沒完沒了的騙子——**希普**——的眼睛——從他的腦袋——掐出來——否則我就——呃——嚥不下這個屋簷下的飲品——特別是潘趣酒！除非我把——那個前所未見的偽君子、遺臭萬年的騙徒——**希普**——碾碎成看不見的原子——否則我誰都不認——呃——什麼都不說——呃——哪裡都不待！」

我真害怕麥考伯先生會當場暴斃。他總是用盡全身力氣說出一些含糊不清的話，每次快講到希普的名字時，往往有氣無力地撐過去，再用驚人的怒氣喊出來，那副模樣實在太可怕了。現在他終於把話說完，跌坐到椅子上，喘吁吁地看著我們，露出不應出現的各種表情，喉頭上接二連三隆起沒完沒了的腫塊，看起來像是要衝到他的額頭，他似乎已經被逼到絕境了。我本來想過去安撫他，不過他揮手拒絕我，一句話也聽不進去。

「不，考柏菲爾德！——除非——呃——那個不折不扣的壞蛋——**希普**——帶給威克菲爾德小姐——的委屈彌補過來——否則我就什麼都不說！」（我相信要不是快說到「希普」這兩個字的驚人力量讓他撐下去，他連三個字都說不出來。）「絕對要保密——呃——全世界都不能知道——沒有例外——下星期的今天——呃——在早餐時間——呃——在場所有人——包含姨婆——呃——以及這個特別友善的先生——都要到坎特伯里的一家旅店——呃——麥考伯太太跟我——會在那裡——齊唱〈驪歌〉——然後——呃——我會揭穿那個讓人忍無可忍的惡徒——**希普**——的真面目！我沒有別的要說了——呃——也不用再勸我——我立刻就走——有人陪伴——呃——我受不了——呃——我要去盯著不得善終的叛徒——**希普**！」

麥考伯先生之所以說得完這些話，全是靠那個神奇的姓讓他撐下去，他說完後立刻衝出房子，留下我們幾個人處在興奮、充滿期待又驚訝的狀態，搞得我們的狀況沒有比他好多少。不過就算在那種時候，他對寫信依然充滿熱情，我們都還陷在興奮、期待又驚訝的情緒裡時，旁邊的旅店就有人送來下面這封未封的「絕對機密」。這是他到旅店後所寫的信函：

親愛的先生：

本人剛才太過於激動，在此請求您代為向您尊貴的姨婆致歉。由於內心掙扎不可言傳，導致悶燃已久的火山一次爆發。

本人相信我已說清楚約定見面的時間是下星期的今天早上，地點在坎特伯里的公共旅館，也就是在那裡，麥考伯太太和我曾有幸跟您高唱特威德河對岸那位永垂不朽的收稅員所作的名曲[105]。本人只求能置待完成職責，補救過錯後，本人才能再次面對世人，屆時本人將不復存在於人世。本人只求能置於世人歸屬之地，如：

「各有狹窄間，永遠躺裡面，
鄉野父老享安眠。[106]」——刻以簡單碑文

威爾金・麥考伯筆

105. 撰寫〈驪歌〉的蘇格蘭詩人羅伯特・彭斯（Robert Burns，一七五九～一七九六）曾任收稅員多年，特威德河（River Tweed）是舊時蘇格蘭與英格蘭的交界。

106. 引自英國詩人湯瑪斯・格雷（Thomas Gray，一七一六～一七七一）著名詩作《墓園輓歌》（*Elegy Written in a Country Churchyard*）。

第50章 佩格蒂先生的美夢成真

從我們在河邊見到瑪莎至今，已經過了幾個月。這段時間我沒有見過她，但她跟佩格蒂先生聯絡過幾次。她的熱心協助到目前尚無斬獲，照佩格蒂先生告訴我的來看，目前還沒有艾蜜莉是死是活的消息。我承認，我開始感到絕望，認為無法找到她，而且漸漸認為她已經死了。

但佩格蒂先生還是深信艾蜜莉活著。就我所知，他的信心從來沒有動搖過，認為絕對找得到她——我相信我把他那顆老實的心看得一清二楚。他也從來沒有失去耐心。我好擔心有一天，他堅定的信心可能受到強烈打擊，讓他痛苦不已，但他的信念中有種虔誠的態度，在他美好天性中最純潔的深處，深植著深刻的情感，讓我對他越來越敬重。

他不是那種心存希望就什麼也不做的懶人。他一直都是老實人，他很清楚需要人家幫忙之前，他得自己先盡好責任，自己幫助自己。我知道他曾經因為擔心老船屋窗台的蠟燭不小心熄滅，而在晚上徒步前往雅茅斯。我也知道他有次在報上讀到可能跟她有關的消息，就拄著拐杖走了上百哩。他聽到達朵小姐跟我描述的事情之後，航行到那不勒斯又再返回。在旅途中，他都十分節儉，一心想把錢省下來，找到艾蜜莉之後供她花用。他經歷了這麼多漫長的旅程，我從未聽他發過牢騷，也沒聽過他喊累，或是覺得灰心。

我跟朵拉結婚後，她就經常見到佩格蒂先生，也很喜歡他。我現在似乎見到他在我面前，站在她常坐的沙發旁，手上拿著破爛的帽子；我的娃娃妻抬起雙眼，又驚又怕地看著他的臉。某些黃昏，他會來跟我聊天，我會請他一起到花園，一邊來回漫步，一邊抽著菸斗。接著，我看到他棄置的家，感受到我小時候在傍晚看著爐火燃燒的舒適氣氛，感受到外頭的風呼嘯而過，這一幕又一幕清晰地浮上我的腦海。

有天傍晚的這個時候，佩格蒂先生告訴我瑪莎前一天晚上在他住處附近等他，要他無論如何都先別離開倫敦，直到她再次出現。

「她有跟你說原因嗎？」我問。

「我有問她，戴維少爺，」他答道，「但她只說了這些，要我保證之後就走掉了。」

「她有說你大概什麼時候才會再見到她嗎？」我追問。

「沒有，戴維少爺，」他若有所思地將手移到臉部下方說，「這我也問了，但她說她不能說。」

我已經很久不用渺茫的希望鼓勵他了，所以聽到這項消息後，我只回答說他很快就能見到她。我在心裡做了各種猜測，但都沒什麼把握。

大約兩週後，有天晚上，我獨自在花園裡散步。我很清楚地記得這一天，是我收到麥考伯先生謎樣般信件的第二天。那天下了一整天的雨，空氣中瀰漫著濕氣。樹上茂密的葉子因為雨水而變得沉重。雨已經停了，但天空還是灰濛濛的，幾隻渴望天晴的鳥兒正開心地高歌。我在花園裡來回踱步，暮色漸漸向我聚攏，細微的鳥鳴聲也逐漸消失了，只有鄉下晚間才會有的那種沉靜蔓延開來，除了樹葉偶爾落下的水珠，連最細的樹木似乎都靜止不動了。

我們的小屋旁有一個爬滿常春藤的小棚架，我可以從我所在的花園透過棚架看到門前的路。我心裡在想很多事情，正好將目光轉到那裡，看到有個披著樸素斗篷的身影，正焦急地彎腰對我做手勢。

「瑪莎！」我往那個人影走去時說。

「你能跟我走嗎？」她低聲問，神情激動。「我剛才去找他，但是他不在。我寫了個地址放在他桌上。他們說他很快就會回來。我有消息要告訴他。你可以立刻跟我走嗎？」

我立刻就走出門，做為給她的答覆。她匆忙比了手勢，好像要我有點耐心，別出聲，接著朝倫敦市區的方向走去。從她的衣服可以看出，她剛剛是急著從那裡走來的。

我問她，倫敦是不是我們的目的地，她跟剛才一樣用焦急的手勢給我肯定的回答。我攔住了一輛從我們身邊經過的空馬車。上了車，我問她該請車夫往哪裡走，她回答：「金色廣場附近都好！快點！」接著縮到角落，一隻手顫抖地捂著臉，另一隻打著跟之前一樣的手勢，彷彿無法出聲。

我覺得很不安，希望和恐懼在我心裡交織著，令我頭昏眼花。我看著她，期待她能給我一些解釋，但我看出她很不想說話，也想到在這種時候，換作是我應該也很不想說話，因此就沒打算打破沉默。我們不發一語地繼續前進。馬車行駛的速度很快，但她有時候會看向窗外，似乎還是嫌馬車太慢了。除此之外，她的態度跟之前一樣。

我們停在瑪莎說的廣場附近一個出入口，我請馬車停在那等我們，怕到時候會需要它。她拉著我的手臂，要我趕快跟她走到一條昏暗的街道。那附近有許多這樣的路，一旁的房子曾經是獨戶人家的氣派宅邸，現在淪為單房出租的貧民住所了。一打開其中一扇門，瑪莎就放開我的手，要我跟她走上公用樓梯，這樓梯很像通往大馬路的小道。

房子裡住滿了人。我們上樓時，住戶紛紛打開房門，探出頭來；我們也跟下樓的人擦身而過。進屋前，我從外頭往內探，看到幾名婦女跟小孩正靠向窗台的花盆往外看，剛剛從門口探頭看的主要就是這些人，大概是對我們很好奇吧。樓梯是鑲板的，很寬，大欄杆是用某種黑木材質做的，門楣上刻著花果的圖樣，窗邊有寬板座位。可是這些昔日豪華的標誌已經腐朽、骯髒不堪；因為腐蝕、潮濕及老舊，樓梯變得很不穩固，很多地方搖搖晃晃，甚至危及安全了。我發現有人試圖用便宜的木材，替這個昂貴的老樓梯東補一點、西補一點，替這個衰弱的架構注入新血，但這就像一個落魄的老貴族要跟一個卑賤的窮人結婚，一點也不相配，最後彼此避而遠之。樓梯後的幾扇窗沒有光線透入，有的直接封起來；剩下的窗戶也幾乎沒有玻璃了，不新鮮的空氣似乎老是從那些破裂的窗框吹進來，就再也出不去了。從其他沒有玻璃的窗戶望出去，我看到別的房子狀況也差不多，往下方看，破爛庭院已經成了這座大宅的公共垃圾場，這一切看得我頭暈目眩。

我們走到房子的頂樓。上樓時，有兩、三次，我似乎在微弱光線下看到有個女子的裙襬在我們前面飄動。正當我們轉彎，往屋頂最後一段樓梯走時，這名女子在門口停了一下，我們看清楚她的面貌。她轉開把手，走了進去。

「這是怎麼回事！」瑪莎低聲說。「她進了我的房間。我不認識她！」

我認識她。我剛才認出她時訝異了一下，她是達朵小姐。

我跟瑪莎說我看過這名女子，才說沒幾句，我們就聽到她在房間裡說話的聲音。不過從我們站的地方，聽不清楚她在說什麼。瑪莎面露驚訝，重複了剛才的手勢，悄悄帶我往上走，接著她輕輕推開一扇沒鎖的後門，帶我進到一間空的小閣樓，閣樓的屋頂是斜的，比櫥櫃稍微大一點而已。這裡跟她的房間之間有一小扇門，半掩著。我們停下腳步，因為剛才上樓，有點喘不過氣來，瑪莎用手輕輕捂著我的嘴。我發現這間房間相當大，有張床，牆上有幾幅普通的船舶圖。我看不見達朵小姐，也沒看到她說話的對象。當然，我所在的位置比較好，我的同伴可是看不到這些。

有一段時間沒人開口。瑪莎一隻手繼續捂著我的嘴，另一隻手做出聆聽的樣子。

「她不在家跟我沒什麼關係，」羅莎．達朵傲慢地說。「我不認識她。我是來找妳的。」

「我？」一個輕柔的聲音說道。

我一聽到這個聲音，就渾身顫抖。這是艾蜜莉的聲音！

「沒錯，」達朵小姐答道。「我是來看妳的。怎樣？妳做了這麼多丟人現眼的事，竟然還有臉見人？」

她的語調帶有堅決、冷酷的憎恨，無情的尖酸刻薄和壓抑住的怒氣，她彷彿就站在燈光下清晰地出現在我眼前。我看到閃閃發亮的黑眼，被激情磨得削瘦的身軀，我看到她嘴上的白色疤痕在她說話時顫動著。

「我是來看看，」她說，「詹姆斯．史帝福斯的玩物長什麼樣子。就是那個跟他私奔，還弄得家鄉那些粗人議論紛紛的女孩；跟詹姆斯．史帝福斯那種人在一起，厚顏無恥、洋洋得意、經驗老道的騙徒。我想知道這種東西長什麼樣子。」

我聽到沙沙作響的聲音，好像是這個被辱罵的不幸女孩往門口跑去，而說話的人衝到門口擋住她。接著又是一陣沉默。

達朵小姐再次說話，咬牙切齒，還往地上跺腳。

「給我站住！」她說。「不然我會把妳幹的好事講給這整棟房子的人，甚至整條街的人聽！妳要是想再躲**我**，我會阻止妳，就算得抓妳頭髮、丟妳石頭才阻止得了妳，我都奉陪！」

我只聽到嚇壞了的呢喃聲。接著又是一陣沉默。我不知道該怎麼辦。雖然我很想讓這場談話趕快結束，但我覺得我沒有資格出面，只能由佩格蒂先生一個人出面救她。他到底要來了沒？我不耐煩地想著。

「啊！」羅莎．達朵輕笑了一下說道，「這下我終於見到她了！哎呀，他竟然還會被這種假裝嬌羞、端莊的貨色給騙了，未免也太可憐了吧！」

「噢，看在老天的分上，饒了我吧！」艾蜜莉驚呼道。「不管妳是誰，妳都清楚我的可憐遭遇，看在老天的分上，換成是妳，妳也會希望別人饒過妳吧！」

「饒過**我**！」她氣憤地回答。「妳覺得**我們**有相似的地方嗎？」

「除了性別以外，沒有。」艾蜜莉哭了出來。

「單單這個理由，」羅莎．達朵說，「從妳這個不要臉的人口中說出來還真有分量啊。要是我對妳除了輕蔑和憎恨，還會有別的情感，聽妳這麼說之後也會把它冰封起來。我們都是女人！妳還真是女性之光啊！」

「一切都是我應得的，」艾蜜莉說，「但實在太可怕了！親愛、親愛的女士，請妳想想我受了什麼折磨，淪落到什麼地步！噢，瑪莎，快回來啊！噢，我的家，家啊！」

我從門縫看到達朵小姐坐了下來，視線往下看，艾蜜莉似乎趴在她前面的地板上。她坐在光線下，我看見她噘起的嘴唇，凶狠的眼神直盯著一個地方看，帶著貪婪勝利的神情。

「妳給我聽清楚！」她說。「把妳那副假惺惺的伎倆留給容易上當的人吧。妳以為哭就能**打動**我？就算妳對我笑，也一樣沒用，我不會被騙的，妳這個用錢買來的奴隸。」

「噢，對我發發慈悲吧！」艾蜜莉哭喊道。「求妳可憐我，不然我會發瘋到死的！」

「妳就算死了，」羅莎．達朵說，「也沒辦法彌補妳的罪過。妳知道妳幹了什麼好事嗎？妳想過妳把那個家毀成什麼模樣嗎？」

「噢，我日日夜夜都在想啊！」艾蜜莉喊道。我現在勉強看到她跪在地上，頭往後仰，蒼白的臉龐往上看，發狂似的伸出緊扣的雙手，披頭散髮。「不管我是睡是醒，那個家時時刻刻浮現在我面前，還是我離開前的模樣！噢，家啊，家啊！噢，親愛的舅舅，要是你知道我墮落時，你對我的愛帶給我多大的痛苦，那你就不會時時刻刻對我表達關愛，而是會至少生氣地罵我，一次也好，那樣會讓我好過點，而不會像現在這麼痛苦！我在這世上已經一點安慰都沒有了，因為他們總是寵愛著我！」她趴在坐在椅子上那個傲慢的人面前，抓著她的裙襬乞求。

羅莎．達朵低頭看著她，像銅像一樣毫無動搖。她的雙唇緊閉，似乎需要努力克制自己——我只寫我真心相信的——否則她會忍不住踹她跟前的美麗女子。我很清楚地看到她外表和性格裡的所有力量都使勁地擺出那副表情。他怎麼還不來？

「這些害蟲可悲的虛榮心！」她克制著心頭怒火，終於開口說道。「**妳**家！妳以為我想到妳家？妳以為妳對那種下流地方造成的傷害，不能用大筆金額賠償了事？**妳**家！妳就是妳家買賣的一部分，妳就像你們那些人會拿去交易的物品，被拿去賣掉罷了。」

「不，別這麼說！」艾蜜莉喊道。「妳要怎麼說我都可以，我對他們造成的傷害已經夠多了，那些人也跟妳一樣高尚，請不要再侮辱他們！妳是上流社會的淑女，要是妳不願意對我發發慈悲，那至少對他們尊重一點。」

「我說的，」她完全不理會這項請求，將裙襬拉起，怕艾蜜莉碰髒，「我說的是**他**家——就是我住的地方。」她伸出手，輕蔑地笑了，低頭看著趴在她面前的女孩，「妳，妳竟然就是造成那個貴族母親跟兒子失和的原因。妳這樣子，連到他們家廚房打雜都不配，結果竟然害得那家人傷心、氣憤、煩惱、相互指責。妳這個海邊撿來的髒東西，不過就被人捧了一下，現在還不是被丟回原來的地方！」

「不！不！」艾蜜莉十指交扣。「我多希望從來沒遇到他，多希望我活著的時候從沒見過他！——他第一次見到我的時候，我也是跟妳和其他小姐一樣貞潔，我當時正要嫁給世上任何女生都配得上的好人。要是妳住在他家，也認識他，那或許妳就知道，他多麼會引誘軟弱、虛榮的女孩子。我不是要替自己辯解，但我很清楚，他也很清楚，就算他現在不知道，他臨死時也會良心不安的，知道他使盡全力欺騙我，而我竟然相信他、信任他、愛上他！」

羅莎．達朵從座位上跳起來，往後倒了一下，伸出手向艾蜜莉打過去，臉上的表情因憤怒而變得惡毒、晦暗、猙獰，我差點要跳出去擋在她們中間。這一出手沒有目標，落空了。她氣喘吁吁地站在那，氣憤地看著艾蜜莉，因為怒火與鄙視，從頭到腳都在顫抖，我想我從沒見過這種景象，以後也絕不會再見到。

「**妳**愛他？**妳配**？」她握緊顫抖的拳頭說，好像手上只差一件可以拿來刺死她憎恨對象的武器。

艾蜜莉退到我看不見的地方了。她沒有作答。

「妳竟然還敢用妳那不要臉的嘴，」她繼續說道，「跟**我**說這種話？他們為什麼不把你們這些傢伙用鞭子抽一抽？要是我能夠叫人去做，那我肯定會找人把妳抽到死。」

我相信如果可以，她的確會這麼做。只要她還是這副氣憤的模樣，她一拿到刑具，肯定會拿來用的。她很慢、很慢地笑了出來，手指著艾蜜莉，彷彿她是人神共憤的對象。

「**她**愛他！」她說。「這個賤貨！接下來難道要跟我說，他也愛過她吧。哈、哈！這些生意人全是騙子！」

她的嘲諷比她毫不掩飾的憤怒更加可怕。如果要我選，那我寧可當她生氣的對象。她忍不住迸發的嘲笑只有一下子，接著她就把它拴了回去，不管內心有多麼掙扎，她都壓抑著。

「妳這個愛情的清純泉源，」她說，「就像我剛才說的，我來這裡只是想看妳這傢伙長得什麼模樣。我很好奇，現在我滿意了。我也想告訴妳，妳最好立刻給我滾回家，把妳那顆腦袋藏到那些等妳回家的好人後面，反正妳的錢能夠帶給他們安慰。等到錢都花光，妳就可以再去相信、信任，再去愛了，這妳很清楚！我之前覺得妳不過是被玩膩的破爛玩具，是個失去光澤、一文不值、最後被丟掉的東西。不過見到妳之後，我發現妳的確是塊真金、是個淑女，是個心裡有愛、誠實卻被利用的無辜女孩——妳看起來確實就是這樣子，事實也跟妳說的很符合！我還有一件事要說。妳仔細聽好，因為我說到做到。妳聽見沒有，妳這個小仙女？我說到做到！」

這時她又突然止不住怒氣，但憤怒只像痙攣一樣在她臉上閃過去，接著她露出微笑。

「妳最好躲起來，」她繼續說，「如果不想躲在家裡，就去其他地方躲。去個別人都找不到的地方隱居，不然最好去死。我真好奇，如果妳那顆充滿愛意的心碎不了，那妳怎麼會找不到讓它靜止的方法！我聽過一些方法，我相信很容易就能找到！」

艾蜜莉低聲哭了出來，打斷了她。她停下來，彷彿聽音樂般地聽著艾蜜莉的哭聲。

「或許是我天性古怪吧，」羅莎．達朵繼續說，「在妳呼吸的空氣中，我就是沒辦法自在地呼吸。我覺得這種空氣令人作噁。我要把它弄乾淨才行。我要把妳除掉，讓空氣變得清新。要是妳明天還在這裡，那我會把妳做的事和妳的品性都公諸於世。我聽說，這棟房子裡還是有一些正派的女人，要是妳這女性之光躲在這裡不讓人知道，那真是太可惜了。如果妳打算用假名躲在這裡（妳要用真名也可以，我並不反對），只要我能打聽到妳在哪，我會對妳做同樣的事。有了最近才跟妳求婚的男人幫忙，我對這件事很有把握。」

難道他永遠不來了嗎？我到底還要忍多久？我還能忍多久？

「噢，天哪，天哪！」可憐的艾蜜莉喊道。我認為她的聲音連再堅硬的心腸也能打動，可是羅莎．達朵的笑容裡一點憐憫都沒有。「我到底該怎麼辦？我該怎麼辦啊！」

佩格蒂先生的夢想成真

「怎麼辦？」另一個人回答。「就靠著回憶開心地活下去啊！把妳的餘生都拿去回憶詹姆斯・史帝福斯的似水柔情吧——他要妳嫁給他的僕人，不是嗎？——不然就一輩子感激那個老實、配得上妳的傢伙啊，反正他願意把妳當成禮物收下來，不是嗎？或者，要是那些驕傲的回憶、妳對自己操守的自知之明，還有那些人模人樣的傢伙把妳想得有多高尚，這些都還不夠支撐妳活下去，那就嫁給那個好人，高高興興接受他的屈就吧。如果這樣還不行，那妳就去死啊！對於這種死、這種絕望，世界上有的是門路跟垃圾堆吧——妳就找一個，然後逃到天堂去！」

我聽到遠處的樓梯傳來了腳步聲。我知道是誰的，我很確定。是他沒錯，謝天謝地！

羅莎・達朵一邊說一邊慢慢移到門口，走出我的視線。

「記住！」她緩慢、嚴肅地補充道，一邊開門要離開，「除非妳躲到我完全碰不到的地方，或是拆下妳那漂亮的假面具，否則為了我有的理由和對妳的憎恨，我絕對會把妳趕走。我要說的就是這些，而且我說到做到！」

我聽到樓梯間傳來腳步聲，越來越近，越來越近，在她下樓時從她身邊經過——衝進了房間！

「舅舅！」

隨之而來的是一聲哀嚎。

我停了一下，往裡頭看，看到佩格蒂先生扶著那個不省人事的女孩。他盯著那張臉看了幾秒鐘後，親吻了她——噢，多麼溫柔啊！——接著拿出手帕蓋住她的臉。

「戴維少爺，」他替她蓋上手帕後，用低沉、顫抖的聲音說。「我感謝天父實現我的願望！我真心地感謝祂用祂的方式指引我找到我的寶貝！」

說完，他抱起艾蜜莉，讓她蒙著的臉靠在他的胸膛，朝著他的臉，然後把一動也不動、失去知覺的她抱下樓。

第51章 更漫長旅程的開始

隔天一大早，我跟姨婆（因為要悉心照顧我親愛的朵拉，她現在很少做其他活動了）在花園裡散步時，僕人通知我說佩格蒂先生來了。

我走向大門時，他正走進花園，我們就在半途相遇。他對姨婆非常尊敬，看到她總是會脫帽，所以這次也照例脫了帽。昨天晚上，我就把事情發生的經過全告訴姨婆了，所以她一見到佩格蒂先生，一句話也沒說，一臉親切誠懇地走向他，跟他握手，拍拍他的手臂。她的動作表露了一切，一個字都不需要開口，卻像是說了千言萬語，佩格蒂先生立刻就明白她的意思。

「托特，我先進去照顧小花，」姨婆說，「她應該起床了。」

「我希望不是因為我來的關係吧，小姐？」佩格蒂先生說。「除非我的腦袋今天早上跑去玩耍了，」——佩格蒂先生是指神遊——「那妳應該不是因為我，才先離開的吧？」

「我的好朋友，你們有事要談，」姨婆回答，「我不在的話，你們會比較自在。」

「不好意思，小姐，」佩格蒂先生說。「要是妳不嫌棄我話多，願意留下來，那是我的榮幸。」

「是嗎？」姨婆爽快地答應。「我當然願意留下來！」接著，她手挽著佩格蒂先生，走到花園盡頭，在小屋旁有樹蔭遮蔽的長椅坐了下來。

我坐在她旁邊，長椅還有空間給佩格蒂先生坐，不過他想站著，手靠在小木桌上。他站著看了一下手上的帽子，沒有開口，我觀察到他肌肉發達的手透露出巨大的力量與堅毅的性格，跟他誠實的臉龐與斑白的頭髮是多麼忠實的好夥伴。

「昨天晚上，我把我的寶貝帶回我的住處，」佩格蒂先生抬頭看我們，開始說道，「我很久以前就準備好要等她來了。好幾個小時之後，她才認出我，立刻跪在我腳下，好像在禱告一樣，跟我講了事情的經過。你們聽了或許會相信我，我聽到她的聲音就像以前在家那樣快活——而且看到她這樣卑微地跪在我面前，我好像看到了我們的救世主用祂神聖的手在地上寫字[107]——我內心充滿感謝，但也覺得很痛苦。」

他一點也不掩飾地用袖口擦臉，清了清喉嚨。

「但我沒有痛苦太久，因為找到她了。我只要想到她人回來了，我就不覺得痛苦了。我真的不知道自己幹嘛講這件事。一分鐘前我沒有想到要講自己的事，可是話實在講得太自然了，我沒注意到，就講出來了。」

「你是個無私的人，」姨婆說，「老天會給你獎賞的。」

樹葉的陰影斜映在佩格蒂先生的臉上，他驚訝地點頭向姨婆示意，謝謝她的稱讚，接著繼續剛剛還沒說完的話。

「我的艾蜜莉，」他突然間憤怒地說，「被那個花蛇給關起來，戴維少爺也知道這件事——他說的竟然是真的，求老天懲罰他！——她趁著晚上跑走了。那個晚上很暗，星星很多。她抓狂了，在海灘一直跑，以為老船屋就在那裡，一直喊著說她要來了，要我們別開臉別看她。她好像是旁觀者，看著自己叫喊，還被尖銳的石頭割傷了，可是沒有知覺，好像自己也是石頭一樣。她一直跑，一直跑，眼睛冒出金星，耳邊聽到吶喊。然後，她覺得突然間天就亮了，下雨又颳風，她躺在海邊一堆石頭旁邊，有個女人用當地的語言跟她說話，問她發生什麼事了。」

他描述的方式，就像一切盡在他眼前。

他說得非常誠懇，那番情景彷彿鮮明地出現在他面前，比我所能表達的更為清楚。事隔多年，此刻寫到這裡，我很難相信事情發生的當下，我並沒有在場，畢竟那些景象真實得讓人驚訝，讓我印象深刻。

「艾蜜莉本來眼皮很沉重，現在才看清楚那個女人的樣子，」佩格蒂先生繼續說，「認出她就是以前在海邊跟她聊過天的人。她有段時間經常在海邊散步，有時候走路，有時候搭船或馬車，沿著海岸走了好幾哩、好幾哩，所以那附近的人都認識了，就像我剛才說的，就算她那天晚上跑了很遠，還是會遇到認識的人。那個女人剛結婚，沒有小孩，但很快就會有了。我會替她禱告，那孩子會讓她一輩子幸福快樂，帶給她慰藉和榮耀！希望她老了之後，孩子還是敬愛她、孝順她，照顧她，不管在人間還是天上，都當她的天使！」

「阿們！」姨婆說道。

「起初，艾蜜莉跟其他孩子講話的時候，」佩格蒂先生說，「她都一副害羞怕生的樣子，坐在旁邊做紡紗之類的活。可是艾蜜莉注意到她，走過去跟她說話，因為那個年輕女子也喜歡小孩子，她們很快就變成朋友。她們好到只要艾蜜莉過去，她都會送花給她。來問發生什麼事的就是她。艾蜜莉把事情告訴她，她就——帶她回家了。她真的這樣做了，帶她回家。」佩格蒂先生捂著臉。

107.《聖經》約翰福音第八章第三到十一節。法利賽人將一名姦婦帶到耶穌面前，說依法應用石頭將她打死。耶穌彎腰在地上寫字，並說：「你們有誰是沒有罪的，誰就可以先拿石頭打她。」眾人散去後，耶穌對婦人說：「我也不定妳的罪。去吧，從此不要再犯罪了！」

自從艾蜜莉跑走的那天晚上，我就沒有見過他對於這種善舉那麼感動了。姨婆跟我沒有出聲打擾他。

「你們應該想得到，她家很小，」他繼續說道，「但她還是替艾蜜莉留了位置——她老公出海去了——她對這件事保密，還要附近幾戶人家也幫忙保密。艾蜜莉發高燒，我覺得有一點很奇怪——或許對讀書人來說並不奇怪——她原本會講那裡的話，這下全不會講了，只會講自己的母語，結果沒有人聽得懂。她回想到當時的情況，好像作夢一樣，她就躺在那裡一直用母語講話，一直覺得老船屋就在下一個岬角，不停求他們去那裡說她要死了，然後帶回原諒的話，就算只有一個字也好。

「這段時間，她一下覺得我剛才提到的那個男人躲在窗戶外面等她，一下覺得他要把她帶回那個房間，所以一直哭著求那個好心的年輕女人不要把她交出去，但她知道對方聽不懂她在說什麼，很怕自己會被帶走。

「她一樣眼冒金星，耳邊聽到吶喊；好像沒有今天、沒有昨天、也沒有明天，她人生發生過的每一件事、以後會發生的每一件事，還有永遠不會發生、也不可能發生的事，統統擠到她腦袋裡，沒有一件是清楚的，沒有一件是開心的，可是她卻對這些事又唱又笑！這情形持續了多久，我不知道，但後來她睡著了，原本暴漲好幾倍的精力都沒了，變成無助的小孩子。」

說到這裡，佩格蒂先生停了下來，好像因為自己的描述太過可怕，需要放鬆一下。沉默片刻之後，他繼續往下說：

「一個天氣很好的下午，她醒來了，四周好安靜，除了平靜無浪的大海拍打在岸上的聲音以外，其他聲音都沒有。一開始，她以為那天是週日早上，她在自己的家裡，但她從窗外看到葡萄藤葉跟後面的山丘，她知道這裡不是家，她搞錯了。之後，她的朋友進來坐在她床邊，她才想起來舊船屋不在下一個岬角，而是在很遠的地方，她知道自己在哪裡，為什麼在那裡了。她躲在那個好心女人懷裡痛哭，我希望現在她懷中的是個小寶寶，用漂亮的眼睛看著她，讓她開心！」

他每次提到艾蜜莉的這位好朋友就會流淚。他根本沒有辦法忍，所以現在淚水又潰堤，一直求老天保佑她！

「哭完之後，艾蜜莉就好一點了。」他說道。

看到他這麼激動，我也不禁流下淚來；至於姨婆，她早已淚流滿面。

「這對艾蜜莉有好處，她開始康復了。可是，她還是說不出當地的話，只好比手勢。她就這樣，每天每天好一點，雖然慢，但至少好一點，也開始學說一些常用的字彙——她這輩子聽都沒聽過的字——直到有天晚上，她坐在窗邊，看著一個小女孩在海邊玩耍。突然間，小女孩伸出手對她說話，英文的意思是說：『討海人的女兒，這裡有貝殼！』——你們要知道，照他們國家的習慣，他們一開始都叫她『美女』，但她要他們改叫她『討海人的女兒』。那孩子突然說：『討海人的女兒，這裡有貝殼！』艾蜜莉聽懂她在說什麼，哭著回應那孩子，結果就把當地語言想起來了！

「等艾蜜莉身體好起來之後，」佩格蒂先生稍微停頓了一下，繼續說道，「她就打算離開那個好心人，回自己的國家。當時，那個老公已經回來了，他們夫妻就送她上了往利佛諾[108]的小商船，從那裡再去法國。她身上只剩一點錢，他們幫了她這麼多忙，卻一點也不願意收下這些錢。他們其實很窮，但我很高興他們不收，因為他們積攢的財寶在天上，天上沒有蟲子咬，不能銹壞，也沒有賊挖窟窿來偷[109]。戴維少爺，他們做的事會比全世界的財寶存留得還要長久。」

108. 利佛諾（Leghorn）：第勒尼安海的港口城市，位於義大利托斯卡尼西部。

「艾蜜莉到法國後，在港口的一間小旅館找到工作，伺候旅行的女客人。結果，有一天，那條蛇也來了——他最好永遠別出現在我面前，我不知道我會對他做出什麼事！——他沒有看到艾蜜莉，但她一看到他，就怕到不知道該怎麼辦，在他連一口氣都還沒喘之前，艾蜜莉就跑走了。她回到英國，在多佛上岸。

「我不知道，」佩格蒂先生說，「她是什麼時候開始失去勇氣的，但她在回英國的一路上，都想著要回她親愛的家。她一到英國，就往家的方向走。可是，她怕沒人原諒她，她怕被人指指點點，她怕有人因為她死掉，她怕好多好多事情，所以她往反方向走了。『舅舅，舅舅，』她對我說，『我最怕的事情就是，我這顆破碎、流血的心不配做我一直想做的事！所以我就往回走，但心裡一直禱告，希望可以在夜裡爬回到老家門口，親吻它，把我這張罪惡的臉趴在上面，隔天早上讓人發現我死在那裡。』

「她就……」佩格蒂先生壓低聲音，用令人生畏的語氣說道，「到了倫敦。她……從沒來過這裡……自己一個人……一點錢也沒有……年紀輕輕……長得又漂亮……就這樣來到倫敦。她孤單一個人來了之後，立刻就遇到一位朋友（她一開始以為對方是朋友）。那個看起來正派的女人跟她說，既然她以前學過縫紉，可以替她找到類似的工作，還有地方讓她過夜，隔天就幫她偷偷打聽我跟老家的所有事情。就在我的孩子，」他提高音量，因為充滿感激而全身顫抖，「差點站上那個我說不出來也沒辦法想像的邊緣——瑪莎遵守承諾，救了她。」

我忍不住高興地叫了出來。

「戴維少爺！」他那隻有力的手抓握住我的手，「是你先跟我提到瑪莎的。我很謝謝你，先生！她很誠實。她根據自己痛苦的經驗，也知道該注意哪邊、該做什麼。她做到了，而且老天也在看！

艾蜜莉在睡覺的時候，她臉色蒼白地匆忙跑過去跟她說：『快起來，不然妳會比死掉更淒慘，跟我來！』房子裡的人跑出來攔她們，但他們還不如去攔大海。『別過來，』她說，『我這個鬼要把她從打開的墳墓叫起來！』她告訴艾蜜莉說她見過我，她說我愛她，也原諒她了。她匆忙用自己的衣服把她包起來，把快昏倒、全身發抖的艾蜜莉護在懷裡。他們說什麼她都不管，好像自己沒長耳朵一樣。她跟我的孩子從他們身邊走掉，她只在乎艾蜜莉一個人，然後在三更半夜把她從那個墮落的深淵安全地帶出來！

「她照顧艾蜜莉，」佩格蒂先生放開我的手，將手按在自己起伏的胸膛上，「艾蜜莉累壞了，精神恍惚，她照顧艾蜜莉，到隔天晚上。然後她就出門來找我，之後去找你，戴維少爺。她沒有告訴艾蜜莉她出門幹嘛，怕她受到刺激又跑去躲起來。那個殘忍的女人怎麼知道她在那裡的，我不知道。可能是我剛剛一直提到那個男的碰巧看到她們進那間房子，或者我覺得最有可能的是，他從那個女人那裡打聽到，這些我不在乎了，我的外甥女找到了就好。」

「整個晚上，」佩格蒂先生說，「我們都待在一起，艾蜜莉跟我。那時候時間也晚了，她只說了這些，邊說邊哭。我很少去看她那張在我家裡長大的寶貝臉蛋。可是，整個晚上她都摟著我的脖子，把頭靠在這裡，我們都知道，可以永遠信任對方了。」

他說到這裡，將手放在桌子上，帶著一種能夠戰勝獅子的堅毅。

「我決定要當你姊姊貝希．托特伍德的教母時，」姨婆擦乾眼淚說，「我覺得那是我人生中的一線

109. 語出《聖經》馬太福音第六章第十九到二十節：「不要為自己積攢財寶在地上：地上有蟲子咬，能銹壞，也有賊挖窟窿來偷。只要積攢財寶在天上：天上沒有蟲子咬，不能銹壞，也沒有賊挖窟窿來偷。」

光明，可是她讓我失望了；如果我之後能夠當那個年輕好女孩的寶寶的教母，我想那會帶給我很大的快樂！」

佩格蒂先生點頭，表示他懂姨婆的感受，但對於她稱讚的對象，他無法用言語表達自己的看法。

我們都不發一語，各自想著事情（姨婆拭著淚，一下抽噎，一下笑著說自己是傻瓜），最後我開口了。

「你已經決定好，」我跟佩格蒂先生說，「未來要怎麼做了嗎，好朋友？我應該不需要問吧。」

「沒錯，戴維少爺，」他回答，「我也跟艾蜜莉說了。在很遠的地方，有個很大的國家，我們的未來在海外。」

「他們要一起移民，姨婆。」我說。

「沒錯！」佩格蒂先生露出充滿希望的微笑。「在澳洲，就沒有人可以指責我的寶貝了。我們可以在那邊開始新生活！」

我問他有沒有想好什麼時候出發。

「我今天一早去了碼頭，」他回答，「問了船班的事。大概四到八個星期後，會有一艘船啟航——我今天早上看到她了——還上了船——我們會搭那艘船離開。」

「只有你們兩個嗎？」我問道。

「沒錯，戴維少爺！」他回答。「你也知道，我妹妹那麼喜歡你跟你的家人，而且也太習慣住在自己的國家，要帶她走對她不公平。更何況這裡有個人需要她照顧，戴維少爺，我們可不能忘記。」

「可憐的漢姆！」我說。

「是這樣的，小姐，我的好妹妹會幫他理家，他跟她很親，」佩格蒂先生對姨婆解釋。「他沒有辦法跟其他人講的事情，都可以平靜地坐下來跟她好好講。可憐的傢伙！」佩格蒂先生搖搖頭。「他只剩這麼一點了，不能再拿走！」

「那格米奇太太呢？」我說。

「嗯，格米奇太太的事啊，」佩格蒂先生的表情原本很困惑，在繼續往下說的時候漸漸解開了，「跟你們說，我也想了很多。因為啊，格米奇太太想老伴的時候，可能會讓人心煩。戴維少爺，就你跟我——還有小姐妳——知道就好，要是格米奇太太『號』起來，」——這是我們家鄉話「哭」的意思——「不認識她老伴的人，可能會覺得她在鬧彆扭。我的確認識她老伴，」佩格蒂先生說，「我也知道那個人有多好，所以我瞭解她為什麼會這個樣子，可是其他人可能就不懂了——不懂也是理所當然的啦！」

姨婆跟我都表示贊同。

「但是啊，」佩格蒂先生說，「我妹妹可能會——我也不是說她一定會，只是可能會——偶爾覺得格米奇太太麻煩，所以我沒有想要讓格米奇太太跟他們住一起，我打算替她找一個可以叫夠自己的所在。」（當地方言裡，叫夠是「照顧」的意思，所在是「家」的意思。）「所以，」佩格蒂先生說，「我打算留生活費給她，讓她可以過得舒適。她這個人最忠心了。這個好心的老妞這把年紀了，當然受不了船上的顛簸，沒辦法到那麼遠的國家適應野地的生活，所以我決定這樣安排她的事情。」

他誰都沒忘。他考慮到了每個人的需要和困難，只有他自己的沒想到。

「艾蜜莉，」他繼續說道，「到我們上船前都會跟在我身邊——可憐的孩子，她太需要清靜和休息了！她會開始準備需要帶去的衣服，我希望她重新回到這個粗魯但是很愛她的舅舅身邊，很快忘掉心煩的事。」

姨婆點點頭，肯定這個希望會實現，這舉動讓佩格蒂先生很滿意。

「還有一件事，戴維少爺，」他將手伸進胸前的口袋，慎重地拿出我之前看過的那個小紙捆，捲開放在桌上。「這裡有些紙鈔——五十鎊跟十鎊。除了這些，我還想加上艾蜜莉跑回來時帶的錢。我問過她帶了多少錢走（但沒有跟她說為什麼要問），然後把金額加起來。我不是讀書人，可以請你好心幫我算算看嗎？」

他把一張紙拿給我，對自己學識不豐感到很不好意思。在我檢查的時候，他一直盯著我看。他算得沒錯。

「謝謝你，先生，」他收回後說。「要是你不反對，戴維少爺，我希望離開前把錢放在信封裡，署名要給他，再將這信封放到另一個信封寄給他的母親。我會跟她說多少錢，大概就是照我跟你解釋的這些講，然後說我要走了，錢如果退回來也沒人收。」

我告訴他，我覺得他這樣做很好——既然他認為這樣做是對的，我也完全相信這樣做沒錯。

「還有一件事，」他把紙捆捲回去，放進口袋，露出凝重的微笑，「其實有兩件事。我今天早上來的時候，還不是很確定要不要親自把這件謝天謝地的事告訴漢姆。我出來時寫了一封信，跟他們說事情的經過，然後拿去郵局寄了，我還說我明天會下去一趟，處理一下該辦的一些瑣事，很可能這一次離開雅茅斯，就不會再回來了。」

「你要我跟你去嗎？」我看出他還有話沒說出口。

「要是你能幫我這個忙，那最好，戴維少爺，」他回答，「我知道他們看到你會高興一點。」

我和小朵拉商量，發現她精神很好，她也希望我去一趟，於是我就依佩格蒂先生的心願答應陪他去了。隔天早上，我們坐上前往雅茅斯的馬車，重回舊地。

晚上我們經過熟悉的街道時——佩格蒂先生不顧我一再反對，堅持幫我提行李——我看向歐瑪與裘倫的店，看到老朋友歐瑪先生在裡面抽菸斗。我覺得佩格蒂先生跟他的妹妹和漢姆見面時，我不要在場比較好，因此把拜訪歐瑪先生當成我會晚一點到的理由。

「這麼久不見，歐瑪先生，你還好嗎？」我走進店裡時說。

他揮開菸雲，想看看來者是誰，一眼就認出我來，非常高興。

「先生，我應該站起來歡迎你大駕光臨，」他說道，「只是我的手腳不靈活了，得坐椅子。不過啊，除了手腳跟呼吸短促之外，我可是精力充沛，謝天謝地。」

我稱讚他氣色和精神都很好，這時看到他的安樂椅裝了輪子。

「太天才了，對吧？」他跟著我的視線，用手臂擦手扶說道。「它跑得跟羽毛一樣輕，跟郵車一樣快。哎呀，我的小米妮——就是我的孫女，米妮的女兒——輕輕從後面一推，我們就可以走了，這實在太聰明、太好玩了！而且我跟你說啊——坐這張椅子抽菸斗真是太爽了。」

我從來沒見過像歐瑪先生這麼樂天知足的好老頭。他開朗的樣子，就好像他的椅子、氣喘、行動不便都是特別用來讓他更能享受抽菸斗樂趣的。

「我跟你保證，我坐在這張椅子上看到的東西，」歐瑪先生說，「比我沒坐在這張椅子上看的要多呢。你不知道有多少人每天來店裡聊天，你知道了一定會很驚訝！我開始坐這張椅子之後，從報紙上讀的東西比以前多一倍。至於平常的讀物，天哪，我讀得可多了！這就是我覺得厲害的地方，你知道吧！要是我的眼睛不好，我能怎麼辦？要是我的耳朵不好，我能怎麼辦？我的手腳不好，這有什麼問題？哎，我以前用走路的，還不是只讓我的呼吸變得短促而已。現在，不管我要上街還是去海邊，只要叫裘倫最小的徒弟迪克一聲，就可以像倫敦市長一樣，用自己的座駕出發囉。」

說到這裡，他笑到差點窒息。

「老天保佑啊！」歐瑪先生繼續抽菸斗。「做人就是不論好事壞事都要接受，一定要下定決心這樣做才行。裘倫把生意做得很好，非常好！」

「聽你這麼說，我很高興。」我說。

「我想也是，」歐瑪先生說道。「而且裘倫跟米妮兩個人很恩愛。人還要再奢望什麼？行動不便**又怎樣！**」

他坐在那抽著菸，對自己的雙腳不屑到了極點，這真是我見過最妙的一件事了。

「我開始看書，你也開始寫作了，對吧，先生？」歐瑪先生佩服地打量我說。「你寫的東西實在太棒了！你的措詞多好！我一字一句地讀——每個字都讀。而且不會想睡！一點都不會！」

我滿意地笑了出來，但我得承認，我覺得他把看書跟瞌睡做聯想，真是意味深長。

「先生，我發誓，」歐瑪先生說，「我把你的書放在桌上，欣賞它的外觀，分成三卷——一、二、三，緊密地裝訂著。想到很榮幸能服務你們家的人，自己就非常驕傲。天哪，那是很久以前的事了，不是嗎？就在布朗德史東啊。多麼漂亮嬌小的人，躺在另一個人旁邊。你當時也還很小。天哪，天哪！」

我提到艾蜜莉，想改變話題。我跟歐瑪先生保證，我沒有忘記他以前多麼關心她，對她多好，接著大致跟他說了瑪莎怎麼幫忙佩格蒂先生找到艾蜜莉，我知道這個老先生聽到這件事肯定很高興。他全神貫注地聽完之後，充滿感情地說：「我真是太高興了，先生！這是我最近聽到最棒的消息了。天哪，天哪，天哪！現在那個不幸的女孩瑪莎打算怎麼辦？」

「我從昨天也一直在想這個問題，」我說，「但目前還沒辦法跟你報告，歐瑪先生。佩格蒂先生沒有提，我也不方便問。我相信他並沒有忘記這件事。一切無私的善事，他都沒忘。」

「你要知道，」歐瑪先生接著他自己的話繼續說，「不管要做什麼，我都希望能幫忙。只要你認為適合的安排，也告訴我一聲。我從來不覺得那女孩壞透了，我也很高興得知她的確不是。我女兒米妮也會很高興知道這點。有些事情啊，年輕女孩子就很矛盾——她媽媽跟她一個樣——但她們心腸很軟、很善良。講到瑪莎，米妮都是裝出來的而已。至於她為什麼覺得一定得裝，我就沒辦法跟你說了。那都是裝出來的，真的，她私底下什麼都願意幫她的。所以，只要你認為是合適的安排，可以麻煩你也讓我知道嗎？只要一句話，告訴我要把錢送去哪就好。我的天啊！

「一個人活到生命兩頭都要碰到的時候，就算他多有精神，還是得像個嬰兒坐學步車一樣，第二次坐上裝輪子的椅子被人推來推去，可是只要想到自己還能夠做善事，會讓人特別高興的。這種人需要多多行善。我可不是說我自己而已喔，」歐瑪先生說，「因為啊，先生，在我看來是這樣的，不管我們年紀大或小，都是往山底前進的，時間從來不會在某一分一秒靜止。所以我們要一直做好事，永遠覺得高高興興，是吧！」

他把菸灰敲除，將菸斗放在椅背的一塊凸架上，那是特別做來讓他放菸斗的。

「還有艾蜜莉的表哥，她本來要結婚的對象，」歐瑪先生無力地搓揉雙手說，「他可是雅茅斯的大好人啊！他晚上有時候會來這裡待個一小時左右，跟我聊天或是唸東西給我聽。我說啊，那就是善事啦！他這輩子都一直在做善事。」

「我等一下就是要去看他。」我說。

「是嗎？」歐瑪先生說。「跟他說我身體很好，替我問候他。米妮和裘倫去參加舞會了，不然他們見到你一定也會跟我一樣覺得榮幸。本來啊，米妮還不想去，她說『要照顧爸爸』，所以我今晚就發誓，要是她不去，我六點就要上床睡覺。就這樣，」歐瑪先生因為自己的計策奏效，笑得身體跟椅子都在搖，「她跟裘倫去參加舞會了。」

我跟他握了手，道了晚安。

「再等一下好嗎，先生？」歐瑪先生說。「要是你不來看一下我的小象，那可會錯過很美好的東西。這景象絕對是難得一見喔！米妮！」

樓梯上傳來了悅耳細小的聲音：「外公，我來了！」接著一個淡黃色長鬈髮的漂亮小女孩跑進來店裡。

「這隻就是我的小象啦，先生，」歐瑪先生憐愛地撫摸著這個孩子說。「暹邏品種的呢，先生。走吧，小象！」

小象把客廳的門打開，我看出歐瑪先生現在不方便上樓，所以後面的客廳改成臥室了。接著她把漂亮的額頭靠在歐瑪先生的椅背上，抖散她的長髮。

「先生，你知道大象推東西的時候，」歐瑪先生眨眼道，「是用頭頂的，小象預備，一、二、三！」

聽到指示後，小象輕推了歐瑪先生的椅子，咻一聲滑進客廳，連門框都沒有撞到，靈巧得近乎不可思議。歐瑪先生對這個表演很滿意，回頭看我的表情，好像這是他一輩子努力得來的好成果。

我在鎮上散步了一會兒後，走到漢姆家。佩格蒂已經搬進來住了，把自己的房子租給接手巴基斯先生馬車工作的人，那個人付給她不少錢，買下了招牌、馬車跟馬。我相信巴基斯先生那匹慢馬現在還沒有退休。

他們在整潔的廚房裡，佩格蒂先生剛才去了舊船屋把格米奇太太請來，我相信除了他，沒有人能勸得動她離開崗位。他顯然把一切都告訴他們了。佩格蒂和格米奇太太用圍裙拭著淚；漢姆剛才「去海邊散散步」，現在回來了，很高興見到我。我真希望自己的在場，能讓他們心情好一點。

我們盡量開心地討論佩格蒂先生到了新的國家一定會賺大錢，他寫回來的信裡一定有很多趣事。我們都沒有說出艾蜜莉的名字，但不只一次隱約提到她。漢姆是在場的人裡最安靜的。

可是，佩格蒂拿著蠟燭送我到小臥室（桌上還放了鱷魚書等著我）時，告訴我漢姆一直都是這個樣子。她哭著告訴我說，他還是很勇敢，也很貼心，當地造船廠裡就屬他工作最認真、做得最好，但她認為他心碎了。她說，晚上有時候，他會聊到船屋以前的生活，講到艾蜜莉小時候的事，可是從來沒有提過長大後的她。

我從漢姆的臉上看出，他似乎想要單獨跟我說話。因此，我決定隔天晚上他下班回家時，在半路等他。決定這麼做之後，我就睡著了。這麼久以來第一次，佩格蒂先生把蠟燭從窗台移走，那天晚上，他在老船屋的舊吊床上搖著睡，門外的風聲一如往常地在他的四周呼嘯著。

隔天一整天，佩格蒂先生都忙著處理他的漁船和繩具，把他覺得會用到的小件家用品打包好，用運貨馬車送到倫敦，其餘的送人或是留給格米奇太太。格米奇太太一整天都陪著他。因為我有個感傷的願望，想要在老地方上鎖前再看它一眼，所以就跟他們約好晚上在那裡碰面，但在那之前我要先去找漢姆。

我知道他在哪裡工作，所以去半路等他很簡單。我在沙灘上一處僻靜的地方遇到他，我知道他會從這裡經過，跟他一起走回去；如果他想跟我聊聊，時間很充裕。我沒有誤解他想跟我說話的神情。我們大概走了一小段路後，他低著頭問道：

「戴維少爺，你見過她了嗎？」

「只有一下子，在她昏倒的時候。」我溫柔地回答。

我們再走了一小段後，他說：「戴維少爺，你覺得你會再看到她嗎？」

「那對她來說可能會太難受。」我說。

「我有想過，」他回答。「是啊，先生，是啊。」

「可是，漢姆，」我緩緩地說，「如果你有什麼想跟她說的，就算我不能親口轉告她，我也可以幫你寫信。如果你有什麼話想要我轉告她，我會把這當成神聖的責任去完成的。」

「我確定你會的。謝謝你，先生，你實在太好心了！我有件事想告訴她。」

「什麼事？」

我們兩人沉默地又走了一小段路後，他才開口。

「也不是我原諒她，一點也不是。是我要求她原諒，是我硬要她接受我的心意。有時候，先生，我覺得要是我沒有逼她嫁給我，她會把我當成朋友、會信任我，跟我說她心裡在煩惱什麼，會來問我意見，那我就有可能救她了。」

我緊握住他的手。「就這樣嗎？」

「還有一件事，」他答道，「要是我說得出來的話，戴維少爺。」

我們往前走了比剛剛更遠的一段路，他才開口。我用破折號表達他說話時的停頓，但他沒有哭，只是在整理思緒，想說清楚而已。

「我愛過她——我愛記憶中的她——太深了——沒辦法讓她相信我現在很快樂。只有忘記她——我才能快樂起來——要我跟她講這種話，我恐怕說不出口。但戴維少爺你書念得比較多，或許可以想到一些話，讓她相信我並沒有傷得太深，我還愛她，也替她難過，說到讓她相信我並沒有不想活，而且希望看到她不被人罵，能夠去壞人不再找麻煩、疲累的人可以休息的地方——反正就是讓她不再傷心，但也別讓她覺得我會再娶，別讓她覺得世界上有人能取代她——我想要請你說的是這些——還有我替親愛的她所做的禱告。」

我再次緊握住他那充滿男子氣概的手，告訴他，我會盡全力做到。

「謝謝你，先生，」他回答。「你來找我，真是太好心了。你陪他來一趟，真的很好心。戴維少爺，我很清楚，雖然姑姑在他們航行前會再去倫敦跟他們團圓，但我應該不會再見到他了。我很確定會是這樣。我們雖然沒有明說，可是事情應該會是這樣，這樣也比較好。你最後一次見到他的時候——真的最後一次——可以幫我這個孤兒對他致上最深的敬意，替我謝謝那個對我來說比親生父親還要親的人嗎？」

這件事我也誠懇地答應會做到。

「再次謝謝你，先生，」他熱情地跟我握手說道。「我知道你要去哪裡。再見！」

他輕輕跟我揮手，彷彿是要解釋說他無法去那個老地方，之後轉身離開。我看著他在月光下走過荒灘的背影；我看到他一邊走，一邊將臉轉向海上那一絲絲銀色光芒，直到他變成遠處的影子。

我到船屋的時候，門是打開的。我走進去，發現家具已經清空，只剩下一只舊矮櫃，格米奇太太膝上放著籃子，坐在矮櫃上頭看著佩格蒂先生。他將手肘靠在粗糙的壁爐架上，盯著爐柵上即將熄滅的餘火；不過他一看到我走進來，充滿希望地抬起頭，很有精神地說起話來。

「你是照我們之前說好的，來說再見的吧，戴維少爺？」他拿起蠟燭。「現在全空了，是吧？」

「你真的很會利用時間呢。」我說。

「哎呀，先生，我們沒有偷懶。格米奇太太拚得跟……我也不知道她拚得跟什麼一樣。」佩格蒂先生看著她，想不出什麼誇獎她的比喻。

格米奇太太傾身靠在籃子上，沒有回應。

「你以前跟艾蜜莉就是坐在這個矮櫃上面！」佩格蒂先生小聲說道。「這是最後一件東西了，我會帶走。你以前的小臥室，你看，戴維少爺！今天晚上真是要有多冷清就有多冷清啊！」

老實說，當時風聲雖然小，卻帶著一種莊嚴的感覺，在即將被拋下的房子四周悲鳴，十分哀傷。船屋裡的東西都不見了，就連邊框鑲牡蠣殼的小鏡子也不在了。我想起家裡第一次發生重大改變時，我在這裡過夜的情景。我想起那個讓我著迷的藍眼女孩。我想起史帝福斯，接著有種愚蠢、可怕的幻覺，好像他就在附近，我轉個彎都可能遇到他。

「這船屋看來要很久，」佩格蒂先生低聲說道，「才能找到新住客了。現在大家都覺得這個地方不吉利！」

「房東是這一帶的人嗎？」我問道。

「房東是鎮上一個船桅匠，」佩格蒂先生說，「我今晚要把鑰匙拿去還他。」

我們去看了另一個小房間後，回到坐在矮櫃的格米奇太太旁邊。佩格蒂先生將蠟燭移到壁爐上，請格米奇太太站起來，他要將矮櫃搬出去，再將蠟燭熄滅。

「阿丹，」格米奇太太突然丟下籃子，抓著佩格蒂先生的手臂說，「親愛的阿丹，我在這個房子裡要說的最後一句話是，我不要被丟下來。你別想要丟下我自己走，阿丹！噢，你不可以這樣做！」

佩格蒂先生吃驚地看了看格米奇太太，又看看我，又再看看格米奇太太，好像剛從睡夢中醒來。

「不要，我最親愛的阿丹，你不可以這樣做！」格米奇太太激動地哭道。「讓我跟你一起去，阿丹，讓我跟你和艾蜜莉一起去！我會永遠當你最忠心的僕人。要是你去的地方有奴隸，那我自願當你們的奴隸，只要不要丟下我就好，阿丹，求求你這個大好人！」

「妳這個好心腸的人，」佩格蒂先生搖搖頭，「妳不知道航程有多長，那邊的生活有多苦！」

「我知道，阿丹！我想像得到！」格米奇太太哭道。「可是我在這個房子裡要說的最後一句話是，要是你不帶我走，那我就回來死在這裡。我可以挖土，阿丹。我可以做工，可以過苦日子。我會好好對人，會很有耐心，會表現得比你想的更好，阿丹，只要你讓我試試看。就算餓死，我也不會去碰你留給我的錢，阿丹．佩格蒂，只要你願意讓我跟著你和艾蜜莉，到天涯海角我都願意！

「我知道為什麼你不讓我跟，我知道你覺得我孤僻、愛發脾氣，可是，親愛的好人，我現在不一樣了！我在這裡這麼久，看到、想到你們受了那麼多苦，我自己也變堅強了。戴維少爺，拜託你替我跟他說情！我知道他的個性，也知道艾蜜莉的個性，我也知道他們難過什麼事，有時候可以安慰他們，可以幫忙他們！阿丹，親愛的阿丹，讓我跟你們一起去！」

接著格米奇太太用最純樸的同情與關愛態度握起他的手親吻，充滿忠誠與感激之情，是佩格蒂先生當之無愧的。

我們把矮櫃搬出去，將蠟燭熄滅，從外頭將門閂上，離開緊閉的舊船屋，它在朦朧夜色下成為一個黑點。隔天，我們坐在驛馬車外頭回倫敦；格米奇太太帶著籃子坐在後座，高興不已。

第52章 大爆發

距離麥考伯先生之前神神祕祕約好的時間只剩二十四小時了，姨婆想陪在朵拉身邊，跟我討論該怎麼辦才好。啊！我現在多麼輕易就可以抱朵拉上下樓了！

雖然麥考伯先生請姨婆也一起去，但我們還是認為她留在家比較好，由我和迪克先生代表出席就好了。總之，我們決定這樣做之後，朵拉又說如果讓姨婆用任何藉口留在家，那她絕對不會原諒她自己，也不會原諒她的壞小子，所以我們又不知道該怎麼辦。

「就算您留下來，我也不會跟您說話，」朵拉對姨婆搖搖鬈髮說。「我會鬧脾氣喔！我會讓吉普整天對著您叫喔！要是您不去，那我一定會覺得您是個討厭的老太婆！」

「哎呀，小花！」姨婆笑道。「妳知道妳不能沒有我陪啊！」

「我可以的，」朵拉說。「您對我一點用處都沒有。您從來沒有整天替我跑上跑下。您從來沒有坐下來跟我說大迪走到鞋子都破掉、滿身灰塵的故事——噢，真是個可憐的小傢伙！您從來沒有做任何事取悅我，對吧，親愛的姨婆？」朵拉匆匆地親了一下姨婆，「有啦，有啦！人家只是開玩笑的！」她怕姨婆真以為她是認真的。

「可是，姨婆，」朵拉撒嬌地說道，「您聽好。您一定得去，不然我也會鬧到您去為止。要是我的淘氣小子不逼您去，那我會不乖喔。我會鬧脾氣——吉普也會！要是您不乖乖地去，那我會讓您後悔一輩子喔。況且，」朵拉將頭髮撥到腦後，很納悶地看著我跟姨婆說，「你們為什麼不能兩個人都去？我也不是病得很嚴重，不是嗎？」

「哎呀，這是什麼話！」姨婆喊道。

「別亂想了！」我說。

「是啦！我知道我就是個小傻瓜！」朵拉躺在沙發上，慢慢地輪流看著我和姨婆，接著噘起她的櫻桃小嘴親吻我們。「那就這麼決定了，你們兩個都得去，不然我就不信任你們了，那樣的話我會哭的喔！」

我從姨婆的表情看出她要讓步了；朵拉也看出來，又開心了起來。

「你們回來後一定有很多事要告訴我，至少得花我一個星期才能聽懂！」朵拉說道。「而且要是有什麼生意方面的事，那我**肯定**要很久才搞得懂。我相信一定跟生意上的事情有關係！況且，如果得加加減減，那我真不知道我弄不弄得懂，到時候我的壞小子**一定**會擺出痛苦的樣子。好啦！這下您會去了，對吧？你們只不過要去一個晚上而已，你們不在的時候，吉普會照顧我的。你們離開前，大迪可以先抱我上樓，你們回來之前我就不下樓了。你們還要幫我帶一封信責備艾格妮絲，因為她從沒來探望我們！」

我們沒有再多加討論，就決定兩個人都去，還說朵拉是個小騙子，為了讓大家哄她，假裝身體不舒服。她聽了非常開心，心情很好。所以我們四個人，姨婆、迪克先生、崔斗斯和我，當天晚上就搭多佛的郵車前往坎特伯里。

我們費了一番工夫才在半夜抵達麥考伯先生要我們等他的旅店。他留了一封信說，他隔天早上九點半會準時出現。讀完信後，在那個讓人不舒服的時分，我們渾身發抖地走過一道道不通風的走廊，回各自的房間休息。走廊的味道聞起來好像泡在濃湯和馬廄的混合液裡好幾年一樣。

第二天一早，我漫步在昔日熟悉的寧靜街道，走過莊嚴的通道和教堂陰影。烏鴉在大教堂鐘樓上飛翔，那些鐘樓在晴朗的早晨空氣中，俯瞰著好幾哩內的豐饒田野和愜意河流，景色一點也沒有變，彷彿世界上沒有「變化」這件事的存在。然而，鐘聲響時，似乎又悲傷地告訴我一切不同了，告訴我它有多古老，告訴我漂亮的朵拉多麼年輕。鐘聲的餘音穿過教堂中黑太子[110]的生鏽盔甲嗡嗡作響，穿過時間深洋的微塵，像漣漪般在空氣中逐漸消失，似乎在告訴我有多少永垂不朽的人在這世上生過、愛過、死過。

我從街道轉角看到了那棟老房子，因為怕被人看到，無意間壞了我來幫忙的計畫，我並沒有靠近它。初升的太陽照射到屋子的三角牆與格子窗上，替它們染上了金色，這一切似乎也觸動了我的心。

我在鄉郊晃了一個小時左右，然後沿著大街走回來，這時街上已經擺脫睡意，甦醒過來了。店裡已經有人開始活動，我看到我的宿敵屠夫，現在腳蹬高筒靴，當了爸爸，也有自己的店了。他正在餵寶寶吃東西，似乎變成社會上善良的一員了。

我們坐下來吃早餐時，全都焦急難耐。隨著時間慢慢逼近九點半，我們更加坐立難安地等待麥考伯先生到來。最後，我們不再假裝用餐；其實打從一開始大家就是做做樣子，迪克先生除外。姨婆在餐廳裡來回踱步；崔斗斯坐在沙發上，假裝在看報紙，眼睛盯著天花板；我則是看著窗外，準備在麥考伯先生到時立刻通知大家。我其實沒有看很久，九點半的第一聲鐘響時，我就在街上看到他的身影了。

「他來了，」我說，「而且沒穿工作時的服裝！」

姨婆將帽帶綁好（她下樓吃早餐時就一直戴著），披上披肩，似乎準備好要應付任何不可商量、不可妥協的事情了。崔斗斯用堅定的態度將大衣的鈕扣扣上。迪克先生被這些煞有其事的舉動弄得不知所措，但又覺得有必要照做，只見他用雙手捧起帽子，用力把帽子往耳朵拉，但立刻又脫下來歡迎麥考伯先生。

「各位先生女士，」麥考伯先生說，「早安！親愛的先生，」他對奮力跟他握手的迪克先生說，「你人真是太好了。」

「你吃過早餐了嗎？」迪克先生問。「來塊排骨吧！」

「我吃不下，好心的先生！」麥考伯先生阻止他去搖鈴。「我跟我的食慾已經久不相識了，迪克森先生。」

「迪克森先生」非常滿意自己的新稱呼，似乎很感激麥考伯先生授與他這個稱呼，再次跟他握手，孩子氣地傻笑著。

「迪克，」姨婆說，「專心點！」

迪克先生立刻羞紅了臉，正經起來。

「好了，先生，」姨婆戴上手套時，對麥考伯先生說。「我們已經準備好面對維蘇威火山或是其他之類的東西了，只等**您**準備好。」

「托特伍德小姐，」麥考伯先生答道，「我向妳保證，妳會立刻見到它爆發。崔斗斯先生，我相信你會同意我說，我們倆一直有保持聯絡吧？」

「確實是真的，考柏菲爾德，」我驚訝地看著崔斗斯，他說道。「麥考伯先生跟我商量過他在計畫的事情，我也用最好的判斷給了他建議。」

110. 威爾斯王子愛德華（一三三〇～一三七六）是英王愛德華三世的長子，驍勇善戰，死後埋葬於坎特伯里大教堂。

「除非是我自己騙自己，崔斗斯先生，」麥考伯先生說道，「我計畫要揭露的事情很重要。」

「非常重要。」崔斗斯說。

「在這種情況下，各位先生女士，」麥考伯先生說，「是否能夠暫時屈尊一下，聽從茫茫大海中一個流浪者的指揮？雖然這個人因為自身過錯和環境壓力而被摧殘得失去原本的面目，但他還是你們的同胞。」

「我們完全相信你，麥考伯先生，」我說，「我們全部聽你的。」

「考柏菲爾德先生，」麥考伯先生回答，「在這個緊要關頭，你們對我的信任不會落空。請各位讓我早你們一步先走五分鐘，之後再請各位到我工作的威克菲爾德與希普辦公室，說要拜訪威克菲爾德小姐。」

姨婆和我看著崔斗斯，他點點頭。

「現在，」麥考伯先生說，「我沒有別的要說了。」說完，他向我們鞠躬，就離開了，這個舉動讓我大感吃驚。他的態度極為疏離，臉色非常蒼白。

我看著崔斗斯，希望他可以解釋一下，但他只是笑笑，搖搖頭（頭髮豎得很直）。因此，我也只好拿出手錶數那五分鐘。姨婆也拿出手錶，跟我做一樣的事。時間一到，崔斗斯伸出手臂讓姨婆挽著，我們就一起去那棟老房子，路上一句話也沒有說。

我們發現麥考伯先生坐在一樓角落辦公室的桌前振筆疾書，或是假裝振筆疾書。他的背心裡插著一把辦公用的大直尺，大概有三十公分沒藏好，從他的胸口凸出來，好像一種新款的襯衫花邊。

大家似乎都在等我先開口，因此我大聲說道：「你好嗎，麥考伯先生？」

「考柏菲爾德先生，」麥考伯先生嚴肅地說，「希望你也一切安好？」

「威克菲爾德小姐在家嗎？」我說道。

「先生，威克菲爾德先生因風濕熱臥病在床，」他答道，「但我肯定威克菲爾德小姐會很樂意見見老朋友。請進吧，先生！」

他帶我們走到面街的客廳——我第一次來這裡時，就是先進來這——用力打開威克菲爾德先生之前的辦公室門，用響亮的聲音說：「托特伍德小姐、考柏菲爾德先生、湯瑪斯・崔斗斯先生和迪克森先生來訪！」

自從上次出手打了烏利亞・希普之後，我就沒有再見到他。我們這次來，顯然讓他大為吃驚，不過我敢說，我們也是出乎意料。烏利亞並沒有皺眉，畢竟他沒什麼眉毛，但他額頭蹙得小眼睛幾乎都看不見了，他匆忙地將醜陋的手伸去摸下巴，洩露出他的警覺或詫異。不過他的這副表情，只有在我們剛進門時，我從姨婆肩膀上瞥見那一下子而已，他很快就變回以往阿諛奉承的卑微模樣。

「哎呀，我相信，」他說，「這真是意想不到的榮幸！我可以說，住在聖保羅大教堂附近的朋友一起大駕光臨，真是出人意料的樂事啊！考柏菲爾德先生，希望您一切都好，還有，要是我可以卑微地表示意見，我希望您很友善地對待他人，不管他們是不是您的朋友。先生，我也希望考柏菲爾德太太身體健康。我向您保證，我們最近聽說她狀況不佳，都非常擔心。」

讓他握我的手，我感到很羞恥，但又想不出別的辦法。

「托特伍德小姐，從我還是個卑微的小書記，幫您牽馬到現在，事務所變了很多，不是嗎？」烏利亞露出他最令人作嘔的微笑說。「但是**我**並沒有變，托特伍德小姐。」

「嗯，先生，」姨婆回答，「老實說，我覺得你對年輕時的抱負很執著呢，要是這麼說能讓你滿意的話。」

「謝謝您的誇獎，托特伍德小姐！」烏利亞難看地扭曲著身體。「麥考伯，叫人去通知艾格妮絲小姐——還有我母親。我母親看到各位一定會非常高興的！」烏利亞一邊搬動椅子，一邊說道。

「你應該沒有在忙吧，希普先生？」崔斗斯說。那雙狡猾的紅眼既想觀察我們，又想閃避我們的目光，卻意外地和崔斗斯的對上。

「不，崔斗斯先生，」烏利亞回到自己的座位，合起瘦骨如柴的手掌，插到瘦骨如柴的雙膝中間。「我倒還希望可以忙一點。您也知道，律師、鯊魚、水蛭之類的東西都很不容易滿足的！可是整體來說，因為威克菲爾德先生幾乎無法辦公了，所以我和麥考伯也是滿忙的，先生。但我敢說，替**他**工作，不只職責所在，也是種榮幸。我想，您跟威克菲爾德先生應該沒有很熟吧，崔斗斯先生？我相信，我也只有幸跟您見過一次面而已？」

「不，我跟威克菲爾德先生並不熟，」崔斗斯回答道，「不然我可能早就得來伺候你了，希普先生。」

崔斗斯回答的語氣有點不對勁，烏利亞用非常邪惡、懷疑的表情再看了他一眼。可是他一看到崔斗斯和氣老實的臉龐、豎直的頭髮，就不以為意了，整個身體（特別是喉嚨）抽動了一下，說道：

「那真是太可惜了，崔斗斯先生，不然您一定會跟我們所有人一樣欽佩他的。他的一些小缺點只會讓您更加喜愛他。如果您想聽人大力稱讚我的合夥人，那我得請考柏菲爾德告訴您才行。如果您沒聽他說過，那他對這家人可是有很多事可以說呢。」

我本來要否認他的稱讚，但還沒來得及開口，麥考伯先生就領著艾格妮絲走進來。

我覺得她不像平常那麼沉著，明顯能看出她的焦慮及疲態，但她真摯的態度和嫻雅的面容散發出更加溫柔的光輝。

她跟我們打招呼時，我看到烏利亞一直看著她，活像個醜陋、叛逆的妖精盯著仙女看。這時，麥考伯先生跟崔斗斯互打了小暗號，只有我注意到崔斗斯悄悄走了出去。

「你可以下去了，麥考伯。」烏利亞說。

麥考伯先生手握住胸前的大直尺，挺直地站在門邊，明明白白地盯著其中一個同儕，也就是他的雇主。

「你還杵在那邊幹什麼？」烏利亞說。「麥考伯！你是沒有聽到我叫你下去嗎？」

「聽到了！」動也不動的麥考伯先生回答道。

「那你**到底**為什麼還杵在這裡？」烏利亞說。

「因為我——簡單一個字，想。」麥考伯先生發脾氣地說道。

烏利亞的臉頰失去血色，雖然還是隱約看得見原本膚色的紅，但幾乎可以說是面如死灰。他仔細地打量麥考伯先生，露出急促、動怒的神情。

「全世界都知道，你是個遊手好閒的人，」他努力擠出微笑。「你這下子，恐怕逼得我得開除你了。你走吧！我等一下再跟你談。」

「要是世界上有個惡棍的話，」麥考伯先生突然大動肝火，「那我已經跟他談過太多了，這個惡棍的名字就是——**希普！**」

烏利亞好像被人打了，或是被蜂叮了，往後一跌。他用最陰險、惡毒的表情，緩慢地環顧我們，低聲說道：「噢……這是密謀好的吧！你們是約好來這裡的！你跟我的書記串通好要對付我，是吧，考柏菲爾德？哼，你給我小心點。你們是得不到什麼結果的。你跟我啊，我們兩個心裡很清楚，我們一點也不喜歡對方。你打從第一次來這裡，就一直是個驕傲自大的狗崽子。你嫉妒我現在出頭了，是吧？你最好別想對付我，不然我可是會以牙還牙的！麥考伯，你給我下去。我等一下再跟你談。」

「麥考伯先生，」我說，「這傢伙突然變了，不只是露出原形說了實話這一點，其他方面也是，我相信他快狗急跳牆了。照他應得的對付他吧！」

「你們這群人還真是厲害，不是嗎？」烏利亞同樣低聲說道，一邊用瘦長的手拭去額頭上冒出的黏膩汗珠。「竟然買通了我這個根本是社會人渣的書記——你也很清楚吧，考柏菲爾德，在有人可憐你以前，你自己也是個人渣——現在竟然想要他說謊詆毀我？托特伍德小姐，妳最好叫他們停止，否則我會去對付妳丈夫，看妳忍不忍心。我因為公事得知妳的事情，可不是聽聽就算了的，老太婆！威克菲爾德小姐，要是妳還愛妳父親，就最好不要加入這群人。妳要是這麼做了，我會毀掉他的。好了，來吧！我已經把你們這些人放到我的耙下，在耙還沒有落下之前，最好再想想。麥考伯，你啊，要是不想被壓垮，最好還是三思吧。趁現在還來得及退出，我建議你立刻下去，我等一下再找你算帳，你這個笨蛋！我母親在哪裡？」他說到這裡，突然警覺地發現崔斗斯不在場，拉鈴叫人過來。「在別人家竟然還敢這麼放肆啊！」

「希普太太來了，先生，」崔斗斯帶著高尚兒子的高尚媽媽回到辦公室。「我剛才擅自向她自我介紹了。」

「你是哪根蔥，可以向她自我介紹？」烏利亞反駁。「你到底想幹嘛？」

「我是威克菲爾德先生的代理人，也是他的朋友，先生，」崔斗斯用公事公辦的沉著態度說道。「我口袋裡有他的委託書，他要我代替他處理所有事情。」

「那個臭老頭把自己灌到糊裡糊塗，」烏利亞臉色比剛才更難看，「你那份委託書是從他那裡騙去的！」

「的確有人從他那裡騙去某樣東西，我知道，」崔斗斯冷靜地說，「你也清楚得很，希普先生。至於那是什麼呢，就有請麥考伯先生解釋了。」

「烏利……」希普太太做出焦急的手勢。

「母親，妳別說話，」他回答道，「少說少錯。」

「可是，我的烏利啊……」

「妳可以閉嘴，交給我來處理好嗎，母親？」

雖然我早就知道烏利亞那副卑躬屈膝的模樣是假象，一切都是騙人、虛偽的裝模作樣，但我對他的虛偽程度並沒有確切的概念，直到現在他拿掉面具，我才看清楚。他發現假面具對他已經毫無用處，立刻就脫了下來，露出惡意、奸詐、憎恨的表情，就算到這一刻，他還為自己做過的壞事露出憤怒、輕蔑的樣子——這段時間裡，他想威脅我們，卻已經無計可施，乾脆狗急跳牆——雖然這完全符合我對他的瞭解，但是就連我這個認識他這麼久、這麼討厭他的人，一開始還是嚇了一大跳。

他站在那裡輪流瞪著我們的表情，我就不多說了。我一直都知道他恨我，也還記得我的巴掌落在他臉頰上的印記；可是，當他的臉轉向艾格妮絲時，我看得出來，他感覺到自己對她的控制漸漸減少，為此憤怒不已，並因失望而露出醜陋的慾望（對艾格妮絲的美德，他永遠無法理解也不在乎），我只要一想到她得在這種人眼前生活，就算只是一小時，我都覺得震驚。

烏利亞用噁心的手指揉了揉下巴，用那雙邪惡的眼睛打量我們之後，就以半哀求半辱罵的方式對我說話。

「考柏菲爾德，你這個總以自己名譽之類的事而引以為傲的人，這樣偷偷溜到我的地盤，跟我的書記打聽事情，你覺得這樣有道理嗎？如果這件事是**我**做的，我倒不會覺得奇怪，畢竟我沒有老是覺得自己有多高尚（不過照麥考伯說的，我倒是沒像你那樣流落街頭過），可是**你**竟然會做這種事！而且還天不怕地不怕的，是吧？你一點都不認為我會報復你嗎？不認為這樣密謀之類的，會替自己惹上麻煩嗎？很好。那我們就走著瞧！某某先生，你剛才請麥考伯回答問題是吧。他人在這啊，你怎麼不快叫他講話？我看，他學乖了。」

他發現自己的話，對我或任何人毫無影響，就坐在桌緣，雙手插入口袋，一隻腳勾在另外一隻腳上，固執地等著看接下來會發生什麼事。

麥考伯先生一直不斷地罵著「**惡**……」，沒把「棍」這個字說出口。他早就蓄勢待發，我剛剛費了很大力氣才讓他克制住，現在他衝上前，抽出胸前的大直尺（顯然是自衛用的武器），從口袋中拿出一份折成大信函形式的文件。他用以往那種誇張的樣子將文件攤開，看了一下內容，好像很欣賞文件的風格一樣，開始唸道：

「親愛的托特伍德小姐和各位先生——」

「我的天哪！」姨婆低聲喊道。「要是這是死罪的話，那他不就得用成令的紙張[111]來寫了！」

麥考伯先生沒有聽到這句話，繼續往下唸：

「在各位面前揭發這個空前絕後、罪大惡極的惡棍時，」麥考伯先生眼睛還是看著文件，把尺當成魔杖一樣指著烏利亞．希普，「請不用考慮到我本人。從我還在搖籃的時候，就成了無力償還債務的犧牲者，一直受有損人格的環境所嘲笑和愚弄。恥辱、窮困、絕望、瘋狂，不是單獨來，就是一起來，成為我生活的侍從。」

麥考伯先生將自己描述成悲慘災難的犧牲品時那副津津有味的模樣，只有在他讀到信中重要句子，覺得自己點中紅心時搖頭晃腦的模樣，能夠與之相比。

「在恥辱、窮困、絕望、瘋狂的共同壓迫下，我進了這家事務所——或者，像我們活潑的高盧鄰居會說的，辦事處——名義上是威克菲爾德和——**希普**合夥經營，實際上卻是——**希普**獨攬大權。**希普**，只有**希普**一個人，才是這台機器的主要發條。**希普**，只有**希普**一個人，才是偽造文書者和騙徒。」

烏利亞聽到這些話，臉色由灰白轉為鐵青。他衝去搶那封信，似乎想把它撕碎。麥考伯先生不是太靈活就是太幸運，神奇地用尺打中烏利亞伸出的右手關節。那一聲響彷彿是打在木頭上。

「你給我去死！」烏利亞用不同以往的痛苦表情扭動著身體。「我會找你算帳！」

「你再靠近我，你——你——你這個無恥的**希普**，」麥考伯先生喘著氣說，「就算你的腦袋是人腦，我也會打破。來啊，來啊！」

麥考伯先生拿著尺擺出擊劍防衛的架勢，大喊：「來啊！」崔斗斯跟我把他拉到角落，但每次我們把他推到角落後，他又再衝出來。我想，我這輩子沒見過那麼荒謬的景象；當時看著那一幕，我心裡也是這麼想的。

他的敵人一邊自言自語，一邊彎折他受傷的手，慢慢解下領巾將手包起來，用另一隻手托著，坐在桌前，垂下他那張陰沉的臉。

麥考伯先生冷靜下來後，繼續讀信：

「我受僱於——**希普**，」他每次說到這個名字前，就先停頓一下，再用力地喊出來，「薪資除每星期區區的二十二先令六便士之外，其他條件未定，必須視本人工作努力的價值而定。說明白一點，得視本人人格的卑劣程度、貪財圖利的程度、家庭窮困的程度，以及本人與——**希普**之間，道德（或者

111. 紙張計數單位，一令為二十刀（以前為四百八十張，現為五百或五百一十六張）。

該說不道德）的相似度而定。我很快就必須乞求——**希普**讓我預支薪水，以供養麥考伯太太和我們那個雖然淒慘但人數增加的家庭，這還要我說嗎？**希普**早就料到我必須這麼做，這還要我說嗎？我預支的薪水得以借據或其他本國法律規定的字據換得，這還要我說嗎？所以我很快就困在他為我織的羅網中，這還要我說嗎？」

麥考伯先生在描述不幸遭遇時，很享受自己的文采，似乎現實帶給他的痛苦和焦慮都不算什麼了。他繼續讀道：

「接著——**希普**開始重用我，要我幫他做一些私事，都是他邪惡大計必須執行的工作。從此以後，如果我可以用莎士比亞的話來說，我開始變得衰弱、憔悴、消瘦[112]。我發現我必須經常做業務上竄改偽造的事，以及矇騙一位我現在以威先生來稱呼的人。威先生被人用盡方法算計、欺瞞、哄騙，這段期間，那個惡棍——**希普**——卻老是聲稱他對這位被欺騙的先生無限感激、兩人的友情有多麼深刻。這已經夠糟的了，但就如那位富有哲理的丹麥人所說的（就是這種普遍適用性，讓伊麗莎白時代變得熠熠生輝），更糟的還在後頭[113]！」

麥考伯先生似乎太滿意最後這句引用，還假裝看錯地方，再把這句話唸了一次，好讓自己跟我們都能回味一番。

「我並不打算在這封信裡，」他接著唸道，「將我對威先生所做的各種不正當的小事列出來——不過那份清單已經另列於別處，在這些事情上，我都是被動參與的一方。當我內心對於有沒有薪水、有沒有飯吃、能不能生存的掙扎停止，我的目的就是要利用機會，發現並揭露——**希普**讓那位先生遭受冤枉與傷害的重大不法之事。於內，我默默告誡自己；於外，我受到他人的感動與懇求——我在此簡稱威小姐——激勵我進行一項不得不說很艱辛的祕密調查任務，就我所知、所查、所信，為期長達十二個多月。」

他唸這段話時，好像在唸議會法案，讀出這些字彙讓他大為振奮。

「我指控——**希普**，」他看了希普一眼說道，並將大直尺放到左腋窩下方便取用，「如下。」

我想，我們所有人都屏著氣聆聽。我敢說希普也是。

「首先，」麥考伯先生說，「威先生處理公務的能力和記憶減弱、處事混亂時（其原因我毋需也不便在此說明），——**希普**趁機將一切事務弄得更為混淆與複雜。威先生最不適合做事的時候，——**希普**總是在一旁逼他做事。在這種情況下，他把重要文件冒充為不重要的文件，藉以取得威先生的簽名。他誘勸威先生授權他將一筆代管的金額，總數是一萬兩千六百一十四英鎊二先令又九便士，挪用到要不是早就結清，就是從來沒有存在過的虛構業務費用和債務上。他從頭到尾聲稱這件事全歸因於威先生的不誠實，也由威先生不老實地親自完成，從那之後，就一直用這件事折磨他、限制他。」

「你最好提出證據來，就是你，考柏菲爾德！」烏利亞威脅地搖頭說道。「你等著瞧！」

「崔斗斯先生，麻煩你問——**希普**，他搬走之後，誰住進他的房子，可以嗎？」麥考伯先生說道，停止唸信了。

「就是這個笨蛋本人——而且現在還住在那。」烏利亞輕蔑地說。

「問——**希普**——他住在那裡的時候，是不是有一本小記事本，」麥考伯先生說，「可以嗎？」

我看到烏利亞瘦長的手不由自主地停了下來，不再摸下巴。

112. 出自莎士比亞名作《馬克白》（*Macbeth*）第一幕第三場。
113. 出自莎士比亞名作《哈姆雷特》（*Hamlet*）第三幕第四場，丹麥人指的是劇中的哈姆雷特。

「或者問他，」麥考伯先生說，「他是否曾在那裡燒掉一本小記事本。如果他說有，請問他紙張的灰燼在哪裡，叫他問威爾金・麥考伯，那他就能聽到完全不利於他的話了！」

麥考伯先生說這番話時得意洋洋，驚動了烏利亞的母親，她激動地大喊：「烏利、烏利！要謙卑，跟他們和好吧，親愛的！」

「母親！」他反駁。「妳閉嘴行嗎？妳嚇到了，不知道自己在說什麼。謙卑！」他看著她怒喝道。「謙卑歸謙卑，這麼久以來，我可是把他們其中一些人壓得低聲下氣！」

麥考伯先生優雅地調整硬領中的下巴，回到他的信來。

「第二，就我所知、所查、所信，**希普**有幾度……」

「**這些**一點用都沒有，」烏利亞鬆了一口氣地嘀咕。「母親，妳安靜點。」

「我們很快就會拿出**有用**的東西，最後可以把你解決掉的證據，先生。」麥考伯先生回答。

「第二，就我所知、所查、所信，**希普**有幾度在各種紀錄、帳本和文件上，有系統地偽造威先生的簽名。有一個顯著的例子，可以由我證明，就是，可以說，亦即……」

再一次地，麥考伯先生對這種文字堆砌覺得津津有味，不論他這麼做有多麼可笑，但我必須說，這種特質並不是他獨有的。我這輩子看過不少人也是這樣。我覺得，這似乎是種通病。例如，法庭宣誓時，證人接連講出幾個好詞來表達同一種意思時，似乎都洋洋得意，比如他們深惡痛絕、痛心疾首、恨之入骨等等之類的；舊時的詛咒也是運用同樣的原則，讓人玩味。我們談論文字的暴虐，但我們也喜歡暴虐地使用文字；我們喜歡儲存大量繁冗的字句，在重要場合中大顯身手；我們覺得那能讓我們看起來顯赫，聽起來悅耳。就像在盛大的宴會中，我們並不會太在乎僕人服裝的意義，只要他們穿著體面、為數眾多就好；同樣的，只要我們說出來的話是洋洋灑灑的一長串，其意義和必要性就僅為次要了。就好像有些人因過於炫耀僕人、侍衛的衣著而惹上麻煩，就好像奴隸太多就會群起反抗主人，所以我認為在此可以舉一個國家為例，該國因為有太多文字的扈從，經常惹上大麻煩，且以後肯定會陷入更大的困境。

麥考伯先生很用力地往下唸道：「就是，可以說，亦即……由於威先生身體虛弱，他若死亡，有些事情很可能會被發現，如我本人，亦即本信署名人威爾金．麥考伯所推測，這樣就會讓——**希普**——失去對威家人的權勢，除非可以默默影響他女兒的孝心，阻止他人調查事務所的合夥事務。因此——**希普**認為有必要以威先生的名義開立一張借據，寫明前述之金額一萬兩千六百一十四英鎊二先令又九便士，加上利息，由——**希普**——借給威先生，以免威先生名譽盡失，其實這筆款項從來就沒有實際借出，而且早已償付。這張以威先生名義簽立、由威爾金．麥考伯作證的借據，實為——**希普**偽造的。我手中就握有他的小記事本，裡頭有幾個他臨摹威先生簽名的字跡，有些地方已經燒掉，但任何人還是辨識得出來。我從來沒有替類似文件作證過。這張借據，就在我手上。」

烏利亞．希普嚇了一大跳，從口袋掏出一堆鑰匙，打開某格抽屜。接著突然意識到自己在做什麼，沒往抽屜看就將臉再轉向我們。

「這張借據，」麥考伯先生環視我們，好像在宣讀講道詞一樣，再次唸道，「就在我手上——我的意思是，今天一早我寫下這封信時，這張借據還在我手上，但後來我就交給崔斗斯先生了。」

「的確沒錯。」崔斗斯同意道。

「烏利、烏利！」他的母親喊道。「要謙卑，跟他們和好。我知道我兒子會很謙卑的，各位先生，只要您們給他一點時間想想看。考柏菲爾德先生，我相信您知道他一直都很謙卑的啊，先生！」

那個兒子已經放棄這套老伎倆，認為它不管用了，但那個母親還是緊抓著不放，讓人看了覺得很奇怪。

「母親，」烏利亞不耐煩地咬著裹著手的手帕，「妳不如去拿把上膛的槍，把我射死算了。」

「但我愛你啊，烏利，」希普太太喊道。儘管看來奇怪，但我相信她是愛他的，也相信他愛她，不過老實說，他們確實是一對意氣相投的母子。「而且我不忍心看你這樣挑釁這些紳士，讓你自己陷入越來越多的麻煩。一開始，這位先生在樓上跟我說事跡敗露了，我就跟他說，我敢擔保，你一定會很卑微地認錯並且補救的。噢，你們看看我有多卑微啊，各位，別理會他說的！」

「呦，考柏菲爾德在這裡呢，母親，」他生氣地反駁，將瘦長的食指指向我，把我當成揭發這件事的主謀，把他所有的敵意都對準我，而我並不打算對他解釋。「考柏菲爾德在這裡呢，就算妳少說一點，他也會給妳一百鎊的！」

「我不忍心啊，烏利，」他的母親喊道。「我不忍心看你頭抬那麼高，衝向危險。最好是跟平常一樣，保持謙卑啊。」

他還是一樣繼續咬著手帕，過了一陣子才怒視著我，說道：「你們還有什麼要講的？有的話就趕快講一講。看我幹嘛？」

麥考伯先生繼續唸他的信，很高興能夠回到他非常滿意的表演。

「第三，也是最後一點。我現在要呈現的是——**希普**的假帳本，以及——**希普**的真筆記。首先根據半摧毀的小記事本（我們搬進目前的住處時，麥考伯太太意外在爐灰箱或垃圾桶發現的，當時我還不知道這是什麼），那裡頭記錄了不幸的威先生的軟弱、過錯、品德、父愛和榮譽感，多年來被利用，以達到——**希普**卑鄙的目的。威先生多年來被用盡一切手段欺騙、搶劫，讓貪婪、虛假和貪得無厭的——**希普**藉此致富。而——**希普**一心想達到的目標，就是完全控制住威先生和威小姐（他對於後者別有用心的企圖，在此就不多說）。上頭還載明他最近的行為，才在幾個月前完成，就是誘騙威先生出讓他合夥的股份，甚至出售屋內的家具，由——**希普**以年金方式在每年四個季度結帳日準時支付。諸如此類的羅網，從偽造嚇人的帳日假稱威先生在受人託管財產期間，因粗心大意和判斷錯誤的投機失利，導致他在道德上與法律上都要負責償還，卻沒有足夠資金；接著又宣稱威先生以高利貸款，其實是——**希普**出借的，而且假裝以這類投機方式從威先生那裡欺詐或勒索。此外，還有其他五花八門、無所不為的卑劣手段，變本加厲，最終導致不幸的威先生認為自己無法重見天日。他相信自己的所有希望、名譽等都瓦解了，只能完全依靠這個衣冠禽獸，」——麥考伯先生對這個新說法非常得意——「這個衣冠禽獸，藉由讓自己變得不可或缺，達到害威先生身敗名裂之目的。這一切我都可以作證，或許還有更多呢！」

艾格妮絲在我身旁悲喜交加地哭著，我低聲對她說了幾句話；此時，大家以為麥考伯先生已經說完，稍微移動了一下，又聽見他用極為嚴肅的聲音說：「不好意思，」接著用混合著最沮喪的心情與最強烈興致的態度，繼續唸完這封信最後一部分：

「我的控訴到此結束。這些指控只待我加以證實即可，接著，我就要帶著我運氣不佳的一家人消失在這片土地上，因為我們似乎在此成了累贅。這事很快就可以完成。依據合理推測，我們家的嬰兒會最先因營養不良而走掉，畢竟他是家裡最脆弱的一員。我們的雙胞胎會接在後面離去。就這樣吧！對我來說，我的坎特伯里朝聖之旅讓我受了太多苦；民事訴訟的禁閉、窮困，以及不久後更多的苦難，更是雪上加霜。我面對繁重職務的壓力和極度貧瘠的擔憂，在黎明、在露夕、在夜色昏暗時，在那個連稱他是魔鬼還太便宜他的那個人嚴密監視下，從最小的發現慢慢拼湊出真相。我相信，我為這項調查所做的努力及所冒的風險，加上身為人父必須養家的掙扎，讓這項調查完成後，達到可用的結果，這就有如在我火葬的堆柴上灑下幾滴甘露。我別無他求了。就讓世人公正的評論我，好比那位英勇、傑出的海軍英雄那樣（我不敢與之相比），說我的所作所為既非以金錢或一己之利為目的。『為了英國、為了家園、為了美景[114]。』威爾金・麥考伯謹上。」

麥考伯先生雖然感傷，但還是一副怡然自得的樣子。他將信折好，鞠躬交給姨婆，好像覺得她會想留做紀念。

很久以前，我第一次來這裡時，就注意到房間裡有只鐵製保險箱，鑰匙現在就插在上頭。烏利亞似乎突然起疑，看了一下麥考伯先生後就衝過去，用力噹啷地把門拉開。裡頭空空如也。

「帳本都到哪去了？」他驚恐地喊道。「有賊把帳本偷走了！」

麥考伯先生用大直尺拍拍自己說：「那個人就是**我**。今天早上我跟平常一樣——但再稍微早一點——從你那裡拿到鑰匙後偷的。」

「別緊張，」崔斗斯說。「那些帳簿全都在我這裡。我會根據我剛才提到的權限，好好保管它們。」

「你專收贓物，是吧？」烏利亞吼道。

「在這種情況下，」崔斗斯回答，「沒錯。」

姨婆原本安靜地在一旁專心聽著，現在突然衝向烏利亞・希普，雙手抓住他的衣領，這個舉動讓我嚇了一大跳。

「你知道**我**要什麼嗎？」姨婆說。

「給瘋子穿的緊身衣。」他說。

「不。我要我的財產！」姨婆答道。「艾格妮絲，親愛的，如果我認為我的財產是妳父親投資失利賠光的，我就一個字也不會提我將財產放在這裡的事——而且我連對托特也沒有說，這他知道。但現在我知道都是這傢伙搞的鬼，我就會跟他要回來！托特，快來他這裡把錢拿回去！」

婉婆當時是不是以為她的財產就藏在烏利亞的領巾裡，我一點也不清楚，但她奮力拉扯的模樣，看起來是如此。我衝向前，擋在他們兩個人中間，向她保證我們一定會要他把所有非法所得都吐出來。聽進我的規勸，加上片刻思考後，婉婆才冷靜下來，泰然自若地回到位子坐下，完全沒因剛才舉動而顯得倉皇失措（但我不能說她的帽子也是這樣）。

最後的幾分鐘，希普太太一直大喊要兒子「謙卑」一點，還一一向我們下跪，胡亂地開保證。她兒子帶她坐到他的椅子上，悻悻然地站在她身旁，不算粗魯地抓著她的手臂，凶狠地對我說：「那你想怎樣？」

「我來告訴你要怎樣。」崔斗斯說。

「那個考柏菲爾德是沒舌頭嗎？」烏利亞嘟囔著說。「要是你能千真萬確地告訴我說，他的舌頭被人割掉了，那我願意為你大力效勞。」

「我的烏利亞心裡是很謙卑的！」他的母親喊道。「請別理會他說的話啊，各位好心的先生！」

「你要做的事情，」崔斗斯說，「如下。首先，我們剛才聽到讓渡股份的契約，你必須在此時此地交給我。」

「假如我沒有那種東西呢？」他插嘴道。

「但你有，」崔斗斯說，「因此，你知道，我們不會這樣假設。」我不得不承認，這是我第一次真正見識到我的老同學頭腦清晰、公正、有耐心、務實。「接著，」他繼續說，「你必須準備吐出你搶奪

114. 出自詩歌《納爾遜之死》（*The Death of Nelson*），前句的「海軍英雄」指的是納爾遜（一七五八～一八〇五）。

的一切，就連最後一文錢都得歸還。合夥的所有帳簿和文件、你自己所有的帳簿和文件、私人或事務所的所有現金帳戶和債券，都必須交給我們。總之，就是這裡所有的東西。」

「必須交出去嗎？這我可不知道，」烏利亞說。「我得花時間考慮考慮。」

「當然，」崔斗斯回答道，「但是在一切都讓我們滿意之前，我們必須保管這些東西，而且要請你——總之，要強迫你——留在你自己的房間，而且不准跟任何人聯絡。」

「我才不要！」烏利亞咒罵了一聲。

「梅德斯通監獄是個比較安全的拘留地點，」崔斗斯說，「雖然等法律來還我們公道會花比較久的時間，或許也不會像你能替我們做的這麼徹底，但法律絕對能夠做到的，就是處罰你。天哪，這你應該跟我一樣清楚吧！考柏菲爾德，可以麻煩你去市政廳找兩個警察來嗎？」

說到這裡，希普太太突然跪在艾格妮絲面前哭喊，求她替他們說情，嚷著說她兒子很卑微，這些事全是真的，要是他不照他們的要求做，那就由她來做等等諸如此類的話，還說她替寶貝兒子擔心到都快瘋了。

如果問烏利亞說，要是他還有膽量，會做什麼事，就等於問一隻雜種狗，如果他有老虎的膽子，他會做什麼一樣。他從頭到腳就是個懦夫，就像他惡劣的一生中，都以陰沉和屈辱的態度來表達他卑鄙怯懦的本性。

「站住！」他對我大吼，一邊用手擦拭他發熱的臉頰。「母親，妳給我住口。好啊！契約你們要就拿去。去拿來！」

「迪克先生，可以麻煩你陪她一起去嗎？」崔斗斯說。

迪克先生對於這項任務感到非常自豪，也瞭解他要做什麼事，就像牧羊犬陪著綿羊一樣，跟著她去了。希普太太並沒有給他帶來什麼麻煩，她不只帶著契約回來，連放著契約的盒子都拿過來，我們在裡頭發現了銀行存摺以及一些後來用得上的文件。

「很好！」東西拿來之後，崔斗斯說。「現在，希普先生，你可以回房間考慮考慮了。我要特別請你注意，我已經代表在場所有人跟你宣布，你要做的只有一件事，我剛才已經解釋清楚，也應該立刻執行，刻不容緩。」

烏利亞一直看著地面，沒有抬頭。手摸下巴、拖著腳步走到門口時，他停下來說道：「考柏菲爾德，我一直都很恨你。你一直都很傲慢自負，也一直跟我過不去。」

「我想我有次告訴過你，」我說，「是你自己貪婪、奸詐，跟全世界過不去的人是你。世界上的貪婪、奸詐，總是難逃走得太遠、最終葬送自己的下場。☆16——你以後可以反省這點，或許對你有益。這跟人會死亡是一樣肯定的道理。」

「或者跟學校以前教的一樣肯定，就是我學會這麼卑賤的同一間學校。從九點到十一點，他們教導勞動是種詛咒。從十一點到一點，又說勞動是福氣，是樂事，是尊嚴，是我不知道的什麼跟什麼，不是嗎？」他譏笑。「你的說教還真是跟他們前後一致啊。卑躬屈膝不管用嗎？如果我沒有那樣，那就騙不了我那個紳士合夥人啦，是吧？——麥考伯，你這個老惡霸，我會找你算帳！」

麥考伯先生挺胸站直，一點也沒把烏利亞和他伸出來的手指放在眼裡，等他滾出門以後，才轉過來請我去「見證他和麥考伯太太恢復對彼此的信任」。之後，麥考伯先生又邀請在場所有人一起去見證那動人的一幕。

「長期擋在我和麥考伯太太之間的帷帳已經拆下，」麥考伯先生說，「我的子女和他們的生育者又能再次平等相處了。」

☆16
(……) there never were greed and cunning in the world yet, that did not do too much, and overreach themselves.

▍麥考伯夫婦恢復互信關係

我們都希望好好表達對麥考伯先生的感謝，加上事件落幕後，大家心情仍覺慌亂，我敢說我們肯定會全員出動。但艾格妮絲得回去照顧她那除了一線希望曙光，什麼刺激都承受不了的父親；也得有人看著烏利亞，所以崔斗斯就先留下來看守，之後再換迪克先生。就這樣，迪克先生、姨婆和我跟著麥考伯先生回家了。我匆匆向我欠了許多恩情的親愛女孩告別時，想到那天早上她是脫離什麼樣的苦海獲救——儘管她原本就有堅毅的決心——我衷心感謝我小時候經歷的悲慘境遇，讓我遇到麥考伯先生。

麥考伯先生的家並不遠，由於對著大街的客廳大門敞開著，他用他特有的魯莽姿態衝了進去，我們立刻發現自己被這一家人圍住。麥考伯先生驚呼道：「艾瑪！我的心肝！」並衝向麥考伯太太的懷中。麥考伯太太尖叫著，將麥考伯先生擁入懷裡。麥考伯小姐正看顧麥考伯太太上封信提到那個天真無邪的新成員，也深受感動。那個新成員跳了下來。雙胞胎則做出一些不太有禮貌但沒有惡意的舉動，表達他們的開心。連以前受過挫折，性情變得乖戾，常愁眉不展的麥考伯少爺，這下也感動得大哭起來。

「艾瑪！」麥考伯先生說。「烏雲已從我的心頭退散。我們倆長久以來的相互信任已經恢復了，沒有隔閡了。現在，我們迎接貧窮吧！」麥考伯先生哭喊道。「歡迎悲慘，歡迎無家可歸，歡迎飢餓、襤褸，以及暴風雨和行乞！但相互信任可以支持我們到最後！」

說完這番話，麥考伯先生帶麥考伯太太到椅子上坐下，一家人抱在一起，歡迎各種悲慘前景到來（在我看來，他們一點也不歡迎那些情況），一邊說因為他沒有辦法再扶養子女了，所以要他們到坎特伯里街頭賣唱。

但麥考伯太太過於激動，昏了過去，因此在合唱團組好之前，當務之急是把她救醒。姨婆和麥考伯先生成功弄醒了麥考伯太太，麥考伯先生將姨婆介紹給她，她也認出我來了。

「對不起，親愛的考柏菲爾德先生，」那位可憐的太太將手伸向我說，「我身體不太好，我跟麥考伯先生近來的誤會終於解除，突然讓我承受不了。」

「你們家的人全在這裡了嗎，夫人？」姨婆問。

「目前沒有新成員了。」麥考伯太太回答道。

「天哪，我不是問那個，夫人，」姨婆說。「我是說，這些全都是你們的小孩嗎？」

「托特伍德小姐，」麥考伯先生回答，「您說的千真萬確。」

「那麼，那個年紀最大的小少爺，」姨婆若有所思地說，「你們培養他長大做什麼呢？」

「我來這裡，」麥考伯先生說，「是希望讓威爾金進教會，要我表達得更清楚，是進唱詩班。但是本鎮以唱詩班聞名的古老大教堂並沒有男高音空缺，因此他——總之，就變得不想在神聖的教堂裡唱歌，而想去酒吧唱了。」

「他的想法是好的。」麥考伯太太溫柔地說。

「我的寶貝，我敢說，」麥考伯先生回答，「他的想法非常好，但我還沒發現他在任何一方面將他的想法付諸行動。」

麥考伯少爺又露出不高興的表情，有點發脾氣地問不然他要做什麼？難道他生來就是木工或是馬車油漆工嗎？那不就跟他生來不是隻鳥一樣嗎？難道他可以去隔壁街開藥局？難道他可以衝進附近的法庭自稱是律師？難道他可以強行闖入歌劇院，用暴力取得成功？難道一點都不用培養他，他就能做任何事？

姨婆沉思了一下說道：「麥考伯先生，不曉得你有沒有想過移民？」

「托特伍德小姐，」麥考伯先生回答，「那一直都是我年輕時的夢想，但年紀大了之後就變成渺茫的希望了。」順便一提，我十分確定他這輩子從沒想過要移民。

「是嗎？」姨婆看了我一眼說。「嗯，要是你們可以移民，應該對你們一家人很有益，麥考伯先生跟麥考伯太太。」

「有資金問題啊，托特伍德小姐，資金。」麥考伯先生惆悵地強調。

「這是最主要的困難，可以說是唯一的困難，我親愛的考柏菲爾德先生。」他的太太同意道。

「資金？」姨婆喊道。「你幫了我們這麼大的忙——我得說，真的幫了我們大忙，因為之後肯定會查出更多事情——還有什麼比替你們籌措資金更能報答你們呢？」

「我不能當禮物收下，」麥考伯先生熱情、激動地說，「但我要是可以向你們借一筆足夠的資金，比方說年息以百分之五計算，由我個人償付——例如由我開出期票，期限分別是十二個月、十八個月以及二十四個月，留充裕的時間等待好機會出現……」

「要是可以？當然可以，也肯定可以，條件由你自己決定，」姨婆回答，「只要你說一聲就好。好好考慮這件事吧，你們兩位。大衛有些熟人近期就要出發到澳洲，要是你們決定要去，何不搭同一艘船出發？這樣彼此也可以互相照應。考慮一下吧，麥考伯先生和麥考伯太太。慢慢想，通盤考慮後再決定。」

「我只有一個問題想問，親愛的托特伍德小姐，」麥考伯太太說。「我相信，那裡的天氣對身體有益？」

「是全世界最好的！」姨婆說。

「這樣就好，」麥考伯太太回答。「我還有一個問題。我想問，對麥考伯先生這麼有才華的人來說，那裡的環境是否有好機會讓他飛黃騰達？目前我還不想說他或許能當上總督之類的大官，但那裡有沒有合理的出路，讓他能夠一展長才？如果有，那就足夠了。」

「對一個正派、努力的人來說，」姨婆說，「沒有比那更好的地方了。」

「對一個正派、努力的人來說，」麥考伯太太用最清晰、認真的態度說，「正是如此。我覺得澳洲顯然是能夠讓麥考伯先生大展身手的最佳地點了。」

「親愛的托特伍德小姐，我深信，」麥考伯先生說，「在目前情況下，澳洲是我本人與我的家人該去的地方，也是唯一的地方了。我也相信，在那個岸上，大好機會出現的可能性很大。相較之下，那裡也不遠。妳好心提議這件事，我們會慎重考慮，但我向妳保證，那只不過是形式而已。」

我怎麼能忘得了麥考伯先生是怎麼立刻成為世界上最樂觀的人，眼看就要發大財了；還有麥考伯太太是怎麼開始談起袋鼠的習性來啊！他和我們一起走回事務所，在經過市集時，還擺出一副吃苦耐勞、初到異地暫無永久居所的流浪樣，並以澳洲農夫的眼神看著走過的公牛。當我回憶起坎特伯里市集日的街道時，又怎麼不想起他呢？

第53章 第三次回顧

寫到這裡，我必須再次停下來。噢，我的娃娃妻，在我的記憶裡，來來往往的人群之間，有個安靜不動的身影，以天真的愛與童稚的美對我說：停下來想想我吧——轉過頭去看那朵飄落到地上的小花吧！

我這麼做了。其他的事全都變得模糊，消失無蹤。

我再次跟朵拉待在我們的家裡。我不知道她病了多久，因為我已經習慣她身體不適，算不清時間了。其實那段時間也不長，約莫幾個星期或幾個月而已，可是在我的感受和體驗上，那是一段疲憊不堪的日子。

他們已經不再跟我說「再等幾天」了。我隱約感到害怕，也許我的娃娃妻和她的老朋友吉普在陽光下跑步的那天永遠不會到來了。

吉普好像突然間變得很衰老，或許是缺少女主人讓牠變活潑、年輕的什麼吧，牠無精打采、視力減弱、四肢無力。牠現在也不對姨婆吠叫了。吉普窩在朵拉的床上時，姨婆坐在床邊，牠還會偎近她，輕舔她的手，讓姨婆覺得很難過。

朵拉躺在床上對著我們微笑，依然美麗，一句焦急或抱怨的話都沒有。她說我們待她很好，說她知道她貼心的親愛小子把自己累壞了，還說姨婆都沒睡覺，竟然還可以這麼清醒、有活力又慈祥。有時候，那兩位像小鳥般的姑姑會來探望她，我們聊起婚禮和以前美好的時光。

我坐在無聲、陰暗、整潔的房間裡，我娃娃妻的藍眼睛轉向我，小小的手指繞著我的手，我的生活，不管裡外，似乎都顯得安詳、靜止，那感覺好奇怪！我經常就這樣坐上好幾個小時，其中有三次我的印象最為鮮明。

那是個早上。姨婆替朵拉打扮整齊，朵拉給我看她躺在枕頭上，頭髮仍舊多麼捲、多麼長、多麼亮，說她多麼喜歡讓頭髮鬆鬆地套在髮網裡。

「我可不是自誇呢，你這個愛笑我的小子，」我笑的時候，她說道。「只是你以前常覺得我的頭髮很漂亮，還有因為，我開始會想念你的時候，常會看著鏡子，想說你會不會很想要我的一綹頭髮。噢，大迪，我給你一綹頭髮時，你的樣子有多傻啊！」

「我記得那天，妳畫了我送妳的花，朵拉，然後我還跟妳表白說我有多愛妳。」

「啊！但我不好意思跟**你**說，」朵拉說，「**那時候**，我看著你送的花哭得好厲害，因為我相信你真的很喜歡我！等我可以再像之前一樣到處亂跑，大迪，我們回去以前傻氣的時候談戀愛去過的地方，好嗎？我們跟以前一樣散步，可以嗎？而且也不要忘記可憐的爸爸，好嗎？」

「好啊，我們一定去，然後度過快樂的時光，妳一定要趕快好起來，親愛的。」

「噢，我一定會的！你不知道呀，我已經好很多了呢！」

那是個傍晚。我坐在同一張椅子上，在同一張床邊，同一張臉轉向我。我們都不發一語，她臉上掛著笑容。我已經不再天天抱著輕盈的負擔上下樓了。她現在整天都躺在這裡。

「大迪！」

「我親愛的朵拉！」

「你之前跟我說過威克菲爾德先生身體不適，但我現在要說的，希望你不會覺得無理。我想見艾格妮絲。我非常想見她。」

「我會寫信請她來，親愛的。」

「你會嗎？」

「立刻就寫。」

「真是個貼心的好小子！大迪，抱著我。親愛的，我不是一時興起，也不是什麼傻乎乎的要求，我是真的非常想見她！」

「我相信妳。我只要跟她說一聲，她一定會來的。」

「你自己在樓下的時候，很寂寞吧？」朵拉一手摟著我的脖子，輕聲說道。

「看到妳的空椅子，我怎麼能不寂寞呢，心肝寶貝？」

「我的空椅子！」她默默地向我偎近。「你真的想我嗎，大迪？」她抬頭看，露出燦爛的微笑。「會想笨笨又傻傻的我嗎？」

「我的心肝寶貝，世界上還有誰能讓我這麼想念呢？」

「噢，我的丈夫！我聽了很高興，卻又很難過！」她雙手抱著我，偎得更近了。她又哭又笑，接著就不說話了，心情很好。

「真的！」她說。「請幫我問候艾格妮絲，跟她說我非常、非常想見她。除此之外，我就沒有其他願望了。」

「還有要趕快康復啊，朵拉。」

「啊，大迪！你知道我一直是個小傻瓜！但有時候我覺得，我永遠好不了了！」

「別這樣說啊，朵拉！我的心肝寶貝，別這樣想！」

「如果可以的話，我就不會那樣想，大迪。但是我很開心，雖然說我的寶貝小子看著娃娃妻的空椅子覺得自己好寂寞！」

那是個夜晚。我還陪在她身邊。艾格妮絲到了，陪了我們一整天。她、姨婆和我從早上就一直坐在朵拉身旁。我們聊得並不多，但朵拉還是心滿意足、神情愉快。現在只剩我們兩個人了。

此刻我可知道我的娃娃妻就快離開我了？他們是這麼告訴我的。他們說的我早就想到了——只不過我一點也沒有將那當一回事。我就是無法認清這個事實。我今天好幾次躲起來哭泣。我想起那個為生者與死者永別而哭泣的人[115]。我想起那整個仁愛與同情的故事。我試著聽天由命，並安慰自己；我希望自己或多或少做到了這一點，但我心裡無法十分確定，生離死別是否終將來到。我握著她的手，心貼著她的心，我看到她對我的愛，情真意切的愛。我無法放棄心中那個朦朧徘徊、希望她能逃過死劫的影子。

「大迪，我想跟你講一件事。我要跟你講的事情，我最近經常在想。你不會介意吧？」她溫柔地看著我說。

「怎麼會介意呢，親愛的？」

「因為我不知道你會怎麼想，也不知道你是不是有時候也想過。或許你經常跟我想到一樣的事。大迪，親愛的，恐怕我當時太年輕了。」

我將臉貼到枕頭上，靠在她旁邊，她看著我的雙眼，說話輕聲細語。她繼續往下說的時候，我才漸漸發現，她是用過去式在說話，讓我覺得很痛心。

「親愛的，恐怕我當時太年輕了。我指的不只是年紀，經歷、想法，還有一切都是。我以前真是個傻乎乎的小東西！如果我們像少男少女那樣相愛一陣子，然後就把它忘記了，那恐怕會比較好吧。我開始想，或許我並不適合當人家的妻子。」

我試著忍住淚水，回答說：「噢，朵拉，我的寶貝，就像我也不適合當人家的丈夫啊！」

「那我可不知道，」她像以前一樣搖著鬈髮。「或許吧！但要是我更適合結婚，或許能讓你更適合當個丈夫。何況你又那麼聰明，我可從來就沒聰明過。」

「我們的生活一直都很快樂啊，朵拉，我的甜心。」

「我的確很快樂，非常快樂。可是要是再過幾年，我親愛的小子可能就會厭倦他的娃娃妻了。她就會越來越配不上他。他就會更加清楚家裡缺少什麼。她是不會進步的。現在這樣倒比較好呀。」

「噢，我最、最愛的朵拉，別這樣說話。妳的每一個字都好像在責備我！」

「不，一點也不是！」她答道，親吻了我。「噢，親愛的，你永遠都不應該受責備，我太、太愛你，不會對你說出任何斥責的話，真的——除了長得漂亮以外，我也只有這個優點了——應該是說，除了你覺得我長得漂亮以外。你在樓下很寂寞嗎，大迪？」

「非常！非常寂寞！」

「別哭呀！我的椅子還在嗎？」

「還在老地方。」

115. 指耶穌替拉撒路哭泣，詳見《聖經》約翰福音第十一章第三十～三十五節。

「噢，我可憐的小子怎麼哭成這樣！好了，好了！現在，你答應我一件事好嗎。我想跟艾格妮絲說話，你下樓告訴艾格妮絲，請她上來找我。我跟她說話的時候，別讓其他人進來，連姨婆也不行。我只想跟艾格妮絲說話。我想要單獨跟艾格妮絲說話。」

我立刻答應她，但因為太難過，還無法起身離去。

「我說了，現在這樣倒比較好呀！」她抱著我，低聲說道。「噢，大迪，再過幾年，你就不會像現在這麼愛你的娃娃妻了，而且再過幾年，她也會讓你很失望，到時候你可能愛她不及現在的一半了！我知道我以前太年輕、太傻了。現在這樣倒比較好！」

艾格妮絲在樓下，我回到客廳，轉告她朵拉的話。她上樓後，留下我跟吉普。牠的中國式狗屋還在壁爐旁，牠躺在裡面的法蘭絨墊子上，鬧著脾氣，想睡又不能睡。明月又高又清晰。我看著外頭的夜景，淚眼簌簌，我不羈的心現在受到很沉重——很沉重的約制了。

我坐在火爐邊，想起結婚之後心裡默默滋長的想法，覺得有說不上來的懊悔。我想起我跟朵拉之間的每一樁小事，領悟到人生的確就是由許許多多微不足道的事情構成。在我的記憶之海中，不斷浮現這個寶貝女孩與我初邂逅時的模樣，經過我跟她青春愛情的滋潤，美上加美，並賦予它這種愛情富有的無限魅力。如果我們只是像少男少女那樣，愛過後就忘掉，真的會比較好嗎？不羈的心，回答我啊！

時間如何過去，我不知道；直到我娃娃妻的老朋友出聲，我才回過神來。吉普比平常更加焦躁，牠爬出狗窩，看著我，接著晃到門口，哀叫著想上樓。

「今晚不行，吉普！今晚不行！」

牠慢慢走回到我身邊，舔了我的手，抬起無神的雙眼看著我。

▍我娃娃妻的老朋友

「噢，吉普！或許你以後都不能上去了！」

牠在我腳邊躺下，好像要睡覺一樣地伸直身體，哀鳴了一聲，死了。

「噢，艾格妮絲！妳看，妳看這裡！」——那張充滿惋惜與悲傷的臉龐，那如雨般的淚水，那可畏的無聲求助，那伸向天堂莊嚴的手！

「艾格妮絲？」

結束了。我眼前一片黑暗；有好一陣子，我都不記得發生了什麼事。

第54章　麥考伯先生的事務

現在不是我講述哀痛心境的時候。我漸漸覺得自己看不見未來，我一生的精力和行動已經終結，除了墳墓，我再也找不到安身之處。我說我漸漸覺得，是因為我並不是在悲痛剛襲來時就這樣想，而是慢慢有這種感覺。如果我後面要講述的事情沒有接二連三地發生，在我的苦痛之初混淆我，在我的哀傷之末讓我更加難受，那我有可能一開始就陷入那種絕望的心境了，雖然我覺得應該不至於如此。事實上，我是經過一段時間才充分體會到自己的痛苦。在那段時間裡，我甚至以為最劇烈的痛楚已經過去，我可以用最純真、最美麗的一切事物，用那個已經永遠結束的溫柔故事來安慰自己。

我該出國的建議，最初是誰提起，後來大家又是怎麼決定我該轉換心境，出去旅行以找回內心平靜，就算是現在，我還是無法確定。在那憂傷的期間，艾格妮絲的精神滲透著我們所想、所說、所做的一切，因此我認為出國的想法應該是受她影響，但她的影響總是潛移默化，我也無法肯定。

現在，我的確開始想到，當初我把她跟教堂的彩繪玻璃窗做聯想時，就是個預兆：以後我遇到難關時，她會是我的什麼人。在那段哀傷的時光裡，她站在我面前，手往上舉的那一刻，我永遠不會忘記，而從那時起，她在我冷清的家裡就有如神聖的存在。等我能夠承受得住事實時，他們告訴我，死神到來的時候，我的娃娃妻就是躺在她的懷裡，笑著永眠的。我從昏迷中醒來，首先意識到的是她同情的淚水、她鼓勵與安寧的話語，還有她溫柔的臉龐，她彷彿從更接近天堂的純淨之地俯看著我那不羈的心，並減輕它的痛楚。

讓我繼續往下寫吧。

我要出國了，好像一開始大家就決定好了一樣。黃土已覆蓋我的亡妻所有會腐朽的一切，我只等待麥考伯先生所謂的「粉碎希普的最後一擊」，還有等著和即將移民海外的人出發。

在我處於憂患之際最關心我、最幫忙我的朋友崔斗斯，請我們回坎特伯里一趟，我指的是姨婆、艾格妮絲跟我。我們依約直接到麥考伯先生家。從那次爆炸性的集合之後，我的好友一直在麥考伯先生家和威克菲爾德先生家努力工作。可憐的麥考伯太太一見到我身穿喪服走進門，就非常感傷。麥考伯太太一直都很善良，這麼多年來，她的好心腸並沒有被磨耗掉。

「那麼，麥考伯先生，麥考伯太太，」我們就座後，姨婆首先說道。「我建議你們移民的事情，你們考慮過了嗎？」

「親愛的托特伍德小姐，」麥考伯先生答道，「麥考伯太太，在下，加上我們的孩子們，我們都分別考慮過，也共同決定了，或許我借用那位著名詩人的話能夠表達得最好，那就是：我們的舟已泊岸，我們的船已出海[116]。」

「這就對了，」姨婆說。「你們這個決定很明智，我預測一定會有很好的結果。」

「托特伍德小姐，聽妳這麼說，我們覺得非常榮幸，」麥考伯先生回答，接著他拿出記事本看了一下。「至於讓我們這艘單薄小船在事業大洋上啟航的經濟協助，我已通盤考慮過幾項要點，因此提議將我的期票訂為十八個月、二十四個月、三十個月，且不用說，這些期票將照議會法案各項相關規定貼足印花稅。我原本提議十二個月、十八個月、二十四個月，但我擔心這種安排可能期限太短，沒有充裕時間等待好機會的出現。在第一張期票到期時，我們或許無法，」麥考伯先生環視房間，好像前方有幾百畝的成熟莊稼一樣，「有足夠的收成，甚至收割不了。我相信，在那片殖民地的一小塊土地上，我們注定要跟肥沃的土壤奮鬥，而勞動力有時候很難取得。」

「麥考伯先生，你想要怎麼安排都可以。」姨婆說。

「托特伍德小姐，」他答道，「我們的朋友與恩人如此照顧我們，麥考伯太太跟我都非常感激。我希望的是，這件事要完全秉公辦理，款項要準時付清。我們即將翻開人生全新的一頁，在往前大躍進前退後一步蓄勢待發的這一刻，除了當小犬的表率，對我的自尊心來說也很重要，因此我們應該像男子漢跟男子漢一樣做安排。」

我不知道麥考伯先生最後的這句話有沒有其他意義，也不知道別人在說這句話時是否有弦外之音，但他對這句話似乎特別得意，還引人注意地咳了一聲，重複說道：「像男子漢跟男子漢。」

「我建議，」麥考伯先生說，「採用期票——這是商界的一大利器，我相信，這最初是由猶太人創造出來的，但我覺得他們後來太濫用了——因為期票可以轉讓。不過如果用債券或其他票據較好，我也樂意像男子漢跟男子漢一樣簽立那類的票據。」

姨婆說，雙方都願意接受任何條件的話，那要解決這件事就完全沒有困難。麥考伯先生也同意她的看法。

「托特伍德小姐，為了迎接未來必須努力的命運，」麥考伯先生有點得意地說道，「我們做了以下準備，請容我向您報告。我的長女每天早上五點鐘就到附近農家學習擠奶的過程——如果那可以被稱為過程的話。我則吩咐其他年紀較小的孩子去鎮上較貧苦的地方，在狀況允許之下，近距離觀察豬隻

116. 高英國詩人拜倫（Lord Byron，一七八八～一八二四）於一八一七年寫給好友愛爾蘭詩人湯瑪斯・摩爾（Thomas Moore，一七七九～一八五二）的告別詩〈致湯瑪斯・摩爾〉（*To Thomas Moore*）前兩句。

跟禽類的特性。為此，他們有兩次差點被動物踩到，被人送回家裡。至於我自己，在過去一週都專心研究烤麵包的技術。我的長子威爾金則每天拿手杖出門，只要負責幹雜工的粗人允許，他就會自願幫他們趕牲畜——遺憾的是，因為人類天性使然，他很少能這樣做，倒是經常挨罵、被警告要他打消念頭。」

「這一切的確很好，」姨婆語帶鼓勵地說，「我相信麥考伯太太也很忙吧？」

「親愛的托特伍德小姐，」麥考伯太太認真答道，「我就直接承認好了，雖然我很清楚我們在異鄉得重視農耕和畜牧這兩種工作，但我尚未積極從事與這兩項直接有關的事。如果可以從家務中抽出一點時間，我把握機會跟我娘家的人詳細通信。我親愛的考柏菲爾德先生，因為我覺得，」大概是習慣了，麥考伯太太不管一開始是對誰說話，最後總會回到我身上，「將過去忘得一乾二淨的時候到了。麥考伯先生應該跟我娘家的人彼此握手言和。獅子應該跟羔羊同臥，我娘家的人也應該跟麥考伯先生言歸於好。」

我說，我也是這麼覺得。

「至少，這是**我**對此事的看法，我親愛的考柏菲爾德先生，」麥考伯太太繼續說道。「我跟爸爸、媽媽住在一起的時候，爸爸總是會問：『我的艾瑪對這件事有什麼看法？』我知道我爸爸偏心，但是就麥考伯先生和我娘家人冷若冰霜的問題來看，我當然有自己的看法，不管對不對。」

「毫無疑問，妳當然能有自己的看法。」姨婆說道。

「正是如此，」麥考伯太太同意，「當然，我的結論有可能是錯的。我錯的機率很大，但我個人的印象是，我娘家的人跟麥考伯先生之間的隔閡，追根究柢，可能是我娘家的人擔心麥考伯先生會向他們尋求金錢資助。我不禁認為，」麥考伯太太用睿智的語氣說道，「我娘家有些人擔心麥考伯先生會借用他們的名字——我指的不是我們子女受洗時，用他們的名字命教名，而是用他們的名字去簽立票據，並拿去金融市場上流通。」

麥考伯太太好像認為沒人想到這點，用洞悉一切的表情宣布這項發現，這似乎讓姨婆很訝異，突然回答道：「對，太太，總的來說我認為妳想得沒錯！」

「麥考伯先生就快掙脫長久以來束縛他的財務枷鎖了，」麥考伯太太說，「並且即將在一個足以讓他施展長才的地方，開始一番新事業——我覺得，這點極為重要，麥考伯先生的能力需要足夠空間才能發展——我覺得，我娘家的人應該出面慶祝這項機會。我希望看到的是，由我家人出錢辦宴會，讓麥考伯先生可以和他們見面，到時候由我娘家的某個重要成員敬祝麥考伯先生身體健康、鴻圖大展，而麥考伯先生也有機會發表自己的意見。」

「親愛的，」麥考伯先生有點發怒，「我還是一次說清楚好了，要是我在那種聚會發表意見，他們可能會覺得我的看法很汙辱人。我對妳娘家親戚的印象，整體來說，是傲慢無禮的粗人；個別來看，是不折不扣的無賴。」

「麥考伯，」麥考伯太太搖頭說，「不！你從來沒有理解過他們，他們也從來都不瞭解你。」

麥考伯先生咳了一下。

「他們從來都不瞭解你，麥考伯，」他的妻子說。「他們或許沒有能力瞭解你。如果是這樣，那是他們的損失。我對他們的損失表示憐憫。」

「我親愛的艾瑪，萬一我剛才言重了，就算只是稍微說過頭，」麥考伯先生緩和語氣說，「我深感抱歉。我只是想說，就算妳娘家的人沒有出面祝福我——總之，告別時用他們的冷肩膀推我一把——我照樣可以出國。總之，我寧願用自己的衝力離開英國，也不願他們推我任何一點。親愛的，要是他們願意屈尊回信給妳——根據我們共同的經驗，這極不可能——那我就不會阻礙妳的心願。」

這件事就這樣和氣解決了，麥考伯先生將手臂伸向麥考伯太太，朝崔斗斯面前桌上那堆帳簿跟文件看了一下，說他們就不打擾了，然後彬彬有禮地離開。

「我親愛的考柏菲爾德，」他們走後，崔斗斯往後靠到椅背上，看著我，關切的眼睛有點紅了，頭髮呈現各種亂樣，「我拿這些事勞煩你，沒必要替自己找藉口，因為我知道你也非常關心，而且這可以讓你分心。我親愛的朋友，你應該沒有太勞累吧？」

「我沒事，」我停了一下才說道。「我們應該擔心姨婆才對。你也知道她做了多少事。」

「沒錯，沒錯，」崔斗斯回答。「誰忘得掉呢？」

「不只這樣，」我說。「過去兩週，有新的問題困擾著她，她每天都來回倫敦。她有好幾次一大早就出門，到傍晚才回來。崔斗斯，昨天晚上她甚至快半夜才回到家。你知道她多關心別人，但她就是不願意告訴我發生什麼事，讓她這麼苦惱。」

我說這話的時候，姨婆面色蒼白，臉上露出深深的皺紋，一動也不動地坐在那。我說完後，有幾滴眼淚落到她的臉頰，她將手放在我手上。

「沒事，托特，沒什麼。事情很快就會結束，時間到了，我就會告訴你真相。現在，艾格妮絲，親愛的，我們開始處理事情吧。」

「我應該替麥考伯先生說句話，」崔斗斯說道，「雖然他似乎沒有替自己認真做過什麼事，但是在為別人處理事情時，可真正是最不厭其煩的。我還真沒見過他這樣的人。如果他一直都用這樣的方式做事，那他現在肯定有兩百歲了。他不斷努力的熱情，日夜鑽研文件和帳簿的發狂衝勁，更別提他從這個家和威克菲爾德先生家寫給我那麼多的信，甚至我們坐在對面用講的比較快，他都還要用寫信的，這實在是太了不起了。」

「寫信啊！」姨婆叫道。「我相信他連作夢都在寫信！」

「還有迪克先生，」崔斗斯說，「他也做了很棒的事！他看管烏利亞・希普的時候，那麼盡職，我沒看過有人像他那樣；看管完後，他又全心全意照顧起威克菲爾德先生。我們調查這些文件的時候，他是真心想要幫忙，不管是在摘錄、抄寫、拿這個、搬那個，都幫了很大的忙，也給我們很大的鼓勵。」

「迪克是個很了不起的人，」姨婆驚呼道，「我一直都說他是。托特，這你也知道。」

「威克菲爾德小姐，我很高興告訴妳，」崔斗斯體貼又誠懇地繼續說道，「妳不在這段期間，威克菲爾德先生的身體好轉很多。擺脫了那個箝制他已久的惡魔，少了生活中時時刻刻的恐懼擔心，他現在判若兩人。有時候，就連在特定公務上，他原本受損的記憶力和注意力都大大好轉，他已經開始幫我們釐清事務，如果沒有他幫忙，調查起來可真的非常困難，甚至根本查不出來。但我要做的事就是簡要地報告結果，而不是滔滔不絕地講我所觀察到、充滿希望的事。」

他的態度自然、真誠，令人服氣，明顯可以看出他說這些，是為了讓我們高興，讓艾格妮絲知道她父親受到更大的信任，一點也不掃興。

「現在，讓我看看，」崔斗斯看著桌上的文件說。「我清算了一下資金，清點過一堆最初無意造成的雜亂情況，以及後來有意製造的混亂和偽造情事後，我們認為，威克菲爾德先生現在可以在沒有負債或虧空的情況下，結束律師事務以及代理信託業務。」

「噢，謝天謝地！」艾格妮絲激動地驚呼。

「但是，」崔斗斯說，「能夠留給他養老的結餘——我這麼說是假設把房子賣掉——金額不多，頂多只有幾百鎊，因此，威克菲爾德小姐，我認為最好是考慮保留他多年來承擔的代理信託業務。妳知道，他現在已經擺脫束縛了，而且他的朋友可以幫忙他，像妳自己，威克菲爾德小姐，還有考柏菲爾德跟我——」

「我考慮過了，托特伍德，」艾格妮絲看著我說，「我覺得不該留，也不能留，就算出自我很感激、欠下這麼多人情的朋友的建議，也一樣。」

「我不會說我建議，」崔斗斯說道，「我只是認為應該提出來，僅此而已。」

「聽你這麼說，我真是太高興了，」艾格妮絲從容地說。「因為這給了我希望，甚至確信我們所見略同。親愛的崔斗斯先生和親愛的托特伍德，爸爸現在已經洗清名譽，我還能要求什麼呢？我一直希望，只要能解除爸爸受的苦，我就要回報一點他給我的愛與照顧，把一生奉獻給他。好幾年來，這一直都是我最大的心願。如果由我擔負未來生活的責任，那是我所能想到的第二大幸福——僅次於解除他所有的信託和業務責任。」

「妳想過要怎麼做嗎，艾格妮絲？」

「我經常想！我並不害怕，親愛的崔斗斯。我確定我會成功的。這裡有很多人認識我，也對我很好，因此我很肯定。請別對我沒信心。我們父女倆所需的並不多。要是我能夠將親愛的老家租出去，辦一所學校，我可以幫助別人，也會很快樂的。」

她的聲音愉悅，熱情中不失平靜，首先讓我清楚想起那親愛的老家，又想起我自己那冷清的家，激動得說不出話來。崔斗斯有那麼一會兒假裝忙著看文件。

「接下來，托特伍德小姐，」崔斗斯說，「要談談妳的財產。」

「好的，先生，」姨婆嘆氣道。「關於我的財產，我只想說，要是沒了，我受得了；要是還在，我很樂意拿回來。」

「我想，妳原本有八千鎊的統一公債，對嗎？」崔斗斯說。

「沒錯！」姨婆回答。

「但我清算的結果頂多只有五耶……」崔斗斯困惑地說。

「……千鎊嗎，你的意思是？」姨婆異常鎮定地說，「還是五鎊？」

「五千鎊。」崔斗斯說。

「那就沒錯，」姨婆說。「我自己賣了三千鎊。一千鎊拿去付你的實習費用，親愛的托特；另外兩千鎊還在我這，是我偷存起來以備不時之需。剩下的錢都賠光時，我覺得還是不要提那筆錢比較好，我想看你會怎麼面對這個考驗，托特，而你做得好極了——你堅持不懈、自給自足、克己無私！迪克也是。我現在很激動，先別跟我說話！」

看到她雙手交疊，坐得挺直，沒有人會覺得她很激動，其實她的自制力很強。

「那我就很高興地宣布，」崔斗斯滿面喜色地喊道，「我們所有的錢都找回來了！」

「先別恭喜我，各位！」姨婆驚呼道。「怎麼說呢，先生？」

「妳原本以為是威克菲爾德先生誤用了，是吧？」崔斗斯說。

「我當然是這樣想，」姨婆說，「所以我才什麼都沒說。艾格妮絲，我隻字未提！」

「那些公債的確是賣掉了，」崔斗斯說，「是憑著妳委託的管理權賣掉的，但我不必多說是誰賣的，或真正簽名的是誰。賣掉之後，那個混蛋就欺騙威克菲爾德先生，說他是根據指示，用這筆錢去填補其他虧空和欠款，以免東窗事發，而且還提出數字為證。在他的掌控下，威克菲爾德先生既軟弱又無助，甚至後來還假裝那筆本金還在，支付了妳幾筆利息，讓自己不幸也成為參與這場騙局的一員。」

「而且最後還自責，」姨婆補充道，「瘋狂地寫了封信給我，坦承自己犯下搶劫和其他前所未聞的罪名。我收到信之後，某天一大早去找他，請人拿蠟燭來，把信燒了，告訴他說，如果他能夠為了我、為了他自己把錢弄回來，那就去做；如果弄不回來，那就為了他女兒，絕口不提這件事。——誰跟我說話，我就離開這裡！」

我們都默然不語，艾格妮絲則捂著臉。

「好了，我親愛的朋友，」姨婆停了一會兒後說，「你真的逼他把錢吐回來了？」

「哎呀，事實上，」崔斗斯回答，「麥考伯先生徹底困住了他，如果之前找的證據不足，也總有新的證據，所以他逃不出我們的手掌心。讓人最驚訝的是，他很清楚地跟我說，他奪走這筆錢，不只是為了滿足自己的貪慾，最主要是出於對考柏菲爾德的憎恨。他還說，他願意花這麼多錢，只要能夠打擊或傷害考柏菲爾德就好。」

「哈！」姨婆若有所思地皺起眉頭，看了艾格妮絲一眼。「那他現在怎麼樣了？」

「我不知道，他跟他母親離開這裡了，」崔斗斯說，「這段時間，他母親不斷哀嚎、苦苦哀求，還揭發更多事情。他們有天搭往倫敦的夜車走了，之後就沒有他的消息；我只知道他臨走前顯然對我懷有恨意。他恨我的程度似乎不亞於恨麥考伯先生，因此我還覺得這是讚美呢，也這麼告訴他。」

「你覺得他身上還有錢嗎，崔斗斯？」我問道。

「噢，天哪，是的，我認為他還有錢，」他嚴肅地搖頭回答。「我敢說他用各種手段偷了不少錢。但是，考柏菲爾德，我想你如果有機會觀察他的經歷，會發現他就算有錢，還會照樣為非作歹。他就是這樣一個虛偽的人，不管做什麼事，他肯定都走旁門左道。這是他表面上拘束自己的唯一補償。

他總是在地上匍匐著去追求渺小目標，所以總是把路上的每一樣東西都放大了，最後就會憎恨、懷疑別人，就算是最天真無邪的人也不放過。就這樣，他的旁門左道越走越歪，無論何時，不管再小的理由、甚至不存在的理由也一樣。只要想想他過去幾年在這裡的樣子，」崔斗斯說，「一切就很清楚了。」

「他是個卑鄙的惡魔！」姨婆說。

「這我就真的不知道了，」崔斗斯若有所思地說。「很多人只要存心想著卑鄙的事，都可以變得很卑鄙。」

「好吧，我們談談麥考伯先生的事吧。」姨婆說。

「嗯，真的，」崔斗斯開心地說道，「我一定要再次稱讚麥考伯先生。要不是他花了這麼久的時間，這麼有耐心，努力不懈，我們絕對無法取得任何進展。我認為，我們要想想，其實麥考伯先生大可跟烏利亞．希普談條件，替他保密，但他為了正義做出對的事情。」

「我也這麼認為。」我說。

「那你會給他什麼報酬？」姨婆問道。

「噢！妳提到這件事之前，」崔斗斯有點不安地說，「在做這件不算合法的調整——畢竟這整件事從頭到尾就不合法——處理這個難題時，恐怕有兩點，我認為排除不提比較謹慎（因為我也沒辦法事事都提出）。那就是麥考伯先生向他預支薪水那些借據等等……」

「嗯！那些欠款得付清。」姨婆說。

「沒錯，問題是我不知道麥考伯先生什麼時候會因這些欠款被起訴，也不知道那些借據在哪，」崔斗斯睜大眼回答，「我預估從現在到他出發前，麥考伯先生會不斷遭到逮捕或處罰。」

「那他就得不斷地被釋放、免於被罰，」姨婆說。「總金額是多少？」

「哎呀，麥考伯先生把這些交易——他稱之為交易——都有模有樣地記在帳本裡，」崔斗斯笑答道，「他結算總金額為一百零三鎊五先令。」

「除了這金額，我們還要給他多少呢？」姨婆問道。「艾格妮絲，親愛的，我們兩個可以之後再來談怎麼分攤這筆錢。所以呢？五百鎊嗎？」

聽到這句話，崔斗斯跟我同時開口說話。我們兩個都建議給他一小筆錢就好，至於欠烏利亞的，如果他有來討，我們再出面代墊，不需要先告訴麥考伯先生。我們提議，除了他們一家人的旅費和治裝費，再給他一百鎊。麥考伯先生償還這些墊款的安排應該慎重簽立，讓他知道自己有責任會比較好。我另外補充建議，把他的個性和經歷多少告訴佩格蒂先生，佩格蒂先生很可靠，可以悄悄給他一百鎊，讓他酌情借給麥考伯先生。而且應該也把佩格蒂先生的事，就該說且可以說的部分告訴麥考伯先生，引起他對佩格蒂先生的關心，讓他們能夠為共同利益而彼此照應。大家對這些意見都表示贊同。我在這裡先插一句，不久之後，這兩個人友好和睦地達成以上事項。

看到崔斗斯焦灼地看著姨婆，我提醒他，他還沒有提剛才說的第二點，也就是最後一點。

「考柏菲爾德，如果我觸及痛苦的事情，我也非常擔心我一定會提到，我要請你和你的姨婆原諒我，」崔斗斯遲疑了一下，「但我認為有必要提出來，讓你們想一想。麥考伯先生令人難忘的大爆發那天，烏利亞．希普曾拿一個人威脅你姨婆，就是她的丈夫。」

姨婆依然坐得挺直，鎮定地點頭。

「或許，」崔斗斯說，「那只是無的放矢的無禮威脅吧？」

「不是。」姨婆回答。

「所以——抱歉我得問——真的有這個人，而且烏利亞有辦法對付他？」崔斗斯暗示道。

「是的，我的好朋友，」姨婆說。

崔斗斯很明顯地拉長了臉，解釋說他之前沒處理到這件事，這跟麥考伯先生的借款一樣，不包含在對他提出的條件裡。現在我們已經無權控制烏利亞．希普了，要是他想要傷害我們任何人，或是找我們麻煩，那他肯定會去做。

姨婆沒說話，慢慢地有幾滴眼淚流到她的臉頰。

「你說得沒錯，」她說。「你提起這件事非常周到。」

「我——或是考柏菲爾德——可以幫忙嗎？」崔斗斯溫柔地問。

「不用，」姨婆說，「非常謝謝你。托特，親愛的，那只是虛聲恫嚇罷了！我們請麥考伯夫婦回來吧。你們誰都先別跟我說話！」說完，她撫平裙子，坐直身看向門口。

「啊，麥考伯先生、麥考伯太太！」他們進來時，姨婆說。「我們剛才討論過你們移民的事，很抱歉讓你們在門外等這麼久。我現在就告訴你們，我們提議的安排如何。」

她解釋之後，麥考伯一家人都十分滿意（他們的小孩也在場），並且喚起麥考伯先生簽立票據時速戰速決的習慣；他不顧眾人勸阻，立刻興高采烈地衝出門，要去買貼在期票上的印花。可是，他的好興致馬上受到了打擊，不到五分鐘，他就被一個執法官押回來，聲淚俱下地說一切都完了。

這當然是烏利亞．希普幹的好事，但我們早就有所準備，很快就付清款項。五分鐘後，麥考伯先生就坐在桌前，心滿意足地寫著期票，只有做這種開心的事和調潘趣酒時，他才會露出那種燦爛的表情。看他帶著一副藝術家的興致寫期票，像在繪畫一樣，還側著頭打量，慎重其事地在記事本記下日期和金額等重要事項，寫完後還沉思一番，深深覺得這些印花很有價值，這一幕實在是太有趣了。

「麥考伯先生，如果你願意聽我一句勸，」姨婆靜靜觀察他之後說，「你最好還是永遠擺脫這種習慣。」

「托特伍德小姐，」麥考伯先生回答，「我打算將這句誓言寫在未來生活的第一頁。麥考伯太太可以作證。我相信，」他嚴肅地說，「小犬威爾金會永遠記住，把拳頭放進火裡，也好過用手去觸碰曾在他不幸的父親血脈中注入毒液的毒蛇！」麥考伯先生極為感傷，隨即轉成絕望的化身，用陰鬱、嫌棄的眼神看著那些「毒蛇」（臉上先前對它們的讚賞還未完全消退），將它們折起來收到口袋裡。

那天晚上的事情就這樣落幕。我們因為悲傷和勞煩而精疲力盡，姨婆跟我決定隔天就回倫敦。大家說好，麥考伯先生把家具等物品賣掉後，也隨我們去倫敦；威克菲爾德先生的事務要在崔斗斯指揮下以適當的速度處理完畢；這段期間，艾格妮絲也要再來倫敦一趟。我們在老房子過夜，現在希普母子不在，屋裡像瘟疫已經消滅似的。我躺在以前住的房間裡，彷彿遭遇船難的流浪者終於回家了。

第二天，我們回到姨婆家（我沒有回自己家），像以前那樣睡前坐在一塊兒，這時她說：「托特，你真的想知道我最近有什麼心事嗎？」

「我真的想知道，姨婆。如果說有哪個時候，我不願意看到您獨自承擔悲傷或憂愁，那就是這時候了。」

「孩子，你自己已經夠傷心了，」姨婆關愛地說，「不用我再拿這點小痛苦讓你更難過。托特，我不告訴你的原因，就是這個，沒有別的了。」

「這個我很清楚，」我說，「但還是告訴我吧。」

「你明天早上可以跟我出去一趟嗎？」姨婆問。

「當然。」

「九點，」她說，「我到時候會告訴你，親愛的。」

隔天早上九點鐘，我們搭了輕便馬車前往倫敦市區。我們穿過大街小巷，最後來到一間大醫院。醫院旁邊停了一輛樸素的靈車。車夫認出姨婆，姨婆往窗外做了手勢，他就慢慢將車開走，我們跟著他。

「你現在懂了嗎，托特，」姨婆說。「他死了！」

「他死在醫院嗎？」

「對。」

她一動也不動地坐在我旁邊，我再次看到淚水落在她臉上。

「他在這住過院，」姨婆說道，「他病很久了——這麼多年來，他的身體一直很虛弱。他最後一次發病，知道自己的狀況後，請他們來找我。他當時很懊悔。非常懊悔。」

「您去了，我知道，姨婆。」

「我去了。我經常去陪他。」

「他在我們去坎特伯里前一晚過世的嗎？」我問。

姨婆點頭。「現在沒有人可以傷害他了，那是個空洞的威脅。」

我們駛出城，到了霍恩西[117]的教堂墓園。「這裡比路邊好，」姨婆說。「他是在這裡出生的。」

我們下了車，跟著樸素的棺材走到我至今依然清楚記得的角落，在那裡舉行下葬儀式。

「三十六年前的今天，親愛的，」我們走回馬車時，姨婆對我說，「我結婚了。願上帝寬恕所有

117. 霍恩西（Hornsey）：倫敦北部城鎮。

人！」

我們安靜地坐上馬車，姨婆握著我的手，坐在我旁邊。過了很久，她突然大哭起來，說：「我嫁給他的時候，他長得一表人才啊，托特——可惜他後來變了！」

她並沒有哭很久。她將眼淚發洩完之後，很快就恢復鎮定，甚至變得更開心了些。她說，都是因為她神經有點衰弱，否則不會忍不住哭出來。願上帝寬恕所有人！

於是我們坐車回姨婆在高門的小屋，一到家就看到下面這張短信，是麥考伯先生當天請早班郵車送來的。

坎特伯里，星期五

親愛的托特伍德小姐和考柏菲爾德先生：

最近從地平線上出現的那片充滿希望的樂土，如今再次被難以穿透之濃霧籠罩，永遠消失在一個注定毀滅的天涯淪落人眼前！

希普控告麥考伯的另一個案件傳票已經（由西敏區高等王座法庭）發出，該案被告已被該轄區具有司法管轄權的執法官押走。

「時機已到，決戰開始，
前線戰況凶險危急，
驕橫的愛德華大軍逼近——
帶來鐐銬，帶來奴役！118」

本人即將接受拘捕，邁向迅速到來的結局；因精神痛苦超過一定限度後就不堪承受，本人自覺已達極限。祝福你們，祝福你們！將來至本地債務人拘留所的訪客（我們且希望他們是出於好奇與同情），在細察牆壁時，看到用銹釘所刻下模糊的姓名縮寫，或許會（我相信一定會）深思良久。

W. M.

備註：本人重啟此函奉告，我們共同的朋友湯瑪斯・崔斗斯先生（他尚未離開我們，且氣色非常好）已經以托特伍德小姐尊貴的名義償還本案欠款和費用。本人與全家又處在塵世的幸福巔峰了。

118. 引用自蘇格蘭詩人羅伯特・彭斯（Robert Burns）的詩作〈隨華萊士浴血奮戰的蘇格蘭人〉（*Scots Wha Hae wi' Wallace Bled*）。

第55章　暴風雨

我現在要講述我這一生中，非常難忘、非常可怕的一件事，跟本書前述的一切有很密切的關聯，從我最初下筆開始，我一路看著它越長越大，越長越大，有如平原上的高塔，在我童年時的許多事情上，都投下預示的陰影。

這件事發生之後的好幾年，我都還經常夢見它。夢中清晰的景象出現在我腦海中，使我驚醒，它的狂暴彷彿還在這寂靜的夜晚，在我安靜的房裡翻騰。至今，我還是不時夢到這件事，只是間隔比較長了。只要看到暴風雨或者稍微提起海岸，我就會強烈地聯想到它，我盡量依照我看到的據實寫下。我不只是回憶，而是看到那段過去重現在我眼前。

即將移民的人啟程的日子很快就要到來，我好心的老保母也來倫敦看我，她一見到我，為我難過得心都要碎了。我一直跟她、她哥哥，以及麥考伯一家人在一起，唯獨艾蜜莉，我一直沒有見到。

出發的日子近在眼前，有天晚上，我跟佩格蒂和她的哥哥在一起。我們聊到了漢姆。佩格蒂說，漢姆跟她道別時多麼溫柔，表現得有多麼堅強、沉靜。特別是最近，她覺得是他最痛苦的時候。這個好心腸的人說起這個話題從不厭倦，因為她經常跟漢姆在一起，說到他的事特別有感，我們也很樂於聽她說。

當時，由於我打算出國，姨婆要返回多佛的老家，我們分別搬出高門的小屋，在柯芬園租了短期住所。今晚跟佩格蒂兄妹聊完天，我走回租屋時，回想起上次在雅茅斯跟漢姆談的事。我原本打算到船上跟佩格蒂先生告別時，請他把信轉交給艾蜜莉，後來想想，決定還是現在就寫信給她。我想她收到我代寫的信之後，或許會想要請我轉達一些話給她不幸的愛人。我應該給她回信的機會才對。

因此，就寢前，我坐在房間裡寫這封信。我在信中告訴她，我見過漢姆了，他請我轉告信裡陳述的內容。我據實轉述了他想說的話。就算我有權力加油添醋，也沒那個必要；漢姆的真摯與善良不需要我或任何人來增光。我把信放在外面，差遣人隔天早上送出去。我附上一句話給佩格蒂先生，請他轉交給艾蜜莉，才在黎明時分上床睡覺。

當時，我的身體狀況比我自己感覺還要虛弱，一直到太陽升起才睡著，隔天睡到很晚，仍覺得精神不濟。姨婆靜靜坐在我床邊，我在睡夢中感覺到了（我想我們都有過這種感受），這才醒了過來。

「托特，親愛的，」我睜開眼，她說，「我不知道該不該打擾你，但佩格蒂先生到了，要請他上來嗎？」

我說好，他很快就出現。

「戴維少爺，」我們握手時，他說，「我把你的信給艾蜜莉了，先生，她回了這封信，請我帶來給你讀。要是你覺得轉交給漢姆沒有壞處，那可以請你好心幫忙嗎？」

「你讀了嗎？」我說。

他哀傷地點頭。

我拆開信，內容如下：

我收到你的訊息了。噢，我要怎麼寫，才能感謝你對我的好和仁慈！

我已經把你的話牢記在心，至死不忘。你的話有如鋒利的刺，但也帶給我很大的慰藉。我為那些話禱告過了，噢，我禱告了好幾次。我知道你多麼善良，知道舅舅多麼善良，我想上帝肯定很仁慈，我可以向祂哭訴了。

永別了。噢，我親愛的，我的朋友，今生今世永別了。如果我獲得原諒，或許在另一個世界，我能以兒時模樣陪在你身旁。致上無盡的感謝與祝福。永別了。

這封淚痕斑斑的信就寫到這裡。

「我可以跟她說，你覺得轉交給漢姆沒有壞處，你願意好心幫忙嗎，戴維少爺？」我讀完後，佩格蒂先生說。

「沒問題，」我說，「只是我在想……」

「什麼，戴維少爺？」

「我在想，」我說，「我還是去一趟雅茅斯好了。船開之前，還有時間讓我來回一趟，反正我也閒著。我一直在想他孤單一個人在那裡，這時候如果能親手把艾蜜莉的信交給他，讓你可以在啟程時告訴她，漢姆收到信了，對他們兩個來說都好。親愛的好心人，我慎重接下了他交代的事，就不能隨便辦一辦。這段路對我來說沒什麼，反正我也靜不下來，活動一下還比較好。我今晚就下去。」

雖然他努力想勸阻我，但我看出他跟我想的一樣。因此，就算我當時想法並不堅定，看他那個樣子也變得堅決了。我請他到驛站替我預定郵車的前座。晚上我就搭那班馬車，踏上我經歷人生多次沉浮時走過的路。

「你不覺得，」一出倫敦市區，我就問車夫，「天色很特別嗎？我沒有見過這種樣子的。」

「我也沒見過，」他回答。「是風的關係，先生。我想，海上很快就會出事了。」

昏暗的天空一片混沌——這裡一點，那裡一點地，抹上類似濕柴燒出來的煙灰色——高掛的雲一堆堆地翻騰成驚人的團狀，看起來覺得更高，彷彿超過了雲層底端到大地最深淵的高度；狂亂的月亮在雲團中橫衝直撞，好像大自然法則出現可怕的錯亂，月亮失去方向，嚇壞了。一整天風都很大，當時風颳得更是強悍，發出驚人的呼嘯聲。一個小時後，風越來越大，天色越來越暗，狂風大作。

隨著夜色漸深，天空中烏雲密布，四周一片漆黑，狂風越吹越強，拉車的馬幾乎無法迎風前進了。夜深之後（當時是九月下旬，夜晚並不短），前導馬匹有好幾次轉向，或是停住不動，讓我們非常擔心馬車會被吹翻。暴風雨之前的疾雨有如利刃般落下，那時要是有樹木或牆面可以遮蔽，我們肯定會停下來，因為根本撐不下去了。

破曉時分，風越颳越強。以前在雅茅斯的時候，我聽討海人說過暴風有如大砲，但我從沒想過會像這個樣子，或是跟這程度相近。由於出了倫敦大概十幾哩就寸步難行，我們很晚才抵達伊普斯威奇[119]。很多人聚集在市場裡，他們都擔心煙囪會掉下來，所以半夜就起床了。我們換馬的時候，一些聚在旅店院子的人跟我們說，教堂高塔那一大片一大片鉛皮都被掀掉，飛到旁邊的路上，把路堵住了。有人則說，附近村莊來的人看到有樹被連根拔起，成捆的稻草散落在路旁和田野中。然而，暴風雨還是不見減緩，甚至更凶猛了。

我們掙扎著前進，越接近海邊，風勢越猛，從海上颳過來的風越來越可怕。早在我們看到大海之前，海水就已經灑到我們的唇上，鹹雨落在我們身上。海水倒灌，淹沒雅茅斯附近好幾哩的平原；每個水窪裡的水沖刷著岸邊，小小的浪花也奮力朝我們襲來。我們看到海的時候，地平線上不時有陣陣

119. 伊普斯威奇（Ipswich）：英國東部薩福克郡的城鎮。

巨浪從翻滾的深淵湧起，彷彿對岸有高塔和建築隱約閃現。我們終於抵達鎮上時，大家都跑到門口，身體被風吹斜、頭髮散亂，似乎很好奇這種夜晚怎麼還有郵車過來。

我到以前住過的那間旅店放好行李，就搖晃顛簸地往海邊走；路上滿是沙子和海草，海浪泡沫噴濺，我深怕房子的石板磚瓦會掉下，在風勢猛烈的街角遇到人就抓。走近海灘時，我不只看到船夫，還看到鎮上一半的人躲在建築物後面；一些人不時頂著狂風暴雨想去看海，卻被搖搖晃晃吹了回來。

我加入那群人，發現有些婦人痛哭失聲，因為她們的丈夫出海捕鯡魚或撈生蠔，船還沒到安全地點就沉沒的可能性很大。一些白髮蒼蒼的老水手看著大海，又看向天空，搖搖頭，彼此咕噥著。有些船主激動難安。孩子們擠在一起，盯著大人看。就連身強力壯的水手都焦慮不安，躲在遮蔽處後，像在探查敵情一樣，用望遠鏡看著海面。

狂風吹得人睜不開眼，砂石紛飛，聲音十分嚇人，我終於找到足夠的空檔看著翻騰的大海。高聳的水壁席捲而來，達到高峰處跌下，濺成浪花，似乎連最小的水壁都可以吞噬整個城鎮。退卻的海浪低吼著往後推移，像是要在海灘上挖出深坑，以摧毀大地為目的。白花花的巨浪轟隆地撲來，在到達陸地之前就衝得粉碎，每一片碎浪都充滿憤怒，迅速匯聚成另一個怪物。起伏的高山變成深谷，起伏的深谷（不時有孤單的海燕飛過）又形成高山。巨浪的轟鳴聲震動，搖晃著海岸。每個洶湧而至的海浪，在形成之後立刻改變形狀和位置，衝破另一個海浪的形狀和位置。地平線上，像彼岸高塔與建築的大浪時起時落，密布的烏雲籠罩而下。我似乎看到了整個大自然的崩解。

當地人認為那是那片海岸有史以來最大的一場暴風雨，直到現在都還記得。我沒有在人群中找到漢姆的身影，因此就走到他家。只見大門緊閉，沒人應門，就從後巷小徑走到他工作的造船廠。到了那裡，我聽說他去了洛斯托夫特，那裡有船隻需要他幫忙搶修，他明天早上就會趕回來。

我回到旅店，梳洗更衣，想睡卻睡不著，這時已經是下午五點鐘了。我到咖啡室，在壁爐旁坐不到五分鐘，服務生就來翻動爐火，藉機跟我聊天，告訴我幾哩外有兩艘運煤船連同船上的人都沉了，還有一些船隻在下錨處奮力掙扎，試圖避免沖到岸邊。他說，要是今天再像昨晚那樣，就要求老天保佑所有可憐的水手了！

我的心情非常低落，非常孤單；因為漢姆不在，我極為不安。最近發生的事不知道帶給我多大影響；昨晚長時間暴露在狂風底下讓我頭昏腦脹。我的想法和記憶混亂到讓我無法清楚辨識時間先後和空間距離了。因此，如果我到鎮上，遇到一個我明知道他肯定在倫敦的人，我也不會驚訝。這麼說好了，在這些方面，我的頭腦有種奇怪的疏離感，但是它也忙於應付這個地方自然而然喚起的所有回憶，而這些回憶格外清晰、生動。

在這種心理狀態下，服務生所帶來的壞消息，立刻讓我想起剛才擔心漢姆的事。我怕他走海路從洛斯托夫特回來遇難失事。我越想越擔心，決定晚餐前再走回造船廠，問那裡的人他有沒有可能搭船回來。如果有一點可能，我就去洛斯托夫特阻止他走海路，要他跟我一起回來。

我很快點了晚餐，走回造船廠。我來得正好，有位造船匠拿著燈籠在鎖門。我問他那個問題，他笑了出來，要我不用怕，就連頭腦不清楚的人都知道要避開那種風勢，頭腦清楚的人就不用說了，所以不用擔心生來就是討海人的漢姆．佩格蒂。

其實我之前也是這樣想，但還是忍不住開口問，經他一說，覺得很不好意思。我回到了旅店。如果那種暴風雨還有可能轉強，那我認為風勢的確轉強了。那咆哮、怒吼讓門窗嘎嘎作響，煙囪發出隆隆的聲音，我所在的這間屋子顯然在搖晃，巨浪喧騰，狀況比早上更嚇人了。除此之外，外頭一片漆黑，給這場暴風雨增添新的恐懼，是真實和想像的恐怖。

我吃不下，坐立難安，不管做什麼都定不下心。我心裡隱約與外頭的暴風雨呼應，翻攪著記憶深處。不過，雖然我思緒混亂，跟轟隆大海一樣瘋狂，但那場暴風雨以及我對漢姆的擔心，總是在我心裡最前頭。

我幾乎沒動晚餐，就請人收走了；我試著喝一、兩杯酒提神，卻徒勞無功。我坐在壁爐前，陷入昏睡，但還是意識得到門外的怒吼或是自己身在何處。這兩種感覺被一種難以形容的新恐懼掩蓋過去，我醒來時，或者說當我擺脫掉將我綁在椅子上的昏沉感時，全身上下都因一種莫名、不具體的恐懼而感到毛骨悚然。

我來回踱步，試圖拿起一本舊地名詞典來讀，聽著屋外可怕的聲音，看著彷彿從火中浮現的面孔、景象與圖樣。最後，牆上那只泰然自若的鐘穩定地滴答作響，將我折磨到我決定上床睡覺。

在這種夜晚，聽說旅店有些僕人願意一起守夜到天亮，讓人感到寬慰。我躺到床上，覺得特別疲倦、沉重，可是一躺下，就像被施了魔法，那種感覺全消失了，我完全清醒，所有感官都更加靈敏。

我就這樣躺了好幾個小時，聽著風聲與海浪聲，一下彷彿聽到海上傳來尖叫聲，一下清楚聽見發射信號槍的聲音，一下聽見鎮上房子的倒塌聲。我好幾次起身往窗外探，玻璃上除了映出那支光線微弱的蠟燭，以及一片漆黑中自己那張憔悴的臉，我什麼也沒看見。

終於，我的焦躁不安達到最高點，我匆匆換上衣服，下樓。在大廚房裡，我依稀看到橫梁上掛著鹹肉和成串的洋蔥，守夜的人以各種姿勢圍在桌子旁，這張桌子是他們特別從大煙囪那裡搬到門邊的。有個漂亮的女孩用圍裙摀住耳朵，眼睛盯著門，我出現時她發出尖叫聲，以為看到鬼了，不過其他人就比較鎮定，很高興多一個人陪他們。有個男士提起他們正在討論的話題，問我覺不覺得運煤船上那些淹死船員的靈魂會在暴風雨中出現。

我在那裡待了兩個小時左右。有一次，我打開院子的大門，往空盪盪的街道張望。沙子、海草、泡沫直接沖進來，我還得請人幫忙，才終於把門關上，擋住強風。

我終於回到那冷清的房間，裡面一片黑暗，但我實在太累了，又上了床，像從高塔墜下懸崖，陷入沉睡。我感覺有很長一段時間，雖然夢到我人在別的地方，在不同的場景裡，卻一直有風呼嘯著。最後，我失去了對現實的薄弱掌控，夢到和兩個好朋友在轟隆的砲聲中攻打某個城鎮，但我並不曉得他們兩個是誰。

砲聲隆隆，接連不斷，我想要聽的聲音根本聽不見，最後我才費勁地醒來。天色已經很亮了，大概是八、九點鐘，暴風雨的肆虐聲取代了砲聲，這時有人一邊敲門，一邊喊著。

「什麼事？」我喊道。

「有船難！就在附近！」

我從床上跳起來，問是什麼船出事。

「一艘縱帆船，從西班牙或葡萄牙來的，船上裝滿水果和酒。先生，如果你想去看，那就趕快！海邊的人都覺得它很快就會被打壞了。」

那激動的聲音沿著樓梯叫喊；我盡快更衣，往街上跑去。

在我前面已經有一些人往海灘同一方向跑去。我也往那裡跑，趕過不少人，很快就面對那片洶湧的大海。

風勢這時已經稍微減緩，其實感覺不太出來，就像夢裡上百尊大砲少了六尊一樣不明顯。不過大海經過一整夜的攪動，絕對比我上次見到時更加可怕。此時，它所呈現的每一個樣貌，都有越漲越大的態勢，打在岸邊岩石的碎浪一個比一個高，一個壓一個，滾滾而來，沒完沒了，可怕至極。除了風浪聲，我難以聽見其他聲音，加上人群與說不出的混亂，以及我最初迎著風雨喘不過氣來，我覺得眼前一片混沌；我往海上望，想找失事的船隻，卻只看到白花花的大浪。有個打赤膊的船夫站在我旁邊，用光裸的手臂（上頭有個箭頭刺青，指著同一方向）往左邊指。我的天哪，我看到了，那艘船就在不遠處！

距離甲板約六呎或八呎處的一支船桅已經折斷，倒向一邊，與亂七八糟的船帆跟繩具糾結在一起，船隻一刻未息地翻動、撞擊著側邊，好像要把船板打穿，力道之猛烈難以想像。船翻動著，舷側朝向我們，我清楚看到船上的人揮著斧頭，試圖要把損壞部分砍掉，其中有個留著長鬈髮、動作活躍的人最顯眼。這時候，大海捲起巨浪，直接打向顛簸中的遇難船隻，將人、圓木、桶子、木板、舷牆像玩具似地掃進洶湧的波濤裡；這一刻岸上發出巨大的喊叫，聲音甚至蓋過了風浪。

第二支船桅還豎立著，破帆和斷了的繩索在上頭晃來晃去。剛剛那位船夫沙啞地在我耳邊說，那艘船已經觸礁一次，浮上來後又觸礁了一次。我聽到他又補了一句，說船要攔腰折斷了，我也看得出來，因為翻動、撞擊得太過激烈，任何人工做的東西都無法承受太久。他說話時，海邊又傳來悲憐的喊叫聲，有四個人和破爛的船隻從大浪中浮上來，抓著未斷船桅上的索具，最上面的，是那個鬈髮、活躍的人。

船隻像發瘋的野獸般翻騰、衝撞，一會兒船身往岸上翻，我們看見了整個甲板；一會兒狂暴地翻回大海那面，我們只能看見它的龍骨。船上的鐘不停響著，像是在替那些不幸的人敲喪鐘，鐘聲隨著風傳到了我們耳邊。

船再次消失在我們眼前，又再次出現。有兩個人不見了。岸邊觀看的人越來越痛苦。男人們緊扣著手呻吟，女人們尖叫著別過臉。有些人瘋狂地在海邊跑來跑去，求大家去幫忙，但誰都無能為力。

我發現自己也是求救者中的一個，發瘋似地懇求我認識的一群水手，別讓僅剩的那兩個遇難者也在我們眼前喪命。

他們很激動地跟我解釋，我心裡十分慌亂，連聽到的一些話都弄不懂，所以我也不知道自己怎麼聽懂他們說，一小時前就有勇敢的水手準備搭救生船去救人，卻什麼也做不了。此外，沒有人敢不顧死活地冒險下海，綁著繩索游到破船那裡，所以根本已經無計可施。我注意到海邊有些騷動，看到大家紛紛讓開，漢姆穿過人群，走到前面來。

我跑向他，我知道，我是想要請他幫忙去救人。儘管我被眼前這種從沒見過的可怕景象弄得心煩意亂，但是看到他臉上堅決的表情、看向大海的樣子，就跟艾蜜莉逃走後那天早上一模一樣，我突然意識到他即將面臨的危險。我雙手抓著他要他別去，懇求我剛才拜託的人別聽他的話，別讓他去送死，別讓他離開沙灘！

岸邊又傳來另一聲喊叫。我們朝遇難的船隻望去，看見那殘忍的船帆一下又一下地，將在較低處的人打落海，接著又在船桅上僅剩的那個活躍身影旁得意地揮舞。

面對這種景象，要勸退那個不顧性命、心意已決的人（在場有一半的人都已習慣聽任他指揮），我還不如去向暴風求饒。「戴維少爺，」他雙手奮力抓著我說，「要是我的時辰到了，那就來吧。要是還沒到，那我就等。願上帝保佑你，保佑大家！夥伴們，幫我準備好！我要去了！」

我被人推到一旁，但他們並非惡意的。有人擋著我，不讓我接近，我在慌亂中聽到他們說，不管有沒有人幫忙，漢姆都決定要去，要是我給那些幫他做準備的人添麻煩，只會讓漢姆更危險。我不知道自己回答了什麼，也不知道他們又告訴我什麼，只看到海邊一陣忙亂，有一群人圍成圈擋著，使我看不到漢姆。他們從一旁的起錨機上弄下繩索，送進那圈人牆中。接著，我看到漢姆穿著水手工作服獨自站著，手握著一條繩索，或是繫在手腕上；另一條繩索捆在他身上，一些壯丁在稍遠處拉著繩索另一端，他自己再把面前那截鬆散地盤放在腳邊。

就算是我這個外行人，也看得出那艘破船就要裂開了。我看到它從中間斷裂，船桅上那個僅存的人命在旦夕，但他還是緊抓著桅杆不放。他戴著一頂很特別的紅帽，不像水手帽，顏色更鮮豔好看。擋在那個人與死亡中間的幾塊變形木板，不停地翻滾、滑動，眼看就要支撐不住，預告死亡的鐘聲將要響起時，我們都看到他在揮動那頂紅帽。看到這一幕，我覺得自己都要瘋了，因為他的動作讓我想起我過去的一位摯友。

漢姆望著大海，孑然而立；他身後的人全都屏住氣息。面前是暴風雨。他等到一個大浪退去後，往後看了眼抓住繩索另一頭那些人，就跟著浪衝進海中，和海浪搏鬥；他跟著高漲的浪升起，隨著退去的浪落下，沒入浪花裡，接著又被打上岸。他們很快地把他拉了回來。

他受傷了。從我所在的位置，就看出他臉上有血跡，但他一點也不在意。我從他揮舞的手臂推斷，他急著要其他人後退，準備再像之前那樣衝入海裡。

他奮力、勇敢地往破船游去，跟著高漲的浪升起，隨著退去的浪落下，沒入浪花裡，一下被沖到海岸這頭，一下被沖到破船那頭。這段距離原本不算什麼，但大海與暴風的威力讓這變成生死之鬥。他終於快游到破船那裡了。他已經很接近，只要再用力一划，就可以抵達了。就在這時候，一波山丘般的綠色巨浪，從船後方往岸邊襲來，他似乎神勇地一躍而入，而船也消失了！

我跑到他們拉繩索的地方，只看到海中有些木片在旋轉，彷彿剛才只不過是打破了木桶而已。大家臉上一片惶恐。他們把他拉到我腳前——他毫無知覺——死了。他被抬到最近的房子裡；這時再沒有人攔著我了，我留在他身邊，用盡所有方法想讓他恢復知覺；但他已經被那道巨浪打死，他那顆寬厚的心永遠停止不動了。

一切方法都試過，沒有希望了。我在床邊坐下來。這時，有個從小就認識我和艾蜜莉的船夫在門邊低聲叫我。

「先生，」他雙唇顫抖，面色蒼白，那張飽經風霜的臉龐淌著淚水。「可以請你過去那邊一下嗎？」

我剛才想起的往事，也出現在他的臉上。他伸出手扶我，我靠著他，膽戰心驚地問：「有屍體被沖上岸了嗎？」

他說：「對。」

「是我認識的人嗎？」我接著問。

他沒有回答。

但是他帶我來到海灘。就在艾蜜莉和我小時候找尋貝殼的那個地方，就在那個舊船屋昨夜被狂風吹倒後碎片散落的地方，就在他所傷害的那個家庭的廢墟上，我看見他躺著，頭枕在手臂上，就像以前我在學校看到的那樣。

第56章　新傷與舊痕

噢，史帝福斯，我們最後一次談心時，我根本沒想到那會是永別——沒必要說「你要想到我最好的那一面！」我一直以來就是這樣做，現在看到這一幕，我又怎麼會改變呢？

他們搬來了屍架，將他放在上頭，用旗幟蓋著他，抬往附近的房子。抬他的每個人都認識他，曾經跟他一起航海，也見過他快活、大膽的樣子。他們抬著他，在狂暴的吼聲中走過，在喧譁騷動中保持沉靜，將他抬到死神已經來過的小屋。

不過，他們將屍架放在門口，面面相覷，又看著我，低聲說話。我知道為什麼。他們覺得將他放在同一間肅靜的房間，似乎不恰當。

我們來到鎮上，將重擔抬到旅店。等我能夠好好思考，就派人找裘倫來，請他替我找一輛車，晚上載我回倫敦。我知道，運送遺體和通知他母親這個噩耗的重責大任，只能落在我身上；我也希望自己能盡全力做好這件事。

我之所以選在晚上動身，是希望離開時不會引起太多人注意。但是，我搭上輕便馬車，後頭載著我的責任駛出院子時，雖然已經接近半夜，外頭還是有不少人等著。沿著小鎮街道，甚至走了一段路後，仍不時看到旁邊聚集很多人。不過到後來，周圍就只剩荒涼的黑夜與寂寥的田野，以及我年輕時友誼的灰燼了。

那是個柔和的秋日，地上落葉散發著香氣，還掛在枝頭的樹葉色彩繽紛，或黃、或紅、或棕，在陽光照耀下，顯得格外美麗。約中午時分，我到了高門。最後一哩路，我一邊走，一邊想著該怎麼做，並要那輛跟了我一整晚的車先停下來，等我通知後再前進。

我走到那棟房子前，它看起來跟以往沒兩樣，沒有一扇窗簾是拉開的，沉寂的鋪石庭院與通往那扇棄置不用的門的門廊，都沒有生命跡象。風已經平息了，一切靜止不動。

起初，我沒有勇氣拉門鈴，等我終於拉了之後，我要辦的事似乎已經藉由這個鈴聲傳達了。客廳的小女僕走了出來，手上拿著鑰匙，開門時焦急地看著我說：

「不好意思，先生，您生病了嗎？」

「我只是最近太焦慮，也太累了。」

「發生什麼事了嗎，先生？——是詹姆斯先生嗎？」

「噓！」我說。「對，出事了，所以我必須告訴史帝福斯夫人。她在家嗎？」

女孩不安地回答說，女主人現在很少出門，就算是坐馬車也很少出去，幾乎都關在房裡，也不見客，但會願意見我。她說女主人已經起來了，達朵小姐跟她在一起。她應該替我帶什麼訊息上樓呢？

我認真交代她傳話時要小心，只要把我的名片遞給她，說我在樓下等就好。我們走到客廳，我就坐在這裡等她回來。過去那種歡樂氣氛不復存在，百葉窗都只拉開一半。豎琴也已經好久沒有人彈了。他小時候的照片還在。他母親存放他信件的櫃子還在。我不知道她這段日子有沒有拿出來讀，不知道她以後會不會再讀那些信！

整棟房子寂靜無聲，連女僕輕巧的上樓聲都聽得見。

她回來後告訴我，史帝福斯太太行動不便，無法下樓，如果我不介意，她會很樂意在房間接待我。不久，我就站到她的面前了。

她在他的房間裡，而不是她自己的房間。當然，我覺得她是因為想念他，先前就搬進來這裡了。出於相同原因，他以前那些運動競賽和學業的獎盃、獎牌都還在，原封不動地圍繞在她身邊。不過，她在接待我的時候說，她不在自己房間是因為那裡的方位不適合她休養，那莊嚴的眼神不容許他人對這個事實有絲毫懷疑。

跟平常一樣，站在她椅子旁邊的，是羅莎．達朵。她那雙黑眼第一時間落在我身上，我就看出，她知道我帶來噩耗。她的疤痕立刻變得很明顯。她退了一步到椅子後方，不讓史帝福斯夫人看到她的表情，並用銳利的目光打量我，絲毫不猶豫，完全不退縮。

「看到你穿喪服，我很遺憾，先生。」史帝福斯夫人說。

「很不幸地，我太太過世了。」我說。

「你還如此年輕就經歷這麼大的損失，」她回答，「我聽了非常難過。我聽了非常難過。希望時間能夠沖淡你的傷痛。」

「我希望時間，」我看著她說，「可以沖淡所有人的傷痛。親愛的史帝福斯夫人，在遇到最悲痛的不幸時，我們一定要相信這點。」

我真切的態度和眼中的淚水驚動了她。她的想法似乎被打斷、被改變了。

我努力克制自己的聲音，想輕聲說他的名字，但還是忍不住顫抖了。她低聲地自言自語，重複了兩、三次。接著，她故作鎮定地對我說：「我兒子病了。」

「病得很嚴重。」

「你見過他了？」

「對。」

▍我帶來噩耗

「你們和好了嗎？」

我既不能答是，也無法說不。

她輕輕將頭轉向羅莎．達朵原本站的位置，我用唇語告訴羅莎說：「死了！」為了不讓史帝福斯太太往後看，清楚看到她尚無心理準備得知的事，我迅速地迎上她的目光，但我已經看到羅莎．達朵絕望、恐懼地將雙手往上一舉，緊摀住臉。

那個俊秀的夫人——好像，噢，好像！——定定地看著我，手放到額頭上。我請求她冷靜下來，準備接受我不得不告訴她的消息，但我其實應該請求她哭的，因為她就像尊石像坐著不動了。

「我上次來的時候，」我結巴地說，「達朵小姐告訴我，他四處航海。前天晚上海上的狀況太可怕了，如果照我聽到的，他那一晚在海上，而且航行在危險的海岸附近；如果大家看到那艘船真的是他……」

「羅莎！」史帝福斯夫人說，「來我這裡！」

她過去了，但沒有絲毫同情或溫柔。她看著史帝福斯的母親，雙眼迸出熊熊火光，接著發出可怕的笑聲。

「這下好了，」她說，「妳這麼驕傲，這下滿意了嗎，妳這個瘋女人？他**現在**向妳贖罪了——用他的命跟妳贖罪了！聽見沒有？他的命！」

史帝福斯夫人僵硬地坐回椅子上，只發出一聲呻吟，睜大眼睛盯著她。

「啊！」羅莎用力捶胸喊道。「看看我！妳呻吟啊，哀嘆啊，然後看看我！看這裡！」她拍著疤痕，「看妳那死掉的兒子幹的好事！」

那母親不時發出的呻吟，直刺入我的心。那呻吟聲，含糊不清，壓抑著，每次都伴隨著頭部無力的晃動，臉上表情始終不變。那呻吟聲，是從僵硬的嘴巴和咬緊的牙關發出，彷彿下巴鎖死，面容因痛苦而僵硬。

「妳記得他什麼時候幹的好事嗎？」羅莎・達朵繼續說。「妳記得他是什麼時候，他遺傳了妳的個性，因為妳對他的縱容、溺愛，他幹了這件好事，讓我一輩子毀容？看看我，我到死，都得帶著他發火時在我臉上留下的疤痕，妳看妳把他變成什麼樣子！妳呻吟吧、哀嘆吧！」

「達朵小姐，」我央求她，「看在老天的分上……」

「我**就**是要說！」她發火的眼神轉向我。「你，住口！我說啊，看看我，有驕傲的母親，就有驕傲又虛偽的兒子！為了妳對他的縱容，呻吟吧；為了妳對他的放任，呻吟吧；為了失去他，呻吟吧；為了我失去他，呻吟吧！」

她握緊拳頭，削瘦疲憊的身軀顫抖著，好像激動的情緒正一寸寸地吞噬她。

「妳，怨恨他的任性！」她吼道。「妳，被他的高傲傷透心！妳，等到頭髮白了，才反對他這兩種性格，但那都是妳生給他的！妳，從他還在搖籃裡就把他養成這樣，阻礙了他該有的發展！妳這麼多年的辛苦，**這下**獲得報償了吧？」

「噢，達朵小姐，妳太不應該了！噢，妳太殘忍了！」

「我說了，」她回答，「我**就是**要跟她說。我站在這裡，世界上沒有任何力量阻止得了我！這些年來我都保持沉默，難道現在還不能說幾句嗎？我比妳還愛他啊！」她惡狠狠地對史帝福斯夫人說。「我本來可以不求回報地愛他。如果我嫁給他，只要他一年說一句我愛你，我會任勞任怨地接納他的善變。我會那樣做的。誰會比我更清楚？妳態度苛刻、驕傲自大、拘泥禮儀、自私自利。我對他的愛是無私奉獻的——會把妳不值一提的嗚咽呻吟踩在腳下！」

她雙眼怒瞪，往地上一跺，好像真的用力踩下去。

「妳看看！」她再次毫不留情地打了自己的疤痕。「他長大後明白自己做了什麼，他很清楚，也後悔了！我唱歌給他聽、跟他聊天，時時關注他所做的一切，努力學會他有興趣的知識；我吸引住他了。在他最青春洋溢、最真誠的時候，他愛過**我**。沒錯，他愛過我！有好幾次，他用幾句話打發妳，卻對我掏心掏肺！」

說到往事時，她那幾近瘋狂的態度，帶著嘲笑的驕傲以及熱切的回憶；一時間，往日柔情的餘燼在回憶中重燃了。

「為他那孩子氣的追求，我降低身分，成了一個玩偶，我早該知道自己會變成那樣。我只是個無聊解悶的玩意兒，他高興就拿起，不高興就放下，鬧著玩而已。他慢慢厭倦的時候，我也累了。既然他對我沒興趣了，我也不想鞏固我對他的影響力，就像我不想要他被迫娶我。我們一聲不響地漸漸疏離。或許妳看到了，並不覺得遺憾。從那之後，我不過就是你們兩個之間的醜陋家具，沒有眼睛、沒有耳朵、沒有感情、沒有記憶。妳要呻吟？那就為了妳讓他變成這個樣子呻吟吧，別為了妳對他的愛而呻吟。我告訴妳，過去有段日子我遠比妳還愛他！」

她站在那裡，怒視著面前那張睜大眼、僵住的臉孔。呻吟聲不斷發出，她卻一點也沒有心軟，彷彿那張臉不過是張畫罷了。

「達朵小姐，」我說，「妳怎麼能這麼冷酷，毫不憐憫這個痛苦的母親……」

「那誰來可憐我？」她厲聲反駁。「這是她撒下的種子。讓她替自己今天的收穫呻吟吧！」

「如果是他的過錯……」我開始說道。

「過錯！」她激動大哭。「誰敢說他壞話！他的靈魂，比他降低身分結交的朋友要尊貴多了！」

「沒有人比我更愛戴他，沒有人比我更珍惜與他相處的過往，」我回答。「我想說的是，如果妳不同情他的母親，或者如果他的過錯——妳一直埋怨在心的過錯……」

「那不是真的，」她扯著自己的黑髮喊道，「我愛他！」

「在這種時刻，如果妳無法忘懷他的過錯，」我繼續說，「那請妳看看那個人，就算把她當成陌生人也好，幫幫她吧！」

這段時間，那個人毫無變化，看起來也永遠不會變了：宛如雕像般靜止不動，全身僵硬、睜大眼睛，不時發出同樣的呻吟，頭部不由自主地動作；此外，沒有其他活著的跡象。達朵小姐突然跪在她面前，開始替她更衣。

「我詛咒你！」她轉過來看著我，表情夾雜著憤怒與哀傷。「你每次來都沒好事！我詛咒你！你給我滾！」

我走出那個房間，又匆匆回頭想搖鈴喚人。這時，達朵小姐已經將那個人擁在懷裡，依然跪在她面前，對著表情呆滯的她哭泣、親吻、叫喊，像在哄孩子般地搖哄著，用盡各種溫柔的方法想喚醒她的知覺。我不再怕留她在那裡了，因此安靜地走出去，離開時驚動了整棟房子的人。

當天下午，我回到那裡，將他放到他母親的房間。他們告訴我，她還是那樣子，達朵小姐從未離開她。他們找醫生來過，試了很多辦法都沒用，她還是像雕像一樣坐在那，不時發出呻吟。

我在這棟陰沉的房子裡巡了一下，將所有窗簾拉上。他所在房間的百葉窗，是我最後拉上的。我拉起他沉甸甸的手，放在我胸前；整個世界似乎都死了，安靜了，唯一打破這片死寂的，只有他母親的呻吟。

第57章　即將移居他鄉的人

在我屈服於這一連串情感打擊之前，還有一件事要做，那就是對即將遠行的人隱瞞發生的事，讓他們不知情地開心啟程。這件事，刻不容緩。

當天晚上，我將麥考伯先生拉到一旁，請他幫忙瞞住最近發生的噩耗，別讓佩格蒂先生知道。他當下熱心地答應了，承諾會攔截任何可能透露消息的報紙。

「這件事要傳到他那裡，先生，」麥考伯先生拍拍胸脯說，「得先過我這關才行！」

我必須說，麥考伯先生為了適應新的環境，已經學到海盜般大膽無畏的精神，這當然不是目無王法，而是學會自我防禦、說做就做。有人可能會以為他是曠野的小孩，長久局限在文明世界生活，現在就要回到他出生的荒野了。

他準備了不少東西，其中包含全套油布防水衣，和一頂塗了瀝青或用麻絮填塞的低頂草帽。他穿上這身粗獷的服裝，腋下夾著船員用望遠鏡，精明地抬頭望向天空，查看天氣狀況時，那副模樣比佩格蒂先生更有水手架勢。他們一家人已經蓄勢待發，如果我可以這麼形容的話。我看到麥考伯太太戴上尺寸最合、最牢固的帽子，將繫繩緊綁在下巴，把自己當成包袱捆上披巾（就像我當初去找姨婆收留我，被她包起來的那樣），在腰後打上牢固的結。我發現麥考伯小姐也用同樣方式做好了面對暴風雨的俐落裝備，身上沒有任何多餘的東西。麥考伯少爺則穿著水手常穿的那種緊身羊毛衫，以及我所見過最粗糙寬鬆的水手服，幾乎都看不見他的人了。其他的孩子也像醃肉般被包得密不透風。麥考伯先生和他的長子都將袖口寬鬆地捲起，彷彿隨時能夠出手幫忙，立刻就能「上甲板」，或者高唱「呦——拉啊——呦！」[120]

崔斗斯和我在黃昏時看到他們就是這番情景，他們一家人正聚在當時稱之為「亨格福德階」的木階上，看著裝了他們部分家產的小船開走。我把那起悲慘的事件告訴崔斗斯，他聽了震驚不已，但保密這件事，無疑是好意，他來就是要在最後關頭幫我的。我也是在這裡將麥考伯先生拉到一旁，得到了他的保證。

麥考伯一家住在一間骯髒破爛的小酒館裡，當時，酒館離木階很近，凸出的木屋就懸在河上。因為要移民海外，這家人成為亨格福德一帶的焦點，甚至有很多人來看他們，所以我們就樂得躲在他們的房間裡。那是樓上的一間木造房間，下方就是水流。姨婆和艾格妮絲也來了，忙著讓孩子們的衣著能再稍微舒適一點。佩格蒂靜靜地拿著以前的小針線盒、布尺和一塊小線蠟幫忙縫補，這些東西歷經好多變故了。

佩格蒂問我事情的時候，我很難回答。麥考伯先生將佩格蒂先生帶進來，我低聲告訴他，我已經轉交了信，一切安好，這時候更是難以應付。但我兩樣都做到了，他們聽了也很高興。如果我露出難過的神情，我就用自己的悲痛解釋過去。

「船什麼時候開，麥考伯先生？」姨婆問。

麥考伯先生覺得有必要讓姨婆或麥考伯太太慢慢有心理準備，所以就說船期比他昨天預計的還要早一點。

120. 英國船員起錨時發出的呼喊聲。

「船方通知你了，是嗎？」姨婆說。

「是的，托特伍德小姐。」他回答。

「所以呢？」姨婆問。「船要在什麼時候……」

「托特伍德小姐，」他回答，「他們通知我，我們一定要在明天早上七點鐘以前登船。」

「哎呀！」姨婆說。「這麼快。船期都是這麼突然的嗎，佩格蒂先生？」

「是的，托特伍德小姐。船要等退潮才能順著河流出海。要是戴維少爺跟我妹妹明天下午可以到格雷夫森德來，那還能替我們送行。」

「我們會的，」我說，「一定會！」

「在那之前，以及出海之後，」麥考伯先生對我使了個眼神，「佩格蒂先生和我會一直密切留意我們的行李和家當。艾瑪，我的寶貝，」他煞有介事地清清喉嚨說，「我的朋友湯瑪斯·崔斗斯先生太體貼了，他悄悄跟我說，他想請人送來跟老英格蘭烤牛肉有關的飲料原料，讓我們調製一點享用。我指的——總之，就是潘趣酒。在一般情況下，我是不敢冒昧請托特伍德小姐和威克菲爾德小姐賞光的，但是……」

「我只能替自己回答，」姨婆說，「我非常樂意為你的幸福與成功乾杯，麥考伯先生。」

「我也是！」艾格妮絲笑著說。

麥考伯先生立刻到樓下酒吧，似乎把那裡當成自己家一樣，過了一會兒就帶著冒著煙的大壺回來了。我發現他用自己的折刀在削檸檬皮，那把刀其實是拓荒者用的，大概有一呎長。用完刀後，他還賣弄地用大衣袖口擦拭。我現在發現，麥考伯太太和長子、長女也各自配備了同樣的可怕器械，其他小孩身上也都有堅韌的繩線綁著自己的木湯匙。同樣地，預測到他們在海上以及叢林中可能會遇到的狀況，麥考伯先生並沒有用酒杯替麥考伯太太和長子、長女倒酒（他要這麼做並不難，因為房間櫃上滿是酒杯），而是倒在破舊的小錫罐給他們喝。他興高采烈地用自己專用的一品脫錫罐喝酒，聚會結束再將它收到口袋裡，我從來沒看過他做別的事情這麼開心。

「故國的奢侈品，我們放棄了，」麥考伯先生用極為滿意的表情宣布。「住在叢林裡的人，當然不能指望享有自由國土的精緻用品。」

這時候，有個男孩進來說，樓下有人找麥考伯先生。

「我有預感，」麥考伯太太放下了錫罐，「是我娘家的人來了！」

「要是如此，親愛的，」麥考伯先生跟平常一樣，談到這話題就突然激動起來，「要是妳娘家的人，不管是男、是女、是什麼東西，都讓**我們**空等很久了，或許那個人，現在可以好好等**我**有空再見他。」

「麥考伯，」他的妻子低聲說，「現在這種時候……」

「『不應該，』」麥考伯先生起身說，「『為了一點無傷大雅的小過錯就譴責他人！☆17』[121]艾瑪，我接受指責。」

「麥考伯，」他的妻子說，「那是我娘家人的損失，不是你的。要是我娘家的人最後才體認到他們過去的行為使自己蒙受損失，現在希望伸出友誼之手，那我們就別拒絕吧。」

「親愛的，」麥考伯先生回答，「好吧！」

「就算不是為了他們，也為了我，麥考伯。」他的妻子說。

☆17
It is not meet that every nice offence should bear its comment!

121. 出自莎士比亞名作《凱撒大帝》(*Julius Caesar*)第四幕第三場。

「艾瑪，」他回答，「在這種時候，妳對這問題的看法是無可反駁的。就算是現在，我還是無法斷然保證我會對妳娘家的人好言相待；可是，既然有個人願意來這裡，我就不會對他冷漠。」

麥考伯先生離開了，過了一陣子還沒有回來，這段時間，麥考伯太太還是無法完全放心，怕麥考伯先生跟她娘家的人起爭執。最後，同一個男孩出現，拿了一張用鉛筆寫的字條給我，上頭照法律形式寫了：希普控告麥考伯。我讀了內容後，得知麥考伯先生又被逮捕了。他陷入最後突發的絕望當中，求我將折刀和錫罐交給送信人帶去給他，他在監獄度過人生最後一小段時間，或許用得著這兩樣東西。他還請我這個朋友幫他最後一個忙，送他的家人進教區濟貧院，並要我忘記他這樣的一個人曾經存在過。

看到這張紙條，我當然立刻跟男孩下樓還錢，只見麥考伯先生坐在角落，抑鬱地看著來逮捕他的執法官。他被釋放後，激動地抱著我，並在記事本裡記錄了這筆款項——我記得，他連我報總數時不小心漏掉的半便士也認真記上去了。

這本重要的記事本，及時提醒他還有另一筆欠款要還。我們回到樓上房間後（他解釋發生了無法控制的狀況，他才在樓下待那麼久），他拿出折得很小的一張紙，上頭仔細寫滿一長串的數字。我瞥了一眼，從沒在任何算數課本看過那樣的數字。這些似乎是他所說的「四十一鎊十先令十一便士半本金」在不同時期所生的複利。經過他審慎估算，再精心預估自己的收入，他算出從今天起兩年十五個月又十四天後的複利加本金總額，非常工整地寫了一張期票，當場交給崔斗斯，（就像男子漢跟男子漢之間一樣）完全結清他的債務，並一直向崔斗斯道謝。

「我還是有預感，」麥考伯太太若有所思地搖搖頭說，「我覺得我們明天真的要出發時，我娘家的人會到船上送行。」

在這件事情上，麥考伯先生顯然也有自己的預感，只是他將它放進錫罐裡吞下去了。

「麥考伯太太，要是旅途中妳有機會寫信，」姨婆說，「一定要寫信給我們。」

「親愛的托特伍德小姐，」她回答，「有人願意知道我們的消息，我當然再樂意不過。我一定會寫的。我相信，我們的老朋友考柏菲爾德先生不會反對偶爾接到我們的消息吧？雙胞胎還沒懂事的時候，我們就認識你了。」

我說只要她有機會寫，我都樂於聽到他們的事。

「天遂人意，我們一定會有很多這樣的機會，」麥考伯先生說。「這時候海上船隊往來不斷，航行中一定會遇見返國的船。我們只不過是橫渡到彼岸，」他邊說邊擺弄單片眼鏡，「只是橫渡而已，距離都是想像出來的。」

麥考伯先生從倫敦搬到坎特伯里時，講得好像他要去世界盡頭一樣；現在要從英國到澳洲，卻說得彷彿只是跨過海峽。我現在想起來覺得很奇特，多麼像麥考伯先生會做的事情啊。

「航行中，我會偶爾為孩子們講故事，」麥考伯先生說，「還有，小犬威爾金的歌喉在廚房火爐旁絕對很受歡迎。等麥考伯太太習慣船上的顛簸，兩條腿——我希望這個說法無傷大雅——可以像在陸地上走動，我敢說，她肯定會唱〈小塔夫林〉給大家聽。我相信，我們站在船頭一定經常能看到海豚，在右舷和左舷也會不斷看到有趣的東西。總之，」麥考伯先生用以往那種派頭說，「很有可能，上上下下的一切東西都令人振奮，當主桅平台的瞭望員大喊：『陸地到囉！』，我們肯定還會大吃一驚呢！」

說到這裡，他一口喝掉小錫罐裡的東西，彷彿旅程已經結束，他在海軍最高當局面前通過高等考試了。

「親愛的考柏菲爾德先生，我最大的希望是，」麥考伯太太說，「我們家的人可以再回祖國生活。別皺眉頭，麥考伯！我並不是說我娘家的人，而是我們孩子的孩子。不管小樹長得多茂盛，」她搖搖頭，「我都忘不了自己的根。當我們這個家族取得成就與財富時，我承認，我希望那些財富也能流入不列顛尼亞的國庫裡。」

「親愛的，」麥考伯先生說，「不列顛尼亞只能碰運氣了。我只能說，她從來沒有為我做過太多事，所以就這話題，我並沒有特別的願望。」

「麥考伯，」麥考伯太太說，「這你就錯了。你遠走他鄉，麥考伯，目的是為了鞏固你和祖國的關係，而不是削弱這個關係。」

「寶貝，我再重複一次，」麥考伯先生回答，「這個關係可沒有減輕我的負擔，因此我才會毅然決然要另建一個關係。」

「麥考伯，」麥考伯太太回答，「我再說一次，這你就錯了。你不知道自己有多大的能力，麥考伯。能鞏固你與祖國關係的，正是你的能力，就算對你現在要走的這一步來說，也是如此。」

麥考伯先生坐在扶手椅上，揚起眉毛，對於麥考伯太太的看法，一半接受，一半反對，但還是覺得她很有先見之明。

「我親愛的考柏菲爾德，」麥考伯太太說，「我希望麥考伯先生能知道自己的地位。我覺得，從我們啟程那一刻起，麥考伯就要清楚自己的地位，這至關重要。我親愛的考柏菲爾德，依你以前對我的認識，一定看得出我沒有麥考伯先生那種樂觀態度。要是我能夠這麼說的話，我的個性算是非常實際了。我知道這會是很長的航程。我知道一定會有很多困難與不便。我無法對這些事實視而不見。但是，我也知道麥考伯先生是什麼樣的人。我知道麥考伯先生的潛力。因此，我認為麥考伯先生清楚自己的地位，是極其重要的事情。」

「寶貝，」他說，「或許妳能容我說，當前要我清楚自己的地位，不太可能。」

「我不這樣認為，麥考伯，」她回答。「不完全是。我親愛的考柏菲爾德，麥考伯先生的狀況不同於常人。麥考伯先生要遠赴他鄉，正是為了第一次讓別人能充分瞭解並欣賞他的才華。我希望麥考伯先生能站在那艘船的船頭，堅定地說：『我來征服這個國家了！你們有名譽嗎？你們有財富嗎？你們有薪俸優厚的職缺嗎？全都拿出來吧。它們都是我的！』」

麥考伯先生看著我們所有人，似乎覺得這個想法很不得了。

「要是我能說清楚一點，」麥考伯太太用她就事論事的態度說，「我希望麥考伯先生能夠當自己命運的凱撒。我親愛的考柏菲爾德，在我看來，那才是他真正的地位。啟程的第一刻起，我希望麥考伯先生可以站到船頭說：『耽誤得夠了，失望得夠了，貧窮得夠了！那些是祖國的事。現在是新的國度。把你們的補償拿來吧。拿上來吧！』」

麥考伯先生雙臂交抱，一副堅決的樣子，彷彿自己正站在船頭。

「如果他那樣做了，」麥考伯太太說，「如果他知道自己的地位，我敢說麥考伯先生跟英國的關係會加深，而不會減弱，這句話不對嗎？要是在那個半球出現一位重要的公眾人物，難道會有人跟我說，祖國感受不到這件事的影響嗎？要是麥考伯先生在澳洲大展才華，揮舞力量的權杖時，我還能愚鈍地認為他在英國不算什麼嗎？我只不過是個女人，但如果我犯了那樣荒謬糊塗的錯，不只對不起我自己，也對不起我爸爸。」

麥考伯太太堅信她的論點是無法反駁的，因此她的口吻更加高亢激昂，我想我從來沒有聽她這樣說話過。

「因此，」麥考伯太太說，「我才更加希望將來有一天，我們能夠重回祖國故土。麥考伯先生或許能夠——我無法忽視這種可能性，我認為麥考伯先生肯定會——成為歷史的一頁，那時他就應該在那個只讓他出生卻不給他就業的國家當個代表了！」

「寶貝，」麥考伯先生說，「妳的熱情讓我深受感動。我一直都樂意聽從妳的好意見。會發生的就會發生。☆18 我是不會吝於將子孫累積的財富貢獻給祖國的！」

「那很好，」姨婆對佩格蒂先生點頭，「我敬你們大家，祝你們前程似錦、萬事成功！」

佩格蒂先生將他抱著的兩個孩子分別放在兩邊膝上，加入麥考伯夫婦回敬大家。他跟麥考伯一家像戰友一樣熱情握手，古銅色的臉上綻出笑容，我覺得他不管到哪裡，都能夠闖出路來，樹立名聲，受到愛戴。

就連那些孩子都照大人指示，將木湯匙伸進麥考伯先生的罐子裡舀，跟大家敬酒。敬完之後，姨婆和艾格妮絲起身，向即將移民的人告別。這個離別太傷感了。大家都在哭，孩子們到最後一刻還抱著艾格妮絲不放；我們離開麥考伯太太時，她傷心地坐在昏暗的蠟燭旁抽噎；從河上望去，那燭光讓這間房就像座悲慘的燈塔。

隔天早上，我又過去酒館想替他們送行。他們清晨五點鐘就搭著小船離開了。我把他們與這家破爛的酒館和木階做聯想，不過是昨晚的事，他們離去後，現在這兩個地方更顯得淒涼、荒蕪了。我覺得就別離所導致的前後差異，這是個很好的例子。

下午我跟老保母一起去了格雷夫森德。我們看到船停在河口，被一堆小船圍住，正好是順風，桅頂上有著啟航的信號。我直接雇了一艘船，穿過四周那些混亂的小船，終於到達了中央的大船，我們就上去了。

佩格蒂先生在甲板等我們。他告訴我，麥考伯先生剛又因為被希普告，再次（最後一次）遭到逮捕，但他已經照著我的指示，替麥考伯先生還了錢；我也將這筆錢還給佩格蒂先生。接著他帶我們到了統艙，我本來還擔心他會不會聽到那件事的風聲，但這時麥考伯先生從黑暗中出來，以朋友與保護者姿態勾住佩格蒂先生的手，說他們從前天晚上就幾乎時時刻刻在一起，我才終於放下心。

這裡如此密閉、幽暗的景象對我來說好陌生。起初我什麼也看不見，在眼睛習慣黑暗之後，我才漸漸看清楚，覺得自己宛如置身奧斯塔德[122]的畫中。四周有大橫梁、貨物堆、帶環的螺釘、移民的床架、矮櫃、包裹、桶子和五花八門的行李堆——掛著的油燈在這裡、那裡亮著，帆布通風筒和艙口則透進昏黃日光照亮其他地方——這裡頭擠滿了人，大家正在結識新朋友，告別舊朋友，有說有笑有淚，吃吃喝喝；有些人已經在占好的位置安頓下來，把小家布置好，將年幼的孩子放在板凳或矮扶手椅上；有些人沒有找到地盤，沮喪地走來走去。從出生不過兩個星期的嬰兒，到距離人生盡頭似乎只有兩星期的駝背老人；從靴子上還沾有英國泥土的農夫，到皮膚上還黏有煤灰的鐵匠；似乎老老少少、各行各業的人都擠進這個狹小的統艙裡了。

我環視這個地方，覺得看到一個很像艾蜜莉的身影，坐在打開的艙門邊，身旁帶了麥考伯家的一個孩子。我之所以會注意到這個身影，是因為另一個身影與她吻別之後，就靜悄悄地從混亂的人群離開，讓我想起——艾格妮絲！但當時很倉促、忙亂，加上我自己思緒混亂，我跟丟了那個身影。我只知道，船方通知所有訪客離開的時間到了，我的老保母正坐在我身旁的矮櫃上哭，還有某個穿黑衣

122.阿德里安・凡・奧斯塔德（Adriaen van Ostade，一六一〇～一六八五）是荷蘭風俗畫家，以繪製溫暖愜意的家園、酒吧，簡樸的日常生活著名，作品色調陰暗。

即將移居他鄉的人

的年輕女子俯身忙著幫格米奇太太整理佩格蒂先生的物品。

「你最後還有什麼話要說，戴維少爺？」佩格蒂先生說。「我們離開前，有忘掉什麼事嗎？」

「有一件事！」我說。「瑪莎！」

他輕拍了我剛才提到那位年輕女子的肩膀，瑪莎就站在我面前。

「願上帝保佑你，你這個好心人！」我喊道。「你帶她一起去！」

她哭了出來，幫他回答了。當時我感動得說不出話，用力握住他的手。要是我這輩子愛過、尊敬過任何人，這人就是我打從心底愛戴、尊敬的。

送行的人快要走光了。我最大的考驗還在後頭。我把已逝的那個高尚靈魂交代我離別時要告訴佩格蒂先生的話，都跟他說了，他深受感動。但是，當他要我也回一些關愛與充滿遺憾的話給那雙再也聽不見的耳朵時，他讓我更為感動。

時間到了。我擁抱他，一手勾住哭泣的佩格蒂急忙離去。我在甲板上跟可憐的麥考伯太太告別，那時她還在四處張望找尋她娘家的人，而她跟我說的最後一句話是，她永遠不會拋棄麥考伯先生。

我們從船側下去，搭上小船，然後停在不遠處看大船啟航。當時夕陽輝煌，風平浪靜。大船就在我們和紅霞之間，在霞光中，每條纜繩和每根圓杆都看得一清二楚。壯麗的大船靜靜停泊在閃閃發光的水面上，船上所有人都擠到舷牆旁，脫下帽子，悄然無聲。那畫面好淒美，卻又充滿希望，是我從來沒見過的。

悄然無聲只有一下子而已。等到船帆迎風揚起，船隻開始移動，所有小船上的人響亮地歡呼了三聲，大船上的人也喊了三聲做為回答，歡呼聲此起彼落，相互呼應。聽到歡呼聲，看到大家揮著帽子和手帕，我的心情激動不已——然後，我看見她了！

我看見她站在她舅舅身旁，倚著他的肩膀顫抖。他熱情地指著我們，她才看到我們，向我揮手做最後的告別。啊，美麗、消沉的艾蜜莉，用妳那顆受傷的心，以最深的信任仰賴他吧，因為他也用他最偉大的愛全力守護著妳啊！

玫瑰色的晚霞籠罩著天空，他們兩個遠離人群，高站在甲板上，她依偎著他，他輕摟著她，最後莊嚴地消失在我們眼前。我們的船划到岸上時，夜幕已垂降在肯特郡的山丘上，也沉重地籠罩了我。

第58章　離鄉

漫長黑暗的夜向我襲來，許多願望、許多珍貴的回憶、許多錯誤、許多無益的悲傷與悔恨，像鬼魂般縈繞在我心頭。

我離開英國了。即使在那時候，我也沒有意識到自己得承受的打擊有多大。我向所有的親朋好友告別，離開了；我相信自己受到了打擊，而那已經過去了。我就像一個在戰場上受重傷卻不自覺的人，帶著一顆不羈的心獨自離開，對於它必須歷經的創傷，一無所知。

我並沒有很快體認到這件事，而是一點一滴，慢慢意識到的。我出國後，那種寂寞的感覺不斷增強、擴大。起初，我以為那只是失去親友的沉重感和悲傷，除此之外，我不太能識別出其他的。不知不覺地，這變成一種無助的意識，意識到我所失去的一切——愛情、友情、興趣；意識到已經破滅的一切——我最初的信賴、我最初的愛戀、我生命中的空中城堡；意識到我剩餘的一切——在我四周綿延到黑暗天邊的空虛與荒涼。

如果說我的悲傷是自私的，我不知道為什麼如此。我哀悼我的娃娃妻，正值青春年華的她就這樣走了；我哀悼本來可以贏得成千上萬人愛戴與仰慕的那個他，就像他在多年前贏得我的愛戴與仰慕那樣；我哀悼暴風雨中安息在海上那顆破碎的心；我哀悼小時候能聽到晚風吹拂的那個樸實的家，為那些漂泊異鄉的人哀傷。

我的悲傷不斷累積，使我深陷其中，最後完全看不見希望。我背負著重擔，浪跡各地。我現在感受得到它全部的重量，被壓得站不直；我在心裡告訴自己，這永遠減輕不了了。

在我意志最消沉的時候，真覺得自己要死了。有時候，我會想死在故鄉比較好，還真的半路折返，希望早點回家。有時候，我會一個城市接著一個城市，越走越遠——找尋著什麼，我不知道；擺脫了什麼，我也不知道。

我無力一一重述我精神上所經歷的痛苦。我只能片面、模糊地描述一些夢境；當我逼自己回顧這段時期，我彷彿在重溫一場夢。我看見自己像夢遊的人，走過外國的城鎮、宮殿、大教堂、寺院、畫廊、城堡、墓地、古怪街道等新穎的景物——歷史與想像所留下的不朽之處。我背負著痛苦的重擔走過這一切，它們在我面前消逝，我卻幾乎不曾留意。我對所有的事物意興闌珊，心裡只有徘徊不去的哀傷，黑夜降落在我不羈的心頭。讓我抬頭仰望吧——謝天謝地，我最後這麼做了！——我從悲傷痛苦的漫長夢境中，看見黎明的曙光。

有好幾個月，我的心裡一直籠罩著這般烏雲。因為一些說不上來的什麼，我還沒打算返鄉——我心裡也努力想找出原因，但無法清楚表達出來——於是我繼續著我的旅程。有時候，我會心神不定地從一處趕往另一處，哪裡都不駐足。有時候，我會在一個地方停留很久。我漫無目的，到哪裡都魂不守舍。

我來到了瑞士。我離開義大利，越過阿爾卑斯山的一個要隘，之後就一直跟著嚮導在山區的小路漫遊。如果那些讓人敬畏的幽靜景色對我的內心說了什麼，我也不知道。在險峻的高峰和峭壁上，在奔騰的湍流和冰天雪地的荒原中，我只發現了崇高和神奇，除此之外，它們就沒有教我什麼了。

有天黃昏，我走入山谷，打算在那裡過夜。我沿著蜿蜒的小路而下，看到山谷在遠處閃光發亮，我感受到一種久違的美麗與寧靜，一種被幽靜喚醒的柔和影響，在我心頭隱隱移動。我記得當時我停下腳步，心裡升起一股不那麼壓抑、絕望的哀傷。我記得當時我期待自己心情有好轉的可能。

我來到山谷中，夕陽照耀著遠處高山上的積雪，那些山有如永存不移的雲朵，包圍著山谷。山麓形成峽谷，其中坐落著一個小村莊，綠草如茵。在這片翠綠之上的是冷杉林，像楔子一樣劈開積雪，阻擋了雪崩。冷杉林再上去是層層的峭壁、灰石、冰錐子，以及平坦青綠的片片牧場，這一切都漸漸地與山頂積雪融在一起。山坡上這裡一點、那裡一點，每一個小點都是孤佇的木屋，都是一戶人家，與四周的高山對照，看起來小得像玩具；山谷裡人煙稠密的村莊也是如此。村裡的木橋跨過小溪，小溪流經亂石，在樹林間奔流而過。寧靜的氣氛中，遠處傳來歌聲，是牧羊人的聲音；這時絢麗的晚霞照耀著山腰上方的雲朵，我幾乎都要相信那聲音是從雲裡來的，而不是人世間的音樂。突然間，在一片安詳靜謐中，大自然跟我說話、撫慰我，我將疲憊的腦袋枕在草地上哭了起來，自從朵拉去世後，我還沒有這樣哭過！

就在幾分鐘前，我發現有一疊信等著我，因此我趁晚餐還在準備的時候，散步到村外讀信。其他的信我都沒收到，我很久沒有收到信了。自從我離家後，除了寫一、兩句話報平安，說我已經到了哪裡，就沒有毅力或恆心寫長信了。

我將信拿在手裡，打開後，看見艾格妮絲的筆跡。

她很快樂，可以用自己所長幫助別人，正如她所希望的一樣順利。她就只用一句話寫自己的事，其他的內容都是關於我的。

她沒有給我什麼勸告，也沒有催促我該盡什麼責任，只用了她特有的熱情態度，說她對我有信心。她說，她知道我這麼心軟的人會怎麼化悲為喜，她知道磨難和感傷會讓我變得更好、更堅強。她相信，我所經歷的苦難會讓我獲得更加堅定、更加高尚的目標。她以我的名聲為榮，期待我聲譽更加卓著，也很清楚我會努力不懈。她瞭解我，知道我不會把悲傷當成軟弱的藉口，而會化為力量。就像小時候受的苦造就了現在的我，更大的苦難會驅使我前進，讓我變得更好；因此，我在生命難關中所學到的事，可以教導別人。她把我託付給那位將我天真的寶貝帶到祂身邊安息的上帝。她永遠會像姊妹般關心我，不管我去哪，她的關心都會陪伴著我。她以我目前的成就為傲，更會以我未來將獲得的成功為豪。

我將信貼在胸前，想著我一個小時前是什麼樣子！我剛才聽到的聲音慢慢消失了，我看到寧靜的晚霞變暗，山谷的所有顏色褪去，山頂上金色的雪變成遠處蒼白夜空的一部分，但我又覺得心頭的黑夜散去，陰影一掃而空，我對她的愛無以名之，從此以後，她對我來說更加珍貴了。

我把她的信讀了好幾次，在睡前回信給她。我告訴她，我一直都很需要她的幫助，沒有她，我就無法成為她心目中的我，是她激勵了我，讓我想努力變成那樣的人。

我的確努力了。

再過三個月，我喪妻就滿一年了。我決定在這三個月，除了努力做到艾格妮絲說的，不下其他決心。這段期間，我都住在那座山谷和附近一帶。

三個月過去了，我決定繼續在國外待一陣子，在瑞士安頓下來，因為一想起那個夜晚，我就越來越喜歡這裡。我重拾舊筆，繼續寫作。

我謙卑地照著艾格妮絲的話努力。我尋求大自然的幫助，這絕對不會徒勞無功。我前一陣子失去與人互動的興趣，現在又重新找了回來。很快地，我在山谷的朋友快要跟在雅茅斯的一樣多了。我在冬天來臨前，離開這裡去了日內瓦，春天回來的時候，他們熱烈歡迎我，雖然講的不是英文，但仍跟鄉音一樣悅耳。

我從早到晚，耐心地努力工作。我根據自身經歷寫了一本小說，寄給崔斗斯，他替我以很優渥的條件安排出版了。我越來越有名，甚至連路上遇到的旅人都認得我。經過一段時間的休息和調適，我繼續用以往認真的方式工作，開始撰寫一本我有強烈構想的虛構小說。我越寫，越覺得文思泉湧，更激起全部精力想把書寫好。這是我的第三本小說。還沒寫到一半，有一次休息時，我突然想回家了。

這麼久以來，我認真學習、努力工作，也養成了鍛鍊身體的習慣。我離開英國時身體非常虛弱，現在已經恢復得差不多了。我見識到很多東西，去過許多國家，希望自己的知識有所增長。

出國這段時間，我認為該回憶的所有事情，我都已經寫了——只有一點保留。我之所以保留到現在，並非有意隱瞞自己的想法，因為如我之前所說，這本書記錄的是我的回憶。我保留到現在，是希望能將心裡最隱密的部分留到最後再提。我這就開始說了。

我沒有辦法完全看透自己內心的祕密，無法得知我是什麼時候開始將內心最早、最光明的希望寄託在艾格妮絲身上。我也說不出我悲傷到哪一個階段，才第一次想到，在我任性的童年時期，就已經把她寶貴的愛拋在一旁。我相信，以前感覺到那種不幸失去或缺少的東西永遠無法實現時，我或許曾聽到那個隱約的念頭低語著。可是當我那麼傷心、孤單地被留在世界上，那個念頭卻以一種新的譴責與悔恨的方式進入我心裡。

如果那時候，我跟她有更多相處的時間，當我在孤單軟弱時，或許會透露出那種念頭。我當初覺得不得不離開英國，就是隱約擔心這件事。就算只會失去一點她對我的手足之情，我也無法忍受；而一旦透露了我的心意，將會讓我們彼此之間出現前所未有的拘謹。

我不能忘記，她現在對我的感情是在我的自由選擇和發展過程中滋長的。如果她曾經對我有其他的愛意——我有時候會想，她或許一度有過這種感情——那我也把它拋在一旁了。我們兩個都還小的時候，我就已慣性認為她跟我那種癡狂的戀愛方式距離遙遠。我將我炙熱的柔情放在其他人身上，而我本來可以做的，我並沒有做。是我自己和艾格妮絲那顆高尚的心，使她在我心中成為我的手足、我的朋友。

我的內心逐漸起了變化，我試圖多瞭解自己，想當更好的人，我曾經閃過一個念頭：經過一段不明確的時間後，或許有一天，我能彌補過去的錯誤，有幸跟她結婚。但是隨著時間流逝，這個模糊的希望消失，不見了。如果她以前真的愛過我，回想起自己對她吐露的心事，她對我這顆漂泊的心有多瞭解，她為了當我的朋友與妹妹所做的犧牲，以及她所取得的成功，那我應該把她看得更加聖潔。如果她從來沒有愛過我，那我能夠相信她現在可能愛我嗎？

跟她的堅貞與剛毅相比，我一直都覺得自己很軟弱，現在更是這麼覺得。不管她心裡如何看我，或我心中怎麼看她，如果我很久以前配得上她，那現在也已經配不上了，再說她也跟以前不一樣了。時機已過。是我讓它溜走的，失去她，是我活該。

這些糾結的想法讓我非常痛苦，心裡難過又懊悔。我在希望曾經鮮明綻放的時候，輕率地背離了這位親愛的女孩，現在希望凋零了，我才轉身去找她，我一直覺得這個羞愧的想法還是放在心裡就好，那才是符合道義與榮譽的做法——我每次想起她，總會考慮到這點——這些都是真的。然而，我現在沒必要再對自己隱瞞了，我愛她，我全心全意愛她，但卻深知為時已晚，我們長期以來的關係是不會改變的。

我想了很多，也常常想到，在命運還沒開始考驗我們的那些年，朵拉對我隱約暗示可能會發生的事。我曾想，很多時候，從未發生的事帶給人的影響，有如已發生的事那般真切。她說的未來那些年，現在成了事實，是給我的磨練。若非我們少不更事就已分開，或許在不久的將來，總有一天，她暗示的事情會成為現實。我努力將我跟艾格妮絲之間有可能發展的關係，轉變成一種手段，更加克己、變得更有決心、更有自覺、能看清自己的缺點和過錯。就這樣，透過反思我們的關係原本會如何，我更加相信這段感情永遠不可能發展了。

從我出國到返鄉的三年間，這些不解、矛盾的想法縈迴在我腦海，如流沙般變化著。從移民船啟程後，過了三年；在同一日落時分，在同一地點，我站在載我回家的郵船甲板上，望著當年映著移民船倒影的那片玫瑰色河面。

三年了。日子在過的時候覺得很短，但加起來就很長了。我覺得故鄉很可愛，艾格妮絲也很可愛——但她不是我的，她永遠都不會是我的。或許一度有可能屬於我，但那都是過去的事了！

第59章 歸來

一個寒冷的秋天傍晚，我抵達倫敦。當時天色很暗，下著雨，我一分鐘之內看到的濃霧和泥濘，比我過去一年見到的還要多。我從海關走到倫敦大火紀念碑，才搭到一輛馬車。雨下到溝渠都氾濫了，街上那些正對著水溝的房子，對我來說雖然就像老朋友，但我還是不得不承認，它們是骯髒邋遢的朋友。

我經常說（我想大家都說過），一個人離開熟悉的地方，就像給那裡發出了變化信號。我從車窗往外看，發現漁街山上一間百年來沒有漆匠、木匠或瓦匠動過的房子，在我出國期間被拆除了。還有旁邊一條多年來既不衛生又不方便的街道，也在進行下水道整治與街面拓寬。我甚至覺得自己快看到聖保羅大教堂也都變老了。

親友們的一些變化，我早有心理準備。姨婆已回到多佛安頓下來，而崔斗斯在我離開後第一個開庭期就接了一些法律業務。他在格雷律師學院有自己的事務所了。他在最後幾封信中說，他希望不久就能跟世界上最貼心的女孩結為連理。

他們原本以為我會在耶誕節前才回家，沒想到我這麼快就回來了。我是故意要給他們驚喜，才瞞著他們的，結果因為沒有人來迎接，我只好獨自默默穿過霧濛濛的街道回家，這時自己竟然還任性地感到心寒和失望。

不過，有些知名的商店燈火明亮，帶給我一些安慰。我在格雷律師學院咖啡館門前下車時，又打起精神來了。一來到這裡，我就想起過去住在金十字旅店時，那段與現在全然不同的日子，感慨從那之後的變化；這是很自然的事情。

「你知道崔斗斯先生住在律師學院的什麼地方嗎？」我坐在咖啡室壁爐旁取暖時，隨口向服務生打聽。

「霍本樓，二號，先生。」

「我想，崔斗斯先生在律師界名聲越來越響亮吧？」我說。

「這個嘛，先生，」服務生回答，「或許是吧，先生，但我並不清楚。」

這位削瘦的中年服務生，去找了另一個比較資深的服務生協助回答。他是個有權威的粗壯老頭，雙下巴，穿著黑褲、黑襪，從咖啡室盡頭很像教堂委員席的地方走出來，那裡頭有只錢箱、一本地址簿、一份律師名冊，以及其他的帳簿和文件。

「崔斗斯先生，」削瘦的服務生說，「住在霍本樓二號。」

威嚴的服務生揮手要他離開，嚴肅地轉向我。

「我是想問，」我說，「住在霍本樓二號的崔斗斯先生，在律師界名聲是不是越來越響亮了？」

「沒聽過他的大名。」服務生用渾厚低沉的聲音說。

我替崔斗斯感到遺憾。

「他是個年輕人吧？」這個自命不凡的服務生嚴肅地看著我。「他來學院多久了？」

「不到三年。」我說。

我猜這個服務生大概在教堂執事席位待了四十年，沒興趣繼續這種微不足道的話題，就問我晚餐要點什麼。

我真的感覺到自己回到英國了，也真的替崔斗斯感到沮喪。他似乎希望渺茫了。我溫順地點了魚和牛排，然後站在壁爐前想著崔斗斯沒沒無聞的事。

目送那像領班的服務生離去時，我忍不住心想，這個培養崔斗斯慢慢開花的花園，是個需要費盡千辛萬苦才能出頭的地方。這裡瀰漫著墨守成規、固執、守舊、莊嚴、古老的氣氛。我環視房間，覺得地板的磨砂方式肯定和那領班小時候的一樣——我挺懷疑他有過小時候。我在閃閃發亮的桌上，從平滑的老桃花心木桌面看到自己倒影。我看到整理得乾乾淨淨、無可挑剔的燈；看到那些舒適的綠色簾帷，用純銅杆掛著，遮掩包廂座位；看到兩座燒煤炭的大壁爐，裡面火燒得很旺；看到一排排魁偉的醒酒器，像是清楚自己底下有昂貴的陳年波特酒。看著這一切，我覺得英國和法律界這兩樣東西的確都是難以征服的。

我上樓到臥室換掉濕衣服；這間鑲著護牆板的老式房間非常寬敞（我記得就在通往學院的拱道上方），四柱床架靜肅寬大，衣櫃強韌莊重，這一切似乎都團結起來對崔斗斯或是像他那樣的無畏青年緊皺眉頭。我再次下樓去吃晚餐，用餐的從容，以及這地方的安靜有序——法院及學校的暑假尚未結束，所以這裡沒幾位客人——都清楚表明了崔斗斯的膽量，以及未來二十年改善生活的希望渺茫。

我出國後就沒見過這樣的景象，因此也不為我的朋友抱希望了。領班受夠我了，不再過來伺候，而是拿著一品脫陳年波特酒殷勤招呼一位裹著長綁腿套的老先生；那酒顯然是自己從酒窖跑出來的，因為他並沒有開口點。另一位服務生小聲告訴我，那位老先生是個退休的財產轉讓律師，住在市中心，聽說他的大把財產都會留給洗衣服的女兒，據傳他有一副餐具藏在櫃子裡，因為長期沒拿出來用，都已經失去光澤了，雖然沒有人在他房間看過超過一副的刀叉。這時候，我都替崔斗斯感到萬念俱灰，並認為他要闖出名堂是毫無希望了。

儘管如此，我還是急著想見這個老朋友，因此迅速吃完晚餐（我這樣子，那個領班一點也不會改變對我的看法），匆忙地從後門離去。我很快就來到霍本樓二號，門柱上的名單告訴我崔斗斯住在頂樓，我便走了上去。我發現這裡的老舊樓梯破舊不堪，每一段樓梯口都有盞微弱的油燈，小小燭芯躺在骯髒的玻璃牢房中奄奄一息。

我跌跌撞撞地上樓，覺得好像聽到歡笑聲，既不是律師會有的笑聲，也不是辦公室書記的，而是兩、三個快樂女孩的聲音。不過，正當我停下來聽的時候，一腳正巧踩中了尊貴的格雷律師學院地板上漏補的洞，跌倒了，發出聲響，等我將腳拔出來後，又是一片安靜了。

我更加小心，摸索著走完剩下樓梯，看到漆著「崔斗斯先生」的大門開著時，心跳得好快。我敲了門，裡頭出現一陣慌亂的腳步聲，但沒人應門。我再敲了一次。

有個看起來很機靈的小伙子（是個跑腿的，也是書記），喘吁吁地走了出來，用一種要我得用法律文件證明自己身分的樣子看著我。

「崔斗斯先生在嗎？」我說。

「他在，先生，但他在忙。」

「我想見他。」

這個機靈的小伙子打量了我一下之後，決定讓我進去。他把門開大了一點，先帶我到一個小玄關，接著到了一間小客廳，我的老朋友就（也是喘吁吁的）在我面前，坐在桌前埋頭看文件。

「我的天哪！」崔斗斯抬頭看，驚呼道。「是你啊，考柏菲爾德！」接著衝進我的懷裡，我緊緊抱住他。

「一切都還好嗎，我親愛的崔斗斯？」

「都很好，我最、最親愛的考柏菲爾德，全都是好消息！」

我們兩人都喜極而泣。

「我親愛的好朋友，」崔斗斯一邊激動地亂抓自己的頭髮（這絲毫沒有必要），「我最親愛的考柏菲爾德，久違的朋友，我誠摯地歡迎你回來，見到你真是太高興了！你曬得好黑啊！我好高興啊！我發誓，我這輩子從來沒有這麼開心過，從來沒有！」

我也同樣表達不出自己的激動，起初還說不出話來。

「我親愛的朋友！」崔斗斯說。「你現在可有名了！赫赫有名的考柏菲爾德！我的天哪，你**什麼時候**回來的？從**哪裡**回來的？你都在做**什麼**啊？」

崔斗斯沒有等我回答就一連拋出這些問題，一邊將我帶到壁爐旁的安樂椅上，一隻手急著攪動爐火，另一隻手拉著我的圍巾，慌亂之中把那當成我的大衣了。接著他連火鉗都沒有放下，又跑過來抱住我，我也抱著他，兩人都笑了。擦掉眼淚後，崔斗斯也坐了下來，我們越過壁爐握手。

「沒想到，」崔斗斯說，「你比預計的提前這麼早回來，我的好朋友，結果卻沒參加到典禮！」

「什麼典禮，我親愛的崔斗斯？」

「哎喲喂呀！」崔斗斯像以前一樣睜大眼睛說。「你沒收到我上一封信嗎？」

「如果是關於什麼典禮的信，那真的沒收到。」

「哎呀，我親愛的考柏菲爾德，」崔斗斯用雙手把頭髮豎直，接著將手放到我膝上宣布說，「我結婚了！」

「你結婚了！」我高興地喊道。

「老天保佑，沒錯！」崔斗斯說，「就在德文郡，由何瑞斯牧師主婚，跟蘇菲結婚了。哎呀，我親愛的朋友，她就躲在窗簾後面呢！你看！」

讓我吃驚的是，全世界最貼心的女孩就在同一時間，臉紅地笑著從藏身處走出來。我相信，她是全世界最開心、親切、真誠、快樂、燦爛的新娘了，我當場也忍不住這麼跟他們說。我把她當成老朋友般吻了她，衷心祝福他們永遠幸福快樂。

「我的天哪，」崔斗斯說，「這個重逢真是太開心了！你曬得好黑啊，我親愛的考柏菲爾德！我的天哪，我真是太高興了！」

「我也是。」我說。

「我相信我也是！」蘇菲臉紅地笑著說。

「我們能多高興，就有多高興啦！」崔斗斯說。「就連姊妹們都很開心。哎呀，我承認，我把她們給忘了！」

「忘了？」

「就是蘇菲的姊妹們，」崔斗斯說。「她們來跟我們一起住，來倫敦看看。老實說，剛才……在樓梯上跌倒的是你嗎，考柏菲爾德？」

「對。」我笑著說。

「原來如此，你剛才在樓梯跌倒時，」崔斗斯說，「我正在跟她們玩呢。我們在玩大風吹，只是那不能在西敏廳玩，而且要是被客戶看到，也不成體統，她們就一哄而散了。現在呢，我相信——她們一定在偷聽。」崔斗斯看著另一個房間的門說。

「我很抱歉，」我又笑了出來，「竟然造成你們一陣慌亂。」

「我敢說，」崔斗斯開心地說，「你敲門之後，要是看到她們發瘋似的跑開，又衝回來撿頭髮上掉出來的梳子，再跑回去那種樣子，你就不會這麼說了。寶貝，可以請妳去叫她們出來嗎？」

蘇菲輕快地走掉，我們就聽到隔壁房間爆出一陣歡笑。

「很悅耳不是嗎，我親愛的考柏菲爾德？」崔斗斯說。「真是太好聽啦，也讓這老舊房屋充滿生氣。對這輩子都不幸孤單生活的老光棍來說，你知道，這實在太美妙啦！真是太迷人了。可憐的女孩們，蘇菲結婚後她們的損失很大——我跟你說，考柏菲爾德，她一直都是全世界最貼心的女孩！——看到她們現在這麼開心，我有說不出的欣慰。有這些女孩陪伴真是特別開心的事，考柏菲爾德，雖然不太成體統，但的確很開心。」

我發現他有點支支吾吾，知道他因為心地善良，怕說這番話會讓我難過。我很誠懇地表示同意，他看我這樣，顯然也就放心了。

「話又說回來，」崔斗斯說，「老實說，我們家裡的安排，一點也不符合這一行的體統，我親愛的考柏菲爾德。就連蘇菲住在這裡，也是不成體統，只是我們沒有其他地方可住。我們已經搭上小船出海，也做好要過苦日子的準備。而且蘇菲超會持家的！你要是聽到她怎麼安頓那些姊妹的，一定會很驚訝。我敢說，就連我都不知道她是怎麼辦到的！」

「很多姊妹都來跟你們一起住嗎？」我問道。

「老大那個美人來了，」崔斗斯低聲悄悄跟我說，「她叫卡洛琳。莎拉也來了——就是我之前跟你說過脊椎有問題那個，記得吧。她現在好多了！然後蘇菲帶那兩個最小的也來了。還有露易莎。」

「真的啊！」我喊道。

「是啊，」崔斗斯說。「這裡就只有三間房，但蘇菲安頓姊妹的方式實在太美妙了，她們也睡得很舒適。三個人睡那一間，」崔斗斯指著一間房說，「兩個人睡那間。」

我忍不住到處看，想找剩下來這對崔斗斯夫婦可以睡的地方。崔斗斯明白我的意思。

「是啊！」崔斗斯說。「就像我剛剛說的，我們準備好要過苦日子了，上週弄了一張床鋪在這裡的地板上。不過屋頂那有一點小空間，壁紙還是蘇菲親自貼的，說要給我驚喜，你上去看就知道是個很舒適的房間，那就是我們目前的臥室，是個超棒有吉普賽風格的小地方，而且視野很好呢。」

「所以你終於幸福地結婚了，我親愛的崔斗斯！」我說。「我真是太高興了！」

「謝謝你，我親愛的考柏菲爾德，」我們又握了一次手，崔斗斯說。「是啊，我現在要多快樂就有多快樂。你的老朋友在這裡呢，你看，」崔斗斯得意地朝花盆和花架點頭。「還有這張大理石面的桌子！你看，其他的家具都很簡單，可以用就好。至於金銀餐具，哎呀，我們連支茶匙都沒有呢。」

「全都等著你們掙，是吧？」我開心地說。

「一點也沒錯，」崔斗斯回答。「一切都要努力才有收穫。我們當然有長得像茶匙的東西，畢竟要泡茶嘛，只不過那些都是便宜的銅錫貨。」

「這樣以後掙到銀器的時候，看起來一定會更耀眼。」我說。

「我們也是這樣說！」崔斗斯喊道。「是這樣的，我親愛的考柏菲爾德，」他悄聲告訴我，「我辯論完張三控告李四的爭地案之後（這對我的事業大有幫助），就去了德文郡，跟何瑞斯牧師懇談。我就強調蘇菲——我跟你保證，考柏菲爾德，她真是全世界最貼心的女孩了！」

「我相信她是！」我說。

「她的確是！」崔斗斯回答。「但恐怕我離題了。我剛說到何瑞斯牧師嗎？」

「你說你強調——」

「沒錯！我強調蘇菲和我已經訂婚很久了，只要她父母答應，蘇菲會很樂意嫁給我——總之，」

崔斗斯露出以往那種坦率的微笑說，「就算是用銅錫貨也沒關係。很好。接著我就跟何瑞斯牧師提議——他真是非常了不起的牧師啊，考柏菲爾德，應該當主教的，或者至少要過得富足一點，不必像現在那麼拮据——我提議，要是我的事業好轉，一年假設能賺到兩百五十英鎊，而且隔年可以很有把握再賺到這個數目，甚至更多，還能夠簡單裝修這麼一個小地方，這樣的話，蘇菲應該跟我結婚。蘇菲幫了家裡非常大的忙，但疼愛她的父母不應該阻止她過自己的人生。你覺得呢？」

「當然不應該。」我說。

「我很高興你也是這樣想，考柏菲爾德，」崔斗斯回答，「因為啊，我一點也沒有責怪何瑞斯牧師的意思，但我真心認為父母、兄弟等等的，在這種事情上有時候是很自私的。就這樣！我也說了，我最大的希望就是能幫助他們家，所以如果我闖出名堂，或者他發生了什麼事情——我指的是何瑞斯牧師——」

「我懂。」我說。

「或是克魯勒太太發生什麼事——如果我能夠代替他們照顧那些姊妹，那會是我最大的願望。他的回答太讓我欽佩了，太令我高興，而且他還說會幫我取得克魯勒太太的同意。他們跟她談這件事時碰到很可怕的反應，然後就從她的雙腿累積到胸口，然後又衝到腦袋……」

「累積什麼東西啊？」我問道。

「她的傷痛啊，」崔斗斯嚴肅地說。「應該說她全部的感情。我說過，她是個很了不起的女人，可惜雙腿不能動了。不管有什麼事讓她心煩，總是先從雙腳開始，但這次累積到胸口，還衝到腦袋，總之，就是擴散到全身上下，讓我們都嚇到了。不過，他們還是堅持不懈地照顧她，讓她康復了，我們昨天結婚滿六週。你一定無法想像，我看到他們一家人嚎啕大哭，往四面八方昏倒時，覺得自己像是一隻非常殘忍的野獸，考柏菲爾德！克魯勒太太到我離開之前都不願意見我——當時還無法原諒我搶走她的孩子——但她心地很軟，後來就原諒我了。我今天早上才收到她寄來一封讓我看了很開心的信呢。」

「總之，我親愛的朋友，」我說，「你這麼幸福，都是應得的！」

「噢！那是你對我偏心！」崔斗斯笑著說。「不過說真的，我現在的狀況一定讓人羨慕極了。我努力工作，孜孜不倦地鑽研法律。我每天早上五點就起床，而且一點也不介意早起。我白天把女孩們藏起來，晚上跟她們一起玩。我跟你說，她們星期二就要回家了，就是米迦勒學期[123]開始的前一天，這可真讓我覺得遺憾。不過呢，」崔斗斯這時才大聲說，「女孩們**來啦**！考柏菲爾德先生，克魯勒大小姐——莎拉小姐——露易莎小姐——瑪格麗特和露西！」

她們真是一束完美的玫瑰花，看來清新有活力，每個都長得很漂亮。卡洛琳小姐特別標緻，但蘇菲燦爛的臉蛋有種親切、樂觀、顧家的特質，比美貌更勝一籌，我相信我的朋友選對了人。我們全都圍坐在壁爐邊。我現在知道了，那個機靈小子之所以上氣不接下氣，都是因為一下要拿文件出來，一下又要把文件收走，過一會兒又要準備茶具。做完這些事，他就先告退了，關上大門時還大力砰了一聲。家庭主婦崔斗斯太太眼神十分愉快、沉靜，她泡完茶後，靜靜地坐在角落烤麵包。

她一邊烤，一邊告訴我說她去探望過艾格妮絲了。「小湯」帶她去肯特郡度蜜月，她也去拜訪了我的姨婆。姨婆和艾格妮絲都很好，她們講的都是我的事。我離開的這段期間，她真心相信「小湯」沒有一刻不想念我的。「小湯」是一切事情的權威。「小湯」顯然是她這輩子的偶像，沒有任何事情可以動搖他在她心中的地位，不管發生什麼事，她都會永遠全心全意地相信他、崇拜他。

她和崔斗斯兩個人對「美人」百依百順，讓我看得很高興。我不知道我當時覺得這合不合理，但我覺得這是很令人愉快的，因為他們夫婦的個性就是這樣。如果崔斗斯有一瞬間發現自己急需一把等他掙的銀茶匙，那我確定就是在遞茶給美人的時候；如果他好脾氣的妻子有哪時候對他人自作主張，那我相信只會因為她是美人的妹妹。我從美人身上看到一些任性和善變的舉動，但在崔斗斯夫婦看來，那只是她與生俱來的權利和天賦而已。如果她生來就是蜂后，那他們就是甘之如飴的工蜂。

不過他們夫婦倆那種忘我的樣子，讓我看得太著迷了。他們以這些女孩為傲，對她們一時興起的想法唯命是從，這些宜人的小事都證明了他們的可貴，也是我想看到的。那天晚上，崔斗斯的大姨小姨只要叫一聲「親愛的」，就是要他一下拿東西到這裡，一下搬東西去那裡，一下拿這個起來，一下放那個下來，一下找這個，一下取那個，他一個小時內少說也被喊了十二次。同樣地，她們沒有蘇菲也是什麼都做不了。有人的頭髮散了，只有蘇菲會綁；有人忘記歌怎麼唱了，只有蘇菲會哼對的旋律；有人忘記德文郡的一個地名，只有蘇菲知道；有人想寫信回家，只能交給蘇菲在吃早餐前寫；有人編織時有個地方出錯，只有蘇菲可以補救。她們才是這裡真正的女主人，而蘇菲和崔斗斯就負責伺候她們。

蘇菲以前照顧過多少孩子，我想像不出來，但她似乎通曉所有的英國兒歌，用最清脆的小嗓音照姊妹們點的一首接一首，一連唱了幾十首（每個人都點不同的歌，最後總是由美人做最後的決定），那幅景象實在太迷人了。最棒的是，所有姊妹雖然一直對蘇菲和崔斗斯呼來喚去，卻非常喜愛他們，也非常尊重他們。我告辭的時候，崔斗斯陪我走到咖啡館，當時我相信，我還真沒見過有人頂著一頭倔強的頭髮，在如雨般的親吻裡轉來轉去的。

123. 每年九月二十九日開始的秋季學期，法院亦約在這時候開庭。

總之，我回到咖啡館，跟崔斗斯道晚安後，過了很久，還是不禁回味著那番愉快的景象。如果我在凋零的格雷律師學院那棟老屋頂樓看到上千朵玫瑰綻放，肯定也不及今天看到的一半燦爛。一想到在枯燥乏味的法律事務所裡住了那些德文郡的女孩；一想到在吸墨粉、羊毛紙、紅色文件束帶、封緘蠟、墨水瓶、文件、草稿、法律報告、令狀、公告、帳單的冷酷氣氛中，卻有著熱茶、麵包和兒歌，這一切就像開心的幻想，像是夢到蘇丹王的顯赫家族加入事務律師的行列，並將會說話的鳥兒、會唱歌的樹和金色的水都帶到格雷律師學院來了。晚上跟崔斗斯道別，回到咖啡館後，不知怎地，我發現自己不再替他感到失望了。我開始認為，不管英國所有的領班怎麼看，他都會飛黃騰達。

我拉了椅子到咖啡館的壁爐前坐下，悠哉地思考著崔斗斯的事，漸漸從他的幸福，轉移到煤炭中的景象，看著煤塊破裂、改變，我想到自己生命中的重大變化以及生離死別。從我三年前離開英國後，我就沒有見過煤火了，倒是看到許多柴火化為灰燼，與壁爐中羽毛似的灰堆混在一起，在那種低落的心情之下，我覺得那就象徵著我死去的希望。

我現在可以認真地回憶過去，而不覺得痛苦了，我可以用勇敢的態度思考未來。家，就其最好的意義來說，對我已經不存在了。對於那個我本來能付出更親密感情的她，我把她當成妹妹了。她會嫁人，她的柔情也會放在別人身上。這樣的話，她就永遠不會知道在我心裡成長的那份感情了。我為我輕率的感情受罰，也是理所當然。我自食其果。

我在想，我是否真的磨練了自己的心，能否下定決心承受這件事，並像她靜靜在我家裡占有的位置那樣，也靜靜地在她家裡守著自己的位置——這時，我的視線落在一張臉上，那張面容就像是我回想往事時，從壁爐中冒出來的。

瘦小的齊利普先生就坐在我對面的昏暗角落看報紙，我在本書第一章就提到他，我能來到世上，都多虧這位醫生的幫忙。這些年來他也老了，但他一直都是個親切、溫順、平靜的小個子，所以看起來也不算老很多，我覺得這時候的他，或許就跟他當年坐在我家客廳等我出生時差不多。

齊利普先生六、七年前就離開布朗德史東了，在那之後我就沒有見過他。他靜靜地坐在那閱報，側著小腦袋，手邊放著一杯熱雪利香料酒。他那謙和友善的態度，好像因為冒昧讀著報紙，還想向它道歉呢。

我起身走到他的座位說：「您好嗎，齊利普先生？」

他因為陌生人突如其來的招呼，覺得非常緊張，用他一貫的緩慢方式回答：「謝謝你，先生，你太客氣了。謝謝你，先生，我希望**你**也很好。」

「您不記得我了嗎？」我說。

「嗯，先生，」齊利普先生溫和地笑著回答，仔細看著我，搖了搖頭。「我覺得你看起來很面熟，先生，但我真的怎麼都想不出你的名字。」

「但早在我知道自己的名字前，您就知道我了。」我說。

「是嗎，先生？」齊利普先生說。「難道我有那個榮幸，在你出生時……」

「對。」我說。

「我的天哪！」齊利普先生驚呼道。「但你從那之後，肯定改變很多吧，先生？」

「或許吧。」我說。

「嗯，先生，」齊利普先生說，「希望你可以原諒我，我可以請問你尊姓大名嗎？」

我告訴他之後，他深受感動，慎重地跟我握手。這對他來說算是很劇烈的動作了，平常他都只把他那隻像溫熱煎魚刀的手，伸到離臀部大約一兩吋距離，在和其他人握手時，他都會露出非常不安的樣子。就算現在，他一把手收回，就立刻伸到大衣口袋裡，似乎因為安全收回而鬆了一口氣。

「我的天哪，先生！」齊利普先生側頭打量著我。「原來是考柏菲爾德先生啊？哎呀，先生，如果我再仔細看清楚你的臉孔，我應該認得出來。你跟你可憐的父親長得很像，先生。」

「我沒有那個福氣見到我父親。」我說道。

「確實如此，先生，」齊利普先生用安慰的語調說。「不管怎麼說，都很令人遺憾！先生，就連在我們家那裡，」他慢慢搖著小腦袋，「也聽聞你的名聲了。你這裡一定更激動吧，先生，」齊利普先生用食指敲敲自己的額頭。「你一定覺得這是很辛苦的工作吧，先生！」

「你現在住在哪呢？」我在他身旁坐下，問道。

「我住在伯里聖埃德蒙茲[124]外幾哩，先生，」齊利普先生說，「根據我岳父的遺囑，齊利普太太繼承了那一帶的一個小地方，所以我就到那裡開業了，生意還不錯，你聽了一定會很高興。我女兒也長得很高了，先生，」他又晃了一下小腦袋。「她媽媽上禮拜才幫她把裙襬放下兩摺呢。時間就是過得這麼快啊，先生！」

這位小個子的先生一邊說，一邊將空酒杯送到嘴邊，我就說，不如我再陪他喝一杯。「哎呀，先生，」他慢條斯理地說，「我已經喝超過平常的量了，但我不能拒絕跟你聊天的樂趣。我有幸在你起麻疹的時候照顧你，似乎只是昨天的事而已。你那次恢復得很好呢，先生！」

我謝謝他的誇獎，點了熱香料酒，很快就送上來了。「真是難得的放縱啊！」齊利普先生攪拌了一下酒說，「但我實在無法拒絕這麼千載難逢的機會。你沒有再娶嗎，先生？」

我搖搖頭。

「我前陣子聽說你的妻子過世了，先生，」齊利普先生說道。「我是從你繼父的姊姊那裡聽說的。

她真是個意志堅定的人，是吧？」

「啊，是的，」我說。「的確是夠堅定了。您在哪見到她的呢，齊利普先生？」

「先生，你不知道，」齊利普先生溫和地笑答，「你的繼父又變成我的鄰居嗎？」

「我不知道。」我說。

「是的，先生！」齊利普先生說。「他娶了那一帶的一個年輕女士，她的財產不算少呢，那個可憐兒——你現在經常要動腦吧，先生？你不會覺得累嗎？」齊利普先生像隻知更鳥仰慕地盯著我看。

我避開了那個問題，將話題帶回到謀石姊弟上。「我知道他再娶了。您也替他們家看病嗎？」我問道。

「不常去，倒是被請去過幾次，」他回答。「就顱相學[125]來說，謀石先生跟他姊姊在個性堅定那方面的器官實在太發達了，先生。」

我露出意味深長的表情，做為給他的回答，加上熱調酒的提神，齊利普先生受到鼓舞，再搖了幾次頭，若有所思地大聲說：「啊，天哪！往事難忘啊，考柏菲爾德先生！」

「那對姊弟又故技重施了是吧？」我說。

「嗯，先生，」齊利普先生答道，「身為經常出入別人家裡的醫生，除了看病，都不該多聽多看的。可是，我還是要說，他們非常堅定、嚴厲，先生，這一生如此，死後也一樣。」

124. 伯里聖埃德蒙茲（Bury St. Edmunds）：薩福克郡的一個市集小鎮。
125. 顱相學（Phrenology）是一種心理學假說，認為根據人的頭顱形狀，可以確定其心理與特質。目前這種假說已被證實是偽科學。

「我敢說，他們死後嚴不嚴厲，由不得他們，」我回答，「他們現在怎麼樣？」

齊利普先生搖搖頭，又拌了下酒，喝一口。

「她以前很有活力的啊，先生！」他很哀傷地說。

「現任的謀石太太？」

「的確很有活力，先生，」齊利普先生說，「而且我敢說，她很討人喜歡！齊利普太太認為她結婚之後，精神就徹底被擊潰，現在幾乎是個憂鬱的瘋子了。女人啊，」齊利普先生戰戰兢兢地說，「觀察力強得很，先生。」

「我看他們本來就打算把她硬塞進那個令人厭惡的模式裡，求上帝保佑她，」我說。「而她現在已經進去了。」

「嗯，先生，我跟你說，起初他們也大吵大鬧過，」齊利普先生說，「但她現在完全變成一個影子了。先生，我私底下跟你說一件事，請你別覺得我太唐突，自從那個姊姊到家裡幫忙，他們姊弟同心協力快把她弄成白痴了。」

我告訴他，我完全相信他說的。

「這裡沒有外人，我就直說了，先生，」齊利普先生再喝了一口酒壯膽，「她母親就是這樣擔心死的，她看到他們的專橫，讓謀石太太變得憂鬱和焦慮，都幾乎變成白痴了。她結婚前，是個充滿活力的年輕女孩啊，先生，但他們的陰沉和嚴厲毀了她。他們在她身邊的角色，可一點也不像丈夫和大姑，反而比較像她的看守人。那是上禮拜齊利普太太才剛跟我說的話。我跟你保證，先生，女人的觀察力強得很。齊利普太太本身就是個**善於**察言觀色的人！」

「他還是陰險地說自己很虔誠嗎？把虔誠跟他們繫在一起，我說起來都覺得丟臉。」我問道。

「你說對了，先生，」齊利普先生不習慣喝那麼多酒，眼皮都紅了。「那是齊利普太太讓人印象最深刻的一句話。」他非常冷靜、緩慢地說。「齊利普太太說了一句話，我聽了大為震驚，她說謀石先生還弄了一個自己的像，說那是神性。齊利普太太跟我說的時候，先生，我跟你保證，你用鵝毛筆的鵝毛就可以輕輕把我推倒在地。女人們觀察力強得很，是吧，先生？」

「天生如此。」我說，他聽了高興不已。

「我很高興你同意我的看法，先生，」他回答。「我跟你說，我很少貿然給予非醫學的意見。謀石先生有時候會公開發言，我聽說——簡而言之，先生，我是聽齊利普太太說——他最近越來越陰鬱專橫，他的教條也越來越殘忍。」

「我相信齊利普太太說的完全正確。」我說。

「齊利普太太甚至還說，」這位全世界最溫和的小個子男人深受鼓舞。「這些人隨便拿東西搪塞成宗教，只不過是在發洩他們的怒氣和傲慢而已。我必須說，先生，」他溫順地側著頭繼續說，「謀石姊弟的主張，我在《新約聖經》裡**完全**找不到依據。」

「我也沒找到！」我說。

「同時呢，先生，」齊利普先生繼續說，「很多人都不喜歡他們姊弟。他們老是詛咒那些不喜歡的人下地獄，這樣的話，我們那一區很多人都要下地獄囉！不過正如齊利普太太說的，先生，他們會不斷受到懲罰的，因為沒人理，最後他們只能轉向自己的內心，以餵養壯大自己，而他們的心可不是什麼好東西。現在，先生，不好意思，讓我再把話題轉回到你那顆腦袋。你是不是經常要刺激它啊，先生？」

因為齊利普先生受到熱調酒的刺激而變得興奮，我發現要把話題轉回到他身上並不難，因此接下來半小時，他都滔滔不絕地說自己的事。從他的話中，我得知他到格雷法律學院的咖啡館來，是要在精神病學委員會上針對一位因飲酒過量而精神錯亂的病人提出鑑定報告。

「我跟你說，先生，」他說，「這種場合總讓我非常緊張。我受不了別人嚇唬我，先生。那會讓我渾身癱軟。你出生的那天晚上，那個恐怖女士的行為，讓我很久以後才恢復過來，你知道嗎，考柏菲爾德先生？」

我告訴他，我隔天一早就要去探望我的姨婆，也就是那天晚上的巨龍。我還說，她是個心腸很軟又很了不起的女人，如果他跟她熟一點，就能完全理解了。然而光想到有可能再見到姨婆，顯然就嚇壞齊利普先生了。他擠出蒼白的微笑說：「她真是如此嗎，先生？真的嗎？」接著立刻叫人拿蠟燭來，回房睡覺了，好像覺得其他地方都不安全。他喝了酒後走路並沒有搖搖晃晃，但我覺得他平和的小脈搏，肯定比讓姨婆失望的重要夜晚，她用帽子打他時，每分鐘多跳了兩、三下。

午夜時分，我累壞了，也去睡覺了。第二天，我一整天都坐在前往多佛的馬車上，在姨婆喝晚茶的時候才安然抵達，衝進姨婆的舊客廳。（她現在戴起眼鏡了。）姨婆、迪克先生和親愛的老佩格蒂（現在是姨婆的管家）張開雙臂，用歡喜的眼淚迎接我。我們冷靜下來敘舊時，我談起遇到齊利普先生的事，說他想到姨婆還是覺得很可怕，逗得姨婆樂不可支。關於我可憐母親的第二任丈夫和「那個謀殺姊姊」（我想，不管得承受什麼痛苦或懲罰，姨婆都不會用其他教名、或像樣的名字、或別的名字來稱呼她），姨婆和佩格蒂可有很多話要說呢。

第60章　艾格妮絲

只剩下姨婆和我兩個人的時候，我們促膝長談到深夜。

我們聊到那些移居海外的人每次寫信回來，都是一切順利、充滿希望的內容；還有麥考伯先生真的像男子漢對男子漢一樣，認真地開始小筆小筆匯款，償還「金錢債務」；還有姨婆回到多佛後，珍妮特曾回來替她工作了一段時間，後來終於依據「放棄社交生活」的原則，跟一位生意興隆的酒館老闆結婚了；還有姨婆也終於同意這個偉大的主張，不只幫忙、指導新娘，更參加了婚禮。我們聊的就是這些，其實我或多或少在信中都聽說過一點了。

一如往常，姨婆沒有忘記迪克先生。她說他只要拿到什麼東西，就會開始抄寫，利用這種看來是正事的工作，恭敬地跟國王查理一世保持距離，他現在既自由又快樂，不再被以前單一的痛苦所困擾，這是姨婆最大的快樂和報償。她還說，除了她，沒有人知道迪克先生是怎麼樣的人，說得好像這是新的結論一樣。

「那麼，托特，」我們像以前一樣坐在壁爐前，姨婆拍拍我的手背說，「你什麼時候要去坎特伯里？」

「我明天早上騎馬去，姨婆，還是妳也想一起去？」

「不！」姨婆用她那直截了當的方式說。「我哪裡都不去。」

我說，那我就騎馬去了。如果我今天不是來她這裡，經過坎特伯里時就會在那裡停留一下。

她聽了很高興，但告訴我說：「嘖，托特。**我的**這副老骨頭多一天也是散不了的！」我看著爐火沉思時，她又輕拍了我的手。

我沉思，是因為我來到這裡，離艾格妮絲這麼近，就想起了在心頭掛念很久的後悔。這種後悔雖然已經減緩，卻還是讓我體悟到我年輕時沒有學會的東西，不過畢竟後悔就是後悔。「噢，托特，」我似乎聽到姨婆這樣說，我現在比較明白她說的「盲目、盲目、盲目！」的意思

我們倆沉默了幾分鐘。我抬起眼時，發現她直盯著我。或許她知道我在想什麼；雖然我的想法曾經固執任性，但現在似乎比較容易被猜到了。

「去了坎特伯里，你會看到她父親白髮蒼蒼了，」姨婆說，「但就各方面來說，他都變得更好——棄舊圖新了。你再不會看到他用那把狹隘的小尺來衡量人生所有的利益、喜悅和悲傷了。相信我，孩子，事情被拿去那樣度量，肯定早就縮小很多了。」

「一定是的。」我說。

「你會看到她，」姨婆說，「跟以往一樣善良、美麗、真誠、無私。如果我還知道有哪些更好的讚美詞，托特，我肯定都會用在她身上。」

給她再崇高的讚美都不嫌多，給我再嚴厲的責備也不嫌少。噢，我怎麼會走得這麼偏啊！

「如果她把身邊的女孩都教得和她一樣，」姨婆感動得眼眶泛淚，「天知道，她的人生會過得多充實有意義啊！能夠助人又快樂，就像她那天說的！除了助人和快樂，她又怎麼會是別的樣子呢！」

「艾格妮絲有……」我其實是在自言自語，而不是跟姨婆說話。

「什麼？啊？有什麼？」姨婆急著問。

「對象。」我說。

「至少二十個，」姨婆用帶著憤慨的得意語氣說。「親愛的，你走之後，她要是想結婚的話，都結二十遍了！」

「當然，」我說。「我想也是。但有沒有配得上她的對象？艾格妮絲不會嫁給配不上她的人。」

姨婆手托著下巴坐在那思量許久。然後她抬起眼看我，說道：「我猜，她有個心上人，托特。」

「一個很有前途的人？」我說。

「托特，」姨婆嚴肅地回答我，「我不能說。就連我剛才說的，我都沒有權利告訴你。她從來沒跟我說過這件事，那只是我的猜測而已。」

她認真、焦急地看著我，我甚至還看到她在顫抖，這時候，我更加覺得她看透我最近的心思了。我提醒自己，要記住那麼多天以來，日日夜夜，我內心糾結時所下的決定。

「如果是這樣，」我說，「我希望……」

「我不知道是不是，」姨婆唐突地說。「你不可以因為我的猜測而妄下決定。你一定要保密。或許那可能性很小。我並沒有權利發言。」

「如果是這樣，」我重複道，「那艾格妮絲會在她認為合適的時間告訴我。我對這個妹妹吐露那麼多心事，姨婆，她不會不願意告訴我的。」

姨婆像剛才把目光轉向我那樣，又緩慢地移走目光，若有所思地用一隻手遮著眼睛。過了一會兒，她將另一隻手放在我肩上，我們倆坐在那裡，靜靜地回憶過往，沒說半句話，直到就寢時刻才互道晚安。

隔天一大早，我就騎馬奔向兒時念書的地方。雖然想著很快就要見到她了，但抱著希望戰勝自己的心情，實在稱不上輕鬆愉快。

我很快就走完那段熟悉的路程，來到安靜的街道，這裡每塊石頭對我來說都是童年讀過的書。我走到那座老房子，心裡洶湧澎湃，無法走進去，就又走開了。我又轉回來，經過原本是烏利亞・希普，後來是麥考伯先生經常待的圓形辦公室，我從矮窗看到那裡改成小客廳，已經不再是辦公的地方了。除此之外，這棟沉著的老宅還是跟我第一次見到時那樣整潔有序。

我請開門的新女僕通報威克菲爾德小姐，說她一位旅外的朋友來拜訪她。她帶我走上莊嚴的舊樓梯（還提醒我要留意腳下那些我早就瞭若指掌的階梯），走進一點也沒變的客廳。我跟艾格妮絲一起讀過的書就放在架上；我多少個夜晚埋首苦讀的書桌，仍舊擺在同一角落的大桌旁。希普母子搬進來後悄悄做的小改變，也都改回來了。一切都變回往日快樂時光的那個樣子。

我站在窗戶旁，看著古老街道另一頭的房子，想起我剛到這裡之後某個下雨的午後，也是站在這裡望著它們。我想起以前是怎麼站在這裡看對面窗戶裡的人，眼神跟著他們上下樓梯，望著婦女們穿著木鞋套喀啦喀啦走在人行道上，昏雨斜落，雨水從排水管溢出，傾注到路上。那些下雨的黃昏時分，我看到流浪漢用棍子扛起包袱，蹣跚地進城，那番心情再次浮現。和當時一樣，那種心情伴隨著潮濕的泥土、淋濕的樹葉和荊棘的氣味，在我長途跋涉時向我吹來。

鑲板牆上的小門打開了，我嚇了一跳，立刻轉身。她走向我時，那雙美麗平靜的眼睛迎上我的目光，她突然止步，手壓在胸前快昏倒了。我立刻上前抱住她。

「艾格妮絲！我的好妹妹！我突然出現嚇到妳了。」

「不，不！見到你我真是太高興了，托特伍德！」

「親愛的艾格妮絲，能再見到妳，我覺得太幸福了！」

我將她擁入懷中，有一會兒，我們都沒有說話。之後，我們肩並肩地坐了下來。她天使般的面容轉向我，臉上帶著我幾年來朝思暮想的歡迎。

她好真誠，她好美麗，她好善良——我欠她那麼多人情，她和我這樣親，我找不到詞語來表達我的心意。我試著像在信裡頭寫的那樣，祝福她、感謝她、告訴她她對我的影響有多大，但我的努力都是枉然。我的情意和喜悅難以言表。

她用她特有的溫柔寧靜，讓激動的我冷靜下來。她引導我回到我們道別的時候，跟我說了艾蜜莉的事，說她好幾次偷偷去找她。她溫柔地跟我說她去看朵拉的墳墓了。她憑她高尚心靈的精準直覺，輕柔、和諧地觸動了我的回憶之弦，沒有一根弦發出刺耳的聲響。我可以聆聽這些悲傷悠遠的音樂，一點也不想逃避它所喚起的事物。既然親愛的她，我生命中的好天使，與這些樂聲融合在一起，我又怎麼能逃避呢？

「那妳呢，艾格妮絲，」過了一會兒，我說，「說說妳自己的事吧。這段時間，妳很少提起自己的生活！」

「我能說什麼呢？」她容光煥發地笑道。「爸爸身體健康。你也看到了，我們在家裡過著寧靜的生活。我們不焦慮了，這個家也全是我們的了。知道這些，你就知道全部了，親愛的托特伍德。」

「這就是全部了嗎，艾格妮絲？」我說。

她看著我，露出不安、納悶的神色。

「沒有別的事了嗎，妹妹？」我說。

她臉上才褪去的紅暈又回來了，之後又褪去。她微笑了一下，我覺得那笑容中有一種淡淡的悲傷。她搖搖頭。

我本來想把話題帶到姨婆暗示我的事；雖然我知道聽了艾格妮絲的心事之後，會覺得非常痛苦，但我必須磨練自己的心，盡到我對她的責任。不過，我看出她心神不安，就讓這件事過去了。

「妳有很多事要做吧，親愛的艾格妮絲？」

「學校的事嗎？」她那張明亮的臉龐再次抬起來說。

「對。很辛苦吧，對不對？」

「我做得很開心，」她回答，「所以要說辛苦的話，那我就太不知感恩了。」

「妳做起好事總是輕而易舉。」我說。

她臉又紅了，紅暈又褪去了。她低下頭，我再次看到同樣悲傷的微笑。

「你等一下來見見我爸爸，」艾格妮絲開心地說，「跟我們度過這一天好嗎？或許你會想在自己的房間過夜？我們老是說那是你的房間。」

我已經答應姨婆晚上就會回去，因此無法留下來，不過我會很樂意在那裡待上一整天。

「我還得回牢裡待一下子，」艾格妮絲說，「但以前的書都在這裡，托特伍德，還有舊樂譜。」

「就連以前的花也在呢，」我環視了一下說，「或者應該說品種。」

「你不在的時候，」艾格妮絲笑著回答，「我找到了一件樂事，那就是把一切弄成我們小時候那樣，因為我覺得我們當時非常快樂。」

「我們的確是！」我說。

「每一件能夠讓我想起你這個哥哥的小物件，」艾格妮絲開心地將誠摯的眼神轉向我說，「我都歡迎它們來陪伴我。就連這個，」她給我看她仍掛在腰間的鑰匙籃，「似乎還叮鈴噹啷地響著老調呢！」

她又笑了一下，就從剛剛進來的門出去了。

我必須嚴謹地保護這份手足之情。這是我留給自己的一切了，是很珍貴的。一旦我動搖了這個神聖的信任與習慣的根基，那我就會失去這份情誼，而且永遠都無法再得到了。我清楚地意識到這點。我越愛她，我就越不該忘記。

我到街上散步，又看到了我的宿敵屠夫——他當上教區義警了，警棍就掛在肉舖裡——我走到了以前跟他決鬥的地方。我在那裡想起了薛普德小姐和拉金斯小姐，以及當時所有無益的小情小愛與憎恨。除了艾格妮絲，當年的一切似乎都消逝了，而她就像是我頭上的星星，越來越耀眼，越來越崇高。

我回來的時候，威克菲爾德先生已經到家了。他現在幾乎每天都會去城外幾哩的花園照顧花草。我發現他和姨婆描述的一樣。我們和六、七個小女孩一起吃晚餐，威克菲爾德先生看起來似乎就像他牆上那幅英俊肖像的影子。

我記憶中這個靜謐處特有的寧靜安詳，再次瀰漫了這個家。晚餐吃完後，威克菲爾德先生不喝酒了，我也不想喝，我們便上樓。艾格妮絲和她的學生們一起唱歌、玩耍、做女紅。用完茶後，孩子們先離開，我們三個人坐在一起聊著往事。

「以前的日子，」威克菲爾德先生搖搖白花花的腦袋說，「我的行為讓人遺憾——我深感遺憾和懊悔，托特伍德，你也很清楚。不過就算有能力，我也不願意把過去一筆勾銷。」

看著他身旁的那張臉，我立刻就相信他了。

「我要是把那段過去一筆勾銷，」他繼續說，「那我就是把人家那樣的耐心和奉獻、那樣的忠誠、那樣的孝心，都忘得一乾二淨，不行！就算我忘了自己，也不能忘記這一切！」

「我明白你的意思，先生，」我輕柔地說，「我一直都——崇敬地看待那樣的感情。」

「但沒有人知道，就連你也不知道，」他回答，「她做了多少，她承受了多少，她掙扎了多少。親愛的艾格妮絲！」

艾格妮絲將手放到父親的手臂上，求他別再說了，臉色非常、非常蒼白。

「好吧，好吧！」他嘆了一口氣。這時我看出，他將姨婆告訴我，有關她所承受或即將承受的事情撇開不談了。「好吧！托特伍德，我沒有跟你說過她母親的事情。有人跟你說過嗎？」

「從來沒有，先生。」

「也沒什麼好說的，不過倒是受了不少苦。她不顧父親反對，嫁給了我，因此他就不認她這個女兒了。在艾格妮絲出生前，她求她父親原諒。他是個很嚴厲的人，而她母親早就過世了。他斷然拒絕她，讓她傷透了心。」

艾格妮絲靠在他的肩膀上，一手悄悄摟住他的脖子。

「她是個很重感情、心腸很軟的人，」他說，「但她心碎了。我懂她的溫柔，如果我都不懂，那就沒有人懂了。她非常愛我，卻一直都不快樂。她一直默默承受著痛苦。她本來身體就很虛弱，最後一次遭到父親拒絕時——在那之前他已經拒絕她好幾次了——她非常憔悴，就這樣走了。她把兩週大的艾格妮絲留給我，留給你第一次來這裡時見到的那個灰髮斑斑的人。」他親吻了艾格妮絲的臉頰。

「我對我寶貝的愛，是病態的愛，我當時的精神狀態就不健全了，這我就不多說了。我不是要說我自己的事，托特伍德，我是要說她母親跟她的事。我過去和現在是什麼樣子，只要我給你一點線索，我知道你就會懂的。至於艾格妮絲是什麼樣子，我就不必多說了。從她的個性，我總是看得到她可憐母親過去的一些事，所以經過這麼大的變化之後，我們三個又相聚在這裡，我才會跟你說這些。我已經把話都說完了。」

他垂下的頭以及她天使般的面孔與孝心，使這個故事比之前更流露出感傷的意涵。要是我想用什麼來紀念我們今晚的重逢，那就應該用這件事。

不久，艾格妮絲從父親身旁站起來，輕輕坐到鋼琴前，彈奏了我們以前常聽的幾首曲子。

「你還打算再出國嗎？」我站在艾格妮絲身旁時，她問我。

「妹妹妳覺得呢？」

「我希望你沒打算再去。」

「那我就不去了，艾格妮絲。」

「既然你問我了，托特伍德，我覺得你不該去，」她溫和地說。「你的名聲越來越響亮，越來越成功，你就有能力做更多好事了。就算我捨得你這個哥哥，」她看著我，「時間或許還捨不得呢。」

「是妳造就了今天的我，艾格妮絲。這點妳應該最清楚。」

「我造就了你，托特伍德？」

「是啊！艾格妮絲，我親愛的妹妹！」我俯身說。「我們稍早見面時，我就想告訴妳，自從朵拉過世後我一直在想的事情。妳記得妳從我們的小臥室走下樓找我，手向上指著嗎，艾格妮絲？」

「噢，托特伍德！」艾格妮絲眼眶泛淚地回答。「她那麼深情、那麼坦白、那麼年輕！我怎麼忘得了？」

「從那之後，妹妹，我就經常想，妳一直都是這樣向上指著的，艾格妮絲。妳一直都引導我變得更好，指引我邁向更高的目標！」

她沒回答，只是搖著頭。

從她的眼淚中，我看到了同一個憂傷的淺笑。

「所以我非常感激妳，艾格妮絲，我非常依賴妳，在我心中，這種感情甚至找不到語詞表達。我想讓妳知道，卻又不知道怎麼跟妳說，我這一生都會向妳看齊，受妳指引，就像過去那段黑暗時期一樣。不管未來發生什麼事，不管妳以後會建立什麼樣的新關係，不管我們之間有什麼改變，我永遠都會像現在、像過去那樣向妳看齊，永遠愛妳。妳也一直都會是我的慰藉和依靠。一直到我死的那一天，我最親愛的妹妹，我都要永遠看到妳在我面前，手向上指著！」

她將手放到我手上，說她以我為榮，以我說的為傲，只不過我把她說得太好了，她配不上。接著她又繼續溫柔地彈琴，但眼神沒有從我身上移開。

「妳知道嗎，艾格妮絲，我今晚聽到的事，」我說，「我覺得很奇怪，好像是我第一次見到妳時對妳所懷感情的一部分——好像是我魯莽的學生時期，坐在妳身旁時所懷有的情感？」

「那是因為你知道我沒有媽媽，」她笑答道，「特別同情我。」

「不只那樣，艾格妮絲，我好像早就知道這件事一樣，而且妳身邊總有種難以解釋的溫柔、平和，一種對別人來說或許是哀傷的東西（如現在我明白的，那是哀傷），但在妳身上就不同。」

她輕輕地繼續彈琴，仍然看著我。

「我這樣胡思亂想，妳會笑我嗎，艾格妮絲？」

「不會的！」

「我甚至在當時就深信，不管妳遇到什麼挫折，都會堅定懇切地面對，直到生命停止的那一刻，都會這樣做，我這樣說，妳不會笑我傻吧？」

「噢，不會！噢，不會的！」

有那麼一瞬間，痛苦的陰影掠過她的臉龐，我嚇了一跳，但它立刻就消失了。她繼續彈琴，用一貫的平靜笑容看著我。

在孤寂的夜裡，我騎回多佛，一路上晚風如煩亂不寧的回憶從我身旁吹過，我回想起剛才的事，擔心她不高興。我雖然開心不起來，但到目前為止，我確確實實地封印了過去。我想起她舉手向上指的模樣，就想到她是指著我頭上的天空，在那裡，在深不可測的未來，我或許能用一種世人未知的愛來愛她，並告訴她，我在世上愛她時，心裡經歷了什麼樣的掙扎。

第61章　兩個有趣的懺悔者

有一段時間，我住在多佛的姨婆家裡。無論如何，我得住到這本書寫完為止，那得花上幾個月的時間。我初次在這個屋簷下得到庇護時，就坐在窗前望著海上的月光，我現在坐在同一扇窗前，靜靜地寫作。

我照著本來的打算，只有在描述我一生的過程中，正好與我的小說創作過程有關聯時，才會談到我寫作的抱負、喜悅、焦慮和成就。我之前說過，我以最熱切的態度，全心全意地投入其中。如果我寫過的書有什麼價值，就會推動我後續的創作；如果我寫出了毫無價值的書，那接下來的創作也就不會有人感興趣了。

我偶爾會去倫敦，讓自己迷失在那種喧囂熱鬧的生活裡，或是去跟崔斗斯討論公事。在我出國期間，他用他最明智的判斷，替我處理事情，讓我的事業蒸蒸日上。我的名聲開始替我帶來一堆陌生人寄來的信件——主要都是無關緊要的事，而且還特別難回答——因此我跟崔斗斯說好，把我的名字漆在他的門上。盡忠職守的郵差就這樣帶來一堆堆給我的信件，我有時候會在那裡認真讀信，有如不支薪的內務大臣。

這些信件中，有些是總在公會外探頭探腦的業餘人士寫來的誠懇提議，（如果我可以辦完成為代訴人的最後一些手續）他們希望能用我的名義執業，給我優渥的分紅。但我拒絕了那些提議，因為我早知道有很多這種冒名執業的勾當，加上公會本身夠腐敗了，我沒有必要再做什麼讓它變得更糟。

我的名字鮮明地出現在崔斗斯的門上時，蘇菲的姊妹們已經回家，那機靈小子老是裝作他沒聽過蘇菲這個名字。蘇菲整天都關在後面房間裡，一邊做女紅，一邊抬起頭來看著一座裝有水泵、烏煙瘴氣的長條型花園。但我每次在那裡見到她，她都像個快活的家庭主婦；沒有外人上樓時，她經常哼著德文郡的民謠，甜美的歌聲讓在辦公室工作的機靈小子反應都遲鈍了。

起初我看到蘇菲在習字本上練字，覺得很奇怪，也不知道為什麼她老是一看到我，就匆忙將本子闔上，收到抽屜裡。但這個祕密很快就解開了。有天，崔斗斯淋著小雨從法院剛回到家時，他從書桌拿出一張紙，問我覺得上頭的筆跡如何。

「噢，不要給他看，小湯！」正在壁爐前替崔斗斯烘熱拖鞋的蘇菲說。

「親愛的，」小湯愉快地回答，「為什麼不要？你覺得那筆跡如何啊，考柏菲爾德？」

「非常專業、正式，」我說。「我想我沒見過這麼剛硬的筆跡。」

「不像女人的筆跡，對吧？」崔斗斯說。

「女人的筆跡！」我回答。「小孩子的鬼畫符還比這像女人的筆跡呢！」

崔斗斯開懷大笑，告訴我那是蘇菲的筆跡。蘇菲發誓說他很快就會需要一個負責抄寫的書記了，一定要讓她來當，所以就開始練字，現在已經練成了——我忘記一個小時可以抄多少頁了。崔斗斯跟我說的時候，蘇菲在一旁很不好意思，她說等到小湯當上法官，他就不會大聲喧嚷這件事了。小湯立刻否認，說不論在什麼情況下，他都以此為榮。

「她真是個貼心又可愛的太太啊，我親愛的崔斗斯！」她笑著離開時，我說道。

「我親愛的考柏菲爾德，」崔斗斯說，「她真是全世界最貼心的女孩了，千真萬確！她布置這地方的方式，準時、勤儉持家、精打細算、井然有序，而且還樂觀開朗啊，考柏菲爾德！」

「確實如此，你誇獎她是應該的！」我說。「你很幸福。你們各自都是快樂的人，加在一起，就變成世界上最幸福的兩個人了。」

「我敢說我們的確是全世界最幸福的兩個人，」崔斗斯回答。「不管怎樣，我都承認這點。我的天哪，我看到她天還沒亮就拿著蠟燭起床，忙著安排一整天的事情，不管天氣如何，連書記都還沒上工，她就已經到市場買菜了，還會用最簡單的食材做出最好吃的菜色，做點心和派，把一切都整理到該放的位置，總是把自己打扮得整整齊齊，就算很晚了，還是會陪著我工作，溫柔地鼓勵我，她做這一切全是為了我，我有時候還真的無法相信呢，考柏菲爾德！」

他溫柔地穿上她剛才烘暖的拖鞋，很享受地在爐柵上伸展雙腳。

「我有時候還真的無法相信，」崔斗斯說。「還有我們的興趣啊！天哪，那些事既不用花大錢，也讓我們樂得很！我們晚上回到家，把門關上、窗簾拉上之後——窗簾還是她做的——還有比這更溫馨舒適的嗎？天氣好的時候，我們傍晚會去散步，街上的樂趣多得是。我們會探進珠寶店閃閃發亮的櫥窗，看到盤在白緞底座上雙眼鑲鑽的蟒蛇，我會指給蘇菲看，說如果我有錢了，就會買給她。蘇菲會指著鑲寶石的齒輪金錶之類的東西，說她如果買得起，就會買給我。

「我們會去看將來有錢之後會買的湯匙、叉子、分魚刀、奶油刀和方糖夾，然後講得好像已經買到了一樣，心滿意足地離開！接著，我們會漫步到廣場和大街上，看到出租的房子，有時候就會走進去看，討論如果我當上法官，這棟房子如何？我們會開始分配起房間來——這一間我們住，那幾間大姨小姨住之類的，最後看情況討論那房子到底行不行之後，才會滿意地離開。有時候，我們會買後排座位的半價票去看戲，我覺得用那價錢就算去聞香也划算，而我們真的也看得很入迷。蘇菲相信台詞的每一句話，我也是。回家途中，我們偶爾會去食品店買一些東西吃，或是去魚攤買點龍蝦回家，做一頓美味的晚餐，聊聊剛才看到的東西。考柏菲爾德，你想想，如果我是大法官，哪有辦法做這樣的事！」

「我親愛的崔斗斯，不管你當上什麼，你肯定都會做出很開心、愉快的事情。」我心想著。「對了，」我出聲說道，「我想你現在應該不畫骷髏頭了吧？」

「老實說，」崔斗斯臉紅了，笑著回答，「我實在無法否認我不畫了，我親愛的考柏菲爾德。前幾天我坐在王座法庭後排的時候，手上拿著筆，就突然想要試試看自己還有沒有辦法畫出來。所以那張桌子的邊緣恐怕有顆骷髏頭——還戴著假髮呢。」

我們倆開懷大笑了一陣之後，崔斗斯微笑著看向爐火，用寬宥的口吻說：「老克里克啊！」

「我收到那個老——惡棍寄來的信，」我說。看到崔斗斯這麼快就原諒他，我更不想原諒他以前痛打崔斗斯的方式。

「克里克校長寫的？」崔斗斯驚呼道。「不會吧！」

「在那些受到我的名聲和成功吸引的人當中，」我翻找信件，「在那些發現他一直都很關心我的人當中，克里克是其中一位。他現在不當校長了，崔斗斯。他退休了，現在是密德薩斯的治安官。」

我以為崔斗斯聽了會很驚訝，但他完全沒有。

「你覺得他是怎麼當上密德薩斯治安官的？」我說。

「噢，天哪，」崔斗斯回答，「這個問題很難答。或許他把票投給誰，或是借錢給誰，或是跟誰買了東西，或是誰欠他人情，或是替誰做什麼事，那個人又剛好認識當地最高官員，就請對方提名他接這個職位了。」

「不管怎麼說，他接了這個位子，」我說。「他寫信告訴我，他很樂意帶我參觀他們正在實行的唯一正確的監獄制度。說是唯一一種真能讓人改過自新、無可質疑的方式——也就是單獨監禁，你知道吧。你覺得如何？」

「我覺得這制度如何嗎？」崔斗斯認真地問。

「不是。我要不要接受他的邀請，還有你要不要跟我去？」

「我不反對。」崔斗斯說。

「那我就寫信答應他了。他怎麼對我們的姑且不說，但你記得他就是把自己的兒子趕出家門，讓他的妻子、女兒都過著難過日子的那個克里克吧？」

「我記得很清楚。」崔斗斯說。

「可是，如果你看了信，會發現他非常同情犯下滔天大罪的囚犯，」我說，「但我看不出他會把這種同情心延伸到別種人身上。」

崔斗斯聳了聳肩，一點也不驚訝的樣子。我早就知道他會這樣，所以也沒有很訝異，畢竟類似這種的諷刺情況我見多了，不足為奇，如果我覺得驚訝，那表示我的觀察還不夠透澈。我們安排好參訪的時間後，我當天晚上就回信給克里克先生了。

約好的那天——我想是隔天，不過這不重要——崔斗斯和我抵達了克里克先生握有權力的地方。那棟堅固的巨大建築是用龐大資金蓋起來的。我們走向大門時，我忍不住想，如果有人受矇騙，提議要把一半的資金拿來蓋學校或養老院，那會引起全國上下多大的譁然啊。

我們被帶進辦公室見到了老校長。這間宏偉的辦公室宛如位在巴別塔[126]最底層。除了校長，我們還見到了兩、三位治安官之類的大忙人，還有他們帶來參觀的訪客。他接待我的態度，彷彿我是他栽培出來的，他一向很愛護我。我向他介紹崔斗斯的時候，克里克先生也表達出類似的態度，但程度再低一點，他表示他一直都是崔斗斯的導師、哲學家和朋友。我們這位可敬的老師比以前蒼老很多，外表一點改善也沒有。他的臉還是一樣紅，眼睛和以前一樣小，只是現在更深陷了。我記憶中稀疏、濕潤的灰髮也幾乎全禿了，禿頭上的青筋並沒有比以前好看多少。

從這些人的討論中，我覺得他們認為，世界上除了不惜用任何代價替囚犯提供最舒適的環境，就沒有事情值得重視了，而且出監獄大門就沒有其他事情可以做。聽他們討論完，我們就開始參觀。這時用餐時間才剛開始，我們首先參觀了大廚房，每一名囚犯的餐點都分別準備，再定期、準時地一一送到牢房給他們。我悄悄跟崔斗斯說，不知道大家有沒有想到，這些精選的豐富菜色，跟士兵、水手、工人以及老實工作的普通百姓（姑且不講乞丐）吃的，相差甚遠。五百個人裡面，也沒有一個人吃得有這些監獄飯菜的一半好。但我得知，這種「制度」旨在讓囚犯有良好的生活品質。總之，我發現要貫徹這個制度，不管在吃飯或其他問題上，這個「制度」本身就能消除一切懷疑，解決所有異常狀況。顯然沒有人認為除了這個制度，還有別的制度可以考慮。

我們經過一些堂皇的走道，這時我問克里克先生和他的同僚，這種支配和凌駕一切的制度，最大的優點是什麼？我發現，原來最大好處是可以隔離囚犯，關在這裡的人都不知道彼此的狀況；此外，囚犯的身心狀況受到約束，也會比較健全，可以真正地改過自新。

接著，我們開始一一探訪囚犯。

經過牢房的走道時，他們提到囚犯會去小教堂禱告等，這讓我想到，那些犯人很可能對彼此的狀

126. 據《聖經》記載，巴別塔（Tower of Babel）是當時人類聯合起來興建，希望能通往天堂的高塔。為阻止這項計畫，上帝讓人類說不同的語言而無法相互溝通，人類自此各分東西。

況熟悉得很，而且還有完善的溝通系統。寫下這段話的時候，我相信這一點已經獲得證實了。可是，當時就算稍微暗示這樣的質疑，都會被當成是對那個制度的褻瀆，我只好努力尋找囚犯們改過自新的證據了。

在這一點上，我還是有很大的疑慮。我發現囚犯悔過的形式，就像裁縫店展示窗的大衣和外套款式一樣，千篇一律。我發現為數眾多的懺悔詞在本質上幾乎沒有不同，就連用的詞彙也大同小異，這點我覺得特別可疑。我發現有一堆狐狸因為搆不到葡萄，就嚴詞批評整座葡萄園，但搆得到葡萄的狐狸只有少數幾隻。最重要的是，我發現最善於懺悔的人，是最受矚目的對象；我發現他們的自負、虛榮、對於刺激的需要、對於詐欺的喜愛（從他們過去的行為可以看出，這裡有許多人對於詐欺的喜愛快到令人難以置信的地步），所有的這些特質都讓他們樂於懺悔，並藉以得到滿足。

不過，在我們參觀的過程中，我不斷聽到大家談起二十七號這個犯人，他是這裡的寵兒，似乎真的是模範囚犯，所以我決定等看過二十七號之後再下定論。我還聽說，二十八號也是個不尋常的明星，不幸的是，在耀眼奪目的二十七號旁邊，他的光環就稍微黯淡了一點。我聽了好多二十七號的事，聽說他總是對旁人諄諄教誨，還有他很孝順地一直寫信給他的母親，因為他似乎非常擔心她的狀況，因此我甚至等不及要見他了。

不過我還是得耐心再多等一下，因為二十七號被留到最後當壓軸。最後，我們終於來到了他的牢房前。克里克先生從門上的孔往裡頭看，用極其欽佩的態度向我們報告說，二十七號正在讀一本讚美詩集。

大家立刻紛紛往前探，想一睹二十七號讀讚美詩的風采，所以六、七顆腦袋就一股腦地擠在小孔前。為了解決這個不便，並且讓我們有機會跟洗心革面的二十七號談談，克里克先生就叫人打開牢房的門，請二十七號走到通道。

門打開後，崔斗斯和我看到這位改邪歸正的二十七號都大吃一驚，因為他不是別人，正是烏利亞．希普！

他立刻就認出我們，走出來時，跟以前一樣扭動了一下說：「你好嗎，考柏菲爾德先生？你好嗎，崔斗斯先生？」

他這樣問候我們，讓參訪的人頗為讚賞。我寧可覺得大家是因為他一點也不傲慢，願意跟我們打招呼，而覺得很訝異。

「嗯，二十七號，」克里克先生惋惜地讚賞他說，「你今天好嗎？」

「我很卑微的，先生！」烏利亞．希普說。

「你一直都是如此，二十七號。」克里克先生回道。

說到這裡，另一位先生十分焦急地問：「你過得還舒適嗎？」

「是的，多謝關心，先生！」烏利亞．希普看了他說。「這裡比我在外面舒適多了。我現在知道我做錯了，先生。因為意識到這點，我覺得輕鬆舒服。」

幾位先生都非常感動，第三個問話者擠到前面，同樣焦急地問：「你覺得餐點的牛肉如何？」

「謝謝你的關心，先生，」烏利亞對著發話者的方向說，「昨天的牛肉煮得硬了一點，但我默默接受也是應該的。我犯了錯，先生，」烏利亞溫順地笑著看了四周，「我就應該毫無怨言地接受任何後果。」

大家發出一陣騷動，有些人是對二十七號這種神聖的心境感到非常滿意，有部分則是不滿承包伙食的人沒做好，讓他有所怨言（克里克先生立刻記下筆記）。眾人討論完之後，二十七號就站在我們

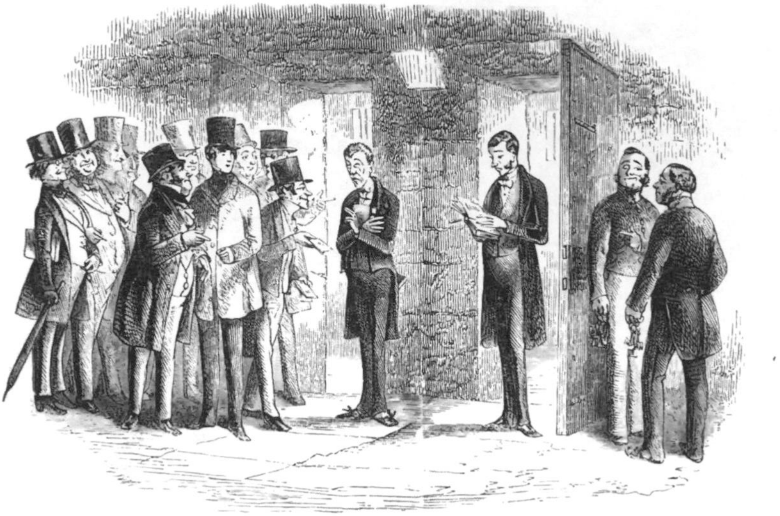

我見到兩位有趣的懺悔者

中間，好像自以為是博物館裡一件值得高度讚賞的展品。為了讓我們這些沒見過世面的人再次開開眼界，他們又下令讓二十八號出來。

面對這一切，我已經感到很驚訝了，所以看到下一個走出來的人，也只剩一種不可思議的無奈——拿著一本書走向前的，正是利特瑪先生！

「二十八號，」一位戴眼鏡的先生說，他剛才沒有發言，「我的好朋友，你上週抱怨可可泡得不好。後來有進步嗎？」

「謝謝你的關心，先生，」利特瑪說道，「現在泡得比較好了。要是我可以冒昧說一句話，先生，我不覺得他們用的熱牛奶是純正的牛奶。不過，先生，我知道倫敦的假牛奶太普遍了，純正的牛奶的確取得不易。」

我覺得戴眼鏡的先生好像是支持二十八號，跟克里克先生的二十七號是對手，因為他們各自護著一個囚犯。

「那你的精神狀況如何，二十八號？」戴眼鏡的人問道。

「謝謝你的關心，先生，」利特瑪先生回答。「我現在知道我做錯了，先生。我一想到以前犯的錯就覺得非常不安，先生，但我相信我會得到原諒的。」

「你還開心嗎？」問話者鼓勵地點頭問道。

「多虧你的照顧，先生，」利特瑪先生回答。「我非常開心。」

「你還有什麼想說的嗎？」問話者說。「如果有的話，就直說吧，二十八號。」

「先生，」利特瑪先生沒有抬起頭，「要是我沒看錯，在場有位先生以前認識我。我想告訴他，我以前所做的錯事，完全是因為伺候年輕人時，過著輕率的生活，而且任由他們引誘我臣服於自己的弱點，我沒有力氣反抗。那位先生知道了這點，或許對他有益處。我希望他能夠引以為戒，先生，也不要因為我冒昧直言而覺得受到冒犯。我是為了他好，才會這麼說的。我很清楚自己過去犯的錯。我希望他也能懺悔他以前參與的壞事和罪惡。」

我看到一些人都用一隻手遮著眼，好像剛從教堂走出來似的。

「你這麼說，很值得稱許，二十八號，」問話者說。「我就知道你會這麼說。還有別的事嗎？」

「先生，」利特瑪先生稍稍揚起眉毛，沒有抬眼，「有個年輕女子曾誤入放蕩的歧途，我試著拯救她，先生，但我無能為力。我請那位先生，要是他辦得到，也願意好心幫忙的話，請他轉告那位年輕女子，我原諒她對我的惡行，也希望她能夠悔改。」

「二十八號，我相信你說的那位先生，」問話者回應道，「一定會像我們一樣，對你這番得宜的話十分感動。我們就不耽誤你的時間了。」

「謝謝你，先生，」利特瑪先生說。「我祝各位日安，也希望你們與家人都能看到自己的罪惡，並且悔改！」

說完，二十八號跟烏利亞使了眼色後就回牢房了，好像他們真的沒透過什麼溝通管道認識彼此一樣。他的牢門關上時，參訪團又是一陣騷動，說他是全世界最體面的人，也是極佳的成功案例。

「現在，二十七號，」克里克先生帶著他的人走上空出來的舞台說，「有沒有什麼事是我們能替你做的？有的話就直說吧。」

「我想要卑微地請求一件事，先生，」烏利亞扭動著他惡毒的腦袋說，「請允許我能再寫信給家母。」

「當然可以。」克里克先生說。

「謝謝你，先生！我實在很擔心家母。我怕她不安全。」

有人冒失地問怎麼會不安全？但引來眾人憤慨地低聲說：「噓！」

「生命安全，先生，」烏利亞朝發問者的方向扭動身體說。「我希望家母也可以到達我的境界。如果我沒有來這裡，永遠到不了現在這個境界。我希望家母也能來。不管是誰被抓之後送到這裡來，這裡都會對他們很有幫助。」

這番話讓在場的人都很滿意——比剛才發生的一切都還令他們滿意。

「我來這裡以前，」烏利亞偷偷看了我們一眼，好像是說，如果他做得到，那會把我們所處的外在世界摧毀殆盡，「我做了一些錯事，但現在我知道錯了。外頭的罪惡多得是。我母親也有很多罪惡。罪惡無所不在啊，除了這裡以外。」

「你改過自新了嗎？」克里克先生說。

「噢，天哪，是的，先生！」充滿希望的懺悔者說。

「如果你出去了，就不會再犯？」另一個人問。

「噢，天——哪，不會的，先生！」

「很好！」克里克先生說。「這話讓人很滿意。你剛才提到了考柏菲爾德先生，二十七號。你還有什麼事情想跟他說嗎？」

「早在我到這裡洗心革面之前，你就認識我了，考柏菲爾德先生，」烏利亞看著我說，他的眼神比以往還要惡毒。「儘管我做了錯事，但你知道在那些驕傲的人之中，我是很卑微的；在那些暴力的人之中，我是很溫順的——你自己就曾經對我動過手，考柏菲爾德先生。你很清楚，自己有次曾出手打我的臉。」

大家都同情他，甚至有些人還狠狠地瞪著我。

「但我原諒你，考柏菲爾德先生，」烏利亞拿著自己寬容的本性做話題，做了最邪惡、可惡的對比，我在此就不贅述了。「我原諒每個人。對人懷有惡意不是我的本性。我真心原諒你，也希望你以後可以控制自己的怒氣。我希望威先生、威小姐和那群有罪的人都可以懺悔。你最近受到重大打擊，我希望那對你有益，但最好的方式還是到這裡來。威先生如果能來，那對他比較好，威小姐也是。我能夠給你的最大祝福，考柏菲爾德先生，還有給各位最大的祝福是，你們都能遭到逮捕、被帶到這裡來。一想起我以前做的錯事，還有我現在的心境，我相信，來這裡對各位是最好的。我可憐那些沒辦法來的人！」

在一片讚美聲中，他溜回自己的牢房，他被關回去後，崔斗斯和我都大大鬆了一口氣。

這是這種懺悔方式的特色，讓我很想知道這兩個人到底幹了什麼好事，才被關到這裡來，可是這卻好像是他們最不想說的事情。我從兩個獄卒臉上隱約看出，他們很清楚這裡玩的到底是什麼把戲，因此就問了其中一個人。

「你知不知道，」走在通道上時，我說，「二十七號最後一件『錯事』是什麼重罪？」

有人回答是銀行案。

「詐騙英格蘭銀行嗎？」我問。

「是的，先生。詐欺、偽造文書和共謀犯案。他教唆其他同夥一起幹的。他們計畫嚴密，要騙取鉅款。判決是：終身流放。二十七號是那群人裡最狡猾的，差一點就逃過一劫。銀行正好抓住他的小把柄，不然他差一點就逃掉了。」

「你知道二十八號犯了什麼罪嗎？」

「二十八號，」回答我問題的人一直低聲說話，不停往後看，怕被克里克和其他人聽到他竟然敢說那兩個純潔無瑕的人壞話。「二十八號（也是流放）得到一份差事，在他們出國前一晚他搶了年輕主人價值兩百五十鎊的財物。他的案子我記得特別清楚，因為他是被一個侏儒抓來的。」

「一個矮小的女人。她叫什麼來著了？」

「不會是莫切吧？」

「就是這名字！他之前躲過追捕，戴著淡黃色假髮和鬍子要逃去美國。你這輩子一定沒見過偽裝得那麼好的人。這個矮小的女人當時在南安普敦，在路上撞見他，她眼尖，立刻就認出他來。她衝到他的胯下把他撞翻，然後牢牢抓住他。」

「莫切小姐真是不得了！」我喊道。

「要是你跟我一樣，看到她出庭時站上證人席的架勢，也一定會這麼說的，」這位朋友說。「她抓到他的時候，他把她的臉都抓破了，還殘忍地毒打她，可是她沒有放手，死命抓著他，直到他被關起來為止。應該說，她死都不肯放開他，因此警察還得把他們兩個一起抓起來。她勇敢地作證，獲得法庭高度讚賞，回家的一路上都有人替她歡呼。她在法庭上說，根據她所知道的事，就算利特瑪是大力士參孫，她也會單槍匹馬抓住他。我真的相信她會那樣做！」

我也相信，而且因此更加敬佩莫切小姐。

該看的我們都看完了。如果對可敬的治安官大人克里克先生說，二十七號和二十八號一點也沒有變；說他們以前是什麼樣，現在一直都還是那樣；說這兩個虛偽的無賴正是在那種地方做那種懺悔把戲的最佳人選；說他們跟我們一樣清楚，在他們被流放之後，這種悔過行為有什麼立即的好處；總之，這完全是墮落、虛偽、苦心安排的行為。但這些話，我們說了也沒用。我們就把他們留給制度，讓他們去搞吧，回家時我們還是覺得很詫異。

「或許這是好事，崔斗斯，」我說，「就讓他們繼續這種站不住腳的做法吧，這樣只會加速它的終結。」

「但願如此。」崔斗斯回答。

第62章　我的明燈

歲末又至，到了耶誕時節，我也回國兩個多月了。

我經常去找艾格妮絲。不管大家給我的鼓勵有多響亮，不管這喚起我多大的熱忱和努力，只要一聽到她最輕微的讚美，其他聲音我就全聽不見了。

每星期至少一次，我會騎馬去找她，一同度過傍晚時光。我通常會在晚上騎馬回來，因為以前那種不愉快的感覺，仍時時縈繞在我心頭——離開她時，是我最難過的時候——所以我寧願外出移動，不想在輾轉反側時苦想過去，或是作惱人的夢。我將那些痛苦的漫漫長夜都消耗在夜間騎行的路上；途中，出國期間盤踞我心的念頭又湧上來了。

或者，我應該說我聽到的是那些念頭的回音，才更能表達事實。那些聲音從遠方傳來。我將它們拒之於外，接受我無法改變的位置。我唸小說給艾格妮絲聽時，我看到她仔細聆聽的面孔時，我讓她感動得又哭又笑時，我聽到她真摯地對我的想像世界表達意見時，我想過，我的命運原本會是什麼樣子——但只是想像而已，就如同我和朵拉結婚後，我曾想過希望我的妻子能成為什麼樣子。

如果我擾亂了艾格妮絲對我的愛，那我就是自私無比、糟糕透頂地汙辱了她的愛，而且永遠都無法再恢復。我成熟的想法是，我創造了自己的命運，贏得了我急於追求的人，我就沒有權利抱怨，只能認命承受；我對艾格妮絲該盡的責任，包含我所感受和學到的事情。但我愛她，現在只要隱約想到未來有一天，當一切都成為過去，我可以無愧地承認我愛她，我可以說：「艾格妮絲，我從國外回來的時候就愛著妳了；現在我老了，我要告訴妳，我從那之後就沒有再愛過別人！」這樣想，對我來說就是一種安慰了。

她完全沒有表現出任何改變。她在我心裡一直都是那樣，現在也是，一點也沒變。

關於這件事，從我回國那天晚上，姨婆和我之間就有一種感覺，我不能說是拘謹或是逃避話題，應該說是心照不宣的默契，我們都在想同一件事。我們像以往一樣，晚上坐在壁爐前，常常陷入這樣的思緒，那麼自然而然，我們彼此瞭解，就好像毫無保留地把話說出來了一樣。我相信她多少讀出了我那天晚上的心思，她也完全明白為什麼我沒有更加明確地表達出想法。

耶誕節即將來到，艾格妮絲還沒有向我透露新的祕密，我好幾次都懷疑她是不是察覺到我心裡真正的想法，因此不告訴我，怕帶給我痛苦，這種懷疑漸漸地重壓在我心頭。如果事情真是這樣，我的犧牲就完全白費了，我沒有盡到對她最起碼該盡的責任，我一直避著不做的每一個糟糕舉動，我其實時時刻刻在做。我決定不論如何，都要消除這個疑慮——一旦我們之間出現了隔閡，我要立刻堅定地消除它。

那是個寒風凜冽的冬日——這是個多麼難忘的理由！幾小時前下過雪了，地上的積雪雖然不深，卻凍硬了。我看著窗外的大海，風從北方強勁地吹來。我心想，這風颳過瑞士那些荒涼、難以進入的高山，也曾掃過山上的積雪吧。接著猜想，是那儼如絕境的深山比較孤單，還是這片汪洋大海？

「今天還要騎馬出去嗎，托特？」姨婆在門口探頭進來問。

「對，」我說，「我要去坎特伯里。今天很適合騎馬。」

「我希望你的馬兒也這樣想，」姨婆說，「但牠正垂著腦袋和耳朵，站在門前，好像比較想待在馬廄裡。」

順帶一提，姨婆允許我的馬匹踏上那塊禁地，但對驢子還是一點也不通融。

「牠很快就會打起精神了！」我說。

「不管怎麼說，這趟路對牠的主人有益處，」姨婆看著我桌上的紙張說道。「啊，孩子，你在這裡寫好久了啊！我以前看書的時候都沒有想過寫書有多麼辛苦。」

「有時候連看書都已經夠辛苦了，」我回答。「至於寫作，還是有它的樂趣在，姨婆。」

「啊！我知道了！」姨婆說。「雄心壯志、受到稱讚、博得同情等等之類的樂趣，是吧？好吧，你去吧！」

「您知不知道其他關於，」我鎮靜地站在她面前說，她拍了拍我肩膀，再坐到我的椅子上，「艾格妮絲心上人的事情？」

她盯著我的臉看了一下，才回答：「我想我還知道一些。」

「您知道的事，您確定嗎？」我問道。

「我想我很確定，托特。」

她目不轉睛地看著我，關愛的神情中帶有一種疑慮、疼惜和不安，因此我更下定決心，要擺出笑臉面對一切。

「而且啊，托特……」姨婆說。

「怎麼了？」

「我想艾格妮絲快要結婚了。」

「願上帝保佑她！」我高興地說。

「願上帝保佑她！」姨婆說。「還有她的丈夫！」

我也附和了一聲，就向姨婆告別，輕快地下樓，上馬，騎走了。現在，我有更充分的理由去做我下定決心要做的事情了。

那次冬日的騎行我記得多清楚啊！風颳起了樹葉上的冰屑，掃過我的臉龐；馬蹄嗒嗒地在結冰的地面上敲出輕快節奏；耕地凍得堅硬；微風將石灰坑裡的雪花吹得輕輕飛旋；拉乾草車的牲口噴出熱氣，停在坡上喘息，搖得鈴鐺作響；陰暗的天空映襯著積雪斜坡與綿延丘陵，彷彿有人把山景畫在巨大的石灰板上！

我發現只有艾格妮絲一個人在家。女孩們都已經回家了，她獨自坐在壁爐前閱讀。看到我走進去，她放下書，跟平常一樣招呼我，接著拿起針線籃，坐在老式的窗戶前。

我坐在她身旁的窗座上，跟她聊我正在做的事情，什麼時候做得完，還有從我上次來訪至今的進度。艾格妮絲聽了非常開心，笑著預言我很快就會變得太有名氣，到時候她就沒辦法再跟我聊這些話題了。

「所以你看啊，我要充分利用現在的時間，」艾格妮絲笑著說，「趁我還可以跟你聊的時候，多跟你聊聊。」

我看著她專心做女紅的美麗臉孔；這時她抬起溫柔清澈的雙眼，發現我在看她。

「你今天心事重重啊，托特伍德！」

「艾格妮絲，我可以跟妳說我在想什麼嗎？我就是來告訴妳的。」

一如平常我們談到正經事時那樣，她放下手上的針線，全神貫注地聽我說。

「我親愛的艾格妮絲，妳懷疑過我對妳的真誠嗎？」

「沒有！」她驚訝地回答。

「妳懷疑過我不會再像以前一樣對待妳嗎？」

「沒有！」她跟之前一樣回答。

「妳記不記得，我回國後，曾經試著告訴妳，我欠妳多少恩情嗎，我最親愛的艾格妮絲？還有我對妳有著多麼強烈的感情？」

「我記得，」她溫柔地說，「記得很清楚。」

「妳有個祕密，」我說。「讓我替妳分擔，艾格妮絲。」

她垂下眼，顫抖了起來。

「就算我沒有聽說——我從其他人口中聽說的，艾格妮絲，所以似乎有點奇怪——我也不會沒注意到，妳將妳寶貴的愛，交給了一個人。如此關乎妳幸福的事情，就別不讓我知道！如果妳真像自己所說的，也像我所認為的那樣，能夠信任我，那麼在這件至關重要的事情上，就讓我當妳的朋友、妳的兄長！」

她從窗口站了起來，用懇求且近乎責備的眼神看著我，彷彿不知身在何處。接著，她匆忙走過房間，雙手捂著臉放聲大哭，這樣的眼淚讓我好心疼。

然而，她的哭泣喚起了我心裡的某件東西，給我帶來希望。

我不確定為什麼，但這些眼淚與我記憶猶新的傷心淺笑聯繫在一起，我因為希望而覺得振奮，而不是恐懼或悲傷。

「艾格妮絲！我最親愛的妹妹！我做錯了什麼？」

「讓我離開吧，托特伍德。我人不太舒服。我心裡很亂。我之後再跟你說，下次再說吧。我會寫信給你。現在就別再多說了。別說了！別說了！」

我努力回想起，有天晚上，艾格妮絲跟我聊天時，說她的愛不需要回報。這就是我必須立刻徹底探討的世界。

「艾格妮絲，看到妳這個樣子，想到是我害妳變成這樣的，我實在受不了。我最親愛的妹妹，妳對我來說比一切都寶貴，如果妳不快樂，至少讓我分擔妳的不快樂吧；如果妳需要幫助或勸告，讓我試著給妳吧；如果妳心裡的確有個負擔，讓我試著減輕它吧。如果我現在不是為妳而活，艾格妮絲，那我還能為誰而活！」

「噢，放過我吧！我不舒服！下次再說！」

我當時只聽得清楚這些話。

讓我不顧一切說下去的，是自私所犯下的錯嗎？或者，是因為出現一絲希望，讓我看到了我過去不敢想望的東西呢？

「我一定要說完。我不能讓妳就這樣離開！看在老天的分上，艾格妮絲，經過了這些年，經歷了這麼多事，我們之間就不要有任何誤會了吧！我一定要說清楚。如果妳有任何一絲想法，認為我會嫉妒妳將獲得的幸福，或是我不願把妳託付給妳自己選擇的保護者，以為我無法站在原處，看著妳幸福而覺得滿足，那妳應該打消這種疑慮，因為我不是妳想的那樣！我受的痛苦並沒有白費。妳的教導並沒有白費。我對妳的感情，沒有任何一點自私的成分。」

她冷靜下來了。過了一下子，她將蒼白的臉轉向我，斷斷續續但清楚地低聲跟我說：「正因為你對我的友誼很純潔，托特伍德——對此，我一點都不懷疑——所以我必須告訴你，你誤會了。除此之外，我就無法多說了。如果過去幾年來，我有時候需要幫助和勸告，那我的確獲得了幫助和勸告。如果我有時候不開心，那種心情會過去。如果我心裡曾經有個負擔，那它已經減輕了。如果我有任何祕密，這個祕密並不是新的，而且也不是你所猜想的那樣。我無法透露，或是告訴別人。這個祕密長久以來都是我一個人的，因此它必須留在我心裡就好。」

「艾格妮絲！別走！再一下子！」

她本來要離開了，但我留住她。我用一隻手臂摟著她的腰。「過去幾年來」！「不是新的祕密」！新的想法和希望正在我心裡翻轉，我生命中的所有色彩都在發生變化。

「我最親愛的艾格妮絲！我最尊重、景仰——深愛的人！我今天來這裡時，本來想，不論如何都不能吐露心裡的話。我以為我可以將這些話藏在我心底到老。但是，艾格妮絲，如果我真的有一絲新希望，讓我能夠用比妹妹更親密、更截然不同的稱呼叫妳……」

她淚流不止，但這淚不同於她剛才所流的，我在她淚水裡看見我的希望正閃閃發光。

「艾格妮絲！妳一直都是我的嚮導和最棒的支持者！如果我們長大時，妳能夠多關心妳自己，而不是顧著關心我，我想我那些漫不經心的幻想就不會離開妳了。但妳比我好太多了，因此在我年少時期的希望和失望中，妳對我是那麼不可或缺，我所有的事都請教妳、依賴妳，這變成了我的第二天性，取代了我現在愛妳的這種第一天性，這種更重要的天性！」

她還在哭，但並不是傷心——而是喜悅！我以她從未有過，也一度以為她不會有的身分，將她擁入懷中。

「我愛著朵拉的時候……我愛得很深，艾格妮絲，妳也知道……」

「沒錯！」她真摯地喊道。「我很高興我知道！」

「我愛著她的時候——就算在那時候，沒有妳的贊同，那我對她的愛也不會完整。正因為有了妳的贊同，那份愛才完美。我失去她的時候，艾格妮絲，如果沒有妳，我會變成什麼樣子啊！」

她在我懷裡依偎得更緊了，更近地貼著我的心，顫抖的手放在我肩上，可愛的雙眼淚光閃閃地看著我！

「親愛的艾格妮絲，我離去的時候，愛著妳；我留在國外的時候，愛著妳；我回到家，一樣愛著妳！」

於是，我試圖把內心經歷過的掙扎，和我得出的結論告訴她。我盡量將想法真實、完全地攤在她面前。我努力讓她知道，我曾經怎樣希望我能夠更瞭解自己、更瞭解她；我是怎麼決定要聽從自己所得的結論；甚至在那一天，我來到這裡時，還是對那個想法堅定不移。我說，如果她曾愛過我，願意接受我當她的丈夫，她就可以那樣做，並不是因為我值得她這麼做。只是因為我真心愛她，因為我經歷了一些事，那份愛才會成熟到現在這樣。也因此，我才決定要坦承這一切。噢，艾格妮絲，就在這時候，我從妳那雙真誠的眼睛中，看到了我的娃娃妻看著我、表示贊同的神情，也因為妳，讓我想起最溫柔的回憶，想起那朵在盛開之際就凋零的小花！

「我好幸福，托特伍德——我實在太開心了——但有一件事，我必須說。」

「親愛的，什麼事？」

她將雙手溫柔地放在我肩上，平靜地看著我的臉。

「你知道是什麼事嗎？」

「我不敢猜。告訴我吧，親愛的。」

「我愛了你一輩子啊！」

噢，我們好幸福，好幸福！我們熱淚盈眶，並不是因為種種磨練（她經歷的比我多太多了），讓我們如此激動，而是因為我們永遠不會分離！

在那個冬夜裡，我們一起走到田園散步，結霜的空氣似乎也分享著我們平靜的幸福。我們繼續走著，星星開始在天空中閃爍，我們抬頭仰望星空，感謝上帝引導我們走到這片寧靜之中。

月亮高掛的夜裡，我們一起站在老式窗戶前，艾格妮絲靜靜地仰望月亮，我則是跟著她的目光看。此時，我的腦海中出現了一條漫長道路，我看到一個衣衫襤褸、被拋棄、忽視的男孩辛苦跋涉，而這個男孩這時候，終於可以把靠在他胸口跳動的那顆心稱為他自己的了。

隔天將近晚餐時間，我們才出現在姨婆面前。佩格蒂說她在我的書房裡。幫我把那裡收拾得整齊乾淨，是姨婆的一大驕傲。我們看到她戴著眼鏡，坐在壁爐前。

「我的天哪！」暮色下，姨婆說道。「你帶誰回家啦？」

「艾格妮絲。」我說。

我和艾格妮絲說好一開始什麼都別說，因此姨婆覺得事情有點不對勁。我說「艾格妮絲」時，她對我投了一個充滿希望的眼神，但看到我跟平常沒兩樣，就絕望地拿下眼鏡，用眼鏡揉揉鼻子。

不過她還是很熱情地歡迎艾格妮絲來。接著我們就下樓，在點了蠟燭的客廳裡吃晚餐。姨婆戴上眼鏡兩、三次，想仔細看我，但每次都失望地拿下來，用眼鏡揉鼻子。迪克先生知道這是不好的兆頭，看了覺得很不安。

「對了，姨婆，」我晚餐後說，「您跟我說的事情，我告訴艾格妮絲了。」

「那樣的話，托特，」姨婆漲紅著臉說，「你就不對了，而且你不守信用。」

「我希望您不會生氣，姨婆？您要是知道艾格妮絲並沒有為了心上人不開心的話，我相信您不會生氣的。」

「胡說八道！」姨婆說。

姨婆似乎要生氣了，我想，最好的辦法就是立刻消除她的怒火。我摟著艾格妮絲，走到姨婆身後，兩人俯身靠在她身邊。姨婆雙手一拍，戴著眼鏡又看了我們一眼，立刻歇斯底里起來，這是我生平第一次，也是唯一一次見到她這個樣子。

她的歇斯底里讓佩格蒂趕來了。姨婆才恢復鎮定，又立刻奔向佩格蒂，說她是個老傻妞，使出渾身力氣擁抱她。之後，她又跑去抱迪克先生（他覺得很榮幸，也非常驚訝），都抱完之後，才告訴他們原因。大家聽了都開心不已。

姨婆上次跟我談時，是出於好意隱瞞我，還是真的誤會了我的想法，我不知道。不過她說，反正她告訴我艾格妮絲快結婚了，這樣就夠了，而我比誰都清楚這點有多正確。

我們不到兩星期就結婚了。我們的婚禮很簡單，只邀請了崔斗斯和蘇菲，還有博士和史壯夫人。他們興高采烈地向我們道別之後，我們就搭車離去了。我緊擁入懷的，是我一生雄心壯志的來源，是我的中心，是我的生活、我的所有、我的妻子，而我對她的愛，就建立在磐石上！

「我最親愛的丈夫！」艾格妮絲說。「既然我現在可以稱你為丈夫，我還有一件事要告訴你。」

「告訴我吧，寶貝。」

「那件事發生在朵拉過世的那天晚上。她請你找我過去。」

「沒錯。」

「她說她留了一樣東西給我。你想得到是什麼嗎？」

我相信我想得到。我將愛了我這麼久的妻子摟得更緊。

「她告訴我，她對我有最後一項請求，要我幫她做最後一件事。」

「那是……」

「只有我才能填補這個空缺。」

艾格妮絲將頭靠在我胸前，哭了起來，我也跟著她一起哭，那是幸福的眼淚。

第63章 訪客

我打算記錄的事情，已經接近尾聲，但我還有一件回憶特別深刻，想起來就很開心，如果不寫下來，那我織好的網就會有一根線散開。

我在名利上都有所進展，結婚十年來的家庭生活也十分幸福美滿。一個春天的夜晚，艾格妮絲和我坐在倫敦家中的壁爐前，我們的三個孩子也在客廳裡玩，這時僕人通知，有位陌生訪客想見我。

僕人問他是不是因公而來，他說不是，他只是遠道而來，想看看我。僕人說，他年紀很大，看起來像個農夫。

小孩聽了這番話覺得很神祕，很像他們最愛聽艾格妮絲說的故事開頭，有個痛恨所有人的邪惡老妖精披著斗篷來了，因此孩子們有點慌張。我們的一個兒子把頭趴在媽媽腿上，要她保護他；我們的長女小艾格妮絲將娃娃放在椅子上代表她，自己跑到窗簾後面，金色鬈髮探出來偷看。

「請他進來吧！」我說。

接著，有個身體硬朗的白髮老人走了過來，在昏暗的走道稍微停了一下。小艾格妮絲覺得他的長相很有趣，就跑過去帶他進來。我都還沒有看清楚他的臉，我的妻子就跳了起來，高興、激動地大聲跟我說：是佩格蒂先生！

是佩格蒂先生沒錯。

他現在年紀大了，但還是氣色紅潤、精神飽滿、老當益壯。我們一開始非常激動，冷靜下來之後，他坐到壁爐前，孩子們坐在他腿上，火光照著他的臉，我覺得他雖然上了年紀，依然精力充沛、體魄壯健、英挺帥氣。

「戴維少爺，」他用以前的音調講出我以前的這個稱呼，聽起來好自然！「戴維少爺，我能夠再見到你，還有你這個真誠的好太太，實在太高興了！」

「的確太高興了，老朋友！」我大聲說。

「還有這些可愛的小朋友，」佩格蒂先生說。「看看這些漂亮的花朵！哎呀，戴維少爺，我第一次見到你的時候，你跟最小的這個差不多高而已呢！艾蜜莉也沒有高多少，還有那可憐的小子，也真的還是個小子而已！」

「從那之後，時間帶給我的變化，比帶給你的還多，」我說。「但這些小淘氣要先上床了。全英國你要住就只能住我家，告訴我要派人去哪裡拿你的行李。（不知道陪他走那麼遠的舊布袋還在不在！）接著，我們來喝杯雅茅斯摻水烈酒，好好談一談這十年來發生的事！」

「只有你回來嗎？」艾格妮絲問。

「是的，太太，」他親吻她的手說，「只有我一個人。」

因為我們實在不知道怎樣歡迎他才夠，就讓他坐在我們夫妻倆中間。我開始聽著過去熟悉的聲音，甚至還以為他又走在漫漫長路上，尋找他親愛的外甥女。

「我經過很長的水路，」佩格蒂先生說，「才來到這裡，只待四個星期就要回去了。不過水啊（特別是鹹水）我習慣了。而且朋友可貴，所以我返回——竟然還押韻了，」佩格蒂先生發現後驚訝地說，「我可沒打算押韻啊。」

「你千里迢迢過來，這麼快就要回去？」艾格妮絲問。

陌生人來訪

「是的，夫人，」他回答。「我走之前，就答應過艾蜜莉了。是這樣的，日子在過，我也不會越來越年輕，要是我不趁現在來，大概就永遠不會回來了。我一直在想，在我老得走不動之前，**一定**要來看看過著快樂婚姻生活的戴維少爺跟貼心、陽光的夫人。」

他一直看著我們，好像怎麼看都看不夠。艾格妮絲笑著幫他把散亂的白髮撥到腦後，好讓他看得更清楚些。

「快把一切事情都告訴我們。」我說。

「我們的事情啊，戴維少爺，」他回答，「很快就能講完了。我們沒有遇到什麼不如意的事，生活過得順順當當。我們一直都過得很順利。應該怎麼做工，我們就怎麼做工。一開始日子比較苦一點，但一直都很順利。我們一下養羊，一下養別的家畜，一下做這個，一下做那個，我們能做多好，就有多好，都是上帝保佑，」佩格蒂先生虔誠地低下頭說，「我們一直都過得很順利，沒有遇到什麼困難。我的意思是，以長遠看是這樣。如果昨天不順利，那今天一定順利。要是今天還不順利，那明天一定順順利利。」

「那艾蜜莉呢？」艾格妮絲和我齊聲問。

「艾蜜莉，」他說，「太太，妳跟她道別之後——我們在澳洲鄉下住下來之後，她每天晚上到帆布簾另一邊祈禱的時候，我沒有一次沒聽她為妳祈禱——我們離開那天，太陽下山之後，她和我都看不見戴維少爺了，剛開始她心情很差；但要不是戴維少爺好心、體貼地對我們隱瞞那件事，我覺得她真的會撐不下去。剛好船上有些窮人家生病了，她就去照顧**他們**，船上還有一些小孩子，她也去照顧**他們**，一路忙忙忙，做好事，對她也好。」

「她是什麼時候聽到那件事的？」我問。

「我聽說了之後，一直瞞著她，」佩格蒂先生說，「瞞了大概一年。我們那時候住在很偏僻的地方，但是旁邊有漂亮的樹，薔薇都爬到屋頂上去了。有一天，我去外面做工，有個從老家諾福克還是薩福克來的人（我忘記到底是哪裡了），經過我們家，我們當然就招待他，請他吃吃喝喝，把他當自己人。在殖民地那邊，大家都這樣子做。他剛好帶了一份舊報紙，還有其他文章講到了那次的暴風雨。她就是這樣知道的。我那天晚上回家之後，發現她已經知道了。」

他壓低著音量說這番話，我記得很清楚的那種嚴肅神情又掃過他的臉。

「知道這件事之後，她有改變很多嗎？」我們問道。

「嗯，很長一段時間她整個人都不一樣了，」他搖搖頭說，「甚至到現在都還是受到影響。但是我覺得我們住在偏僻的地方，對她有幫助。加上她還有雞有鴨之類的要養、要顧，才慢慢好一點。我不知道……」他若有所思，「要是你再見到我的艾蜜莉，戴維少爺，不知道你還認不認得出她來！」

「她變了這麼多嗎？」我問道。

「我也不知道。我天天看她，所以看不出來。可是，有時候，我覺得她變了很多。身體瘦弱，」佩格蒂先生看著爐火說，「有點憔悴，藍色的眼睛很溫柔、哀傷，臉蛋很清秀，漂亮的腦袋垂下來，說話和動作都靜靜的——膽小怕羞的樣子。這就是艾蜜莉了！」

他坐在那，繼續看著火焰。

我們則不發一語地看著他。

「有些人猜，」他說，「她以前愛錯人。有些人猜，她是寡婦。但沒有人知道事情是怎樣。她本來有很多機會，可以嫁給好人家，可是她跟我說：『舅舅，我永遠不會結婚了。』在我身邊的時候，就開開心心；有別人在的時候，就躲起來。她很喜歡大老遠跑去教小孩子，或是照顧生病的人，或是幫忙年輕女孩子準備婚禮（她幫了很多人，卻一次也沒參加）。她對我這個舅舅好得很，很有耐心，老老少少都喜歡她，大家有困難也會來找她。這就是艾蜜莉了！」

他用手擦了擦臉，輕嘆了一口氣，抬起頭來。

「瑪莎還跟你們在一起嗎？」我問道。

「瑪莎啊，」他回答，「結婚了，戴維少爺，第二年就結了。有個在農場工作的年輕人，趕著他老闆的大車要去市場，經過我們家——那趟路來回有五百哩呢。他就說要娶瑪莎當老婆（那邊很缺老婆），然後他們兩個就搬出去住了。她之前就請我把她的事情告訴那個年輕人。我說了。他們就結婚了，住的地方除了他們自己的聲音和鳥叫聲，三、四百哩內都聽不見其他聲音。」

「那格米奇太太呢？」我問道。

我點中一件有趣的事情了，因為佩格蒂先生突然捧腹大笑，雙手上下搓揉著腿，就像很久以前，在那艘已經被風吹毀的船屋裡，他遇到開心事時經常做的那樣。

「我說了看你信不信！」他說。「哎呦，竟然也有人說要娶**她**！戴維少爺，有個在船上當過廚師、後來在那裡定居的人，說要跟格米奇太太結婚。這件事真的不能再真，要是我胡說，那我就會被天煞啦——這我沒辦法說得更清楚了！」

我從來沒有見過艾格妮絲笑得這麼開心。她看到佩格蒂先生突然樂成這樣，也看得很樂，竟然笑得停不下來。她笑得越開心，我也笑得越開心，佩格蒂先生也更樂了，不停搓揉著腿。

「那格米奇太太怎麼回答？」終於笑完之後，我問道。

「我說了看你信不信！」佩格蒂先生說。「格米奇太太不但沒有說：『謝謝你，我很感激，可是我已經這把年紀了，不想要改變現在的生活。』她竟然拿起旁邊的一桶水，往那個廚師頭上倒，倒到他喊救命，我趕緊衝過去救了他。」

佩格蒂先生又爆出一陣大笑，艾格妮絲跟我也陪他笑個不停。

「可是我要說啊，那個好心人，」我們笑累了之後，他擦擦臉說，「做到了她出國前答應我會做的事情，甚至做得更多。她一直都心甘情願、老老實實幫忙，戴維少爺，全世界沒有她這樣子的人了。我完全沒有看到她孤伶伶的樣子，一點也沒有，就連我們剛到殖民地、一切都不熟悉的時候，她也沒有。我跟你保證，離開英國之後，她就沒有再想起老伴了！」

「現在，最後一位，也是同樣重要的麥考伯先生呢，」我說，「把他的債務都還清了——連崔斗斯的期票也都還了，妳還記得吧，我親愛的艾格妮絲——所以我們理所當然地認為他在那裡做得不錯。他最近如何？」

佩格蒂先生笑著將手伸進胸前口袋，拿出折得平整的紙捆，小心翼翼地從裡面拿出一張看起來很特別的報紙。

「戴維少爺，我跟你說，」他說，「我們到那裡的發展很順利，早就離開鄉下，搬到了中灣港附近，那裡算是個市鎮。」

「在鄉下的時候，麥考伯先生也住在你們家附近嗎？」我說。

「啊，沒錯，」佩格蒂先生說，「而且全心全力工作。我從來沒有看過那麼認真工作的人了。我看過他那顆禿頭在大太陽底下一直流汗，戴維少爺，當時我還擔心他的腦袋會融化呢。他現在當上地方行政官了。」

「地方行政官是嗎？」我說。

佩格蒂先生指了《中灣港時報》報紙裡的一篇文章，我大聲讀了出來：

昨日，為我們傑出的殖民同胞與本地人士，中灣港地方官威爾金・麥考伯先生所舉辦的公宴，將飯店大廳擠得水泄不通。據估，除了走廊上和樓梯上的來賓，赴宴人數超過四十七人。中灣港的仕女、名流和貴紳，紛紛向這位德高望重、才華橫溢、備受愛戴的貴賓致敬。宴會由中灣港殖民地撒冷學校校長梅爾博士主持，貴賓坐於其右。用餐完畢後，唱了聖詩〈榮耀不要歸於我們〉[127]（歌聲優美，眾人不難辨識出天才業餘歌唱家威爾金・麥考伯大少爺銀鈴般的歌聲），與會者紛紛舉杯，照例向祖國致上效忠、愛國之意。接著，梅爾博士激昂地發表演說，最後提議：「為我們的貴賓，本鎮之光乾杯。除非升官騰達，否則不能夠離開我們，並祝他成就非凡，到達無法再高升的境界！」眾人乾杯時歡聲雷動，難以言語形容，猶如大海波濤，此起彼落，不絕於耳。最後，待全場冷靜之後，威爾金・麥考

127.《聖經》詩篇第一百一十五首，多用於表達感謝的宴會場合。

伯先生起身答謝。由於本報目前人力不足，無力詳載我們這位傑出同胞辭藻華麗的流暢演講！在這篇傳神達意的傑作中，有幾段詳述了貴賓本人的成功之本，並告誡年輕觀眾，切勿積欠無力償還之債務，誠懇的教誨讓在場最堅強者也感動落淚。他接著舉杯向梅爾博士、麥考伯太太（優雅地在側門鞠躬答謝，一旁還有一群佳麗站於椅上，想見識盛況，也為其增色）、里傑・貝格斯太太（前麥考伯大小姐）、梅爾夫人、威爾金・麥考伯大少爺（他風趣地說自己無法用演講答謝，如各位允許，他可用一曲代之，逗得會眾哈哈大笑）、麥考伯太太的娘家人（不需說，他們在祖國也赫赫有名）致敬，族繁不及備載。祝酒結束後，餐桌似乎中了魔法般被迅速撤開，供眾人跳舞。特普絲歌利[128]的信徒盡歡，直至太陽神提醒才散會。其中，威爾金・麥考伯大少爺與梅爾博士美麗動人、才華洋溢的四女海倫娜小姐最為引人注目。

我回去看了梅爾博士的名字，發現他就是替那位密德薩斯治安官工作過的可憐教師，現在有了這麼好的境遇，我替他高興。這時，佩格蒂先生又指了報紙上另一處要我看，我看到了自己的名字，讀道：

致知名作家大衛・考柏菲爾德先生

親愛的先生：

自從本人有幸仰瞻今日文明世界大眾熟悉的面容至今，多年過去了。

但是，我親愛的先生，雖然本人出於無法控制的環境因素，不能夠再見到年輕時的朋友及夥伴，但您的飛黃騰達，本人惦記於心。如彭斯所云：

「即使我們相隔之大海波濤洶湧，
您呈現在眾人面前的才智盛宴，我亦參與之。」

因此，正當我們都尊重、欽佩的人返國之際，我務必把握良機，代表本人，以及中灣港全體民眾，公開感謝您的恩惠。

勇往直前，我親愛的先生！您在這裡並非無人知曉，並非無人賞識。儘管「相隔遙遠」，我們不只沒有「疏離」，也沒有「憂鬱」，我得說，更沒有「怠慢」[129]。勇往直前，我親愛的先生，展翅高飛！中灣港的居民將懷著喜樂、盼望受教之情仰望您！

在世界這一隅敬仰著您的目光中，必定有一雙明亮的眼，屬於——

地方行政官
威爾金・麥考伯

我將報紙上的其他內容也稍微讀了一下，發現麥考伯先生也是該報勤勉、傑出的撰稿人。同一份報紙中，我看到他的另一封信，寫著關於橋梁的事；還有他的書信集即將出版的廣告，寫著：精裝一冊，「增修版」。還有，如果我沒有猜錯，那篇社論也是他的傑作。

128. 特普絲歌利（Terpsichore）：希臘神話中的跳舞女神。
129. 引用自愛爾蘭作家奧利佛・哥德史密斯（Oliver Goldsmith）詩作《旅人》（*The Traveller*），其名作包含《維克菲德的牧師》。

佩格蒂先生住在我們家的許多個夜晚，我們聊了很多麥考伯先生的事。他回英國的這段時間，都跟我們一起住——我想，總共不到一個月的時間——他的妹妹和我的姨婆也來倫敦看他。他要回去時，艾格妮絲和我到船上替他送行。在這個世界上，我們再也沒有替他送行的機會了。

佩格蒂先生離開前，跟我去了一趟雅茅斯，去看看我在教堂墓園裡替漢姆立的小墓碑。我照他的請求，替他抄下簡單的碑銘；這時，我看到他俯身從墳墓旁拔了一束草，抓了一把土。

「給艾蜜莉的，」他將泥土放到胸前說。「我答應過她，戴維少爺。」

第64章 最後一次回顧

現在，我的傳記接近尾聲了。闔上書頁前，讓我再一次回顧——最後一次回顧。

我看到自己，艾格妮絲在我身旁，我們一起走過人生的道路。我看見孩子們與親朋好友圍繞在我們身邊。一路上，我聽見許多我所關心的喧鬧聲。

在掠過的人群中，哪些臉孔是我看得最清楚的？看哪，就是這些！我在心裡問這個問題時，他們統統轉過來了！

我看到姨婆戴上度數更深的眼鏡，八十幾歲的她腰板還是很直挺，而且在冬天還能一口氣走上六哩路。

總是與她作伴的，是我那位心地善良的老保母佩格蒂，她同樣戴上了眼鏡。晚上，她總會湊近光線做針線活，身邊總是放著一小塊線蠟、裝在茅草小屋裡的布尺，以及蓋子上畫著聖保羅大教堂的針線盒。

佩格蒂曾經結實泛紅的臉頰和手臂現在已經變得乾癟了，記得我小時候還納悶為什麼鳥兒不會比較想去啄她，而不是去啄蘋果。曾經讓她整張臉顯得黯淡的雙眼，現在顏色也淡了一些，但仍炯炯有神，不過她長繭的手指（曾讓我聯想到肉豆蔻磨碎器）還是老樣子。我看到家裡年紀最小的孩子搖搖晃晃地從姨婆那裡，走到佩格蒂那裡，抓住她的手指，不禁想起老家的小客廳，我還在學步時的樣子。姨婆以前落空的期望現在獲得滿足了。她現在是活生生的貝希．托特伍德的教母，而且朵拉（二女兒）還說姨婆都寵壞她了。

佩格蒂的口袋總是鼓鼓的。裡頭不是別的，就是那本鱷魚書，只不過它現在破舊不堪，掉落的書頁縫縫補補的，但佩格蒂還是把它當成珍貴的古董，展示給孩子們看。看到自己兒時的稚氣面孔從鱷魚書上抬起來看我，使我想起老朋友雪菲爾德的布魯克斯，感覺特別奇妙。

今年暑假，我的兒子們身旁有個老人在做大風箏，他抬頭看空中的風箏，說不出來的快樂。他興奮地跟我打招呼，對我猛點頭、猛眨眼，低聲說：「托特伍德，你聽了一定會很高興，我決定等我沒別的事做的時候，再把陳情書寫完。還有啊，你姨婆是全世界最了不起的女人，先生！」

這個彎腰駝背的婦人是誰啊？她拄著拐杖，臉上仍依稀看得見以往的傲氣與美貌，她軟弱無力地與內心那股怒氣、遲鈍、恍惚抗爭著。她在花園裡，站在她身旁的，是一位苛刻、陰鬱、憔悴的女人，唇上有一道白色疤痕。來聽聽她們在說些什麼。

「羅莎，我忘記這位先生的名字了。」

羅莎俯身，在她耳邊說：「他是考柏菲爾德先生。」

「我很高興見到你，先生。看到你穿喪服，我很遺憾。我希望時間能夠沖淡你的傷痛。」

陪在她身邊的人很不耐煩地斥責她說，我並沒有穿喪服，要她再仔細看清楚，想讓她清醒過來。

「你見過我兒子了，先生，」老婦人說。「你們和好了嗎？」

她定睛看著我，將手放在額頭上，呻吟了一聲。突然間，她用可怕的聲音大喊：「羅莎，快來我這裡。他死了！」羅莎跪在她腳邊，一下安撫她，一下跟她爭吵，一下又狠狠地跟她說：「我比妳還要愛他！」——一下又像照顧生病的孩子一樣，將她摟在懷裡，哄她睡著。就這樣，我離開了她們；我每次看到她們總是這番情景；她們就這樣年復一年地消磨時光。

有艘船從印度回來了，這位嫁給有對大招風耳、說話大聲的蘇格蘭老富翁的英國女子是誰？會是茱莉亞．米爾斯嗎？

的確就是茱莉亞．米爾斯。她現在脾氣暴躁、華麗高貴，有個黑人男子會用金盤呈名片和信件給她；有位古銅色肌膚的女人，身穿亞麻衣服，圍著鮮豔頭巾，會特地將午餐送到化妝室給她吃。不過茱莉亞現在不寫日記了，也不再唱〈愛情的輓歌〉，只會永無止盡地跟那個蘇格蘭老富翁吵架，他看起來真像隻皮毛曬黑的棕熊。茱莉亞開口閉口，滿腦子都是錢，錢都已經堆到她喉嚨了。我比較喜歡在撒哈拉沙漠時的她。

或許這裡真的就是撒哈拉沙漠！因為，茱莉亞雖然住在富麗堂皇的宅邸，家裡每天高朋滿座，吃的是山珍海味，但我看不到她身旁有任何綠洲，沒有任何會開花結果的東西。茱莉亞所說的「朋友」，我認識。她的一位朋友是專利局的傑克．莫頓先生，老是嘲笑替他安排這份工作的那個人，還跟我說史壯博士是個「迷人的老古董」。不過，如果朋友只是這些膚淺虛偽的先生女士另一個稱呼，這種交際孕育出的唯一結果就是，假裝對一切有利於前途或妨礙人類發展的事漠不關心，茱莉亞啊，我想我們肯定都在同一片撒哈拉沙漠迷路了，最好還是找到出去的路吧。

看哪，我們永遠的好朋友史壯博士還在努力編撰字典（編到字母D了），與妻子在家裡過著幸福快樂的生活。還有老兵，現在氣勢已大不如前，也不那麼有影響力了！

再往後一點，我看到了我親愛的老友崔斗斯，在自己的事務所裡工作，看起來很忙，頭髮還沒禿的地方因為戴律師假髮不停摩擦，比以前更加叛逆了。他的辦公桌上堆滿厚厚的卷宗，我環視了一下，跟他說：「崔斗斯，如果蘇菲現在是你的書記，她肯定忙得很！」

「的確可以這麼說，我親愛的考柏菲爾德！但以前在霍本樓的那些日子多美好啊！對不對？」

「她告訴你，你一定會當上法官的時候嗎？不過**當時**那句話，還沒有變成大家討論的話題呢！」

「不管怎麼說，」崔斗斯說，「要是我當上法官……」

「啊，你知道你一定會當上的。」

「好吧，我親愛的考柏菲爾德，**等**我當上法官，我會像以前說的那樣，把這段故事說出來。」

我們手挽著手，走了出去。我跟著崔斗斯回他家吃晚餐。這天是蘇菲的生日。一路上，崔斗斯告訴我他有多麼幸運。

「親愛的考柏菲爾德，我最掛心的事情，全都成真了。何瑞斯牧師的年薪已經提高到四百五十鎊。我們家的兩個男孩接受了最好的教育，而且品學兼優。蘇菲的姊妹有三個嫁得還不錯，有三個跟我們一起住，剩下三個在克魯勒太太過世後，留在家幫何瑞斯牧師管家，大家全都過得很快樂。」

「除了……」我暗示道。

「除了美人，」崔斗斯說。「沒錯。她嫁給那個無賴，真是太不幸了。但偏偏他當年就是有種瀟灑和耀眼的特質吸引住她。不過，我們已經把她接到家裡住，擺脫掉他了，現在得設法讓她再打起精神來。」

崔斗斯現在住的房子，很可能就是他和蘇菲以前傍晚散步時去參觀過的地方。他們的家很大，但崔斗斯還是把文件收在更衣室，跟靴子放在一起。他和蘇菲兩個人擠到樓上的房間，將最好的臥室留給美人和其他姊妹。家裡從來就沒有空房，因為不管什麼時候，總是有數不完的姊妹們，遇到意想不到的事情得來這裡住。今天，我們一進門，她們就簇擁而上，把崔斗斯傳來傳去地親吻他，讓他都快喘不過氣了。可憐的美人成了單親，帶著一個小女孩在這裡永遠住下。蘇菲的三個已婚姊妹也來替她慶生，帶著各自的丈夫、其中一個人的大伯小叔、另一個人丈夫的表親、另一個的小姑（似乎跟那個表親訂婚了）。崔斗斯還是跟以前一樣樸實、真誠，像大家長般坐在大桌的末位，蘇菲笑容滿面地從主位看著他；在和樂融融的餐桌上閃閃發光的，當然不是便宜的銅錫貨了。

現在，我抑制住想繼續寫的慾望，要結束這項工作了，這些面孔漸漸消失了。不過有一張臉，像天堂的光芒照耀著我，讓我看清所有的人事物，這張面容位於一切之上，也超出一切，永不消失。

我轉過頭看到那張美麗安詳的臉龐，就在我的身旁。油燈漸暗，我已經寫到深夜了，但是，沒有她就沒有我的那個親愛的人，仍陪在我身邊。

噢，艾格妮絲，噢，我的靈魂，當我人生的書頁即將闔上時，但願妳的臉龐也能這樣陪伴著我。當現實如同我此刻棄之不理的影子，從我面前融化散去時，但願我還是能看到妳在我身旁，手向上指著！

國家圖書館出版品預行編目資料

塊肉餘生記 / 查爾斯・狄更斯 (Charles Dickens) 著 ; 林婉婷譯 . --
初版 . -- 臺北市 : 商周出版 : 家庭傳媒城邦分公司發行 , 2017. 06
面；　公分 . --（經典名著；56-57）
譯自：David Copperfield
ISBN 978-986-477-248-3(全套 : 平裝)

873.57　　106007586

商周經典名著 57

塊肉餘生記 David Copperfield (全譯本｜下冊)

作　　者／查爾斯・狄更斯（Charles Dickens）
譯　　者／林婉婷
企劃選書／余筱嵐
編輯協力／尤斯蓓

版　　權／吳亭儀、林易萱、江欣瑜
行銷業務／周佑潔、黃崇華、賴正祐、賴玉嵐
總 編 輯／黃靖卉
總 經 理／彭之琬
第一事業群總經理／黃淑貞
發 行 人／何飛鵬
法律顧問／元禾法律事務所 王子文律師
出　　版／商周出版
台北市104民生東路二段141號9樓
電話:(02) 25007008　傳真:(02)25007759
E-mail:bwp.service@cite.com.tw
Blog:http://bwp25007008.pixnet.net/blog
發　　行／英屬蓋曼群島商家庭傳媒股份有限公司 城邦分公司
台北市中山區民生東路二段141號2樓
書虫客服服務專線:02-25007718;25007719
服務時間：週一至週五上午 09:30-12:00；下午 13:30-17:00
24 小時傳真專線：02-25001990；25001991
劃撥帳號：19863813；戶名：書虫股份有限公司
讀者服務信箱：service@readingclub.com.tw
城邦讀書花園：www.cite.com.tw
香港發行所／城邦(香港)出版集團有限公司
香港灣仔駱克道193號;E-mail:hkcite@biznetvigator.com
電話:(852) 25086231　傳真:(852) 25789337
馬新發行所／城邦(馬新)出版集團【Cite (M) Sdn Bhd】
41, Jalan Radin Anum, Bandar Baru Sri Petaling,
57000 Kuala Lumpur, Malaysia.
Tel: (603) 90578822　Fax: (603) 90576622　Email: cite@cite.com.my

封面設計／廖韡
排　　版／極翔企業有限公司
印　　刷／韋懋實業有限公司
經 銷 商／聯合發行股份有限公司 電話:(02) 29178022　傳真:(02) 29110053

■2017年6月20日初版
■2023年4月21日初版2.5刷
Printed in Taiwan

定價450元

城邦讀書花園
www.cite.com.tw

版權所有，翻印必究 ISBN 978-986-477-250-6

商周出版

廣 告 回 函
北區郵政管理登記證
北臺字第000791號
郵資已付，免貼郵票

104　台北市民生東路二段141號2樓

英屬蓋曼群島商家庭傳媒股份有限公司城邦分公司　收

請沿虛線對摺，謝謝！

商周出版

書號：BU6057　　書名：塊肉餘生記（全譯本｜下冊）編碼：

請於此處用膠水黏貼

商周出版

讀者回函卡

感謝您購買我們出版的書籍！請費心填寫此回函卡，我們將不定期寄上城邦集團最新的出版訊息。

不定期好禮相贈！
立即加入：商周出版
Facebook 粉絲團

姓名：＿＿＿＿＿＿＿＿＿＿＿＿ 性別：☐男 ☐女

生日：西元＿＿＿＿＿＿年＿＿＿＿＿＿月＿＿＿＿＿＿日

地址：＿＿＿＿＿＿＿＿＿＿＿＿＿＿＿＿＿＿＿＿

聯絡電話：＿＿＿＿＿＿＿＿＿＿ 傳真：＿＿＿＿＿＿＿＿＿＿

E-mail ：

學歷：☐ 1. 小學 ☐ 2. 國中 ☐ 3. 高中 ☐ 4. 大學 ☐ 5. 研究所以上

職業：☐ 1. 學生 ☐ 2. 軍公教 ☐ 3. 服務 ☐ 4. 金融 ☐ 5. 製造 ☐ 6. 資訊
☐ 7. 傳播 ☐ 8. 自由業 ☐ 9. 農漁牧 ☐ 10. 家管 ☐ 11. 退休
☐ 12. 其他＿＿＿＿＿＿＿＿＿＿＿＿＿＿＿＿

您從何種方式得知本書消息？

☐ 1. 書店 ☐ 2. 網路 ☐ 3. 報紙 ☐ 4. 雜誌 ☐ 5. 廣播 ☐ 6. 電視
☐ 7. 親友推薦 ☐ 8. 其他＿＿＿＿＿＿＿＿＿＿＿＿

您通常以何種方式購書？

☐ 1. 書店 ☐ 2. 網路 ☐ 3. 傳真訂購 ☐ 4. 郵局劃撥 ☐ 5. 其他＿＿＿＿

您喜歡閱讀那些類別的書籍？

☐ 1. 財經商業 ☐ 2. 自然科學 ☐ 3. 歷史 ☐ 4. 法律 ☐ 5. 文學
☐ 6. 休閒旅遊 ☐ 7. 小說 ☐ 8. 人物傳記 ☐ 9. 生活、勵志 ☐ 10. 其他

對我們的建議：＿＿＿＿＿＿＿＿＿＿＿＿＿＿＿＿＿＿＿＿
＿＿＿＿＿＿＿＿＿＿＿＿＿＿＿＿＿＿＿＿
＿＿＿＿＿＿＿＿＿＿＿＿＿＿＿＿＿＿＿＿

【為提供訂購、行銷、客戶管理或其他合於營業登記項目或章程所定業務之目的，城邦出版人集團（即英屬蓋曼群島商家庭傳媒（股）公司城邦分公司、城邦文化事業（股）公司），於本集團之營運期間及地區內，將以電郵、傳真、電話、簡訊、郵寄或其他公告方式利用您提供之資料（資料類別：C001、C002、C003、C011 等）。利用對象除本集團外，亦可能包括相關服務的協力機構。如您有依個資法第三條或其他需服務之處，得致電本公司客服中心電話 02-25007718 請求協助。相關資料如為非必要項目，不提供亦不影響您的權益。】
1.C001 辨識個人者：如消費者之姓名、地址、電話、電子郵件等資訊。 2.C002 辨識財務者：如信用卡或轉帳帳戶資訊。
3.C003 政府資料中之辨識者：如身分證字號或護照號碼（外國人）。 4.C011 個人描述：如性別、國籍、出生年月日。

請於此處用膠水黏貼